Zwei Städte

Charles Dickens

Infinity Spectrum Books

Veröffentlicht von:

INFINITY SPECTRUM BOOKS

Email : infinityspectrumbooks@gmail.com

Erstveröffentlichung durch Infinity Spectrum Books im Jahr 2024

Copyright © Infinity Spectrum Books 2024

Alle Rechte vorbehalten

Titre : **Zwei Städte**

ISBN (Taschenbuch) : 9789361905346

ISBN (gebunden) : 9789361901713

Inhalts-Verzeichniß

Erster Theil

Erstes Buch: Wiederauferstanden

Zweites Buch: Das goldene Haar

Zweiter Theil

Dritter Theil

Drittes Buch: Des Sturmes Wüthen

Vierter Theil

ERSTES BUCH: WIEDERAUFERSTANDEN

Erstes Kapitel
Die Periode

Es war die beste Zeit, es war die schlechteste Zeit. Es war das Zeitalter der Weisheit, es war das Zeitalter der Thorheit; es war die Epoche des Glaubens, es war die Epoche des Unglaubens; es waren die Tage des Lichts, es waren die Tage der Finsterniß; es war der Lenz der Hoffnung, es war der Winter der Verzweiflung. Wir hatten Alles zu erwarten, wir hatten Nichts zu erwarten. Wir gingen Alle schnurstracks dem Himmel zu, wir gingen Alle schnurstracks den andern Weg — kurz, die Zeit war insofern der gegenwärtigen gleich, als einige ihrer lärmendsten Kenner behaupteten, es könnte im Guten oder Bösen nur in Superlativen von ihr gesprochen werden.

Ein König mit einer großen Unterkiefer und eine Königin von gewöhnlichem Aussehen saßen auf dem Throne von England; ein König mit einer großen Unterkiefer und eine Königin mit einem schönen Gesicht saßen auf dem Throne von Frankreich. In beiden Ländern erkannten die Magnaten des Landes, für welche die Fische und Brote des Landes aufbewahrt werden, auf das Klarste, daß Alles auf ewig in bester Ordnung sei.

Es war das Jahr unseres Herrn 1775. England kamen in jener glücklichen Zeit Enthüllungen aus der andern Welt zu, ebenso wie jetzt. Mrs. Southcott hatte vor Kurzem ihren fünfundzwanzigsten Geburtstag gefeiert, dessen erhabenes Tagen ein prophetischer Gemeiner aus der Leibgarde durch die Verkündigung gefeiert hatte, daß London und Westminster auf dem Punkte stünden, von der Erde verschlungen zu werden. Selbst das Cock-lane-Gespenst war seit einem vollen Dutzend Jahren zur Ruhe gegangen, nachdem es seine Botschaften durch Klopfen kundgethan, genau wie es die Geister des vorletzten Jahres thaten, so übernatürlich war ihr Mangel an Originalität. Einfache irdische Botschaften hatte neuerdings die englische Krone und das englische Volk von einem Congreß britischer Unterthanen in Amerika bekommen, die, seltsam genug, viel wichtiger für das Menschengeschlecht geworden sind, als alle Botschaften, welche von Geistern aus dem Cock-lane-Gelichter herstammen.

Frankreich, in Sachen der Geisterwelt weniger begünstigt, als ihre Schwester mit dem Schilde und dem Dreizack, rutschte ganz gemächlich bergab, machte Papiergeld und verthat es. Unter der Anleitung seiner christlichen Seelenhirten unterhielt es sich außerdem mit so menschenfreundlichen Thaten, wie z. B. mit dem

Verurtheilen eines Jünglings, daß ihm die Hände abgehackt, die Zunge mit Zangen ausgerissen und er selbst lebendig verbrannt werde, weil er nicht vor einer Prozession schmutziger Mönche, die in seinem Gesichtsbereich in einer Entfernung von fünfzig bis sechszig Schritt vorbeigegangen, im Regen niedergekniet war. Es ist wohl möglich, daß, während dieser arme Junge hingerichtet ward, in den Waldungen Frankreichs und Norwegens Bäume wuchsen, die der Holzfäller Verhängniß schon gezeichnet hatte, um sie zu fällen und zu Brettern zu sägen, um daraus ein gewisses in schrecklicher Erinnerung lebendes bewegliches Gerüst, mit einem Sack und einem Messer daran, zu verfertigen. Es ist wohl möglich, daß unter dem hinfälligen Schuppen einiger Bebauer des schweren Bodens um Paris an demselben Tage unbehülfliche Karren standen, besprützt mit Straßenschmutz, beschnüffelt von Schweinen und dem Federvieh als Sitz dienend, welche der Pächter Tod bereits bestimmt hatte, seine Karren in der Revolution zu sein. Aber dieser Holzfäller und dieser Pächter arbeiteten zwar unaufhörlich, aber stumm, und Niemand hörte sie, wie sie leisen Schrittes sich herumbewegten, um so mehr, da es reine Gottlosigkeit und Hochverrath war, nur den Verdacht zu hegen, daß sie thätig sein könnten.

In England war kaum so viel Ordnung und Schutz von Leben und Eigenthum, daß die Nation sich sehr hätte dessen rühmen können. Verwegene Hauseinbrüche von Bewaffneten und Straßenraub kamen allnächtlich in der Hauptstadt selbst vor; Familien wurden öffentlich gewarnt, die Stadt nicht zu verlassen, ohne ihren Hausrath der Sicherheit wegen dem Möbelhändler zum Aufbewahren zu geben; der Straßenräuber im Dunkel der Nacht war bei Tage ein ehrsamer Bürger der City, der, wenn er von seinem Gevatter als „Capitain" angehalten, erkannt und genannt ward, diesem ohne Weiteres durch den Kopf schoß und davonritt; die Postkutsche wurde von sieben Räubern angehalten, der Conducteur schoß drei todt und die anderen vier schossen dann den Conducteur selbst todt, „weil er alle seine Munition verschossen hatte", worauf die Plünderung der Postkutsche in Frieden vor sich ging; den gewaltigen Potentaten, den Lord Mayor von London, hielt ein einziger Straßenräuber auf Turnham Green an und nahm ihm Angesichts seines Gefolges die Börse ab; in Londoner Gefängnissen kam es zu Gefechten zwischen Gefangenen und Schließern und die Majestät des Gesetzes feuerte mit Donnerbüchsen, geladen mit Schrot und Kugeln, unter die Gefangenen; Diebe schnitten an Hofcourtagen Diamantkreuze von dem Halse edler Lords; Musketiere marschirten nach St. Giles, um nach geschmuggelten Waaren zu suchen, und das zusammengelaufene Volk feuerte auf die Musketiere, und die Musketiere feuerten auf das zusammengelaufene Volk; und keines dieser Ereignisse hielt irgend Jemand für etwas Ungewöhnliches. Während sie vor sich gingen, war der Henker, immer geschäftig, und immer schlimmer als nutzlos, in beständiger Arbeit; jetzt hing er ganze Reihen von allerhand Verbrechern auf; dann richtete er Sonnabends einen Hauseinbrecher hin, der Dienstag gefangen worden war; jetzt brandmarkte er in Newgate Leute dutzendweise in die Hand und dann verbrannte er vor der Thür der Westminster-Halle Flugschriften; heute brachte er einen blutgierigen Mörder vom

Leben zum Tode und morgen einen armseligen Wicht, der einem Bauernknecht sechs Pence gestohlen hatte.

Alle diese Dinge und tausend ähnliche geschahen in und um das liebe alte Jahr 1775. Von ihnen umgeben und während Holzfäller und Pächter unbeirrt fortarbeiteten, machten die Beiden mit dem großen Unterkiefer und die beiden Andern mit dem gewöhnlichen und dem schönen Gesicht Lärm genug in der Welt und machten ihre göttlichen Rechte mit hochfahrendem Sinne geltend. So führte das Jahr 1775 seine größten und Myriaden von kleinen Geschöpfen — die Geschöpfe dieser Geschichte unter den übrigen — die Straßen entlang, die vor ihnen lagen.

Zweites Kapitel
Die Postkutsche

Die Straße nach Dover war es, die in einer Freitagsnacht spät im November vor der ersten der Personen lag, mit welchen diese Geschichte zu thun hat. Die Straße nach Dover lag für diesen Mann vor der Dover Postkutsche, wie sie Shooter's Hill hinauf rumpelte. Er ging wie die übrigen Passagiere bergab in dem Straßenschlamm, neben der Postkutsche her; nicht, weil sie die mindeste Vorliebe für Spazierengehen unter diesen Umständen hatten, sondern weil der Hügel so steil, der Schmutz so tief, und das Geschirr und die Kutsche so schwer waren, daß die Pferde schon dreimal stecken geblieben waren und einmal den Wagen quer über die Straße gezogen hatten, in der meuterischen Absicht, nach Blackheath umzukehren. Zügel und Peitsche und Kutsche und Conducteur hatten jedoch im Verein den Kriegsartikel verlesen, welcher ein sonst sehr zu Gunsten der Behauptung, daß einige Thiere mit Vernunft ausgestattet sind, sprechendes Thuen verbot; und das Gespann hatte capitulirt und war zu seiner Pflicht zurückgekehrt.

Mit gesenkten Köpfen und zitternden Schweifen wateten sie durch den dicken Schlamm und stolperten und wankten zuweilen, als ob sie in den größeren Gelenken in Stücke gehen wollten. So oft der Kutscher ihnen eine kurze Rast gestattete und sie mit einem beruhigenden Brr! So, so! anhielt, schüttelte das Handpferd von den beiden Stangenpferden heftig den Kopf mit Allem, was darumhing — als ein ungewöhnlich emphatisches Pferd entschieden seine Meinung aussprechend, daß die Kutsche gar nicht den Berg hinauf gebracht werden könnte. So oft das Stangenpferd sich so klappernd schüttelte, fuhr der Passagier zusammen, wie es einem nervenschwachen Passagier wohl geschehen mag und zeigte sich besorgt im Gemüthe.

Ein dampfender Nebel lag in allen Tiefen, und er war in seiner Verlassenheit den Hügel hinauf gewandert, wie ein böser Geist, der Ruhe sucht und keine findet. Feucht und kalt kam er durch die Luft langsam in kräuselnden Streifen herangezogen, die sichtbar einander folgten und übereinander stürzten, wie die Wellen eines ungesunden Meeres. Er war dick genug, um Alles, außer seinem eigenen Wirbel und ein Paar Ellen von der Straße, von dem Lichte der Kutschenlaternen abzusperren; und der Dunst von den sich abarbeitenden Pferden dampfte, als ob der Nebel erst daraus entstanden wäre.

Zwei andere Passagiere außer dem einen erstiegen neben der Postkutsche mühsam den Hügel. Alle drei waren bis an die Backen und über die Ohren eingewickelt und trugen hohe Reitstiefel. Keiner von den dreien hätte nach dem, was er sah, sagen können, wie die beiden andern aussahen, und jeder war unter fast so vielen Verhüllungen vor den Augen des Geistes, wie vor den Augen des Körpers seiner beiden Gefährten versteckt. In jenen Tagen hüteten sich die Reisenden gar sehr, nach kurzer Bekanntschaft einander Vertrauen zu schenken, denn Jeder, den man auf der Straße traf, konnte ein Räuber oder im Bunde mit Räubern sein. Was das Letztere betrifft, so war es das Allerwahrscheinlichste zu einer Zeit, wo jede Poststation und jede Schenke Jemand aufweisen konnte, der in des Capitains Sold stand; und diese Stufenleiter des Vertrauens ging vom Wirth bis herunter zum niedrigsten Stalljungen. So dachte der Conducteur der Dover-Postkutsche bei sich selbst in jener Freitagnacht im November 1775, wie er auf seinem ihm angewiesenen Posten hinten auf der Kutsche stand, in der eine geladene Donnerbüchse über sechs oder acht geladenen Reiterpistolen und einigen Säbeln lag.

Die Dover-Postkutsche war in ihrer gewöhnlichen gemüthlichen Stimmung, wo der Conducteur den Passagieren[S. 10] mißtraute, die Passagiere von einander und von dem Conducteur Arges dachten, Alle auf die Uebrigen einen Argwohn geworfen hatten und der Kutscher nur seiner Pferde sicher war; in Bezug auf welche Pferde er mit reinem Gewissen auf beide Testamente hätte schwören können, daß sie für die Reise nicht geeignet waren.

„Brr!" sagte der Kutscher. „Brr! noch einmal ins Geschirr gelegt und ihr seid oben, und dann sollt ihr verdammt sein, denn es hat mir Mühe genug gekostet, euch so weit zu bringen! — Joe!"

„Heda", erwiderte der Conducteur.

„Welche Zeit mag's wohl sein, Joe?"

„Gute zehn Minuten über elf."

„Teufel!" rief ärgerlich der Kutscher aus, „und noch nicht auf der Höhe! Vorwärts!"

Das emphatische Pferd, von der Peitsche in einer höchst entschiedenen Verneinung unterbrochen, legte sich ins Geschirr und die drei anderen Pferde folgten. Noch einmal rumpelte die Dover-Kutsche fort und die hohen Reitstiefel der Passagiere wateten neben ihr her. Sie waren stehen geblieben, wie die Kutsche stehen blieb und hielten sich dicht bei einander. Wenn einer von den dreien keck genug gewesen wäre, einem andern vorzuschlagen, im Nebel und in der Nacht ein Wenig vorauszugehen, hätte er sich der nicht unwahrscheinlichen Gefahr ausgesetzt, auf der Stelle als Straßenräuber niedergeschossen zu werden.

Die letzte Anstrengung brachte die Postkutsche bis auf die Höhe. Die Pferde machten Halt, um zu verschnaufen, und der Conducteur stieg ab, um das Rad für die Hinabfahrt zu hemmen, den Kutschenschlag aufzumachen und die Passagiere einsteigen zu lassen.

„Heda, Joe! Horch, Joe!" rief der Kutscher warnend vom Bock herunter.

„Was meint Ihr, Tom?"

Sie lauschten Beide.

„Ein Reiter kommt im Galopp uns nach, Joe."

„S' ist ein Reiter in gestrecktem Galopp, Tom", gab der Conducteur zurück, indem er die Kutschenthür losließ und rasch auf seinen Platz kletterte. „Ihr Herren! In des Königs Namen, Alle für Einen!"

Nach dieser eiligen, aber eindringlichen Aufforderung spannte er den Hahn seiner Donnerbüchse und stand kampfbereit da.

Der für diese Geschichte eingeschriebene Passagier stand auf dem Kutschentritt, im Einsteigen begriffen; die beiden anderen Passagiere waren dicht hinter ihm, um ihm zu folgen. Er blieb halb in der Kutsche und halb außerhalb derselben auf seinem Platze; die andern blieben auf der Straße unter ihm stehen. Sie alle sahen abwechselnd den Kutscher und den Conducteur an und horchten.

Der Kutscher sah zurück und der Conducteur sah zurück, und selbst das emphatische Handpferd spitzte die Ohren und sah zurück, ohne zu widersprechen.

Das durch das Aufhören des Rumpelns und Polterns der Kutsche eintretende Schweigen, verbunden mit dem Schweigen der Nacht, machte es wirklich still. Das Keuchen der Pferde theilte der Kutsche eine zitternde Bewegung mit, als ob sie sich in einem Zustande der Aufregung befände. Die Herzen der Passagiere schlugen laut genug, um gehört zu werden; aber jedenfalls die Ruhepause sprach hörbar von Leuten außer Athem und Leuten, die den Athem anhalten und deren Blut vor Erwartung rascher pulsirt.

Der Hufschlag eines scharf galoppirenden Pferdes kam den Hügel herauf immer näher und näher.

„Halloh!" rief der Conducteur, so laut er brüllen konnte. „Heda! Steht, oder ich schieße!"

Das Pferd ward plötzlich angehalten und mit vielem Klatschen und Stampfen hörte man eine Mannsstimme aus dem Nebel herauf tönen: „Ist das die Dover-Post?"

„Kümmert Euch nicht drum, was es ist!" erwiderte der Conducteur. „Wer seid Ihr?"

„Ist das die Dover-Post?"

„Warum wollt Ihr's wissen?"

„Ich suche einen Passagier, wenn sie's ist."

„Wie heißt der Passagier?"

„Mr. Jarvis Lorry."

Der uns wohlbekannte Passagier gab sofort kund, daß dies sein Name sei. Der Conducteur, der Kutscher und die beiden anderen Passagiere warfen argwöhnische Blicke auf ihn.

„Bleibt, wo Ihr seid", rief der Conducteur der Stimme im Nebel zu, „weil, wenn ich einen Irrthum beginge, er während Eurer Lebenszeit nicht wieder gut gemacht werden könnte. Der Herr, der Lorry heißt, antworte auf der Stelle."

„Was giebt's?" fragte darauf der Passagier, mit etwas zitternder Stimme. „Wer fragt nach mir? Ist es Jerry?"

„Mir gefällt Jerry's Stimme nicht, wenn es Jerry ist", brummte der Conducteur vor sich hin. „Er ist heiserer, als mir gefällt, der Jerry."

„Ja, Mr. Lorry."

„Was giebt's?"

„Eine Depesche für Sie von drüben. Von T. u. Comp."

„Ich kenne den Mann, Conducteur," sagte Mr. Lorry, indem er wieder auf die Straße hinabtrat, wobei ihm die beiden anderen Passagiere mehr rasch als höflich beistanden und darauf sofort in die Kutsche kletterten, die Thür zumachten und das Fenster hinaufzogen. „Er kann herankommen; es ist Alles in Ordnung."

„Ich will das hoffen, gar zu sicher sieht es mir noch nicht aus", sagte der Conducteur, immer noch vor sich hinbrummend. „Heda, Mann!"

„Nun ja, hier bin ich!" sagte Jerry, noch heiserer als vorher.

„Kommt im Schritt heran! Hört Ihr's? Und wenn Ihr Halfter an Eurem Sattel habt, so nehmt Euch in Acht, daß Ihr nicht mit der Hand ihnen zu nahe kommt. Denn ich bin ein Teufel im Falschverstehen, und wenn ich was falsch verstehe, so wird gleich Blei daraus. Nun wollen wir einmal sehen, wen wir haben."

Ein Pferd und ein Reiter kamen langsam aus dem wirbelnden Nebel und an die Seite der Postkutsche, wo der Passagier stand. Der Reiter beugte sich herab und übergab indem er den Conducteur ansah, dem Passagier ein kleines zusammengebrochenes Papier. Das Pferd des Reiters war außer Athem, und sowohl Pferd wie Reiter waren von den Hufen des Pferdes bis zu dem Hute des Mannes mit Koth bespritzt.

„Conducteur!" sagte der Passagier in ruhigem und zuversichtlichem Geschäftstone.

Der wachsame Conducteur, mit der rechten Hand am Kolben der halb erhobenen Donnerbüchse, mit der linken am Rohr und mit dem Auge auf dem Reiter, antwortete kurz: „Sir!"

„Es ist Nichts zu fürchten. Ich bin von Tellson's Bank. Ihr müßt Tellson's Bank in London kennen. Ich reise in Geschäften nach Paris. Eine Krone Trinkgeld. Ich kann dies lesen?"

„Wenn Ihr rasch macht, Sir!"

Er brach den Brief beim Lichte der Kutschenlampe auf und las, erst für sich und dann laut: Warten Sie in Dover auf Mademoiselle. „Es ist nicht lang, wie Ihr seht, Conducteur. Jerry, sagt, meine Antwort wäre: Wiederauferstanden."

Jerry fuhr im Sattel empor. „Das ist eine verwünscht seltsame Antwort", sagte er mit seiner heisersten Stimme.

„Meldet, was ich gesagt habe und sie werden wissen, daß ich diesen Brief bekommen habe, so gut, als ob ich geschrieben hätte. Haltet Euch möglichst dazu. Gute Nacht!"

Mit diesen Worten machte der Passagier die Kutschenthür auf und stieg ein, ohne den mindesten Beistand von Seiten seiner Mitpassagiere zu finden, welche eiligst ihre Uhren und Geldbeutel in den Stiefeln versteckt hatten und sich jetzt alle schlafend stellten. Mit keiner bestimmteren Absicht, als der Gefahr zu entgehen, sich zu einem andern Verhalten entschließen zu müssen.

Die Kutsche rumpelte weiter und schwerere Wirbel Nebel umkräuselten sie, wie sie bergab zu fahren begann. Der Conducteur legte die Donnerbüchse bald wieder in die Waffenkiste, und nachdem er sich den übrigen Inhalt derselben betrachtet und nach den Pistolen, die er im Gürtel trug, gesehen hatte, sah er auch nach einem kleinern Kasten unter seinem Sitz, in welchem sich Hammer und Zange, ein Paar Fackeln und ein Feuerzeug befanden. Denn er war so vollständig ausgerüstet, daß, wenn der Wind die Kutschenlaternen ausgeblasen hätte, was manchmal geschah, er weiter Nichts zu thun brauchte, als sich einzuschließen, sich zu hüten, die Funken von Stahl und Stein in Stroh fallen zu lassen und mit leidlicher Sicherheit und Leichtigkeit (wenn er glücklich war) in fünf Minuten Licht zu machen.

„Tom!" klang es halblaut über das Dach des Wagens.

„Was giebt's, Joe?"

„Hörtet Ihr, was er sagte?"

„Ja wohl, Joe."

„Habt Ihr was davon verstanden, Tom?"

„Ne, Joe."

„Das trifft sich merkwürdig zusammen", sagte der Conducteur nachdenklich vor sich hin, „denn 's ist mir auch so gegangen."

Jerry, im Nebel und in der Dunkelheit allein gelassen, stieg unterdessen ab, nicht nur seinem todtmüden Pferde zu Liebe, sondern auch, um sich die Kothflecken aus dem Gesicht zu wischen und den angesammelten Regen aus dem Hutrande, der etwa eine halbe Gallone halten mochte, zu schütteln. Nachdem er mit dem Zügel über dem Arm dagestanden hatte, bis man die Räder der Postkutsche nicht länger hörte und die Nacht wieder ganz still war, führte er langsam das Pferd den Hügel hinab.

„Nach dem scharfen Galopp vom Templethor, Alter, will ich's deinen Vorderläufen nicht eher wieder zumuthen, als bis wir wieder auf ebenem Wege sind," sagte der heisere Bote mit einem Blicke auf sein Roß. „Wiederauferstanden. Das ist eine verteufelt seltsame Antwort. Das würde dir nicht allzu gut passen, Jerry! Nicht wahr, Jerry, du wärst verteufelt schlecht daran, wenn Wiederauferstehen Mode würde!"

Drittes Kapitel
Die Schatten der Nacht

Es ist eine wunderbare, des Nachdenkens werthe Thatsache, daß jedes Menschen Wesen darnach angethan ist, ein tiefes Geheimniß und Räthsel für jedes andere zu sein. Ein feierlicher Gedanke, wenn ich bei Nacht in eine große Stadt komme, daß jedes dieser sich in dunkle Gruppen zusammendrängenden Häuser sein eigenes Geheimniß in sich schließt; daß jedes Zimmer in jedem derselben sein eigenes Geheimniß besitzt; daß jedes pulsirende Herz in den Hunderttausenden von Menschenbusen in einigen seiner Träume ein Geheimniß für das ihm am nächsten stehende Herz ist! Etwas von dem erhabenen Grauen, das der Tod einflößt, ist dem zuzuschreiben. Nicht mehr kann ich die Blätter dieses theuren Buches umwenden, das ich liebte, und vergeblich war die Hoffnung, es mit der Zeit ganz durchzulesen. Nicht mehr kann ich in die Tiefen dieses unergründlichen Wassers schauen, in welchem ich, als flüchtige Strahlen darauf fielen, einen Blick auf begrabene Schätze und andere versunkene Herrlichkeiten erhaschte. Es war beschlossen, daß das Buch sich auf immer und ewig verschließen sollte, als ich nur eine einzige Seite gelesen hatte. Es war beschlossen, daß ein ewiger Winterfrost das Wasser erstarren machen sollte, als das Licht noch auf seinem Spiegel spielte und ich, ohne Arges zu ahnen, am Ufer stand. Mein Freund ist todt, mein Nachbar ist todt, meine Geliebte, das Kleinod meiner Seele, ist todt; es ist die unerbittliche Besiegelung des Geheimnisses, welches immer in dieser Individualität war und welches ich bis an meines Lebens Ende in mir tragen werde. Giebt es auf einem einzigen der Friedhöfe der Stadt, durch welche ich gehe, einen Schlummernden, der unerforschlicher wäre, als mir ihre geschäftigen Bewohner in ihrer innersten Persönlichkeit sind, oder als ich ihnen bin?

Was nun dies, seine natürliche und nicht zu entfremdende Erbschaft betrifft, so besaß der berittene Bote davon genau so viel, wie der König, der erste Staatsminister oder der reichste Kaufmann in London. Ebenso war's mit den drei Passagieren, die in den engen Raum einer schwerfälligen, alten Postkutsche eingesperrt waren; sie waren einander so vollständig ein Geheimniß, als ob Jeder für sich in seiner eigenen sechs- oder sechszigspännigen Kutsche gesessen hätte, durch die ganze Breite einer Grafschaft von einander getrennt.

Der Bote ritt im bequemen Trab zurück und machte ziemlich oft bei Schenken an der Straße Halt, um zu trinken, wo er aber immer eine Neigung zeigte, seine Sache für sich und den Hut tief in die Stirn gezogen zu behalten. Er hatte Augen, welche zu dieser Neigung sehr gut paßten, schwarz, ohne Tiefe in Farbe oder Form, und viel zu nahe bei einander — als ob sie fürchteten, einzeln bei Etwas ertappt zu werden, wenn sie zu weit auseinander blieben. Unter einem dreieckigen Hut, gleich einem dreieckigen Spucknapf, und über einem großen Wickeltuch für das Kinn und den Hals, das fast bis zu dem Knie des Reiters herabfiel, hatten sie einen finstern

Ausdruck. Wenn der Reiter anhielt, um zu trinken, schob er mit der linken Hand das Wickeltuch zurück, aber nur so lange, als er mit der rechten das Getränk hinuntergoß; sowie dies geschehen war, hüllte er sich wieder ein.

„Nein, Jerry, nein", sagte der Bote, immer noch mit diesem einen Gegenstande beschäftigt. „Das paßte nicht für dich, Jerry. Jerry, für einen so ehrsamen Bürgersmann paßte das nicht ins Geschäft! Wiederauferstanden! Soll mich Der und Jener holen, wenn ich nicht glaube, er hatte Eins getrunken."

Die Botschaft verursachte ihm so viel Kopfzerbrechen, daß er mehrere Male sich genöthigt sah, den Hut abzunehmen und sich hinter den Ohren zu kratzen. Außer auf dem Scheitel, der fast kahl war, hatte er steifes, schwarzes Haar, das in einzelnen Spitzen rund um ihn herumstand und niederwärts fast bis an seine breite, stumpfe Nase herabgewachsen war. Es war Schlosserarbeit so ähnlich und sah so viel mehr dem Rande einer mit starken eisernen Spitzen besetzten Mauer, als einem wohlbehaarten Kopfe ähnlich, daß der geschickteste Bockspringer sich geweigert haben würde, einen Sprung über ihn zu wagen.

Während er mit der Botschaft, die er dem Nachtwächter in seinem Schilderhaus an der Thür von Tellson's Bank am Tempelthor übergeben sollte, welcher sie höheren Behörden drinnen zu überbringen hatte, zurücktrabte, nahmen die Schatten der Nacht vor ihm solche Gestalten an, wie sie aus der Botschaft entstanden, und nahmen für das Pferd Gestalten an, wie sie aus dessen Privatveranlassungen zur Unruhe hervorgingen. Sie schienen zahlreich zu sein, denn es scheute vor jedem Schatten auf der Straße.

Unterdessen rumpelte, polterte und ächzte die Postkutsche auf ihrem langweiligen Wege mit ihren drei unerforschlichen Passagieren weiter. Auch diesen zeigten sich die Schatten der Nacht in den Gestalten, welche ihre halbschlummernden Augen und herumschweifenden Gedanken ihnen eingaben.

Tellson's Bank spielte in der Postkutsche eine große Rolle. Wie der Bankpassagier — den einen Arm in die lederne Schleife gelegt, welche ihr Möglichstes that, ihn abzuhalten, auf den nächsten Passagier zu fallen und ihn in eine Ecke zu schieben, so oft die Kutsche einen ganz besondern Stoß erhielt — auf seinem Platze mit halbgeschlossenen Augen nickte, wurden die kleinen Kutschenfenster und die matt durch dieselben schimmernden Kutschenlaternen und der in seinen Mantel gehüllte Passagier gegenüber die Bank, die ganz gewaltige Geschäfte machte. Das Klappern des Geschirres wurde zum Geldklimpern und binnen fünf Minuten wurden mehr Tratten honorirt, als selbst Tellson's Bank mit aller ihrer Kundschaft im Auslande und im Inlande jemals in der dreifachen Zeit bezahlt hatte. Alsdann thaten sich vor ihm die festen Keller unter der Bank mit den kostbaren Vorräthen und Geheimnissen, welche der Passagier wußte (und er wußte nicht wenige derselben), vor ihm auf, und er ging mit großen Schlüsseln und dem schwach brennenden Lichte hinein und fand Alles sicher und unbesehen und unverrathen, gerade, wie er es zuletzt gefunden.

Aber obgleich die Bank ihm fast immer Gesellschaft leistete und obgleich die Kutsche (in einer verwirrten Weise, wie das Schmerzgefühl unter dem Einflusse eines Opiats) sich nie von ihm trennte, blieb auch noch eine andere Reihe von Eindrücken die ganze Nacht hindurch lebendig. Er war unterwegs, um Jemanden aus einer Gruft herauszuholen.

Welches von den vielen Gesichtern, die sich ihm zeigten, das wahre Gesicht des Begrabenen sei, verriethen die Schatten der Nacht nicht; aber sie waren alle Gesichter eines Mannes von fünfundvierzig Jahren und unterschieden sich hauptsächlich in den Leidenschaften, welche sie ausdrückten und in dem Grauenhaften ihres abgelebten und elenden Aussehens. Stolz, Verachtung, Herausforderung, Trotz, Unterwürfigkeit, Jammer folgten auf einander; ebenso viele Abstufungen von eingefallenen Wangen, leichenhafter Farbe, abgezehrten Händen und Gesichtern. Aber im Ganzen war das Gesicht ein Gesicht und jedes Haupt war vor der Zeit weiß geworden. Wohl hundertmal fragte der Passagier aus seinem Halbschlummer heraus dieses Gespenst: „Wie lange begraben?"

Die Antwort war immer dieselbe: „Fast achtzehn Jahre."

„Sie hatten alle Hoffnung aufgegeben, ausgegraben zu werden?"

„Lange, lange schon."

„Sie wissen, daß Sie wiederauferstanden sind?"

„So höre ich sagen."

„Ich hoffe, Sie treten gern wieder ins Leben ein?"

„Das weiß ich nicht."

„Soll ich sie Ihnen zeigen?"

„Wollen Sie sie sehen?"

Die Antworten auf diese Fragen lauteten verschieden und widersprechend. Manchmal lautete sie mit gebrochener Stimme: „Warten Sie! Es könnte mein Tod sein, wenn ich sie zu früh sähe." Manchmal kam sie mit einem Strom von rührenden Thränen und lautete dann: „Bringen Sie mich zu ihr." Manchmal war sie von weitgeöffneten Augen und verwirrten Blicken begleitet und war dann: „Ich kenne sie nicht. Ich weiß nicht, was Ihr von mir wollt."

Nach dieser Unterhaltung im Traum fing der Passagier in seinem Weiterträumen an zu graben und zu graben und zu graben — bald mit einem Spaten oder mit einem großen Schlüssel, oder mit den Händen — um den Unglücklichen auszugraben. Wie er endlich wieder, mit Erde um Gesicht und Haar, herausgeholt war, zerfiel er urplötzlich in Staub. Dann fuhr der Passagier aus seinem Halbschlummer auf und ließ das Fenster herab, um die Wirklichkeit des Nebels und Regens auf seiner Backe zu fühlen.

Aber selbst wenn seine wachen Augen den Nebel und Regen, den sich vorwärts bewegenden Streifen Licht von der Laterne und die in Stößen zurückweichenden Hecken an der Straße sahen, mischten sich die Schatten der Nacht außerhalb der Kutsche in den Zug der Schatten der Nacht innerhalb derselben. Das wirkliche Bankhaus am Tempelthor, das wirkliche Geschäft des gestrigen Tages, die wirklichen Kassenräume, der wirkliche Bote, der ihm nachgeschickt worden und die wirkliche Botschaft, die er zurückgeschickt hatte, waren alle vorhanden. Aber mitten unter ihnen tauchte das gespenstische Gesicht empor und er mußte es wieder anreden.

„Wie lange begraben?"

„Fast achtzehn Jahre."

„Ich hoffe, Sie treten gern wieder ins Leben ein?"

„Das weiß ich nicht."

Graben, graben, graben, bis eine ungeduldige Bewegung von einem der Passagiere ihn ermahnte, das Fenster in die Höhe zu ziehen, den Arm wieder fest und sicher in die lederne Schleife zu legen und über die beiden schlummernden Gestalten zu speculiren, bis seine Gedanken wieder von ihnen abkamen und sich wieder unmerklich der Bank und dem Grabe zuwendeten.

„Wie lange begraben?"

„Fast achtzehn Jahre."

„Sie hatten alle Hoffnung aufgegeben, ausgegraben zu werden?"

„Lange, lange schon."

Die Worte klangen ihm immer noch im Ohre, als ob sie eben erst gesprochen worden — so deutlich, als er jemals gesprochene Worte hatte nachklingen hören — , als der müde Passagier zum Bewußtsein des Tageslichtes aufwachte und fand, daß die Schatten der Nacht verschwunden waren.

Er ließ das Fenster herab und sah hinaus auf die aufgehende Sonne. Vor ihm lag ein Abhang Ackerland mit einem Pflug darauf, noch auf derselben Stelle, wo die Pferde gestern Abend ausgespannt worden waren; darüber ein stilles Niederholz, in welchem viele Blätter von brennendem Roth und goldenem Gelb noch auf den Büschen hingen. Obgleich der Erdboden kalt und feucht war, war doch der Himmel heiter und die Sonne ging hell, ruhig und schön auf.

„Achtzehn Jahre!" sagte der Passagier, die Augen der Sonne zugewendet. „Barmherziger Schöpfer des Tages! Achtzehn Jahre lang lebendig begraben!"

Viertes Kapitel
Die Vorbereitung

Als die Postkutsche im Laufe des Vormittags allmälig nach Dover gelangt war, machte der Oberkellner des Hotels zum „König Georg" den Kutschenschlag auf, wie es seine Gewohnheit war. Er that es mit einer gewissen Feierlichkeit, denn eine Reise in der Postkutsche von London im Winter war eine Heldenthat, wegen der man einem kühnen Reisenden gratuliren durfte.

Es war jetzt aber nur noch ein kühner Reisender zum Gratuliren übrig; denn die beiden andern waren an verschiedenen Orten unterwegs ausgestiegen. Das kellerartige Innere der Kutsche mit dem feuchten und schmutzigen Stroh, dem unangenehmen Geruch und der Finsterniß sah eher wie ein großer Hundestall aus. Mr. Lorry, der Passagier, sah, wie er, mit einzelnen Strohhalmen behangen, das zottige Wickeltuch nachschleppte und mit schlappem Hut und schmutzigen Stiefeln herausstieg, eher wie ein großer Hund aus.

„Geht morgen ein Packetschiff nach Calais ab, Kellner?"

„Ja, Sir, wenn sich das Wetter hält und der Wind leidlich günstig wird. Fluth wird ziemlich scharf gegen zwei Uhr Nachmittags eintreten, Sir. Ein Bett, Sir?"

„Ich gehe nicht vor Nachts schlafen; aber ich will ein Schlafzimmer und einen Barbier."

„Und ein Frühstück, Sir? Ja, Sir. Hier herauf, Sir, wenn's beliebt. Nummer zwei! Den Mantelsack des Herrn und warmes Wasser nach Nummer zwei. Zieht dem Herrn in Nummer zwei die Stiefeln aus. (Es brennt dort schon ein gutes Steinkohlenfeuer, Sir.) Ein Barbier für Nummer zwei. Rührt Euch, für Nummer zwei!"

Da Nummer zwei immer für Postpassagiere bestimmt war und Postpassagiere immer vom Kopf bis zum Fuß dick eingewickelt waren, so hatte für die Inwohner des Königs Georg dieses Zimmer das merkwürdig Interessante, daß, obgleich man nur eine Art Mensch hineingehen sah, alle verschiedenen Arten von Menschen wieder heraustraten. Daher hielten sich auch ein anderer Kellner und zwei Portiers und verschiedene Stubenmädchen und die Wirthin aus Zufall an verschiedenen Punkten des Weges zwischen Nummer zwei und dem Frühstückszimmer auf, als ein Herr von etwa sechszig Jahren in einem ziemlich getragenen, aber sehr gut gehaltenen braunen Anzug mit großen Aufschlägen an den Armen und großen Patten über den Taschen zum Frühstück wieder aus Nummer zwei kam.

Das Frühstückszimmer hatte an diesem Vormittag keinen andern Gast als den Herrn im braunen Anzug. Sein Frühstückstisch stand vor dem Feuer und wie er da saß, während der Schimmer der Flamme auf ihn fiel und er auf das Frühstück wartete, saß er so still, daß man hätte glauben können, er säße für sein Bild.

Er sah so ordentlich und methodisch aus, wie er dasaß, eine Hand auf jedes Knie gelegt, während eine laute Uhr eine eintönige Predigt unter seiner langen Schooßweste pickte, als ob sie ihren Ernst und ihre Langlebigkeit gegen Leichtsinn und die Vergänglichkeit des raschen Feuers einsetzte. Er hatte ein gutes Bein und war etwas eitel darauf, denn seine braunen Strümpfe saßen glatt und knapp und waren von feinem Gewebe; auch Schuhe und Schnallen waren, obgleich einfach, doch schmuck. Er trug eine merkwürdige kleine, saubergehaltene, lockige, flachsblonde Perrücke, die wohl von natürlichem Haar gemacht sein mochte, aber weit mehr aussah, als wäre sie von Fäden aus Seide oder Glas gesponnen. Seine Wäsche, obgleich nicht so fein, um mit seinen Strümpfen übereinzustimmen, war so weiß wie der Kamm der Wellen, welche an dem nahen Strande zerschellten, oder wie die Segel, die fern draußen auf dem Meere im Sonnenschein glänzten. Das für gewöhnlich gefaßte und ruhige Gesicht beleuchteten immer noch unter der seltsamen Perrücke hervor ein Paar feuchte, glänzende Augen, deren Eigenthümer in vergangenen Zeiten einige Mühe gehabt haben muß, ihnen den ruhigen und zurückhaltenden Ausdruck von Tellsons Bank zu geben. Seine Wangen hatten eine gesunde Farbe und das Gesicht, obgleich gefurcht, zeigte wenig Spuren von Sorgen. Aber vielleicht waren die unverheiratheten vertrauten Commis von Tellsons Bank vornehmlich von den Sorgen anderer Leute in Anspruch genommen und vielleicht lassen sich Sorgen zweiter Hand, wie Kleider zweiter Hand, besser an- und ablegen.

Um einem Mann, der für sein Bild sitzt, ganz ähnlich zu werden, schlief jetzt Mr. Lorry ein. Das Erscheinen des Frühstücks weckte ihn wieder auf und er sagte zum Kellner, als er den Stuhl näher an den Tisch setzte:

„Halten Sie ein Zimmer bereit für eine junge Dame, die hier jede Stunde eintreffen kann. Sie fragt vielleicht nach Mr. Jarvis Lorry oder vielleicht auch nur nach einem Herrn von Tellsons Bank. Bitte, melden Sie es mir.“

„Ja, Sir, Tellsons Bank in London, Sir.“

„Ja.“

„Ja, Sir. Wir haben oft die Ehre, Herren aus Ihrem Hause auf ihren Reisen zwischen London und Paris zu beherbergen, Sir. Sehr viel unterwegs, Sir, die Herren Tellson u. Comp.“

„Ja. Wir sind ebenso gut ein französisches wie ein englisches Haus.“

„Ja, Sir. Sie selbst reisen wohl nicht viel, Sir?“

„In der letzten Zeit nicht. Es sind fünfzehn Jahre, seitdem wir — seitdem ich zum letzten Male von Frankreich herüber kam.“

„Wirklich, Sir. Das war vor meiner Zeit hier, Sir. Vor unseres Herrn Zeit hier, Sir. Der „König Georg“ hatte damals einen andern Besitzer, Sir.“

„Ich glaube, ja.“

„Aber ich möchte schon was Ordentliches wetten, Sir, daß ein Haus, wie Tellson u. Comp., nicht vor fünfzehn, sondern schon vor fünfzig Jahren geblüht hat?“

„Sie können das verdreifachen und hundertfünfzig Jahre sagen und nicht weit von der Wahrheit sein.“

„Wirklich, Sir?“

Mit bewunderndem Gesicht trat der Kellner von dem Tisch zurück, legte die Serviette von dem rechten Arm auf den linken, nahm eine behagliche Stellung an und sah dem Gaste, wie er aß und trank, zu. Wie von einem Observatorium oder Wartthurm. Ganz, wie es seit unvordenklichen Zeiten bei Kellnern Gebrauch ist.

Als Mr. Lorry mit seinem Frühstück fertig war, machte er einen kleinen Spaziergang nach dem Strande. Die kleine Stadt Dover mit ihren engen und krummen Gäßchen versteckte sich allseits vor dem Strande und steckte den Kopf in die Kreideklippen, wie ein Meerstrauß. Der Strand war eine Wüste von Meereswellen und Steinen, die wild über einander kollerten, und das Meer that, was ihm gefiel, und was ihm gefiel, war Zerstörung. Es donnerte gegen die Stadt und es donnerte gegen die Klippen und zertrümmerte durch seine wüthenden Schläge die Küste. Die Luft zwischen den Häusern hatte einen so starken Fischgeruch, daß man hätte glauben können, kranke Fische gingen darin baden, wie kranke Menschen in das Meer baden gehen. Im Hafen beschäftigte man sich mit etwas Fischerei und sehr viel Herumwandern bei Nacht und seewärts Gucken: vorzüglich zu den Stunden, wo die Fluth fast ihren Höhepunkt erreicht hatte. Kleine Handelsleute, deren Geschäft sehr still ging, brachten es manchmal ganz unerklärlicherweise zu großem Reichthum und es war merkwürdig, daß Niemand in der Nachbarschaft einen Laternenmann ausstehen konnte.

Wie der Tag sich zum Abend neigte und die Luft, die zu Zeiten hell genug gewesen war, um die französische Küste erblicken zu lassen, sich wieder mit Dunst und Nebel füllte, schien sich auch Mr. Lorry's Stirn wieder zu umwölken. Als es dunkel war und er vor dem Feuer im Frühstückszimmer saß und auf sein Essen wartete, wie er auf sein Frühstück gewartet hatte, war sein Geist eifrig beschäftigt, in den rothglühenden Kohlen zu graben, zu graben, zu graben.

Eine Flasche guten Rothweins nach dem Essen schadet einem in den glühenden Kohlen Grabenden nichts, außer daß sie eine Neigung hat, ihn seine Arbeit vergessen zu machen. Mr. Lorry war eine lange Zeit unbeschäftigt geblieben und hatte soeben sein letztes Glas Wein mit einer so vollständigen Befriedigung eingeschenkt, als man nur bei einem ältlichen Herrn von lebhafter Gesichtsfarbe erwarten konnte, der seine Flasche ausgetrunken hat, als ein Wagen die enge Straße heraufrasselte und in den Hof des Gasthauses einfuhr.

Er setzte das Glas unberührt wieder hin. „Das ist Mamsell!“ sagte er.

Nach sehr wenig Minuten trat der Kellner ein, um zu melden, daß Miß Manette von London angekommen sei und sich glücklich schätzen werde, den Herrn von Tellsons zu sehen.

„So bald?"

Miß Manette hatte unterwegs einige Erfrischungen zu sich genommen, wollte jetzt Nichts essen und wünschte sehr angelegentlich, den Herrn von Tellsons-Bank sofort zu sprechen, wenn es ihn nicht belästige.

Der Herr von Tellsons konnte weiter Nichts thun, als sein Glas mit einer Miene hülfloser Verzweiflung austrinken, seine seltsame kleine Flachsperrücke an den Ohren zurecht rücken und dem Kellner nach Miß Manettens Zimmer folgen. Es war ein großes dunkles Zimmer, mit schwarzen Roßhaarmöbeln ausgestattet und mit schweren dunkeln Tischen. Diese waren so oft geölt und wieder geölt worden, bis die beiden hohen Leuchter auf dem Tisch in der Mitte des Zimmers sich düster von jedem Blatte wiederspiegelten, als ob sie in tiefen Grüften von schwarzem Mahagony begraben lägen und kein erwähnenswerthes Licht von ihnen erwartet werden könnte, bis sie ausgegraben worden.

So dämmerig dunkel war das Zimmer, daß Mr. Lorry, während er vorsichtig über den abgeschabten türkischen Teppich schritt, glaubte, Miß Manette befinde sich für den Augenblick in einem Nebenzimmer, bis er die beiden hohen Leuchter passirt hatte und an dem Tisch zwischen ihnen und dem Feuer eine junge Dame von nicht mehr als siebzehn Jahren in einem Reitmantel, und den Reisestrohhut an seinem Bande immer noch in der Hand haltend, stehen sah, zu seinem Empfange bereit. Wie seine Augen auf die kleine hübsche Gestalt mit vollen goldenen Locken, einem blauen Augenpaar, das dem seinen mit forschendem Blick begegnete und einer Stirn von merkwürdiger Fähigkeit (wenn man ihre Jugend und ihre Glätte bedenkt), sich in einem Ausdruck zusammenzuziehen, der nicht ganz Verlegenheit, oder Verwunderung, oder Erschrecken, oder nur aufgeweckte, gefesselte Aufmerksamkeit war, obgleich er alle diese vier Ausdrücke in sich schloß — als seine Augen auf alles Dieses fielen, wurde plötzlich das Bild eines Kindes in ihm lebendig, das er in einer kalten Nacht, wo der Hagel in schweren Schauern hernieder rauschte und die See hoch ging, auf der Ueberfahrt über denselben Canal auf den Armen getragen hatte. Das Bild schwand wieder, ungefähr wie ein Hauch von der Fläche des hohen Pfeilerspiegels hinter ihr, auf dessen Rahmen eine Procession von Mohren-Amoretten, mehrere ohne Kopf, und alle Krüppel, schwarze Körbe mit Früchten vom todten Meer schwarzen Göttinnen darboten, und er begrüßte Miß Manette mit einer förmlichen Verbeugung.

„Bitte, nehmen Sie Platz, Sir," sagte sie mit einer sehr hellen und angenehmen jugendlichen Stimme, und ein wenig, aber sehr wenig fremd im Accent.

„Ich küsse Ihnen die Hand, Miß," sagte Mr. Lorry, mit der Höflichkeit einer entschwundenen Zeit, während er seine förmliche Verbeugung wiederholte und Platz nahm.

„Ich erhielt gestern einen Brief von der Bank, Sir, mit der Nachricht, daß eine neue Kunde — oder Entdeckung —“

„Das Wort ist unwesentlich, Miß; eins ist so gut wie das andere.“

„— in Bezug auf das kleine Vermögen meines armen Vaters — den ich nie gesehen habe — der schon so lange todt ist —“

Mr. Lorry rückte in seinem Stuhle hin und her und warf einen beunruhigten Blick nach der Procession von Mohren-Amoretten. Als ob sie mit ihren albernen Körben Jemandem Hülfe bringen könnten!

„— für mich eine Reise nach Paris nothwendig machte, um mich dort in Einvernehmen mit einem Herrn von der Bank zu setzen, der zu diesem Zwecke nach Paris unterwegs ist.“

„Das bin ich selbst.“

„Das dacht’ ich mir, Sir.“

Sie machte ihm einen Knix. (Junge Damen knixten damals noch.) Mit einem sich hübsch ausdrückenden Wunsch ihn merken zu lassen, daß sie fühle, wie viel älter und weiser er sei, als sie.

Er antwortete abermals mit einer Verbeugung.

„Ich antwortete der Bank, Sir, daß, da diejenigen, die es wissen, und die so gütig sind, mir mit ihrem Rathe beizustehen, eine Reise nach Frankreich für nothwendig hielten, ich, als eine Waise und ohne einen Freund, der mich begleiten könnte, mich sehr verpflichtet fühlen würde, wenn ich mich während der Reise unter den Schutz dieses würdigen Herrn stellen dürfte. Der Herr war bereits von London abgereist, aber ich glaube, ein Bote wurde ihm nachgeschickt, ihn um die Gefälligkeit zu bitten, mich hier zu erwarten.“

„Mir ist das Glück zu Theil geworden,“ sagte Mr. Lorry, „mit dem Auftrage betraut zu werden. Ich werde mich noch glücklicher schätzen, ihn auszuführen.“

„Ich bin Ihnen sehr dankbar, Sir. Ich danke Ihnen auf das Herzlichste. Man sagte mir auf der Bank, der Herr werde mir die Einzelnheiten des Geschäfts auseinandersetzen und ich müßte mich darauf gefaßt machen, etwas sehr Ueberraschendes zu hören. Ich habe mein Möglichstes gethan, mich darauf vorzubereiten und bin natürlich sehr begierig, das Nähere zu erfahren.“

„Natürlich,“ sagte Mr. Lorry. „Ja — ich —“

Nach einer Pause setzte er hinzu, während er sich die flachsblonde Perrücke über den Ohren zurecht rückte:

„Der Anfang ist sehr schwer.“

Er fing nicht an, sondern begegnete in seiner Unentschiedenheit ihrem Blick. Die jugendliche Stirn nahm wieder jenen eigenthümlichen Ausdruck an — aber er war nicht blos eigenthümlich, sondern auch hübsch und charakteristisch — und die Dame erhob die Hand, als ob sie mit einer unwillkürlichen Bewegung einen vorübereilenden Schatten aufhielte.

„Habe ich Sie früher nie gekannt, Sir?"

„O nein," sagte Mr. Lorry, indem er die Hände mit einem ablehnenden Lächeln ausbreitete.

Zwischen den Augenbrauen und gerade über dem Mädchennäschen, dessen Umrisse so zart und fein waren, als man sich nur denken konnte, vertiefte sich der Ausdruck, wie sie gedankenvoll auf dem Stuhle Platz nahm, neben dem sie bisher gestanden hatte. Er beobachtete sie, wie sie nachdachte, und fuhr in dem Augenblicke, wo sie wieder den Blick erhob, fort:

„In Ihrem Adoptivvaterlande, glaube ich, kann ich nichts Besseres thun, als Sie als eine junge englische Dame, Miß Manette anzureden?"

„Haben Sie die Güte, Sir!"

„Miß Manette, ich bin ein Geschäftsmann. Ich habe einen Geschäftsauftrag auszuführen. Während Sie denselben anhören, bitte ich, mich nur als eine Sprechmaschine zu betrachten, — ich bin wahrhaftig nicht viel mehr. Ich will Ihnen, mit Ihrer Erlaubniß, die Geschichte eines unserer Kunden erzählen."

„Geschichte!"

Er schien absichtlich das von ihr wiederholte Wort nicht zu verstehen, als er eilig hinzusetzte: „Ja, von einem unserer Kunden; im Banquiergeschäft nennen wir die Leute so, mit denen wir zu thun haben. Er war ein französischer Herr; ein Gelehrter; ein Herr von vielen Kenntnissen — ein Arzt."

„Nicht aus Beauvais?"

„Doch ja, aus Beauvais. Wie Monsieur Manette, Ihr Vater, war der Herr aus Beauvais. Wie Monsieur Manette, Ihr Vater, hatte der Herr in Paris großen Ruf und großes Ansehen. Ich hatte die Ehre, ihn dort zu kennen. Wir standen in Geschäftsbeziehungen zu einander, aber in vertraulichen. Ich war damals in unserm französischen Hause und zwar wohl — ach, schon seit zwanzig Jahren."

„Damals — darf ich fragen, wann das war, Sir?"

„Vor zwanzig Jahren, Miß. Er verheirathete sich mit einer englischen Dame, für die ich mit als Vormund eintrat. Seine Angelegenheiten, wie die Angelegenheiten vieler anderer französischer Herren und französischer Familien, befanden sich ganz in Tellson's Händen. In einer ähnlichen Weise bin ich Vormund oder Curator in der einen oder der andern Art für eine Menge, ach, eine Menge unserer Kunden gewesen. Das sind reine Geschäftsverhältnisse, Miß; es ist keine Freundschaft dabei, kein persönliches Interesse, kein Herz. Ich bin im Verlaufe meines Geschäftslebens von Einem zum Andern gegangen, gerade wie ich im Verlaufe meines

Geschäftstages von einem unserer Kunden zum andern gehe; mit Einem Worte, ich habe keine Gefühle; ich bin eine bloße Maschine. Um fortzufahren —"

„Aber das ist meines Vaters Geschichte, Sir, und ich fange an zu glauben," — die merkwürdig nachdenkliche Stirne wendete sich ihm noch nachdenklicher zu — „daß, als ich als Waise zurückblieb, obgleich meine Mutter meinen Vater nur zwei Jahre überlebte, Sie mich nach England gebracht haben. Ich bin fast überzeugt, daß Sie es waren."

Mr. Lorry nahm das zögernde Händchen, das sich ihm vertrauend entgegenstreckte und drückte es mit einiger Förmlichkeit an seine Lippen. Er führte die junge Dame dann wieder nach ihrem Stuhle, blieb hinter demselben stehen, die Stuhllehne mit der linken Hand fassend und die Rechte abwechselnd gebrauchend, um sich das Kinn zu streichen, die Perrücke an den Ohren zurechtzurücken, oder seinen Worten Nachdruck zu geben, und sah hernieder in ihr Gesicht, während sie zu dem seinigen hinaufschaute.

„Miß Manette, ich weiß. Und Sie werden anerkennen, wie wahr ich vorhin gesprochen habe, als ich sagte, ich hätte keine Gefühle und alle Beziehungen, in denen ich zu meinen Mitmenschen stehe, seien reine Geschäftsbeziehungen, wenn Sie bedenken, daß ich Sie seitdem nie gesehen habe. Nein; Sie sind seitdem das Mündel von Tellsons Haus gewesen und ich war seitdem in andern Geschäften von Tellsons Haus beschäftigt. Gefühle! Ich habe keine Zeit und keine Gelegenheit dazu. Ich verbringe mein ganzes Leben, Miß,mit dem Drehen einer ungeheuren geldmachenden Drehrolle."

Nachdem Mr. Lorry diese seltsame Beschreibung der täglichen Routine seines Geschäftslebens gegeben, drückte er seine flachsblonde Perrücke mit beiden Händen auf dem Kopfe fest, — was ganz unnöthig war, denn Nichts konnte fester und glatter sitzen, als die Perrücke — und nahm seine frühere Stellung wieder ein.

„Soweit also, Miß, wie Sie richtig bemerkt haben, wäre dies die Geschichte Ihres vielbeklagten Vaters. Aber jetzt kommt der Unterschied. Wenn Ihr Vater nicht gestorben wäre, als er starb — erschrecken Sie nicht! wie Sie auffahren!"

Sie fuhr in der That auf. Und sie faßte seine Hand mit ihren beiden Händen krampfhaft.

„Bitte," sagte Mr. Lorry in besänftigendem Tone, indem seine linke Hand die Stuhllehne losließ und sich auf die bittenden Finger legte, welche sich so heftig zitternd an ihn anklammerten. „Bitte, beruhigen Sie sich — eine reine Geschäftssache — wie ich eben sagte."

Der Ausdruck ihres Blickes brachte ihn so außer Fassung, daß er inne hielt und erst nach einer verlegenen Pause wieder anfing:

„Wie ich eben sagte — wenn Monsieur Manette nicht gestorben wäre; wenn er plötzlich und spurlos verschwunden wäre; wenn man ihn entführt hätte; wenn es schwer gewesen wäre, zu errathen, nach welchem schrecklichen Ort, obgleich der größte Scharfsinn keine Spur von ihm entdecken konnte; wenn er unter seinen Landsleuten irgend einen Feind hatte, welcher ein Vorrecht ausüben konnte, von dem zu meiner Zeit die kühnsten Leute drüben kaum in einem Flüstern zu sprechen wagten — z. B. das Vorrecht, unterzeichnete Verhaftsbefehle mit jedem Namen nach Belieben auszufüllen und den so Verhafteten auf jede beliebige Zeit der Vergessenheit eines Kerkers anheimzugeben; wenn seine Frau den König, die Königin, den Hof, die Geistlichkeit um Nachrichten von ihm angefleht hätte und Alles vergeblich; — dann wäre die Geschichte Ihres Vaters die Geschichte dieses unglücklichen Herrn, des Arztes von Beauvais.“

„Ich bitte Sie angelegentlichst, mir mehr zu sagen, Sir.“

„Ich werde gleich fortfahren. Können Sie es ertragen?“

„Ich kann Alles eher ertragen, als die Ungewißheit, in der Sie mich jetzt lassen.“

„Sie sprechen gefaßt und Sie sind wirklich gefaßt. Das ist gut!“ Obgleich sich in seinen Worten viel mehr Beruhigung aussprach, als in seinen Mienen. „Eine reine Geschäftssache. Betrachten Sie es als eine reine Geschäftssache — als eine Sache, die abgewickelt werden muß. Wenn die Gattin dieses Arztes, obgleich eine Dame von großem Muthe und starkem Charakter, unter diesem Unglück so schwer gelitten hätte, ehe ihr Kind geboren ward —“

„Das Kind war eine Tochter, Sir.“

„Eine Tochter. Eine — eine reine Geschäftssache. Beunruhigen Sie sich nicht, Miß, wenn die arme Dame vor der Geburt ihres Kindes so schwer gelitten hätte, daß sie zu dem Entschlusse kam, das arme Kind mit der Erbschaft nur des kleinsten Theils der Folter zu verschonen, deren Qual sie gekannt hatte, indem sie die Tochter in dem Glauben erzog, ihr Vater sei gestorben — nein, knien Sie nicht! In des Himmels Namen, knien Sie nicht vor mir.“

„Die Wahrheit. O guter, lieber Herr, wenn Sie ein Herz haben, die Wahrheit!“

„— reine Geschäftssache. Sie bringen mich ganz in Verwirrung, und wie kann ich eine Geschäftssache verhandeln, wenn ich in Verwirrung bin? Wir müssen ruhig und kaltblütig bleiben. Wenn Sie z. B. jetzt gütigst sagen wollten, wie viel neun mal neun Pence sind oder wieviel Schillinge zwanzig Guineen geben, so würde das für mich sehr erfreulich sein. Ich würde dann viel ruhiger sein über Ihren Gemüthszustand.“

Ohne unmittelbar diese Ansprache zu beantworten, saß sie so still, als er sie sehr sanft aufgehoben hatte, und die Hände, welche immer noch krampfhaft die seinigen umklammerten, zitterten so viel weniger, als vorhin, daß sich Mr. Jarvis Lorry etwas beruhigter fühlte.

„So ist’s recht, so ist’s recht. Muth! Geschäft! Sie haben ein Geschäft zu verrichten; ein nützliches Geschäft. Miß Manette, Ihre Mutter machte das so mit Ihnen. Und als sie starb — ich glaube an gebrochenem Herzen — nachdem sie nie müde geworden war, ihre vergeblichen Nachforschungen nach Ihrem Vater fortzusetzen, ließ sie Sie, ein zweijähriges Kind, zurück, daß Sie zu einer blühenden, schönen und glücklichen Jungfrau heranwüchsen, ohne die düstere Sorge, in beständiger Ungewißheit zu leben, ob Ihr Vater bald im Gefängniß verkümmerte oder lange, lange Jahre traurig dahinsiechte."

Wie er diese Worte sprach, blickte er mit bewunderndem Mitleid auf das reiche, goldene Haar herab, als ob er bei sich dächte, daß es schon mit Grau durchzogen sein könnte. „Sie wissen, daß Ihre Eltern nicht sehr reich waren und daß das, was sie hatten, Ihrer Mutter und Ihnen gesichert wurde. Geld oder anderes Vermögen ist nicht entdeckt worden, aber —"

Er fühlte, daß die Händchen sich krampfhafter schlossen und hielt inne. Der Ausdruck auf der Stirn, der seine Aufmerksamkeit so sehr auf sich gezogen hatte, hatte sich zu einem Ausdruck der Seelenqual und des Schreckens vertieft.

„Aber er — er ist gefunden worden. Er lebt. Sehr verändert, wie nur zu wahrscheinlich ist; möglicherweise nur ein traurigster Rest von dem, was er war, obgleich wir das Beste hoffen wollen. Aber er lebt doch noch. Ihr Vater hat eine Zuflucht in dem Hause eines alten Dieners in Paris gefunden und dorthin gehen wir: ich, um ihn womöglich zu identificiren; Sie, um ihn dem Leben, der Liebe, der häuslichen Pflege und dem häuslichen Glück wiederzugeben."

Ein Schauer überlief ihren Körper und ging auf ihn über. Sie sagte mit leiser, deutlicher, von feierlichem Grauen gedämpfter Stimme, als ob sie es in einem Traume sagte:

„Ich soll seinen Geist sehen! Es wird sein Geist sein — nicht er selbst!"

Mr. Lorry rieb in stiller Fassung die Hände, welche sich an seinen Arm klammerten. „So, so! Nur ruhig, nur ruhig! Sie wissen jetzt das Beste und das Schlimmste. Sie sind unterwegs zu dem armen Dulder und bei glücklicher See- und Landreise werden Sie bald an seiner geliebten Seite sein."

Sie wiederholte mit derselben, von feierlichem Grauen gedämpften Stimme. „Ich bin frei, ich bin glücklich gewesen, aber sein Geist hat mich nie heimgesucht!"

„Nur noch Eins," sagte Mr. Lorry, mit besonderem Nachdruck, um damit in wohlthuender Weise ihre Aufmerksamkeit auf etwas Anderes zu lenken; „man hat ihn unter einem andern Namen gefunden; sein eigener ist seit langer Zeit vergessen oder verborgen gehalten worden. Es wäre schlimmer als nutzlos, danach zu forschen; schlimmer als nutzlos, zu fragen, ob er selbst seit Jahren vergessen oder absichtlich als Gefangener festgehalten wurde. Es wäre schlimmer als nutzlos, jetzt überhaupt Nachforschungen anzustellen, weil es gefährlich wäre. Besser kein Wort weiter von der Sache zu sagen und ihn wenigstens auf einige Zeit aus Frankreich zu entfernen. Selbst ich, so sicher ich als ein Engländer bin und selbst Tellsons, so wichtig sie für den französischen Credit sind, vermeiden, die Sache nur mit Einem Worte zu erwähnen. Ich habe auch kein Zettelchen Schriftliches, was sich darauf bezieht, bei mir. Es ist ganz und gar eine Sendung im geheimen Dienst. Meine Beglaubigungsschreiben, Notizen und Aufzeichnungen sind alle in der Einen Zeile zusammengefaßt „Wiederauferstanden"; was sonst wer weiß was sagen kann. Aber was ist das! Sie hört kein Wort! Miß Manette!"

Ganz regungslos und stumm und nicht einmal in ihren Stuhl zurückgesunken saß sie gänzlich gefühllos da, mit offenen und auf ihn gehefteten Augen und mit dem letzten Ausdruck auf ihrer Stirn wie eingeschnitten, oder wie eingebrannt. So krampfhaft hielt sie noch seinen Arm umklammert, daß er aus Furcht, ihr wehe zu thun, gar nicht wagte, sich von ihr los zu machen; deshalb rief er, ohne sich zu bewegen, laut um Hülfe.

Eine wild aussehende Frau, von der Mr. Lorry sogar in seiner Aufregung bemerkte, daß sie über und über roth war und rothes Haar hatte, und nach einer merkwürdigen, knapp anliegenden Mode gekleidet war und auf ihrem Kopf einen höchst wunderbaren Hut hatte, ungefähr von der Form eines hölzernen Metzenmaßes, oder eines großen Stiltonkäses, kam der Bedienung des Wirthshauses ein gut Stück voraus in das Zimmer gelaufen und schlichtete bald die Frage seiner Loslösung von der armen jungen Dame dadurch, daß sie eine muskulöse, sonnenverbrannte Hand auf seine Brust legte und ihn mit einem Schub an die nächste Wand warf.

(„Ich denke wirklich, das muß ein Mann sein!" sagte Mr. Lorry athemlos bei sich, während er an die Wand flog.)

„Wo habt ihr denn die Augen!" herrschte diese Gestalt die Bedienung des Gasthauses an. „Warum lauft ihr nicht und holt das Nöthige, anstatt hier zu stehen und mich anzustarren? Ich bin doch nichts so Merkwürdiges? Warum lauft ihr nicht und holt, was nöthig ist? Ihr sollt es schon kriegen, wenn ihr nicht auf der Stelle Riechsalz, kaltes Wasser und Essig bringt, und rasch!"

Sofort zerstreute sich die Dienerschaft, um diese Wiederbelebungsmittel herbeizuschaffen und sie legte sanft die Kranke auf ein Sopha und behandelte sie mit großer Geschicklichkeit und Zärtlichkeit. Sie nannte sie nur „mein Schäfchen!" und „mein Täubchen!" und breitete mit großem Stolz und großer Sorglichkeit ihr goldnes Haar auf ihren Schultern aus.

„Und Sie Brauner da!" sagte sie, sich voller Zorn gegen Mr. Lorry wendend; „konnten Sie ihr nicht, was Sie ihr zu sagen hatten, sagen, ohne sie zum Tod zu erschrecken? Sehen Sie sie nur an, mit ihrem hübschen blassen Gesichtchen und ihren kalten Händen. Nennen Sie das ein Banquier sein?"

Mr. Lorry kam so ganz außer Fassung durch eine so schwierig zu beantwortende Frage, daß er nur von Weitem mit viel schwächerer Theilnahme und Demuth zusehen konnte, während die starke Frau, nachdem sie die Dienerschaft des Gasthauses durch die geheimnißvolle Androhung „es sie kriegen zu lassen," wenn sie neugierig und unthätig dablieben, davongescheucht hatte, durch ihre geschickten

Bemühungen die Jungfrau nach und nach wieder zu sich brachte und zuletzt liebkosend ihr mattes Haupt an ihren Busen legte.

„Ich hoffe, sie wird sich jetzt erholen," sagte Mr. Lorry.„Sie Braunem hat sie's nicht zu danken, wenn sie sich wieder erholt. Mein Herzensschatz!"

„Ich hoffe," sagte Mr. Lorry, nach einer neuen Pause schwacher Theilnahme und Demuth, „daß Sie Miß Manette nach Frankreich begleiten?"

„Sehr wahrscheinlich, nicht wahr?" entgegnete die starke Frau. „Wenn es jemals beabsichtigt gewesen wäre, daß ich über's Salzwasser gehen sollte, glauben Sie dann, daß die Vorsehung mir meine Heimath auf einer Insel angewiesen hätte?"

Da dies eine andere schwer zu beantwortende Frage war, so zog sich Mr. Jarvis Lorry zurück, um sie sich zu überlegen.

Fünftes Kapitel
Der Weinschank

Ein großes Faß Wein war auf die Straße gefallen und geplatzt. Der Unfall war beim Abladen geschehen; das Faß war mit großer Raschheit heruntergerollt, die Reifen waren gesprungen und es lag auf dem Pflaster, unmittelbar vor der Thür des Weinschanks, zertrümmert wie eine zerknackte Nuß.

Alle Leute der Nachbarschaft hatten ihre Beschäftigung oder ihr Nichtsthun unterbrochen, um herbeizueilen und den Wein zu trinken. Das holprige, aus unregelmäßigen Steinen zusammengesetzte Pflaster der Straße, das mit seinen nach allen Seiten gerichteten Spitzen, wie man hätte meinen sollen, ausdrücklich bestimmt war, jedes lebendige Wesen, das ihnen zu nahe kam, lahm zu machen, hatte den Wein in kleine Pfützen vertheilt; und um diese standen, je nach der Größe, größere oder kleinere Gruppen. Einige Männer knieten nieder, schöpften mit beiden zusammengehaltenen Händen die Flüssigkeit auf, und schlürften oder versuchten es, Frauen, die sich über ihre Achseln vorbeugten, von dem Getränk mitzutheilen, ehe es ganz durch die Finger lief. Andere Männer und Weiber tauchten in die Pfützen halbzerbrochene Obertassen oder sogar Kopftücher der Weiber, die dann in dem Munde von Säuglingen trocken ausgequetscht wurden; andere legten kleine Dämme von Straßenschlamm an, um den Wein aufzuhalten; andere, von aus hohen Fenstern Zuschauenden benachrichtigt, schossen hierhin und dorthin, um kleinen Nebenströmen, die sich neue Richtungen eröffneten, den Weg abzuschneiden; noch andere widmeten sich den von Wein gesättigten und von Weinhefen gefärbten Dauben des Fasses und leckten oder zerkauten selbst die am meisten durchfeuchteten Bruchstücke mit heißer Begierde. Ein Abzugscanal, um den Wein ablaufen zu lassen, war nicht vorhanden, aber dennoch ward er vollständig aufgeschlürft, freilich mit einer tüchtigen Portion Straßenkoth vermischt.

Gellendes Lachen und fröhliches Plaudern — Stimmen von Frauen, Männern und Kindern durch einander — durchschallte die Straße, so lange dieser Weinscherz dauerte. Es war wenig Rohheit in dem Spiele und viel gute Laune. Es war etwas besonders Gemüthliches darin, eine sichtliche Neigung bei einem Jeden, sich zu einem Andern zu gesellen, was vorzüglich bei den Glücklichern oder Leichtblütigern zu lustigen Umarmungen, Händeschütteln und selbst Reihentänzen von einem Dutzend auf einmal führte. Als der Wein aufgetrunken war und die Stellen, wo er am reichlichsten geflossen hatte, von Fingern mit einem Gittermuster durchzogen waren, hörten diese Demonstrationen ebenso plötzlich auf, als sie angefangen hatten. Der Holzmacher, der seine Säge in dem Brennholz, das er sägte, hatte stecken lassen, setzte sie wieder in Bewegung; die Frau, die auf einer Hausthürstufe den Topf mit heißer Asche hatte stehen lassen, mit dem sie versucht hatte, ihre abgezehrten Hände oder Füße oder die ihres Kindes zu erwärmen, kehrte zu ihm zurück; Männer mit nackten Armen, verwirrten Locken und leichenfarbigen Gesichtern, die aus Kellern an das Wintertageslicht getreten waren, suchten wieder ihre unterirdischen Wohnungen auf und ein Düster verbreitete sich über die Umgebung, das ihr natürlicher zu sein schien, als Sonnenschein.

Der Wein war Rothwein gewesen und hatte das Pflaster der engen Straße in der Vorstadt St. Antoine in Paris, wo er vergossen worden, gefärbt. Er hatte viele Hände und viele Gesichter und viele bloße Füße und viele Holzschuhe gefärbt. Die Hand des Holzmachers ließ rothe Zeichen auf den Scheiten, die er zersägte, zurück; und die Stirn der Frau, die ihr Kind säugte, war gefärbt von dem alten Fetzen, den sie sich wieder um den Kopf gewickelt hatte. Die gierig an den Dauben des Fasses genagt hatten, hatten einen tigerhaften Blutmund; und ein so beschmierter langer Lustigmacher, dessen Kopf mehr außerhalb eines langen schmutzigen Sackes von einer Nachtmütze saß, als darin, malte mit seinem in die schmutzigen Weinhefen getauchten Finger an eine Wand — Blut.

Die Zeit war im Anzuge, wo auch dieser Wein auf dem Pflaster verspritzt werden und die Flecken desselben manchen Stein röthen sollten.

Und jetzt, wo das Düster sich wieder über St. Antoine sammelte, welches ein rasch vorübergehender Sonnenschein von seinem heiligen Gesicht verjagt hatte, wurde die Finsterniß gar schwer und Kälte, Schmutz, Krankheit, Unwissenheit und Mangel waren die Kammerherren, die den hohen Heiligen bedienten — lauter Edelleute von großer Macht, vornehmlich aber der letztgenannte. Musterstücke von einem Volke, das sich ein schreckliches Mahlen und wieder Mahlen in der Mühle hatte gefallen lassen, aber gewiß nicht in der märchenhaften Mühle, welche Alte wieder zu Jungen macht, standen vor Frost schüttelnd an jeder Ecke, gingen in jedem Thorweg aus und ein, sahen aus jedem Fenster heraus, flatterten in jedem Lumpenkleid, das der Wind in Bewegung setzte. Die Mühle, welche sie zu Schanden gemahlen hatte, war die Mühle, welche junge Leute alt mahlt; die Kinder hatten alte Gesichter und ernste Stimmen; und auf den Gesichtern der Erwachsenen und tief eingeprägt in jeder Falte des Alters war das Wort Hunger zu lesen. Es herrschte überall vor. Hunger ragte aus den hohen Häusern hervor in den jämmerlichen Kleidungsstücken, die auf Stangen und Stricken hingen; Hunger war in die Häuser selbst mit Stroh und Lumpen und Holz und Papier geflickt; Hunger wiederholte jedes Stückchen des Bettelrestes Brennholz, welches der Holzmacher zersägte. Hunger stierte hernieder von den rauchlosen Schornsteinen und sprang empor von der schmutzigen Straße, unter deren Kehricht sich kein Abfall von etwas Eßbarem befand. Hunger war die Firma des Bäckerladens, niedergeschrieben von jedem kleinen Laib seines kärglichen Vorraths von schlechtem Brod und in dem Wurstladen von jeder Zubereitung von Hundefleisch, das zum Verkauf angeboten ward. Der Hunger klapperte mit seinen dürren Knochen unter den Kastanien, die in dem Blechcylinder geröstet wurden; Hunger wurde in kleine Theilchen in jeden Dreierteller Suppe, in winzigen Kartoffelstückchen, geröstet von ein Paar widerwilligen Tropfen Oel, hinein geschnitten.

Seine Heimath war in allen Dingen für ihn geeignet. Eine enge, krumme Straße, voll ekelhaften Schmutz und Gestank, von der andere enge krumme Straßen ausliefen, alle bevölkert von Lumpen und Nachtmützen, und alle nach Lumpen und Nachtmützen riechend, und alle sichtbaren Dinge von einem unheimlich brütenden Aussehen, das Unheil ahnen ließ. In der abgehetzten Miene des Volkes lauerte noch ein Raubthiergedanke auf die Möglichkeit, sich gegen den Verfolger zu stellen. Obgleich die Leute gedrückt und gedemüthigt waren, fehlte es doch auch nicht an feurigen Augen unter ihnen; noch an zusammengepreßten Lippen, weiß von dem, was sie niederdrückten; oder an Stirnen, mit langen Runzeln, ähnlich den Galgenstricken, von denen sie träumten, als Dulder oder als Rächer. Die Schilder (und es gab deren fast so viele, als Läden waren) lauter schauerliche Bilder der Noth. Der Fleischer malte nur die magersten Knochenenden; der Bäcker die gröbsten, allerwinzigsten Brode. Die rohgemalten Zecher in den Weinläden raisonnirten über ihr knappes Maaß dünnen Weins oder Biers, und flüsterten unheimlich vertraulich mit einander. Nichts war in gutem und blühendem Zustande dargestellt, als Werkzeuge und Waffen; die Messer und Beile des Messerschmieds waren scharf und funkelnd, die Hämmer des Schmieds waren schwer und die Vorräthe des Büchsenmachers mörderisch. Die lahmmachenden Steine des Pflasters mit ihren vielen kleinen Pfützen von Schlamm und Wasser duldeten keine Bürgersteige, sondern gingen bis unmittelbar an die Hausthüren. Um das wieder gut zu machen, lief die Gosse die Mitte der Straße herab, wenn sie überhaupt lief, was aber nur nach schwerem Regen geschah, und dann lief sie mit vielen launenhaften und unberechenbaren Stößen in die Häuser. Quer über die Straße hingen in weiten Zwischenräumen schwerfällige Laternen an einem Strick und einem Flaschenzuge; Nachts, wenn der Laternenwärter diese heruntergelassen und angezündet und wieder hinaufgewunden hatte, wackelte eine Reihe düster brennender Dochte in schwächlicher, Schwindel erregender Weise hoch oben, als ob sie auf dem Meere wären. Und sie waren auch wirklich auf dem Meere und das Schiff und seine Mannschaft war von einem schweren Sturme bedroht.

Denn die Zeit war im Anzuge, wo die abgezehrten Vogelscheuchen dieser Region dem Laternenmann in ihrem Nichtsthun und ihrem Hunger so lange zugesehen hatten, daß sie auf den Gedanken kamen, seine Methode zu verbessern und an diesen Stricken und Flaschenzügen Menschenkinder hinaufzuwinden, um ein grelles Licht auf die Finsterniß ihres Zustandes zu werfen. Aber gekommen war die Zeit noch nicht, und jeder Wind, der über Frankreich wehte, setzte vergebens die Lumpen der Vogelscheuchen in Bewegung, denn die Vögel, gar schön von Gesang und Gefieder, ließen sich nicht warnen.

Der Weinschank lag an einer Ecke und war seinem äußeren Ansehen und seinen Gästen nach besser als die meisten andern, und der Herr des Weinschanks stand in gelber Weste und grünen Beinkleidern vor seiner Thür und sah dem Kämpfen um den verschütteten Wein zu. „S'ist nicht meine Sache," sagte er zuletzt mit einem Achselzucken. „Die Leute vom Markt haben's verschüttet. Sie mögen ein anderes Faß bringen."

Jetzt fielen seine Augen zufällig auf den langen Lustigmacher, der seinen Spaß an die Wand schrieb und er rief ihm über die Straße zu: „Heda, Gaspard, was machst Du da?"

Der Bursche wies mit prahlerischer Bedeutsamkeit, wie es Leute seines Gelichters oft machen, auf seinen Witz. Aber er verfehlte sein Ziel und machte gar keinen Eindruck, wie es ebenfalls oft Leuten seines Gelichters geht.

„Was soll das heißen? Bist Du ein Candidat für's Irrenhaus?" sagte der Weinwirth, indem er auf die andere Seite der Straße ging und den Witz mit einer Hand voll Straßenschlamm, nach dem er sich zu diesem Zwecke gebückt, auslöschte und überstrich. „Warum schreibst Du auf offener Straße? Giebt es keinen andern Ort, um solche Worte zu schreiben, he?"

Während er so sprach, ließ er seine andere, reine Hand (vielleicht zufällig, vielleicht nicht) auf das Herz des Spaßmachers fallen. Der Spaßmacher schlug mit seiner Hand dar[S. 50]auf, machte einen hurtigen Luftsprung und kam wieder auf die Beine in einer phantastischen Tänzerstellung, den einen seiner Schuhe, den er beim Springen vom Fuße geschleudert, in der Hand und vor sich ausgestreckt haltend. Unter diesen Umständen nahm er sich wie ein Spaßmacher von äußerst, um nicht zu sagen grausam, praktischem Charakter aus.

„Ziehe ihn wieder an, ziehe ihn wieder an," sagte der Andere. „Nenne Wein, Wein und mache der Sache ein Ende." Mit diesem Rath wischte er sich seine schmutzige Hand auf dem Aermel des Spaßmachers ab — ganz überlegt, da er sich die Hand seinetwegen beschmutzt hatte; und ging dann wieder über die Straße und trat in die Weinschenke.

Dieser Weinwirth war ein kriegerisch aussehender Mann von dreißig Jahren mit einem Stiernacken, der heißes Blut haben mußte, denn obgleich es bitter kalt war, hatte er doch keinen Rock an, sondern hatte ihn über die Schulter geworfen. Auch die Hemdärmel hatte er aufgestreift und die braunen Arme waren bis an die Ellbogen bloß. Ebenso wenig trug er auf dem Kopfe etwas Anderes, als sein eigenes kurzgelocktes und kurzgeschnittenes, schwarzes Haar. Er war überhaupt ein schwarzer Mann mit guten Augen und einer guten offenen Breite zwischen ihnen. Im Ganzen von gutmüthigem, aber auch unerbittlichem Aussehen; offenbar ein Mann von starkem Entschluß und festem Willen; ein Mann, dem man nicht begegnen möchte, wenn er durch einen engen Paß, mit einem Abgrund an jeder Seite, eilt, denn Nichts würde ihn zum Umkehren bewegen.

Madame Defarge, seine Frau, saß im Laden hinter dem Ladentisch, als er eintrat. Madame Defarge war eine wohlbeleibte Frau von ungefähr demselben Alter wie er, mit einem aufmerksamen Auge, das selten etwas Bestimmtes anzusehen schien, einer großen, mit vielen Ringen geschmückten Hand, einem gefaßten Gesicht, starken Zügen und großer Ruhe im Benehmen. Aus dem Aussehen der Madame Defarge war man geneigt zu prophezeien, daß sie sich sehr selten in den Rechnungen, die sie zu besorgen hatte, zu ihrem Schaden irrte. Da Madame Defarge empfindlich gegen Kälte war, war sie in Pelz eingewickelt und hatte einen großen bunten Shawl um den Kopf gewunden, der aber immer noch ihre großen Ohrringe sehen ließ. Ihr Strickzeug lag vor ihr, aber sie hatte es weggelegt, um sich mit einem Zahnstocher die Zähne zu stochern. So beschäftigt und den rechten Ellbogen in die linke Hand gestützt, sagte Madame Defarge Nichts, als ihr Eheherr eintrat, sondern ließ nur ein kaum hörbares Husten vernehmen. Dies und das kaum eine Linie breite Emporziehen ihrer scharfgezeichneten schwarzen Augenbrauen sagten ihrem Manne, daß er gut thun würde, sich im Laden unter den Gästen nach etwaigen neuen Gästen umzusehen, welche gekommen waren, während er draußen auf der Straße gestanden hatte.

Der Weinwirth ließ demgemäß seine Blicke umherschweifen, bis sie auf einem ältlichen Herrn und einer jungen Dame haften blieben, die in einer Ecke saßen. Auch noch andere Gesellschaft war da: zwei Kartenspieler, zwei Dominospieler, drei, die am Ladentisch standen und einen kleinen Rest Wein zögernd austranken. Als er hinter den Ladentisch trat, bemerkte er, daß der ältliche Herr mit einem Blick zu der jungen Dame sagte. „Das ist unser Mann."

„Was zum Teufel wollt ihr in dieser Galeere!" sagte Monsieur Defarge zu sich; „ich kenne euch nicht."

Aber er stellte sich, als ob er die beiden Fremden nicht beachtete und ließ sich mit den drei Gästen, die am Ladentisch tranken, in ein Gespräch ein.

„Wie geht es, Jacques?" sagte einer von den Dreien zu Monsieur Defarge. „Ist der verschüttete Wein alle aufgetrunken?"

„Bis auf den letzten Tropfen, Jacques", antwortete Monsieur Defarge. Als die Beiden mit diesem Austausch der Taufnamen fertig waren, ließ Madame Defarge, die sich immer in den Zähnen stocherte, ein anderes kaum hörbares Husten vernehmen und zog ihre Augenbrauen um eine andere Linienbreite in die Höhe.

„Nur selten," sagte der Zweite von den Dreien zu Monsieur Defarge, „haben diese elenden Lastthiere Gelegenheit, den Geschmack von Wein, oder von etwas Anderem als schwarzem Brod und Tod kennen zu lernen. Nicht wahr, Jacques?"

„Freilich, Jacques," entgegnete Monsieur Defarge.

Bei diesem zweiten Austausch des Taufnamens ließ Madame Defarge, immer noch mit ruhigster Fassung ihren Zahnstocher gebrauchend, wieder einen kaum hörbaren Husten vernehmen und zog ihre Augenbrauen noch um eine Linie empor.

Der Letzte von den Dreien kam jetzt an die Reihe, zu sprechen, wie er das leere Glas hinsetzte und mit den Lippen schmatzte.

„Ach, um so schlimmer! Ewig haben diese armseligen Lastthiere einen bittern Geschmack im Maule und ein beschwerliches Leben müssen sie führen. Nicht wahr, Jacques?"

„Freilich, Jacques", war die Antwort Monsieur Defarge's.

Dieser dritte Austausch des Taufnamens war eben vollzogen, als Madame Defarge den Zahnstocher weglegte, die Augenbrauen noch weiter in die Höhe zog und sich kaum merklich auf ihrem Stuhl bewegte.

„Ja so! Richtig!" brummte der Mann vor sich hin. „Meine Herren — meine Frau —"

Die drei Gäste zogen vor Madame Defarge die Hüte ab und machten einen Kratzfuß. Sie nahm die Huldigung durch ein Neigen des Kopfes an und warf einen raschen Blick auf sie. Dann sah sie sich wie zufällig einmal im Laden um und nahm mit großer Ruhe und Fassung ihr Strickzeug her und vertiefte sich ganz in dasselbe.

„Guten Tag, meine Herren!" sagte ihr Mann, der sie mit seinem hellen Auge aufmerksam beobachtet hatte. „Das möblirte Zimmer für ledige Herren, das Sie zu sehen wünschten und nach dem Sie sich erkundigten, als ich hinausging, ist im fünften Stock. Der Thorweg zur Treppe ist in dem kleinen Hofe, dicht nebenan, links — er wies mit seiner Hand nach dieser Richtung — gleich bei dem Fenster meines Ladens. Aber ich besinne mich jetzt, Einer von Ihnen ist schon dort gewesen und kann den anderen Herren den Weg zeigen. Leben Sie wohl, meine Herren!"

Sie bezahlten ihren Wein und verließen den Laden. Die Augen Monsieur Defarge's beobachteten seine Frau beim Stricken, als der ältliche Herr aus seiner Ecke hervorkam und ihn um ein paar Worte bat.

„Sehr gern", sagte Monsieur Defarge und trat ohne Weiteres mit ihm an die Thür.

Ihre Unterredung war sehr kurz, aber sehr entschieden. Fast bei dem ersten Worte fuhr Monsieur Defarge auf und zeigte die tiefste Aufmerksamkeit. Es hatte noch keine Minute gedauert, so nickte er und ging hinaus. Der Herr winkte dann der jungen Dame und auch sie ging hinaus. Madame Defarge strickte mit hurtigen Fingern und unbeweglichen Augenbrauen und sah Nichts.

Als Mr. Jarvis Lorry und Miß Manette in dieser Weise die Weinschenke verlassen hatten, gesellten sie sich Monsieur Defarge in dem Thorweg bei, nach welchem er soeben erst die anderen Gäste gewiesen hatte. Es war der Ausgang eines stinkenden, kleinen, finstern Hofes und der allgemeine Zugang zu einer großen Häusermasse, in der eine Unzahl Leute wohnte. In dem dämmerdunkeln, mit Ziegeln gepflasterten Eingang zu der dämmerdunkeln, mit Ziegeln gepflasterten Treppe ließ sich Monsieur Defarge auf ein Knie vor dem Kinde seines alten Herrn nieder und drückte ihre Hand an seine Lippen. Es war ein sanftes Beginnen, aber durchaus nicht sanft gethan; binnen wenigen Secunden war eine sehr merkwürdige Umwandlung mit ihm vorgegangen. Es war[S. 55] keine Gutmüthigkeit oder Offenheit mehr in seinem Gesicht zu sehen, sondern er war ein heimlicher, zorniger, gefährlicher Mann geworden.

„Es ist sehr hoch und schwer zu steigen. Besser, wir fangen langsam an," so sprach Monsieur Defarge in hartem Tone zu Mr. Lorry, wie sie anfingen, die Treppe zu ersteigen.

„Ist er allein?" flüsterte Letzterer.

„Allein! Gott helfe ihm, wer sollte bei ihm sein?" entgegnete der Andere in demselben gedämpften Tone.

„Er ist also immer allein?"

„Ja."

„Nach eigenem Wunsch?"

„Aus eigener Nothwendigkeit. Wie er damals war, als ich ihn zuerst sah, nachdem sie mich aufgefunden und gefragt hatten, ob ich ihn zu mir nehmen und auf meine Gefahr verschwiegen sein wollte — so ist er jetzt noch."

„Hat er sich sehr verändert?"

„Verändert!"

Der Weinwirth blieb stehen, um mit der Hand an die Mauer zu schlagen und einen fürchterlichen Fluch auszusprechen. Eine directe Antwort hätte nicht denselben Eindruck gemacht. Mr. Lorry's Gemüth fühlte sich immer gedrückter, wie er und seine beiden Gefährten höher und höher stiegen.

Eine solche Treppe mit ihren Beigaben in dem ältern und stärker bevölkerten Theile von Paris wäre jetzt schlimm genug; aber damals war sie für ungewohnte und nicht abgehärtete Sinne geradezu abscheulich. Jede kleine Wohnung[S. 56] in diesem großen schmutzstrotzenden Haufen von einer hohen Gebäudemasse — das will sagen, das Zimmer oder die Zimmer innerhalb jeder Thür, die sich auf die allgemeine Treppe öffnete — ließ ihrem eigenen Kehrichthaufen auf ihren eigenen Treppen Platz, außer daß sie noch andern Kehricht zum Fenster hinauswarfen. Die dadurch erzeugte, gar nicht mehr zu beherrschende und hoffnungslose Fäulnißmasse hätte die Luft verpestet, selbst wenn Armuth und Entbehrung sie nicht mit ihren unfaßbaren Unreinigkeiten erfüllt hätten; diese beiden bösen Quellen im Verein machten sie fast unerträglich. Durch eine solche Atmosphäre, einen steilen, dunklen Schacht voll Schmutz und Gift hinauf, führte der Weg. Seiner eigenen und seiner jungen Gefährtin Aufregung nachgebend, die mit jedem Augenblicke größer wurde, machte Mr. Jarvis Lorry zweimal Halt, um zu rasten. Bei jedem dieser Ruhepunkte öffnete sich ein enges Fenstergitter, durch welches die wenigen guten Lüfte, die vielleicht noch unverdorben vorhanden waren, zu entweichen und alle verdorbenen und garstigen Dünste hereinzuschleichen schienen. Zwischen den verrosteten Stäben konnte man in einzelnen Streifen den Anblick der in wüster Unordnung übereinandergehäuften Gebäude erhaschen; und Nichts im Bereich des Auges, das näher oder tiefer war, als die Spitzen der beiden großen Thürme von Notredame, verrieth eine Spur von gesundem Leben oder gedeihlicher Zukunft.

Endlich war die letzte Stufe der Treppe erreicht und sie ruhten zum dritten Male aus. Noch eine Treppe, die noch steiler und schmäler war, mußte erstiegen werden, ehe sie das[S. 57] Dachgeschoß erreichten. Der Weinwirth, der immer ein Wenig vorausging, und immer auf der Seite, wo sich Mr. Lorry befand, als ob er fürchtete, daß die junge Dame eine Frage an ihn richten möchte, drehte sich hier um, fühlte in den Taschen des Rockes herum, den er über die Achsel geworfen hatte, und brachte einen Schlüssel heraus.

„Die Thür ist also verschlossen, Freund?“ sagte Mr. Lorry überrascht.

„Jawohl“, war die bitterernste Antwort Monsieur Defarge's.

„Sie halten es für nothwendig, den Unglücklichen so einsam zu lassen?“

„Ich halte es für nothwendig, ihn einzuschließen.“ Monsieur Defarge flüsterte es ihm, sich dichter an ihn andrängend, ins Ohr und zog finster drohend die Stirne zusammen.

„Warum?“

„Warum! Weil er so lange eingeschlossen gelebt hat, daß er sich fürchten — wüthen — sich in Stücke zerreißen — sterben — ich weiß nicht, zu welchem Schaden kommen würde — wenn man seine Thür aufließe.“

„Ist es möglich?“ rief Mr. Lorry aus.

„Ist es möglich?“ wiederholte Defarge mit Bitterkeit. „Ja, und in einer schönen Welt leben wir, wenn es möglich ist und wenn viele andere solche Dinge nicht nur möglich sind, sondern auch geschehen — wirklich geschehen! — Unter diesem Himmel, und zwar jeden Tag. Lange lebe der Teufel! Vorwärts!“

Dieses Zwiegespräch war in so leisem Flüstern gehalten[S. 58] worden, daß kein Wort davon das Ohr der jungen Dame erreicht hatte. Aber sie zitterte jetzt von so starker Aufregung, und auf ihrem Gesicht drückte sich so tiefe Seelenangst aus und vor Allem solches Grauen und Entsetzen, daß Mr. Lorry sich verpflichtet fühlte, ihr mit ein paar Worten Beruhigung zuzusprechen.

„Muth, liebe Miß! Muth! Geschäft! Das Schlimmste wird in einem Augenblick vorbei sein. Wir brauchen blos die Zimmerthür hinter uns zu haben und das Schlimmste ist vorbei. Dann fängt alles Gute, aller Trost, alles Glück an, das Sie ihm bringen. Unser guter Freund hier wird Sie auf der andern Seite unterstützen. So ist's recht, Freund Defarge. Nun vorwärts. Geschäft! Geschäft!“

Sie stiegen langsam und vorsichtig hinauf. Die Treppe war kurz und sie waren bald auf der letzten Stufe. Weil sie sich dort kurz wendete, standen sie auf einmal vor drei Männern, deren Köpfe dicht nebeneinander an eine Thür herabgebeugt waren und die durch ein paar Spalten oder Löcher in der Wand mit gespannter

Aufmerksamkeit in das Zimmer blickten, zu welchem die Thür gehörte. Als sie dicht hinter sich Fußtritte vernahmen, drehten sich die Drei um, richteten sich auf und ließen sich als die drei Gäste Eines Namens erkennen, die unten im Weinschank getrunken hatten.

„Ueber der Ueberraschung Ihres Besuches habe ich sie ganz vergessen", erklärte Monsieur Defarge. „Geht jetzt, Ihr guten Freunde, wir haben Geschäfte hier."

Die Drei glitten an ihnen vorüber und gingen still hinunter.

Da keine andere Thür auf diesem Flur zu erblicken war und der Besitzer der Weinschenke gerade auf diese eine zuging, als sie wieder allein waren, fragte ihn Mr. Lorry halblaut mit einiger Schärfe:

„Lassen Sie Monsieur Manette wie eine Merkwürdigkeit sehen?"

„Ich zeige ihn in der Weise, wie Sie gesehen haben, einigen wenigen Auserwählten."

„Ist das gut?"

„Ich glaube, es ist gut."

„Wer sind die Wenigen? Wie wählen Sie sie aus?"

„Ich wähle sie als echte Männer meines Namens — Jacques ist mein Name —, denen das Schauspiel wahrscheinlich nützlich sein wird. Genug; Sie sind Engländer; das ist etwas Anderes. Warten Sie gefälligst hier einen Augenblick."

Mit einer sie zum Zurückbleiben mahnenden Geberde bückte er sich und guckte durch einen Spalt in der Mauer. Bald richtete er sich wieder auf und schlug zwei- oder dreimal an die Thür — offenbar zu keinem andern Zweck, als ein Geräusch zu machen. In derselben Absicht strich er drei- oder viermal mit dem Schlüssel darüber, ehe er ihn mit derber Hand in das Schloß stieß und so geräuschvoll als möglich umdrehte.

Die Thür ging langsam nach innen auf, er blickte in das Zimmer hinein und sagte Etwas. Eine schwache Stimme gab eine Antwort zurück. Wenig mehr als eine einzige Silbe konnte von beiden Seiten gesprochen worden sein.

Er blickte über die Achsel zurück und winkte den beiden Anderen, einzutreten. Mr. Lorry umschlang die Tochter fest mit seinen Armen und hielt sie; denn er fühlte, daß sie zusammensinken werde.

„Eh — Eh — Eh — Geschäft — Geschäft!" sprach er ihr zu, mit einer Feuchtigkeit auf den Wangen, die durchaus nicht geschäftsmäßig war. „Treten Sie ein, treten Sie ein!"

„Ich fürchte mich", antwortete sie zusammenschauernd.

„Wovor? Vor wem?"

„Ich meine vor ihm. Vor meinem Vater."

Durch ihren Zustand und durch die Mahnungen seines Führers gewissermaßen zur Verzweiflung gebracht, legte er den Arm, der auf seiner Schulter zitterte, sich um den Hals, hob sie empor und trug sie in das Zimmer. Er setzte sie gleich innerhalb der Thür wieder hin und unterstützte sie, während sie sich an ihn anklammerte.

Defarge zog den Schlüssel aus dem Schlosse, machte die Thür zu, verschloß sie inwendig, zog den Schlüssel wieder heraus und behielt ihn in der Hand. Alles dies that er methodisch und mit so lautem und klirrendem Lärm, als ihm hervorzubringen nur möglich war. Zuletzt ging er mit schwerem Tritt quer über die Stube nach dem Fenster hin. Dort blieb er stehen und drehte sich um.

Die Dachkammer, zu einer trockenen Niederlage für Brennholz und Aehnliches bestimmt, war eng und dunkel. Denn das Fenster, ein Giebelfenster, war eigentlich eine Thür im Dache mit einem Krahnbalken darüber, um das[S. 61] Holz von der Straße heraufzuwinden, ohne Glasscheiben und in der Mitte mit zwei Flügeln schließend, wie andere Thüren nach französischer Einrichtung. Um die kalte Luft hinauszusperren, war der eine Flügel dieser Thür fest zugeschlossen und der andere stand nur ein ganz klein Wenig auf. Ein so dürftiges Licht ward auf diese Weise hereingelassen, daß es beim ersten Hereintreten schwierig war, überhaupt Etwas zu sehen, und nur lange Gewohnheit konnte langsam in einem Menschen die Fähigkeit ausbilden, in solcher Dunkelheit eine die Augen in Anspruch nehmende Arbeit zu verrichten. Und doch wurde Arbeit dieser Art in der Dachkammer verrichtet; denn mit dem Rücken gegen die Thür und mit dem Gesicht nach dem Fenster, von wo der Besitzer des Weinschankes ihm zusah, saß ein Mann mit weißem Haar auf einer niedrigen Bank, über einen Schuh gebückt, an dem er fleißig nähte.

Sechstes Kapitel
Der Schuhmacher

„Guten Tag!" sagte Monsieur Defarge, indem er auf den weißen Kopf herabsah, der sich tief auf den Schuh herabbückte.

Er hob sich für einen Augenblick und eine sehr schwache Stimme beantwortete den Gruß, als ob sie aus der Ferne käme:

„Guten Tag!"

„Ich sehe, Sie arbeiten immer noch angestrengt."

Nach einer langen Pause hob der Kopf sich wieder und die Stimme antwortete. „Ja — ich arbeite." Diesmal hatten ein Paar hohle Augen den Fragenden angeblickt, ehe das Gesicht sich wieder senkte.

Die Tonlosigkeit der Stimme war Mitleid erregend, und schrecklich. Es war nicht die Tonlosigkeit physischer Schwäche, obgleich lange Einsperrung und karge Kost jedenfalls ihren Theil daran hatten. Ihre beklagenswerthe Eigenthümlichkeit war, daß es die Tonlosigkeit der Einsamkeit und des Nichtgebrauchs war. Sie war wie das letzte schwache Echo eines vor langer, langer Zeit erklungenen Tones. So ganz vollständig hatte er das Leben und das Metall der menschlichen Stimme verloren, daß er auf die Sinne denselben Eindruck machte, wie eine ehedem schöne Farbe, die zu einem kaum sichtbaren fahlen Flecken verblichen ist. So fahl und dumpf war sie, daß sie wie eine unterirdische Stimme klang. So deutlich sprach sie von einem hoffnungslosen und verlorenen Wesen, daß ein verhungerter Reisender, vom langen einsamen Wandern in einer Wüste erschöpft, sich an Heimath und Freunde in einem solchen Tone erinnert haben würde, ehe er sich zum Sterben hinlegte.

Einige Minuten stiller Arbeit waren verstrichen und die hohlen Augen hatten wieder aufgeschaut: nicht mit irgend einer Theilnahme oder Neugier, sondern mit einer stumpfen, mechanischen Wahrnehmung, daß die Stelle, wo der einzige Besuch, von dem sie Etwas wußten, gestanden hatte, noch nicht leer sei.

„Ich möchte etwas mehr Licht herein lassen," sagte Defarge, der seinen Blick nicht von dem Schuhmacher abgewendet hatte. „Sie können noch etwas mehr ertragen?"

Der Schuhmacher hielt in seiner Arbeit inne; schaute dann mit dem leeren Blick eines Menschen, der Worte vernimmt, ohne sie zu verstehen, auf den Fußboden auf der einen Seite neben sich nieder; dann ebenso auf die andere Seite; dann sah er den Sprechenden an.

„Was sagten Sie?"

„Sie können etwas mehr Licht ertragen?“

„Ich muß es ertragen, wenn Sie es hereinlassen.“ Er legte den schwächsten Schatten eines Nachdrucks auf das zweite Wort.

Der geöffnete Flügel wurde noch ein Wenig mehr geöffnet und alsdann befestigt. Ein breiter Streifen Licht fiel in die Dachkammer und zeigte den Arbeiter, mit einem halbfertigen Schuh auf dem Schooße, in seiner Beschäftigung innehaltend. Sein Arbeitszeug und verschiedene Stückchen Leder lagen auf dem Fußboden und auf der Bank. Er hatte einen weißen Bart, unordentlich geschnitten, aber nicht sehr lang, hohle Wangen und ausnehmend glänzende Augen. Die Hohlheit seiner Wangen und die Abgezehrtheit seines Gesichts hätten die Augen unter seinen noch dunkeln Augenbrauen und seinem wirren, weißen Haar groß aussehen lassen, wenn sie wirklich anders gewesen wären; aber sie waren von Natur groß und sahen jetzt unnatürlich groß aus. Das gelbe, zerrissene Hemd war vorn auf der Brust offen und zeigte, wie abgezehrt und ausgemergelt sein Körper war. Er selbst und seine alte Jacke von Segeltuch und seine herabhängenden Strümpfe und alle seine armseligen Fetzen von Kleidern waren in der langen Absperrung von Tageslicht und Tagesluft zu einer so stumpfen Eintönigkeit von Pergamentgelb verblichen, daß es schwer war, eines von dem andern zu unterscheiden.

Er hielt die eine Hand zwischen seine Augen und das Licht, und sogar die Knochen derselben schienen durchsichtig zu sein. So saß er da mit starrem, leerem Blick und hatte seine Arbeit unterbrochen. Er sah die vor ihm stehende Gestalt nie an, ohne vorher auf die eine und dann auf die andere Seite neben sich auf den Fußboden zu blicken, als ob er die Gewohnheit verloren, Oertlichkeit und Ton mit einander in Verbindung zu bringen; er sprach niemals, ohne zu vergessen, erst auf diese Weise zerstreut herumzuschweifen und zu sprechen.

„Wollen Sie heute noch die Schuhe fertig machen?“ fragte Defarge und winkte Mr. Lorry, vorzukommen.

„Was sagten Sie?“

„Wollen Sie diese Schuhe heute noch fertig machen?“

„Ich kann nicht sagen, daß ich es will. Ich glaube. Ich weiß nicht.“

Aber die Frage erinnerte ihn an seine Arbeit und er bückte sich wieder über dieselbe.

Mr. Lorry trat jetzt geräuschlos vor, ließ aber die Tochter an der Thür. Als er eine oder zwei Minuten lang neben Defarge gestanden hatte, blickte der Schuhmacher auf. Er verrieth kein Erstaunen über den Anblick einer zweiten Gestalt,[S. 65] aber die unruhigen Finger einer seiner Hände bewegten sich wie bewußtlos nach seinen Lippen, wie er den neuen Ankömmling ansah (seine Lippen und seine Nägel waren von derselben blassen Bleifarbe), und dann sank die Hand auf die Arbeit herab, und er bückte sich wieder über den Schuh. Der Blick und die Handlung hatten nur einen Augenblick in Anspruch genommen.

„Sie haben Besuch, wie Sie sehen," sagte Monsieur Defarge.

„Was sagten Sie?"

„Hier ist Besuch."

Der Schuhmacher blickte wie vorhin auf, aber ohne eine Hand von der Arbeit zu entfernen.

„Hören Sie doch!" sagte Defarge. „Hier ist Monsieur, der einen gutgemachten Schuh zu beurtheilen versteht, wenn er einen sieht. Zeigen Sie ihm den Schuh, an dem Sie arbeiten. Nehmen Sie ihn, Monsieur."

Mr. Lorry nahm den Schuh.

„Sagen Sie Monsieur, was für ein Schuh es ist und wie der Verfertiger heißt."

Es folgte eine längere Pause, als gewöhnlich, ehe der Schuhmacher antwortete.

„Ich vergesse, was Sie mich gefragt haben. Was sagten Sie?"

„Ich sagte, können Sie nicht, um Monsieur zu unterrichten, näher beschreiben, was das für ein Schuh ist?"

„Es ist ein Damenschuh. Es ist ein Promenadenschuh für eine junge Dame. Er ist nach der neuesten Mode. Ichhabe die Mode nie gesehen. Ich habe ein Muster in der Hand gehabt." Er blickte mit einer vorübergehenden, leisen Regung von Stolz nach dem Schuh hin.

„Und wie heißt der Verfertiger?" fragte Defarge.

Jetzt, wo seine Hände von keiner Arbeit in Anspruch genommen waren, legte er die Knöchel der rechten in die Hohle der linken, und dann die Knöchel der linken in die Hohle der rechten und strich dann mit einer Hand sich den Bart und so in regelmäßiger Aufeinanderfolge weiter, ohne einen Augenblick Unterbrechung.

Die Aufgabe, ihn aus der Gedankenlosigkeit herauszureißen, in welche er stets versank, nachdem er gesprochen hatte, war ziemlich dieselbe, wie wenn man einen sehr Schwachen aus einer Ohnmacht zu erwecken hat oder sich bemüht, in der Hoffnung, noch Etwas zu entdecken, die Seele eines rasch Sterbenden aufzuhalten.

„Fragten Sie mich nach meinem Namen?"

„Ja, freilich."

„Einhundert und Fünf, Nordthurm."

„Weiter Nichts?"

„Einhundert und Fünf, Nordthurm."

Mit einem matten Ton, der kein Seufzer und kein Gestöhn war, bückte er sich wieder über seine Arbeit, bis das Schweigen abermals gebrochen ward.

„Sie sind kein gelernter Schuhmacher?" fragte Mr. Lorry, indem er ihn mit festem Blicke ansah.

Seine hohlen Augen wendeten sich auf Defarge, als wollte er diesem die Frage übertragen; aber da keine Hülfe[S. 67] von dorther kam, wendeten sie sich wieder auf den Fragenden zurück, nachdem sie erst den Fußboden gesucht hatten.

„Ob ich ein gelernter Schuhmacher bin? Nein, ich war kein gelernter Schuhmacher. Ich — ich habe es hier gelernt. Ich habe es mir selbst gelehrt. Ich frug um Erlaubniß —"

Er bekam wieder seinen Anfall von Zerstreuung, der mehrere Minuten dauerte und während dessen er ganz wie vorhin mit den Händen spielte. Endlich wendeten sich seine Augen wieder langsam dem Gesichte zu, von dem sie abgeschweift waren; als sie wieder darauf ruhten, zuckte er zusammen und fing die abgebrochene Rede wieder an, ungefähr wie ein eben Aufwachender auf einen Gegenstand von voriger Nacht zurückkommt.

„Ich fragte um Erlaubniß, es mir lehren zu dürfen und ich erhielt sie nach langer Zeit und nach vielen Schwierigkeiten und ich habe seitdem fortwährend Schuhe gemacht."

Wie er die Hand nach dem Schuh ausstreckte, den man ihm abgenommen hatte, sagte Mr. Lorry zu ihm, während er ihn immer noch fest ansah:

„Monsieur Manette, können Sie sich meiner nicht entsinnen?"

Der Schuh fiel dem Gefragten aus der Hand und dieser sah dem Fragenden starr in's Gesicht.

„Monsieur Manette;" Mr. Lorry legte seine Hand auf Defarge's Arm; „können Sie sich nicht auf diesen Mann besinnen? Sehen Sie ihn an. Sehen Sie mich an. Dämmert keine Erinnerung an einen alten Banquier, ein altes[S. 68] Geschäft, an einen alten Diener, an eine alte Zeit in Ihrem Geiste auf, Monsieur Manette?"

Wie der viele Jahre Gefangengehaltene abwechselnd mit starrem Blick Mr. Lorry und Defarge ansah, drängten sich allmälig einige lange verlöschte Zeichen eines lebhaft denkenden Verstandes auf der Mitte der Stirn durch den schwarzen Nebel, der sich auf ihn gesenkt hatte. Sie waren wiederum überwölkt, sie waren schwächer, sie verschwanden; aber sie waren dagewesen. Und genau so wiederholte sich der Ausdruck auf dem schönen jugendlichen Gesicht der Tochter, die an der Wand sich nach einer Stelle hingeschlichen, wo sie ihn erblicken konnte und von wo sie ihn jetzt ansah, anfangs die Hände nur in entsetztem Mitleid erhoben, wenn nicht gar, um ihn entfernt zu halten und sich vor dem Anblick zu bewahren; aber jetzt, nach ihm ausgestreckt und vor heißer Inbrunst zitternd, das gespensterhafte Gesicht an ihre warme junge Brust zu legen und es durch Liebe dem Leben und der

Hoffnung wiederzugewinnen — so genau wiederholte sich der Ausdruck (obgleich in deutlicherem Gepräge) auf ihrem schönen jugendlichen Gesicht, daß es aussah, als ob er wie ein sich bewegendes Licht sich von ihm auf sie verpflanzt hätte.

Dafür umfing ihn wieder Finsterniß. Er sah die Beiden immer weniger aufmerksam an und seine Augen suchten in düsterer Zerstreuung den Fußboden und blickten in der alten Weise um sich. Endlich nahm er mit einem tiefen, langen Seufzer wieder seinen Schuh her und ging von Neuem an seine Arbeit.

„Haben Sie ihn wiedererkannt, Monsieur?" fragte Defarge halblaut.

„Ja; für einen Augenblick. Anfangs hielt ich es für ganz hoffnungslos, aber ich habe ohne alle Frage auf einen einzigen Augenblick das Gesicht gesehen, das ich früher so gut kannte. Still! Wir wollen weiter zurücktreten. Still."

Sie war von der Wand der Dachkammer ganz nahe an die Bank herangetreten, auf der er saß. Es lag etwas Grauenhaftes in seinem Nichtswissen von der Gestalt, die ihre Hand hätte ausstrecken und ihn berühren können, wie er sich über die Arbeit bückte.

Kein Wort ward gesprochen, kein Geräusch gemacht. Sie stand wie ein Geist neben ihm, und er bückte sich über seine Arbeit.

Endlich traf es sich zufällig, daß er das Werkzeug, das er in der Hand hatte, mit seinem Schusterkneif vertauschen mußte. Er lag auf der Seite der Bank, wo sie nicht stand. Er hatte ihn hergenommen und bückte sich eben wieder, um fortzuarbeiten, als sein Blick auf den Saum ihres Kleides fiel. Er blickte empor und sah ihr Antlitz. Die beiden Andern wollten vorspringen, aber sie winkte ihnen mit einer Bewegung ihrer Hand. Sie hatte keine Angst, daß er mit dem Messer nach ihr stoßen könnte, obgleich sie so Etwas befürchteten.

Er starrte sie mit furchterfülltem Blick an und nach einiger Zeit fingen seine Lippen an, einige Worte zu bilden, obgleich man keinen Laut hörte. Allmälig hörte man ihn im Brausen seines keuchenden und mühsamen Athmens sagen:

„Was ist das?"

Während die Thränen ihre Wangen herabströmten, drückte sie ihre beiden Hände an seine Lippen und warf ihm Küsse zu; dann legte sie dieselben auf ihrer Brust zusammen, als ob sie seinen alten, schwachen Kopf dorthin legte.

„Ihr seid nicht des Kerkermeisters Tochter?"

Sie machte eine verneinende Bewegung.

„Wer seid Ihr?"

Da sie dem Tone ihrer Stimme noch nicht genug zutraute, setzte sie sich auf die Bank neben ihn. Er wich zurück, aber sie legte die Hand auf seinen Arm. Ein seltsamer Schauer durchzuckte ihn, wie sie dies that und man sah, wie er ihn überlief; er legte das Messer sanft hin, wie er sie anstierend dasaß.

Ihr goldnes Haar, welches sie in langen Locken trug, hatte sie hastig zurückgestrichen und es fiel jetzt über ihre Achseln herab. Schüchtern und zögernd streckte er die Hand danach aus, nahm einige Locken davon und musterte sie forschend. Noch während er dies that, verfiel er wieder in seine Zerstreuung und begann mit einem neuen tiefen Seufzer wieder, an seinem Schuh zu arbeiten.

Aber nicht lange. Sie ließ seinen Arm los und legte die Hand auf seine Schulter. Nachdem er zwei- oder dreimal zweifelnd danach geblickt, als ob er sich vergewissern wollte, daß er wirklich dort sei, legte er seine Arbeit weg, griff nach seinem Halse und nahm eine von Alter geschwärzte Schnur mit einem zusammengefalteten Lappen davon ab. Er machte das Packetchen sorgfältig auf seinem Knie auf und brachte den Inhalt heraus; nur eine oder zwei lange goldene Haare, die er vor langer, langer Zeit auf seinem Finger aufgewunden hatte.

Er nahm ihr Haar wieder in die Hand und betrachtete es aufmerksam. „Es ist dasselbe. Wie ist dies möglich? Wo war das? Wie war das!"

Wie der sich zusammenfassende Ausdruck auf seine Stirn zurückkehrte, schien er sich bewußt zu werden, daß er auch auf ihrem Antlitz lag. Er drehte sie voll nach dem Lichte und schaute sie an.

„An jenem Abend, wo man mich hinausrief, hatte sie ihren Kopf auf meine Schulter gelegt, — sie war besorgt über mein Ausgehen, ich jedoch nicht, — und als man mich nach dem Nordthurm brachte, fanden sie diese auf meinem Aermel. „Die werdet Ihr mir doch lassen? Sie können nie die Flucht meines Leibes unterstützen, wohl aber die meines Geistes." Das waren die Worte, die ich sprach. Ich erinnere mich ihrer noch recht gut."

Er bildete die Worte dieser Rede viele Male mit den Lippen, ehe er sie aussprechen konnte. Als er aber laute Worte dafür fand, kamen sie zusammenhängend, obgleich langsam.

„Wie war das? Wart Ihr's?"

Abermals wollten die beiden Zuschauer vorspringen, wie er sich mit erschreckender Plötzlichkeit gegen sie wendete. Aber sie blieb ganz ruhig sitzen, während er sie fest packte, und sagte nur mit gedämpfter Stimme:

„Ich bitt'Euch, gute Herren, kommt uns nicht zu nahe, sprecht nicht, bewegt Euch nicht."

„Hört!" rief er aus. „Wessen Stimme war das?"

Seine Hände ließen sie los, wie er diesen Schrei ausstieß und fuhren in sein weißes Haar, welches sie in wilder Wuth zerrissen. Der Schrei verklang wieder, wie Alles, außer seinem Schuhmachen, sich wieder verlor, und er faltete das kleine Packet wieder zusammen und versuchte es wieder um seinen Hals zu hängen; aber er sah sie immer noch an und schüttelte trübe den Kopf.

„Nein, nein, nein; Ihr seid zu jung, zu blühend. Es kann nicht sein. Seht, was der Gefangene geworden ist. Das sind nicht die Hände, die sie hatte, das ist nicht das Gesicht, das sie kannte, diese Stimme hat sie nie gehört. Nein, nein. Sie war — und er war vor den langsamen Jahren des Nordthurms — Jahrhunderte vorher. Wie heißt Ihr, holder Engel?"

Seinen sanfteren Ton und sein gemildertes Wesen als ein glückliches Zeichen begrüßend, sank die Tochter vor ihm auf die Knie und legte ihm die flehenden Hände auf die Brust.

„O Herr, zu einer andern Zeit sollt Ihr meinen Namen erfahren und wer meine Mutter war und wer mein Vater, und wie ich ihre traurige Geschichte nie gekannt habe. Aber ich kann es Euch jetzt nicht sagen und nicht hier. Alles, was ich hier und jetzt sagen darf, ist, daß ich Euch bitte, Eure Hände auf mein Haupt zu legen und mich zu segnen. Küsset mich, küsset mich! O mein Geliebtester!"

Der Schuhmacher.

Ueber sein winterlich weißes Haupt fielen ihre goldenen Locken, die es erwärmten und erleuchteten, als glänze das Licht der Freiheit auf ihn nieder.

„Wenn Ihr in meiner Stimme — ich weiß nicht, ob es so ist, aber ich hoffe, es ist so — wenn Ihr in meiner Stimme eine Erinnerung an eine Stimme hört, die Euch einst wie liebliche Musik in's Ohr klang, so weinet darüber! Wenn Ihr beim Befühlen meines Haares Etwas fühlt, was Euch an ein geliebtes Haupt erinnert, das an Eurer Brust lag, als Ihr jung und frei war't, so weinet darüber! Wenn ich durch das Hindeuten auf ein Heimwesen, das unser harrt, ein Heimwesen, wo ich Euer mit aller meiner Pflicht und all meinem treuen Dienst gewärtig sein will, die Erinnerung an ein Heimwesen zurückbringe, das verödet blieb, während Euer armes Herz verschmachtete, so weinet darüber!"

Sie hielt ihn fester umschlungen und wiegte ihn an ihrer Brust wie ein Kind.

„Wenn ich Dir, Geliebtester, sage, daß Deine Qual vorbei ist, und daß ich hergekommen bin, um Dich von hier zu erlösen und daß wir nach England gehen, um in Frieden und Ruhe zu leben, und wenn ich dadurch in Dir den Gedanken hervorrufe, daß Dein nützliches Leben mit so frecher Hand brach gelegt worden ist und daß Dein heimathliches Frankreich so grausam an Dir gehandelt hat, so weine darüber! Und wenn ich Dir sage, wie ich heiße und Dir von meinem noch lebenden Vater und meiner verstorbenen Mutter erzähle und Du erfährst dabei, daß ich vor meinem geehrten Vater niederknien und ihn um Verzeihung flehen muß, weil ich nie um seinetwegen den ganzen Tag lang gerungen und die ganze Nacht gewacht und geweint habe, weil die Liebe meiner armen Mutter diese Qual vor mir verbarg, so weine darüber! Beweine sie und beweine mich! Dankt Gott, Ihr guten Herren! Ich fühle seine heiligen Thränen auf meinem Gesicht und sein Schluchzen trifft mich in's Herz. O seht! Dankt Gott für uns, dankt Gott!"

Er war in ihre Arme gesunken und verbarg das Antlitz an ihrer Brust: ein so rührender Anblick und doch so schrecklich in dem ungeheuren Unrecht und Leiden, das vor ihm her gegangen war, daß die beiden Zuschauer sich das Gesicht verhüllten.

Als die Stille der Dachkammer lange ungestört geblieben war und die stürmisch bewegte Brust und erschütterte Gestalt endlich die Ruhe gewonnen hatte, die allen Unwettern folgen muß — für die Menschheit ein Sinnbild der Ruhe und des Schweigens, in welche der Sturm, genannt Leben, sich schließlich verlieren muß — traten sie heran, um den Vater und die Tochter vom Boden aufzuheben. Er war allmälig auf die Ziegelflur gesunken und lag da in müder Halberstarrung. Sie hatte sich neben ihn gesetzt, so daß sein Haupt auf ihrem Arm liegen konnte und ihre langen Locken ihn wie ein Vorhang vor dem Lichte schützten.

„Wenn wir es," sagte sie und reichte ihre Hand Mr. Lorry, wie er sich über sie beugte, nachdem er sich mehrere Male geräuschvoll die Nase geputzt hatte, „ohne ihn zu stören, einrichten könnten, Paris sogleich zu verlassen, so daß er gleich vor der Hausthüre von hier wegführe —"

„Aber, bedenken Sie. Wird die Reise gut für ihn sein?" fragte Mr. Lorry.

„Gewiß besser, glaube ich, als hier in dieser Stadt zu bleiben, die so schrecklich für ihn ist."

„Es ist wahr," sagte Defarge, der neben dem Alten kniete und zuhörte. „Mehr als das, es ist aus allen Gründen das Beste für Monsieur Manette, wenn er nicht mehr in Frankreich ist. Soll ich einen Wagen und Postpferde miethen?"

„Das ist Geschäft," sagte Mr. Lorry und nahm auf der Stelle seine methodischen Manieren wieder an; „und wenn Geschäfte zu verrichten sind, so ist es am besten, ich nehme sie in die Hand."

„Dann haben Sie die Güte, uns hier zu verlassen," drang Miß Manette in ihn. „Sie sehen, wie ruhig er geworden ist und Sie brauchen Nichts zu besorgen, wenn Sie mich mit ihm allein lassen. Warum auch? Wenn Sie die Thür zuschließen wollen, damit wir nicht gestört werden, bezweifle ich nicht, daß Sie ihn bei Ihrer Rückkehr so ruhig finden, wie Sie ihn verlassen haben. Jedenfalls will ich ihn unter meine Obhut nehmen, bis Sie wiederkommen und dann wollen wir ihn sogleich fortschaffen."

Sowohl Mr. Lorry wie Defarge waren nicht recht geneigt, auf diesen Vorschlag einzugehen und hätten es lieber gesehen, wenn einer von ihnen zurückgeblieben wäre. Aber[S. 76] da nicht nur Pferde und Wagen, sondern auch Reisepapiere zu besorgen waren, und da die Zeit drängte, denn der Tag neigte sich seinem Ende zu, so einigte man sich schließlich dahin, die zu besorgenden Geschäfte zu theilen und fortzueilen, um sie zu verrichten.

Dann, wie der Abend anbrach, legte die Tochter ihr Haupt auf den harten Fußboden dicht neben ihren Vater und bewachte ihn. Die Finsterniß wurde dichter und dichter, und sie lagen Beide still da, bis ein Licht durch die Risse in der Mauer glänzte.

Mr. Lorry und Monsieur Defarge hatten Alles zur Reise fertig gemacht und außer Reisemänteln und Umhüllungen Brod und Fleisch, Wein und heißen Kaffee besorgt. Monsieur Defarge setzte Speisen und Getränke und die Lampe, die er mitgebracht, auf die Schuhmacherbank (es war sonst Nichts in der Dachkammer, als eine Bettmatratze), und er und Mr. Lorry weckten den Gefangenen und halfen ihm auf die Beine.

Kein menschlicher Verstand hätte in dem scheuen, leeren Staunen seines Gesichts die Geheimnisse seiner Seele lesen können. Ob er wußte, was geschehen war, ob er sich besann, was sie zu ihm gesagt hatten, ob er wußte, daß er frei war, das waren Fragen, die kein Scharfsinn hätte lösen können. Sie versuchten, ihn anzureden, aber er war so verlegen und so außerordentlich langsam im Antworten, daß sie über seine Verwirrung besorgt wurden und übereinkamen, vor der Hand keine weiteren Versuche mit ihm zu machen.[S. 77] Er hatte eine heftige scheue Art, den Kopf in die Hände zu nehmen, die man früher nicht an ihm bemerkt hatte. Aber der bloße Klang der Stimme seiner Tochter machte ihm einige Freude und so oft sie sprach, wendete er sich nach ihr hin.

In der unterwürfigen Weise eines Menschen, der seit Langem gewohnt ist, dem Zwange zu gehorchen, aß und trank er, was sie ihm zu essen und zu trinken gaben und legte den Mantel und die andern Umhüllungen an, die sie ihm hinreichten. Er ließ sich es gern gefallen, daß seine Tochter ihren Arm durch den seinigen zog und nahm und behielt ihre Hand in seinen beiden Händen.

Sie fingen an hinabzusteigen; Monsieur Defarge voran mit der Lampe, Mr. Lorry zum Schluß der kleinen Procession. Sie waren noch nicht viele Stufen die lange Haupttreppe hinuntergekommen, als er stehen blieb und das Dach und ringsum die Wände anstarrte.

„Du erinnerst dich des Ortes, Vater? Du erinnerst Dich, hierhergekommen zu sein?“

„Was sagtest Du?“

Aber ehe sie die Frage wiederholen konnte, murmelte er eine Antwort, als ob er sie wiederholt hätte.

„Mich erinnern? Nein, ich erinnere mich nicht daran. Es ist so lange Zeit her.“

Daß er nicht das Mindeste davon wußte, aus seinem Gefängniß nach diesem Hause gebracht worden zu sein, war offenbar. Sie hörten ihn vor sich hinmurmeln: Einhundert[S. 78] und Fünf, Nordthurm; und wenn er sich umsah, suchte er sichtlich die starken Festungsmauern, die ihn so lange eingeschlossen hatten. Als sie den Hof erreichten, veränderte er instinktmäßig seinen Schritt, als erwartete er, auf eine Zugbrücke zu treten; und als keine Zugbrücke kam und er den Wagen auf offener Straße warten sah, ließ er die Hand seiner Tochter fallen und griff wieder nach dem Kopfe.

Es stand kein Gedränge um die Thür; man bemerkte Niemand an den vielen Fenstern; nicht einmal ein zufällig Vorübergehender befand sich auf der Straße. Eine unnatürliche Stille und Verlassenheit herrschten daselbst. Nur Eine Seele war zu sehen und das war Madame Defarge, die gegen das Thürgewände lehnte, strickte und Nichts sah.

Der Gefangene war in den Wagen gestiegen und seine Tochter war ihm gefolgt, als Mr. Lorry's Fuß auf dem Wagentritt von der mit kläglicher Stimme vorgebrachten Bitte aufgehalten ward, ihm das Schuhmacherhandwerkszeug und die halbfertigen Schuhe mitzugeben. Madame Defarge rief sogleich ihrem Mann zu, daß sie sie holen wolle und ging strickend aus dem Laternenschein durch den Hof. Sie brachte sie sehr bald herüber und reichte sie hinein; — und unmittelbar darauf lehnte sie wieder am Thürgewände, strickte und sah Nichts.

Defarge stieg auf den Bock und sagte dem Postillon: „Nach der Barrière!" Der Postillon klatschte mit der Peitsche und sie rasselten unter den trübe brennenden, über ihnen sich schaukelnden Laternen hin.

Unter den über ihnen sich schaukelnden Laternen — die immer heller in den bessern Straßen und immer trüber in den schlechtern Straßen sich schaukelten — und vorbei an hellerleuchteten Läden und Kaffeehäusern, fröhlichem Menschengewühl und Theaterthüren nach einem der Thore der großen Stadt. Soldaten mit Laternen standen dort an der Wache. „Ihre Papiere!" „Hier sind sie, Herr Offizier!" sagte Defarge, indem er abstieg und ihn ernst bei Seite nahm. „Das sind die Papiere des Herrn, dem mit dem weißen Kopf. Sie sind mir mit ihm übergeben worden im —" er ließ seine Stimme sinken — die militärischen Laternen bewegten sich aufgeregt, eine von ihnen streckte sich mit einem Arm in Uniform in den Wagen hinein und die zu dem Arm gehörenden Augen sahen sich nicht mit einem alltäglichen oder allnächtlichen Blick Monsieur mit dem weißen Kopf an. „Es ist gut. Kann passiren!" von der Uniform. „Adieu!" von Defarge. Und so unter einer bald zurückgelegten Allee von schwächer und schwächer brennenden, sich oben schaukelnden Laternen hinaus unter den großen Sternenhain.

Unter diesem Gewölbe unbeweglicher und ewiger Sonnen, einige so entfernt von dieser kleinen Erde, daß die Gelehrten uns erzählen, es sei zweifelhaft, ob ihre Strahlen sie bis jetzt als einen Punkt im Weltenraume, wo Etwas gethan oder gelitten wird, entdeckt hätten, waren die Schatten der Nacht breit und schwarz. Durch den ganzen, kalten, ruhelosen Zwischenraum bis zum Tagen flüsterten sie abermals Mr. Jarvis Lorry — der dem begrabenen und[S. 80] wiederausgegrabenen Manne gegenüber saß und darüber grübelte, was für geistige Kräfte ihm für immer verloren gegangen und welche der Wiederherstellung fähig sein möchten — die alte Frage zu:„Ich hoffe, Sie treten gerne wieder in's Leben ein?"

Und die alte Antwort: „Das weiß ich nicht."

50

ZWEITES BUCH

DAS GOLDENE HAAR

Erstes Kapitel
Fünf Jahre später

Tellsons Bank am Tempelthor war ein altmodischer Ort, selbst im Jahre 1780. Es war ein sehr kleines, sehr dunkles, sehr häßliches, sehr unbequemes Local. Es war auch altmodisch in der moralischen Eigenschaft, daß die Compagnons des Hauses stolz auf seine Kleinheit, stolz auf seine Dunkelheit, stolz auf seine Häßlichkeit, stolz auf seine Unbequemlichkeit waren. Sie rühmten selbst seine ausgezeichneten Leistungen nach diesen Seiten hin und waren von der tiefen Ueberzeugung erfüllt, daß, wenn weniger an ihm auszusetzen wäre, es weniger respectabel wäre. Das war kein passiver Glaube, sondern eine active Waffe, welche sie gegen bequemer eingerichtete Geschäftslocale schwangen. „Tellsons (sagten sie) brauchen keinen Platz, um sich umzudrehen, Tellsons brauchen kein Licht, Tellsons brauchen keine Verschönerung. Das wäre vielleicht bei Noakes u. Comp. der Fall, oder bei Snooks Gebrüder; aber bei Tellsons Gott sei Dank nicht!"

Jeder der Compagnons hätte seinen Sohn enterbt, wenn er sich unterfangen hätte, von dem Umbau von Tellsons Local zu sprechen. In dieser Hinsicht war es mit dem Hause ziemlich ebenso, wie mit dem Lande, welches sehr oft seine Söhne enterbte, weil sie Verbesserungen in Gesetzen und Gebräuchen vorschlugen, die seit Langem zu den größten Uebelständen gezählt hatten, aber deshalb nur um so respectabler waren.

So war es gekommen, daß Tellsons Geschäftslocal die Alles übertreffende Vollkommenheit der Unbequemlichkeit war. Nachdem man eine Thür von blödsinniger Halsstarrigkeit mit einem schwachen Geröchel in der Kehle aufgebrochen, fiel man zwei Stufen hinab in das Local selbst und kam in einem elenden kleinen Laden mit zwei kleinen Zahltischen zur Besinnung, wo in der Hand der ältesten Männer die Anweisung zitterte, als ob der Wind sie bewegte, während sie die Unterschrift am trübsten aller Fenster, das ein beständiges Regenbad von Schmutz von Fleetstreet auszuhalten hatte und noch dunkler wurde durch das dicke, schwere Eisengitter vor demselben und den dunkeln Schatten des Tempelthors, besichtigten. Verlangte das Geschäft, „unser Haus" zu sehen, so wurde man in eine Art Carcerzelle hinten hinaus gebracht, wo man über ein übelangewendetes Leben nachdachte, bis „unser Haus", die Hände in den Taschen, hereintrat und man ihn in dem unheimlichen Zwielicht kaum mit blinzelnden Augen ansehen konnte.

Das Geld, das man bekam, hielt sich in wurmzerfressenen, alten, hölzernen Schubkästen auf, von denen Theilchen in die Nase oder in die Kehle kamen, wenn man sie auf- oder zumachte. Die Banknoten hatten einen dumpfigen Geruch,[S. 85] als ob sie schleunigst wieder zu Lumpen vermoderten. Das Silberzeug, das man dem Hause anvertraut hatte, war in Kellern mitten unter Senkgruben untergebracht und schlechte Ausdünstungen verdarben seine gute Politur in ein oder zwei Tagen. Die Documente fanden ihren Aufenthalt in aus Küchen und Waschhäusern extemporirten Archiven und schwitzten vor Verdruß sämmtliches Fett aus ihren Pergamenten in die Luft des Contors hinaus. Die leichteren Kästen mit Familienpapieren kamen eine Treppe hoch in einen geräumigen Saal, in welchem immer eine große Speisetafel stand und nie ein Diner war und wo selbst noch im Jahre 1780 die Erstlingsbriefe deiner alten Geliebten oder deiner kleinen Kinder vor Kurzem erst von dem Schrecken erlöst waren, durch die Fenster von den mit einer Abyssiniens oder Ashanties würdigen sinnlosen Brutalität auf dem Tempelthor aufgesteckten Köpfen beliebäugelt zu werden.

Aber freilich war damals vom Leben zum Tode bringen ein in allen Gewerben und Ständen, und nicht am Mindesten bei Tellsons, sehr beliebtes Recept. Der Tod ist das Heilmittel der Natur für alle Dinge, und warum nicht auch das der Gesetzgebung? Demnach ward der Fälscher hingerichtet; wer eine falsche Banknote ausgab, wurde hingerichtet; wer einen Brief unrechtmäßig aufbrach, wurde hingerichtet; wer vierzig Schilling und sechs Pence entwendete, wurde hingerichtet; der, dem ein Pferd vor Tellsons Thür zum Halten übergeben worden und der sich damit aus dem Staube machte, wurde hingerichtet; der Falschmünzer, und hatte er nur einen falschen Schilling geprägt, wurde hingerichtet; drei Viertheile[S. 86] von denen, welche die Töne in der ganzen Scala des Verbrechens anschlugen, wurden hingerichtet. Nicht etwa, daß damit im Mindesten dem Verbrechen vorgebeugt wurde — man hätte fast behaupten können, daß das Gegentheil der Fall war — aber man wurde dadurch wenigstens für diese Welt die Mühe und Beschwerde jedes einzelnen Falles los und schnitt jede weitere damit verbundene Sorge ab. So hatten Tellsons in ihrer Zeit, wie andere größere Geschäfte unter ihren Zeitgenossen, so oft dem Halsabschneiden obgelegen, daß, wenn die davon betroffenen Köpfe, anstatt im Stillen beseitigt zu werden, auf dem Tempelthore aufgesteckt worden wären, sie wahrscheinlich das wenige Licht, welches das Erdgeschoß hatte, in einer ziemlich bedeutsamen Weise abgesperrt hätten.

In allerlei Ställe und unbegreifliche Winkel eingepfercht, besorgten bei Tellsons die ältesten aller Männer das Geschäft mit ernster Würde. Bekam ein junger Mann eine Stelle in Tellsons Londoner Geschäft, so versteckten sie ihn irgendwo, bis er alt wurde. Sie hoben ihn an einem finstern Orte auf, gleich einem Käse, bis er den echten Tellsonduft und -Schimmel bekommen hatte. Erst dann durfte er sich sehen lassen, mit großer Brille über großen Büchern brütend und mit seinen Kniehosen und Gamaschen die allgemeine Würde der Firma erhöhend.

Vor Tellsons — nie, um keinen Preis darin, außer wenn er gerufen — hatte ein Mann seinen Posten, der als gelegentlicher Ausläufer und zugleich als das lebendige Schild des Hauses diente. Während der Geschäftsstunden war er nie[S. 87] abwesend, außer wenn er ausgeschickt worden, und dann war er durch seinen Sohn vertreten, einen unheimlichen Gnomen von zwölf Jahren, der sein Ebenbild war. Die Leute erzählten sich, daß Tellsons von ihrer Höhe herab den Ausläufer duldeten. Das Haus hatte immer Jemanden dieses Berufs geduldet und der Verlauf der Zeit hatte diesen Mann an die Stelle gebracht. Sein Geburtsname war Cruncher, und als er in kindlicher Unschuld durch Stellvertreter in der ostwärts gelegenen Pfarrkirche von Houndsditch den Werken des Teufels entsagt hatte, hatte man diesem Namen noch den Taufnamen Jerry beigefügt.

Der Schauplatz war Mr. Crunchers Privatwohnung in Hanging-Sword-alley, Whitefriars; die Zeit halb acht Uhr an einem windigen Maimorgen anno Domini 1780. (Mr. Cruncher nannte das Jahr unseres Herrn immer Anna Domino, offenbar in der Meinung, daß die christliche Zeitrechnung von der Erfindung eines beliebten Spieles durch eine Dame, welche demselben ihren Namen gegeben, beginne.)

Mr. Crunchers Zimmer lagen in keiner saubern Nachbarschaft und waren blos zwei der Zahl nach, selbst wenn man eine Kammer mit einer einzigen Glasscheibe als eins zählte. Aber sie waren sehr reinlich gehalten. So früh es noch am windigen Maimorgen war, war doch das Zimmer, in welchem er im Bett lag, ganz sauber gefegt; und der schwerfällige, hölzerne Tisch, auf dem die zum Frühstück geordneten Tassen standen, war mit einem sehr reinen, weißen Tuch überbreitet.

Mr. Cruncher ruhte unter einer Decke von bunten Musterflecken wie ein Harlekin im Schooße seiner Familie. Anfangs schlief er fest, aber allmälig fing er an, sich im Bette herumzuwälzen, bis er sich, das starre Haar so spitz in die Höhe stehend, als ob es die Bettlaken in lauter Streifen zerreißen müßte, langsam erhob. Als er das gethan, rief er im Tone äußerster Entrüstung aus:

„Verdammt will ich sein, wenn sie's nicht schon wieder thut!"

Eine Frau von ordentlichem und sauberm Aussehen stand mit Hast und Aufregung genug, um zu zeigen, daß sie die Gemeinte war, vom Knien in einer Ecke auf.

„Was!" sagte Mr. Cruncher, und sah sich nach seinem Stiefel um. „Du thust es schon wieder. — Du?"

Nachdem er dem Morgen diesen zweiten Gruß geweiht hatte, warf er als dritten einen Stiefel nach der Frau. Es war ein sehr schmutziger Stiefel, der zugleich den Leser mit der merkwürdigen Thatsache aus Mr. Crunchers häuslicher Einrichtung bekannt machen mag, daß er sehr oft nach dem Schluß des Contors mit reinen Stiefeln nach Hause kam und doch, wenn er nächsten Morgen aufstand, dieselben Stiefeln sehr schmutzig vorfand.

„Na!“ sagte Mr. Cruncher, nachdem er das Ziel verfehlt hatte — „was treibst Du denn eigentlich, Du Teufelscreatur?“

„Ich sagte nur mein Morgengebet her.“

„Sagt ihr Morgengebet her. Du bist mir eine Schöne! Was willst Du damit sagen, daß Du Dich hinwirfst und gegen mich betest?“

„Ich bete nicht gegen Dich, ich bete für Dich.“

„Das ist nicht wahr. Und wenn es wahr wäre, so ließ ich mir es nicht gefallen. Sieh, Jerry! Deine Mutter ist eine schöne Creatur, wirft sich auf die Knie hin und betet gegen Deines Vaters Glück. Du hast eine gute Mutter, mein Sohn. Du hast eine fromme Mutter, mein Sohn; rutscht auf ihren Knien herum und betet, daß der liebe Gott dem eigenen, einzigen Kinde Brod und Butter aus dem Munde nehmen möge!“

Der kleine Cruncher, der noch im Hemd war, nahm dies sehr übel und verbat sich sehr ernstlich bei seiner Mutter, daß sie ihm Etwas von seiner Leibesnahrung wegbete.

„Und was denkst Du denn, Du eingebildetes Geschöpf,“ sagte Mr. Cruncher mit unbewußter Inconsequenz, „was Deine Gebete werth sind? Sag’ mir einmal, wie hoch Du Deine Gebete anschlägst!“

„Sie kommen nur aus dem Herzen, Jerry. Mehr sind sie nicht werth.“

„Mehr sind sie nicht werth,“ wiederholte Mr. Cruncher. „Dann sind sie nicht viel werth. Aber mag dem sein, wie ihm wolle, ich sage Dir, ich lasse nicht gegen mich beten. Meine Mittel erlauben mir das nicht. Ich will mich nicht durch Dein Winseln unglücklich machen lassen; wenn Du auf den Knien herumrutschen willst, so thue es für Deinen Mann und Dein Kind, und nicht gegen sie. Hätte ich nur nicht eine unnatürliche Frau und dieser Junge nur nicht eine unnatürliche Mutter, so hätte ich vorige Woche was verdient, anstatt daß mir Dein frommer Firlefanz nur Unglück gebracht[S. 90] hat. Verdammt will ich sein!“ sagte Mr. Cruncher, der sich während dieser ganzen Zeit angezogen hatte, „ob mich nicht theils das Beten, theils das oder jenes verwünschte Ding für die ganze vorige Woche in das ärgste Pech gebracht hat, das jemals ein armer Teufel von einem ehrlichen Gewerbsmann gehabt hat. Jerry, zieh Dich an, Junge, und während ich mir die Stiefeln putze, hab’ ein Auge auf die Mutter und rufe mich, wenn sie wieder Lust zeigt, auf den Knien herumzurutschen. Denn ich sage Dir,“ sprach er weiter zu der Frau gewendet, „ich lasse mir’s in dieser Weise nicht gefallen. Ich bin so zusammengeschüttelt, wie ein Fiakerwagen, ich bin so schläfrig, wie Laudanum, und meine Gliedmaßen sind so überarbeitet, daß ich ohne die Schmerzen darin gar nicht wüßte, welche mir und welche einem Andern gehörten, und doch habe ich deshalb keinen Dreier mehr in der Tasche; und ich will wetten, Du hast vom frühesten Morgen bis zum spätesten Abend Alles gethan, um zu verhindern, daß Etwas in meine Tasche kommt, und ich lasse es mir nicht gefallen, Du Höllenbraten! Und was sagst Du jetzt?“

Weiter machte sich nun sein Zorn mit halblautem Vorsichhinbrummen Luft. „Ja, ja, jawohl! Und fromm bist Du auch. Du willst Dich dem Wohlergehen Deines Mannes und Kindes widersetzen, Du? Wirklich?" und mit ähnlichen sarkastischen Aeußerungen widmete sich Mr. Cruncher wieder dem Stiefelputzen und den allgemeinen Vorbereitungen für das Tagesgeschäft. Unterdeß hatte sein Sohn, dessen Haupt mit etwas kleineren eisernen Spitzen besetzt war und dessen junge Augen dicht bei einander standen, wie die seines Vaters, seine[S. 91] Mutter, wie befohlen, wachsam im Auge behalten. Er erschreckte diese arme Frau von Zeit zu Zeit höchlichst dadurch, daß er aus einer Schlafkammer, wo er seine Toilette machte, mit einem unterdrückten Ausruf. „Du willst schon wieder 'rumrutschen, Mutter — heda, Vater!" herausgeschossen kam und, nachdem er diesen falschen Lärm gemacht, mit einem unkindlichen Grinsen wieder hineinschoß.

Mr. Crunchers Laune hatte sich nicht im Mindesten verbessert, als er zum Frühstück kam. Er rügte mit besonderer Bitterkeit, daß Mrs. Cruncher im Stillen ein Tischgebet sprach.

„Was, Du Höllenbraten! Was machst Du da? Fängst Du schon wieder an!"

Seine Frau entschuldigte sich, daß sie blos ein Tischgebet gesprochen.

„Das lässest Du bleiben!" sagte Mr. Cruncher und sah um sich, als ob er eher erwartete, das Brod in Folge des Gebets seiner Frau verschwinden zu sehen. „Ich lasse mir's nicht gefallen, aus Haus und Hof gebetet zu werden, ich lasse mir das bischen Brod nicht vom Tische wegbeten. Daß du mir's bleiben lässest!"

Ausnehmend roth und grimmig um die Augen, als ob er die ganze Nacht in einer Gesellschaft gewesen, die durchaus kein gemüthliches Ende genommen, zerzauselte Jerry Cruncher sein Frühstück mehr, als daß er es aß und knurrte dabei wie der vierfüßige Inwohner einer Menagerie. Gegen neun Uhr legte sich sein borstiges Wesen etwas und mit einem so respectabeln und geschäftsmäßigen Aeußern, als er übersein wahres Ich decken konnte, ging er seiner Tagesbeschäftigung nach.

Es konnte kaum ein Gewerbe genannt werden, trotzdem daß er sich so gern „einen ehrlichen Gewerbsmann" nannte. Sein Geschäftscapital bestand in einem hölzernen Sessel, verfertigt aus einem Stuhle, von dem man die zerbrochene Lehne abgesägt hatte, welchen Sessel der junge Jerry, neben seinem Vater herlaufend, jeden Morgen unter das Contorfenster zunächst dem Tempelthore stellte, wo er mit Hinzufügung der ersten Hand voll Strohs, das von einem vorübergehenden Wagen geraubt werden konnte, um die Füße des Ausläufers vor Kälte und Nässe zu bewahren, den Lagerplatz für den Tag bildete. Auf diesem seinem Posten war Mr. Cruncher in Fleetstreet und im Tempel ebenso bekannt, wie das Thor selbst und fast ebenso häßlich von Aussehen.

Ein Viertel vor neun Uhr auf seinem Posten eingetroffen, noch zur rechten Zeit, um vor den ältesten Männern, wie sie zu Tellsons hineingingen, grüßend an den dreieckigen Hut zu fassen, saß Jerry an diesem windigen Maimorgen auf seinem

Sessel und der junge Jerry stand neben ihm, wenn er es nicht vorzog, Streifzüge durch das Thor zu machen, um vorübergehenden Jungen, die klein genug zu diesem liebenswürdigen Zweck waren, körperliches und geistiges Leid schmerzlichster Art zuzufügen. Vater und Sohn, die sich einander außerordentlich ähnlich sahen, hatten, wie sie schweigend dem Verkehr in Fleetstreet zusahen und dabei ihre beiden Köpfe so nahe an einander brachten, wie die Augen bei Beiden waren, eine merkwürdige Aehnlichkeit mit ein Paar boshaften Affen. Die Aehnlichkeit wurde durch den zufälligen Umstand nicht vermindert, daß der ältere Jerry Stroh zerbiß und ausspuckte, während die beweglichen Augen des jungen Jerry ihn so ruhelos beobachteten, wie alles Andere in Fleetstreet.

Einer der angestellten Ausläufer in Tellsons Contor steckte jetzt auf einmal den Kopf durch die Thür und rief:

„Heda, Jerry!"

„Hurrah, Vater! das fängt heute Morgen frühzeitig mit der Arbeit an!"

Nachdem sein Vater in das Contor hineingetreten war, setzte sich der junge Jerry auf den Stuhl, trat die Erbschaft des Strohs an, das sein Vater zerkaut hatte und dachte nach:

„Immer rostig! Seine Finger sind immer rostig!" brummte der junge Jerry vor sich hin. „Wo kriegt mein Vater all den Rost her? Hier kriegt er doch keinen Rost an die Finger?"

Zweites Kapitel
Ein Schauspiel

„Ihr seid jedenfalls in Old Bailey wohlbekannt?" sagte einer der ältesten Contordiener zu Jerry, dem Ausläufer.

„Ja—a, Sir!" entgegnete Jerry in etwas mürrisch-stockender Weise. „Ich bin in Bailey bekannt."

„Richtig. Und Ihr kennt Mr. Lorry?"

„Ich kenne Mr. Lorry viel besser, als Old Bailey, Sir, viel besser," sagte Jerry, fast wie ein widerwilliger Zeuge in dem fraglichen Gerichtslocal, „viel besser, als ich, ein ehrlicher Gewerbsmann, Old Bailey zu kennen wünsche."

„Sehr gut. Sucht also die Thür, wo die Zeugen hineingehen und zeigt dem Thürsteher dieses Billet für Mr. Lorry. Er wird Euch dann hineinlassen."

„In den Saal, Sir?"

„In den Saal."

Mr. Crunchers Augen schienen noch ein Wenig näher zusammenzurücken und mit einander die Frage zu tauschen: Was denkst du davon?

„Habe ich im Saale zu warten, Sir?" fragte er als Ergebniß dieser Conferenz.

„Das will ich Euch gleich sagen. Der Thürsteher schickt das Billet zu Mr. Lorry und Ihr macht Euch durch irgend eine Geberde Mr. Lorry bemerklich und zeigt ihm, wo Ihr steht. Dann habt Ihr weiter Nichts zu thun, als zu warten, bis er Euch braucht."

„Ist das Alles, Sir?"

„Das ist Alles. Er wünschte einen Boten bei der Hand zu haben. Durch dieses Billet wird er benachrichtigt, daß Ihr da seid."

Als der alte Handlungsdiener überlegsam das Billet zusammenbrach und mit der Adresse versah, bemerkte Mr. Cruncher, nachdem er ihm stillschweigend zugesehen, bis er zum Abtrocknen auf dem Löschpapier kam:

„Es wird sich wohl heute um Fälschung handeln?"

„Um Hochverrath!"

„Da steht Viertheilen drauf. Barbarei!"

„Es ist Gesetz und Recht," bemerkte der alte Diener und sah ihn überrascht durch die Brille an.

„S'ist hart vom Gesetz, einen Menschen zu verunstalten, meine ich. Es ist hart genug, ihm das Leben zu nehmen, aber es ist sehr hart, ihn zu verunstalten, Sir."

„Ganz und gar nicht," entgegnete der alte Diener. „Sprecht gut vom Gesetz. Tragt Sorge für Eure Brust und Eure Stimme, guter Freund, und laßt das Gesetz für sich selber Sorge tragen. Den Rath gebe ich Euch."

„S'ist die Nässe, Sir, die sich mir auf Brust und Stimme legt," sagte Jerry. „Daran können Sie selbst sehen, auf welchem nassen Wege ich mir mein tägliches Brod verdienen muß."

„Schon gut, schon gut," sagte der alte Diener; „jeder hat seinen eigenen Weg, sich seinen Lebensunterhalt zu erwerben. Manche thun es auf nassem Wege und manche auf trockenem Wege. Hier ist der Brief. Sputet Euch!"

Jerry nahm den Brief und sprach zu sich mit viel weniger innerer Ehrerbietung, als er äußerlich zur Schau trug, „Ihr wollt ein Geriebener sein," machte seine Verbeugung, unterrichtete seinen Sohn im Vorbeigehen von seiner Bestimmung und ging seines Wegs.

Sie henkten zu jener Zeit in Tyburn. Die Straße vor dem Newgatekerker vorüber hatte noch nicht jene gräßliche Notorität erlangt, die jetzt an ihr haftet. Aber das Gefängniß war ein greuelvoller Ort, wo fast jegliche Ausschweifung und Schlechtigkeit verübt ward und wo böse Krankheiten sich erzeugten, die mit den Gefangenen in den Gerichtssaal kamen[S. 96] und manchmal von der Verbrecherbank geraden Wegs auf den Lord-Oberrichter losstürzten und ihn von seinem Sitz herunterzerrten. Mehr als einmal war es geschehen, daß der Richter in der schwarzen Mütze sein eigenes Urtheil so sicher wie das des Gefangenen sprach und sogar noch vor ihm starb. Im Uebrigen war Old Bailey berühmt als eine Art von Sterbestation, von wo leichenblasse Reisende beständig in Karren und Kutschen eine gewaltsame Reise in die andere Welt antraten, wobei sie zwei und eine halbe englische Meile Stadt- und Landstraße durchfuhren, und wenn überhaupt, nur in wenigen guten Bürgern einen heilsamen Abscheu erregten. So mächtig ist die Gewohnheit und so wünschenswerth, daß sie von Anfang an gute Gewohnheit sei. Auch war Old Bailey berühmt wegen des Prangers, eine weise und uralte Einrichtung, welche eine Strafe verhängte, deren Schärfe Niemand ermessen konnte; auch wegen des Prügelpfahls, eine andere liebe und altbewährte Einrichtung, deren Wirksamkeit anzusehen sehr vermenschlichend und mildernd auf das Gemüth wirkte; auch wegen ausgedehnter Geschäfte in Blutgeld, ein anderes Bruchstück der Weisheit unserer Vorväter, das systematisch zu den schrecklichsten für Geld begangenen Verbrechen führte. Im Ganzen war zu jener Zeit Old Bailey eine auserlesene Erläuterung des Spruchs: „Was ist, ist Recht"; ein Spruch, der ebenso Alles abschließend sein würde, als er die Trägheit fördernd ist, wenn er nicht die unangenehme Consequenz in sich schlösse, daß Nichts, was jemals war, Unrecht sein könne.

Der Bote bahnte sich einen Weg durch das unsaubere[S. 97] Gedränge mit der Geschicklichkeit eines Mannes, der gewohnt ist, ohne Aufsehen zu machen vorwärts zu kommen, fand die Thüre, welche er suchte und gab durch eine Klappe in derselben seinen Brief hinein. Denn damals bezahlten die Leute, um das Schauspiel in Old Bailey zu sehen, gerade wie sie bezahlten, um das Schauspiel in Bedlam zu sehen — nur daß die erstere Unterhaltung viel theurer zu stehen kam. Deshalb waren alle Thüren von Old Bailey gut bewacht, mit einziger Ausnahme der gefälligen Thüren, durch welche die Gesellschaft die Verbrecher hinein ließ, denn diese standen immer weit offen.

Nach einigen Worten und Besinnen ging die Thüre widerwillig ein ganz klein Wenig auf und erlaubte Mr. Jerry Cruncher, sich in den Gerichtssaal hineinzuquetschen.

„Was ist dran?" fragte er flüsternd den Mann, der sein Nachbar geworden war.„Noch Nichts."

„Was kommt dran?"

„Der Hochverrath."

„Der zum Viertheilen, he?"

„Jawohl," entgegnete der Mann mit Gusto; „er wird auf einer Hürde hinausgeschleift, um halb gehängt zu werden und dann wird man ihn abschneiden und vor seinen eigenen Augen aufschlitzen und dann wird man seine Eingeweide herausnehmen und verbrennen, während er zusieht und dann wird man ihm den Kopf abhacken und sein Rumpf wird geviertheilt. So lautet das Urtheil."

„Wenn sie ihn schuldig finden, wollt Ihr sagen?" setzte Jerry als Vorbehalt hinzu.

„O! Sie werden ihn schuldig finden," sagte der Andere. „Da braucht Ihr nicht zu sorgen."

Mr. Crunchers Aufmerksamkeit zog jetzt der Thürsteher auf sich, der mit dem Billet in der Hand auf Mr. Lorry zuging. Mr. Lorry saß an einem Tisch unter den Herren in den Perrücken, nicht weit von einem Herrn in der Perrücke, dem Vertheidiger des Angeklagten, der einen großen Stoß Papiere vor sich hatte und fast gerade gegenüber einem andern Herrn in der Perrücke, der beide Hände in den Hosentaschen hatte und dessen ganze Aufmerksamkeit, wenn Mr. Cruncher ihn jetzt oder später anblickte, von der Decke des Gerichtssaals in Anspruch genommen zu sein schien. Nachdem Jerry einigemal mürrisch gehustet und sich das Kinn gerieben und Zeichen mit der Hand gemacht hatte, zog er die Beobachtung Mr. Lorry's auf sich, der aufgestanden war, um sich nach ihm umzusehen und ihm ruhig zunickte und sich wieder setzte.

„Was hat der in der Sache zu thun?" fragte der Mann, mit dem er gesprochen hatte.

„Das weiß ich nicht," sagte Jerry.

„Und was habt Ihr dabei zu thun, wenn man fragen darf?"

„Das weiß ich auch nicht," sagte Jerry.

Der Eintritt des Richters und eine darauf folgende große Bewegung und allmäliges Beruhigen im Gerichtssaal unterbrachen das Zwiegespräch. Im nächsten Augenblick wurde die Angeklagtenloge der Brennpunkt des allgemeinen Interesses. Zwei Schließer, die dort gestanden hatten, gingen hinaus und der Gefangene wurde hereingebracht und vor seine Richter gestellt.

Alle Anwesenden, mit Ausnahme des einen Herrn in der Perrücke, der sich die Decke betrachtete, hefteten neugierig ihre Augen auf ihn. All' der menschliche Athem in dem Saale rollte auf ihn zu wie ein Meer, oder ein Wind, oder ein Feuer. Neugierige Gesichter sahen um Pfeiler und Ecken, um einen Blick auf ihn zu werfen. Zuschauer in den hinteren Räumen standen auf, um sich auch nicht ein Haar von ihm entgehen zu lassen; Leute, die in der Mitte des Saals standen, legten ihre Hände auf die Schultern der vor ihnen Stehenden, um sich auf irgend Jemandes Unkosten einen Anblick von dem Manne zu verschaffen — stellten sich auf die Zehenspitzen, stiegen auf Simse, standen auf fast Nichts, um jeden Zoll von ihm zu sehen. Besonders bemerklich unter diesen Letzteren machte sich Jerry, welcher aussah wie ein lebendig gewordenes Stück der mit eisernen Spitzen besetzten Mauer von Newgate. Er zielte nach dem Angeklagten mit dem biergeschwängerten Duft eines Trunkes, den er unterwegs zu sich genommen und hauchte ihn aus, daß er sich mit den Wellen andern Bieres und Gins und Thee's und Kaffee's und was sonst noch vermische, welche auf den Angeklagten zuflutheten und sich bereits in einem schmutzigen Nebel und Regen an den großen Fenstern hinter ihm brachen.

Der Zielpunkt aller dieser neugierig stierenden und aufgeregten Blicke war ein junger Mann von ungefähr fünfundzwanzig Jahren, von hübschem Wuchs und hübschem Gesicht, mit sonnenverbrannten Wangen und dunklen Augen.[S. 100] Dem Stande nach war er ein Gentleman. Er war einfach schwarz oder sehr dunkel grau gekleidet, und sein langes und dunkles Haar war hinten im Nacken mit einem Bande zusammengebunden, mehr um nicht zu belästigen, als zur Zierde. Wie sich eine Gemüthsbewegung durch jede körperliche Umhüllung ausdrückt, so machte sich die Blässe, welche seine Lage rechtfertigte, durch das Braun seiner Wange erkennbar und zeigte, daß die Seele stärker war, als die Sonne. Im Uebrigen war er ganz unbefangen, er verbeugte sich vor dem Richter und blieb ruhig stehen.

Die Theilnahme, mit welcher dieser Mann angestiert und angehaucht ward, machte der Menschheit keine Ehre. Wäre er von einem weniger entsetzlichen und grausenhaften Urtheil bedroht gewesen, — wäre eine Möglichkeit vorhanden gewesen, daß ihm eine einzige der Scheußlichkeiten desselben erspart worden wäre — so hätte er ebenso viel an Anziehungskraft verloren. Die Gestalt, die verurtheilt werden sollte, so gräßlich zerstückt zu werden, war der anziehende Anblick; das unsterbliche Wesen, das geschlachtet und zerfleischt werden sollte, rief die

Aufregung hervor. Mit welchem Firniß auch die verschiedenen Zuschauer diese, jenachdem sie in der Selbsttäuschung geschickt waren, übertünchen mochten, im Grunde war es nur scheußliche Blutgier.

Schweigen im Gerichtssaal! Charles Darnay hatte gestern „nicht schuldig" eingewendet gegen eine Anklage, die ihn (mit endlosem unverständlichem Wortgeklingel) beschuldigte, ein falscher Verräther an unserm erlauchten, erhabenen, vortrefflichen u. s. w. Fürsten, unserm Herrn, dem König, zu sein,[S. 101] indem er bei verschiedenen Gelegenheiten und durch verschiedene Mittel und Wege Ludwig, König von Frankreich, in seinen Kriegen gegen unsern gedachten erlauchten, erhabenen, vortrefflichen u. s. w. Fürsten, unsern Herrn, den König, Beistand geleistet; indem er nämlich zwischen den Besitzungen unseres gedachten erlauchten, erhabenen, vortrefflichen u. s. w. Fürsten, unseres Herrn, des Königs und denen des gedachten Ludwigs von Frankreich hin- und hergereist, und boshafter, hinterlistiger, verrätherischer Weise (und noch mit andern bösen Adverbien) dem gedachten Ludwig von Frankreich verrathen habe, welche Streitkräfte unser gedachter erlauchter, erhabener, vortrefflicher u. s. w. Fürst, unser Herr, der König, für Canada und Nordamerika auszurüsten im Begriff stehe. Soviel verstand Jerry, dessen Haar immer spitzer empor stieg, wie die juristischen Worte sich häuften, zu seiner ungeheuren Befriedigung, und er kam so allmälig zu dem Verständniß, daß der vorgenannte und wieder und wieder vorgenannte Charles Darnay dort vor ihm stand, um sein Urtheil zu empfangen; daß die Geschwornen vereidigt wurden; und daß der Herr Generalanwalt sich bereit machte, zu sprechen.

Der Angeklagte, der im Geiste von jedem Einzelnen der Anwesenden gehängt, geköpft und geviertheilt wurde und sich Alles recht wohl bewußt war, ließ sich weder von dieser Umgebung einschüchtern, noch trat er ihr mit einer theatralischen Miene entgegen. Er war ruhig und aufmerksam; beobachtete die einleitenden Verhandlungen mit ernstem Interesse und ließ seine Hände auf dem Bret vor sich so gefaßt ruhen, daß sie auch nicht ein Blättchen von den Kräutern, mit denen es bestreut war, von der Stelle rückten. Ueberhaupt war der ganze Saal mit Kräutern bestreut und mit Essig besprengt, als Schutzmittel gegen Kerkerluft und Kerkerfieber.

Ueber dem Haupte des Angeklagten hing ein Spiegel, um das Licht auf ihn herabzuwerfen. Eine Unzahl von Verworfenen und Unglücklichen hatten ihr Bild darin gesehen und waren von seiner Oberfläche und von der Erde verschwunden. Von welch einer gräßlichen Gespensterschaar müßte dieser Saal heimgesucht sein, wenn der Spiegel die Bilder, die er auf seiner glatten Fläche gezeigt, jemals zurückgeben wollte, wie das Meer seine Todten wieder von sich giebt. Ein flüchtiger Gedanke an die Ehrlosigkeit und die Schmach, die das Glas widergespiegelt, mochte dem Angeklagten in den Sinn kommen. Wie dem immer sein möge, eine Veränderung seiner Stellung ließ ihn gewahr werden, daß ein Streifen Licht auf sein Gesicht falle und er blickte in die Höhe, und als er den Spiegel sah, röthete sich sein Gesicht und seine rechte Hand schob die Kräuter weg.

Dabei geschah es zufällig, daß er das Gesicht nach der Seite des Saales wendete, die sich ihm zur linken Hand befand. Fast auf einer Höhe mit seinen Augen saßen in der Ecke der Richterbank zwei Personen, auf denen sein Auge sofort haften blieb, so auffällig und mit einer solchen Veränderung seines Gesichts, daß alle Augen, die sich auf ihn gewendet hatten, sich auf diese Beiden wendeten.

Die Zuschauer sahen in den beiden Gestalten eine junge Dame von kaum mehr als zwanzig Jahren und einen Herrn der offenbar ihr Vater war; einen Herrn von sehr merkwürdigem Aussehen, wegen seines schlohweißen Haares und einer gewissen unbeschreiblichen Intensivität des Gesichtsausdrucks; nicht der Außenwelt zugewendet, sondern grübelnd und mit sich selbst beschäftigt. Wenn dieser Ausdruck auf seinem Gesicht lag, sah er aus, als wäre er alt; verschwand er aber manchmal vorübergehend, — wie z. B. jetzt, wie er mit seiner Tochter sprach, so wurde er ein schöner Mann, der noch nicht über das kräftige Mannesalter hinaus ist.

Seine Tochter hatte die eine ihrer Hände durch seinen Arm gezogen, wie sie neben ihm saß und die andere darauf gelegt. Eingeschüchtert von dem Schauspiel, das sie vor sich sah, und voller Mitleid für den Angeklagten, hatte sie sich dicht an den Vater herangedrängt. Auf ihrer Stirn las man deutlich eine Alles vergessende Angst und ein Mitleid, die für Nichts Sinn hatten, als für die Gefahr des Angeklagten. Dies war so deutlich zu lesen, so natürlich und lebendig ausgedrückt, daß Neugierige, die kein Mitleid mit ihm gehabt hatten, sich von ihrem Anblick rühren ließen; und durch den Saal ging ein Geflüster, wer sind sie?

Jerry, der Ausläufer, der seine Beobachtungen für sich in seiner Weise gemacht hatte und der in seinem tiefen Nachdenken den Rost von seinen Fingern gesogen hatte, machte den Hals lang, um zu hören, wer sie wären. Das Gedränge um ihn hatte sich noch dichter zusammengedrängt und die Anfrage an den nächsten Gerichtsdiener befördert und von diesem kam die Antwort langsam zurück; endlich kam sie auch an Jerry:

„Zeugen.“

„Auf welcher Seite?“

„Gegen.“

„Gegen welche Seite?“

„Gegen den Angeklagten.“

Der Richter, dessen Auge der allgemeinen Richtung gefolgt war, sammelte sich wieder, lehnte sich in seinem Sitz zurück und hielt sein Auge auf den Mann geheftet, dessen Leben in seiner Hand lag, wie der Herr Generalanwalt aufstand, um den Strick zu drehen, die Axt zu schärfen und die Nägel in das Schaffot zu schlagen.

Drittes Kapitel
Eine Enttäuschung

Der Herr Generalanwalt hatte den Geschwornen mitzutheilen, daß der Angeklagte vor ihnen, obgleich jung an Jahren, doch alt sei in den hochverrätherischen Praktiken, wegen deren jetzt das Gesetz seinen Kopf fordere. Daß sein Verkehr mit dem Landesfeinde nicht ein Verkehr von heute oder von gestern oder nur vom vorigen oder vorvorigen Jahre sei. Daß es unzweifelhaft sei, daß der Angeklagte schon seit längerer Zeit als dieser zwischen Frankreich und England in geheimen Geschäften, über die er keine ehrliche Auskunft geben könne, hin- und hergereist sei. Daß, wenn es in der Natur hochverrätherischer Umtriebe liege, zum Ziele zu führen (was glücklicher Weise nie der Fall sei), die wirkliche[S. 105] Boshaftigkeit und Strafbarkeit dieses Unterfangens noch unentdeckt sein könnte. Daß jedoch die Vorsehung es einer Person ohne Furcht und ohne Tadel eingegeben habe, den verbrecherischen Plänen des Angeklagten nachzuspüren und sie, erfüllt von Entsetzen, Sr. Majestät oberstem Staatssecretär und höchst ehrenwerthem Geheimen Rath zu enthüllen. Daß er diesen Patrioten ihnen vorführen werde. Daß seine Stellung und Haltung in der That und im Ganzen erhaben sei. Daß er des Angeklagten Freund gewesen, aber nachdem er in einer glücklichen und einer bösen Stunde seine Niederträchtigkeit entdeckt, beschlossen habe, den Verräther, den er nicht länger an seinem Busen wärmen konnte, auf dem geheiligten Altar des Vaterlandes zu opfern. Daß, wenn in Großbritannien wie im alten Griechenland und Rom Wohlthätern des Gemeinwesens Bildsäulen errichtet würden, dieser ausgezeichnete Bürger sicherlich durch eine geehrt werden würde. Daß dies aber wahrscheinlich nicht der Fall sein würde, da es hier nicht Sitte sei. Daß die Tugend, wie die Dichter sagten (in vielen Stellen, von denen er wüßte, daß die Geschwornen sie Wort für Wort auswendig kännten; worauf die Gesichter der Geschwornen ein Schuldbewußtsein, daß sie kein Wort von den Stellen wüßten, verriethen), gewissermaßen ansteckend sei, vor Allem aber die herrliche Tugend, welche man Patriotismus oder Vaterlandsliebe nenne. Daß das erhabene Beispiel dieses fleckenreinen und untadelhaften Zeugen für die Krone, von dem zu sprechen für Jeden eine Ehre sei, nicht ohne Eindruck auf den Bedienten des Angeklagten geblieben sei und in diesem einen heiligen Entschluß[S. 106] erzeugt habe, die Kästen und Taschen seines Herrn zu durchsuchen und seine Papiere bei Seite zu schaffen. Daß er (der Herr Generalanwalt) auf einen Versuch gefaßt sei, über diesen bewundernswürdigen Bedienten tadelnde und geringschätzende Bemerkungen zu machen; aber daß im Allgemeinen er ihn seinen (des Herrn Generalanwalts) Brüdern und Schwestern vorziehe und ihn mehr als seinen (des Herrn Generalanwalts) Vater und seiner Mutter ehre. Daß er mit Zuversicht die Geschwornen auffordere, dasselbe zu thun. Daß die Aussage dieser beiden Zeugen, verbunden mit den von ihnen entdeckten, schriftlichen Beweisen, die ihnen vorgelegt werden würden, beweisen könnten, daß der Angeklagte im Besitz von Standeslisten der Streitkräfte

Sr. Majestät und Nachweisen über ihre Standquartiere und Ausrüstung, sowohl zu Wasser wie zu Lande gewesen, die keinen Zweifel übrig lassen würden, daß er regelmäßig diese Nachweise einer feindlichen Macht mitgetheilt habe. Daß nicht nachgewiesen werden könne, daß diese Schriften von der Hand des Angeklagten seien; daß dies aber ganz gleichgültig sei, oder vielmehr um so besser für die Anklage, da daraus hervorgehe, wie schlau der Angeklagte in seinen Vorsichtsmaßregeln sei. Daß die Beweise fünf Jahre zurückgehen und den Angeklagten mit seinen strafbaren Plänen bereits wenige Wochen vor dem allerersten Gefecht zwischen den englischen Truppen und den Amerikanern beschäftigt zeigen würden. Daß aus diesen Gründen die Geschwornen, als loyale Geschworne (als welche er sie kenne) und als verantwortliche Geschworne (wie sie selbst wüßten) unbedingt den Unglücklichen schuldig finden[S. 107] und mit ihm ein Ende machen müßten, ob sie wollten oder nicht. Daß sie niemals ihr Haupt ruhig auf ihr Kissen legen könnten; daß sie nie den Gedanken ertragen könnten, daß ihre Weiber den Kopf ruhig auf ihre Kissen legten; daß es ihnen niemals in den Sinn kommen könnte, daß ihre Kinder ruhig den Kopf auf das Kissen legten; mit Einem Worte, daß sie und die Ihrigen in Zukunft nie auch nur eine Stunde ruhigen Schlafs genießen würden, wenn dem Angeklagten nicht das Haupt abgeschlagen würde. Diesen Kopf verlangte der Herr Generalanwalt schließlich von ihnen im Namen von Allem mit einem vollen Klange was ihm einfiel, und auf seine feierliche Versicherung hin, daß er den Angeklagten bereits als einen todten Mann betrachte.

Als der Generalanwalt schwieg, ging ein Gesurre durch den Hof, als ob den Angeklagten, in Vorausahnung dessen, was er bald sein werde, eine Wolke von großen Schmeißfliegen umschwärme. Als es sich wieder legte, erschien der fleckenreine Patriot auf der Zeugenbank.

Der Generalfiscal verhörte nun nach der Einleitung seines Vorgängers den Patrioten. Name: John Barsad, Gentleman. Die Geschichte seiner reinen Seele war genau so, wie der Herr Generalanwalt sie beschrieben hatte — vielleicht ein Wenig zu umständlich, wenn sie einen Fehler hatte. Nachdem er seinen edlen Busen dieser Bürde entledigt, hätte er sich gern bescheiden zurückgezogen, aber der Herr in der Perrücke mit den Papieren vor sich, der nicht weit von Mr. Lorry saß, wünschte ihm einige Fragen vorzulegen. Der Herr in der Perrücke gegenüber sah immer noch die Decke des Saales an.

War er vielleicht selbst früher Spion gewesen! Nein, er wies diese niedrige Verleumdung mit Entrüstung zurück. Wovon lebte er? Von seiner Besitzung. Wo seine Besitzung liege? Das könne er so genau nicht sagen. Worin sie bestehe? Das ginge Niemanden Etwas an. Ob er sie geerbt habe? Ja. Von wem? Von einem entfernten Verwandten. Von einem sehr entfernten? Von einem ziemlich entfernten. Jemals im Gefängniß gewesen? Gewiß nicht. Nie im Schuldgefängniß gesessen? Wüßte nicht, daß das hierher gehöre. Nie im Schuldgefängniß gesessen? Sprechen Sie. Niemals? Ja. Wie viele Mal? Zwei oder drei Mal. Nicht fünf oder sechs Mal? Vielleicht. Welchen Standes? Gentleman. Jemals mit Fußtritten regalirt? Wäre vielleicht möglich. Häufig? Nein. Jemals einen Fußtritt bekommen und die Treppe hinuntergeworfen worden? Ganz gewiß nicht; bekam einmal einen Fußtritt oben an der Treppe und fiel aus eigenem Antrieb hinunter. Damals hinuntergeworfen worden, weil er mit falschen Würfeln gespielt? Etwas der Art habe der betrunkene Lügner gesagt, der sich der Realinjurie schuldig gemacht, aber es sei nicht wahr. Ob er schwören könne, daß es nicht wahr sei? Ganz bestimmt. Ob er jemals von falschem Spiele gelebt? Niemals. Ob er vom Spielen gelebt? Nicht mehr als andere Herren. Ob er von dem Angeklagten Geld geborgt? Ja. Ob er es ihm wiederbezahlt? Nein. War nicht die Bekanntschaft mit dem Angeklagten, die im Grunde eine sehr oberflächliche war, dem Angeklagten in Postkutschen, Wirthshäusern und Packetschiffen aufgedrängt worden? Nein. Weiß er bestimmt, daß er bei dem Angeklag[S. 109]ten diese Musterrollen gesehen? Gewiß. Wisse Nichts weiter von den Musterrollen? Nein. Hätte sie z. B. nicht selbst herbeigeschafft? Nein. Erwarte nicht für sein Auftreten als Zeuge bezahlt zu werden? Nein. Sei nicht im regelmäßigen Sold und Anstellung der Regierung zum Schlingenlegen? O, bei Leibe nicht. Oder sonst Etwas zu thun? O, bei Leibe nicht. Ob er das beschwören könne? Noch zwei- und dreimal. Sei von keinen andern bewegt und bestimmt, als von Beweggründen des reinen Patriotismus? Von keinen andern.

Der tugendhafte Bediente, Roger Cly, schwur sich mit großer Behendigkeit durch das Verhör. Er war in gutem Glauben und Herzenseinfalt vor vier Jahren in die Dienste des Angeklagten getreten. Er hatte den Angeklagten am Bord des Calais-Packetschiffs gefragt, ob er einen gewandten Burschen brauche und der Angeklagte hatte ihn in Dienst genommen. Er hatte den Angeklagten nicht gebeten, den gewandten Burschen aus Barmherzigkeit in Dienst zu nehmen, — hatte nie an so Etwas gedacht. Bald darauf fing er an, Verdacht hinsichtlich des Angeklagten zu schöpfen und ein Auge auf ihn zu haben. Beim Ordnen seiner Kleider auf der Reise hatte er ähnliche Papiere wie diese wiederholt in den Taschen des Angeklagten gesehen. Diese Papiere hatte er aus dem Schubkasten in dem Pulte des Angeklagten genommen. Er hatte sie nicht erst dorthin gelegt. Er hatte gesehen, wie der Angeklagte dieselben Papiere französischen Herren in Calais zeigte, und ähnliche Papiere französischen Herren in Calais und in Boulogne. Er liebe sein Vaterland und hätte so Etwas nicht ertragen können und hätte Anzeige[S. 110] gemacht. Er sei nie in Verdacht gewesen, eine silberne Theekanne gestohlen zu haben; er sei hinsichtlich einer Senfbüchse verleumdet worden, aber es hätte sich gefunden, daß sie nur plattirt gewesen sei. Er kenne den vorigen Zeugen seit sieben oder acht Jahren; das sei bloßes zufälliges Zusammentreffen. Er nenne es nicht ein merkwürdig seltsames Zusammentreffen; die Zusammentreffen wären meistens merkwürdig. Auch nenne er es kein merkwürdiges Zusammentreffen, daß reine Vaterlandsliebe auch sein einziger Beweggrund sei. Er sei ein echter Britte und hoffe, es gebe noch viele gleich ihm.

Die Schmeißfliegen summten wieder und der Generalanwalt rief Mr. Jarvis Lorry auf.

„Mr. Jarvis Lorry, Sie sind Handlungsdiener in Tellsons Bank?“

„Ja.“

„Veranlaßten Sie an einem gewissen Freitag Nachts im November 1775 Geschäfte, von London nach Dover mit der Postkutsche zu reisen?“

„Ja.“

„Waren noch andere Passagiere in der Kutsche?“

„Zwei.“

„Stiegen sie unterwegs im Verlaufe der Nacht aus?“

„Allerdings.“

„Mr. Lorry, sehen Sie den Angeklagten an. War er einer der beiden Passagiere?“

„Ich getraue mir nicht, Ja zu sagen.“

„Sieht er einem dieser beiden Passagiere ähnlich?“

„Beide waren so eingewickelt, und die Nacht war so finster, und wir waren Alle so zurückhaltend, daß ich mir nicht einmal getrauen kann, diese Frage zu beantworten.“

„Mr. Lorry, sehen Sie den Angeklagten noch einmal an. Denken Sie ihn sich so eingewickelt, wie jene beiden Passagiere, würde dann sein Aussehen oder sein Wuchs es unwahrscheinlich machen, daß er Einer derselben gewesen wäre.“

„Nein.“

„Sie wollen nicht beschwören, Mr. Lorry, daß er keiner von den Beiden gewesen sei?“

„Nein.“

„So sagen Sie wenigstens, er könnte Einer von den Beiden gewesen sein?“

„Ja. Ausgenommen, daß ich mich erinnere, daß die Beiden — ebenso wie ich — sich vor Straßenräubern fürchteten und der Angeklagte sieht nicht aus, als ob er sich fürchtete.“

„Haben Sie jemals ein Bild der Furchtsamkeit gesehen, Mr. Lorry?“

„Ei, gewiß.“

„Mr. Lorry, sehen Sie den Angeklagten noch einmal an. Wissen Sie mit Bestimmtheit, ihn früher schon einmal gesehen zu haben?“

„Ja.“

„Wann?“

„Wenige Tage nach jener Reise kehrte ich aus Frankreich zurück und in Calais kam der Angeklagte an Bord des Packetschiffs, auf dem ich zurückfuhr und machte die Reise mit mir."

„Um welche Zeit kam er an Bord?"

„Kurz nach Mitternacht."

„Mitten in der Nacht. War er der einzige Passagier, der zu dieser ungewöhnlichen Stunde an Bord kam?"

„Er war zufällig der einzige."

„Das „zufällig" ist hier gleichgültig, Mr. Lorry. Er war der einzige Passagier, der mitten in der Nacht an Bord kam?"

„Ja."

„Reisten Sie allein, Mr. Lorry, oder hatten Sie Begleitung?"

„Ich hatte zwei Begleiter. Einen Herrn und eine Dame. Sie sind hier."

„Sie sind hier. Haben Sie mit dem Angeklagten gesprochen?"

„Kaum einige Worte. Das Wetter war stürmisch, die Ueberfahrt lang und beschwerlich, und ich lag fast während der ganzen Zeit auf einem Sopha."

„Miß Manette!"

Die junge Dame, auf welche sich vorhin alle Blicke gewendet hatten und sich jetzt wieder wendeten, stand auf. Ihr Vater erhob sich mit ihr und behielt ihre Hand unter seinem Arme.

„Miß Manette! Sehen Sie den Angeklagten an."

Solchem Mitleid und so tief fühlender Jugend und Schönheit gegenübergestellt zu werden, war eine viel härtere Prüfung für den Angeklagten, als dem ganzen Gedränge gegenüber zu stehen. Er stand mit ihr, so zu sagen, allein an dem Rande seines Grabes und alle die neugierig starrenden Augen ringsum konnten ihm für den Augenblick nicht die Kraft geben, ganz unbefangen zu bleiben. Seine unruhige rechte Hand vertheilte die vor ihm gestreuten Kräuter in eingebildete Blumenbeete in einem Garten; unter seinen Bemühungen, sein Athmen im regelmäßigen Zuge zu erhalten, zitterten die Lippen, aus welchen das Blut nach dem Herzen zurückströmte. Das Gesumme der Schmeißfliegen erhob sich lauter als vorhin.

„Miß Manette, haben Sie den Angeklagten früher gesehen?"

„Ja, Sir."

„Wo?"

„Am Bord des Packetschiffs, von dem eben gesprochen worden und bei derselben Gelegenheit."

„Sie sind die junge Dame, von der eben gesprochen worden?“

„O, unglücklicherweise bin ich es!“

Der klagende Ton ihres Mitleids verlor sich in die weniger wohltönende Stimme des Richters, wie er ziemlich schroff sagte: „Beantworten Sie die Fragen, die Ihnen vorgelegt werden und machen Sie keine Bemerkungen dazu.“

„Miß Manette, haben Sie auf der Fahrt über den Canal mit dem Angeklagten gesprochen?“

„Ja, Sir.“

„Was haben Sie mit ihm gesprochen?“

Während ringsum das tiefste Schweigen herrschte, begann sie mit schwacher Stimme:

„Als der Herr an Bord kam —“

„Meinen Sie den Angeklagten?“ fragte der Richter mit gerunzelter Stirn.

„Ja, Mylord.“

„Dann sagen Sie, der Angeklagte.“

„Als der Angeklagte an Bord kam, bemerkte er, daß mein Vater“ — sie wendete ihm einen liebevollen Blick zu, wie er neben ihr stand — „sehr erschöpft und angegriffen war. Mein Vater war so angegriffen, daß ich nicht wagte, ihn aus der freien Luft zu entfernen, und ich ließ auf dem Deck, neben der Kajütentreppe, ein Bett für ihn machen und setzte mich auf das Deck neben ihn, um auf ihn Acht zu haben. Es waren keine andern Passagiere auf dem Schiffe, als wir vier. Der Angeklagte war so gütig, um Erlaubniß zu bitten, mir einen Rath geben zu dürfen, wie ich meinen Vater vor Wind und Wetter, besser als ich es gethan, schützen könnte. Was ich gethan hatte, reichte nicht aus, da ich nicht wußte, wie der Wind stehen würde, nachdem wir den Hafen verlassen hatten. Er half mir dem Mangel abhelfen. Er sprach sich sehr theilnehmend und gütig über meinen Vater aus und ich bin überzeugt, es kam ihm von Herzen. In dieser Weise wurden wir mit einander bekannt.“

„Erlauben Sie mir, Sie einen Augenblick zu unterbrechen. War er allein an Bord gekommen?“

„Nein.“

„Wie Viele kamen mit ihm?“

„Zwei französische Herren.“

„Sprachen sie viel mit einander?“

„Sie sprachen mit einander bis zum letzten Augenblick, wo die französischen Herren wieder mit dem Boote an’s Land fahren mußten.“

„Machten sie sich unter einander mit Papieren zu thun, gleich diesen Papieren hier?“

„Einige Papiere gingen bei ihnen von Hand zu Hand, aber ich weiß nicht, was für Papiere es waren.“

„Sahen sie in Gestalt und Format wie diese aus?“

„Das ist wohl möglich, aber ich weiß es wahrhaftig nicht, obgleich sie ganz in meiner Nähe flüsternd miteinander sprachen: weil sie oben an der Kajütentreppe standen, um das Licht der dort hängenden Laterne zu benutzen; die Laterne brannte trübe und sie sprachen sehr leise und ich konnte nicht verstehen, was sie sprachen und sah nur, daß sie Papiere durchgingen.“

„Was sprach der Angeklagte mit Ihnen, Miß Manette?“

„Der Angeklagte sprach sich ebenso offen gegen mich aus, wie er in Folge meiner hülflosen Lage gütig und freundlich und meinem Vater hülfreich war. Ich hoffe,“ sagte sie in Thränen ausbrechend, „daß ich ihm nicht schlechten Dank zahle, indem ich ihn heute zu Schaden bringe.“

Großes Gesumme der Schmeißfliegen.

„Miß Manette, wenn der Angeklagte nicht klar erkennt, daß Sie die Aussagen, welche zu machen Ihre Pflicht ist — welche Sie machen müssen — und welchen Sie sich gar nicht entziehen können — mit großem Widerwillen abgeben, so steht er einzig unter den Anwesenden da. Bitte, fahren Sie fort.“

„Er sagte mir, daß er in schwierigen und wichtigen Ge[S. 116]schäften reise, welche den Betheiligten leicht Ungelegenheiten verursachen könnten und daß er deshalb unter falschem Namen reise. Er sagte, daß ihn sein Geschäft veranlaßt habe, nach Frankreich zu reisen und daß es ihn möglicherweise noch auf lange Zeit nöthigen werde, zu wiederholten Malen zwischen Frankreich und England hin und her zu reisen.“

„Sagte er Nichts von Amerika, Miß Manette? Besinnen Sie sich genau.“

„Er versuchte, mir auseinanderzusetzen, wie der Streit entstanden und sagte, daß, soweit er urtheilen könnte, es englischer Seits ein ungerechter und thörichter Streit sei. In scherzendem Tone setzte er hinzu, daß George Washington sich vielleicht in der Geschichte einen so großen Namen erwerben werde, als Georg III. Aber er meinte das nicht böse: er sagte es mit Lachen und um die Zeit zu vertreiben.“

Jeder stark ausgeprägte Gesichtsausdruck des Haupthandelnden in einem Auftritt von großem Interesse, dem viele Augen zusehen, wird unwillkürlich von dem Zuschauer nachgeahmt werden. Peinlich und angstvoll gespannt war der Ausdruck ihrer Züge, wie sie ihr Zeugniß abgab und während der Pausen, die sie machen mußte, um dem Richter Zeit zu lassen, es niederzuschreiben, den Eindruck beobachtete, den ihre Aussagen auf die Advocaten für und gegen die Anklage machten. Unter den Zuschauern im ganzen Saale zeigte sich derselbe Gesichtsausdruck und zwar in so hohem Grade, daß eine große Mehrzahl der Gesichter Spiegelbilder der Zeugin hätten sein können, als der Richter von seinen Notizen aufschaute, um mit einem fürchterlichen Blick die schreckliche Ketzerei wegen George Washington zu bestrafen.

Der Generalanwalt erklärte jetzt dem Richter, daß er es der Vorsicht und der Form wegen für nothwendig halte, den Vater der jungen Dame, Dr. Manette, als Zeugen aufzurufen. Er wurde demnach aufgerufen.

„Dr. Manette, sehen Sie den Angeklagten an. Haben Sie ihn früher einmal gesehen?"

„Einmal. Als er mich in meiner Wohnung in London besuchte. Es mag drei oder drei und einhalb Jahr her sein."

„Erkennen Sie ihn als Ihren Reisegefährten am Bord des Packetschiffs, oder können Sie uns Etwas von seiner Unterhaltung mit Ihrer Tochter sagen?"

„Nein, Sir, weder das Eine noch das Andere."

„Ist ein eigenthümlicher und besonderer Grund vorhanden, daß Sie Keines von Beiden thun können?"

Er gab mit gedämpfter Stimme zur Antwort. „Ja."

„Sie haben das Unglück gehabt, in Ihrem Vaterlande ohne Proceß und sogar ohne Anklage eine lange Haft zu erleiden, Dr. Manette?"

Er antwortete in einem Tone, der Jedem zu Herzen ging. „Eine lange Haft."

„Sie waren zu jener Zeit erst vor Kurzem frei geworden?"

„Das sagt man mir."

„Können Sie sich aus jener Zeit an gar Nichts erinnern?"

„Nein. Mein Gedächtniß ist wie verschwunden von einem Zeitpunkt an — ich kann nicht einmal sagen, welcher Zeitpunkt das war, wo ich mich in meiner Gefangenschaft mit[S. 118] dem Verfertigen von Schuhen beschäftigte, bis zu der Zeit, wo ich mich in London mit meiner guten Tochter hier wiederfand. Sie war mir vertraut geworden, als ein gnädiger Gott mir die Kräfte meines Geistes wiedergab; aber ich bin sogar außer Stande zu sagen, wie sie mir vertraut geworden ist. Ich kann mich durchaus nicht besinnen, wie es gegangen ist."

Der Generalanwalt setzte sich nieder und Vater und Tochter nahmen ebenfalls wieder Platz.

Ein merkwürdiger Zwischenfall trat jetzt ein. Das Ziel der Beweisführung war, zu zeigen, daß der Angeklagte mit einem noch unbekannten Mitschuldigen in jener Freitag-Nacht im November vor fünf Jahren mit der Dover Postkutsche gereist und, um Entdeckung zu vermeiden, des Nachts an einem Orte ausgestiegen sei, wo

er nicht geblieben, sondern von wo er einige Dutzend Meilen nach einer Garnisons-
und Hafenstadt zurückgereist sei, und daß er dort Erkundigungen eingezogen habe.
Ein Zeuge war da, welcher ihn zu der erforderlichen Stunde im Frühstückszimmer
eines Gasthauses in dieser Garnisons- und Hafenstadt, wo er auf Jemanden wartete,
gesehen haben wollte. Die Kreuzfragen des Vertheidigers des Angeklagten lockten
keine andern Antworten hervor, als daß er den Angeklagten nie bei einer andern
Gelegenheit gesehen, als der Herr in der Perrücke, der die ganze Zeit über die Decke
des Saales angesehen hatte, ein oder zwei Worte auf ein Zettelchen schrieb, es
zusammendrehte und dem Vertheidiger hinüberwarf. Dieser wickelte das
Zettelchen in der nächsten Pause aus einander und betrachtete den Angeklagten mit
großer Aufmerksamkeit und Neugier.

Die Aehnlichkeit.

„Sie bleiben also dabei, daß Sie ganz sicher sind, daß es der Angeschuldigte
gewesen?“

Der Zeuge war seiner Sache ganz gewiß.

„Haben Sie jemals Jemanden gesehen, der dem Angeklagten sehr ähnlich sah?“

Nicht so ähnlich, sagte der Zeuge, daß er sie hätte verwechseln können.

„Sehen Sie sich genau jenen Herrn an, meinem gelehrten Freund gegenüber,“
sagte er, indem er auf Denjenigen deutete, der ihm das Zettelchen zugeworfen hatte,
„und dann sehen Sie sich den Angeschuldigten genau an. Was sagen Sie nun? Sehen
sie sich einander sehr ähnlich?“

Wenn man abzieht, daß der gelehrte Freund vernachlässigt und verliederlicht,
wenn nicht gar etwas verlumpt aussah, so waren sie allerdings einander ähnlich
genug, um nicht nur den Zeugen, sondern auch alle Anwesenden zu überraschen,
als sie einander so gegenübergestellt wurden. Nachdem Mylord ersucht worden war,
den gelehrten Freund zu veranlassen, seine Perrücke abzulegen und er keine sehr
gnädige Einwilligung gegeben hatte, wurde die Aehnlichkeit noch viel auffälliger.
Mylord fragte Mr. Stryver (den Vertheidiger des Angeklagten), ob nun zunächst Mr.
Carton (Name des gelehrten Freundes) wegen Hochverraths angeklagt werden
solle? Nein, entgegnete Mr. Stryver dem Oberrichter; aber er wollte den Zeugen
fragen, ob nicht das, was einmal geschehen sei, zweimal geschehen könne; ob er so
zuversichtlich gesprochen haben würde, wenn er einen solchen schlagenden Beweis
für seine Uebereilung eher gesehen hätte; ob er, nachdem er ihn gesehen, noch so
zuversichtlich sei, und Aehnliches mehr. Das Ergebniß von dem Allen war, daß
dieser Zeuge rein vernichtet war und dieser Theil der Beweisführung vollständig in’s
Wasser fiel.

Mr. Cruncher hatte um diese Zeit, während er den Zeugenaussagen aufmerksam
zuhörte, ein ganzes Frühstück von Rost von seinen Fingern abgesaugt. Er hatte nun
aufzumerken, wie Mr. Stryver die Sache des Angeklagten den Geschwornen
anpaßte, gleich einem vollständigen Anzug, und ihnen zeigte, wie der Patriot Barsad

ein bezahlter Spion und Verräther, ein schamloser Seelenverkäufer und einer der größten Schurken auf Erden seit Judas sei — und in der That schien er dieses Lob durch sein Aussehen zu rechtfertigen. Wie der tugendsame Diener Cly sein Freund und Compagnon und dieser Stelle ganz würdig sei; wie die Spüraugen dieser Fälscher und Meineidigen sich den Angeklagten als Opfer ausersehen hätten, weil ihn, der von französischer Herkunft sei, gewisse Familienangelegenheiten in Frankreich oft nöthigten, Reisen über den Canal zu machen, — obgleich Rücksichten auf Andere, die seinem Herzen nahe stünden, ihm verböten, zu sagen, von welcher Art diese Familienangelegenheiten wären, auch wenn er damit sein Leben retten könnte. Wie die Aussagen, welche sie der jungen Dame abgepreßt, deren Seelenangst dabei sie Alle gesehen, gar Nichts bewiesen als daß die kleinen unschuldigen Galanterien und Höflichkeiten zwischen den Beiden stattgefunden, welche zwischen einem jungen Herrn und einer jungen Dame, die sich zufällig begegnen, vorzukommen pflegen — mit Ausnahme jener Hindeutung auf George Washington, die gar zu ausschweifend und unmöglich sei, um für etwas Anderes als einen colossalen Spaß gelten zu können. Wie es eine Schwäche für die Regierung sein würde, mit diesem Versuch durch Ausbeutung der niedrigsten Nationalantipathien und Besorgnisse nach Popularität zu haschen, nicht zum Ziele zu gelangen und deshalb der Generalanwalt so Viel daraus gemacht habe, als nur möglich sei; wie dessenungeachtet die Anklage sich auf Nichts gründe, als auf Aussagen so niederträchtiger und ehrloser Art, wie sie nur zu oft derartige Anklagen schändeten und von welchen die Hochverrathsprocesse dieses Landes nur zu reichliche Beispiele gäben. Aber hier unterbrach ihn Mylord mit einem so ernsthaften Gesicht, als ob es nicht wahr gewesen wäre und sagte, daß er nicht ruhig auf der Richterbank sitzen und derartige Anspielungen anhören dürfe.

Mr. Stryver rief dann seine paar Zeugen auf, und Mr. Cruncher hatte dann aufzupassen, wie der Herr Generalanwalt den ganzen Anzug, den Mr. Stryver den Geschwornen angepaßt hatte, um und um wendete, und zeigte, wie Barsad und Cly sogar noch hundert Mal besser wären, als er geglaubt hätte und der Angeklagte noch hundert Mal schlechter. Zuletzt kam Mylord selbst, der dem Anzug bald das Auswendige nach innen, bald das Inwendige nach außen kehrte, aber doch im Ganzen sehr entschieden ein Sterbekleid für den Angeklagten daraus zurecht schnitt.

Und jetzt traten die Geschwornen zusammen, um das Urtheil zu erwägen, und die Schmeißfliegen fingen wieder an zu summen.

Mr. Carton, der so lange die Decke des Gerichtssaals angesehen hatte, wechselte selbst in dieser Pause der Aufregung weder seinen Platz, noch seine Haltung. Während sein gelehrter Freund Mr. Stryver seine Papiere vor sich auf einen Stoß zusammenlegte, mit den in seiner Nähe Sitzenden flüsternd sprach und von Zeit zu Zeit mit banger Erwartung nach den Geschwornen hinblickte, während alle Zuhörer und Zuschauer sich mehr oder minder bewegten und in neue Gruppen zusammentraten; während sogar Mylord von seinem Sitz aufgestanden war und langsam auf der Estrade auf- und abging, nicht ohne in dem Publicum den Verdacht zu erwecken, daß er in einigermaßen fieberhafter Aufregung sei, saß dieser eine Mann gleichgültig zurückgelehnt da, den zerrissenen Talar halb von der Schulter gerissen, die ungekämmte Perrücke schief auf den Kopf gesetzt, die Hände in den Taschen und die Augen an die Decke geheftet, wie den ganzen Tag über. Ein Gebahren, das mit allen Rücksichten auf Welt und Menschen gebrochen zu haben schien, gab ihm nicht nur etwas Abstoßendes und Gemeines, sondern verminderte die große Aehnlichkeit, die zwischen ihm und dem Angeklagten unzweifelhaft bestand (welche durch den gesammelten Ernst, den er einen Augenblick angenommen, als sie mit einander verglichen worden, noch vermehrt war), so sehr, daß mehrere von dem Publikum, die ihn jetzt betrachteten, zu einander sagten, sie hätten kaum geglaubt, daß die Beiden sich so ähnlich wären. Mr. Cruncher theilte die Bemerkung seinem nächsten Nachbar mit und setzte hinzu: „Ich wette eine halbe Guinee, daß der nicht viele Processe hat. Sieht nicht aus wie ein Mann, dem sich viele anvertrauen, nicht wahr?"

Und doch war dieser Mr. Carton viel aufmerksamer auf das, was geschah, als er zu sein schien; denn jetzt, als Miß Manette's Köpfchen ihrem Vater auf die Brust gesunken war, wurde er es zuerst gewahr und sagte laut: „Thürsteher! Springen Sie der jungen Dame bei. Helfen Sie dem Herrn, sie hinauszuführen. Sehen Sie nicht, daß sie gleich niedersinken wird?"

Laut äußerte sich das Bedauern, wie sie hinausgebracht wurde und ebenso lebhaft die Theilnahme für ihren Vater. Es hatte ihm offenbar großen Schmerz verursacht, daß man ihn an die im Kerker verlebte Zeit erinnert hatte. Während des Verhörs verrieth er starke innere Aufregung und der sinnende oder brütende Gesichtsausdruck, der ihn alt machte, war seitdem wie eine schwere Wolke auf seinem Antlitz liegen geblieben. Wie er hinaus ging, sprachen die Geschwornen, die sich umgedreht und kurze Zeit berathen hatten, durch ihren Vormann.

Sie konnten nicht einig werden und wünschten abzutreten. Mylord (der vielleicht immer noch nicht George Washington vergessen hatte) zeigte sich etwas verwundert, daß sie nicht einig waren, aber er gab seine huldvolle Einwilligung, daß sie unter Verschluß und Bewachung abtreten könnten und trat selbst ab. Die Verhandlung hatte den ganzen Tag gedauert und die Lampen im Saal wurden jetzt angebrannt. Es machte sich die Meinung geltend, daß die Geschwornen lange ausbleiben würden. Die Zuhörer verloren sich, um Erfrischungen zu sich zu nehmen und der Angeklagte zog sich in den Hintergrund der Angeklagten-Loge zurück und setzte sich.

Mr. Lorry, der der jungen Dame und ihrem Vater gefolgt war, erschien jetzt wieder und winkte Jerry, der bei der verminderten Theilnahme des Publikums leicht zu ihm kommen konnte.

„Jerry, wenn Ihr Etwas genießen wollt, so habt Ihr jetzt Zeit dazu. Aber haltet Euch in der Nähe. Ihr hört jedenfalls, wenn die Geschwornen wieder eintreten. Ihr müßt mit ihnen wieder hier sein, denn Ihr sollt den Wahrspruch nach der Bank tragen. Ihr seid der rascheste Bote, den ich kenne und könnt lange vor mir am Tempelthor sein!"

Jerry hatte gerade genug Stirn, um die Hand daran zu legen, und er legte sie daran in Anerkennung dieser Mittheilung und eines Schillings. Mr. Carton trat in diesem Augenblick zu den Beiden und legte die Hand auf Mr. Lorry's Arm.

„Was macht die junge Dame?"

„Sie ist sehr bekümmert, aber ihr Vater tröstet sie und sie fühlt sich sehr erleichtert, seitdem sie nicht mehr im Saale ist."

„Ich werde es dem Angeklagten sagen. Für einen respectabeln Herrn von der Bank, wie Sie sind, schickt es sich natürlich nicht, mit ihm vor Anderer Augen zu sprechen."

Mr. Lorry wurde roth, als ob er sich bewußt wäre, dieses Bedenken bei sich erwogen zu haben und Mr. Carton ging auf die Angeklagten-Loge zu. Da der Ausgang aus dem Saale in derselben Richtung lag, so folgte ihm Jerry, ganz Auge, Ohr und in Spitzen emporstehendes Haar.

„Mr. Darnay!"

Der Angeklagte trat sofort hervor.

„Es wird Ihnen natürlich daran gelegen sein, Etwas von dem Befinden der Zeugin Miß Manette zu hören. Sie erholt sich rasch. Sie ist schon viel besser geworden."

„Es thut mir unendlich weh, die Ursache ihrer Aufregung zu sein. Können Sie ihr das mit meinem innigsten Danke mittheilen?"

„Das könnte ich wohl. Ich werde es auch thun, wenn Sie es verlangen."Mr. Carton war in seinem Benehmen so gleichgültig und rücksichtslos, daß es fast verletzte. Er stand da, dem Angeklagten halb den Rücken zugekehrt, und stützte sich mit dem Ellbogen bequem auf die Schranke vor der Anklagebank.

„Ich bitte Sie darum. Nehmen Sie meinen herzlichsten Dank dafür an."

„Was erwarten Sie, Mr. Darnay?" fragte Carton, immer noch halb von ihm abgewendet.

„Das Schlimmste."

„Das ist das Klügste, was Sie thun können und das Wahrscheinlichste, was Ihnen widerfahren kann. Aber ich glaube, daß sie abgetreten sind spricht zu Ihren Gunsten."

Da Stehenbleiben während des Hinausgehens aus dem Saale nicht erlaubt war, so hörte Jerry weiter Nichts, sondern verließ sie, wie sie Beide unter dem ihre

Gestalten zurückgebenden Spiegel neben einander standen, einander so ähnlich im Gesicht, und so unähnlich im Wesen.

Anderthalb Stunden vergingen langsam in den von Dieben und Gesindel erfüllten Gängen unten, obgleich Fleischpastetchen und Ale die Zeit vertreiben halfen. Der heisere Bote, der unbequem auf einer Bank saß, nachdem er dieses Erfrischungsmittel zu sich genommen, war eingeduselt, als Stimmenbrausen und ein Strom von Menschen, welche die Richtung nach der im Gerichtssaal hinaufführenden Treppe einschlugen, ihn mit sich fortriß.

„Jerry, Jerry!"

Mr. Lorry rief ihn bereits an der Thür, als er dort eintrat.

„Hier, Sir! S'ist kaum zum Durchkommen. Hier bin ich, Sir!"

Mr. Lorry reichte ihm ein Papier über das Gedränge hinweg. „Rasch! Habt Ihr's?"

„Ja, Sir."

Mit hastigen Zügen war auf das Papier geschrieben: „Freigesprochen."

„Wenn Sie diesmal die Botschaft „Wiederauferstanden" geschickt hätten," brummte Jerry im Fortgehen vor sich hin, „so würde ich dasmal gewußt haben, was Sie meinten."

Er hatte keine Gelegenheit, etwas Anderes zu sagen, oder nur zu denken, bis er aus Old Bailey hinaus war; denn das Gebäude entleerte sich mit einem Ungestüm, daß ihn der Menschenstrom fast umgerissen hätte und ein lautes Gesumme verbreitete sich in der Straße, als ob die getäuschten Schmeißfliegen sich zerstreuten, um anderes Aas aufzusuchen.

Viertes Kapitel
Zum Glückwunsch

Aus den schwach erleuchteten Gängen des Gerichtsgebäudes verliefen sich die letzten Reste des Menschengedränges, das den ganzen Tag über dort zusammengepreßt gewesen war, als Dr. Manette, Lucie Manette, seine Tochter, der Sachwalter für die Vertheidigung und sein Rechtsbeistand, Mr. Stryver, den eben freigelassenen Mr. Charles Darnay umstanden und ihn zu seiner Rettung vom Tode beglückwünschten.

Es wäre bei viel hellerem Lichte schwierig gewesen, in Dr. Manette mit dem geistvollen Gesicht und der aufrechten Haltung den Schuhmacher des Dachstübchens in Paris wiederzuerkennen. Aber Niemand konnte ihn zweimal ansehen, ohne seine Aufmerksamkeit gefesselt zu fühlen, selbst wer nicht Gelegenheit gehabt hatte, seine Beobachtung auf den trauervollen Tonfall seiner gedämpften, ernsten Stimme und die Zerstreutheit auszudehnen, deren Ausdruck sich mitunter ohne jeden sichtbaren Grund unvorbereitet über sein Gesicht verbreitete. Während ein äußerer Anlaß, und zwar eine Hindeutung auf seine langjährige Qual, stets — wie während der Gerichtsverhandlung — diese Stimmung aus den Tiefen seiner Seele heraufbeschwor, stellte sie sich auch von selbst ein und verbreitete ein Düster über ihn, das denen, welche seine Geschichte nicht kannten, so unbegreiflich war, als hätten sie den Schatten der wirklichen Bastille im Sommersonnenschein auf ihn fallen sehen, während der Körper der Bastille dreihundert Meilen weit entfernt war.

Nur seine Tochter besaß die Fähigkeit, diesen schwarzen Schatten von seinem Gemüth zu bannen. Sie war der goldene Faden, der ihn mit einer Vergangenheit und mit einer Gegenwart verknüpfte, die beide auf der andern Seite seines Leidenslebens lagen; und der Klang ihrer Stimme, das Licht ihres Antlitzes, die Berührung ihrer Hand hatten fast immer einen höchst wohlthätigen Einfluß auf ihn. Fast immer, denn sie konnte sich einiger Fälle erinnern, wo ihre Macht wirkungslos geblieben war, aber dies waren nur wenige und unbedeutende Fälle und sie glaubte, sie würden nicht wiederkehren.

Mr. Darnay hatte ihr mit Inbrunst und dankbar die Hand geküßt, und sich zu Mr. Stryver gewendet, dem er mit Wärme dankte. Mr. Stryver, ein Mann von wenig mehr als dreißig Jahren, der aber zwanzig Jahre älter aussah, als er war, wohlbeleibt, laut, roth, geradezu und frei von jedem störenden Zartgefühl, hatte eine Art, sich moralisch und physisch in Gesellschaften und Unterhaltungen vorzudrängen, die Bürgschaft dafür gab, daß er sich auch seinen Weg in der Welt bahnen würde.

Glückwünsche.

Er hatte noch nicht die Perrücke und den Talar abgelegt und sagte, indem er sich vor seinem Clienten so breit hinstellte, daß er den unschuldigen Mr. Lorry ganz aus der Gruppe drängte: „Es freut mich, Sie mit Ehren durchgebracht zu haben, Mr. Darnay. Es war eine über die Maaßen schändliche und niederträchtige Anklage, die aber nichtsdestoweniger leicht hätte zu einer Verurtheilung führen können."

„Sie haben mich für mein Leben verpflichtet — in zweifachem Sinne," sagte sein Client, indem er seine Hand ergriff.

„Ich habe mein Möglichstes für Sie gethan, Mr. Darnay; und mein Möglichstes ist so gut wie das eines Andern, glaube ich."

Da hier offenbar Jemand sagen mußte, viel besser, so sagte es Mr. Lorry; vielleicht nicht ganz uneigennützig, sondern mit der eigennützigen Absicht, wieder in die Gruppe hineinzukommen.

„Meinen Sie?" sagte Mr. Stryver. „Nun, Sie sind den ganzen Tag dabei gewesen und müssen's wissen. Sie sind übrigens auch Geschäftsmann."

„Und als solcher," sprach Mr. Lorry, den der Vertheidiger des Angeklagten jetzt in die Gruppe zurückgedrängt hatte, wie er ihn vorher hinausgedrängt, „als solcher bitte ich Dr. Manette, diese Conferenz abzubrechen und uns Alle nach Hause zu schicken. Miß Lucie sieht leidend aus, Mr. Darnay hat einen schrecklichen Tag gehabt, wir sind Alle fertig."

„Sprechen Sie für sich, Mr. Lorry," sagte Stryver; „ich habe noch die Nacht zu arbeiten. Sprechen Sie für sich."

„Ich spreche für mich," gab Mr. Lorry zur Antwort, „und für Mr. Darnay und für Miß Lucie und — Miß Lucie, meinen Sie nicht, daß ich für uns Alle sprechen darf?" Er legte einen Nachdruck auf die Frage und begleitete sie mit einem Blick auf ihren Vater.

Auf seinem Antlitz war ein seltsamer Ausdruck, mit dem er Darnay ansah, gewissermaßen festgefroren: Ein forschender Ausdruck, der sich allmälig zu einem Ausdruck der Abneigung und des Mißtrauens vertiefte und in welchen sich sogar Furcht mischte. Während dieser seltsame Ausdruck auf seinem Gesicht lag, waren seine Gedanken in die Ferne geschweift.

„Vater," sagte Lucie, indem sie sanft die Hand auf seinen Arm legte.

Er schüttelte langsam den Schatten von sich ab und drehte sich nach ihr um.

„Wollen wir nach Hause gehen, Vater?"

Mit einem langen, tiefen Athemzug gab er zur Antwort: „Ja."

Die Freunde des freigesprochenen Angeklagten waren in der von ihm selbst ausgegangenen Meinung fortgegangen, daß er diesen Abend noch nicht werde in Freiheit gesetzt werden. Die Lampen in den Gängen waren fast alle ausgelöscht, die eisernen Thüren wurden klappernd und rasselnd zugeschlossen und der unheimliche Ort war verödet bis morgen früh, wo Galgen, Pranger, Prügelpfahl und Brandmarkungseisen von Neuem ihren Zehnten forderten.

Zwischen ihrem Vater und Mr. Darnay trat Lucie Manette hinaus in die freie Luft. Man rief einen Fiacre und Vater und Tochter fuhren darin von dannen.

Mr. Stryver war in den Gängen von ihnen geschieden, um die Garderobe aufzusuchen. Noch eine Person, welche sich der Gruppe nicht zugesellt und ebenso wenig mit einem von den Andern ein Wort getauscht hatte, die sich aber an die Wand gelehnt hatte, wo der Schatten derselben am dunkelsten war, war schweigend den Uebrigen gefolgt und hatte zugesehen, bis der Wagen fortfuhr. Er trat nun zu Mr. Lorry und Mr. Darnay, die auf der Straße stehen geblieben waren.

„Aha, Mr. Lorry! Geschäftsleute können jetzt mit Mr. Darnay sprechen.“

Niemand hatte ein anerkennendes Wort für Mr. Cartons Antheil an den Verhandlungen des Tages gehabt; Niemand hatte darauf Acht gegeben. Er hatte den Advocatentalar abgelegt, ohne daß sein Aussehen dadurch besser geworden wäre.

„Wenn Sie wüßten, welche Kämpfe der Geschäftsmann zu bestehen hat, wenn sein Inneres getheilt ist zwischen gutmüthigem Wollen und Geschäftsrücksichten, so würden Sie lachen, Mr. Darnay.“

Mr. Lorry wurde roth und sagte mit Wärme: „Sie haben das schon einmal gesagt, Sir. Wir Geschäftsleute, die einem Hause dienen, sind nicht unsere eigenen Herren. Wir müssen an das Haus mehr als an uns selbst denken.“

„Das weiß ich, das weiß ich,“ warf Mr. Carton gleichgültig ein. „Seien Sie nicht ärgerlich, Mr. Lorry. Sie sind so gut wie die Andern, das bezweifle ich nicht; besser, wage ich zu sagen.“

„Und ich muß wahrhaftig sagen, Sir,“ fuhr Mr. Lorry fort, ohne auf ihn zu hören, „ich weiß eigentlich nicht, was Sie die Sache angeht. Wenn Sie mir, der ich so viel älter bin als Sie, erlauben wollen, es auszusprechen, so glaube ich kaum, daß dies Sache Ihres Geschäfts ist.“

„Meines Geschäfts! Mein Gott, ich habe kein Geschäft,“ sagte Mr. Carton.

„Es ist schade, daß Sie keins haben, Sir.“

„Das glaube ich auch.“

„Wenn Sie ein Geschäft hätten,“ fuhr Mr. Lorry fort, „so würden Sie vielleicht sich demselben widmen.“

„Du meine Güte, nein! — Ich gewiß nicht,“ sagte Mr. Carton.

„Ich sage Ihnen, Sir,“ sagte Mr. Lorry, ganz ärgerlich über seine Gleichgültigkeit, „ein Geschäft ist eine sehr gute Sache und eine sehr respectable Sache. Und ich sage Ihnen, Sir, wenn das Geschäft seine Rücksichten fordert und manchen Zwang auflegt, so weiß Mr. Darnay, als junger Mann von Herz, diesen Umstand zu berücksichtigen. Mr. Darnay, gute Nacht. Gott segne Sie, Sir! Ich hoffe, Sie sind heute für ein gedeihliches und glückliches Leben aufbewahrt worden. — Heda, Sänfte!"

Vielleicht ein wenig ärgerlich über sich selbst, wie über den Sachwalter, stieg Mr. Lorry hastig in die Sänfte und ließ sich nach Tellsons Bank tragen. Carton, der nach Portwein roch und nicht ganz nüchtern zu sein schien, lachte dann und sagte zu Darnay:

„Ein seltsamer Zufall ist's, der Sie und mich zusammen führte. Es muß eine seltsame Nacht für Sie sein, hier auf der Straße allein mit Ihrem Doppelgänger zu stehen?"

„Es kommt mir noch gar nicht recht vor, als ob ich dieser Welt angehörte," entgegnete Charles Darnay.

„Das wundert mich nicht; es ist nicht lange her, daß Sie ziemlich weit auf Ihrem Wege nach einer andern waren. Nach Ihrer Sprache sind Sie angegriffen."

„Mir kommt es vor, als wäre ich sehr angegriffen."

„Warum, zum Kukuk, gehen Sie dann nicht zu Tisch? Ich für meinen Theil habe gegessen, während diese Strohköpfe mit einander zu Rathe gingen, welcher Welt Sie angehören sollten — dieser oder einer andern. Ich will Ihnen aber wenigstens das nächste Gasthaus zeigen, wo man gut ißt."

Er nahm ohne Umstände den Arm Darnay's, führte ihn Ludgate-Hill hinab nach Fleet-Street und dort durch einen langen, überbauten Gang in ein Wirthshaus. Dort wies man sie in ein kleines Zimmer, wo Charles Darnay sich bald bei einem guten, einfachen Diner und gutem Weine stärkte, während Carton ihm gegenüber an demselben Tisch saß, seine besondere Flasche Portwein vor sich hatte und ihm mit seiner halb insolenten Manier zusah.

„Nun, fühlen Sie jetzt, daß Sie wieder diesem irdischen Schauplatz angehören, Mr. Darnay?"

„Ich bin schrecklich verwirrt über Zeit und Ort; aber soweit bin ich hergestellt, um das zu fühlen."

„Es muß Ihnen zur unendlichen Befriedigung gereichen."

Er sagte das mit Bitterkeit und schenkte sich sein Glas wieder voll, das ziemlich groß war.

„Was mich betrifft, so ist mein größter Wunsch, zu vergessen, daß ich zu dieser Welt gehöre! Sie hat nichts Gutes für mich — außer Wein, gleich diesem — und ich habe nichts Gutes für sie. So gleichen wir uns in diesem Punkte nicht sehr. In der That fange ich an zu glauben, daß wir uns in keiner Einzelheit sehr ähnlich sind."

Von der Aufregung des Tages noch verwirrt und von der Anwesenheit seines Doppelgängers mit dem gemeinen Betragen wie von einem Traum befangen, wußte Charles Darnay nicht, was er antworten sollte und antwortete zuletzt gar nicht.

„Da Sie jetzt mit dem Essen fertig sind,“ fuhr Carton gleich darauf fort, „so sollten Sie doch eine Gesundheit ausbringen, Mr. Darnay; warum thun Sie es nicht?“

„Auf wen soll ich eine Gesundheit ausbringen?“

„Mein Gott, der Name schwebt Ihnen auf der Zunge. Es sollte wenigstens und es muß der Fall sein, ich schwöre darauf.“

„Miß Manette also!“

„Gut, Miß Manette!“

Carton sah seinen Begleiter fest an, während er den Toast trank und warf dann das Glas über die Schulter an die Wand, wo es in tausend Stücke zerbrach; dann klingelte er und bestellte ein neues Glas.

„Eine schöne junge Dame, um sie im Dunkeln nach der Kutsche zu geleiten, Mr. Darnay!“ sagte er und schenkte sich sein neues Glas voll.

Ein kaum merkbares Runzeln der Stirn und ein kurzes Ja war die Antwort.

„Und von einer so schönen jungen Dame bedauert und beweint zu werden! Wie mag das wohl thun? Ich glaube, es ist werth, sich einen Proceß um sein Leben machen zu lassen, wenn man dafür Gegenstand solchen Erbarmens und Mitleids wird. Nicht wahr, Mr. Darnay?“

Abermals zog Darnay vor, keine Antwort zu geben.

„Ihre Botschaft machte ihr schreckliche Freude, als ich sie ihr überbrachte. Nicht, daß sie dieselbe besonders an den Tag legte, aber meiner Meinung nach war es entschieden der Fall.“

Die Anspielung erinnerte Darnay noch zur rechten Zeit, daß dieser unangenehme Gesell ihm aus eigenem Antrieb im Laufe des Tages aus einer Verlegenheit geholfen hatte. Er brachte das Gespräch darauf und dankte ihm für seine Vermittelung.

„Ich verlange weder Ihren Dank, noch verdiene ich ihn,“ sagte der Andere gleichgültig. „Erstens war keine Mühe dabei, und zweitens weiß ich gar nicht, weshalb ich es eigentlich gethan habe. Mr. Darnay, erlauben Sie mir eine Frage?“

„Mit Vergnügen, und die Antwort ist nur ein geringfügiger Dank für Ihre freundlichen Dienste.“

„Glauben Sie, daß ich Sie besonders gern habe?“

„Wahrhaftig, Mr. Carton, ich habe mir diese Frage selbst noch nicht vorgelegt,“ entgegnete der Andere, einigermaßen von der Anrede in Verwirrung gebracht.

„Nun, so legen Sie sich jetzt einmal die Frage vor.“

„Sie haben gehandelt, als ob Sie mich gern hätten; aber ich glaube nicht, daß es der Fall ist.“

„Ich glaube es auch nicht,“ sagte Carton. „Ich fange an, von Ihrem Urtheil eine sehr gute Meinung zu bekommen.“

„Nichtsdestoweniger,“ fuhr Darnay fort, indem er aufstand, um zu klingeln: „zürnen Sie nicht, hoffe ich, daß ich die Rechnung bestelle und daß wir ohne böses Blut zwischen uns von einander scheiden.“

Carton erwiderte: „Durchaus nicht!“ Darnay klingelte. „Bezahlen Sie die ganze Rechnung?“ sagte Carton. Auf seine bejahende Antwort fuhr er fort: „Dann bringen Sie mir noch eine halbe Flasche von diesem Wein, Kellner, und wecken Sie mich dann um 10 Uhr.“

Charles Darnay stand auf, nachdem er die Rechnung bezahlt hatte und wünschte dem Andern gute Nacht. Ohne den Wunsch zu erwidern, stand auch Carton auf und sagte mit fast drohender oder herausfordernder Miene: „Noch ein Wort, Mr. Darnay: Sie glauben, ich bin betrunken?“

„Ich glaube, Sie haben getrunken, Mr. Carton.“

„Sie glauben? Sie wissen, daß ich getrunken habe.“

„Da ich es einmal sagen muß, ja.“

„Dann sollen Sie auch wissen, warum. Ich bin ein blasirtes Plackholz, Sir. Ich kümmere mich um keinen Menschen auf Erden und kein Mensch auf Erden kümmert sich um mich.“

„Sehr zu bedauern. Sie hätten Ihre Talente besser benutzen können.“

„Vielleicht, Mr. Darnay; vielleicht auch nicht. Seien Sie jedoch nicht stolz auf Ihr nüchternes Gesicht; Sie wissen nicht, wozu Sie noch kommen können. Gute Nacht!“

Als er allein war, nahm der seltsame Mann ein Licht, trat vor einen Spiegel an der Wand und betrachtete sich in demselben genau.

„Findest Du besondern Gefallen an dem Menschen?“ redete er halblaut sein Bild an; „warum solltest Du besondern Gefallen an einem Menschen finden, der Dir ähnlich sieht? An Dir ist Nichts, was gefallen könnte, das weißt Du. Hol Dich der Kukuk! Was Du aus Dir gemacht hast! Ein guter Grund, Dich zu Jemand hingezogen zu fühlen, weil er Dir zeigt, wie Du Dich heruntergebracht hast und was aus Dir hätte werden können! Tausche den Platz mit ihm; würden dann diese blauen Augen Dich angesehen haben, wie ihn und würde Dich dann dieses aufgeregte Gesicht bemitleidet haben, wie ihn? Sei nicht blöde und sage es offen heraus. Du hassest den Burschen.“

Er setzte sich, um Trost zu suchen, zu seiner halben Flasche Wein, trank sie in wenigen Minuten aus, legte dann den Kopf auf den Tisch und schlief ein, während sein Haar in wirren Locken auf seine Arme fiel und ein großer Räuber im Lichte Unschlitttropfen auf ihn herabfallen ließ.

Fünftes Kapitel
Der Schakal

Jene Zeit war eine Zeit des Zechens, und die meisten Männer zechten stark. So sehr hat sich dieses seitdem gebessert, daß eine mäßige Angabe der Quantität Wein und Punsch, die damals ein Mann im Verlauf einer Nacht hinuntertrinken konnte, ohne seinem Ruf als vollkommner Gentleman im Mindesten Eintrag zu thun, heutzutage wie eine lächerliche Uebertreibung erschiene. Der gelehrte Stand der Juristen blieb in seinen bacchantischen Neigungen gewiß nicht hinter andern Ständen zurück; und auch Mr. Stryver, der sich bereits auf dem raschen Wege zu einer ausgedehnten und gewinnbringenden Praxis befand, gab in dieser Hinsicht seinen Collegen ebenso wenig nach, wie in den trockneren Zweigen der Jurisprudenz.

Beliebt in Old Bailey und auch in den Assisen, hatte Mr. Stryver bereits begonnen, vorsichtig die untern Stufen der Leiter wegzuhauen, auf welcher er emporstieg. Die Assisen und Old Bailey hatten jetzt ihren Günstling ausdrücklich in ihre sehnsüchtigen Arme zu rufen, wenn sie ihn sehen wollten und täglich konnte man das geröthete Gesicht Mr. Stryvers dem Lord-Oberrichter in dem Gerichtshof der Kingsbench gegenüber erblicken, wie er aus einem Perrückenbeet sich hervordrängte, einer großen Sonnenblume gleich, die aus einem verwilderten Garten voll grell bunter Blumen zur Sonne emporstrebt.

Die Collegen hatten früher von Mr. Stryver gesagt, daß er zwar zungengeläufig sei und sich keine Bedenken mache und keck angreife, was er in die Hand nehme, daß er aber nicht jene Fähigkeit besitze, den wesentlichen Inhalt aus einem Haufen von Daten herauszuziehen, welche einer der wesentlichsten und auffälligsten Züge advocatorischer Begabung ist. Aber in dieser Hinsicht hatte er sich merkwürdig gebessert. Je größer seine Praxis ward, desto größer schien seine Fähigkeit zu werden, den Kern und das Mark jedes Geschäfts zu finden; und so spät des Nachts er auch mit Sidney Carton poculirte, konnte er doch am Morgen die Hauptpunkte seiner Rechtssache an den Fingern herzählen.

Sidney Carton, der trägste und zukunftsloseste Mann aller Männer, war Stryvers großer Verbündeter. Was die Beiden zwischen dem Hilariustag und dem Michaelstag zusammen tranken, hätte ein königliches Schiff flott machen können. Stryver hatte nie in einer Rechtssache zu thun, ohne daß Carton dabei saß, die Hände in den Taschen und die Decke des Gerichtssaales anstarrend; sie bereisten denselben Assisenbezirk und verlängerten selbst da ihre gewöhnlichen Orgien bis tief in die Nacht, und Manche wollten Carton am hellen lichten Tage verstohlen und nicht ganz fest auf den Beinen gleich einer liederlichen Katze nach Hause schleichen gesehen haben. Endlich wurde es unter denen, die an der Sache Interesse nahmen, ruchbar, daß zwar Sidney Carton nie ein Löwe werden würde, daß er aber ein erstaunlich guter Schakal sei, und daß er in dieser bescheidenen Eigenschaft Stryver treue Dienste leiste.

„Zehn Uhr, Sir!“ sagte der Kellner, dem er aufgetragen hatte, ihn zu wecken. — „Zehn Uhr, Sir!“

„Was giebt’s?“

„Zehn Uhr, Sir!“

„Was soll das? Zehn Uhr Nachts?“

„Ja, Sir! Euer Ehren befahlen mir, Sie zu wecken.“

„Ah! ich besinne mich. Gut, gut.“

Nach ein Paar halben Versuchen, wieder einzuschlafen, die der Kellner geschickt dadurch vereitelte, daß er fünf Minuten lang beständig das Feuer schürte, stand er auf, warf den Hut auf den Kopf und ging fort. Er ging in den Tempel, erfrischte sich einigermaßen, indem er zweimal auf dem Pflaster von Kingsbench-walk und Paper-buildings auf und ab ging und suchte Mr. Stryvers Expedition auf.

Stryvers Schreiber, der diesen Conferenzen nie beiwohnte, war nach Hause gegangen und der Principal machte selbst die Thüre auf. Er hatte Hausschuhe an und einen weiten Schlafrock, und der Hals war der größeren Bequemlichkeit wegen bloß. Er hatte das etwas verstörte, angegriffene Aussehen um die Augen, welches man bei allen flott Lebenden, aber angestrengt Arbeitenden von Jeffries abwärts bemerkt, und welches man unter verschiedenen künstlerischen Verhüllungen durch die Portraits jedes zechenden Zeitalters verfolgen kann.

„Ihr kommt etwas spät, Gedächtniß,“ sagte Stryver.

„Um die gewöhnliche Zeit; vielleicht eine Viertelstunde später.“

Sie gingen in ein schwarz geräuchertes Zimmer, dessen Wände von Büchern und dessen Tische und Fußboden von Papieren bedeckt waren und wo ein helles Feuer brannte. Ein Theekessel dampfte vor demselben und mitten unter Stößen Akten stand ein Tisch mit mehreren Flaschen Wein und Cognac und Rum und Zucker und Citrone.

„Ihr habt schon Eure Flasche getrunken, sehe ich, Sidney.“

„Zwei, glaube ich. Ich habe mit dem Clienten von heute gegessen; oder ihm zugesehen — s’ ist Alles Eins!“

„Das war ein schöner Einfall, Sidney, Eure Aehnlichkeit zu benutzen. Wie kamt Ihr darauf? Wann ist es Euch aufgefallen?“

„Ich dachte, er wäre eigentlich ein hübscher Kerl und dachte mir, ich wäre ungefähr auch so ein Bursch gewesen, wenn ich nur etwas Glück gehabt hätte.“

Mr. Stryver lachte, bis sein frühgekommenes Bäuchlein wackelte. „Ihr und Euer Glück, Sidney! Geht an die Arbeit, geht an die Arbeit!"

Mürrisch genug machte es sich der Schakal mit seinem Anzug bequem, ging in ein anstoßendes Zimmer und trat mit einem großen Krug kaltem Wasser, einem Waschbecken und ein oder zwei Handtüchern wieder heraus. Er tauchte die Handtücher in das Wasser, rang sie wieder aus und legte sie dann zusammengebrochen in einer scheußlich aussehenden Weise auf den Kopf. So setzte er sich an den Tisch hin und sagte. „Jetzt bin ich fertig."

„Es ist nicht viel zu thun, Gedächtniß," sagte Mr. Stryver munter, wie er sich unter seinen Papieren umsah.

„Wie viel?"

„Nur zwei Sachen."

„Gebt mir die schwerste zuerst."

„Hier ist sie, Sidney. Nun vorwärts!"

Der Löwe legte sich dann bequem auf das Sopha auf der einen Seite des Tisches mit den Flaschen, während der Schakal an seinem besondern mit Papieren bedeckten Tische auf der andern Seite saß, so daß er die Flaschen und Gläser bei der Hand hatte. Mit letzteren beschäftigten sich Beide fleißig, aber jeder auf eine andere Art; der Löwe lag meistens sinnend da, die Hände im Hosenbund und in das Feuer blickend oder gelegentlich ein leichteres Actenstück durchmusternd, wogegen der Schakal mit gerunzelter Stirn und aufmerksamem Gesichte so vertieft in seine Aufgabe war, daß seine Augen nicht einmal der Hand folgten, die er nach dem Glase ausstreckte, sondern daß er oft eine oder zwei Minuten lang umhertappte, ehe er das Glas fand.

Ein oder zweimal stieß der Schakal auf so schwierige Punkte, daß er sich genöthigt sah, aufzustehen und die Handtücher von Neuem naß zu machen. Von diesen Wanderungen nach dem Wasserkrug und dem Waschbecken kam er mit so wunderbaren Variationen seines nassen Turbans zurück, daß Worte sie nicht beschreiben können, und sein Aufzug wurde noch lächerlicher durch das ernsthafte, in Gedanken vertiefte Gesicht.

Endlich hatte der Schakal ein tüchtiges Mahl für den Löwen und brachte es ihm dar. Der Löwe nahm es mit Ueberlegung und Vorsicht, traf seine Auswahl, machte seine Bemerkungen darüber und der Schakal unterstützte ihn dabei. Als das Mahl verzehrt war, steckte der Löwe die Hände wieder in den Hosenbund und streckte sich aus, um zu überlegen. Der Schakal erfrischte dann die Kehle mit einem vollen Glase und den Kopf mit frischgenäßten Handtüchern und beschäftigte sich mit der Zurechtmachung eines zweiten Mahles; dieses wurde dem Löwen in derselben Weise dargebracht und war nicht eher verzehrt, als bis die Glocken drei Uhr früh verkündeten.

„Und jetzt, da wir fertig sind, Sidney, schenkt Euer Glas Punsch ein,“ sagte Mr. Stryver.

Der Schakal nahm die nassen Handtücher vom Kopf, die ihre Feuchtigkeit ausdampften, schüttelte sich, gähnte, fröstelte und schenkte ein Glas voll.

„Eure Rathschläge über das Verhör der Kronzeugen waren sehr solid heute, Sidney. Jede Frage zog.“

„Meine Rathschläge sind immer solid, sollt’ ich meinen?“

„Das ziehe ich nicht in Zweifel. Was hat Euch übler Laune gemacht? Trinkt ein Glas Punsch und spült die üble Laune hinunter.“

Mit einem entschuldigenden Brummen schenkte sich der Schakal abermals das Glas voll.

„Der alte Sidney Carton von der alten Shrewsbury-Schule,“ sagte Stryver und wiegte nachdenklich den Kopf, wie er sich den Schulkameraden in der Gegenwart und in der Vergangenheit betrachtete. „Der alte grillige Sidney. In einer Minute heiter und in der nächsten niedergeschlagen.“

„Ja wohl,“ entgegnete der Andere mit einem Seufzer, „derselbe Sidney, mit demselben Glück. Selbst damals machte ich die Arbeiten für die Andern und selten meine eigenen.“

„Und warum nicht?“

„Das weiß der Himmel. Es war meine Art so, vermuthe ich.“

Er saß da, die Hände in die Taschen gesteckt und die Beine vor sich ausgestreckt und sah in das Feuer.

„Carton,“ sagte sein Freund und stellte sich mit herausfordernder Miene vor ihn hin, als ob das Kamin der Ofen wäre, in welchem ausdauernder Fleiß geschmiedet würde und das Beste, was man für den alten Sidney Carton von der alten Shrewsbury-Schule thun könne, wäre, ihn hineinzustoßen. „Eure Art ist und war immer eine lahme Art. Ihr bringt keine Energie und kein Wollen mit. Seht mich an.“

„Ach, dummes Zeug!“ entgegnete Sidney mit einem unbefangenen und gutmüthigen Lachen, „spielt nur nicht den Prediger.“

„Wie bin ich geworden, was ich geworden bin?“ sagte Stryver; „wie bring’ ich zu Stande, was ich zu Stande bringe?“

„Zum Theil dadurch, daß Ihr mich bezahlt, um Euch zu helfen, glaube ich. Aber es ist nicht der Mühe werth, mir oder der Luft darüber Reden zu halten; was Ihr thun wollt, das thut Ihr. Ihr war’t immer in der vordersten Reihe, und ich war immer in der letzten.“

„Ich mußte auch erst in die vorderste Reihe kommen; ich war nicht darin geboren, sollt’ ich meinen.“

„Ich war bei dem wichtigen Vorfall nicht Zeuge; aber meiner Meinung nach seid Ihr in der ersten Reihe geboren." Dabei lachte er wieder und der Andere stimmte ein.

„Vor Shrewsbury und in Shrewsbury und seitdem wir aus Shrewsbury weg sind," fuhr Carton fort, „habt Ihr von selbst Euren Platz gefunden und ich den meinigen. Selbst als wir zusammen im Quartier latin wohnten und Französisch lernten und französisches Recht und andere französische Sachen, die uns nicht viel nutzten, wart Ihr immer am Platze und ich war immer nirgends."

„Und wessen Schuld war das?"

„Bei meiner Seele, ich weiß wahrhaftig nicht, ob es nicht Eure Schuld war. Ihr stießet und drängtet und triebt immer in einer so rastlosen Weise vorwärts, daß mir nichts Anderes übrig blieb, als zu ruhen und zu rosten. S'ist übrigens eine trübselige Sache, von der eigenen Vergangenheit zu sprechen, wenn der Tag anfängt zu grauen. Bringt mich auf etwas Anderes, ehe ich gehe."

„Gut! Stoßt mit mir auf die hübsche Zeugin an," sagte Stryver und hielt ihm das Glas hin. „Bringt Euch das nicht in gute Stimmung?"

Allem Anschein nach nicht, denn sein Gesicht verdüsterte sich wieder.

„Hübsche Zeugin," brummte er vor sich hin und sah in das Glas. „Ich habe heute den ganzen Tag mit Zeugen zu thun gehabt; was für eine hübsche Zeugin meint Ihr?"

„Des malerischen Doctors Tochter, Miß Manette."

„Die hübsch!"

„Meint Ihr nicht?"

„Nein."

„Aber, Mensch, sie war die Bewunderte des ganzen Gerichtshofes."

„Zum Kukuk mit der Bewunderung des ganzen Gerichtshofes! Wer hat Old Bailey zu einem Schönheitsrichter gemacht? Den blondgelockten Puppenkopf meint Ihr?"

„Wißt Ihr was, Sidney," sagte Mr. Stryver, indem er ihn forschend ansah und langsam mit der Hand über sein geröthetes Gesicht strich, „wißt Ihr, daß ich fast glaubte, Ihr sympathisirtet mit dem blondgelockten Puppenkopf und entdecktet sehr rasch, was dem blondgelockten Puppenkopf zustieß?"

„Entdeckte rasch, was ihm zustieß! Wenn ein Mädchen, Puppenkopf oder nicht, ein Paar Ellen vor eines Mannes Nase in Ohnmacht fällt, so kann er es ohne Perspectiv sehen. Ich stoße mit Euch an, aber ich leugne die Schönheit. Und jetzt mag ich nicht mehr trinken; ich gehe zu Bett."

Als Stryver ihn mit einem Lichte hinausbegleitete, um ihm die Treppe hinunter zu leuchten, sah der Morgen mit kaltem Schimmer durch die von Staub und Ruß blind gewordenen Fenster. Als er aus dem Hause trat, war die Luft kalt und still, der Himmel trübe, der Fluß dunkel und ohne Leben, die ganze Umgebung wie eine menschenleere Wüste. Und Staubwirbel kräuselten in dem Morgenwinde, als ob der Wüstensand in weiter Ferne aufgewirbelt sei und die erste vorausgeschickte Welle desselben die Stadt zu überschütten beginne.

Unbenutzte Kräfte in sich und eine Wüste ringsum, blieb dieser Mann unterwegs stehen und sah einen Augenblick aus der Wüste vor sich eine Fata morgana ehrenwerthen Strebens und selbstverleugnender Ausdauer emporsteigen. In der schönen Stadt dieses Gesichtes waren luftige Gallerien, von wo Liebe und Anmuth auf ihn herabsahen, Gärten, in welchen die Lebensfrüchte reich am Baume hingen, Gewässer der Hoffnung, die vor seinen Augen funkelten. Ein Augenblick — und Alles war verschwunden. Er kletterte eine hohe Treppe in einem Häuserhaufen hinauf in sein Stübchen, warf sich in seinen Kleidern auf ein verwahrlostes Bett und das Kissen wurde feucht von vergeblichen Thränen.

Traurig, traurig ging die Sonne auf, und sie sah kein traurigeres Schauspiel, als den Mann von guten Fähigkeiten und guten Regungen, unfähig, sie geregelt zu benutzen, unfähig, sich zu helfen und sein Glück zu gründen, erfüllt von dem Bewußtsein seiner Schwächen und in bitterer Verzweiflung sich in sein Loos ergebend.

Sechstes Kapitel
Hunderte von Leuten

Die stille Wohnung Dr. Manette's lag in einem stillen Straßenwinkel nicht weit von Soho-square. Am Nachmittag eines schönen Sonntags, wo die Wellen von vier Monaten über die Verhandlungen wegen der Hochverrathsanklage gerollt waren und sie, was das Interesse und das Gedächtniß des Publikums betrifft, weit hinaus in das Meer getragen hatten, wandelte Mr. Jarvis Lorry durch die sonnigen Straßen, um von Clerkenwell, wo er wohnte, zu dem Doctor zu gehen, bei dem er essen sollte. Nach verschiedenen Rückfällen in seine Geschäftsgleichgültigkeit war Mr. Lorry des Doctors Freund geworden und der stille Straßenwinkel war der sonnige Theil seines Lebens.

An diesem schönen Sonntag wandelte Mr. Lorry zeitig des Nachmittags aus drei verschiedenen Gewohnheitsgründen Soho zu. Erstens weil er an schönen Sonntagen vor dem Essen oft mit dem Doctor und Lucien spazieren ging; zweitens weil er an nicht schönen Sonntagen gewohnt war, bei ihnen als Hausfreund zu verweilen und mit Plaudern, Lesen, aus dem Fenster Sehen und Aehnlichem den Tag zu verbringen; drittens trug er sich mit gewissen kleinen Zweifeln und wußte, daß die Lebensweise des Doctors diese Zeit zu der geeignetsten machte, wo er ihre Lösung finden könnte.

Ein gemüthlicherer Winkel, als der Winkel, wo der Doctor wohnte, war in London nicht zu finden. Es war eine Sackgasse, und die vordern Fenster der Wohnung des Doctors hatten eine angenehme kleine Perspective einer Straße vor sich, die etwas Abgeschiedenes hatte. Es standen damals wenig Gebäude nördlich von Oxfordroad und Waldbäume gediehen und Waldblumen und Hagedorn blühten in den jetzt verschwundenen Feldern. In Folge davon wehte frische Landluft mit kräftiger Freiheit in Soho und ganz in der Nähe gab es manche gegen Süden gewendete Mauer, an welcher die Pfirsiche zu ihrer Zeit reif wurden.

Die Sommersonne traf in den frühen Stunden des Tages mit hellem Scheine den Winkel; aber wenn die Straße heiß wurde, lag die Ecke im Schatten, obgleich nicht so tief im Schatten, daß man nicht hätte in den hellen Sonnenglanz hineinsehen können. Es war eine kühle Stelle, ruhig, aber heiter, ein wunderbarer Ort für Echo's und ein wahrer Rettungshafen vor dem wüsten Straßenlärm.

Ein ruhiges Schiff gehörte auf einen solchen Ankerplatz und es war auch vorhanden. Der Doctor bewohnte zwei Stockwerke eines großen, stillen Hauses, wo der Sage nach bei Tage verschiedene Gewerbe betrieben wurden, aber sehr wenig von sich hören ließen, während sie sich bei Nacht ganz und gar fern hielten. In einem Hintergebäude, zu dem man durch einen Hof gelangte, in welchem eine Platane mit ihren grünen Blättern rauschte, sollten Orgeln gebaut und Silber getrieben und Gold geschlagen werden, und zwar von einem geheimnißvollen

Riesen, der einen goldenen Arm aus der Mauer an der Vorderseite herausreckte — als ob er sich selbst zu Gold geschlagen hätte, und alle Besucher mit einem ähnlichen Schicksal bedrohte. Von diesen Gewerben oder von einem einsamen Miethsmann, der angeblich im dritten Stock wohnte, oder von einem Fabrikanten von Kutschenbeschlag, der ein Contor im Hofe haben sollte, wurde sehr wenig gehört oder gesehen. Gelegentlich sah man einen vereinzelten Arbeitsmann, der den Rock anzog, durch den Hof gehen, oder einen Fremden sich umsehen, oder man hörte ein fernes Pochen von dem goldenen Riesen. Dies waren jedoch die einzigen Ausnahmen, die zum Beweise der Regel erforderlich[S. 150] waren, daß die Sperlinge in der Platane hinter dem Hause und die Echo's in dem Winkel vor demselben vom Sonntag Morgen bis zum Sonnabend Abend freie Verfügung über den Ort hatten.

Doctor Manette empfing die Patienten, welche sein alter Ruf und das Wiederaufleben desselben durch das Lautwerden seiner wunderbaren Geschichte ihm verschaffte. Seine wissenschaftlichen Experimente führten ihm ebenfalls einige Kunden zu und er verdiente so viel, als er brauchte.

An alle diese Dinge dachte Mr. Jarvis Lorry, als er an der Thür des stillen Hauses in der Ecke an dem schönen Sonntag Nachmittag klingelte.

„Ist Dr. Manette zu Hause?"

„Er muß gleich nach Hause kommen."

„Ist Miß Lucie zu Hause?"

„Sie muß gleich nach Hause kommen."

„Ist Miß Proß zu Hause?"

Möglicherweise zu Hause, aber jedenfalls unmöglich zu bestimmen, ob Miß Proß wünsche, die Thatsache des Zuhauseseins zuzugeben oder nicht.

„Da ich selbst hier zu Hause bin," sagte Mr. Lorry, „will ich hinaufgehen."

Obgleich die Tochter des Doctors von dem Lande ihrer Geburt Nichts gewußt hatte, schien sie doch von diesem die Fähigkeit geerbt zu haben, Viel mit geringen Mitteln zu machen, welche eine der nützlichsten und angenehmsten Eigenheiten der Franzosen ist. So einfach der Hausrath war, so war derselbe durch viele kleine verzierende Zuthaten, die an[S. 151] sich ohne Werth waren, aber von Geschmack und Empfindung zeugten, gehoben, sodaß die Gesammtwirkung höchst angenehm war. Die Aufstellung aller Gegenstände, von dem Größten bis zum Kleinsten, in den Zimmern, der Zusammenklang der Farben, die anmuthige Verschiedenartigkeit und die nicht minder anmuthigen Gegensätze, welche hier bei sehr bescheidenen Mitteln durch geschickte Hände, urtheilende Augen und verständigen Takt erreicht worden, waren zugleich so hübsch an sich und erinnerten so lebhaft an die junge Dame, die sie hergestellt hatte, daß es Mr. Lorry vorkam, als ob selbst die Stühle und Tische ihn mit einem Anklang von dem Ausdrucke, den er jetzt so gut kannte, fragten, ob es ihm auch so recht sei?

Drei Zimmer befanden sich in einem Stockwerk, und da die Zwischenthüren alle offen standen, damit die Luft frei durch dieselben ziehen könne, ging Mr. Lorry aus einem in's andere und verfolgte mit einem stillen Lächeln die Aehnlichkeit, die sich der ganzen Umgebung, wie er meinte, aufgeprägt hatte. Das erste Zimmer war das Empfangszimmer und in ihm befanden sich Luciens Vögel und Blumen und Bücher, ihr Arbeitstisch und ihr Malkasten; das zweite war das Consultationszimmer des Doctors, das zugleich als Speisezimmer diente; das dritte, abwechselnd licht und dunkel bemalt von dem Schatten des Platanenbaumes im Hofe, war das Schlafzimmer des Doctors — und dort in einer Ecke stand die nicht mehr gebrauchte Schuhmacherbank mit dem Handwerkszeug daneben, ungefähr in demselben Zustand, wie ehedem in dem fünften Stockwerk des unheimlichen Hauses neben dem Weinschank in der Vorstadt St. Antoine in Paris.

„Ich wundere mich," sagte Mr. Lorry und blieb stehen, „daß er diese Erinnerung an seine Leiden hier behält!"

„Und warum wundern Sie sich darüber?" war die kurz angebundene Frage, die ihn überraschte.

Sie kam aus dem Munde der Miß Proß, des wilden, rothen Frauenzimmers mit der kräftigen Hand, dessen Bekanntschaft er zuerst in dem Gasthaus „König Georg" in Dover gemacht und seitdem cultivirt hatte.

„Ich sollte meinen," fing Mr. Lorry wieder an.

„Pah! Sie wollen meinen!" sagte Miß Proß; und Mr. Lorry redete nicht weiter.

„Wie gehts Ihnen?" fragte dann die Dame mit einiger Schärfe und doch so, als wollte sie ausdrücken, daß sie ihm nicht böse sei.

„Ich befinde mich ziemlich wohl, ich danke Ihnen," antwortete Mr. Lorry bescheiden, „wie geht es Ihnen?"

„Nicht übermäßig gut," sagte Miß Proß.

„Wirklich?"

„Ja, wirklich," sagte Miß Proß. „Mein Herzblättchen macht mir viel Sorgen."

„Wirklich?"

„Um des Himmels Willen, sagen Sie etwas Anderes, als Ihr ewiges Wirklich, oder Sie peinigen mich zu Tode," sagte Miß Proß, deren Charakter, abgesehen von ihrer Statur, äußerste Kürze war.

„Also in der That," sagte Mr. Lorry, der Veränderung wegen.

„In der That ist schlecht genug," entgegnete Miß Proß, „aber besser. Ja, ich mache mir sehr viel Sorgen."

„Darf ich nach der Ursache fragen!“

„Mir kann es nicht gleich sein, wenn Leute, die meines Herzblättchens durchaus nicht werth sind, dutzendweise hierher kommen, um sie zu sehen,“ sagte Miß Proß.

„Kommen Dutzende zu diesem Zwecke?“

„Hunderte,“ sagte Miß Proß.

Es war dieser Dame eigenthümlich (wie einigen andern Leuten vor ihrer Zeit und seither), daß sie, so oft ihre ursprüngliche Behauptung in Frage gestellt wurde, dieselbe übertrieb.

„Du meine Güte!“ bemerkte Mr. Lorry, als das Sicherste, was er thun konnte.

„Ich habe mit dem guten Kinde zusammengewohnt — oder das gute Kind hat bei mir gewohnt und mich dafür bezahlt, was ich gewiß nicht verlangt hätte, darauf können Sie schwören, wenn ich mir oder ihr mit Nichts das Leben hätte fristen können, — seitdem sie zehn Jahre alt war. Und es ist wirklich sehr hart,“ sagte Miß Proß.

Da Mr. Lorry nicht mit Bestimmtheit errathen konnte, was sehr hart sei, schüttelte er den Kopf, indem er diesen wichtigen Theil seines Selbst als eine Art Feenmantel brauchte, der jeglichem Dinge paßte.

„Immer finden sich allerlei Leute, die nicht im Mindesten meines Herzblättchens würdig sind,“ sagte Miß Proß. „Als Sie damit anfingen —“

„Ich soll damit angefangen haben, Miß Proß?“

„Nun, wer denn? Wer hat denn ihren Vater wieder lebendig gemacht?“

„Ach! Wenn das der Anfang war, —“ sagte Mr. Lorry.

„Nun, das Ende war es doch gewiß nicht, sollte ich meinen? Ich sage, als Sie damit anfingen, war es hart genug; nicht daß ich an Dr. Manette Etwas auszusetzen habe, außer daß er einer solchen Tochter nicht würdig ist, was keine Schande für ihn ist, denn es war unter keinen Verhältnissen zu erwarten, daß Jemand ihrer würdig sein sollte. Aber es ist wahrhaftig doppelt und dreifach hart, wenn nach ihm (dem ich es hätte verzeihen können) noch eine Unzahl Leute kommen, um mir meines Herzblättchens Liebe wegzunehmen.“

Mr. Lorry wußte, daß Miß Proß sehr eifersüchtig war, aber er wußte jetzt auch, daß sie unter der Decke ihrer Excentricität eins jener selbstlosen Geschöpfe war, die man nur unter Frauen findet, die aus reiner Liebe und Bewunderung sich der Jugend, die sie längst verloren, der Schönheit, die sie nie besessen, Fähigkeiten, deren sie sich nie rühmen konnten, schönen Hoffnungen, die ihrem düstern Leben nie leuchteten, zum willenlosen Sclaven ergeben. Er kannte genug von der Welt, um zu wissen, daß es nichts Köstlicheres giebt, als den treuen Dienst des Herzens; und so, wie er hier geleistet ward und so frei, wie er hier von jedem Schatten der Selbstsucht war, hatte er eine so hohe Achtung davor, daß[S. 155] er in der

Austheilung von Belohnungen, die er innerlich vornahm, — wir Alle beschäftigen uns oft mit solchen Gedanken — Miß Proß den Engeln viel näher stellte, als viele Damen, für welche Natur und Kunst viel mehr gethan hatten und die ein Conto bei Tellsons hatten.

„Es hat nie einen Mann gegeben und wird nie einen geben, der meines Herzblättchens würdig ist, mit Ausnahme eines einzigen," sagte Miß Proß, „und das war mein Bruder Salomo, wenn er nicht in seinem Leben fehl gegangen wäre."

Das war wieder ein Beispiel. Mr. Lorry's Nachforschungen über Miß Proß' Lebensgeschichte hatten die Thatsache festgestellt, daß ihr Bruder Salomo ein herzloser Lump war, der ihr Alles, was sie hatte, genommen, um damit zu speculiren und sie dann in ihrer Armuth, ohne das geringste Mitleid zu fühlen, hatte sitzen lassen. Miß Proß' fester Glaube an Salomo (mit Abrechnung einer bloßen Kleinigkeit für diesen Irrthum) war eine sehr ernsthafte Sache für Mr. Lorry, und trug nicht wenig dazu bei, seine gute Meinung von ihr zu mehren.

„Da wir jetzt gerade für den Augenblick allein und Beide praktische Leute sind," sagte er, als sie wieder in das Empfangszimmer zurückgekehrt waren und freundschaftlich neben einander Platz genommen hatten, „so erlauben Sie mir die Frage — erwähnt der Doctor in seinen Gesprächen mit Lucien niemals seiner Schuhmacherzeit?"

„Nie!"

„Und doch behält er diese Bank und das Handwerkszeug bei sich?"

„Ah!" erwiderte Miß Proß mit Kopfschütteln. „Aber ich will nicht sagen, daß er nicht bei sich selbst daran denkt."

„Glauben Sie, daß er viel daran denkt?"

„Ja, gewiß," sagte Miß Proß.

„Können Sie sich einbilden —" fing Mr. Lorry an, als Miß Proß ihn kurz unterbrach.

„Bilden Sie sich nie Etwas ein?"

„Sie haben Recht; meinen Sie — Sie meinen doch manchmal?"

„Dann und wann," sagte Miß Proß.

„Meinen Sie also," fuhr Mr. Lorry mit einem stillen Lächeln in seinen hellen Augen fort, wie er sie wohlwollend anblickte, „daß Dr. Manette seine Meinung über die Ursache seines harten Schicksals und vielleicht über den Namen seines Feindes hat?"

„Ich weiß Nichts davon, als was mir Herzblättchen davon sagt."

„Und was sagt sie?"

„Daß sie glaubt, er hat seine Meinung.“

„Nun, seien Sie nur nicht böse, daß ich Ihnen alle diese Fragen vorlege, weil ich ein einfacher, langweiliger, praktischer Mann bin und Sie eine praktische Frau sind.“

„Langweilig?“ fragte Miß Proß ruhig.

Mr. Lorry hätte das bescheidene Beiwort gern ungesagt gemacht und gab zur Antwort: „Nein, nein, nein. Gewiß nicht. Um wieder zur Sache zu kommen: ist es nicht merk[S. 157]würdig, daß Dr. Manette, der jedenfalls, wie wir Alle überzeugt sind, kein Verbrechen begangen hat, niemals diese Frage berührt? Ich will nicht sagen mir gegenüber, obgleich er seit vielen Jahren mit mir Geschäftsbeziehungen hat und wir jetzt mit einander befreundet sind; ich will sagen mit der Tochter, die ihn so innig liebt und die er selbst so innig liebt? Glauben Sie mir, Miß Proß, ich rege die Sache nicht aus Neugier an, sondern aus aufrichtiger Theilnahme.“

„Nun, so viel ich weiß, und wenig genug ist das, werden Sie sagen,“ sagte Miß Proß, besänftigt durch seinen apologetischen Ton, „er fürchtet sich vor der ganzen Sache.“

„Er fürchtet sich?“

„Ich sollte meinen, es wäre einfach genug, warum er sich fürchtet. Es ist eine schreckliche Erinnerung. Außerdem verdankt er jener Zeit, daß er sich selbst verloren hat. Da er nicht weiß, wie er sich verloren oder wie er sich wiedergefunden hat, so ist er vielleicht niemals sicher, ob er sich nicht wieder verliert. Das allein würde die Sache nicht angenehm machen, sollte ich meinen.“

Das war eine tiefere Bemerkung, als Mr. Lorry erwartet hatte. „Richtig,“ sagte er, „und es ist ein schrecklicher Gedanke. Dennoch quält mich ein Zweifel, Miß Proß, ob es gut für Dr. Manette ist, daß er darüber immer bei sich allein brütet. Der Zweifel und die Unruhe, die mir dieser Gedanke verursacht, haben mich eigentlich veranlaßt, mich Ihnen heute anzuvertrauen.“

„Es läßt sich dem nicht abhelfen,“ sagte Miß Proß kopfschüttelnd. „Schlagen Sie diese Saite an, und es wird sofort[S. 158] schlimmer mit ihm. Besser, Sie rühren sie gar nicht an. Mit Einem Worte, sie muß unangerührt bleiben, mag man wollen oder nicht. Manchmal steht er mitten in der Nacht auf, und wir hören ihn hier über uns in seinem Zimmer auf- und abgehen, auf- und abgehen. Herzblättchen weiß, daß er dann im Geiste in seinem alten Gefängniß auf- und abgeht, auf- und abgeht. Sie eilt hinauf und sie gehen mit einander auf und ab, auf und ab, bis er wieder ruhig ist. Aber er sagt ihr nie ein Wort von dem wahren Grunde seiner Ruhelosigkeit, und sie hält es für das Beste, gegen ihn Nichts davon zu erwähnen. Schweigend gehen sie auf und ab, auf und ab, bis ihre Liebe und ihre Anwesenheit ihn wieder zu sich gebracht hat.“

Obgleich Miß Proß Nichts von Einbildungskraft wissen wollte, lag doch in ihrem Wiederholen der Worte auf und ab ein Bewußtsein der Qual, ohne

Abwechslung von einem einzigen traurigen Gedanken verfolgt zu werden, welches Zeugniß dafür ablegte, daß sie selbst Einbildungskraft besaß.

Wir haben schon erwähnt, daß der Straßenwinkel wunderbar im Besitz von Echo's war; der Widerhall kommender Schritte war so laut geworden, daß es schien, als ob das bloße Erwähnen des müden Auf- und Abgehens ihn geweckt hätte.

„Da sind sie!" sagte Miß Proß, indem sie aufstand und das Gespräch abbrach, „und jetzt werden wir bald Hunderte von Leuten hier haben."

Es war ein so merkwürdiger Winkel in seinen akustischen Eigenschaften, daß, wie Mr. Lorry an dem offenen Fenster[S. 159] stand, und dem Kommen von Vater und Tochter, deren Schritte er hörte, entgegensah, er sich einbildete, sie würden nie kommen. Nicht nur hörte der Widerhall auf, als ob die Schritte vorübergegangen wären, sondern man vernahm statt ihrer den Widerhall anderer Schritte, die nie kamen und die plötzlich wieder verhallten, wenn sie ganz nahe zu sein schienen. Doch Vater und Tochter erschienen endlich und Miß Proß stand an der Hausthür bereit, sie zu empfangen.

Es sah gar hübsch aus, wie Miß Proß, sonst so wild und roth und unwirsch, oben im Zimmer angekommen, ihrem Herzblatt den Hut abnahm und ihn mit den Zipfeln ihres Taschentuchs wischte und den Staub davon abblies und ihr den Mantel abnahm und diesen zusammenlegte, und ihr das reiche Haar mit einem Stolze glatt strich, als ob das Haar ihr eigenes und sie das eitelste und schönste aller Frauenzimmer wäre. Auch war es gar hübsch anzusehen, wie Lucie sie umarmte und ihr dankte und gar nicht dulden wollte, daß sie sich so um sie bemühte — welches letztere sie aber nur scherzender Weise sagen durfte, sonst hätte sich Miß Proß, tief verletzt, auf ihr Zimmer zurückgezogen und hätte geweint.

Es war auch hübsch anzusehen, wie der Doctor ihnen zusah und zu Miß Proß sagte, daß sie Lucien verziehe und dies mit einem Ton und mit Blicken sagte, welche ebenso viel und mehr Verzeihendes in sich hatten, als Miß Proß, wenn es möglich gewesen wäre. Auch Mr. Lorry war ein gar hübscher Anblick, wie er in seiner kleinen Perrücke Alle wohlwollend ansah und seinem Junggesellenstern[S. 160] dankte, daß er ihm in seinen alten Tagen in ein solches Heimwesen geleuchtet. Aber keine Hunderte von Leuten kamen, um zuzusehen und Mr. Lorry erwartete vergeblich die Erfüllung von Miß Proß' Voraussagung.

Essenszeit kam und immer noch keine Hunderte von Leuten.

In der Einrichtung des kleinen Haushaltes hatte Miß Proß die Aufsicht über die untern Regionen übernommen und verrichtete stets Wunderdinge. Ihre Diners, obgleich auf sehr bescheidenem Fuße, waren immer so gut gekocht und so gut servirt, und so sinnreich in ihrer halb englischen, halb französischen Einrichtung, daß Nichts besser sein konnte. Da Miß Proß' Freundschaft von ganz und gar praktischer Art war, hatte sie Soho und die angrenzenden Provinzen nach verarmten Franzosen durchstöbert, die, mit Schillingen und halben Kronen bestochen, ihre culinarischen Geheimnisse verriethen. Von diesen versprengten Söhnen und

Töchtern Galliens hatte sie so wunderbare Künste gelernt, daß die Frau und das Mädchen, welche ihren Küchenstab bildeten, sie für eine Zauberin oder Aschenbrödels Pathe hielten, die ein Huhn, ein Kaninchen, oder etwas Grünzeug aus dem Garten holen ließ und daraus machte, was sie wollte.

An Sonntagen aß Miß Proß mit am Tisch des Doctors, aber an andern Tagen bestand sie darauf, ihr Mahl zu unbekannten Stunden entweder in den untern Regionen, oder in ihrem Zimmer im zweiten Stock zu sich zu nehmen, — in einer blauen Stube, wo Niemand außer ihrem Herzblättchen jemals Zutritt fand. Bei solchen Gelegenheiten wurde Miß[S. 161] Proß, durch Herzblättchens freundliches Gesicht und freundliche Bemühungen, ihr zu gefallen, erweicht, sehr gemüthlich und so verging das heutige Sonntagessen auch sehr gemüthlich.

Es war ein schwüler Tag und nach dem Essen schlug Lucie vor, den Wein hinaus unter die Platane zu tragen und dort im Freien zu sitzen. Da sich Alles um sie drehte und bewegte, gingen sie hinaus unter die Platane und sie trug den Wein zum besondern Besten Mr. Lorry's hinunter. Sie hatte sich seit einiger Zeit zu Mr. Lorry's Mundschenk gemacht und während sie unter der Platane saßen und mit einander plauderten, sorgte sie dafür, daß sein Glas beständig voll war. Geheimnißvolle Rückseiten und Enden von Häusern lugten herein, während sie plauderten, und die Platane über ihren Häuptern flüsterte ihnen in ihrer eigenen Weise zu.

Aber die Hunderte von Leuten stellten sich immer noch nicht ein. Mr. Darnay erschien, während sie unter der Platane saßen, aber das war nur Einer.

Dr. Manette empfing ihn freundlich, und das that auch Lucie. Aber Miß Proß ward plötzlich von einem Zucken in ihrem Gesicht und ihrem Körper befallen und zog sich in das Haus zurück. Sie war nicht selten ein Opfer dieses Leidens, welches sie im vertrauten Gespräch ihre Laune nannte.

Der Doctor war in seiner besten Stimmung und sah besonders jung aus. Die Aehnlichkeit zwischen ihm und Lucie war bei solchen Gelegenheiten besonders groß, und wie sie neben einander saßen und sie das Köpfchen auf seine Schulter lehnte, während er den Arm auf die Lehne ihres Stuhls gelegt hatte, war es sehr wohlthuend, die Aehnlichkeit zu verfolgen.

Sie hatten den ganzen Tag über vielerlei Gegenstände und mit ungewöhnlicher Lebhaftigkeit gesprochen. „Sagen Sie, Dr. Manette," sagte Mr. Darnay, wie sie unter der Platane saßen — und er sagte es im natürlichen Verlauf des Gesprächs, das sich um die alten Gebäude Londons drehte — „haben Sie sich den Tower einmal von Innen angesehen?"

„Lucie und ich sind dort gewesen; aber nur im Fluge. Wir haben jedoch genug gesehen, um zu wissen, daß es ein sehr interessanter Ort ist; wenig mehr."

„Ich war dort, wie Sie wissen," sagte Darnay mit einem Lächeln, aber doch dabei vor Entrüstung erröthend, „in einer andern Eigenschaft und nicht in einer

Eigenschaft, welche das Umsehen besonders begünstigt. Sie erzählten mir aber eine seltsame Geschichte, als ich dort war.“

„Und die war?“ fragte Lucie.

„Bei einem Umbau stießen die Maurer auf einen alten Kerker, der seit vielen Jahren zugemauert und vergessen war. Jeder Stein der innern Wände war mit Inschriften bedeckt, welche Gefangene hineingeschrieben hatten — mit Jahreszahlen, Namen, Klagen und Gebeten. Auf einem Eckstein in einem Winkel hatte ein Gefangener, wahrscheinlich ehe er zur Hinrichtung geführt worden, als letztes Wort fünf Buchstaben eingegraben. Das dazu verwendete Werkzeug war unvollkommen gewesen und die Arbeit war hastig und mit unsicherer Hand verrichtet worden. Anfangs las man die fünf Buchstaben GRABJ, aber als man genauer hinsah, stellte sich der letzte Buchstabe als ein T heraus. Von einem Gefangenen mit diesem Anfangsbuchstaben war nirgends Etwas verzeichnet, und man erschöpfte sich in Vermuthungen, wie er wohl geheißen haben möchte. Endlich sprach Jemand die Meinung aus, die Buchstaben wären keine Anfangsbuchstaben, sondern das vollständige Wort „Grabt“. Man untersuchte sehr sorgfältig den Fußboden unter der Inschrift und fand in der Erde unter einem Stein die Asche eines Papiers, vermischt mit der Asche eines ledernen Beutels oder Gehäuses. Was der unbekannte Gefangene geschrieben hatte, wird nie gelesen werden; aber er hatte Etwas geschrieben und es vergraben, um es vor dem Schließer zu verstecken.“

„Vater!“ rief Lucie aus. „Sie sind unwohl!“

Er war plötzlich aufgesprungen und hielt die Hand vor die Stirn. Sein Aussehen und sein Blick erfüllten sie Alle mit Schrecken.

„Nein, Liebe, ich bin nicht unwohl. Es fallen große Regentropfen und die haben mich erschreckt. Es ist besser, wir gehen hinein.“

Er erholte sich fast augenblicklich wieder. Der Regen fiel wirklich in großen, schweren Tropfen und er zeigte, daß seine Hand davon benetzt war. Aber er äußerte kein einziges Wort in Bezug auf die Entdeckung, von der Darnay eben erzählt, und wie sie in das Haus gingen, wurde das geschäftliche Auge Mr. Lorry’s auf seinem Gesicht, wie es sich gegen Charles Darnay wendete, denselben eigenthümlichen Ausdruck mit dem es sich in den Gängen des Gerichtsgebäudes ihm zugewendet hatte, gewahr oder glaubte es wenigstens.

Er erholte sich jedoch so rasch wieder, daß Mr. Lorry der Sicherheit seines geschäftlichen Auges nicht ganz sicher war. Der Arm des goldenen Riesen in der Halle war nicht ruhiger, als er selbst, als er unter ihm stehen blieb, um zu äußern, daß er vor kleinen Schreckanfällen noch nicht sicher sei, wenn er es je sein werde, und daß der Regen es gewesen, was ihn erschreckt habe.

Es wurde Theezeit und Miß Proß bereitete den Thee mit einem andern Anfall ihrer Laune, aber immer noch waren nicht Hunderte von Leuten da. Mr. Carton hatte sich eingefunden, aber nun waren es blos Zwei.

Die Nacht war so drückend schwül, daß, obgleich sie bei offenen Thüren und Fenstern saßen, die Wärme lästig wurde. Als sie mit dem Thee fertig waren, rückten sie Alle an eins der Fenster heran und sahen hinaus in die trübe Dämmerung. Lucie saß neben ihrem Vater; Darnay saß neben ihr; Carton lehnte an einem Fenster. Die Vorhänge waren weiß und lang und die Windstöße, die in dem Winkel wirbelten, machten sie bis zur Decke hinauf fliegen und bewegten sie wie Gespensterflügel.

„Der Regen fällt immer noch in großen, schweren und seltenen Tropfen," sagte Dr. Manette. „Es kommt langsam."

„Es kommt sicher," sagte Carton.

Sie sprachen leise, wie es Leute, die auf Etwas mit Spannung warten, meistens thun; wie Leute, die in einem dunkeln Zimmer auf den Blitz warten, immer thun.

Auf den Straßen war großes Laufen von Leuten, die nach Hause eilten, um ein Obdach zu haben, ehe das Gewitter losbrach; der Winkel mit den wunderbaren Echo's hallte wider von dem Schalle kommender und gehender Schritte, aber Niemand kam.

„Eine Unzahl Leute, und doch eine Einsamkeit!" sagte Darnay, als sie eine Weile gelauscht hatten.

„Macht es nicht einen bänglichen Eindruck, Mr. Darnay?" äußerte Lucie. „Manchmal habe ich hier Abends gesessen, bis es mir vorgekommen ist, — aber selbst bei dem bloßen Schatten einer thörichten Einbildung wird es mir heute, wo Alles so schwarz und feierlich ist, schauerlicher zu Muthe —"

„Lassen Sie es uns auch schauerlich werden. Sie dürfen doch sagen, was es ist?"

„Sie werden es für ein Nichts halten. Solche Einfälle machen nur auf Den Eindruck, dem sie zuerst kommen, glaube ich; sie lassen sich nicht mittheilen. Ich habe manchmal des Abends hier allein gesessen und gelauscht, bis es mir klar war, daß die Echo's nur der Widerhall aller Schritte aller Menschen wären, die auf unser Leben Einfluß haben würden."

„Wenn dem so ist," warf Sidney Carton in seiner gleichgültig mürrischen Weise ein, „so werden wir es einmal mit einer großen Menge zu thun haben."

Die Schritte hörten nicht auf und wurden immer rascher und rascher. Der Winkel hallte von ihrem Schalle wider; einige, wie es schien, in der Ferne; einige, wie es schien,[S. 166] in dem Zimmer; einige kamen, andere gingen, einige wurden unterbrochen, andere standen ganz still; alle aber in entfernteren Straßen und kein einziger im Bereich des Auges.

„Sind alle Schritte bestimmt, zu Jedem von uns zu kommen, Miß Manette, oder haben wir sie unter uns zu theilen?“ „Das weiß ich nicht, Mr. Darnay, ich sagte Ihnen gleich, es sei eine thörichte Einbildung, aber Sie verlangten es zu wissen. So oft ich mich ihrem Eindrucke hingegeben habe, war ich allein und dann habe ich mir eingebildet, es wären die Schritte der Leute, die auf mein Leben und auf das meines Vaters Einfluß haben würden.“

„Sie mögen nur zu mir kommen,“ sagte Carton. „Ich lege ihnen keine Fragen vor und stelle keine Bedingungen. Ein großer Menschenhaufe wälzt sich auf uns zu, Miß Manette und ich sehe — Beim Blitz!“ Er setzte die letzten Worte hinzu, nachdem ein heller Strahl vom Himmel heruntergeschossen war, der ihn, am Fenster lehnend, sehen ließ.

„Und ich höre ihn!“ setzte er hinzu, nachdem ein Donnerschlag verhallt war. „Sie kommen in Hast, voll Wildheit und Wuth!“

Es war das laute Niederrauschen des Platzregens, das er damit bildlich darstellte und es unterbrach ihn, denn es übertönte jede Stimme. Ein heftiges Unwetter brach mit diesem Regenguß aus und Donner und Blitz und Regen kannten keinen Augenblick Unterbrechung, bis der Mond um Mitternacht aufgegangen war.

Die große Glocke der St. Paulskirche dröhnte Eins durch die kühl und hell gewordene Luft, als Mr. Lorry, geleitet von Jerry in hohen Stiefeln und mit einer Laterne versehen, den Rückweg nach Clerkenwell antrat. Es gab einsame Stellen auf dem Wege zwischen Soho und Clerkenwell und Mr. Lorry, ihrer Unsicherheit eingedenk, hatte Jerry für diese Begleitung regelmäßig in Dienst genommen, obgleich dieser Dienst gewöhnlich zwei gute Stunden früher geleistet wurde.

„Was das für eine Nacht war, Jerry! Fast eine Nacht,“ sagte Mr. Lorry, „um die Todten aus ihren Gräbern aufstehen zu machen.“

„Ich habe nie ’was mit der Nacht zu schaffen, Master — und hoffe es auch in der Zukunft nicht — sie geht mich Nichts an,“ gab Jerry zur Antwort.

„Gute Nacht, Mr. Carton!“ sagte der Buchhalter. „Gute Nacht, Mr. Darnay. Werden wir jemals eine solche Nacht zusammen durchleben?“

Vielleicht. Vielleicht, daß der große Menschenhaufe sich brausend und brüllend auch auf sie zuwälzt.

Ende des ersten Theils.

Nies’sche Buchdruckerei (Carl B. Lorck) in Leipzig.

Boz (Dickens)

Sämmtliche Werke

Hundertundvierter Band

Zwei Städte

Zweiter Theil

Leipzig

Verlagsbuchhandlung von J. J. Weber

1859.

Zwei Städte

Eine Erzählung in drei Büchern

Von

Boz (Charles Dickens)

Mit

Sechszehn Illustrationen von Hablot K. Browne

Aus dem Englischen von Julius Seybt

Zweiter Theil

Leipzig

Verlagsbuchhandlung von J. J. Weber.

1859.

Siebentes Kapitel
Monsieur le Marquis in der Stadt

Monseigneur, einer der großen Herren von Macht und Einfluß bei Hofe, gab in seinem großen Hotel in Paris seine alle vierzehn Tage wiederkehrende Audienz. Monseigneur befand sich in seinen innern Gemächern, in dem Allerheiligsten für das Gedränge von Verehrern in der Reihe der Vorzimmer. Monseigneur war im Begriff, seine Chocolade zu sich zu nehmen. Monseigneur konnte mit Leichtigkeit gar Vielerlei zu sich nehmen, und einige wenige Unzufriedene behaupteten, er zehre ziemlich rasch Frankreich auf; aber die Morgen-Chocolade konnte nicht einmal ohne die Hülfe von vier starken Männern, außer dem Koch, über die Lippen Monseigneurs gelangen.

Ja. Es gehörten vier Männer dazu, alle vier von goldenen Treffen strahlend und der Oberste derselben außer Stande, mit weniger als zwei goldenen Uhren in der Tasche zu leben, nach dem schönen und geschmackvollen Beispiel Monseigneurs, alle vier dazu angestellt, die glückselige Chocolade bis an Monseigneurs Lippen zu bringen.

Ein Lakai brachte die Chocoladenkanne in die erhabene Gegenwart; ein zweiter quirlte sie zu Schaum mit dem kleinen Instrument, das er zu diesem Zwecke bei sich trug; ein dritter überreichte die Serviette; ein vierter (der mit den beiden goldenen Uhren) schenkte die Chocolade ein. Unmöglich konnte Monseigneur einen dieser Bedienten der Chocolade entbehren und seine hohe Stellung unter dem bewundernden Himmelsgewölbe behaupten. Einen schwarzen Flecken hätte es auf sein Wappenschild geworfen, wenn seiner Chocolade schmählich genug nur drei Leute aufgewartet hätten; von zweien wäre er gestorben.

Monseigneur war vergangene Nacht bei einem kleinen Souper gewesen, wo das Lustspiel und die große Oper in reizender Weise vertreten waren. Monseigneur war fast alle Nächte in bezaubernder Gesellschaft bei kleinen Soupers. So höflich und empfänglich war Monseigneur, daß Lustspiel und große Oper bei ihm viel mehr Einfluß auf die langweiligen Geschichten von Staatsangelegenheiten und Staatsgeheimnissen hatten, als die Bedürfnisse und Nöthen ganz Frankreichs. Ein glückliches Verhältniß für Frankreich, wie das stets so ist bei allen gleichbegünstigten Ländern! Wie es immer war für England (um ein Beispiel zu nehmen) in den vielbeklagten Tagen des lustigen Stuarts, der es verkaufte.

Monseigneur hatte einen wahrhaft edlen Begriff von allgemeinen Staatsgeschäften und dieser war, Jegliches in seiner Weise seinen Weg gehen zu lassen; und von besonderen Staatsgeschäften hatte Monseigneur den andern edlen Begriff, daß sie alle seinetwegen dawären, zur Vergrößerung seiner Macht und Bereicherung seiner Tasche. Von seinen allgemeinen und besonderen Genüssen und Freuden hatte Monseigneur die wahrhaft edle Meinung, daß die Welt ihretwegen dasei. Der Text seines Buches (von dem Original nur in einem einzigen Worte abweichend, was nicht viel bedeuten will) lautete: „die Erde und ihre Fülle sind mein, sagt Monseigneur." Trotzdem entdeckte Monseigneur langsam, daß seine Privat- und Staatsangelegenheiten in eine gemeine Verwirrung geriethen; und er hatte sich für beide einen Generalpächter zum Compagnon genommen. Für die Staatsfinanzen, weil Monseigneur durchaus Nichts mit denselben ausrichten konnte und sie daher Jemandem verpachten mußte, der mit ihnen fertig ward; für die Privatfinanzen, weil Generalpächter reich waren und Monseigneur, nachdem Generationen in großem Luxus und großer Verschwendung gelebt hatten, arm wurde. Demgemäß hatte Monseigneur seine Schwester aus einem Kloster genommen, so lange es noch Zeit war, dem Tod im Schleier, der billigsten Tracht, die sie tragen konnte, zu entgehen, und hatte mit ihrer Hand einen sehr reichen Generalpächter, der arm an Ahnen war, beglückt. Dieser Generalpächter, ausgerüstet mit einem vorschriftsmäßigen Rohrstock, mit einem goldenen Apfel oben darauf, befand sich jetzt unter den Wartenden in den Vorzimmern; demüthig verehrt von den Menschen, — immer mit Ausnahme der höheren Menschen vom Geblüt Monseigneurs, der eben so wie die eigene Gemahlin auf ihn mit der großartigsten Verachtung herabblickte.

Der Generalpächter war ein glanzvoller Mann. Dreißig Pferde standen in seinen Ställen, vierundzwanzig Bediente saßen in seinem Palaste, sechs Frauen bedienten seine Gemahlin. Als Einer, der keinen andern Beruf vorschützte, als zu rauben und Beute zu machen, wo er konnte, war der Generalpächter — wie viel immer seine ehelichen Verhältnisse zur Sittlichkeit im Allgemeinen beitragen mochten — wenigstens die größte Wirklichkeit unter allen den Personen, die heute im Hotel Monseigneurs auf Audienz warteten.

Denn die Gemächer, obgleich sie einen schönen Anblick darboten und mit jeder Verschiedenheit von Decoration ausgeschmückt waren, welche Geschmack und Kunst jener Zeit ersinnen konnten, waren in Wahrheit betrachtet keine gesunde Sache; in Bezug auf die Vogelscheuchen in Lumpen und Nachtmützen anderswo (und nicht so weit weg, daß die Wartthürme von Notre-Dame, von beiden Extremen fast gleich weit entfernt, sie nicht beide hätten sehen können) wären sie eine ausnehmend unbehagliche Sache gewesen — wenn das in Monseigneurs Palast überhaupt hätte Jemandes Sache sein können. Offiziere ohne militärische Kenntnisse; Schiffscapitäne, die nie ein Schiff gesehen hatten; Beamte, die keinen Begriff von Geschäften hatten; Geistliche mit eherner Stirn in der schlimmsten Welt weltlich gesinnt, wollüstigen Blicks, lockerer Zunge und noch lockerern Lebenswandels; Alle für ihren Beruf vollständig unfähig, Alle der frechsten Lüge schuldig, indem sie behaupteten, ihrem Berufe anzugehören, aber Alle in näherem oder fernerem Grade[S. 5] Standesgenossen Monseigneurs und deshalb in alle Staatsstellen gepfropft, bei denen Etwas zu verdienen war, konnten dutzendweise abgezählt werden. Leute, die mit Monseigneur oder dem Staat in keiner unmittelbaren Verbindung standen, aber ebenso wenig mit irgend Etwas, was echt und wirklich war, und die nie in ihrem Leben versucht hatten, ein wahres irdisches

Ziel auf geradem Wege zu erreichen, waren in Ueberfluß vorhanden. Aerzte, die sich große Vermögen mit Geheimmitteln für eingebildete Krankheiten, die es nicht gab, erworben, lächelten in den Vorzimmern Monseigneurs ihre hochgebornen Patienten an. Projectenmacher, die jegliches Mittel zur Heilung der kleinen Krankheiten, an welchen der Staat litt, erfunden hatten, mit Ausnahme des Mittels, ernstlich an's Werk zu gehen, um eine einzige Sünde mit der Wurzel auszurotten, betäubten bei der Audienz Monseigneurs mit ihrem bethörenden Geschwätz jedes Ohr, dessen sie habhaft werden konnten. Ungläubige Philosophen, welche die Welt mit Worten neu erschufen und babylonische Thürme aus Karten erbauten, um den Himmel damit zu erstürmen, sprachen in dieser glänzenden, bei Monseigneur versammelten Gesellschaft mit ungläubigen Chemikern, die sich mit Goldmachen beschäftigten. Feine Herren von der feinsten Erziehung, welche in jener merkwürdigen Zeit — wie auch jetzt noch — erkannt ward an ihren Früchten der Gleichgültigkeit gegen Alles, was werth ist, die Theilnahme des menschlichen Herzens in Anspruch zu nehmen, befanden sich in dem Hotel Monseigneurs in dem musterhaften Zustande geistiger Erschöpfung. Was die Häuslichkeiten betrifft,[S. 6] welche diese verschiedenen angesehenen Leute in der vornehmen Welt von Paris verlassen hatten, so wäre es den Spionen unter den versammelten Anbetern Monseigneurs — die eine gute Hälfte der ganzen feinen Gesellschaft ausmachten — schwer geworden, unter den Engeln dieser Sphäre ein einziges Weib zu entdecken, das sich durch ihr Aussehen oder ihr Benehmen als Mutter bekannt hätte. Ueberhaupt war über den bloßen Act hinaus, einem solchen kleinen Störenfried das Leben zu geben — womit der Name Mutter lange noch nicht verdient ist — in der modischen Welt so Etwas gar nicht bekannt. Bauerfrauen behielten die unmodischen Bälger bei sich und zogen sie auf, und reizende Großmütter von sechszig Jahren kleideten sich und soupirten, als ob sie zwanzig wären.

Der Aussatz der Unwirklichkeit entstellte jedes Menschenkind, das bei Monseigneur auf Audienz wartete. In den vordersten Vorzimmern befand sich ein halbes Dutzend Ausnahmemenschen, welche seit einigen Jahren eine unbestimmte Ahnung hatten, daß die Welt im Allgemeinen eher schief ginge. Um sie wieder auf den geraden Weg zu bringen, waren die Hälfte desselben Dutzend Mitglieder einer phantastischen Secte von Convulsionären geworden und überlegten eben jetzt bei sich, ob sie nicht auf der Stelle mit schäumendem Munde und Gebrüll in Epilepsie verfallen sollten — um damit zu Monseigneurs Leitung für die Zukunft einen außerordentlich verständlichen Wegweiser zu setzen. Außer diesen Derwischen gab es noch drei andere, Mitglieder einer andern Secte, welche die Welt mit einem Kauderwälsch von dem[S. 7] „Centrum der Wahrheit" bessern wollte und behauptete, die Menschheit wäre aus dem Centrum der Wahrheit herausgekommen — was nicht vielen Beweises bedurfte —, aber noch nicht aus der Peripherie, und damit sie nicht über die Peripherie hinausfliege und sogar wieder in den Mittelpunkt komme, müsse man fasten und Geister citiren. Diese Leute hatten demnach einen lebhaften Verkehr mit der andern Welt — und verrichteten damit außerordentlich viel Gutes, das man nur leider nie zu sehen bekam.

Aber der Haupttrost war, daß die ganze Gesellschaft im Hotel Monseigneurs tadellos angezogen war. Wenn man nur hätte sicher sein können, daß der Tag des Gerichts ein Gallatag sein werde, so hätte jeder der Versammelten in alle Ewigkeit die Prüfung bestanden. Ein solches Frisiren und Pudern und Pomadisiren des Haares und so kunstvolles Schminken und Malen, so tapfere Degen für das Auge und so zartes Huldigen des Geruchssinnes mußten sicherlich alles Mögliche in alle Ewigkeit im besten Glanze erhalten. Die feinsten Herren von der feinsten Erziehung trugen an ihren Uhren niedliche Kleinodien, welche klimperten, wie sie sich schläfrig bewegten; diese goldenen Fesseln läuteten wie liebliche Glöckchen; und mit diesem Läuten und dem Rauschen von Brocat und Seide und feinem Linnen ging ein Regen durch die Luft, welches St. Antoine und seinen nagenden Hunger weit hinweg wehte.

Costüm war der eine unfehlbare Talisman und Zauber, der jegliches Ding auf seinem Platze erhalten mußte. Jedermann war für eine Maskerade costümirt, die nie aufhören[S. 8] sollte. Vom Tuilerienpalaste durch Monseigneur und den ganzen Hof, durch die Kammern, die Gerichtshöfe und die ganze Gesellschaft (mit Ausnahme der Vogelscheuchen) stieg die Maskerade bis zum Henker herab, der, um den Zauber nicht zu brechen, frisirt, gepudert, in goldbetreßtem Rock, Schuhen und weißseidenen Strümpfen sein Amt verrichten mußte. An Galgen und Rad — das Beil war eine Seltenheit — verrichtete Monseigneur Paris, wie nach bischöflichem Brauche seine Collegen aus der Provinz, Monsieur Orleans und die Andern, ihn nannten, in diesem schmucken Aufzuge sein Amt. Und wer unter der Gesellschaft an Monseigneurs Audienztag in diesem 1780sten Jahre unseres Herrn hätte zweifeln können, daß ein System, das seine Wurzel in einem frisirten und gepuderten Henker im Tressenrock, Schuhen und weißseidenen Strümpfen hatte, nicht selbst die Sterne überdauern würde!

Nachdem Monseigneur seine vier Leute ihrer Lasten entledigt und seine Chocolade zu sich genommen hatte, ließ er die Flügelthüren des Allerheiligsten aufthun und trat hinaus. O, die Unterwürfigkeit, die krummen Rücken und schmeichelnden Gesichter, die Servilität, die niedere Kriecherei, die jetzt zu sehen waren! Was das Demüthigen, körperlich und geistig, betrifft, so blieb in dieser Hinsicht Nichts für den Himmel übrig — was einer von den vielen Gründen gewesen sein mag, warum die Anbeter Monseigneurs ihn niemals belästigten.

Mit einem Worte der Verheißung hierhin und einem Lächeln dorthin, einem geflüsterten Wort für einen glücklichen[S. 9] Sclaven und einem Gruß mit der Hand für einen andern, wandelte Monseigneur leutselig durch seine Gemächer bis in die entlegene Region der Peripherie der Wahrheit. Dort kehrte Monseigneur um und ging desselbigen Weges zurück und schloß sich im gehörigen Verlauf der Zeit wieder ein in sein Allerheiligstes mit den Chocoladengeistern und ward nicht mehr gesehn.

Nachdem das Schauspiel vorüber war, wurde das Regen in der Luft fast zu einem kleinen Sturm und die lieblichen Glöckchen läuteten die Treppen hinunter. Bald blieb von dem ganzen Gedränge nur ein einziger Herr zurück und dieser, mit dem Hute unter dem Arm und der Tabaksdose in der Hand, ging langsam an den Spiegeln vorüber hinaus.

„Ich widme Euch dem Teufel!" sagte dieser Herr, indem er in der letzten Thür stehen blieb und das Gesicht dem Allerheiligsten zukehrte.

Damit schüttelte er den Tabak von seinen Fingerspitzen, als ob er den Staub von seinen Füßen geschüttelt hätte und ging ruhig die Treppe hinab.

Er war ein Mann von ungefähr sechszig Jahren in schönen Kleidern, von stolzem Benehmen und mit einem Gesicht, gleich einer schönen Maske. Ein Gesicht von durchsichtiger Blässe; jeder Zug in demselben deutlich ausgeprägt, ein feststehender Ausdruck auf demselben. Die Nase, sonst tadellos geformt, hatte über jedem Nasenflügel eine kleine Vertiefung. In diesen beiden Vertiefungen ging die einzige kleine Veränderung vor sich, welche das Gesicht überhaupt jemals zeigte. Sie veränderten manchmal die Farbe und sie erwei[S. 10]terten und zogen sich manchmal zusammen durch Etwas wie ein schwaches Pulsiren; dann verliehen sie dem ganzen Gesicht einen Ausdruck der Falschheit und Grausamkeit. Betrachtete man es genauer, so entdeckte man, daß dieser Ausdruck durch die Linien des Mundes und die viel zu gerade und dünne Abgrenzung der Augäpfel unterstützt ward. Dennoch war das Gesicht in der Wirkung, die es hervorbrachte, ein schönes Gesicht und ein merkwürdiges Gesicht.

Der Besitzer desselben ging die Treppe hinunter in den Hof, stieg in seinen Wagen und fuhr fort. Während der Audienz hatten nicht Viele von den Versammelten mit ihm gesprochen; er hatte einen kleinen freien Raum um sich gehabt und Monseigneur hätte wärmer gegen ihn sein können. Unter diesen Umständen that es ihm fast wohl, das gemeine Volk vor seinen Pferden Platz machen und oft kaum dem Ueberfahrenwerden entgehen zu sehen. Sein Kutscher fuhr, als ob er auf einen Feind losstürmte und sein wüthendes Jagen vermochte den Herrn weder zu einer Miene noch zu einem Worte des Tadels. Selbst in dieser tauben Stadt und in diesem stummen Zeitalter war manchmal die Klage laut geworden, daß in den engen Straßen ohne Fußweg die rücksichtslose Patriziergewohnheit schnellen Fahrens das gewöhnlichere Volk in Gefahr brachte, die gesunden Glieder oder gar das Leben zu verlieren. Aber Wenige kümmerten sich so sehr darum, um ein zweites Mal daran zu denken und in dieser Weise, wie in allen andern, überließ man es dem großen Haufen, sich aus seiner Noth zu finden, so gut er konnte.

Mit wildem Rasseln und Klappern und einer unmensch[S. 11]lichen Rücksichtslosigkeit, die man heutzutage nicht gut begreift, jagte der Wagen durch die Straßen und um Ecken herum, während Weiber laut schreiend vor ihm aus einander stoben und Männer einander bei dem Arm packten und Kinder aus dem

Wege rissen. Endlich beim Umbiegen um eine Straßenecke bei einem Brunnen kam einem der Räder Etwas in den Weg, ein lauter Schrei ertönte aus dem Volke und die Pferde stiegen und schlugen aus.

Wenn letzteres nicht gewesen wäre, hätte der Wagen wahrscheinlich nicht gehalten; oft schon waren Wagen weiter gefahren und hatten ihre Verwundeten liegen lassen, und warum auch nicht? Aber der erschrockene Diener sprang hastig herunter und zwanzig Hände hatten die Zügel der Pferde gefaßt.

„Was ist geschehen?“ sagte Monsieur und sah ruhig aus dem Wagen heraus.

Ein langer Mann in einer Nachtmütze hatte ein Bündel unter den Hufen der Pferde hervorgerissen, hatte es auf den Unterbau des Brunnens gelegt, kniete in dem Schmutze und der Nässe der Straße nieder und heulte darüber wie ein wildes Thier.

„Pardon, Monsieur le Marquis!“ sagte ein zerlumpter Mann mit unterwürfiger Geberde, „es ist ein Kind.“

„Wozu macht er diesen abscheulichen Lärm? Ist es sein Kind?“

„Entschuldigen Sie, Monsieur le Marquis — es ist recht traurig — ja.“

Der Brunnen stand in einiger Entfernung; denn die Straße öffnete sich, wo er stand, auf einen kleinen freien Platz von fünfzehn oder zwanzig Schritten Breite. Wie der lange Mann plötzlich vom Erdboden aufsprang und auf den Wagen zugelaufen kam, legte Monsieur le Marquis einen Augenblick die Hand an den Degen.

„Todt!“ schrie der Mann in wilder Verzweiflung, indem er beide Arme gen Himmel erhob und den vornehmen Mann mit starrem Blick ansah. „Todt!“

Die Menge drängte sich um den Wagen und heftete die Blicke auf Monsieur le Marquis. In den vielen Augen, die ihn ansahen, zeigte sich Nichts, als Neugier und Spannung; kein Drohen und kein Zorn. Das Volk sagte auch Nichts; nach dem ersten Schrei war es stumm und blieb auch so. Die Stimme des unterwürfigen Mannes, der gesprochen hatte, war in ihrer übermäßigen Unterwürfigkeit tonlos und matt. Monsieur le Marquis ließ seine Blicke über sie hinschweifen, als ob sie Alle Nichts als Ratten wären, eben aus ihren Löchern hervorgekrochen.

Er zog die Börse.

„Ich kann mich nicht genug wundern,“ sagte er, „daß Ihr Leute Euch selbst und Eure Kinder nicht mehr in Acht nehmt. Einer oder der Andere von Euch ist immer im Wege. Wie kann ich wissen, welchen Schaden Ihr meinen Pferden gethan habt? Hier, gebt ihm das.“

Er warf ein Goldstück hinaus, daß der Diener es auflese und alle Hälse wurden lang, um zu sehen, wo es hinfiel. Der lange Mann schrie wieder in einem Tone, der nicht aus einer Menschenbrust zu kommen schien. „Todt!“

Die rasche Ankunft eines andern Mannes, dem die Uebrigen Platz machten, unterbrach ihn. Als der Arme diesen sah, fiel er schluchzend und weinend an seine Brust und wies auf den Brunnen, wo einige Frauen die kleine Leiche umstanden und sich scheu und sanft darum bewegten. Aber sie waren so stumm wie die Männer.

„Ich weiß Alles, ich weiß Alles," sagte der zuletzt Angekommene. „Faßt Euch, mein Gaspard! Besser für das arme kleine Wesen, so zu sterben, als zu leben. Es ist in einem Augenblick ohne Schmerz gestorben. Hätte es eine Stunde so glücklich leben können?"

„Ihr seid ein Philosoph, Freund," sagte der Marquis mit einem Lächeln. „Wie heißt Ihr?"

„Ich heiße Defarges."

„Was seid Ihr?"

„Monsieur le Marquis, Weinschenk."

„Hier nehmt, Philosoph und Weinschenk," sagte der Marquis und warf ihm ein Goldstück hin, „und verthut es nach Belieben. Kutscher, fahr' zu!"

Ohne die versammelte Menge eines zweiten Blickes zu würdigen, lehnte sich Monsieur le Marquis in den Wagen zurück und es sollte eben weiter gefahren werden mit der Miene eines vornehmen Herrn, der zufällig etwas ganz Gemeines zerbrochen und es bezahlt hatte und das Geld entbehren konnte, als seine Seelenruhe plötzlich dadurch gestört wurde, daß ein Geldstück in den Wagen flog und klimpernd auf den Boden fiel.

„Halt!" sagte Monsieur le Marquis. „Halt, Kutscher: Wer hat geworfen?"

Er blickte nach der Stelle, wo Defarges, der Weinschenk, noch vor einer Secunde gestanden hatte; aber der unglückliche Vater kniete auf dieser Stelle suchend auf dem Pflaster, und die Gestalt, welche neben ihm stand, war eine brunette, starke Frau, welche strickte.

„Ihr Hunde!" sagte der Marquis, aber ruhig und mit unverändertem Gesicht, außer um die Vertiefung über den Nasenflügeln. „Ich würde ohne Anstand über Jeden von Euch wegfahren und ihn von der Erde vertilgen. Wenn ich wüßte, welcher Lump geworfen hat, und wenn er nahe genug wäre, wollte ich ihn mit den Rädern meines Wagens zermalmen."

So gedrückt waren diese Menschen und so lange und so schlimme Erfahrung hatten sie von dem, was ein solcher Mann innerhalb des Gesetzes und über dasselbe hinaus ihnen anthun konnte, daß sich kein Mund, keine Hand, nicht einmal ein Auge regte. Unter den Männern nicht bei einem Einzigen. Aber die strickende Frau erhob die Augen und sah den Marquis fest in's Gesicht. Es war nicht seiner Würde gemäß, das zu beachten; verachtungsvoll schweifte sein Blick über sie und alle die andern Ratten weg, und er legte sich wieder in den Wagen zurück und gab wieder den Befehl: „Fahr' zu!"

Er fuhr fort und andere Kutschen fuhren ebenfalls in rascher Aufeinanderfolge vorüber; der Minister, der Staatsprojectenmacher, der Generalpächter, der Arzt, der Jurist, der Geistliche, die große Oper, das Lustspiel, der ganze Maskenball im bunten, ununterbrochenen Zuge fuhren vorüber.[S. 15] Die Ratten waren aus ihren Löchern hervorgekrochen, um das Schauspiel anzusehen und sie sahen ihm stundenlang zu, wobei Soldaten und Polizei oft zwischen sie und das Schauspiel traten und eine Kette bildeten, hinter welche sie sich verkrochen und durch die sie lugten. Der Vater hatte schon längst die kleine Leiche aufgehoben und war damit davon geschlichen, als die Frauen, welche sie mitleidig umstanden hatten, wie sie auf dem Unterbau des Brunnens lag, noch dort saßen und dem Rieseln des Wassers und dem Vorbeifahren des Maskenballes zusahen, — als das eine Weib, das, vor allen andern bemerklich, strickend dagestanden hatte, immer noch mit dem ruhigen Ausharren des Schicksals fortstrickte. Das Wasser des Brunnens rinnt dahin, der schnelle Fluß rinnt dahin, der Tag verrinnt in den Abend, so viel Leben in der Stadt verrinnt in den Tod, nach der Regel, „Zeit und Fluth warten auf Niemand." Die Ratten schliefen dicht zusammengedrängt wieder in ihren dunkeln Löchern, der Maskenball saß im hellen Kerzenschein beim Souper und jegliches Ding ging seines Weges.

Achtes Kapitel
Monsieur le Marquis auf dem Lande

Eine schöne Landschaft, von goldenen, aber nicht dichtbestandenen Weizenfeldern unterbrochen, Fleckchen dünn stehenden Roggens, wo Weizen hätte stehen sollen, Fleckchen kümmerlicher Bohnen und Erbsen, Fleckchen anderer geringer[S. 16] Stellvertreter für Weizen. Die unbelebte Natur war wie die Männer und Frauen, welche sie bewirthschafteten, mit einer vorherrschenden Neigung behaftet, sich als widerwillig vegetirend darzustellen,— mit einer niedergedrückten Stimmung sich aufzugeben und zu verwelken.

Monsieur le Marquis in seiner Reisekutsche (welche leichter hätte sein können), gefahren von vier Postpferden und zwei Postillons, fuhr langsam einen steilen Hügel hinauf. Ein rother Schimmer auf dem Antlitze Monsieurs le Marquis konnte seiner Vornehmheit keinen Eintrag thun; er kam nicht von inwendig; er rührte von einem außer seiner Controle stehende äußeren Umstande her, von der untergehenden Sonne.

Der Sonnenuntergang schien so glänzend in die Reisekutsche, als sie die Höhe erreichte, daß der darin Sitzende wie mit Purpur übergossen war. „Es wird gleich vorbei sein,“ sagte Monsieur le Marquis, mit einem Blick auf seine Hände.

In der That stand die Sonne so tief, daß sie gleich darauf unter den Horizont versank. Als der schwere Hemmschuh an das Rad gelegt war und der Wagen mit einem brenzlichen Geruch in einer Staubwolke den Berg hinabrutschte, verschwand die rothe Gluth rasch; da die Sonne und der Marquis mit einander bergunter gingen, war keine Gluth mehr vorhanden, als der Hemmschuh wieder entfernt ward.

Aber es blieb noch eine wellenförmige Landschaft, malerisch und weit, ein Dörfchen am Fuße eines Hügels, ein Abhang und Hügelrücken dahinter, ein Kirchthurm, eine[S. 17] Windmühle, ein Forst für die Jagd und ein Fels mit einer Burg auf der Spitze, die als Gefängniß diente. Auf alle diese allmälig in der niedersinkenden Dämmerung verschwimmenden Gegenstände blickte der Marquis mit der Miene eines Mannes, der sich der Heimath nähert.

Das Dörfchen hatte eine einzige ärmliche Straße, mit einer ärmlichen Brauerei, einer ärmlichen Gerberei, einer ärmlichen Schenke, einer ärmlichen Stallung für die Relais der Postpferde, einem ärmlichen Brunnen und allem andern gewöhnlichen ärmlichen Zubehör. Es hatte auch seine armen Einwohner. Alle seine Bewohner waren arm und viele derselben saßen vor ihren Hausthüren und schnitten Zwiebeln und Aehnliches zum Abendessen, während viele an dem Brunnen standen und Blätter und Gras und andere ähnliche Früchte der Erde, welche zur Noth gegessen werden konnten, wuschen. Ausdrucksvolle Anzeichen von dem, was sie arm machte, fehlten nicht; die Abgaben für den Staat, die Abgaben für die Kirche, die

Abgaben für den Grundherrn, Localabgaben und Staatsabgaben mußten hier und dort bezahlt werden, wie ein großes Schild im Dörfchen sagte, so daß man sich wunderte, wie vom Dörfchen überhaupt noch Etwas übrig blieb.

Wenige Kinder waren sichtbar und keine Hunde. Was Männer und Weiber betrifft, so war ihre Wahl auf Erden sehr beschränkt — ein Leben unter den niedrigsten Bedingungen, unter denen es erhalten werden konnte, unten in dem Dörfchen unter der Mühle; oder Gefangenschaft und Tod in dem dräuenden Gefängniß auf dem Felsen.

Verkündet durch einen vorausreitenden Courier und von dem Klatschen der Peitschen seiner Postillone, die sich in der Abendluft schlangenartig um ihre Köpfe bewegten, als ob die Furien ihn begleiteten, ließ Monsieur le Marquis den Reisewagen an der Thür der Post anhalten. Sie war dicht beim Brunnen und die Landleute unterbrachen neugierig ihre Beschäftigung. Er ließ seine Blicke über sie wegschweifen und sah in ihnen, ohne es zu wissen, das langsame und sichere Abzehren von Antlitz und Gestalt durch Noth und Kummer, welches die Magerkeit der Franzosen zu einem englischen Aberglauben machte, der die Wahrheit fast hundert Jahre überleben sollte.

Monsieur le Marquis sah hinaus auf die unterwürfigen Gesichter, die sich vor ihm beugten, wie er sich vor Monseigneur gebeugt hatte — der einzige Unterschied war, daß diese Häupter sich nur beugten, um zu dulden und nicht um zu schmeicheln, — als ein ergrauter Chausseearbeiter unter die Umstehenden trat.

„Bringt mir den Kerl her!“ sagte der Marquis zu dem Courier.

Der Kerl wurde mit der Mütze in der Hand hergebracht und die andern Kerle drängten sich heran, um zuzuhören, ganz wie die Leute am Brunnen in Paris.

„Ihr standet an der Straße, als ich vorüber fuhr?“

„Ja, Monseigneur. Ich hatte die Ehre zu sehen, wie Euer Gnaden fuhren vorüber.“

„Wie ich die Höhe herauffuhr und oben auf der Höhe, nicht?“

„Ja, Monseigneur.“

„Wonach blicktet Ihr mit so starrem Auge?“

„Monseigneur, ich starrte den Mann an.“

Er bückte sich ein Wenig und wies mit seiner zerlumpten blauen Mütze unter den Wagen. Alle die Andern bückten sich auch, um unter den Wagen zu sehen.

„Was für ein Mann, Kerl? Und warum dorthin sehen?“

„Verzeihung, Monseigneur; er hing an der Kette des Hemmschuhs.“

„Wer?“ fragte der Reisende.

„Monseigneur, der Mann.“

„Der Teufel soll diese Esel holen! Wie hieß der Mann! Ihr kennt ja alle Leute dieser Gegend. Wer war der Mann?“

„Verzeihen Sie, Monseigneur! Er war nicht aus dieser Gegend. In meinem ganzen Leben habe ich ihn nie gesehen!“

„Er hing an der Kette? Um im Staube zu ersticken?“

„Mit Ihrer gnädigen Erlaubniß, Monseigneur, das war eben das Wunder. Der Kopf hing herunter. — So!“

Er drehte sich halb um und bog sich zurück, so daß das Gesicht zum Himmel gewendet war und der Kopf hinten über hing; dann stellte er sich wieder gerade, zerdrückte die Mütze in der Hand und machte eine Verbeugung.

„Wie sah er aus?“

„Monseigneur, er war weißer, als ein Müller. Ueber und über mit Staub bedeckt, weiß wie ein Gespenst, groß wie ein Gespenst!“

Der Vergleich machte einen tiefen Eindruck auf die Umstehenden; aber alle Augen, ohne sich erst mit andern Augen ins Einvernehmen zu setzen, blickten auf Monsieur le Marquis. Vielleicht um zu sehen, ob sein Gewissen ein Gespenst belästigte.

„Wahrhaftig, es war sehr gescheut von Euch,“ sagte der Marquis, in dem glücklichen Bewußtsein, daß solches Gewürm ihn nicht ärgern dürfe, „einen Dieb unten an meinem Wagen hängen zu sehen und Euer großes Maul nicht aufzuthun. Bah! Laßt ihn gehen, Monsieur Gabelle.“

Monsieur Gabelle war Postmeister und zugleich Steuerbeamter; er war mit großem Diensteifer herausgekommen, um dem Verhör beizuwohnen und hatte mit strenger Amtsmiene den Verhörten am zerlumpten Aermel festgehalten.

„Bah! Laßt ihn gehen!“ sagte Monsieur Gabelle.

„Nehmt diesen unbekannten Mann fest, wenn er für die Nacht ein Obdach hier im Dorfe suchen sollte, und versichert Euch, daß er ehrliche Absichten hat, Gabelle.“

„Monseigneur, ich bin zu sehr geehrt, Ihre Befehle ausführen zu dürfen.“

„Lief der Kerl fort? — Wo ist der Andere?“

Der Andere war bereits mit einem halben Dutzend besonderer Freunde unter dem Wagen und zeigte mit seiner blauen Mütze, wie der Mann an der Kette gehangen hatte. Ein anderes halbes Dutzend besonderer Freunde holte ihn rasch hervor und stellte ihn athemlos vor den Marquis hin.

„Lief der Mann fort, Kerl, als wir hielten, um zu hemmen?“

„Monseigneur, er stürzte kopfüber den Abhang hinunter, wie wenn sich Jemand in einen Fluß wirft.“

„Erkundigt Euch weiter danach, Gabelle. Kutscher, fahr' zu!“

Das halbe Dutzend, welches die Kette beguckte, war immer noch zwischen den Rädern wie Schafe; die Räder drehten sich so rasch, daß sie sich glücklich schätzen konnten, Haut und Knochen unverletzt davon zu tragen; sie hatten wenig mehr davon zu tragen, sonst wären sie wohl nicht so glücklich gewesen.

Der rasche Lauf, in welchem der Wagen das Dorf verließ und den Abhang jenseits hinauf fuhr, wurde bald von der Steilheit des letztern verlangsamt. Allmälig verfielen die Pferde in Schritt und schwankend und polternd bewegte sich die Kutsche durch die vielen süßen Düfte einer Sommernacht. Die Postillone, deren Köpfe jetzt anstatt der Furien Tausende von Mücken umkreisten, flickten ruhig die Schwippen ihrer Peitschen aus; der Lakai ging neben den Pferden; den Courier hörte man in der dunkeln Ferne traben.

An der steilsten Stelle des Hügels befand sich ein kleiner Kirchhof mit einem Kreuz und einem neuen großen Bilde unseres Heilands daran; es war ein armseliges Holzbild, von einem ungeübten Holzschnitzer des Dorfes verfertigt, der aber den Körper nach dem Leben studirt hatte — vielleicht nach seinem eigenen Leben — denn er war schrecklich mager und abgezehrt.

Vor diesem traurigen Sinnbilde eines großen Elends, das seit vielen Jahren immer schlimmer geworden und noch nicht seinen Höhepunkt erreicht hatte, kniete eine Frau. Sie wendete den Kopf, als der Wagen sie erreichte, stand rasch auf und trat an den Kutschenschlag.

„Ach, Monseigneur! Monseigneur, eine Bittschrift.“

Mit einem Ausruf der Ungeduld, aber mit seinem unveränderten Gesicht, blickte der Marquis zum Wagenfenster hinaus.

„Was giebts! Immer Bittschriften!“

„Monseigneur. Um die Liebe des großen Gottes! Mein Mann, der Förster.“

„Was ist mit Eurem Manne, dem Förster? Es ist immer die alte Geschichte mit Euch Leuten. Euer Mann kann Etwas nicht bezahlen?“

„Er hat Alles bezahlt, Monseigneur, er ist gestorben.“

„Gut, so hat er Ruhe. Ich kann ihn Euch nicht wiedergeben.“

„Ach Gott, nein, Monseigneur! Aber er liegt dort unter einem dürftigen Rasenhügel.“

„Nun?“

„Monseigneur, es sind so viele dürftige Rasenhügel.“

„Was weiter?"

Sie sah alt aus, war aber jung. Sie geberdete sich in leidenschaftlichem Schmerz; abwechselnd schlug sie ihre abgezehrten Hände in wilder Leidenschaft zusammen und legte eine derselben auf den Wagenschlag — zärtlich und liebkosend, als hätte er ein menschliches Herz und könnte die bittende Berührung fühlen.

„Monseigneur, hören Sie mich! Monseigneur, hören Sie meine Bitte! Mein Mann starb aus Mangel; so Viele sterben aus Mangel; noch Viele werden aus Mangel sterben."

Was dann! Kann ich sie füttern?"

„Monseigneur, das weiß der gute Gott, aber ich verlange es nicht. Ich bitte nur, daß ein Stein oder Bret mit meines Mannes Namen auf sein Grab gestellt werde, als Zeichen, wo er liegt. Sonst wird die Stelle rasch vergessen, man findet sie nicht wieder, wenn ich an derselben Krankheit sterbe und man legt mich an einen anderen dürftigen Rasenhügel. Monseigneur! es sind ihrer so viele, sie vermehren sich so rasch, es ist so wenig Platz. Monseigneur! Monseigneur!"

Der Lakai hatte sie von dem Kutschenschlage weggeschoben, die Kutsche fuhr in raschem Trabe davon, die Postillone gaben den Pferden die Peitsche, das Weib blieb weit zurück und der Marquis, wieder von Furien geleitet, ließ rasch die ein oder zwei Stunden Entfernung, welche zwischen ihnen und dem Schlosse noch lagen, hinter sich.

Die lieblichen Düfte der Sternennacht regten sich ringsum und kamen so unparteiisch, wie der Regen fällt, auch der bestaubten, zerlumpten und arbeitsmüden Gruppe am Brunnen in der Nähe zu Gute, welcher der Straßenarbeiter mit Hülfe der blauen Mütze, ohne die er Nichts war, immer noch von dem Manne wie von einem Gespenst erzählte, so lange sie zuhören wollten. Allmälig, wie sie genug hatten, verlor sich Einer nach dem Andern und Lichter funkelten in kleinen Fenstern, welche Lichter, als die Fenster dunkel wurden und mehr Sterne sich zeigten, empor an den Himmel gefahren schienen, anstatt ausgelöscht worden zu sein.

Der Schatten eines großen Hauses mit hohem Dach und vielen überhängenden Bäumen lag zu dieser Stunde auf Monsieur le Marquis; und an die Stelle des Schattens trat der Schein einer Fackel, wie die Kutsche hielt und das große Thor des Schlosses sich vor dem Marquis aufthat.

„Ist Monsieur Charles aus England angekommen?"

„Monseigneur, noch nicht!"

Neuntes Kapitel
Das Medusenhaupt

Es war eine schwere Gebäudemasse, dieses Schloß Monseigneurs, mit einem großen, mit Steinen gepflasterten Hof davor und einer doppelten steinernen Treppenflucht, welche hinauf zu der steinernen Terrasse vor der Hauptthür führte. Es war überhaupt eine steinerne Geschichte mit schweren Balustraden von Steinen und steinernen Urnen und steinernen Blumen und steinernen Gesichtern und steinernen Löwenköpfen in allen Richtungen. Als ob ein Medusenhaupt es angesehen, als es vor zwei Jahrhunderten fertig geworden.

Monsieur le Marquis stieg die breite Treppenflucht von niedrigen Stufen hinauf, während die Fackel ihm immer noch vorleuchtete, und die Finsterniß genug störte, um eine Eule in dem Dache des großen Stallgebäudes dort unter den Bäumen zu lauten Vorstellungen zu bewegen. Im Uebrigen war Alles so still, daß die Fackel, die dem Marquis vorleuchtete und die andere Fackel, die ein Lakai an der großen Thür in die Höhe hielt, brannten, als ob sie in einem verschlossenen Staatszimmer anstatt in der freien Nachtluft wären. Einen anderen Laut, als den Ruf der Eule, vernahm man nicht, außer dem Plätschern eines Springbrunnens in seinem steinernen Becken; denn es war eine jener dunkeln Nächte, welche ihren Athem stundenlang anhalten und dann einen langen leisen Seufzer vernehmen lassen, und ihren Athem wieder anhalten.

Die große Thür fiel schallend hinter ihm zu und Monsieur le Marquis schritt durch eine Vorhalle, ausgeschmückt mit alten Schweinsspießen, Hirschfängern und anderen Jagdgeräthen; aber auch mit schweren Reitgerten und Reitpeitschen, deren Gewicht mancher seitdem zu seinem Wohlthäter Tod gegangene Landmann gefühlt hatte, wenn der gnädige Herr schlechter Laune war.

Monsieur le Marquis mied die größeren Zimmer, die nicht erleuchtet und für die Nacht schon zugeschlossen waren, und ging, während der Fackelträger immer noch voranleuchtete, die Treppe hinauf bis zu einer Thür auf einem Corridor. Diese ging auf und gestattete ihm Zutritt in seine eigne Privatwohnung von drei Zimmern, einem Schlafgemach und zwei anderen. Hohe gewölbte Räume ohne Teppiche auf dem Fußboden, mit großen eisernen Unterlagen auf dem Heerde des Kamins, um während des Winters mit Holz zu heizen, und allem einem Marquis gebührenden Luxus in einer üppigen Zeit und einem üppigen Lande. Die Mode des letzten Ludwig von dem Geschlechte, das nie ausgehen sollte — des vierzehnten Ludwigs — war in der reichen Ausstattung der Gemächer vorherrschend; aber es waren auch viele Gegenstände zu erblicken, die an alte Zeiten der Geschichte von Frankreich erinnerten.

Ein Tisch war im dritten der Zimmer gedeckt. Es war ein rundes Zimmer in einem der vier Thürme mit Dächern wie Lichtauslöscher; ein kleines hohes Zimmer, dessen eines Fenster weit offen stand, während die Jalousien geschlossen waren, so daß die finstere Nacht sich nur in schmalen horizontalen schwarzen Streifen zeigte, die mit breiten Streifen von Steinfarbe abwechselten.

„Mein Neffe ist noch nicht da, wie ich höre," sagte der Marquis mit einem Blick auf die Vorbereitung zum Abendessen.

Er war noch nicht da; aber man hatte ihn mit Monseigneur erwartet.

„Ah! Er wird wahrscheinlich heute Abend nicht kommen; aber laßt die Tafel, wie sie ist. Ich werde in einer Viertelstunde fertig sein."

In einer Viertelstunde war Monseigneur fertig und setzte sich allein zu seinem üppigen und auserlesenen Mahle hin. Sein Stuhl stand dem Fenster gegenüber und er hatte seine Suppe gegessen und brachte sein Glas Bordeaux an den Mund, als er es wieder wegsetzte.

„Was ist das?" fragte er ruhig und heftete aufmerksam den Blick auf die horizontalen Streifen von schwarzer und Steinfarbe.

„Monseigneur? Was!"

„Draußen vor den Jalousien. Macht die Jalousien auf."

Es geschah.

„Nun?"

„Monseigneur! Es ist Nichts. Die Bäume und die Nacht — weiter ist Nichts draußen —"

Der Bediente hatte die Jalousien weit geöffnet, in die leere Nacht hinaus gesehen und drehte sich jetzt nach weiteren Verhaltungsbefehlen um.

„Gut!" sagte der nicht aus der Fassung zu bringende Herr. „Mach' sie wieder zu."

Es geschah und der Marquis aß weiter. Er war halb fertig, als er abermals das halb zum Munde geführte Glas wieder hinsetzte, denn er hörte einen Wagen rollen. Er näherte sich rasch und machte vor dem Schlosse Halt.

„Sieh zu, wer gekommen ist."

Es war der Neffe Monseigneurs. Er war zeitig am Nachmittage, nur wenige Stunden hinter Monseigneur, hergefahren. Er war rasch gefahren, aber doch nicht rasch genug, um Monseigneur unterwegs einzuholen. Man hatte ihm auf den Poststationen gesagt, daß Monseigneur vor ihm her fahre.

Man sollte ihm sagen, befahl Monseigneur, daß das Abendessen hier auf ihn warte und er gebeten werde, daran theilzunehmen. Nach einer kleinen Weile trat der Angekommene ein. In England hatte er Charles Darnay geheißen.

Monseigneur empfing ihn höflich, aber sie reichten sich nicht die Hände.

„Sie sind gestern von Paris abgereist, Sir?" sagte er zu Monseigneur, als er an der Tafel Platz nahm.

„Gestern. Und Sie?"

„Ich komme direct."

„Von London?"

„Ja."

„Sie haben lange gezögert," sagte der Marquis mit einem Lächeln.

„Im Gegentheil, ich komme direct."

„Verzeihen Sie! Ich glaube nicht, daß Sie unterwegs lange gezögert haben, sondern mit dem Entschluß zu reisen."

„Ich hatte Abhaltung —", der Neffe stockte einen Augenblick in seiner Antwort — „in Folge von Geschäften."

„Natürlich," sagte der höfliche Onkel.

So lange ein Bedienter anwesend war, ward kein Wort weiter zwischen den Beiden gewechselt. Als Kaffee servirt war und sie sich wieder allein befanden, begann der Neffe ein Gespräch, indem er den Onkel ansah und den Augen des Gesichts begegnete, das wie eine schöne Maske aussah.

„Ich kehre zurück von einer Reise in Verfolg des Zieles, das Sie kennen. Es hat mich in große, unerwartete Gefahr gebracht; aber es ist ein heiliges Ziel und wenn es mich in den Tod geführt hätte, hätte es mich, hoffe ich, aufrecht erhalten."

„Nicht in den Tod," sagte der Onkel; „es ist nicht nothwendig zu sagen in den Tod."

„Ich bezweifle sehr," entgegnete der Neffe, „ob, wenn es mich bis an den Rand des Grabes geführt hätte, Sie einen Finger aufgehoben hätten, um mich zu retten."

Das Vertiefen der Grübchen in der Nase und das Längerwerden der schönen geraden Linien in dem grausamen Gesicht antworteten ominös genug auf diese Vermuthung; der Onkel machte eine anmuthig protestirende Handbewegung, welche so offenbar eine bloße Höflichkeit war, daß sie nicht beruhigen konnte.

„Wahrhaftig, Sir," fuhr der Neffe fort, „nach dem, was ich weiß, können Sie eben so gut ausdrücklich darauf hingewirkt haben, den verdächtigen Verhältnissen, die mich umgaben, einen noch verdächtigeren Anstrich zu geben."

„O, nein, nein," sagte der Onkel mit freundlichem Lächeln.

„Sei dem, wie ihm wolle," fing der Neffe wieder an und sah ihn mit tiefem Mißtrauen an, „ich weiß, daß Ihre Diplomatie mich durch jedes Mittel hindern und sich in Betreff der Mittel kein Gewissen machen würde."

„Mein Bester, das habe ich Ihnen gesagt," sagte der Onkel mit einem leisen Zittern über den Nasenflügeln. „Haben Sie die Güte, nicht zu vergessen, daß ich Ihnen das vor langer Zeit gesagt habe."

„Ich erinnere mich dessen wohl."

„Ich danke Ihnen," sagte der Marquis mit der liebenswürdigsten Höflichkeit.

Der Klang seiner Stimme zitterte durch die Luft fast wie der Ton eines musikalischen Instruments.

„Wahrhaftig, Sir," fuhr der Neffe fort, „ich glaube, es ist zu gleicher Zeit Ihr Mißgeschick und mein Glück, was mir hier in Frankreich die Freiheit läßt."

„Ich verstehe nicht ganz," erwiderte der Onkel, seinen Kaffee schlürfend. „Darf ich um nähere Erläuterung bitten?"

„Ich glaube, daß, wenn Sie nicht bei Hof in Ungnade wären und zwar schon seit Jahren, mich längst ein Lettre de Cachet auf unbestimmte Zeit auf eine Festung geschickt hätte."

„Wohl möglich," sagte der Onkel mit großer Ruhe. „Um der Familienehre willen könnte ich mich sogar entschließen, Ihnen diese Ungelegenheit zu verursachen. Ich bitte es zu entschuldigen."

„Ich bemerke, daß zu meinem Glücke der Empfang bei der vorgestrigen Audienz wie gewöhnlich ein kalter gewesen ist," bemerkte der Neffe.

„Ich möchte nicht sagen zu Ihrem Glücke, mein Werthester," entgegnete der Onkel mit der größten Höflichkeit; „ich bin dessen nicht so sicher. Eine gute Gelegenheit zum Nachdenken, verbunden mit den Vortheilen der Einsamkeit, würde vielleicht auf Ihr Schicksal mehr vortheilhaften Einfluß haben, als Sie selbst haben können. Doch ist es unnütz, darüber zu reden. Wie Sie sagen, bin ich darin im Nachtheil. Diese kleinen Besserungsmittel, diese sanften Hülfen für Familienmacht und Ehre, diese kleinen Begünstigungen, die Ihnen unbequem werden können, sind jetzt nur durch Fürsprache und Zudringlichkeit zu erlangen. Sie werden von so Vielen gesucht und verhältnißmäßig so Wenigen gewährt! Es war sonst nicht so, aber Frankreich hat sich in allen diesen Dingen verschlimmert. Unsere Vorväter hatten das Recht über Leben und Tod der umwohnenden gemeinen Heerde. Aus diesem Zimmer sind viele dieser Lumpen zum Galgen geführt worden; im nächsten Zimmer, in meinem Schlafzimmer, wurde ein Bursche auf der Stelle niedergestoßen, weil er ein unverschämtes Bedenken wegen seiner Tochter hatte — seiner Tochter! — Wir haben viele Vorrechte verloren; eine neue Philosophie ist Mode geworden; und die Behauptung unserer Stellung könnte (ich gehe nicht so weit zu sagen, würde, aber könnte) uns heutzutage wirkliche Ungelegenheiten verursachen. Sehr traurig!"

Der Marquis nahm eine kleine Prise aus seiner Dose und schüttelte den Kopf so graziös verzweifelnd, als er anständigerweise sein konnte, verzweifelnd an einem Lande, das noch ihn besaß, dieses große Mittel der Wiedererhebung.

„Wir haben unsere Stellung in alter und neuerer Zeit so behauptet," sagte der Neffe düster, „daß ich glaube, unser Name ist in Frankreich mehr gehaßt, als jeder andere."

„Das wollen wir hoffen," sagte der Onkel. „Haß der Großen ist die unwillkürliche Huldigung der Kleinen."

„In diesem ganzen Lande rings um uns," fuhr der Neffe in seinem früheren Tone fort, „giebt es kein Gesicht, welches mich mit einem anderen Gefühle ansieht, als dem der scheuen Unterwürfigkeit, der Furcht und Sclaverei."

„Ein Compliment für die Bedeutung der Familie," sagte der Marquis, „verdient durch die Art und Weise, wie die Familie ihre Bedeutung aufrecht erhalten hat. Ha!" und er nahm wieder eine kleine Prise und legte gleichgültig die Beine über einander.

Aber als der Neffe sich mit dem Ellbogen auf den Tisch stützte und gedankenvoll und niedergeschlagen die Augen mit der Hand bedeckte, blickte die schöne Maske ihn mit einem stärkeren Ausdruck von Neugier, Mißtrauen und Abneigung an, als sich mit der angenommenen Gleichgültigkeit des Mannes vertrug.

„Zwang und Gewalt ist die einzige dauernde Philosophie. Die scheue Unterwürfigkeit der Furcht und Sclaverei, mein Bester," bemerkte der Marquis, „erhält die Kerle der Peitsche gehorsam, so lange dieses Dach" — mit einem Blick in die Höhe — „den Himmel hinaus sperrt."

Das dauerte möglicherweise nicht so lange, als der Marquis meinte. Wenn er diese Nacht ein Bild des Schlosses hätte sehen können, wie es und fünfzig andere in ein Paar Jahren sein würde, so hätte er wahrscheinlich kaum das seinige in den rauchgeschwärzten, ausgeplünderten Trümmern erkannt. Und was das Dach betrifft, so hätte er finden können, daß es den Himmel auf eine ganz neue Art hinaussperrte — nämlich für immer aus den Augen der Leichen, in welche sein Blei aus hunderttausend Musketen gefeuert worden.

„Unterdessen," sagte der Marquis, „will ich die Ehre und Ruhe der Familie wahren, wenn Sie es nicht thun wollen. Aber Sie müssen müde sein. Wollen wir unsere Conferenz für heute schließen?"

„Noch einen Augenblick!"

„Eine Stunde, wenn Sie wünschen."

„Sir!" sagte der Neffe, „wir haben Unrecht gethan und ernten jetzt die Früchte."

„Wir haben Unrecht gethan?" wiederholte der Marquis mit einem fragenden Lächeln und deutete erst höflich auf seinen Neffen, dann auf sich.

„Unsere Familie; unsere ehrenreiche Familie, deren Ehre uns Beiden so sehr und in so verschiedener Weise am Herzen liegt. Selbst bei meines Vaters Lebzeiten haben wir unendliches Unrecht gethan und jede menschliche Creatur verletzt, die zwischen uns und unsere Laune trat. Aber brauche ich von meines Vaters Zeit zu sprechen, da sie zugleich die Ihrige war? Kann ich meines Vaters Zwillingsbruder, Miterben und nächsten Erbfolger von ihm trennen?"

„Das hat der Tod besorgt," sagte der Marquis.

„Und hat mich hier gelassen," gab der Neffe zur Antwort, „gefesselt an ein System, das mir entsetzlich ist, für das ich verantwortlich bin, in welchem mir aber jede Macht fehlt, Etwas zu thun; beständig bemüht, die letzte Bitte aus dem Munde meiner geliebten Mutter zu erfüllen und dem letzten Blick meiner geliebten Mutter zu gehorchen, die mich bat, Erbarmen zu haben und zu helfen; und fortwährend von dem Schmerz gequält, Beistand und Macht zum Helfen vergebens zu suchen."

„Wenn Sie sie bei mir suchen, lieber Neffe," sagte der Marquis, indem er mit dem Zeigefinger seine Brust berührte, „so suchen Sie vergebens, dessen können Sie sicher sein."

Jede von den fein gezogenen Furchen in dem fleckenlosen weißen Gesicht zog sich grausam und tückisch zusammen, wie er, die Dose in der Hand, seinen Neffen ruhig ansah. Noch einmal tupfte er ihn auf die Brust, als ob sein Finger die feine Spitze eines Degens wäre, welchen er ihm mit gewandter Kunst durch das Herz stieße, und sagte:

„Verehrtester, ich werde sterben und das System, unter welchem ich gelebt habe, Ihnen vermachen."

Als er das gesagt hatte, nahm er noch eine letzte Prise und steckte die Dose in die Tasche.

„Seien Sie lieber vernünftig," setzte er dann hinzu, nachdem er mit einer kleinen Klingel auf dem Tische geschellt hatte, „und fügen Sie sich in Ihr natürliches Schicksal. Aber Sie sind verloren, Monsieur Charles."

„Diese Besitzungen und Frankreich sind für mich verloren," sagte der Neffe düster; „ich entsage ihnen."

„Können Sie ihnen schon entsagen? Frankreich vielleicht, aber der Besitzung? Es ist kaum der Mühe werth, es zu erwähnen; aber können Sie jetzt schon darüber verfügen?"

„Diesen Sinn wollte ich meinen Worten nicht geben. Wenn sie morgen von Ihnen an mich fielen —"

„Was, wie ich eitel genug bin zu hoffen, nicht wahrscheinlich ist —"

„— oder in zwanzig Jahren —"

„Sie erweisen mir zu viel Ehre,“ sagte der Marquis; „dennoch ziehe ich diese Annahme vor.“

„— So würde ich sie aufgeben und anderswo und irgendwie leben. — Ich gäbe wenig hin, denn was ist es hier mehr als ein Labyrinth von Elend und Verderben!“

„Ah?!“ sagte der Marquis und ließ seinen Blick durch das üppig ausgestattete Zimmer streifen.

„Dem Auge erscheint es hier schön genug; aber bei Tageslicht und unter freiem Himmel gesehen, ist es ein wüster Haufe von Verschwendung, schlechter Wirthschaft, Erpressung, Ueberschuldung, Tyrannei, Hunger, Nacktheit und Jammer.“

„Ah?!“ sagte der Marquis wieder in selbstzufriedener Weise.

„Wenn die Besitzung jemals mein Eigenthum wird, so gebe ich sie in eine Hand, welche besser geeignet ist, sie langsam, wenn es überhaupt möglich ist, von der Last zu befreien, die sie niederdrückt, so daß die armen Leute, welche sie nicht verlassen können und bis zur letzten Möglichkeit des Erduldens gedrückt worden sind, in einer andern Generation Aussicht haben, weniger zu leiden; aber meine Arbeit kann dies nicht sein. Es liegt ein Fluch darauf und auf diesem ganzen Lande.“

„Und Sie?“ fragte der Onkel. „Verzeihen Sie meine Neugier; gedenken Sie mit Hülfe Ihrer neuen Philosophie zu leben?“

„Um zu leben, muß ich thun, was andere meiner Landsleute, trotz ihres adeligen Wappens, vielleicht seiner Zeit werden thun müssen — arbeiten —“

„In England zum Beispiel?“

„Ja. Die Familienehre ist in diesem Lande sicher vor mir. Der Familienname kann von mir in keinem andern Lande leiden, denn ich führe ihn in keinem andern.“

Auf das Klingeln vorhin war das anstoßende Schlafzimmer erleuchtet worden. Es schien jetzt von dort hell durch die Thür herein. Der Marquis blickte nach dieser Richtung und lauschte den sich entfernenden Schritten seines Leibdieners.

„England besitzt sehr viel Anziehungskraft für Sie, wenn man bedenkt, daß Sie dort nicht besonders Ihr Glück gemacht haben,“ bemerkte er alsdann, indem er mit einem Lächeln sein ruhiges Gesicht dem Neffen zuwendete.

„Ich habe bereits gesagt, wie ich fühle, daß ich mein geringes Glück dort vielleicht Ihnen zu verdanken habe. Im Uebrigen ist es mein Asyl.“

„Diese prahlerischen Engländer sagen, es sei das Asyl Vieler. Sie kennen einen Landsmann, der einen Zufluchtsort dort gefunden hat? Einen Arzt?“

„Ja!“

„Mit einer Tochter?“

„Ja!“

„Ja,“ sagte der Marquis. „Sie sind müde. Gute Nacht!“

Als er sich in seiner höflichsten Weise verneigte, wußte er seinem lächelnden Gesicht und seinen Worten einen so geheimnißvollen Ausdruck zu geben, daß sein Neffe davon betroffen wurde. Zugleich verzogen sich die schmalen geraden Augenbrauen und die schmalen geraden Lippen und die Grübchen über den Nasenflügeln mit einem Sarkasmus, der diabolisch schön aussah.

„Ja,“ wiederholte der Marquis. „Ein Arzt mit einer Tochter. Ja. So fängt die neue Philosophie an? Sie sind müde. Gute Nacht!“

Es hätte ebensoviel genützt, eines von den Steingesichtern draußen am Schlosse zu befragen, als dieses Gesicht zu befragen. Der Neffe sah ihn vergeblich an, als er an ihm vorbei nach der Thüre ging.

„Gute Nacht!“ sagte der Onkel. „Ich erwarte mit Vergnügen, Sie morgen früh wiederzusehen. Angenehme Ruhe! Leuchte Monsieur nach seinem Zimmer! — und verbrenne Monsieur in seinem Bett, wenn Du Lust hast —“ setzte er zu sich selbst sprechend hinzu, ehe er wieder mit der Klingel schellte und seinen Leibdiener in sein Schlafzimmer rief.

Der Leibdiener kam und ging, Monsieur le Marquis ging in seinem weiten Schlafrock auf und ab, um sich in dieser schwülen, stillen Nacht langsam auf den Schlaf vorzubereiten. Wie er sich in dem Zimmer, die Füße in weiche Pantoffeln gesteckt, geräuschlos auf und ab bewegte, nahm er sich fast aus, wie ein verfeinerter Tiger. Er sah aus wie ein verzauberter Marquis von der unbußfertig verworfenen Art im Märchen, dessen periodische Umwandlung in Tigergestalt entweder eben vorbei oder im Anzuge war.

Er schritt in seinem üppig ausgestatteten Schlafzimmer auf und ab und musterte die Erinnerungen an die heutige Reise, wie sie ihm ungeheißen einfielen. Die langsame Fahrt den Hügel hinauf bei Sonnenuntergang, die untergehende Sonne, die Hinabfahrt, die Mühle, den Kerker auf den Felsen, das Dörfchen im Thale, die Landleute am Brunnen und den Straßenarbeiter, wie er mit seiner blauen Mütze auf die Kette unter dem Wagen wies.

Dieser Brunnen erinnerte ihn an den Brunnen von Paris, an die kleine Leiche, die auf dem Unterbau lag, an die Frauen, die sich darüberbückten, und an den Mann, der mit gen Himmel gestreckten Armen ausrief: „Tod!“

„Ich bin jetzt abgekühlt,“ sagte Monsieur le Marquis, „und kann zu Bett gehen.“

So, nachdem er nur eine Kerze auf dem großen Kamin brennend stehen gelassen, zog er die leichten Gazevorhänge um das Bett zu und hörte die Nacht ihr Schweigen mit einem langen Seufzer unterbrechen, als er sich zum Schlafen auf das Pfühl streckte.

Drei lange Stunden lang stierten die steinernen Gesichter draußen blind in die schwarze Nacht hinaus; drei lange Stunden lang klapperten die Pferde in den Ställen an ihren Raufen, bellten die Hunde und gab die Eule einen Ton von sich, der sehr wenig mit demjenigen gemein hatte, den ihr gewöhnlich die Poeten zuschreiben. Aber es ist die verstockte Gewohnheit solcher Geschöpfe, kaum jemals das zu sagen, was ihnen vorgeschrieben ist.

Drei lange Stunden lang stierten die steinernen Gesichter des Schlosses, Löwengesichter und Menschengesichter, blind in die Nacht hinaus. Todte Finsterniß lag auf der ganzen Landschaft, todte Finsterniß verwischte vollends, was der verwischende Staub auf allen Straßen übrig ließ. Der Gottesacker war so weit gekommen, daß seine dürftigen Rasenhügel nicht mehr von einander zu unterscheiden waren; die Gestalt am Kreuze hätte herabgestiegen sein können, so wenig sah man von ihr. In dem Dorfe schliefen Besteuerer und Besteuerte fest. Vielleicht von Festgelagen träumend, wie es häufig bei Hungernden geschieht, oder von Bequemlichkeit und Ruhe, wie der abgetriebene Sclave und der eingespannte Ochs, schliefen die abgemagerten Bewohner gesund und fühlten sich gesättigt und frei.

Drei dunkle Stunden hindurch floß der Brunnen im Dorfe ungesehen und ungehört und der Brunnen im Schlosse plätscherte ungesehen und ungestört — beide flossen dahin wie die Minuten, die aus der Quelle der Zeit entströmen. Dann wurde das graue Wasser beider gespenstig im Morgenlichte, und die Augen der steinernen Gesichter des Schlosses öffneten sich.

Es wurde heller und heller, bis endlich die Sonne die Wipfel der regungslosen Bäume vergoldete und ihren Glanz über den Hügel ausgoß. In der Gluth schien das Wasser des Schloßbrunnens zu Blut zu werden, und die steinernen Gesichter zu erröthen. Das Lied der Vögel klang laut und hell, und auf dem Simse des großen Fensters im Schlafgemach Monsieur le Marquis' stimmte ein niedlicher Sänger aus voller Brust sein Lied an. Darüber schien das nächste steinerne Gesicht erstaunt die Augen aufzureißen und mit offenem Munde und heruntersinkender Unterkiefer entsetzt auszusehen.

Jetzt war die Sonne vollständig aufgegangen und es begann sich im Dorfe zu regen. Kleine Fenster wurden geöffnet, wacklige Thüren aufgeriegelt und die Leute traten noch fröstelnd in der frischen Morgenluft, zu den Hütten heraus. Dann fing die selten erleichterte Tagesarbeit der Dorfbewohner von vorn wieder an. Einige gingen an den Brunnen; einige auf das Feld. Männer und Frauen dorthin, um zu hacken und zu graben; Männer und Frauen dahin, um nach dem halb verhungerten Vieh zu sehen und die knochendürren Kühe auf die dürftige Weide zu führen, welche an den Straßenrändern zu finden war. In der Kirche und vor dem Kreuze sah man die eine oder andere knieende Gestalt; und während vor dem letzteren Eine ihr Gebet verrichtete, versuchte die am Stricke geführte Kuh unter den paar Pflanzen am Fuße desselben ein Frühstück zu finden.

Das Schloß wachte später auf, wie sich's für seinen vornehmeren Stand gebührte, wachte aber allmälig und sicher auf. Zuerst waren die einsamen Schweinsspieße und Hirschfänger roth geworden wie vor Alters; dann hatten sie scharf und schneidig in der Morgensonne geglänzt; jetzt wurden Thüren und Fenster geöffnet, die Pferde in den Ställen sahen sich nach dem Lichte und der Morgenfrische um, die zu den Thüren hereinströmten, Blätter glänzten und rauschten an eisernen Fenstergittern, Hunde zerrten an ihren Ketten und bäumten sich ungeduldig, um losgelassen zu werden.

Alle diese gewöhnlichen Vorfälle gehörten zu dem alltäglichen Treiben und der Wiederkehr des Morgens. Aber gewiß nicht das Läuten der großen Glocke des Schlosses, das treppauf und treppab Rennen, die in verstörter Eile über die Terrasse laufenden Gestalten, die schweren Tritte hier und dort und überall, das rasche Satteln von Pferden und das Fortjagen?

Welcher Wind verrieth diese Hast dem staubbedeckten Straßenarbeiter, der bereits auf der Höhe jenseit des Dorfes thätig war und sein Mittagbrod (es war kaum so viel, daß es für eine Krähe der Mühe werth war, danach zu hacken) auf einem Steinhaufen neben sich liegen hatte?

Hatten die Vögel, die ein paar Körnchen von der Kunde in die Ferne trugen, Etwas davon fallen lassen, wie sie zufällig Samenkörner ausstreuen? Sei dem, wie ihm wolle, der Straßenarbeiter lief an dem schwülen Morgen, als ob es sein Leben gelte, knietief im Staube, den Hügel hinab, und machte nicht eher Halt, als bis er am Brunnen war.

Sämmtliche Bewohner des Dorfes umstanden den Brunnen in ihrer gedrückten Weise und flüsterten einander zu, zeigten aber keine andere Gemüthsbewegung als gespannte Neugier und Staunen. Die auf die Weide geführten Kühe, die hastig wieder hereingebracht und an das Erste Beste angebunden waren, sahen mit stumpfer Gleichgültigkeit zu oder hatten sich hingelegt und käuten die spärlichen Hälmchen wieder, die sie auf ihrem Hin- und Herweg aufgelesen hatten. Einige von den Leuten des Schlosses und des Posthauses und alle von der Steuerbehörde waren mehr oder weniger bewaffnet und hatten sich auf der andern Seite der Straße rathlos zusammengedrängt. Bereits war der Straßenarbeiter in die Mitte einer Gruppe von fünfzig vertrauten Freunden vorgedrungen, und schlug sich mit der blauen Mütze auf die Brust. Was hatte das Alles zu bedeuten und was hatte es zu bedeuten, daß Monsieur Gabelle hastig sich hinter einem Bedienten aufs Pferd heben ließ und mit dem doppelt beladenen Rosse im Galopp davon jagte, wie eine neue Variation der Bürgerschen Lenore?

Es hatte zu bedeuten, daß oben im Schlosse ein steinernes Gesicht zu viel war.

Die Meduse hatte den Bau in der Nacht wieder angesehen, und das eine noch fehlende steinerne Gesicht hinzugefügt; das steinerne Gesicht, auf welches sie ungefähr zweihundert Jahre gewartet hatte.

Es lag auf dem Kissen Monsieur le Marquis'. Er sah aus wie eine schöne Maske, die plötzlich aufgeschreckt, zornig geworden und versteinert worden ist. In das Herz der steinernen Gestalt, die dazu gehörte, war ein Messer gestoßen. Um den Griff desselben war ein Papierstreifen gewickelt, auf welchem man die Worte las:

„Fahrt ihn rasch nach seiner Gruft. Dies von Jacques."

Zehntes Kapitel
Zwei Versprechen

Mehrere Monate, der Zahl nach zwölf, waren gekommen und gegangen und Mr. Charles Darnay hatte sich als höherer Lehrer der französischen Sprache, der zugleich mit der französischen Literatur vertraut war, in England niedergelassen. Er las mit jungen Männern, die für das Studium einer lebenden Sprache, die über die ganze Welt gesprochen wird, Muße und Interesse finden konnten, und suchte einen Geschmack für die von ihr dargebotenen Schätze von Wissen schaft und Poesie zu wecken. Er konnte auch von ihnen in gutem Englisch berichten und sie in gutes Englisch übersetzen. Solche Lehrer waren damals nicht leicht zu finden; gewesene Prinzen und zukünftige Könige waren noch nicht unter die Schulmeister gegangen und noch war kein zu Grunde gerichteter Adel aus Tellson's Hauptbüchern verschwunden, um Koch oder Zimmermann zu werden. Als ein Lehrer, dessen Bildung und Kenntnisse das Studium ungewöhnlich angenehm und nutzbar machten, und als eleganter Uebersetzer, der etwas mehr zu seiner Arbeit mitbrachte, als bloße Kenntniß des Wörtervorraths, wurde der junge Mr. Darnay bald bekannt und beschäftigt. Er war auch vertraut mit den Verhältnissen seines Vaterlandes und diese waren von täglich wachsendem Interesse. So kam er mit großer Ausdauer und unermüdlichem Fleiße vorwärts.

In London hatte er weder auf goldenem Pflaster zu gehen, noch auf einem Bett von Rosen zu ruhen gehofft; hätte er so hohe Erwartungen gehegt, so wäre er nicht vorwärts gekommen. Er hatte Arbeit erwartet, und fand sie und bewältigte sie mit aller seiner Kraft. Damit kam er vorwärts.

Einen gewissen Theil seiner Zeit verbrachte er in Cambridge, wo er Untergraduirte als eine Art geduldeter Schmuggler unterrichtete, der einen Schleichhandel mit europäischen Sprachen trieb, anstatt Griechisch und Lateinisch durch das vorschriftsmäßige Zollhaus einzuführen. Den Rest seiner Zeit verbrachte er in London.

Nun ist von den Tagen, wo es im Paradiese immer Sommer war, bis zu unseren Tagen, wo es in der Region der Gefallenen meistens Winter ist, die Menschenwelt unabänderlich einen Weg gegangen — Charles Darnay's Weg — den Weg des Verliebens.

Er hatte Lucie Manette von der Stunde seiner Lebensgefahr an geliebt. Er hatte nie einen so lieblichen und herzgewinnenden Ton vernommen, als den Ton ihrer mitfühlenden Stimme; er hatte nie ein Gesicht gesehen, in dessen Schönheit sich so viel zärtliche Empfindung ausgesprochen, als in dem ihrigen, wie sie ihn ansah, als er an dem Rande des Grabes stand, das für ihn bereitet war. Aber er hatte ihr noch kein Wort davon gesagt: seit dem Mord in dem fernen verlassenen Schlosse mit dem Meere dazwischen und den langen, langen staubigen Landstraßen — in dem festen steinernen Schlosse, das ihm selbst wie der Nebel eines Traumes vorkam — war ein Jahr vergangen und er hatte ihr auch noch nicht mit einem einzigen Worte den Zustand seines Herzens verrathen.

Daß er seine Gründe dafür hatte, wußte er recht gut. Es war abermals ein Sommertag, als er, vor Kurzem von Cambridge in London angekommen, sich nach dem stillen Winkel in Soho begab, um eine Gelegenheit zu suchen, Dr. Manette sein Herz zu öffnen. Es war der Abend des Sommertages und er wußte, daß Lucie mit Miß Proß ausgegangen war.

Der Doctor las in seinem Lehnstuhle am Fenster. Die Energie, die ihn zu gleicher Zeit in seinen langen Leiden aufrecht erhalten und ihm dieselben doch auch fühlbarer gemacht hatte, hatte er allmälig wiedergewonnen. Er war jetzt wirklich ein sehr energischer Mann von großer Festigkeit, Willensstärke und Thatkraft. In seiner wiedergewonnenen Energie war er zuweilen etwas launenhaft und inconsequent, wie er sich auch in der Anwendung seiner andern wiedergewonnenen Eigenschaften gezeigt hatte; aber dies war nie häufig vorgekommen und war immer seltener geworden.

Er studirte viel, schlief wenig, konnte große Anstrengungen mit Leichtigkeit ertragen und war von immer sich gleichbleibender Gemüthsheiterkeit. Zu ihm trat jetzt Charles Darnay ein, bei dessen Anblick er das Buch weglegte und dem er die Hand darbot.

„Charles Darnay! Es freut mich, Sie zu sehen. Wir haben schon seit drei oder vier Tagen auf Ihr Kommen gerechnet. Mr. Stryver und Sydney Carton waren Beide gestern hier und waren darüber einig, daß Sie längst hätten da sein sollen.“

„Ich bin Ihnen sehr verpflichtet für Ihre Theilnahme an mir,“ gab er zur Antwort, ein wenig kalt in Bezug auf die beiden Genannten, obgleich sehr warm gegen den Doctor. „Miß Manette —“

„Befindet sich wohl,“ sagte der Doctor, als er stockte, „und Ihre Rückkehr wird uns Alle sehr freuen. Sie ist ausgegangen, um einige Wirthschaftseinkäufe zu machen, wird aber bald zurück sein.“

„Doctor Manette, ich wußte, daß ich sie nicht zu Hause finden würde. Ich benutzte die Gelegenheit, um mit Ihnen allein sprechen zu können.“

Es trat ein verlegenes Schweigen ein.

„Nun?“ sagte der Doctor, offenbar etwas gezwungen. „Rücken Sie Ihren Stuhl her und sprechen Sie.“

Er gehorchte, was den Stuhl betrifft, schien aber das Sprechen weniger leicht zu finden.

„Ich habe das Glück gehabt, Dr. Manette, seit etwa anderthalb Jahren auf so vertrautem Fuße mit Ihrer Familie zu leben,“ fing er endlich an, „daß ich hoffe, der Gegenstand, den ich berühren will, wird nicht —“

Er ward unterbrochen von dem Doctor, der die Hand ausstreckte, wie um ihn zu bitten, zu schweigen. Als er sie eine kleine Weile so gehalten, zog er sie wieder ein und sagte:

„Ist von Lucien die Rede?"

„Ja."

„Es wird mir zu allen Zeiten schwer, von ihr zu sprechen. Es fällt mir sehr schwer, von ihr in diesem Tone sprechen zu hören, den Sie anwenden, Charles Darnay."

„Es ist der Ton innigster Bewunderung, echtester Huldigung und tiefster Liebe, Doctor Manette," sagte er mit Ehrerbietung.

Es trat eine andere verlegene Pause ein, ehe der Vater eine Antwort gab.

„Ich glaube es. Ich lasse Ihnen Gerechtigkeit widerfahren; ich glaube es."

Das Gezwungene in seinem Wesen war so offenbar und es war außerdem so offenbar, daß es aus einer Abneigung entstand, den angeregten Gegenstand zur Sprache zu bringen, daß Charles Darnay zögerte.

„Soll ich fortfahren, Sir?"

Wieder eine Pause.

„Ja, fahren Sie fort."

„Sie ahnen, was ich sagen wollte, obgleich Sie nicht wissen können, wie ernst ich es meine und wie tief ich es fühle, ohne mein innerstes Herz zu kennen und die Hoffnungen und die Befürchtungen und die Zweifel, die es seit lange schon erfüllen. Lieber Doctor Manette, ich liebe Ihre Tochter aufs Innigste, Uneigennützigste, Hingebendste. Wenn es jemals Liebe auf der Welt gegeben hat, so liebe ich sie. Sie haben selbst geliebt; lassen Sie Ihre alte Liebe für mich sprechen!"

Der Doctor saß mit abgewendetem Gesicht und mit auf den Boden gehefteten Augen da. Bei den letzten Worten streckte er wieder hastig die Hand aus und rief:

„Nur das nicht! Schweigen Sie davon! Ich beschwöre Sie, erinnern Sie mich nicht daran!"

In seinem Aufschrei sprach sich so viel wirklicher Schmerz aus, daß er noch in Charles Darnay's Ohren fortklang, lange nachdem er verhallt war. Er winkte mit der ausgestreckten Hand, als wollte er Darnay bitten inne zu halten. Letzterer legte es so aus und schwieg.

„Ich bitte Sie um Verzeihung," sagte der Doctor nach einigen Augenblicken in gedämpftem Tone. „Ich bezweifle nicht, daß Sie Lucien lieben; darüber können Sie ruhig sein."

Er wendete sich in seinem Stuhle gegen ihn, aber er sah ihn nicht an, noch hob er den Blick zu ihm empor. Er ließ das Kinn auf die Hand sinken und das weiße lange Haar über das Gesicht fallen.

„Haben Sie mit Lucien gesprochen?“

„Nein!“

„Auch nicht an sie geschrieben?“

„Niemals!“

„Es wäre ungroßmüthig, mich zu stellen, als ob ich nicht wüßte, daß Ihre Selbstverleugnung von Ihrer Rücksichtnahme auf ihren Vater herrührt. Ihr Vater dankt Ihnen.“

Er reichte ihm seine Hand hin; aber seine Augen blieben auf dem Boden haften.

„Ich weiß,“ sagte Darnay voll Ehrerbietung, „und muß ich es nicht wissen, Dr. Manette, da ich Sie Beide Tag für Tag beisammen gesehen habe, daß zwischen Ihnen und Miß Manette eine so ungewöhnliche, so rührende, so innig mit den Verhältnissen, aus denen sie entstanden ist, verbundene Zuneigung besteht, daß es wenige ihresgleichen geben kann, selbst nicht in der Liebe zwischen Vater und Kind. Ich weiß, Dr. Manette — und wie könnte es anders sein — daß, verwoben mit der Liebe und dem Pflichtgefühle einer Tochter, die zur Jungfrau herangewachsen ist, sie in ihrem Herzen für Sie die ganze Liebe und das ganze Vertrauen des Kindes fühlt. Ich weiß, daß, wie sie in ihrer Kindheit ohne Eltern gewesen ist, sie jetzt mit der ganzen Beständigkeit und Innigkeit ihres gegenwärtigen Alters und Charakters, verbunden mit der Vertrauensbedürftigkeit und der Anhänglichkeit der Kinderjahre, in denen Sie ihr entrissen wurden, an Ihnen hängt. Ich weiß recht wohl, daß, wenn Sie ihr aus jener Welt drüben wären zurückgegeben worden, Sie in ihren Augen kaum mit einem heiligeren Charakter, als den sie Ihnen beilegt, bekleidet sein könnten. Ich weiß, daß, wenn sie Sie umarmt, die Hände des Kindes, des Mädchens und der Jungfrau Sie gleichzeitig umschlingen. Ich weiß, daß sie in ihrer Liebe für Sie ihre Mutter in ihrem eigenen Alter sieht und liebt, sie in meinem Alter sieht und liebt, ihre mit gebrochenem Herzen hinsiechende Mutter liebt, Sie während Ihrer schrecklichen Prüfung und Ihrer gesegneten Rückkehr in’s Leben liebt. Ich habe dies Tag und Nacht gewußt, seitdem ich Sie und Ihre Familie kenne.“

Ihr Vater saß stumm da, das Gesicht immer noch dem Boden zugewendet. Sein Athem ging etwas rascher; aber er unterdrückte jede andere Aufregung.

„Lieber Doctor Manette, da ich dies immer wußte und immer Ihre Tochter und Sie von diesem geheiligten Lichte umgeben sah, habe ich geschwiegen, so lange es in der Kraft des Menschenherzens liegt, zu schweigen. Ich habe gefühlt und fühle selbst jetzt noch, daß wenn ich meine Liebe — selbst meine Liebe — zwischen Sie Beide bringe, ich in Ihre Geschichte ein weniger gutes Bestandtheil mische. Aber ich liebe sie. Der Himmel ist mein Zeuge, daß ich sie liebe!“

„Ich glaube es," gab ihr Vater trauervoll zur Antwort. „Ich habe es schon lange gedacht. Ich glaube es."

„Aber glauben Sie nicht," sagte Darnay, den der klagende Ton der Stimme wie ein Vorwurf traf, „glauben Sie nicht, daß wenn meine Lebensverhältnisse so wären, daß ich Sie Beide, vorausgesetzt, ich wäre dereinst so glücklich, sie[S. 50] als Gattin zu besitzen, von einander trennen müßte, ich nur ein Wort von dem sagen würde, was ich jetzt geäußert habe. Außerdem daß ich wüßte, ein solches Beginnen wäre hoffnungslos, würde ich auch wissen, daß es eine Niedrigkeit wäre. Hätte ich eine solche Möglichkeit selbst für eine ferne Zeit in meinen Gedanken gehegt und in meinem Herzen verborgen — hätte ich sie jemals hegen können — so könnte ich jetzt nicht diese geehrte Hand anrühren."

Bei diesen Worten legte er seine Hand auf die des Vaters.

„Nein, lieber Dr. Manette. Wie Sie ein aus Frankreich freiwillig Verbannter; wie Sie aus dem Vaterland vertrieben durch seine Zerrüttung, seinen Druck und seinen Jammer; wie Sie bemüht, in der Fremde durch eigne Anstrengung meinen Lebensunterhalt zu erwerben und auf eine glücklichere Zukunft hoffend, erwarte ich nur, Ihr Schicksal, Ihr Leben und Ihr Obdach zu theilen und Ihnen treu zu sein bis zum Tode. Nicht um mit Lucien ihr Vorrecht als Ihr Kind, Ihre Gefährtin und Ihre Freundin zu theilen; sondern um sie in dieser Rolle zu unterstützen und sie enger an Sie zu knüpfen, wenn dies möglich ist."

Seine Hand ruhte immer noch auf der des Vaters. Indem er ihre Berührung für einen Augenblick erwiederte, aber nicht kalt, ließ der Vater beide Hände auf den Seitenlehnen des Stuhles ruhen und blickte zum ersten Male seit dem Anfang der Unterredung auf. Man sah in seinem Gesicht, daß er innerlich kämpfte; daß er kämpfte mit jenem gewöhnlichen Ausdruck, welcher eine Neigung hatte, in argwöhnischen Zweifel und scheue Furcht umzuschlagen.

„Sie sprechen mit so viel Gefühl und so männlich, Charles Darnay, daß ich Ihnen von ganzem Herzen danke, und Ihnen mein ganzes Herz ausschütten will — wenigstens so weit ich kann. Haben Sie einen Grund zu glauben, daß Lucie Sie liebt?"

„Nein. Bis jetzt nicht."

„Hatten Sie als nächsten Zweck dieser vertraulichen Mittheilung den Wunsch im Auge, sich dessen mit meinem Wissen zu versichern?"

„Auch das nicht. Vielleicht hätte mir die Zuversicht, es zu thun, vor einigen Wochen gefehlt; vielleicht hätte ich (irrthümlich oder nicht) diese Zuversicht morgen gehabt."

„Verlangen Sie von mir Rath?"

„Nein, Sir. Aber ich hielt es für möglich, daß Sie im Stande sein könnten, wenn Sie es für Recht hielten, mir einigen Rath zu ertheilen."

„Wünschen Sie ein Versprechen von mir?"

„Allerdings."

„Welches wäre das?"

„Ich weiß recht wohl, daß ich ohne Sie keine Hoffnung haben könnte. Ich sehe recht wohl ein, daß, selbst wenn Miß Manette mich in diesem Augenblick in ihrem unschuldigen Herzen hegte — glauben Sie nicht, daß ich so anmaßend bin, so Viel vorauszusetzen — ich diesen Platz nicht behaupten könnte gegen ihre Liebe zu ihrem Vater."

„Wenn dies der Fall ist, sehen Sie dann auf der andern Seite ein, was dies nach sich zieht?"

„Ich sehe eben so gut ein, daß ein Wort ihres Vaters zu Gunsten eines Bewerbers gegen ihre Ansicht und die ganze Welt entscheidend sein würde. Aus diesem Grunde, Dr. Manette," sagte Darnay bescheiden, aber fest, „möchte ich Sie nicht um dieses Wort bitten und wenn es mein Leben gälte."

„Ich bin dessen gewiß. Charles Darnay, Geheimnisse entstehen ebenso gut aus inniger Liebe, wie aus weiter Trennung; in ersterem Falle sind sie tief und verwickelt und schwer zu durchdringen. Meine Tochter Lucie ist in dieser einen Hinsicht ein solches Geheimniß für mich; ich habe über den Zustand ihres Herzens nicht einmal eine Vermuthung."

„Darf ich fragen, Sir, ob Sie glauben, daß —" da er stockte, setzte der Vater den Satz fort.

„Sich ein Anderer um sie bewirbt?"

„Das wollte ich sagen."

Der Vater überlegte ein wenig, ehe er eine Antwort gab:

„Sie haben selbst Mr. Carton hier gesehen. Auch Mr. Stryver ist gelegentlich hier. Wenn überhaupt, könnte es nur einer von diesen Beiden sein."

„Oder Beide," sagte Darnay.

„Ich hatte nicht an Beide gedacht; ich halte es bei keinem von Beiden für wahrscheinlich. Sie wünschen ein Versprechen von mir zu haben. Sagen Sie, welches?"

„Blos das Versprechen, daß, wenn Miß Manette ihrerseits Ihnen eine solche vertrauliche Mittheilung machen sollte, wie ich Ihnen jetzt vorzulegen gewagt habe, Sie Zeugniß von dem, was ich Ihnen gesagt habe und von Ihrem Glauben daran geben. Ich hoffe, Sie werden im Stande sein, so gut von mir zu denken, daß Sie Nichts gegen mich sagen. Ich spreche nicht mehr von dem hohen Werthe, den ich darauf lege; dies ist das Einzige, um was ich bitte. Der Bedingung, unter der ich darum bitte und deren Erfüllung Sie ein unbezweifeltes Recht haben zu fordern, werde ich pünktlich nachkommen."

„Ich gebe das Versprechen ohne jede Bedingung," sagte der Doctor. „Ich glaube, Ihr Ziel ist einfach und wahrhaftig, wie Sie es angegeben haben. Ich glaube, Ihre Absicht ist, das Band zwischen mir und meinem anderen und vielgeliebteren Ich fester zu knüpfen und nicht zu lockern. Wenn sie mir jemals sagt, daß Sie ihr wesentlich sind zu ihrem vollkommnen Glück, so werde ich sie Ihnen geben. Wenn, Charles Darnay —"

Der junge Mann hatte die Hand des Anderen dankbar ergriffen; und die beiden Hände lagen noch in einander, als der Doctor fortfuhr:

„Wenn Einbildung, Gründe, Befürchtungen oder sonst Etwas aus alter oder neuer Zeit gegen den Mann sprechen sollten, den sie wirklich liebt, und die unmittelbare Verantwortlichkeit dafür nicht auf sein Haupt fiele, so sollten sie alle um ihretwillen vergessen sein. Sie ist mir Alles; sie wiegt mir mehr als meine Leiden, mehr als das erlittene Unrecht, mehr als — doch das sind leere Worte!"

So seltsam war die Art, wie er sich in Schweigen verlor, und so seltsam sein starrer Blick, als er aufgehört hatte zu sprechen, daß Darnay seine eigene Hand kalt in der Hand werden fühlte, welche langsam die seinige fallen ließ.

„Sie sagten Etwas zu mir," sagte Dr. Manette, während ein Lächeln sein Gesicht überflog. „Was war es doch gleich?"

Darnay wußte nicht, was er antworten sollte, bis er sich erinnerte, von einer Bedingung gesprochen zu haben. Deshalb antwortete er jetzt erleichtert:

„Das Vertrauen, das Sie mir schenken, verdient auch von meiner Seite mit den vollständigsten Vertrauen erwidert zu werden. Der Name, den ich jetzt trage, ist, obgleich nur mit geringer Veränderung der meiner Mutter, nicht mein wahrer Name. Ich wünsche Ihnen diesen zu nennen und ihnen zu sagen, warum ich in England bin."

„Halt!" sagte der Doctor.

„Ich möchte es, damit ich um so besser Ihr Vertrauen verdiene und kein Geheimniß vor Ihnen habe."

„Halt!"

In einem Augenblicke hatte der Doctor mit beiden Händen die Ohren zugehalten; im nächsten hatte er beide Hände auf Darnay's Mund gelegt.

„Sagen Sie ihn, wenn ich Sie darnach frage, nicht jetzt. Wenn Sie in Ihrer Werbung glücklich sind, wenn Lucie Sie liebt, mögen Sie mir ihn an Ihrem Hochzeitsmorgen sagen. Versprechen Sie mir das?"

„Gern.“

„Geben Sie mir Ihre Hand. Sie wird gleich nach Hause kommen und es ist besser, sie sieht uns heute Abend nicht beisammen. Gehen Sie! Schenke Gott Ihnen seinen Segen!“

Es war finster, als Charles Darnay ihn verließ und eine[S. 55] Stunde später noch finsterer, als Lucie nach Hause kam; sie eilte allein in das Zimmer — denn Miß Proß war ohne sich aufzuhalten in das obere Stock gegangen — und fand zu ihrer Verwunderung seinen gewöhnlichen Stuhl unbesetzt.

„Vater!“ rief sie ihn. „Lieber Vater!“

Sie erhielt keine Antwort, hörte aber ein dumpfes Hämmern aus seinem Schlafzimmer. Leichten Schrittes ging sie durch das Zwischenzimmer, blickte zur Thür hinein und kam erschrocken zurückgeeilt, halblaut vor sich hinjammernd, „was soll ich anfangen? was soll ich anfangen?“

Ihre Ungewißheit dauerte nur einen Augenblick, dann eilte sie zurück, klopfte an die Schlafzimmerthür und rief ihn mit sanfter Stimme. Das Hämmern hörte auf, sowie er ihre Stimme vernahm, und er kam sogleich heraus zu ihr und sie gingen lange Zeit mit einander auf und ab.

Sie kam mitten in der Nacht herunter aus ihrem Bett, um zu sehen, ob er schlafe. Er schlief einen schweren Schlaf und sein Schuhmacherhandwerkszeug und seine alte halbfertige Arbeit lagen da wie gewöhnlich.

Elftes Kapitel.

Ein Seitenstück.

„Sydney,“ sagte Mr. Stryver in derselben Nacht oder an demselben Morgen zu seinem Schakal; „braut noch eine Bowle Punsch; ich habe Euch Etwas zu sagen.“

Sydney hatte diese Nacht und vorige Nacht und vor[S. 56]vorige Nacht und viele Nächte hintereinander doppelt und dreifach gearbeitet und vor dem Beginn der langen Gerichtsferien unter Mr. Stryvers Acten tüchtig aufgeräumt. Endlich war er damit fertig; die Stryverschen Rückstände waren alle nachgeholt; Alles war erledigt, bis der November wieder mit seinen atmosphärischen und juristischen Nebeln kam und neues Korn auf die Mühle schüttete.

Sydney war in Folge so großer Anstrengung nicht munterer und nicht nüchterner geworden. Er hatte viel Extrahandtücher gebraucht, um sich durch die Nacht zu schleppen; eine Extraquantität Wein war den nassen Handtüchern vorausgegangen; und er war in einem sehr angegriffenen Zustande, wie er jetzt den Turban abriß und in das Waschbecken warf, in welchem er ihn während der letzten sechs Stunden von Zeit zu Zeit getränkt hatte.

„Braut Ihr die andere Bowle Punsch?“ sagte Stryver, der behäbig mit den Händen im Hosenbunde vom Sopha aufschaute, auf dem er ausgestreckt lag.

„Ja.“

„Nun, so hört mal! Ich will Euch Etwas sagen, was Euch vielleicht überraschen und Euch vielleicht sagen machen wird, daß ich doch nicht so gescheut sei, als Ihr gewöhnlich geglaubt hättet. Ich gedenke zu heirathen.“

„Wirklich?“

„Ja. Und nicht nach Geld. Was sagt Ihr nun?“

„Ich wüßte eben nicht, was ich sagen sollte. Wer ist es?“

„Rathet mal.“

„Kenne ich sie?“

„Rathet mal.“

„Um fünf Uhr früh, wo mein Kopf von der Arbeit und vom Weine brennt, habe ich keine Lust zu rathen. Wenn ich rathen soll, müßt Ihr mich zu Tische einladen.“

„Nun, so will ich's Euch sagen,“ sagte Stryver, indem er sich langsam aufrichtete, bis er zum Sitzen kam. „Sydney, ich zweifle fast an der Möglichkeit, mich Euch verständlich zu machen, weil Ihr ein so entsetzlich herzloser Mensch seid.“

„Und Ihr,“ gab der mit dem Punschbrauen Beschäftigte zurück, „seid ein gefühlvolles und poetisches Gemüth.“

„Ha, ha,“ entgegnete Stryver mit prahlerischem Lachen, „obgleich ich keinen Anspruch darauf mache, eine Perle der Poesie zu sein (denn das, hoffe ich, weiß ich besser), so habe ich doch mehr Herz als Ihr.“

„Ihr habt mehr Glück, das ist Alles.“

„Das will ich nicht sagen. Ich meine, ich bin ein Mann von mehr —“

„Sagt Galanterie, weil Ihr einmal dabei seid,“ half ihm Carton ein.

„Gut! Ich will sagen Galanterie. Ich wollte sagen, daß ich ein Mann bin,“ sagte Stryver und blies sich seinem punschbrauenden Freunde gegenüber auf, „der mehr als Ihr darauf giebt, in Damengesellschaft angenehm zu sein, der sich mehr Mühe giebt, angenehm zu sein und der es besser versteht, angenehm zu sein.“

„Weiter,“ sagte Sydney Carton.

„Nein; aber ehe ich fortfahre,“ sagte Stryver und schüt[S. 58]telte in seiner polternden Weise den Kopf, „muß ich das aus Euch heraus haben. Ihr seid bei Dr. Manette aus- und eingegangen, so gut wie ich und mehr als ich. Aber wahrhaftig, ich habe mich geschämt wegen Eures mürrischen Wesens dort! Ihr habt Euch dort so verstockt und ingrimmig gezeigt, daß ich auf Seele und Ehre mich Eurer geschämt habe, Sydney.“

„Einem Mann mit Eurer Praxis vor Gericht müßte es sehr wohlthätig sein, sich wegen Etwas zu schämen," entgegnete Sydney; „Ihr solltet mir dafür sehr verbunden sein."

„So kommt Ihr mir nicht los," gab ihm Stryver zur Antwort; „nein, Sydney, es ist meine Pflicht, Euch zu sagen — und ich sage es Euch in's Gesicht zu Eurem Besten, daß Ihr in Gesellschaft verteufelt schlecht paßt. Ihr macht Euch geradezu unangenehm."

Sydney trank ein volles Glas von dem Punsche aus, den er gebraut hatte und lachte.

„Seht mich an!" sagte Stryver, indem er sich gerade richtete; „ich brauche mir weniger Mühe zu geben als Ihr, weil ich unabhängiger gestellt bin. Warum mache ich mich angenehm?"

„Das habe ich noch nie von Euch gesehen," brummte Carton.

„Weil es politisch ist; ich thue es aus Grundsatz. Und seht mich an! Ich komme vorwärts."

„Ihr kommt aber gar nicht vorwärts mit der Auseinandersetzung Eurer Heirathspläne," gab Carton mit gleichgültiger Miene zur Antwort. „Ich wollte, Ihr bliebt dabei.[S. 59] Was mich betrifft, so müßt Ihr doch endlich einsehen, daß ich unverbesserlich bin."

Er sagte dies, nicht ohne daß den Ton seiner Stimme Etwas von Bitterkeit durchklang.

„Ihr habt nicht den Beruf, unverbesserlich zu sein," gab sein Freund in keinem sehr besänftigenden Tone zur Antwort.

„Ich habe überhaupt keinen Beruf, zu sein," sagte Sydney Carton. „Wer ist die Dame?"

„Laßt Euch von der Nennung des Namens nicht unangenehm berühren, Sydney," sagte Mr. Stryver, mit prahlerischer Freundschaftlichkeit ihn auf die Enthüllung vorbereitend, „weil ich weiß, daß Ihr nicht die Hälfte von dem meint, was Ihr sagt; und wenn Ihr Alles meintet, so hätte es nicht Viel zu sagen. Ich mache diese kleine Vorrede, weil Ihr früher einmal von dieser jungen Dame in geringschätzigen Ausdrücken gesprochen habt."

„Ich?"

„Gewiß; und in diesem Zimmer."

Sydney Carton sah in sein Punschglas und sah seinen selbstgefälligen Freund an; trank seinen Punsch und sah wieder seinen selbstgefälligen Freund an.

„Ihr nanntet die junge Dame einen blondgelockten Puppenkopf. Die junge Dame ist Miß Manette. Wenn Ihr ein Kerl von Herz oder Zartgefühl oder überhaupt von Gefühl in dieser Richtung wäret, Sydney, so hätte ich Euch grollen können für diesen Ausdruck; aber das seid Ihr nicht. Euch fehlt dieses Gefühl ganz und gar, deshalb verletzt mich diese Aeußerung nicht mehr, als mich das Urtheil eines[S. 60] Mannes über eins meiner Bilder verletzen würde, der kein Auge für Malerei hat; oder über ein Musikstück von mir, wenn er kein Ohr für Musik hat."

Sydney Carton trank mit großem Eifer Punsch; trank ihn in ganzen Gläsern und sah dabei seinen Freund an.

„Nun habe ich Euch Alles gesagt, Sydney," sagte Mr. Stryver. „Nach Geld frage ich nicht; sie ist ein reizendes Geschöpf und ich habe mir einmal in den Kopf gesetzt, nach meinem Geschmack zu wählen; im Ganzen glaube ich, kann ich es haben, nach meinem Geschmack zu wählen. Sie bekommt einen Mann, der so ziemlich wohlhabend ist, einen Mann, der rasch reich wird und einen Mann von einiger Auszeichnung; es ist ein ordentliches Glück für sie, aber sie verdient es. Wundert Ihr Euch, oder seid Ihr überrascht?"

Carton, immer noch seinen Punsch trinkend, gab zur Antwort: „Warum sollte ich überrascht sein?"

„Ihr seid damit einverstanden?"

Carton, immer noch seinen Punsch trinkend, gab zur Antwort: „Warum sollte ich nicht damit einverstanden sein?"

„Na," sagte sein Freund Stryver, „Ihr nehmt es leichter als ich glaubte und zeigt Euch weniger selbstsüchtig in Bezug auf mich, als ich erwartete; obgleich Ihr jetzt gut genug wißt, daß Euer alter Schulkamerad ein Mann von ziemlich starkem Willen ist. Ja, Sydney, ich habe dieses Leben satt, wenn gar keine Abwechslung dabei ist; ich fühle, daß es doch hübsch ist für einen Mann, eine Familie zu haben, in deren Kreise er verweilen kann, wenn er Lust dazu hat (wenn er keine hat, kann er wegbleiben), und ich fühle, daß Miß[S. 61] Manette sich in jeder Stellung gut ausnehmen und mir immer Ehre machen wird. So habe ich denn meinen Entschluß gefaßt. Und jetzt, Sydney, alter Knabe, möchte ich auch noch ein Wörtchen mit Euch über Eure Zukunft sprechen. Ihr seid auf einem schlimmen Wege; Ihr seid wahrhaftig auf einem schlimmen Wege. Ihr kennt den Werth des Geldes nicht, Ihr lebt mehr als flott und an einem schönen Tage werdet Ihr auf einmal daliegen, krank und ohne Geld. Ihr müßt Euch wahrhaftig nach einer Pflege umsehen."

Die behäbige Gönnermiene, mit der er dies sagte, machte, daß er noch zweimal so dick und viermal so verletzend aussah, als er war.

„Ich sage Euch, faßt das wohl in's Auge," fuhr Stryver fort. „Ich habe das in meiner Weise in's Auge gefaßt, faßt das in Eurer andern Weise in's Auge. Heirathet. Sorgt für Jemand, der Euch pflegt. Kümmert Euch nicht darum, daß Ihr keinen Geschmack, keinen Sinn und keinen Takt für Frauenumgang habt. Sucht Euch Jemanden, sucht Euch eine anständige Frau mit etwas Vermögen aus — eine

Wirthin oder so Etwas — und heirathet sie, ehe schlimme Zeiten kommen. Das ist's, was für Euch paßt. Das überlegt Euch, Sydney."

„Ich werde es mir überlegen," sagte Sydney.

Zwölftes Kapitel
Der Mann von Zartgefühl

Nachdem Mr. Stryver einmal den Entschluß gefaßt hatte, mit großmüthiger Freigebigkeit der Tochter des Arztes seine Hand zu reichen, beschloß er auch, ihr das ihr bevorstehende Glück anzukündigen, bevor er die Stadt für die langen Gerichtsferien verließ. Nachdem er die Sache lange bei sich durchgesprochen, kam er zu dem Schluß, daß es das Beste sei, alle Präliminarien abzumachen und es dann in Muße zu überlegen, ob er ihr eine oder zwei Wochen vor den Michaelisassisen oder während der kurzen Weihnachtsferien vor den Hilariusassisen die Hand reichen solle.

Ueber die Stärke seiner Sache hatte er nicht den geringsten Zweifel, sondern sah das Verdict klar vor Augen. Den Geschwornen als solide Geld- und Vermögensfrage auseinandergesetzt, dem einzigen Gesichtspunkt, unter dem sie zu betrachten war — war es ein ganz einfacher Fall, der nicht die kleinste schwache Stelle hatte. Er rief sich für den Kläger auf, es war über seine Beweise nicht hinwegzukommen, der Advocat für den Beklagten gab die Sache auf und die Geschwornen traten nicht einmal zusammen, um das Verdict zu besprechen. Nachdem Mr. Stryver den Rechtsfall in correctester Form erprobt hatte, war er überzeugt, daß es keine einfachere Sache geben konnte.

Demgemäß weihte Mr. Stryver die lange Ferienzeit damit ein, daß er Miß Manette in bester Form nach Vauxhall einlud; da dies keinen Anklang fand, schlug er Ranelagh vor; da das unerklärlicher Weise auch keinen Anklang fand, geruhte er sich selbst in Soho vorstellen und dort sein großmüthiges Vorhaben erklären zu wollen.

Nach Soho lenkte daher Mr. Stryver seine Schritte vom Tempel, während die Blüthe der Ferienkindheit noch auf demselben lag. Jeder, der ihn sah, wie er einer aufgeblühten Pfingstrose gleich über den Bürgersteig schritt und alle schwächeren Leute aus dem Wege schob, konnte sehen, wie solid und stark er war.

Da er bei Tellsons vorbei ging und er ein Conto bei Tellsons hatte und zugleich Mr. Lorry als vertrauten Freund der Familie Manette kannte, kam Mr. Stryver auf den Gedanken einen Besuch im Contor zu machen und Mr. Lorry zu verrathen, welch glänzendes Gestirn heute noch über dem Horizont von Soho aufgehen werde. So stieß er die Thür auf, in deren Kehle das schwache Röcheln stak, stolperte die beiden Stufen hinunter, kam an den beiden alten Cassirern vorbei und trat in das dumpfige Hinterstübchen, wo Mr. Lorry vor großen für Zahlen liniirten Büchern an einem Fenster saß mit senkrechten eisernen Stäben davor, als ob es auch für Zahlen liniirt und jegliches Ding unter der Sonne eine Ziffer wäre.

„Wie geht's Ihnen?" sagte Mr. Stryver. „Ich hoffe, Sie befinden sich wohl!"

Es war Stryvers größte Eigenthümlichkeit, daß er für jeden Ort, oder für jeden Raum zu massig erschien. Er war um so viel zu massig für Tellsons, daß alte Commis in fernen Ecken mit flehenden Blicken aufschauten, als ob er sie gegen die Wand quetschte. Selbst „unser Haus" — das in fernster Perspective in großartiger Ruhe die Zeitung las, zog mißliebig die Augenbrauen zusammen, als ob der Stryversche Kopf in seine hoch verantwortliche Schooßweste gefahren wäre.

Der discrete Mr. Lorry sagte in einem Musterton der Stimme, die er unter den Umständen empfehlen würde, „wie geht es Ihnen, Mr. Stryver? Wie geht es Ihnen, Sir?" und reichte ihm die Hand. Die Art, wie er dem Andern die Hand schüttelte, hatte etwas Eigenthümliches, was man bei jedem Commis Tellsons bemerkte, so oft er einem Kunden während der Anwesenheit des Hauses im Geschäft die Hand schüttelte. Er schüttelte sie in einer sich selbst wegleugnenden Weise, als ob er es für Tellson u. Comp. thäte.

„Was wünschen Sie, Mr. Stryver?" fragte Mr. Lorry in seinem Geschäftstone.

„Nein, ich danke Ihnen; mein Besuch gilt Ihnen persönlich, Mr. Lorry; ich möchte ein vertrauliches Wort mit Ihnen sprechen."

„O, wirklich," sagte Mr. Lorry und neigte dem Andern das Ohr zu, während sein Blick nach „unserm Hause" hinüberschweifte.

„Ich bin im Begriff," sagte Mr. Stryver, indem er seine Ellbogen vertraulich auf das Pult legte, worauf es, obgleich es ein großes Doppelpult war, nicht halb genug Pult für ihn zu sein schien. „Ich stehe im Begriff, Ihrer angeneh[S. 65]men kleinen Freundin, Miß Manette, einen Heirathsantrag zu machen, Mr. Lorry."

Mr. Stryver in Tellsons Comptoir.

„O, du meine Güte!" rief Mr. Lorry, indem er sich das Kinn rieb und seinen Besuch zweifelnd ansah.

„O, du meine Güte, Sir?" wiederholte Stryver und trat zurück. „O, du meine Güte, Sir? was meinen Sie damit, Mr. Lorry?"

„Was ich damit meine?" antwortete der Geschäftsmann, „natürlich nur Freundschaftliches und Anerkennendes und daß es Ihnen die größte Ehre macht, und — kurz ich meine Alles, was Sie sich nur wünschen können. Aber — wahrhaftig, Sie wissen, Mr. Stryver —" Mr. Lorry hielt inne und schüttelte auf die wunderlichste Weise den Kopf, als ob er wider seinen Willen bei sich hinzusetzen müßte, „Sie wissen, daß Sie wirklich viel zu viel sind."

„Na!" sagte Stryver, indem er mit seiner streitsüchtigen Hand auf das Pult schlug, die Augen weit aufmachte und einen langen Athemzug that, „wenn ich Sie verstehe, Mr. Lorry, so will ich gehängt sein."

Mr. Lorry zupfte sich seine kleine Perrücke über beiden Ohren zurecht, wie um das gewünschte Ziel besser zu erreichen, und biß in die Fahne einer Feder.

„Zum Teufel, Sir!“ sagte Stryver und sah ihn groß an, „bin ich nicht annehmbar?“

„Mein Gott, ja! Ja wohl. O, ja wohl, Sie sind annehmbar!“ sagte Mr. Lorry. „Wenn Sie sagen annehmbar, sind Sie annehmbar.“

„Bin ich nicht ein vermögender Mann?“ fragte Stryver.

„O! Wenn Sie von Vermögen sprechen, so sind Sie ein vermögender Mann,“ sagte Mr. Lorry.

„Und komme ich nicht vorwärts?“

„Wenn Sie vorwärts kommen wollen, müssen Sie vorwärts kommen,“ sagte Mr. Lorry, froh noch etwas zugestehen zu können, „Niemand kann daran zweifeln.“

„Was zum Kukuk meinen Sie aber denn, Mr. Lorry?“ fragte Mr. Stryver sichtbar entmuthigt.

„Hm! Ich — wollen Sie jetzt hingehen?“ fragte Mr. Lorry.

„Geraden Wegs!“ sagte Stryver mit einem Faustschlag auf das Pult.

„Dann glaube ich, ginge ich nicht hin, wenn ich wie Sie wäre.“

„Warum?“ sagte Stryver „Jetzt will ich Sie in die Enge treiben,“ und er drohte ihm, wie vor den Geschwornen, mit dem Finger. „Sie sind ein Geschäftsmann und müssen einen Grund haben. Geben Sie Ihren Grund an. Warum würden Sie nicht geben?“

„Weil ich in einer solchen Absicht nicht gehen würde, ohne einigen Grund zu dem Glauben zu haben, daß ich Erfolg haben würde.“

„Hol mich der und jener!“ rief Stryver aus, „aber das geht mir über Alles!“

Mr. Lorry warf einen Blick auf „unser Haus“ im Hintergrunde, einen andern auf den erzürnten Stryver.

„Hier ist ein Geschäftsmann — ein Mann von Jahren — ein Mann von Erfahrung — in einem Bankhaus,“ sagte Stryver; „und nachdem ich drei Hauptgründe eines vollständigen Erfolgs angeführt habe, ist kein Grund da! und er sagt's mit dem Kopf auf dem Halse!“ Mr. Stryvers Bemerkung klang fast als ob er es weniger merkwürdig gefunden hätte, wenn er es mit abgeschlagenem Kopfe gesagt hätte.

„Wenn ich von Erfolg spreche, so spreche ich von Erfolg bei der jungen Dame; und wenn ich von Ursachen und Gründen spreche, die den Erfolg wahrscheinlich machen, so spreche ich von Ursachen und Gründen, die auf die junge Dame wirken würden. Die junge Dame, guter Herr,“ sagte Mr. Lorry, indem er sanft Stryvers Arm berührte, „die junge Dame. Die junge Dame ist vor Allem zu berücksichtigen.“

„Sie wollen also sagen, Mr. Lorry," sagte Stryver und stemmte die Arme wieder auf den Tisch, „daß es Ihre wohlüberlegte Meinung sei, die fragliche junge Dame sei ein coquettes Gänschen?"

„Das eben nicht. Ich will Ihnen blos sagen, Mr. Stryver," sagte Mr. Lorry mit geröthetem Gesicht, „daß ich von Niemanden ein geringschätziges Wort über diese junge Dame dulde, und daß, wenn ich einen Mann kennte — was ich nicht hoffe — dessen Bildung so gering und dessen Sinn so gemein und hochfahrend sein sollte, daß er sich nicht enthalten könnte von dieser jungen Dame an diesem Pulte unehrerbietig zu sprechen, selbst Tellsons mich nicht hindern sollten, ihm ordentlich meine Meinung zu sagen."

Die Nothwendigkeit seinen Aerger nieder zu halten, hatten Mr. Stryvers Blutgefäße in einen gefährlichen Zustand versetzt, als an ihm die Reihe war, ärgerlich zu sein. Mr. Lorrys Adern, so methodisch sonst das Blut in ihnen floß, waren in keinem bessern Zustand als jetzt die Reihe an ihm war.

„Das war es, was ich Ihnen sagen wollte," sagte Mr. Lorry. „Es war nothwendig, damit kein Irrthum zwischen uns obwalte."

Mr. Stryver kaute eine kleine Weile an dem Ende eines Lineals und schlug dann damit nach dem Tacte einer Melodie an seine Zähne, wovon er wahrscheinlich Zahnschmerzen bekam. Endlich unterbrach er die verlegene Pause mit den Worten:

„Das ist mir etwas Neues, Mr. Lorry. Sie rathen mir in allem Ernste an, nicht nach Soho zu gehen und ihr meine Hand anzubieten — meine Hand, die Hand Stryvers von Kings Bench Bar?"

„Fragen Sie mich um Rath, Mr. Stryver?"

„Allerdings."

„Gut. Dann haben Sie ihn gehört und ihn buchstäblich wiederholt."

„Ich kann weiter nichts sagen," lachte Stryver mit geärgerter Miene, „als daß Nichts — ha, ha! — in der Vergangenheit, Gegenwart und Zukunft darüber gehen kann."

„Verstehen Sie mich wohl," fuhr Mr. Lorry fort. „Als Geschäftsmann habe ich nicht das Recht überhaupt Etwas[S. 69] in dieser Sache zu sagen, denn als Geschäftsmann weiß ich nichts davon. Aber als alter Mann, der Miß Manette auf den Armen getragen hat, der vertrauter Freund Miß Manettes und auch ihres Vaters ist und sie Beide sehr lieb hat, habe ich gesprochen. Ich habe nicht zum Vertrauen aufgefordert, das vergessen Sie nicht. Sie glauben also jetzt, ich hätte unrecht?"

„Ich nicht!" sagte Stryver und pfiff vor sich hin. „Ich kann es nicht übernehmen für dritte Personen gesunden Menschenverstand zu finden; ich kann ihn nur für mich finden. Ich setze gesunden Menschenverstand bei gewissen Leuten voraus; Sie setzen sentimentalen Firlefanz voraus. Es ist mir neu, aber Sie haben vielleicht recht."

„Was ich voraussetzte, Mr. Stryver, beanspruche ich selbst zu qualificiren. Und verstehen Sie mich recht, Sir," sagte Mr. Lorry, während abermals eine rasche Röthe über sein Gesicht flog. „Ich dulde nicht — selbst nicht bei Tellsons — daß es ein Anderer, wer es auch sei, für mich qualificire."

„Na! dann bitte ich um Verzeihung," sagte Stryver.

„Ich gewähre sie mit Vergnügen. Und danke Ihnen. Also, Mr. Stryver, was ich sagen wollte: — es könnte Ihnen schmerzlich sein Ihren Irrthum zu entdecken, es könnte Dr. Manette schmerzlich sein, Ihnen die Sache auseinandersetzen zu müssen, es könnte Miß Manette sehr schmerzlich sein, Ihnen die Sache auseinandersetzen zu müssen. Sie wissen, daß ich die Ehre und das Glück habe, auf vertrautem Fuß[S. 70] mit der Familie zu stehen. Wenn Sie wünschen, will ich ohne Sie irgendwie zu binden oder zu vertreten, recht gern versuchen, die Beobachtungen, auf die mein Rathschlag gegründet war, durch einige neue eigens zu diesem Zweck angestellte Beobachtungen zu berichtigen. Wenn Sie dann noch nicht befriedigt sind, so können Sie nur noch den Versuch machen selbst zu sehen und zu hören; wenn Sie dagegen zufriedengestellt sind und mein Rath lautet eben noch so wie heute, so wären alle Betheiligte da geschont, wo am meisten zu schonen ist. Was meinen Sie dazu?"

„Wie lange würden Sie mich in der Stadt festhalten?"

„O! Es ist nur eine Frage von ein Paar Stunden. Ich könnte heute Abend nach Soho gehen und dann später zu Ihnen kommen."

„Nun gut, dann wollen wir es so machen," sagte Stryver; „ich werde also jetzt nicht hingehen, denn so hitzig bin ich nicht für die Geschichte. Ich erwarte Sie also heute Abend bei mir. Guten Morgen."

Damit verließ Mr. Stryver mit vielem Geräusch das Bankhaus.

Der Advocat war scharfblickend genug, zu errathen, daß der alte Buchhalter sich nicht so bestimmt ausgedrückt haben würde, wenn er einen weniger soliden Grund, als moralische Gewißheit gehabt hätte. So unvorbereitet er für die große Pille war, die er zu verschlucken hatte, brachte er sie doch hinunter. „Und jetzt," sagte Mr. Stryver und drohte mit seinem Advocatenfinger dem Tempel im Allgemeinen, als[S. 71] sie hinunter war, „jetzt kommt es darauf an, euch Alle ins Unrecht zu bringen."

Es war ein Stück von der Kunst eines Old-Bailey-Taktikers, in welchem er große Erleichterung fand. „Ihr sollt mich nicht ins Unrecht bringen, junge Dame," sagte Mr. Stryver. „Das will ich für Euch besorgen."

Als daher Mr. Lorry noch den Abend um zehn Uhr sich bei Mr. Stryver einstellte, saß dieser mitten in einem Haufen von Büchern und Papieren, der besonders zu diesem Zweck aufgethürmt worden war und schien an nichts weniger als den Gegenstand der heutigen Morgenunterhaltung zu denken. Er verrieth sogar

Ueberraschung, als er Mr. Lorry erblickte und war ganz und gar zerstreut und von Anderem in Anspruch genommen.

„Ich war also in Soho," sagte der gutmüthige Abgesandte, nachdem er sich eine gute halbe Stunde vergeblich abgemüht hatte, den Andern zu bewegen, das Gespräch auf den fraglichen Gegenstand zu bringen.

„In Soho?" wiederholte Mr. Stryver gleichgültig. „Ja so! Woran denke ich nur?"

„Und ich bezweifle nicht, daß ich heute früh vollkommen Recht hatte," sagte Mr. Lorry. „Ich bin in meiner Meinung bestärkt worden und wiederhole meinen Rath."

„Ich versichere Ihnen," entgegnete Mr. Stryver in der wohlwollendsten Weise, „daß es mir Ihretwegen leid thut und auch wegen des armen Vaters. Ich begreife wohl, daß dies immer ein wunder Fleck für die Familie bleiben wird; daher wollen wir nicht weiter davon sprechen."

„Ich verstehe Sie nicht," sagte Mr. Lorry.

„Das kann ich mir wohl denken," entgegnete Stryver, indem er ihn besänftigend und als wollte er die Sache ein für allemal zum Abschluß bringen, zunickte; „thut nichts, thut nichts."

„Doch es thut Etwas," wandte Mr. Lorry ein.

„Nein, es thut nichts; ich versichere es Ihnen, es thut nichts. Da ich geglaubt habe gesunden Sinn zu finden, wo kein gesunder Sinn vorhanden ist und einen lobenswerthen Ehrgeiz, wo kein lobenswerther Ehrgeiz vorhanden ist, so kann ich mir gratuliren, daß ich meinen Irrthum los bin und kein Schaden dabei geschehen ist. Junge Mädchen haben schon oft ähnliche Thorheiten begangen und haben sie oft genug schon in Armuth und Verlassenheit bereut. Von ganz unselbstsüchtigem Standpunkte aus thut es mir leid, daß aus der Sache nichts geworden ist, weil es in jeder materiellen Hinsicht für Andere ein Glück gewesen wäre; von einem selbstsüchtigen Standpunkte aus bin ich froh, daß Nichts d'raus geworden ist, weil ich in jeder materiellen Hinsicht schlecht dabei weggekommen wäre — es ist kaum nöthig, Ihnen zu sagen, daß ich gar nichts dabei gewinnen konnte. Es ist kein Schade geschehen. Ich habe um die junge Dame nicht angehalten und unter uns gesagt, ich weiß durchaus nicht ob ich bei näherer Ueberlegung jemals so weit gegangen wäre. Mr. Lorry, die thörichten Launen und nichtigen Coquetterien eines leeren Mädchenkopfes können Sie nie berechnen; das können Sie gar nicht von sich erwarten und immer werden Sie sich darin täuschen. Also lassen wir die Sache ruhen. Ich sage Ihnen, es thut mir leid, anderer Leute wegen, aber ich bin froh meinetwegen. Und ich bin Ihnen wirklich sehr verbunden, daß Sie mir erlaubten Sie zu sondiren und daß Sie mir Ihren Rath ertheilten; Sie kennen die junge Dame besser als ich; Sie hatten recht, es wäre niemals etwas für mich gewesen."

Mr. Lorry war so verblüfft, daß er sich von Mr. Stryver ganz ruhig mit einer Miene, als ob dieser Edelmuth, Nachsicht und mitleidiges Wohlwollen auf sein

irrendes Haupt herabschüttete, moralisch zur Thür hinausschieben ließ. „Sie
müssen sich darüber zu trösten wissen, bester Herr," sagte Stryver; „sprechen Sie
nicht weiter davon; ich danke Ihnen nochmals, daß Sie mir erlaubt haben, Sie zu
sondiren: gute Nacht!"

Mr. Lorry stand draußen auf der Straße, ehe er wußte wo er war. Mr. Stryver lag
ausgestreckt auf seinem Sopha und zog der Zimmerdecke eine schlaue Grimasse.

Dreizehntes Kapitel
Der Mann ohne Zartgefühl

Wenn Sydney Carton jemals irgendwo glänzte, so glänzte er jedenfalls nicht in dem Hause Dr. Manettes. Er war ein ganzes Jahr lang oft dort gewesen und war dort immer derselbe mürrische und übelgelaunte Gesell gewesen. Wenn ihm daran lag zu sprechen, sprach er gut; aber durch die Wolke der Gleichgültigkeit gegen Alles, die ihn mit so verhängnißvoller Nacht überschattete, drang nur sehr selten das Licht in ihn.

Und doch lag ihm Etwas an den Straßen der Nachbarschaft jenes Hauses und den bewußtlosen Steinen, welche ihr Pflaster bildeten. Manche Nacht wanderte er dort zwecklos und unglücklich herum, wenn der Wein ihn in keine vorübergehende frohe Laune versetzte; manches Morgengrauen zeigte seine einsame Gestalt, die immer noch dort verweilte, wenn die ersten Strahlen der Sonne sonst selten sichtbare architektonische Schönheiten an Kirchthürmen und hohen Gebäuden in starkes Relief brachten, wie vielleicht die stille Stunde ein Gefühl für bessere, aber sonst vergessene und unerreichbare Dinge in seine Seele brachte. In der letzten Zeit hatte das vernachlässigte Bett im Tempelhof ihn noch seltener gesehen, als früher; und oft, wenn er sich nur ein paar Minuten darauf geworfen hatte, sprang er wieder auf, denn mit dämonischer Gewalt zog es ihn nach jener Nachbarschaft.

An einem Augusttage, als Mr. Stryver (nachdem er seinem Schakal mitgetheilt hatte, daß er sich die Heirathsgeschichte noch einmal überlegt habe) mit seinem Zartgefühl nach Devonshire gefahren war, zu einer Zeit, wo der Anblick und Geruch von Blumen in den Straßen der City eine Ahnung vom Guten dem Schlechtesten, von Gesundheit dem Kränksten und von Jugend dem Aeltesten brachte, wanderte Sydney immer noch über dieses Pflaster. Anfangs unentschlossen und ziellos, wurden seine Schritte plötzlich von einem Vorsatz belebt und diesen Vorsatz nachkommend, brachten sie ihn an die Thür des Doctors.

Man wies ihn in das erste Stockwerk und dort fand er Lucien allein bei ihrer Arbeit. Sie war ihm gegenüber nie ganz unbefangen gewesen, und empfing ihn mit einiger Verlegenheit, als er unweit von ihrem Tische Platz nahm. Aber als sie ihm im Austausch der ersten paar Gemeinplätze ansah, bemerkte sie, daß er sich verändert hatte.

„Ich fürchte, Sie sind nicht wohl, Mr. Carton!“

„Das Leben, welches ich führe, Miß Manette, ist der Gesundheit nicht zuträglich. Was können solche Wüstlinge erwarten?“

„Ist es nicht — verzeihen Sie mir; ich habe die Frage angefangen und kann sie nicht mehr zurückhalten — ist es nicht jammerschade, kein besseres Leben zu führen?“

„Gott weiß, daß es eine Schande ist!"

„Warum führen Sie denn kein anderes?"

Als sie den Blick sanft zu ihm erhob, sah sie zu ihrem Erstaunen und ihrem Schmerz, daß Thränen in seinem Auge standen. Thränen klangen auch aus seiner Stimme, als er zur Antwort gab:

„Es ist schon zu spät dazu. Ich werde nie besser sein, als ich bin. Ich werde tiefer sinken und schlechter sein."

Er stützte einen Ellenbogen auf den Tisch und deckte die Augen mit der Hand zu.

Der Tisch zitterte in der Pause, welche jetzt folgte.

Sie hatte ihn noch nie so weich gesehen und es schmerzte sie sehr. Er wußte das, ohne daß er sie ansah und sagte:

„Bitte, verzeihen Sie mir, Miß Manette. Ich komme aus aller Fassung, wenn ich denke, was ich Ihnen sagen möchte. Wollen Sie mich anhören?"

„Wenn es gut für Sie ist? Mr. Carton, wenn ich Sie glücklicher machen könnte, würde ich Sie mit Freuden anhören!"

„Gott segne Sie, für Ihr Erbarmen!"

Er nahm auf eine kleine Weile die Hand von den Augen und sprach in ruhigerem Tone.

„Fürchten Sie nicht, mich anzuhören. Weisen Sie nichts zurück von dem, was ich sage. Ich bin wie Einer der schon gestorben ist. Mein ganzes Leben könnte gewesen sein."

„Nein, Mr. Carton. Ich bin überzeugt, daß der beste Theil noch kommen könnte; ich bin überzeugt, daß Sie noch Ihrer viel, viel würdiger werden können."

„Sagen Sie, Ihrer würdig, Miß Manette, und obgleich ich es besser weiß, obgleich ich es in dem Geheimniß meines eigenen elenden Herzens besser weiß — werde ich es nie vergessen!"

Sie zitterte und war blaß geworden. Er kam ihr mit einer feststehenden Verzweiflung an sich selbst zu Hülfe, welche der Unterredung einen anderen Charakter gab als sie bei jedem Andern auf der Welt hätte haben können.

„Wenn es möglich gewesen wäre, Miß Manette, daß Sie die Liebe des Mannes hätten erwidern können, den Sie jetzt vor sich sehen — dieser verwüsteten und verlotterten Creatur, die sich selbst aufgegeben und sich selbst weggeworfen hat — so wäre er sich an diesem Tage und zu dieser Stunde trotz seines Glückes bewußt, daß er Sie in Elend und Noth, in Kummer und Reue bringen und mit sich selbst herunter in Schmutz und Schande ziehen würde. Ich weiß recht wohl, daß Sie keine Liebe für mich fühlen; ich verlange keine; ich danke sogar Gott, daß ich keine beanspruchen kann."„Kann ich Sie nicht ohne diese retten, Mr. Carton? Kann ich Sie nicht — verzeihen Sie mir wieder! — zu einem bessern Leben zurückführen? Kann ich in keiner Weise Ihr Vertrauen vergelten? Ich weiß, daß dies eine vertrauliche[S. 78] Mittheilung ist," sagte sie bescheiden, nach einigem Zögern und mit aufrichtigen Thränen, „ich weiß, daß Sie das Niemandem anders sagen würden. Kann ich es in keiner Weise zu Ihrem Besten wenden, Mr. Carton?"

Er schüttelte den Kopf. „Nein, Miß Manette, in keiner Weise. Wenn Sie mich noch ein wenig länger anhören wollen, so ist Alles geschehen, was Sie für mich thun können. Sie sollen wissen, daß Sie der letzte Traum meiner Seele gewesen sind. In meiner Gesunkenheit bin ich nicht so gesunken, daß der Anblick von Ihnen und Ihrem Vater und dieses Heimwesens und wie Sie es zu dem gemacht haben, was es ist, nicht in mir alte Schatten geweckt hätte, die ich längst für gestorben hielt. Seit ich Sie gekannt habe, hat mich eine Reue gequält, die ich für immer verlernt zu haben glaubte und habe ich alte Stimmen mir zurufen hören, mich zu erheben, von denen ich längst meinte, sie wären verstummt. Es kamen mir halbfertige Gedanken vom Frischen zu streben, neu anzufangen, Trägheit und Sinnlichkeit abzuschütteln, und mich wieder in den aufgegebenen Kampf zu stürzen. Träume, nichts als Träume, die in Nichts enden, aber ich hege den Wunsch, Sie wüßten, daß Sie dieselben in mir veranlaßt hätten."

„Werden sie keine andere Frucht tragen? O, Mr. Carton, versuchen Sie es noch einmal!"

„Nein, Miß Manette, die ganze Zeit über habe ich gefühlt, daß ich es nicht verdiente. Und doch war ich schwach genug und bin es noch, den Wunsch zu hegen, daß Sie er[S. 79]fahren, mit welchem plötzlichen Einfluß Sie in mir, dem ausgebrannten Aschenhaufen, ein Feuer entzündet haben, aber ein Feuer, das, in seinem Wesen unzertrennlich von mir, Nichts lebendig macht, Nichts entzündet, keinen Dienst leistet und unnütz verbrennt."

„Da ich das Unglück habe, Mr. Carton, Sie unglücklicher gemacht zu haben, als Sie waren, bevor ich Sie kannte —."

„Sagen Sie das nicht, Miß Manette, denn Sie hätten mich gerettet, wenn es Jemand hätte thun können. Sie können nicht die Ursache sein, daß es schlimmer mit mir wird."

„Da der Zustand, von dem Sie sprechen, jedenfalls durch meinen Einfluß mit entstanden ist — das meine ich — wenn ich es klar machen kann — kann ich dann Nichts thun, um Ihnen zu dienen? Geht mir jede Macht ab zum Guten auf Sie einzuwirken?"

„Das einzige Gute, dessen ich noch fähig bin, Miß Manette, auszuführen, bin ich hierher gekommen. Ich möchte für den Rest meines verfehlten Lebens die Erinnerung besitzen, daß ich Ihnen als den letzten Menschen auf der Welt mein Herz eröffnet habe, und daß Sie noch Etwas darin gefunden haben, was Sie beklagen und bemitleiden konnten."

„Was, wie ich Sie auf's Innigste, aus ganzem Herzen gebeten habe zu glauben, besserer Dinge fähig war, Mr. Carton!"

„Bitten Sie mich nicht mehr, es zu glauben, Miß Ma[S. 80]nette. Ich habe mich geprüft und ich weiß es besser. Ich thue Ihnen weh; ich bin bald fertig. Wollen Sie mir zu glauben erlauben, wenn ich an diesen Tag zurückdenke, daß ich das letzte Vertrauen in meinem Leben Ihrem reinen unschuldigen Herzen geschenkt habe, und daß es dort allein ruht und von Niemandem getheilt werden wird?"

„Wenn das ein Trost für Sie ist, ja!"

„Auch nicht dem Herzen, das Ihnen dereinst am Liebsten sein wird?"

„Mr. Carton," gab sie nach einer aufgeregten Pause zur Antwort, „es ist Ihr Geheimniß, nicht meines, und ich verspreche Ihnen es zu achten."

„Ich danke Ihnen. Und noch einmal, Gott segne Sie."

Er führte ihre Hand an seine Lippen und bewegte sich nach der Thür.

„Fürchten Sie nicht, Miß Manette, daß ich jemals dieses Gespräch auch nur durch eine Anspielung wieder aufnehme. Ich werde nie wieder darauf zurückkommen. Wenn ich todt wäre, könnten Sie dessen nicht sicherer sein. In meiner Sterbestunde werde ich die eine gute Erinnerung heilig halten — und ich werde Ihnen dafür danken und Sie dafür segnen — daß ich mein letztes Selbstbekenntniß Ihnen abgelegt habe und daß Sie meinen Namen, meine Fehler und mein Unglück mitleidvoll in Ihrem Herzen tragen. Möge es im Uebrigen leicht und glücklich sein!"

Er war so ganz anders als er sich sonst gezeigt hatte und es war so traurig zu denken, wie viel er weggeworfen und wie viel er jeden Tag brach liegen ließ und zu falschen Zwecken verwendete, daß Lucie Manette bekümmert um ihn weinte, als er in der Thür stand und auf sie zurückblickte.

„Trösten Sie sich!" sagte er, „ich bin dieses Mitleid nicht werth, Miß Manette. Noch ein oder zwei Stunden und die gemeine Gesellschaft und ihre Gewohnheiten, die ich verachte, denen ich mich aber hingebe, werden mich solcher Thränen weniger würdig machen, als der erste beste Elende ist, der durch die Straßen kriecht. Trösten Sie sich! Aber in meinem Herzen werde ich immer gegen Sie sein, wie ich jetzt bin, obgleich ich äußerlich nicht anders erscheinen werde, als Sie mich bisher gekannt haben. Die vorletzte Bitte, die ich an Sie habe, ist, daß Sie mir dies glauben wollen."

„Ich will es, Mr. Carton."

„Meine letzte Bitte ist folgende; und mit ihr will ich Sie von einem Besuche erlösen, mit dem, wie ich wohl weiß, Sie nichts gemein haben und zwischen dem und Ihnen eine unüberschreitbare Kluft liegt. Ich weiß, es ist unnütz, sie auszusprechen, aber sie drängt sich mir aus der Seele. Für Sie und für jedes Herz, daß Ihnen theuer ist, würde ich Alles thun. Wäre meine Laufbahn von der bessern

Art, daß ich darin Gelegenheit oder Fähigkeit zur Aufopferung hätte, so würde ich Ihnen und denen, welche Ihnen am Herzen liegen, jedes Opfer bringen. Versuchen Sie in ruhigen Stunden mich in diesem Einen für aufrichtig und bereit zu halten. Die Zeit wird kommen, die Zeit wird sehr bald kommen, wo Sie neue Bande geknüpft haben werden — Bande, die Sie noch inniger und fester an das Heimwesen knüpfen, dessen Zierde Sie sind — die theuersten Bande, die Sie jemals schmücken und erfreuen werden. O, Miß Manette, wenn das kleine Abbild des Gesichts eines glücklichen Vaters zu Ihnen aufblickt, wenn Sie sich in Ihrer eigenen Schönheitsblüthe von Neuem neben sich aufsprossen sehen, so denken Sie dann und wann, daß es einen Mann giebt, der sein Leben hingeben würde um ein Leben, das Sie lieben, zu erhalten.“

Er sagte „leben Sie wohl,“ sagte „ein letztes Gott segne Sie!“ und verließ sie.

Vierzehntes Kapitel
Der ehrliche Gewerbsmann

Vor den Augen Mr. Jeremiah Cruncher's, wie er neben seinem gnomenhaften Sohn am Ausgange von Fleetstreet saß, bewegte sich jeden Tag eine endlose Verschiedenheit und Zahl von Gegenständen vorüber. Wer konnte überhaupt in Fleetstreet während der geschäftigen Stunden des Tages sitzen und nicht betäubt und verwirrt werden von zwei endlosen Prozessionen, von denen die eine beständig westwärts mit der Sonne, die andere ostwärts von der Sonne wegging, beide aber den Gefilden jenseits der rothen und goldenen Wolken, wo die Sonne untergeht, zustrebten!

Mit seinem Strohhalm im Munde sah Mr. Cruncher den beiden Strömen zu gleich dem alten Heiden der Sage, der seit mehrern Jahrhunderten einen Strom beobachten muß — nur daß Jerry nicht erwartete, daß seine Ströme sich jemals verlaufen würden. Auch wäre diese Aussicht nicht sehr hoffnungsvoll gewesen, da er einen kleinen Theil seines Einkommens der ihm von diesen Strömen gebotenen Gelegenheit verdankt, furchtsame Frauen (ziemlich wohlbeleibt und über die mittlern Jahre des Lebens hinaus), von Tellson's Seite nach der gegenüberliegenden zu lootsen. Wenn Mr. Cruncher in jedem besondern Falle den auf diese Weise von ihm Geschützten auch nur ganz kurze Gesellschaft leistete, so gewann er doch stets so viel Interesse an der Dame, daß er den lebhaften Wunsch ausdrückte, die Ehre haben zu können, auf ihre Gesundheit zu trinken. Und mit den Gaben die er zur Erfüllung dieses wohlwollenden Wunsches erhielt, half er seinen Finanzen auf, wie eben bemerkt worden.

Es gab eine Zeit, wo ein Dichter auf einem Stuhl auf der Straße saß und Angesichts der Menschen träumte. Mr. Cruncher saß auch auf einem Stuhl auf der Straße; da er aber kein Dichter war, träumte er so wenig als möglich und schaute um sich.

Es war gerade um eine Zeit, wo die Stadt menschenleerer als gewöhnlich war, seiner Führung bedürftige Frauen sich weniger als gewöhnlich fanden und seine Angelegenheiten im Allgemeinen so wenig gediehen, daß in seiner Brust ein starker Verdacht aufkeimte, Mrs. Cruncher müsse irgendwo recht inbrünstig gebetet haben, als ein ungewöhnliches Gedränge Fleetstreet herabkam, und seine Aufmerksamkeit auf sich zog. Mr. Cruncher erkannte bald, daß es ein Leichenbegängniß war, und daß das Volk diesem Leichenbegängniß hemmend entgegentrat, wodurch ein Auflauf entstand.

„Junge," sagte Mr. Cruncher zu seinem Sprößling „'s ist eine Leiche."

„Hurrah, Vater!" schrie der junge Jerry.

Der junge Herr sprach diesen frohlockenden Ruf mit geheimnißvoller Bedeutsamkeit aus. Der ältere Herr nahm den Ruf so übel, daß er seine Gelegenheit abpaßte und dem jungen Herrn Eins hinter die Ohren gab.

„Was soll das heißen? Wozu schreist Du Hurrah? Was[S. 85] willst Du damit Deinem eigenen Vater sagen, Du junger Spitzbube? Der Junge fängt an mir zu viel zu werden!" — sagte Mr. Cruncher und betrachtete den hoffnungsvollen Sohn, „er und seine Hurrahs! daß ich nicht wieder so etwas von Dir höre, sonst sollst Du etwas von mir fühlen. Verstehst Du mich?"

„Ich meinte es nicht böse" protestirte der junge Jerry, während er sich die Backe rieb.

„Nun so sei still," sagte Mr. Cruncher; „ich mag nichts von Deinem Nichtbösemeinen wissen. Hier steig' auf den Stuhl und sieh Dir's Gedränge an."

Der Sohn gehorchte und der Menschenhaufe wälzte sich heran; er umgab brüllend und zischend einen Leichenwagen und eine Trauerkutsche von verschossenem Schwarz, in welcher letzterer ein einziger Leidtragender saß, angethan mit dem vielgebrauchten und halbverschossenen Flor und Trauermantel, welche man für eine solche Gelegenheit für unentbehrlich hielt. Dem Leidtragenden schien jedoch seine Rolle durchaus nicht zu gefallen; denn ein beständig sich vermehrender Pöbelhaufen umgab die Kutsche, verhöhnte ihn, schnitt ihm Gesichter und heulte und schrie fortwährend: „Hallo! Spione! Hurrah! Spione!" und fügte dazu noch Beiworte, die zu zahlreich und zu kräftig waren, um sie hier wiederholen zu können.

Die Leichenbegängnisse besaßen zu allen Zeiten eine merkwürdige Anziehungskraft für Mr. Cruncher; er gerieth stets in große Aufregung, wenn eine Leiche vor Tellson's vorbeigetragen ward. Natürlich mußte ein Leichenbegängniß mit dieser ungewöhnlichen Leichenbegleitung ihn in doppelte Auf[S. 86]regung versetzen und er fragte den Ersten, der gegen ihn anrannte: „Was ist los, Bruder? Wer ist es?"

„Ich weiß es nicht" sagte der Mann. „Spione, Hallo — oh! Spione!"

Er fragte einen Andern. „Wer ist es?"

„Ich weiß es nicht" entgegnete auch dieser, legte aber nichts destoweniger beide Hände wie ein Sprachrohr an den Mund und brüllte mit dem größten Eifer: „Spione! Hallo—oh! Spio—one!"

Endlich rannte eine über die Sache besser unterrichtete Person gegen ihn an und von dieser Person erfuhr er, daß das Leichenbegängniß einem gewissen Roger Cly gelte. „War er ein Spion?" fragte Mr. Cruncher.

„Ein Old-Baily-Spion" gab der Andere zur Antwort.

„Hallo—oh! Hallo—oh! Old-Baily-Spio—o—on!"

„Jetzt weiß ich!" rief Jerry aus, indem er an die Gerichtsverhandlung dachte, der er beigewohnt hatte. „Den kenne ich. Er ist todt?"

„Mausetodt" entgegnete der Andere, „und er kann nicht todt genug sein. Holt ihn heraus! Spione! Holt sie heraus! Spione!"

Bei der vorherrschenden Abwesenheit irgend eines Gedankens war dieser Einfall so annehmbar, daß der Volkshaufe sogleich darauf einging und laut den Rath wiederholend, sie heraus zu holen, die beiden Wagen so dicht umdrängte, daß sie nicht weiterfahren konnten. Als dann Viele auf einmal die Kutschenthüren aufrissen, sprang der eine Leidtragende von selbst heraus und war für einen Augenblick[S. 87] in schlimmen Händen; aber er war so gewandt und benutzte seine Zeit so gut, daß er im nächsten Augenblick eine Nebenstraße hinablief, nachdem er den Trauermantel, den Hut, das lange Florband, das weiße Taschentuch und andere symbolische Thränen von sich geworfen hatte.Das Leichenbegängniß des Spions.

Mit großem Jubel und Genuß zerriß diese das Volk in Stücke und zerstreute sie weit und breit, während die Gewerbsleute eilig ihre Läden zuschlossen; denn ein Auflauf scheute in jener Zeit vor Nichts zurück und war ein vielgefürchtetes Ungeheuer. Man machte bereits Anstalt, den Sarg heraus zu holen, als ein besonders erfinderisches Genie vorschlug, ihn lieber unter allgemeinem Jubel nach seinem Bestimmungsorte zu bringen. Da es sehr an praktischen Rathschlägen fehlte, nahm man auch diesen Rathschlag mit Beifall auf und die Kutsche füllte sich sofort mit acht Personen inwendig und einem Dutzend auf dem Dache, während auf den Leichenwagen so Viele kletterten, als dort nur irgend Platz finden konnten. Unter den ersten war Jerry Cruncher selbst, der bescheiden sein Haupt in der tiefsten Ecke der Trauerkutsche vor der Beobachtung Tellsons verbarg.

Die begleitenden Leichenbesorger legten zwar Verwahrung ein gegen diese Abänderungen in den Ceremonien; da aber der Fluß besorglich nahe war und verschiedene Stimmen von der Angemessenheit eines kalten Bades sprachen, um Widerspenstige zur Vernunft zu bringen, so war die Verwahrung wenig energisch. Der umgestaltete Leichenzug setzte sich wieder Bewegung. Ein Schornsteinfeger fuhr den Leichenwagen, berathen von dessen eigentlichem Kutscher, der zu diesem Zwecke[S. 88] unter strenger Aufsicht neben ihm sitzen blieb. Ein Obsthöker, ebenfalls von seinem Cabinetsminister begleitet, lenkte die Trauerkutsche. Ein Bärenführer, damals ein gern gesehener Gast auf der Straße, ward als neue Verschönerung gepreßt, ehe der Zug weit den Strand hinab gekommen war; und sein Bär, der schwarz und sehr schäbig war, gab dem Theil der Procession, in welchem er sich befand, ein ächtes Leichenbesorger-Aussehen.

So ging biertrinkend, rauchend, brüllend und die Trauer in endloser Abwechselung karrikirend, der wilde Haufe seinen Weg und wuchs mit jedem Schritte, während sich die Läden bei seinem Herannahen schlossen. Sein Ziel war die alte Pankratius-Kirche weit draußen vor der Stadt. Im Verlauf der Zeit langte er auch dort an, erzwang sich den Eingang in den Friedhof und setzte es schließlich durch, den verstorbenen Roger Cly nach seinem Sinn und gar sehr zu seiner Befriedigung zu begraben.

Mit dem Leichenbegängniß war man fertig und der Volkshaufe fing an, ein Bedürfniß nach neuer Unterhaltung zu fühlen. Da kam ein erfinderisches Genie, vielleicht dasselbe wie vorhin, auf den Einfall, zufällig Vorübergehende als Old-Baily-Spione zu denunziren und Rache an ihnen zu nehmen. Im Verfolg dieses humoristischen Einfalls wurde auf ein paar Dutzend harmlose Leute, die nie in ihrem Leben Old-Baily zu nahe gekommen waren, Jagd gemacht und sie wurden dann mit rauhen Händen herumgezerrt und mißhandelt. Der Uebergang von dieser Unterhaltung zum Fenstereinwerfen und weiter zum Demoliren von Bierhäusern war[S. 89] leicht und natürlich. Endlich nach mehreren Stunden, als verschiedene Pavillons zerstört und einige Gitter vor den Häusern ausgerissen worden waren, um die Kampflustigern unter dem Haufen zu bewaffnen, verbreitete sich das Gerücht, daß die Garde im Anzuge wäre. Vor diesem Gerücht schmolz der Volkshaufe allmählich zusammen und vielleicht kam die Garde, vielleicht kam sie nicht, und das war der gewöhnliche Verlauf eines Volksauflaufs.

Mr. Cruncher hatte der Schlußscene nicht beigewohnt, sondern war auf dem Kirchhofe zurückgeblieben, um sich mit Leichenbesorgern zu unterhalten. Der Ort übte einen beruhigenden Einfluß auf ihn aus. Er verschaffte sich eine Pfeife aus einem nahen Bierhause und rauchte sie, während er durch die Gitter blickte und seinen Gedanken nachhing.

„Jerry“ sagte Mr. Cruncher, in seiner gewöhnlichen Weise sich selbst anredend, „du hast heute diesen Cly gesehen und hast mit eignen Augen gesehn, daß er jung und gerade gewachsen ist.“

Nachdem er seine Pfeife ausgeraucht und noch eine kleine Weile seinen Gedanken nachgehangen hatte, wendete er seine Schritte heimwärts, damit er vor Ladenschluß seinen Posten vor Tellsons einnehmen könnte. Ob sein Nachdenken über die Sterblichkeit des Menschen seine Leber angegriffen hatte oder ob es mit seiner Gesundheit im Allgemeinen nicht ganz richtig war oder ob er einen ausgezeichneten Mann eine kleine Aufmerksamkeit erweisen wollte, geht uns hier weniger an, als daß er auf seinem Heimwege seinem ärztlichen Beistand — einem Chirurgen von großem Rufe — einen kurzen Besuch abstattete.

Der junge Jery, nun von seinem Vater abgelöst, meldete, daß während seiner Abwesenheit nichts vorgefallen sei. Die Bank wurde geschlossen, die alten Commis kamen heraus, der Wächter erschien auf seinem Posten und Mr. Cruncher und sein Sohn gingen nach Hause zum Thee.

„Nun will ich Dir sagen, wie es ist“ sagte Mr. Cruncher zu seiner Frau, wie er in die Stube trat. „Wenn es heute Nacht mit meiner Spekulation schief geht, so will ich schon herausbringen, daß Du gegen mich gebetet hast und werde Dich dann bearbeiten, als ob ich's gesehen hätte.“

Die niedergedrückte Mrs. Cruncher schüttelte den Kopf.

„Was, Du willst's vor meinen Augen thun?“ — sagte Mr. Cruncher mit allen Anzeigen zorniger Besorgniß.

„Ich sage nichts.“

„Nun dann denke aber auch nichts. Du könntest eben so gut auf den Knien herumrutschen, als denken. Das Eine ist so gut gegen mich, wie das Andere. Laß es ganz sein.“

„Ja, Jerry.“

„Ja, Jerry“ wiederholte Mr. Cruncher, indem er sich zum Thee hinsetzte. „Ha! immer heißt's: Ja Jerry. Ja wohl, 's ist schon gut, ja Jerry!“

Mr. Cruncher verband keine besondere Meinung mit diesen mürrischen Wiederholungen, sondern drückte damit nur, wie es andre Leute nicht selten auch thun, allgemeine ironische Unzufriedenheit aus.

„Du und Deine Ja, Jerry“ sagte Mr. Cruncher und biß ein derbes Stück aus seinem Butterschnitt, das er mit[S. 91] einem tüchtigen Schluck hinunterspülte. „Ha! ich sollte es meinen. Ich glaube Dir.“

„Du gehst heute Nacht aus?“ fragte seine Frau, als er wieder ein Stück abbiß.

„Ja!“

„Darf ich mitgehen, Vater?“ fragte sein Sohn rasch.

„Nein, das geht nicht! Ich gehe — wie Deine Mutter weiß — fischen. So ist es. Fischen gehe ich.“

„Deine Angel wird aber recht rostig; nicht wahr, Vater?“

„Das laß Du gut sein.“

„Bringst Du uns Fische mit, Vater?“

„Wenn ich keine mitbringe, wirst Du morgen fasten müssen,“ gab der Andere mit einem Kopfschütteln zur Antwort; „das ist Antwort genug für Dich; ich gehe erst aus, wenn Du längst zu Bett bist.“

Den Rest des Abends verbrachte er damit, ein scharfes Auge auf Mrs. Cruncher zu haben, und sie beständig im Gespräch zu erhalten, damit sie an keine Gebete zu seinem Nachtheile denken konnte. Zu diesem Zwecke trieb er auch seinen Sohn an, sie nicht aus dem Gespräch zu lassen und die Arme mußte mit ihm jede Beschwerde, die er gegen sie hatte, durchsprechen, damit sie nur nicht einen einzigen Augenblick ihren eigenen Gedanken nachhängen konnte. Der frömmste Mensch hätte für die Wirksamkeit eines aufrichtig gemeinten Gebets nicht kräftiger Zeugniß ablegen können, als er es durch dieses immer wache Mißtrauen in seine Frau that. Es war als ob Einer, der sich laut rühmte an keine Gespenster zu glauben, sich von einer Gespenstergeschichte Furcht einflößen ließe.

„Und vergiß es nicht," sagte Mr. Cruncher. „Daß Du mir morgen keine Geschichten machst! Wenn es mir als ehrlichem Gewerbsmann gelingt, ein gut Stück Fleisch auf den Tisch zu schaffen, so komme mir nicht mit Deiner Komödie, es nicht anrühren und nur Brod essen zu wollen. Wenn ich als ehrlicher Gewerbsmann für ein Glas Bier sorge, so sprich mir nicht von Wassertrinken. Wenn Du nach Rom gehst, mußt Du es machen wie die Leute in Rom. Rom wird es Dir noch schön anstreichen, wenn Du es nicht thust. Ich bin Dein Rom — weißt Du!"

Dann fing er wieder an zu brummen:

„Mit Deinem Wirthschaften gegen Deine eigne Speise und Trank! Ich weiß nicht, wie selten Du Speise und Trank Dir machen könntest mit Deinem Herumrutschen und herzlosen Benehmen. Sieh Deinen Jungen an: Er ist Dein Kind, nicht wahr? Er ist so dürr, wie eine Latte. Du willst eine Mutter sein und weißt nicht einmal, daß es die erste Pflicht einer Mutter ist, ihrem Sohn zu Fleisch zu verhelfen!"

Dies berührte den jungen Jerry auf einer empfindlichen Stelle. Er beschwor seine Mutter, ihre erste Pflicht zu erfüllen und, was sie auch sonst thäte und unterließe, vor allen Dingen besondere Sorge zu tragen, dieser von seinem Vater so rührend und zartfühlend beschriebenen Mutterpflicht nach zu kommen.

So verging der Abend in der Familie Cruncher, bis der Vater den Sohn zu Bett gehen hieß und die Mutter, der er denselben Befehl ertheilte, ihm gehorchte. Mr. Cruncher vertrieb sich die ersten Stunden der Nacht mit einsamem Pfeifen und traf erst Anstalten zum Aufbruch, als es fast ein Uhr war. Wie diese Geisterstunde herankam, stand er von seinem Stuhle auf, holte einen Schlüssel aus seiner Tasche, schloß einen Wandschrank auf und nahm einen Sack, ein Brecheisen von angemessener Größe, einen Strick, eine Kette und anderes Angelgeräthe ähnlicher Art heraus. Nachdem er diese Gegenstände in geschickter Weise an seinem Leibe untergebracht hatte, bedachte er Mrs. Cruncher noch mit einem Abschiedsfluch, löschte das Licht aus und ging.

Der junge Jerry, der sich gar nicht ausgezogen hatte, als er zu Bett ging, folgte sehr bald seinem Vater. Unter dem Schutze der Finsterniß folgte er ihm aus dem Zimmer die Treppe hinab in den Hof hinunter bis auf die Straße. Wieder in das Haus zu kommen machte ihm keine Sorge, denn es wohnten viel Leute darin und die Thür blieb die ganze Nacht angelehnt.

Getrieben von einem lobenswerthen Ehrgeiz, die Kunst und das Geheimniß des ehrlichen Gewerbes seines Vaters kennen zu lernen, behielt der junge Jerry, immer dicht an den Häusern, Mauern und Thorwegen hinschleichend, seinen ehrenwerthen Vater fortwährend im Auge. Der ehrenwerthe Vater schlug eine nördliche Richtung ein und war noch nicht weit gegangen, als sich ein anderer Schüler Isaak Waltons zu ihm fand und Beide nun in Gesellschaft weiter gingen.

Eine halbe Stunde nach dem Aufbruch hatten sie die trübe brennenden Laternen und die schlafenden Nachtwächter hinter sich und befanden sich auf einer einsamen Landstraße. Hier fand sich noch ein Liebhaber des Angelns zu ihnen und zwar so in aller Stille, daß, wenn der junge Jerry abergläubisch gewesen wäre, er hätte glauben können, der zweite Verehrer des edeln Zeitvertreibs hätte sich auf einmal in zwei Männer gespalten.

Die Drei gingen weiter und der junge Jerry ebenfalls bis die Drei an einer Stelle stehen blieben, wo die Straße durch einen Hohlweg lief. Oben auf dem Hohlweg sah man eine niedrige Mauer von Ziegelsteinen mit einem eisernen Gitter darüber. Im Schatten des Hohlwegs und der Mauer verließen alle Drei die Landstraße und lenkten in einen Seitenweg ein, dessen eine Seite die hier acht bis zehn Fuß hohe Mauer bildete. Das Nächste, was der junge Jerry, der sich in eine Ecke gekauert hatte, sah, war die Gestalt seines ehrenwerthen Vaters, der rasch ein eisernes Gitterthor hinaufkletternd sich ziemlich deutlich gegen den von einem Hof umgebenen und durch Wolken schwimmenden Mond abzeichnete. Er war bald auf der andern Seite und dann folgte der zweite Angler und der dritte. Sie alle ließen sich vorsichtig auf den Boden hinunter und blieben dort eine Weile liegen — vielleicht um zu horchen. Dann krochen sie auf Händen und Knien weiter.

Jetzt kam an den jungen Jerry die Reihe, sich der Gitterpforte zu nähern und er that es mit angehaltenem Athem. Er kauerte sich dort wieder in eine Ecke und sah, wie die drei Angler durch hohes struppiges Gras krochen, während alle Grabsteine auf dem Friedhofe — denn sie befanden sich auf[S. 95] einem großen Friedhofe — wie weiß gekleidete Gespenster zusahen und der Kirchthurm selbst wie das Gespenst eines ungeheuren Riesen herniederschaute. Sie waren noch nicht weit gekrochen, als sie Halt machten und sich aufrichteten. Und nun fingen sie an zu fischen.

Sie fischten zuerst mit einem Spaten. Gleich darauf machte der ehrenwerthe Vater ein Werkzeug, ungefähr gleich einem großen Korkzieher zurecht. Aber mit welchen Werkzeugen sie immer arbeiteten — sie arbeiteten mit Anstrengung, bis der dumpfe Schlag der Thurmglocke den jungen Jerry so erschreckte, daß er mit zu Berge stehendem Haar davon lief.

Doch sein lange gehegter Wunsch, mehr von diesen Sachen zu erfahren, hemmte nicht nur seinen Lauf, sondern bewog ihn auch, wieder um zu kehren. Sie fischten immer noch mit großer Ausdauer, als er zum zweiten Male zur Pforte hereinguckte; aber jetzt schien ein Fisch gebissen zu haben. Man hörte einen rumpelnden und ächzenden Ton unten in der Erde und die gekrümmten Rücken der Fischer strengten sich mächtig an, als wollten sie eine schwere Last heben. Langsam und allmählig brachten sie dieselbe auch aus der Erde heraus. Der junge Jerry wußte recht gut, was es sein würde; aber als er es erblickte und seinen ehrenwerthen Vater Anstalten machen sah es aufzubrechen, bemächtigte sich seiner bei dem noch neuen Anblick eine solche Angst, daß er wieder fortlief und nicht eher stehen blieb, als bis er wol eine halbe Stunde Wegs gelaufen war.

Auch jetzt wäre er nicht stehen geblieben, wenn er nicht unbedingt hätte Athem schöpfen müssen; denn er lief ein[S. 96] Gespensterwettrennen und wünschte sehnlichst, damit fertig zu sein. Er konnte sich nicht von dem Gedanken losmachen, daß der Sarg, den er gesehen, ihm nachlaufe, und wie er sich ihn dachte, wie er immer auf seinem schmalen Ende stehend ihm nachhoppe und stets auf dem Punkte stand, ihn einzuholen und an ihn heran zu hoppen — vielleicht gar seinen Arm zu nehmen — wurde es ihm fürchterlich zu Muthe. Es war auch ein allgegenwärtiger Dämon; denn während er die ganze Nacht hinter ihm zu einem Entsetzen machte, lief Jerry auf die Fahrstraße hinüber, um dunkeln Seitenwegen fern zu bleiben, aus denen der gespenstige Sarg ja hervorgehoppt kommen konnte — gleich einem wassersüchtigen Papierdrachen ohne Schweif und Flügel. Er versteckte sich auch in Thorwegen, wo er seine gräßlichen Schultern an den Thüren rieb und sie bis zu den Ohren heraufzog, als ob er lachte. Er lauerte in dunkeln Stellen auf der Straße und legte sich hinterlistig auf den Boden, daß der Laufende über ihn wegfalle. Die ganze Zeit über hoppte er ihm unaufhörlich hinten nach und kam immer näher, sodaß der Knabe halbtodt war, als er seine Hausthüre erreichte. Aber auch hier wollte er ihn nicht verlassen, sondern folgte ihm die Treppe hinauf mit einem dumpfklingenden Aufstoßen auf jeder Stufe, kletterte mit ihm in's Bett und fiel todt und schwer auf seine Brust, wie er einschlief.

Aus schwerem Schlummer fand sich der junge Jerry in seiner Kammer nach Tagesanbruch und vor Sonnenaufgang durch die Anwesenheit seines Vaters in der Familienstube erweckt. Etwas mußte ihm schief gegangen sein; wenigstens schloß dies der junge Jerry aus dem Umstande, daß er Mrs. Cruncher bei den Ohren hielt und sie mit dem Hinterkopf gegen das Kopfbrett des Bettes stieß.

„Ich hab' Dir's vorausgesagt" sagte Mr. Cruncher „und jetzt geschieht's."

„Jerry, Jerry, Jerry!" bat seine Frau.

„Du raubst uns den Gewinn des Geschäfts" sagte Jerry, „und ich und meine Compagnons leiden darunter. Du sollst ehren und gehorchen, warum zum Teufel thust Du es nicht?"

„Ich versuche eine gute Frau zu sein, Jerry" betheuerte die Arme unter Thränen.

„Heißt das eine gute Frau sein, wenn Du Deinem Mann das Geschäft verdirbst? Heißt es, Deinen Mann ehren, wenn Du ihm Unehre auf sein Geschäft bringst? Heißt es Deinem Manne gehorchen, wenn Du ihm in den Hauptsachen seines Geschäfts nicht folgst?"

„Du hattest damals mit dem schrecklichen Geschäfte noch nichts zu thun, Jerry."

„Es muß Dir genug sein, die Frau eines ehrenwerthen Gewerbsmannes zu sein," entgegnete Mr. Cruncher. „Du brauchst Dir deinen dummen Kopf nicht mit Rechnen zu zerbrechen, wann er sein Geschäft angefangen hat oder nicht. Ein ehrendes und gehorchendes Weib würde sich gar nicht um sein Geschäft kümmern.

Du willst eine fromme Frau sein? Wenn Du eine fromme Frau bist, so will ich eine gottlose haben, Du hast nicht mehr natürliches Pflichtgefühl als in dem Bette der Themse hier Pfähle wachsen, und selbigermaßen muß es in Dich hineingeschlagen werden."

Der Wortwechsel ging in halblautem Tone herüber und hinüber, und der Schluß desselben war, daß der ehrenwerthe Gewerbsmann seine mit Lehm beschmutzten Stiefeln von den Füßen schleuderte, und sich der Länge nach auf den Fußboden legte. Nachdem sein Sohn auf ihn, wie er, die schmutzigen Hände als Kissen benutzend, auf dem Rücken dalag, einen schüchternen Blick geworfen, streckte auch er sich aus, und schlief wieder ein.

Es gab keinen Fisch zum Frühstück, und auch sonst nicht viel. Mr. Cruncher war böser Laune, und hatte neben sich einen eisernen Topfdeckel liegen als Wurfgeschoß zur Züchtigung Mrs. Crunchers, wenn es ihr nur von fern einfallen sollte, an ein Tischgebet zu denken. Er bürstete und wusch sich zur gewöhnlichen Stunde, und ging mit seinem Sohne fort, um sich seinem Tagesgeschäft zu widmen.

Der junge Jerry, mit dem Stuhle unter dem Arme neben seinem Vater durch die lange und menschengedrängte Fleetstreet hertrabend, war ein ganz anderer junger Jerry als in der vergangenen Nacht, wie er durch die einsame Finsterniß vor seinem grausigen Verfolger ausriß. Seine Schlauheit war mit dem Tage wieder aufgewacht, und seine Gewissensbisse mit der Nacht verschwunden, mit welcher Eigenthümlichkeit er wahrscheinlich an diesem schönen Morgen weder in Fleetstreet noch in der City von London allein stand.

„Vater," fing der junge Jerry unterwegs an, vorsorglich außer Armbereich tretend, und den Stuhl zum pariren bereit haltend, „was ist ein Auferstehungsmann?"

Ueberrascht blieb Cruncher stehen, ehe er antwortete: „Wie soll ich das wissen?"

„Ich glaubte Du wüßtest Alles, Vater?" meinte voll Unschuld der Knabe.

„Hm, nun ja," entgegnete Mr. Cruncher, indem er wieder weiterging, und den Hut abnahm, um seinen starr emporstehenden Haaren freien Spielraum zu geben, „'s ist ein Handelsmann."

„Mit was für Waaren handelt er?" fragte der Junge lebhaft weiter.

„Seine Waaren," sagte Mr. Cruncher, nachdem er es sich eine Weile überlegt hatte, „sind Artikel der Wissenschaft."

„Leichen, nicht wahr, Vater?" rieth mit rascher Auffassungsgabe der Knabe.

„Ich glaube, s'ist was der Art," sagte Mr. Cruncher.

„Ach Vater, ich möchte Auferstehungsmann werden, wenn ich groß genug dazu bin!"

Mr. Cruncher war besänftigt, aber schüttelte bedenklich den Kopf. „Das hängt ganz davon ab, wie Du Deine Talente entwickelst. Gieb Dir Mühe Deine Talente auszubilden, und sprich zu andern Leuten nie ein Wort mehr als Du mußt, dann aber kann man wirklich noch nicht wissen, wozu Du es einmal noch bringen kannst." Wie der junge Jerry, so ermuthigt, ein paar Schritte voraus ging, um den Stuhl in den Schatten des Tempelthors zu stellen, sagte Mr. Cruncher zu sich: „Jerry, du rechtschaffener Gewerbsmann, du hast Hoffnung, daß dieser Junge ein Segen wird, und eine Entschädigung für seine Mutter!"

Fünfzehntes Kapitel
Stricken

Das Trinken im Weinschank Monsieur Defarges hatte heute früher als gewöhnlich begonnen. Schon sechs Uhr Morgens sahen bleiche Gesichter, die durch die vergitterten Fenster blickten, drinnen andre Gesichter hinter ihrem Maße Wein sitzen. Monsieur Defarge schenkte in den besten Zeiten einen sehr dünnen Wein, aber heute schien er ungewöhnlich dünn zu sein. Uebrigens sauer oder säuernd, denn er brachte in den Gästen eine melancholische Stimmung hervor. Keine lustige bachanalische Flamme sprang aus den gekelterten Trauben Monsieur Defarges hervor, wol aber lag in den Hefen ein im dunkeln fortglimmendes Feuer versteckt.

Es war schon der dritte Morgen, seitdem das frühe Trinken in dem Weinschank Monsieur Defarges angefangen hatte. Begonnen hatte es Montag, und heute war Mittwoch. Es war aber mehr frühes Kopfzusammenstecken als Trinken gewesen, denn Viele hatten seit dem Oeffnen des Ladens dort zugehört und geflüstert und herumgestanden, die um ihre Seele zu retten nicht das kleinste Stück Geld auf den Ladentisch hätten legen können. Sie galten jedoch ebenso viel an dem Orte, als ob sie ganze Fässer Wein hätten bestellen können, und sie schlichen von einem Platz und von einer Ecke zur andern, Worte anstatt Wein mit gierigen Blicken verzehrend.

Trotz ungewöhnlich zahlreichen Besuchs war der Besitzer des Weinschanks nicht sichtbar. Er ward nicht vermißt, denn Niemand der über die Schwelle kam sah sich nach ihm um, Niemand fragte nach ihm, Niemand wunderte sich, nur Madame Defarge auf ihrem Platz zu sehen, neben sich einen Teller voll abgegriffener kleiner Münzen, so sehr ihres ursprünglichen Gepräges verlustig geworden, als die Menschen, aus deren zerrissenen Taschen sie gekommen waren.

Die Spione, die in den Weinschank hineinguckten, wie sie jeden Ort, hoch oder niedrig, vom Königspalast bis zum Kerker beguckten, bemerkten vielleicht ein gespanntes Warten und eine vorherrschende Zerstreutheit. Das Kartenspiel ging nicht flott, die Dominospieler bauten nachdenklich Thürme mit den Steinen, Gäste malten mit vergossenem Wein Figuren auf den Tisch, und selbst Madame Defarge stach mit ihrem Zahnstocher in dem Muster auf ihrem Aermel herum, und sah und hörte etwas Unhörbares und Unsichtbares, was noch in weiter Ferne war.

So war St. Antoine in dieser Weinangelegenheit bis Mittag. Es war hoher Mittag, als zwei bestaubte Männer durch seine Straßen und unter seinen baumelnden Laternen hingingen. Der Eine war Monsieur Defarge, der Andere ein Straßenarbeiter in einer blauen Mütze. Ueber und über mit Staub bedeckt und verdurstet traten die Beiden in den Weinschank. Ihre Ankunft hatte eine Art Feuer in der Brust St. Antoines angezündet, das sich rasch weiter verbreitete wie sie durch die Straßen gingen, und in Augen und auf Gesichtern an den meisten Thüren und

Fenstern glänzte. Aber Niemand folgte ihnen, und Niemand sprach, als sie in den Weinschank traten, obgleich die Augen eines Jeden auf ihnen ruhten.

„Guten Tag, ihr Herren!“ sagte Monsieur Defarge.

Das war vielleicht ein Signal, um das allgemeine Schweigen zu brechen. Denn im Chor antworteten die Anwesenden „Guten Tag!“

„Es ist schlechtes Wetter, ihr Herren!“ sagte Defarge kopfschüttelnd.

Darauf sah Jedermann seinen Nachbar an, und dann schlugen Alle die Augen nieder und blieben stumm sitzen. Nur Einer nicht, der aufstand und hinausging.

„Frau,“ sagte Defarge laut zu Madame Defarge. „Ich bin eine Anzahl Meilen mit diesem guten Straßenarbeiter, Namens Jacques, gewandert. Ich traf ihn — zufällig — anderthalb Tagereise von Paris. Er ist ein guter Mensch, dieser Straßenarbeiter, dieser Jacques. Gieb ihm zu trinken, Frau!“

Ein Zweiter stand auf und ging hinaus. Madame schenkte dem Straßenarbeiter, Namens Jacques ein, der eine blaue Mütze vor der Gesellschaft abnahm und trank. Aus der Brust seiner Blouse holte er ein Stück großes schwarzes Brod; von diesem biß er von Zeit zu Zeit ein Stück ab, und kaute und trank vor Madame Defarges Ladentisch. Ein Dritter stand auf und ging hinaus.

Defarge trank ebenfalls ein paar Schluck Wein — aber weniger als der Fremde, als ein Mann, dem das Getränk keine Seltenheit ist — und wartete bis der Andere gefrühstückt hatte. Er sah Niemand von den Anwesenden an, und Niemand sah ihn jetzt an; nicht einmal Madame Defarge, die ihren Strickstrumpf wieder genommen und strickte.

„Seid Ihr fertig mit Eurem Frühstück, Freund?“ fragte er dann.

„Ja, ich danke Euch.“

„Nun so kommt! Ich will Euch das Zimmer zeigen, das für Euch bestimmt ist. Es wird Euch vortrefflich passen.“

Aus dem Weinschank auf die Straße, von der Straße in einen Hof, vom Hofe eine steile Treppe hinauf, von der Treppe in eine Dachkammer — dieselbe Dachkammer, wo vormals ein weißköpfiger Mann auf einer niedrigen Bank gesessen, emsig mit Schuhmacherarbeit beschäftigt.

Jetzt war kein weißköpfiger Mann dort; aber wol die drei Männer, welche einzeln den Weinschank verlassen hatten. Doch zwischen ihnen und dem weißköpfigen Mann in der Fremde bestand die eine Verbindung, daß sie durch die Spalten in der Wand ihn einmal betrachtet hatten.

Defarge machte die Thür sorgfältig zu, und sprach in gedämpften Tone:

„Jacques Eins, Jacques zwei, Jacques drei! Dies ist der Zeuge, den ich, Jacques Nummer vier, bestellt habe. Er wird euch Alles erzählen. Sprecht, Jacques fünf!“

Der Straßenarbeiter mit der blauen Mütze in der Hand, wischte seine sonnenverbrannte Stirn damit und sagte: „Wo soll ich anfangen, Monsieur?"

„Fange bei'm Anfang an" war Defarge's nicht unverständige Antwort.

„Ich sah ihn also" fing der Straßenarbeiter an, „vor einem Jahr im Sommer unter dem Wagen des Marquis an der Kette hängen. Sehet wie es war. Ich lasse meine Arbeit an der Straße liegen, die Sonne geht unter, der Wagen des Marquis fährt langsam die Höhe hinauf, er hängt an der Kette — so!"

Abermals gab der Straßenarbeiter die alte Vorstellung in welcher er jetzt von rechtswegen sicher sein mußte, da sie ein ganzes Jahr hindurch die unfehlbare und unentbehrliche Unterhaltung seines Dorfes gewesen war.

Jacques Nummer Eins unterbrach ihn und fragte, ob er den Mann schon früher einmal gesehen hätte?

„Nie" gab der Straßenarbeiter zur Antwort, indem er sich wieder aufrichtete.

Jacques Nummer Drei fragte, wie er ihn dann später erkannt habe?

„An seiner langen Gestalt" sagte der Straßenarbeiter halblaut und legte den Finger an die Nase. „Als Monsieur le Marquis am Abend fragte: „Wie sah er aus?" gab ich zur Antwort: Lang wie ein Gespenst."

Ihr hättet sagen sollen: Klein wie ein Zwerg" belehrte ihn Jacques Nummer Zwei.

„Ja was wußte ich! Die That war damals noch nicht gethan und er hat mir auch nichts anvertraut. Merkt wohl! Unter diesen Umständen biete ich mein Zeugniß nicht an. Monsieur le Marquis zeigte auf mich mit dem Finger, wie[S. 105] ich bei unserm kleinen Brunnen stand und sagte: „Bringt den Kerl dort her!" Bei meinem Wort, Ihr Herren, ich biete mich nicht an.","Er hat recht darin, Jacques" sagte Defarge zu dem, welcher ihn im Sprechen unterbrochen hatte. „Fahrt fort."

„Gut!" sagte der Straßenarbeiter mit geheimnißvoller Miene. „Der lange Mann ist verschwunden und wird gesucht — wie viele Monate? Neun, zehn, eilf?"

„Die Zahl ist gleichgiltig" sagte Defarge. „Er war gut versteckt; aber das Unglück wollte zuletzt, daß er gefunden ward. Weiter."

„Ich arbeite wieder an derselben Stelle an der Straße und die Sonne geht abermals zur Rüste. Ich nehme mein Arbeitszeug zusammen, um hinunter in mein Dorf zu gehen, wo es schon dunkel ist, als ich aufblicke und über die Höhe sechs Soldaten kommen sehe. In ihrer Mitte geht ein langer Mann mit gebundenen Armen — an die Seite gebunden — so!"

Mit Hilfe seiner unentbehrlichen Mütze stellte er einen Mann dar, dessen Ellenbogen hinten mit zusammengebundenen Stricken an den Hüften befestigt sind.

„Ich bleibe bei meinem Steinhaufen stehen, um die Soldaten und ihren Gefangenen vorbeigehen zu sehen (denn es ist eine einsame Straße, wo Alles, was vorbeikommt, des Ansehens werth ist), und zuerst — wie sie näher kommen — sehe ich weiter nichts, als daß es sechs Soldaten sind mit einem gebundenen langen Mann und daß sie fast schwarz aussehen — außer an der Seite, wo die Sonne zu Bett geht, wo sie[S. 106] einen rothen Rand haben, Messieurs. Auch sehe ich ihre langen Schatten auf der andern Seite der Straße gleich den Schatten von Riesen. Auch gewahre ich, daß sie mit Staub bedeckt sind und daß sich der Staub mit ihnen fortbewegt, wie sie herankommen, tramp, tramp! Aber wie sie ganz nahe kommen, erkenne ich den langen Mann und er erkennt mich. O wie gerne würde er den Abhang hinuntergesprungen sein wie an dem Abend, wo er und ich zuerst uns sahen dicht bei demselben Fleck!“

Er beschrieb es als ob er dort wäre und es war offenbar, daß er Alles lebendig vor sich sah; vielleicht hatte er in seinem Leben nicht viel gesehn.

„Ich verrathe den Soldaten nicht, daß ich den langen Mann kenne; er verräth den Soldaten nicht, daß er mich erkennt: wir sprechen mit den Augen mit einander. „„Vorwärts““ sagt der Anführer der Soldaten und wies auf das Dorf, „„bringt ihn rasch in sein Grab!““ Und sie trieben ihn rascher vorwärts. Seine Arme sind geschwollen, weil sie fest zusammengeschnürt sind; seine Holzschuhe sind groß und schwer und er geht lahm. Weil er lahm geht und daher langsam, stoßen sie ihn mit ihren Flinten vorwärts — so!“

Er macht die Bewegung eines Mannes nach, der von Flintenkolben fortgestoßen wird.

„Wie sie — wie toll — den Abhang hinunterlaufen, fällt er. Sie lachen und heben ihn wieder auf. Sein Gesicht ist blutig und mit Staub bedeckt, aber er kann es nicht abwischen; darauf lachen sie wieder. Sie bringen ihn in das Dorf; das ganze Dorf läuft zusammen; sie führen ihn an[S. 107] der Mühle vorbei und hinauf nach dem Gefängniß; das ganze Dorf sieht das Gefängnißthor in der dunkeln Nacht sich aufthun und ihn verschlingen — so!“

Er sperrt den Mund auf, so weit er kann und macht ihn wieder zu, daß die Zähne auf einander klappen. Als er keine Lust zeigte, den Effect dadurch zu verderben, daß er den Mund wieder aufmachte, sagte Defarge zu ihm: „Weiter, Jacques!“

„Das ganze Dorf geht wieder heim“ fährt der Straßenarbeiter mit gedämpfter Stimme weiter fort; „das ganze Dorf flüstert sich am Brunnen in die Ohren; das ganze Dorf schläft; das ganze Dorf träumt von dem Unglücklichen hinter den Schlössern und Riegeln des Gefängnisses auf dem Felsen, das er nie wieder verlassen soll, außer um zu sterben. Des Morgens mache ich, mit meinem Arbeitszeug auf der Schulter und im Gehen einen Bissen schwarzes Brod essend wie ich auf die Arbeit gehe, einen Umweg an dem Gefängniß vorbei. Dort sehe ich ihn hoch oben hinter dem eisernen Gitter eines Fensters mit blutigem und bestaubtem Gesicht wie den

Abend vorher. Er hat keine Hand frei, um mir zuzuwinken; ich wage nicht ihn anzurufen; er sieht mich an wie ein todter Mann."

Defarge und die drei Andern sahen sich finster an. Die Gesichter von allen Vieren hatten einen finstern, ingrimmigen, rachedürstenden Ausdruck, wie sie der Erzählung des Landmanns zuhörten. Sie benahmen sich dabei mit einem heimlichen Wesen, das doch zugleich etwas von einer Amtsmiene hatte. Sie hatten fast das Aussehen eines Gerichts; Jacques Eins und Zwei saßen auf dem alten Lotterbett, das Kinn auf die[S. 108] Hand gestützt und die Augen gespannt auf den Straßenarbeiter geheftet; Jacques Drei hinter ihnen, mit einem Knie auf das Bett gestützt und mit seiner aufgeregten Hand beständig über Mund und Nase fahrend; Defarge zwischen ihnen und dem Erzähler stehend, den er in das Licht an das Fenster postirt hatte, und abwechselnd diesen und die drei Andern ansehend.

„Weiter, Jacques," sagte Defarge.

„Dort oben in seinem Käfig bleibt er einige Tage. Das Dorf sieht verstohlen zu ihm hinauf, denn es fürchtet sich. Aber es sieht von Weitem beständig zu dem Gefängniß auf dem Felsen hinauf; und des Abends wenn die Tagesarbeit gethan ist und es sich um den Brunnen versammelt, um zu plaudern, wendeten sich alle Gesichter dem Gefängniß zu. Früher wendeten sie sich dem Posthause zu; jetzt blicken sie nach dem Gefängniß. Halblaut flüstern sie sich am Brunnen zu, daß er, obgleich zum Tode verurtheilt, nicht hingerichtet werden würde; sie erzählen sich, daß Bittschriften nach Paris gegangen sind, um vorzustellen, daß er durch den Tod seines Kindes wahnsinnig geworden; sie sagen, daß man dem König selbst eine solche Bittschrift überreicht habe. Was weiß ich? Es ist möglich. Vielleicht ja, vielleicht nein."

„So hört denn, Jacques" unterbrach Nummer Eins dieses Namens mit finsterem Ernste. „Wißt, daß eine Bittschrift dem König und der Königin überreicht wurde. Wir alle hier, Ihr selbst ausgenommen, haben gesehen, wie der König in seinem Wagen neben der Königin sitzend sie auf der Straße entgegen[S. 109]nahm. Defarge, der hier steht, sprang auf Gefahr seines Lebens mit der Bittschrift in der Hand vor die Pferde."

„Und hört noch weiter, Jacques!" sagte der dahinterkniende von den Dreien; seine Finger glitten immer noch über das Gesicht mit einer auffällig gierigen Miene, als ob er nach etwas hungerte — was weder Speise noch Trank war. „Die Leibwache zu Fuß und zu Pferd umringte den Bittsteller und schlug ihn. Hört Ihr!"

„Ich höre, Messieurs."

„Weiter also," sagte Defarge.

„Auf der andern Seite flüstern sie sich an den Brunnen zu" fuhr der Erzähler fort, „daß er her zu uns geschafft worden ist, um an Ort und Stelle hingerichtet zu werden und daß er ganz gewißlich hingerichtet werden würde. Sie flüstern sich sogar einander zu, daß, weil er Monseigneur ermordet hat und weil Monseigneur der Vater seiner Unterthanen war, er als Vatermörder hingerichtet werden soll. Ein alter Mann sagt am Brunnen, daß man einem solchen die rechte Hand mit dem Messer verbrennt; daß man ihn in Einschnitte, welche man in seine Brust, in seine Beine und seine Arme macht, siedendes Oel, geschmolzenes Blei, brennendes Harz und brennenden Schwefel gießt, und daß man ihn endlich von vier starken Pferden in Stücke zerreißen läßt. Dieser alte Mann sagt, daß man dieß alles wirklich einem Missethäter zufügte, der einen Mordversuch auf den vorigen König, Ludwig XV. gemacht hatte. Aber wie kann ich wissen, ob er lügt oder nicht? Ich bin kein Gelehrter.“

„So merkt noch einmal wohl auf, Jacques!“ sagte der[S. 110] Mann mit der ruhelosen Hand und der gierigen Miene. „Der Name dieses Missethäters war Damiens und es geschah Alles bei hellem Tage und auf offener Straße in dieser Stadt Paris; und nichts fiel unter der unermeßlichen Menschenmenge, welche zusah, mehr auf, als die vielen vornehmen Damen, welche voll heißer Neugier bis zuletzt aushielten — Jacques, bei sinkender Nacht, wo ihm die Beine und ein Arm ausgerissen waren und er immer noch athmete! Und das geschah — wie alt seid Ihr?“

„Fünf und dreißig“ sagte der Straßenarbeiter, der wie sechszig aussah.

„Es geschah, als Ihr mehr als zehn Jahre alt waret; Ihr hättet es also sehen können.“

„Genug!“ sagte Defarge mit ingrimmiger Ungeduld. „Es lebe der Teufel! Weiter!“

„Weiter also! Einige flüstern Dieß, Andere flüstern Jenes; sie sprechen von nichts Anderem; selbst der Brunnen scheint nach dieser Melodie zu plätschern. Endlich eines Sonntags Nachts, als das ganze Dorf schlief, kamen Soldaten den Weg vom Gefängniß herab und ihre Gewehre klirrten auf den Steinen der Dorfgasse. Arbeitsleute graben und hämmern, Soldaten lachen und singen, und des Morgens steht an dem Brunnen ein Galgen vierzig Fuß hoch und vergiftet das Wasser.“

Der Straßenarbeiter sah mehr durch die niedrige Decke als zu derselben hinauf und wies mit dem Finger, als ob er den Galgen irgendwo im Himmel sähe.

„Alle Arbeit hört auf, Alle sammeln sich dort, Niemand treibt die Kühe aus, die Kühe sind mit den Uebrigen dort.[S. 111] Des Mittags hört man Trommelwirbel. Des Nachts sind Soldaten zu dem Gefängniß hinaufmarschirt und er kommt in der Mitte vieler Soldaten. Er ist gebunden wie früher und in seinem Munde steckt ein Knebel — mit einer straffen Schnur so festgemacht, daß es fast aussah, als ob er lachte.“ Er machte es nach, indem er mit den beiden Daumen von den Mundwinkeln bis zum Ohre die Backen in zwei lange Falten legte. „Oben auf dem Galgen steckt das blanke Messer, mit der Spitze gen Himmel gerichtet. Dort wird er vierzig Fuß hoch gehenkt — und bleibt hängen und vergiftet das Wasser.“

Sie sahen sich einander an, wie er sich mit seiner blauen Mütze das Gesicht abwischte, aus dem der Schweiß in großen Tropfen hervordrang, wie er sich das Schauspiel zurückrief.

„Es ist entsetzlich, Messieurs. Wie können die Frauen und Kinder Wasser holen? Wer kann des Abends unter diesem Schatten plaudern! — Unter dem Schatten habe ich gesagt? Als ich das Dorf verließ am Montag Abend als die Sonne zu Bett ging, und ich mich noch einmal von der Höhe umsah, da fiel der Schatten quer über die Kirche, quer über die Mühle, quer über das Gefängniß — schien wie ein gerader Strich über die Erde zu gehen bis dahin, wo der Himmel auf ihr ruht."

Der hungerige Mann zerbiß einen seiner Finger, während er die drei Andern ansah, und der Finger zitterte ihm vor Gier.

„Das ist Alles, Messieurs. Ich verließ das Dorf mit Sonnenuntergang (wie mir gesagt worden war) und bin diesen und den nächsten halben Tag marschirt, bis ich diesen Kameraden traf (was mir auch gesagt worden war). Mit ihm setzte ich meinen Weg fort, bald zu Fuß und bald zu Wagen, gestern Nachmittag und diese Nacht, und hier bin ich nun!".

Nach einem düstern Schweigen sagte Jacques Eins: „Gut! Ihr habt getreulich gethan und berichtet. Wollt Ihr draußen vor der Thür ein Weilchen warten?"

„Sehr gern" sagte der Straßenarbeiter, worauf Defarge ihn hinausbrachte und dann wieder zurückkehrte.

Die Drei waren aufgestanden und hatten die Köpfe zusammengesteckt, wie er wieder in die Dachkammer trat.

„Was sagt Ihr, Jacques?" fragte Nummer Eins. „Kommt er in's Register?"

„Er kommt in's Register als dem Verderben geweiht" gab Defarge zurück.

„Prächtig!" krächzte der Mann mit dem gierigen Gesichte.

„Das Schloß und das ganze Geschlecht?" fragte der Erste.

„Das Schloß und das ganze Geschlecht!" entgegnete Defarge. „Ausgerottet!"

Der Hungrige wiederholte mit befriedigtem Krächzen: „Prächtig!" und fing an einem andern Finger zu kauen an.

„Seid Ihr sicher" sagte Nummer Zwei zu Defarge „daß aus der Art und Weise, wie wir unser Register führen keine Ungelegenheiten entstehen werden? Doch unbezweifelt ist es sicher; denn Niemand als wir kann es entziffern; aber werden wir immer im Stande sein, es zu entziffern — oder, ich darf es nicht unerwähnt lassen, wird sie es immer entziffern können?"

„Jacques," sagte Defarge und richtete sich empor „selbst wenn meine Frau das Register nur in ihrem Gedächtniß behielte, würde sie kein Wort davon verlieren — nicht eine Sylbe. Mit ihren eigenen Maschen und ihren eignen Zeichen gestrickt wird es ihr immer so klar sein wie die Sonne. Verlaßt Euch auf Madame Defarge. Dem größten Feigling, welcher auf Erden lebt, wäre es leichter, sich aus dem Lebensbuch auszustreichen, als einen Buchstaben seines Lebens oder seiner Verbrechen aus dem gestrickten Register Madame Defarge's.“

Die Drei ließen ein Gemurmel des Vertrauens und der Billigung hören und dann fragte der Hungrige: „Soll dieser Mann bald wieder zurückgeschickt werden? Ich hoffe es. Er ist sehr simpel; dürfte er nicht ein wenig gefährlich sein?“

„Er weiß nichts“ sagte Defarge, „wenigstens nicht mehr, als was ihn leicht an einen Galgen von derselben Höhe bringen kann. Ich nehme ihn auf mich; laßt ihn bei mir bleiben; ich nehme ihn unter meine Obhut und schaffe ihn seiner Zeit fort. Er wünscht die vornehme Welt zu sehen — den König, die Königin, den Hof; er soll sie Sonntags sehen.“

„Was?“ rief der Hungerige mit weit offenen Augen aus. „Ist es ein gutes Zeichen, daß er Königthum und Adel zu sehen wünscht?“

„Jacques“ sagte Defarge „zeige in der rechten Weise einer Katze Milch, wenn Du wünschest, daß sie Appetit darnach bekommen soll. Zeige in der rechten Weise einem Hund seine natürliche Beute, wenn Du wünschest, daß er sie, wenn die Zeit kommt — niederhetzt.“

Weiter ward nichts gesagt und dem Straßenarbeiter, der bereits auf der obersten Stufe halb eingeschlummert war, ward bedeutet, sich auf das Lotterbett zu legen und sich dort auszuruhen. Er ließ sich das nicht zwei Mal sagen und war bald eingeschlafen.

Ein so niedriger Sklave aus der Provinz hätte in Paris leicht schlechteres Quartier finden können, als in Defarge's Weinschank. Außer daß ihn eine geheimnißvolle Scheu vor Madame beständig quälte, führte er ein ganz neues und angenehmes Leben. Aber Madame saß den ganzen Tag hinter ihrem Ladentisch, so offenbar nichts von ihm wissend und so besonders gewillt nicht zu bemerken, daß sein Hiersein in der geringsten Verbindung mit irgend einem Geheimniß stand, daß er in seinen Holzschuhen zitterte, so oft ihr Auge auf ihn fiel; denn er sagte sich innerlich, daß man unmöglich voraussehen könne, was diese Dame zunächst vornehmen werde, und er fühlte sich überzeugt, daß, wenn sie sich in ihren schön geschmückten Kopf setzte zu behaupten, sie habe ihn einen Mord verüben und alsdann seine Opfer schinden sehen, sie auch diese Rolle bis zu Ende spielen werde.

Als daher der Sonntag kam, war der Straßenarbeiter nicht von der Entdeckung bezaubert (obgleich er es sagte), daß Madame Monsieur und ihn nach Versailles begleiten sollte. Es war auch sehr störend, daß Madame auf dem ganzen Hinwege in dem Wagen strickte; eben so störend war es, daß Madame des Nachmittags unter dem versammelten[S. 115] Volk, welches wartete, um den Wagen des Königs und der Königin zu sehen, immer noch strickte.

„Sie sind sehr fleißig, Madame,“ sagte ein Nebenstehender zu ihr.

„Ja“ gab Madame Defarge zur Antwort; „ich habe viel zu thun.“„Was stricken Sie, Madame?“

„Vielerlei.“

„Zum Beispiel?“

„Zum Beispiel Leichentücher“ gab Mad. Defarge ruhig zurück.

Sobald als möglich suchte sich der Mann einen andern Platz und der Straßenarbeiter wehte sich mit seiner blauen Mütze frische Luft zu, denn es kam ihm schrecklich schwül und drückend vor. Wenn er zu seiner Erfrischung einen König und eine Königin brauchte, so war er so glücklich, das Mittel bei der Hand zu haben; denn sehr bald kam der König mit dem großen Gesicht und die Königin mit dem schönen Gesicht in ihrer goldenen Kutsche heraus, begleitet von dem oeil de boeuf ihres glänzenden Hofes, einer Schaar lachender Damen und feiner Herren; und in Juwelen, Seide, Puder, Glanz und stolzen auf die ganze Welt herabsehenden schönen Gesichtern von Männern und Frauen schwelgte der Straßenarbeiter und berauschte sich so davon, daß er schrie. „Lange lebe der König! Lange lebe die Königin! Lange lebe Alles und Jedes!“ — als ob er nie ein Wort von dem allgegenwärtigen Jacques vernommen hätte. Dann kamen Gärten, Höfe, Terrassen, Springbrunnen,[S. 116] Rasenplätze, wiederum König und Königin, wiederum oeil de boeuf, noch mehr feine Herren und Damen, noch mehr Vivats, bis er vor lauter Schwärmerei weinte. Während dieser ganzen langen Zeit, wol drei Stunden lang, war Alles um ihn Vivatrufen und Freudenthränen und Defarge hielt ihn am Kragen fest, wie um ihn abzuhalten, auf die Gegenstände seiner kurzlebigen Verehrung loszustürzen und sie in Stücke zu zerreißen.

„Bravo!“ sagte Defarge, als es vorbei war, indem er ihn mit Gönnermiene auf den Rücken klopfte; „Ihr seid ein guter Junge!“

Der Straßenarbeiter kam jetzt wieder zu sich und glaubte fast, er habe sich mit seinen Freudenbezeigungen eines Fehlers schuldig gemacht; aber nein!

„Ihr seid der Bursche, den wir brauchen“ sagte Defarge ihm in’s Ohr. „Ihr verleitet diese Thoren zu dem Glauben, daß es ewig dauern werde. Dann sind sie um so anmaßender und das Ende kommt um so eher.“

„Ha!“ rief der Straßenarbeiter nach einigem Besinnen aus; „das ist wahr!“

„Diese Thoren wissen nichts. Während sie Euren Athem verachten und lieber Euch oder Hunderte, wie Euch ersticken sehen möchten, als einen ihrer Hunde oder Pferde, wissen sie blos, was ihnen Euer Athem sagt. So mögen sie sich dann noch eine kleine Weile täuschen; sie können sich nicht genug täuschen.“

Madame Defarge sah den Clienten geringschätzig an und nickte bestätigend.

„Was Euch betrifft“ sagte sie, „so würdet Ihr für Alles, wenn es nur mit Prunk und Lärm auftritt, Freudenthränen vergießen. Nicht wahr, das würdet Ihr thun?“

„Ich glaube wol, Madame. Für den Augenblick.“

„Wenn man Euch einen großen Haufen Puppen zeigte, die Ihr zu Eurem Nutzen auseinander nehmen und ausziehen solltet, so würdet Ihr die größte und prächtigste nehmen. Nicht wahr?“

„Ja!“

„Und wenn man Euch eine Schaar Vögel zeigte, die nicht fortfliegen könnte und Euch hieße, sie zu Eurem Nutzen ihrer Federn zu berauben, so würdet Ihr nach den Vögeln mit dem glänzendsten Gefieder greifen; nicht wahr?“

„Gewiß, Madame.“

„Ihr habt heute Puppen und Vögel gesehen,“ sagte Madame Defarge und schwenkte die Hand nach dem Orte, wo sie zuletzt gewesen waren. „Jetzt geht nach Hause!“

Sechszehntes Kapitel
Immer noch stricken

Madame Defarge und ihr Gemahl kehrten einträchtiglich nach Saint Antoine zurück, während ein Fleck in einer blauen Mütze sich durch die Finsterniß und den Staub und die langweiligen Meilen von Alleen an der Landstraße hinab langsam auf den Punkt des Compasses zu bewegte, wo das Schloß des jetzt im Grabe liegenden Monsieur le Marquis den[S. 118] flüsternden Bäumen zuhörte. So reichliche Muße hatten jetzt die steinernen Gesichter, den Bäumen und den Springbrunnen zu lauschen, daß die wenigen Vogelscheuchen aus dem Dorfe, welche in ihrem Suchen nach eßbaren Kräutern und dürrem Holz zum Heizen in den Gesichtsbereich des großen Schloßhofes und der Terrasse kamen, in ihrer ausgehungerten Phantasie den Gedanken faßten, daß der Ausdruck der Gesichter sich verändert habe. Ein Gerücht war in dem Dorfe gerade noch lebendig — es hatte ein schwaches und dürftiges Dasein gerade wie seine Bewohner — daß, als das Messer in das Herz fuhr, die Gesichter ihren Ausdruck des Zorns in Schmerz verwandelt hätten; daß als die baumelnde Gestalt vierzig Fuß über den Brunnen hinaufgezogen ward, sie sich wieder verändert und den harten Ausdruck befriedigter Rache angenommen hätten, den sie von da an immer tragen würden. In dem steinernen Gesicht über dem Fenster des großen Schlafzimmers, wo der Mord geschehen, zeigte man zwei kleine Grübchen in der steinernen Nase, die Jedermann erkannte und die Niemand vorher gesehen hatte; und bei den seltenen Gelegenheiten, wo zwei oder drei zerlumpte Landleute sich von der Menge trennten, um einen hastigen Blick auf den versteinerten Monsieur le Marquis zu werfen, dauerte es nicht lange, daß sie alle wieder unter dem Moos und den Blättern verschwanden, wie die glücklicheren Hasen die dort ihren Lebensunterhalt fanden.

Schloß und Hütte, steinernes Gesicht und baumelnde Gestalt, der rothe Fleck auf der steinernen Flur und das reine Wasser in dem Dorfbrunnen — tausende Acker Land — eine[S. 119] ganze Provinz von Frankreich — ganz Frankreich selbst — lagen unter dem Nachthimmel in einem kaum sichtbaren haarbreiten Streifen concentrirt. So ruht eine ganze Welt mit allen ihren Größen und Kleinheiten in einem funkelnden Stern. Und wie bloße menschliche Wissenschaft einen Lichtstrahl spalten und seine Zusammensetzung analysiren kann, so können erhabenere Geisteskräfte in dem schwachen Schimmer unserer Erde jeden Gedanken und jede Handlung, jegliches Laster und jegliche Tugend, jedwedes auf ihr lebenden verantwortlichen Geschöpfes lesen.

Die Defarge's, Mann und Weib, erreichten beim Sternenschein in ihrem schwerfälligen Wagen das Thor von Paris, welches das natürliche Ziel ihrer Fahrt war. An dem Wachthause desselben ward — wie gewöhnlich — angehalten und wie gewöhnlich kamen Laternen heraus, um wie gewöhnlich zu fragen und zu examiniren. Monsieur Defarge stieg aus, denn er kannte dort einen oder zwei von den Wache habenden Soldaten und Einen von der Polizei. Letzterer war sein vertrauter Freund und er umarmte ihn zärtlich.

Als Saint Antoine die Defarges wieder in seinem Schooß aufgenommen und sie aus der Kutsche ausgestiegen, um ihren Weg zu Fuß durch den schwarzen Schlamm und den Unrath seiner Straßen sorgsam fortzusetzen, fragte Madame Defarge ihren Mann: „Sage, mein Freund, was hat Dir Jacques von der Polizei mitgetheilt?“

„Diesmal sehr wenig, aber Alles, was er weiß. Es ist ein neuer Spion für unser Quartier angestellt. Es können noch viele andere sein, aber er weiß nur von einem.“

„Gut!“ sagte Madame Defarge und zog die Augenbrauen mit kühler Geschäftsmiene in die Höhe. „So müssen wir ihn in unser Register aufnehmen. Wie heißt der Mann?“

„Es ist ein Engländer.“

„Um so besser. Wie heißt er?“

„Barsad,“ sagte Defarge mit französischer Aussprache. Aber er hatte ihn sich so genau vorsagen lassen, daß er ihn alsdann ganz richtig buchstabirte.

„Barsad,“ wiederholte Madame. „Gut. Taufname?“

„John.“

„John Barsad“, wiederholte Madame, nachdem sie den Namen noch einmal halb laut vor sich hingesprochen. „Gut. Wie sieht er aus? Weiß man es?“

„Alter, ungefähr 40 Jahre; Größe ungefähr 5 Fuß 9 Zoll; Haar schwarz; Gesichtsfarbe dunkel; Aussehen im Allgemeinen hübsch; Augen dunkel; Gesicht lang und schmal; Adlernase, aber nicht gerade, sondern etwas nach der linken Backe zu gebogen; der Gesichtsausdruck dadurch lauernd.“

„Meiner Treu! Wie abgemalt!“ sagte Madame lachend. „Ich werde ihn morgen in das Register eintragen.“

Sie trat in den Weinschank, der bereits geschlossen war (denn es war Mitternacht) wo Madame Defarge sofort ihren Posten am Ladentisch einnahm, das während ihrer Abwesenheit eingegangene kleine Geld zählte, die Flaschen nachsah, die im Buche eingetragenen Posten prüfte, selbst Posten eintrug, den Dienstboten in jeder nur möglichen Weise controlirte und ihn schließlich zu Bett schickte. Dann schüttete sie zum zweiten Male den Teller mit dem Gelde aus und fing an, die Münzen in einer Kette einzelner Knoten in ihr Taschentuch einzuknüpfen, um sie für die Nacht aufzubewahren. In dieser ganzen Zeit ging Defarge mit der Pfeife im Munde auf und ab und bewunderte seine Frau im Stillen, ohne sich in die Geschäfte zu mischen; überhaupt ging er in dieser Stimmung, was Geschäfts- und häusliche Angelegenheiten betrifft, durch das Leben.

Die Nacht war schwül und in dem fest verschlossenen und in einer so unreinlichen Nachbarschaft liegenden Laden roch es unangenehm. Monsieur

Defarge's Geruchsnerven waren keineswegs sehr empfindlich, aber der Weinvorrath roch viel stärker, als er jemals schmeckte, und das war auch mit dem Rum und mit dem Branntwein und dem Anis der Fall. Er blies den vermischten Geruch von seiner Nase weg, wie er die ausgerauchte Pfeife weglegte.

„Du bist müde" sagte Madame und blickte von den Knoten auf, die sie in das Taschentuch knüpfte. „Es sind nur die gewöhnlichen Gerüche."

„Ich bin etwas müde" gab ihr Mann zu.

„Du bist auch ein wenig gedrückt" sagte Madame, deren rasches Auge nie mit den Rechnungen beschäftigt war, ohne auch einen Blick für ihn zu haben. „Ach! die Männer! die Männer!"

„Aber meine Liebe," fing Defarge an.

„Aber, mein Lieber!" wiederholte Madame und nickte entschieden; „aber mein Lieber! Du bist entmuthigt heute Abend, mein Lieber!"

„Nun ja," sagte Defarge als ob ihm ein Gedanke aus dem Herzen herausgepreßt würde. „Es ist noch so lange hin."

„Es ist noch lange hin!" wiederholte seine Frau; „und was dauert nicht lange? Rache und Vergeltung fordern viele Zeit; es ist die Regel."

„Es fordert keine lange Zeit, Jemanden mit dem Blitz zu treffen" sagte Defarge.

„Wie viel Zeit gehört aber dazu, den Blitz zu machen und aufzubewahren?" — fragte Madame ruhig. „Nun?"

Defarge blickte gedankenvoll auf, als ob darin allerdings etwas läge.

„Ein Erdbeben braucht keine lange Zeit, um eine Stadt zu zerstören" sagte Madame. „Nun sage mir wie lange dauert es, ein Erdbeben vorzubereiten?"

„Ich vermuthe, sehr lange."

„Aber wenn es fertig ist, bricht es los und zermalmt Alles vor sich. Unterdessen gährt es immer fort, obgleich man es nicht sieht oder hört. Das sei Dein Trost. Vergiß ihn nicht."

Sie zog mit funkelnden Augen einen Knoten zu, als ob sie einen Feind erdrosselte.

„Ich sage Dir" fuhr Madame fort, indem sie, um ihrer Rede Nachdruck zu geben, die rechte Hand ausstreckte, „daß, obgleich es lange unterwegs ist, es doch unterwegs und im Anzuge ist. Ich sage Dir, es zieht sich nie zurück und steht nie still. Ich sage Dir, es kommt immer näher. Sieh um Dich und bedenke, welches Leben die Welt — so weit wir sie kennen — führt; bedenke die Wuth und die Unzufriedenheit zu welcher die Jacquerie stündlich mit sicherer Aussicht auf Erfolg spricht. Kann so etwas ewig dauern? Bah! Ich möchte lachen."

„Mein starkes Weib!" entgegnete Defarge, der vor ihr mit etwas gesenktem Haupt und auf dem Rücken gelegten Händen stand, wie ein gelehriger und aufmerksamer Schüler vor seinem Lehrer. „Alles das ziehe ich nicht in Zweifel. Aber es hat schon lange Zeit gedauert und es ist möglich — Du weißt recht gut, Frau, es ist möglich — daß es während unserer Lebenszeit nicht kommt."

„Nun gut, was dann?" fragte Madame und knüpfte einen andern Knoten, als ob sie einen andern Feind erwürge.

„Nun ja!" sagte Defarge mit einem halbklagenden und halb um Verzeihung bittenden Achselzucken. „Wir sehen dann den Sieg nicht."

„Wir haben aber mit dazu geholfen" entgegnete Madame und streckte ihre Hand mit energischer Geberde aus. „Nichts, was wir thun, geschieht vergebens. Ich glaube von ganzer Seele, daß wir den Sieg erblicken werden. Aber selbst wenn nicht, selbst wenn ich es gewiß wüßte, so zeige mir den Hals eines Aristokraten und Tyrannen und ich wollte doch —"

Hier knüpfte Madame mit festgeschlossenen Zähnen einen wirklich recht festen Knoten.

„Halt!" rief Defarge ein wenig erröthend, als ob man ihn der Feigheit beschuldigte; „auch ich, Frau, werde vor Nichts zurückschrecken."

„Ja! aber es ist Deine Schwäche, daß Du manchmal Dein Opfer und Deine Gelegenheit sehen willst, um frischen Muths zu bleiben. Behalte frischen Muth ohne das. Wenn die Zeit kommt laß einen Teufel und einen Tiger los; aber warte auf die Zeit, mit dem Tiger und dem Teufel an der Kette — Niemand sichtbar — aber immer bereit."

Madame gab dem Schlußwort dieses Rathes dadurch Nachdruck, daß sie mit ihrer Kette von eingeknüpftem Geld auf den kleinen Ladentisch schlug, als ob sie dessen Gehirn ausschlüge und dann das Taschentuch mit unbefangener Miene unter den Arm nahm und bemerkte, daß es Zeit zum Schlafengehen sei.Der nächste Mittag sah die wunderbare Frau auf ihrem gewöhnlichen Platze im Weinschanke fleißig mit Stricken beschäftigt. Eine Rose lag neben ihr und wenn sie manchmal einen Blick auf die Blume warf, so verlor sie dabei ihr gewöhnliches nachdenkliches Aussehen nicht. Im Laden waren wenig Gäste, welche tranken oder nicht tranken, saßen oder standen. Es war sehr heiß und Haufen von Fliegen, welche ihre neugierigen und abentheuerlichen Forschungen bis in die klebrigen Gläschen neben Madame ausdehnten, fielen todt auf den Boden. Ihr Untergang machte keinen Eindruck auf die andern spazierengehenden Fliegen, welche ihnen in der unbefangensten Weise zusahen (als ob sie selbst Elephanten oder etwas anderes den Fliegen eben so wenig Aehnliches wären), bis sie dasselbe Schicksal traf. Seltsam, wie leichtsinnig Fliegen sind! — Vielleicht dachten sie an diesem sonnigen Sommertage an dem Hof eben so.

Eine eben eintretende Gestalt warf einen Schatten auf Madame Defarge, von dem sie fühlte, daß er ein neuer war. Sie legte ihr Strickzeug hin und steckte die Rose mit einer Nadel in ihrem Kopftuche fest, ehe sie die Gestalt ansah.

Es war merkwürdig. In dem Augenblick, wo Madame Defarge die Rose in die Hand nahm, hörten die Gäste auf zu sprechen und fingen allmählig an, den Laden zu verlassen.

„Guten Tag, Madame," sagte der neue Ankömmling.

„Guten Tag, Monsieur!"

Sie sagte es laut, sprach aber zu sich selbst, wie sie ihr Strickzeug in die Hand nahm: „Ha! Alter ungefähr 40 Jahre; Größe ungefähr 5 Fuß 9 Zoll; Haar schwarz, Gesichtsfarbe dunkel; Aussehen im Allgemeinen hübsch; Augen dunkel; Gesicht lang und schmal; Adlernase, aber nicht gerade, sondern etwas nach der linken Backe zu gebogen; der Gesichtsausdruck dadurch lauernd! Guten Tag, Einer und Alle!"

„Haben Sie die Güte, mir ein Gläschen alten Cognac und einen Mundvoll kaltes frisches Wasser zu geben, Madame."

Madame entsprach seinem Wunsche mit höflicher Miene.

„Süperber Cognac das, Madame!"

Es war das erste Mal, daß er so gelobt wurde, aber Madame Defarge kannte genug von seiner Entwickelungsgeschichte, um es besser zu wissen. Sie sagte jedoch, daß sich der Cognac geschmeichelt fühle, und nahm ihr Strickzeug wieder her. Der Gast betrachtete ihre geschäftigen Finger ein paar Augenblicke und benutzte dann die Gelegenheit, sich verstohlen in dem Laden umzusehen.

„Sie sind sehr geschickt im Stricken, Madame!"

„Ich bin daran gewöhnt."

„Und auch ein hübsches Muster!"

„Meinen Sie wirklich?" fragte Madame und sah ihn lächelnd an.

„Gewiß. Darf ich fragen, zu welchem Zweck Sie stricken?"

„Zur Zerstreuung" sagte Madame immer noch mit freundlich lächelndem Gesicht, während ihre Finger behend sich bewegten.

„Nicht zum Gebrauch?"

„Das kommt darauf an. Vielleicht finde ich einmal eine Verwendung dafür. Wenn das der Fall ist," sagte Madame mit einem starken Athemzuge und indem sie kokett ernst mit dem Kopf nickte, „werde ich es verwenden."

Es war merkwürdig; aber der Geschmack Saint Antoine's schien ganz entschieden von einer Rose in ihrem Kopftuch verletzt zu werden. Zwei Männer waren eingetreten und im Begriff, sich etwas zu trinken zu bestellen, als sie bei'm

Anblick der Blume stockten, vorgaben einen Freund zu suchen, der nicht da war, und wieder gingen. Auch von denen, welche dagewesen waren, als der fremde Gast eintrat, war Niemand mehr vorhanden. Einer nach dem Andern hatte den Laden verlassen. Der Spion hatte gut aufgepaßt, aber kein Zeichen entdecken können. Sie hatten sich in einer armuthbedrückten, ziellosen, zufälligen Weise weggeschlichen, die ganz natürlich und unverdächtig war.

„John" markirte Madame, während sie weiter strickte und ihre Augen auf dem Fremden ruhten: „Bleibe noch und ich stricke auch „Barsad," ehe Du gehst."

„Sie sind verheirathet, Madame?"

„Ja."

„Haben auch Kinder?"

„Nein."

„Das Geschäft scheint schlecht zu gehen?"

„Das Geschäft geht sehr schlecht; die Leute sind so sehr arm."

„Ach das arme unglückliche Volk! Und so bedrückt — wie Sie sagen."

„Wie Sie sagen," gab Madame berichtigend zurück und strickte dabei hurtig ein Extrazeichen in seinen Namen, das ihm nichts Gutes verhieß.

„Verzeihen Sie; gewiß brauchte ich den Ausdruck, aber natürlich denken Sie so. Das versteht sich von selbst."

„Ich — denken?" — entgegnete Madame mit gehobener Stimme. „Ich und mein Mann haben ohne Denken genug zu thun, diesen Weinschank offen zu halten. Unser einziger Gedanke hier ist, wie wir uns das Leben fristen sollen. Das ist's, woran wir denken und es giebt uns von früh Morgens bis zum Abend genug zu denken, ohne daß wir uns Gedanken über Andere machen können. Ich — für Andere denken? Nein! Nein!"

Der Spion, welcher gekommen war, jeden Brosamen, den er finden oder erfinden konnte, aufzulesen, ließ in seinem lauernden Gesichte nicht durchblicken, daß er bis dahin umsonst gekommen war, sondern blieb — den Ellenbogen auf Madame Defarges kleinen Ladentisch gelegt — mit einer Miene herablassender Galanterie stehen und nahm dann und wann ein Schlückchen Cognac.

„Eine schlimme Geschichte, Madame, diese Hinrichtung Gaspard's. Ach der arme Gaspard!" sagte er mit einem Seufzer tiefsten Mitleids.

„Mein Gott!" entgegnete Madame leichthin. „Wenn Leute Messer zu solchen Zwecken verwenden, so müssen sie dafür büßen. Er wußte im Voraus, was der Preis für seine Liebhaberei war. Er hat den Preis bezahlt."

„Ich glaube," sagte der Spion im vertraulichsten Tone und in jeder Muskel seines arglistigen Gesichts verletzte revolutionäre Empfindlichkeit ausdrückend;

„ich glaube, das Schicksal des armen Mannes hat in diesem Quartier viel Mitleid erregt und viel Aufregung verursacht? Ganz unter uns!"

„Wirklich?" fragte Madame gleichgiltig.

„Nicht?"

„Hier ist mein Mann!" sagte Madame Defarge.

Als der Inhaber des Weinschanks zur Thür hereintrat, griff der Spion grüßend an den Hut und sagte mit zuvorkommendem Lächeln: „Guten Tag, Jacques!" Defarge blieb stehen und sah ihn verwundert an.

„Guten Tag, Jacques!" wiederholte der Spion weder ganz so zuversichtlich noch mit einem so unbefangenen Lächeln wie das erste Mal.

„Sie irren sich, Monsieur," gab der Inhaber des Wein schanks zur Antwort. „Sie nehmen mich für einen Andern. Das ist nicht mein Name. Ich heiße Ernest Defarge."

„Es ist ganz einerlei" sagte der Spion leichthin, aber doch geschlagen; „guten Tag!"

„Guten Tag!" antwortete Defarge trocken.

„Ich sagte eben zu Madame, mit der ich das Vergnügen hatte mich zu unterhalten, als Sie eintraten, daß ich gehört, das unglückliche Schicksal des armen Gaspard habe in Saint Antoine viele Theilnahme und große Aufregung hervorgerufen, und ein Wunder ist es nicht."

„Ich habe nichts davon gehört" sagte Defarge kopfschüttelnd; „ich weiß gar nichts."

Nachdem er dies gesagt, trat er hinter den kleinen Ladentisch und blieb dort stehen, die Hand auf die Lehne des Stuhles seiner Frau gelegt. Ueber diese Schranke sah er den Mann an, dessen Gegner sie Beide waren und den Jedes von den Beiden mit dem größten Genuß hätte niederschießen können.

Der Spion, wohl geübt in seinem Gewerbe, veränderte nicht seine unbefangene Haltung, sondern trank sein Gläschen Cognac aus, nahm einen Schluck frisches Wasser und bat um ein andres Glas Cognac. Madame Defarge schenkte es ihm ein, nahm ihr Strickzeug wieder zur Hand und summte ein Liedchen vor sich hin.

„Sie scheinen in diesem Quartier gut bekannt zu sein, ich meine, besser als ich?" bemerkte Defarge.

„Durchaus nicht; aber ich hoffe hier besser bekannt zu werden. Ich fühle so viel Theilnahme für die unglücklichen Bewohner."

„Ha!" brummte Defarge vor sich hin.

„Das Vergnügen Ihrer Unterhaltung, Monsieur Defarge“ fuhr der Spion fort, „erinnert mich daran, daß ich eigentlich die Ehre habe, Sie schon zu kennen — wenigstens dem Namen nach.“

„Wirklich?“ sagte Defarge sehr gleichgiltig.

„Ja wirklich. Als Dr. Manette freigelassen ward, übernahmen Sie — sein alter Diener — die Obhut über ihn, weiß ich. Er wurde Ihnen übergeben. Sie sehen, ich kenne die ganze Geschichte.“

„Es scheint so,“ sagte Defarge. Eine zufällige Berührung von dem Ellenbogen seiner Frau, wie sie strickte und vor sich hin sang, hatte ihn bedeutet, daß es das Beste sei zu antworten, aber mit möglichster Kürze.

„Zu Ihnen“ fuhr der Spion fort „kam seine Tochter; und aus Ihrer Pflege übernahm ihn seine Tochter begleitet von einem sauber gekleideten braunen Herrn; wie hieß er doch? — er trug eine kleine Perrücke — Lorry — von dem Bankierhause Tellson u. Comp. — und brachte ihn hinüber nach England.“

„Ganz richtig“ bestätigte Defarge.

„Sehr interessante Erinnerungen!“ sagte der Spion. „Ich habe Dr. Manette und seine Tochter in England gekannt.“

„Wirklich?“ sagte fragend Defarge.

„Sie hören jetzt selten von ihnen?“ sagte der Spion.

„Nur selten,“ erwiederte Defarge.

„Im Grunde hören wir jetzt gar nichts von ihnen“ fiel Madame ein, indem sie von ihrer Arbeit aufsah und ihr Liedchen abbrach. „Wir haben Nachricht von ihrer sicheren Ankunft und vielleicht noch einen oder zwei Briefe empfangen; aber seitdem sind sie allmählich ihren Lebensweg gegangen und wir den unsrigen und wir haben keinen Verkehr mit einander gehabt.“

„So ist es, Madame“ entgegnete der Spion. „Sie steht im Begriff sich zu verheirathen.“

„Sie steht im Begriff?“ wiederholte Madame. „Sie war hübsch genug, längst verheirathet zu sein. Ihr Engländer seid kaltherzig, wie mir scheint.“

„O! Sie wissen, daß ich Engländer bin?“

„Ihre Zunge ist englisch“ entgegnete Madame; „und wie die Zunge ist, muß meiner Ansicht nach auch der Mann sein!“

Er nahm die Erkennung nicht als ein Compliment auf; aber er schickte sich hinein und brach mit einem Lachen ab. Nachdem er seinen Cognac ausgenippt hatte, setzte er hinzu:

„Ja, Miß Manette steht im Begriff zu heirathen; aber keinen Engländer, sondern einen gebornen Franzosen. Und da wir von Gaspard sprachen (ach der arme Gaspard! es war grausam! grausam!) so ist es doch seltsam, daß sie den Neffen des Marquis heirathet, dessentwegen Gaspard so hoch hängen mußte; mit andern Worten — den gegenwärtigen Marquis. Aber er lebt unbekannt in England, er ist kein Marquis dort, sondern einfach Mr. Charles Darnay. D'Aulnais ist der Familienname seiner Mutter."

Madame Defarge strickte ruhig weiter, aber auf ihren Mann brachte die Nachricht einen sichtbaren Eindruck hervor.Mochte er hinter dem kleinen Ladentische thun was er wollte, Feuer machen oder seine Pfeife anbrennen — er zeigte sich gefangen und seine Hand war unruhig. Der Spion wäre kein Spion gewesen, wenn er das nicht gesehen und das Gesehene sich nicht gemerkt hätte.

Nachdem er wenigstens diesen einen Treffer gehabt, dessen endgiltiger Werth freilich noch ungewiß war, und da außerdem keine Gäste erschienen, die ihm zu Entdeckungen verhelfen konnten, bezahlte Mr. Barsad seine Zeche und verabschiedete sich, nicht ohne auf die höflichste Weise zu bemerken, daß er das Vergnügen zu haben hoffe, Monsieur und Madame Defarge wieder zu sehen. Einige Minuten, nachdem er sie verlassen hatte, blieben Mann und Frau genau in der Stellung wie sie waren, im Fall er etwa zurückkehren sollte.

Kann das, was er von Mademoiselle Manette sagt, wahr sein?" sagte Defarge mit gedämpfter Stimme, während er immer noch rauchend und die Hand auf die Stuhllehne gelegt hinter seiner Frau stand.

„Da er es gesagt hat, ist es wahrscheinlich eine Lüge," erwiederte Madame, und zog die Augenbrauen ein wenig in die Höhe. „Aber es kann wahr sein."

„Wenn es wahr ist —" fing Defarge an und stockte.

„Wenn es wahr ist?" wiederholte seine Frau.

— „Und wenn es geschieht und wir bei seinem Triumph noch am Leben sind — hoffe ich um ihretwillen, daß das Schicksal ihren Mann fern von Frankreich halten wird."

„Ihres Mannes Schicksal," sagte Madame Defarge mit ihrer gewöhnlich ruhigen Fassung, „wird ihn hinführen, wo er hingehen soll und wird ihn zu dem Ende bringen, das ihm bestimmt ist. Das ist Alles, was ich weiß."

„Aber ist es nicht sehr seltsam — ist es jetzt nicht wenigstens sehr seltsam" — sagte Defarge, als ob er mehr einen Versuch machte, seine Frau zu bewegen, so viel zuzugeben, „daß nach aller unsrer Theilnahme für ihren Vater und für sie selber der Name ihres Gatten gerade jetzt neben dem des Höllenhundes, der uns eben verlassen hat, von Deiner Hand geächtet sein muß?"

„Seltsamere Dinge als diese werden geschehen, wenn es kommt" gab Madame zur Antwort. „Sie sind jedenfalls Beide gezeichnet; und sie verdienen es Beide; das genügt."

Sie wickelte das Strickzeug zusammen, als sie dies gesagt hatte und nahm gleich darauf die Rose aus dem Taschentuch, das um ihren Kopf gewunden war. Entweder hatte Saint Antoine einen geheimen Instinkt, daß die anstößige Zier entfernt war oder Saint Antoine lauerte auf ihr Verschwinden; wie dem immer sein möge — es faßte Muth, nach sehr kurzer Zeit sich wieder einzufinden und der Weinschank nahm sein gewöhnliches Aussehen wieder an.

Des Abends, zu welcher Zeit vor allen andern Saint Antoine das Inwendige auswendig kehrte und auf Thürstufen und Fensterbrettern saß und an die Ecken schmutziger Straßen und Höfe trat, um einen Mund voll frische Luft zu schöpfen, war Madame Defarge gewohnt, mit ihrem Strickzeug in der Hand, von Ort zu Ort und von Gruppe zu Gruppe zu gehn, als ein Sendbote — es gab viele ihres Gleichen — wie wir nicht wünschten, daß die Welt sie wieder erzeuge. Die Frauen strickten alle. Sie strickten unnütze Kleinigkeiten; aber die mechanische Arbeit war ein mechanischer Ersatz für Essen und Trinken; die Hände bewegten sich für die Kinnbacken und die Verdauungswerke; wenn die knochigen Finger stillgestanden hätten, hätten die Magen mehr die Qualen des Hungers gefühlt.

Aber wie die Finger sich bewegten, bewegten sich auch die Augen und die Gedanken. Und wie Madame Defarge von einer Gruppe zur andern ging, bewegten sich alle drei rascher und zorniger in jeder kleinen Gruppe Frauen, mit der sie gesprochen und die sie dann wieder verlassen hatte.

Ihr Mann stand rauchend vor seiner Thür und sah ihr mit bewundernden Blicken nach.

„Eine große Frau," sagte er, „eine starke Frau, eine gewaltige Frau, eine fürchterlich gewaltige Frau!"

Die Nacht stellte sich ein und dann vernahm man das Läuten von Kirchenglocken und das ferne Trommeln der königlichen Garde und immer noch saßen die Frauen dort und strickten. Nacht umfing sie. Noch eine andre Nacht kam eben so sicher, wo die Thurmglocken, die jetzt so schön in so manchen schlanken Thurme Frankreichs läuteten, zu donnernden Kanonen umgeschmolzen sein und die Trommeln eine schwache Stimme übertönen würden, welche diese Nacht allmächtig als die Stimme der Herrschaft und des Ueberflusses, der Freiheit und des Lebens war. So viel schloß sich um die Frauen zusammen, die immer noch strickten und strickten, daß sie sich selbst um einen noch ungebauten Bau herumschlossen, wo sie stricken und stricken sollten und fallende Köpfe zählen.

Siebenzehntes Kapitel
Eine Nacht

Nie ging die Sonne mit schönerem Glanze über der stillen Ecke in Soho unter, als an einem denkwürdigen Abend, wo der Doctor und seine Tochter zusammen unter der Platane saßen. Nie ging der Mond mit milderem Schimmer über dem großen London auf, als in jener Nacht, wo er sie immer noch unter dem Baume sitzend fand und durch dessen Blätter auf ihre Gesichter schien.

Lucie sollte morgen getraut werden. Sie hatte diesen letzten Abend für ihren Vater aufgespart und sie saßen allein unter dem Platanenbaum.

„Du bist glücklich, lieber Vater?"

„Ganz glücklich, mein Kind!"

Sie hatten wenig gesprochen, obgleich sie schon lange dort gesessen hatten. Als es noch hell genug gewesen war, um zu arbeiten und zu lesen, hatte sie sich weder mit ihrer gewöhnlichen Handarbeit beschäftigt, noch ihm vorgelesen. Viele, viele Male hatte sie unter dem Schatten des Baumes neben ihm genäht oder ihm vorgelesen; aber der heutige Tag war nicht wie ein anderer, und nichts konnte ihn einem andern gleich machen.

„Und auch ich fühle mich sehr glücklich heute Abend, lieber Vater. Ich fühle mich aufs Tiefste beglückt von der Liebe, mit der mich der Himmel gesegnet hat — von meiner Liebe zu Charles und Charles Liebe zu mir. Aber wenn mein Leben Dir nicht mehr geweiht sein sollte oder wenn ich durch meine Heirath nur um ein paar Straßen von dir getrennt würde, so würde ich mich unglücklicher fühlen und mir selbst mehr Vorwürfe machen, als ich dir sagen kann. Selbst so wie es ist —"

Selbst so wie es war, versagte ihr die Stimme.

In dem melancholischen Mondschein umarmte sie ihn und legte ihr Gesicht an seine Brust. In dem Mondschein, der immer melancholisch ist (wie es ja auch das Licht der Sonne ist — und das Licht, welches man das menschliche Leben nennt bei seinem Kommen und Gehen).

„Theuerster der Theuren! kannst Du mir dies letzte Mal sagen, daß Du Dich ganz fest überzeugt fühltest, daß niemals neue Neigungen, die ich fühle, oder neue Pflichten, die ich zu erfüllen habe, zwischen uns beide treten werden? ich weiß es wohl, aber weißt auch Du es? Fühlst Du Dich in Deinem innersten Herzen dessen fest überzeugt?"

Ihr Vater gab mit einer heitern Zuversicht, die kaum eine angenommene sein konnte, zur Antwort: „Ganz fest überzeugt, mein Herzenskind! Mehr als das," setzte er hinzu und küßte sie zärtlich. „Meine Zukunft liegt durch Deine Heirath, Lucie, viel heller vor mir, als sie ohne dieselbe jemals sein könnte oder war."

„Wenn ich das hoffen könnte, Vater!" —

„Glaube es mir, Liebe! Es ist in der That so. Bedenke, wie natürlich und einfach es ist, mein Herz, daß es so ist. Du mit Deiner Hingebung und mit Deiner Jugend kannst nicht recht die bange Sorge fühlen, die mich erfüllt hat, daß Dein Leben nicht etwa verbittert würde —"

Sie bewegte die Hand nach seinen Lippen, aber er nahm sie in die seinige und wiederholte das Wort.

— „Verbittert, mein Kind! verbittert meinetwegen und aus seiner natürlichen Bahn gedrängt. Deine Selbstlosigkeit kann nicht ganz begreifen, wie viel mir dieß Sorge gemacht hat; aber frage dich nur selbst, wie konnte mein Glück vollkommen sein, so lange das Deine unvollkommen blieb?"

„Wenn ich Charles nie gesehen hätte, Vater, wäre ich mit Dir ganz glücklich gewesen."

Er lächelte über ihr unbewußtes Zugeständniß, daß sie ohne Charles unglücklich sein würde, da sie ihn gesehen hatte und gab zur Antwort: „Kind, Du hast ihn gesehen und es ist Charles. Wäre es nicht Charles gewesen, so würde es ein Andrer sein. Oder, wenn es kein Andrer wäre, so wäre ich die Ursache und dann hätte der dunkle Theil meines Lebens seinen Schatten über mich hinausgeworfen und wäre auf Dich gefallen."

Es war zum ersten Male, außer bei der Gerichtsverhandlung, daß sie ihn auf seine Leidenszeit hindeuten hörte. Es brachte ein seltsames Gefühl in ihr hervor, während seine Worte ihr in dem Ohre klangen; und nach Jahren dachte sie noch daran.

„Sieh!" sagte der Arzt von Beauvais und deutete mit der Hand nach dem Monde. „Ich habe ihn angesehen von meinem Kerker aus, als ich sein Licht nicht ertragen konnte. Ich habe ihn angesehen, wo der Gedanke, daß er auf das herniederschiene, was ich verloren, mir solche Qual war, daß ich meinen Kopf an den Wänden meines Kerkers hätte zerschmettern mögen. Ich habe ihn in einem so dumpfen und lethargischen Zustande angesehn, daß ich an nichts dachte, als an die Zahl von horizontalen Linien, die ich über den Vollmond ziehen, und an die Anzahl senkrechter Linien, mit denen ich sie kreuzen könnte." Er setzte in seiner in sich gekehrten und brütenden Weise hinzu, wie er den Mond anblickte: „Es waren zwanzig nach jeder Seite, weiß ich noch, und die zwanzigste konnte ich kaum hineinbringen."

Das bange Gefühl, mit welchem sie ihn an diese Zeit zurückdenken hörte, ward stärker, als sie dabei verweilte; aber sonst war nichts beunruhigendes in seiner Weise. Er schien nur die Heiterkeit und das Glück seiner Gegenwart mit dem harten Leiden, welches vorbei war, zu vergleichen.

„Ich habe ihn angesehen und mir viel tausend Mal Gedanken über das
ungeborne Kind gemacht, von dem ich weggerissen worden. Ob es am Leben sei,
ob es lebendig zur Welt gekommen oder ob der Schreck, den die arme Mutter
gehabt, es getödtet habe! Ob es ein Sohn sei, der seinen Vater eines Tages rächen
könnte. (Es gab eine Zeit meines Kerkerlebens, wo mein Durst nach Rache ganz
unerträglich war). Ob es ein Sohn sei, der nie seines Vaters Gesicht kennen würde;
der dereinst selbst die Möglichkeit erwägen könnte, ob an dem Verschwinden seines
Vaters nicht dessen eigner Wille und dessen eigne That schuld sei. Ob es eine
Tochter sei, die zur Jungfrau heranwachsen würde!“

Sie drängte sich näher an ihn heran und küßte ihm Wange und Hand.

„Ich habe mir meine Tochter vorgemalt, wie sie mich ganz und gar vergessen
oder vielmehr nie etwas von mir gewußt. Ich habe Jahr für Jahr ihr Lebensalter
berechnet. Ich habe sie mir gedacht als Gattin eines Mannes, der nichts von meinem
Schicksal wußte. Ich bin gänzlich verschwunden aus der Erinnerung der Lebendigen
und in der nächsten Generation war mein Platz leer.“

„Ach Vater! blos zu hören, daß Du so von einer Tochter dachtest, die nie gelebt,
preßt mir das Herz zusammen, als ob ich dieses Kind gewesen wäre.“

„Du, Lucie? Gerade aus der Tröstung und Rettung, die ich dir verdanke,
entstehen diese Erinnerungen und treten jetzt in dieser letzten Nacht zwischen uns
und den Mond. — Was sagt ich eben?“

„Sie wußte nichts von Dir. Sie kümmerte sich nicht um Dich.“

„Ja! Aber in andern mondhellen Nächten, wo die Melancholie und das
Schweigen mich in andrer Weise berührt hatten, — wo sie mich mit einem Gefühl
gleich einer bekümmerten Empfindung von Frieden erfüllten, soweit es eine
Bewegung thun konnte, die Schmerz zu ihrer Grundlage hat — habe ich mir
eingebildet, wie sie in meine Zelle kam und mich hinaus in die Freiheit draußen vor
der Festung führte. Ich habe ihr Bild oft im Mondschein gesehen, wie ich Dich jetzt
sehe; nur daß ich es nie in meinen Armen hielt; es stand zwischen dem kleinen
vergitterten Fenster und der Thür. Aber Du verstehst, daß dieß nicht das Kind war,
von dem ich spreche?“

„Die Gestalt war es nicht; das — das — Bild; die Einbildung?“

„Nein. Das war etwas Anderes. Es stand vor meinem gestörten Gesichtssinn,
aber es bewegte sich nie. Das Phantom, welchem mein Geist nachging, war ein
anderes und mehr der Wirklichkeit angehörendes Kind. Von seiner äußern
Erscheinung weiß ich weiter nichts, als daß es ein Ebenbild seiner Mutter war. Die
andere Gestalt sah eben so aus — wie du auch — aber sie war nicht dieselbe. Kannst
Du mich begreifen, Lucie? Wohl kaum? Ich glaube fast, du hättest ein einsamer
Gefangener sein müssen, um diese subtilen Unterschiede zu verstehen.“

Sein gesammeltes und ruhiges Wesen konnte nicht verhindern, daß sie ein
Schauer überlief, wie er so versuchte, seine alten Stimmungen zu zergliedern.

„In dieser friedlichern Stimmung habe ich mir sie im Mondschein gedacht, wie sie zu mir kam und mich fortführte, um mir zu zeigen, daß ihr häusliches Leben als Gattin voll liebreicher Erinnerungen an ihren Vater war. Mein Bildniß hing in ihrem Zimmer und sie schloß mich in ihr Gebet ein. Sie führte ein thätiges, freudiges und nützliches Leben; aber mein unglückliches Schicksal ward darüber nie vergessen.“

„Ich war dieses Kind, lieber Vater. Ich war nicht halb so gut; aber in meiner Liebe war ich es.“

„Und sie zeigte mir ihre Kinder,“ sagte der Arzt von Bauveais, „und sie hatten von mir erzählen hören, und man hatte sie gelehrt, mich zu bemitleiden. Wenn sie vor einem Staatsgefängniß vorbeigingen, hielten sie sich fern von seinen dräuenden Mauern und blickten zu dem vergitterten Fenster hinauf und sprachen nur flüsternd. Sie konnte mich nie befreien; ich bildete mir immer ein, daß sie mich zurückbrächte, nachdem sie mir alle diese Dinge gezeigt hatte, aber alsdann sank ich, durch heiße Thränen erleichtert, auf meine Knie und segnete sie.“

„Ich bin das Kind, hoffe ich, geliebter Vater. Ach Herzensvater, willst du mich eben so innig für den morgenden Tag segnen?“

„Lucie! ich rufe diese alten Stimmungen zurück, weil ich heute Grund habe, dich inniger zu lieben, als Worte sagen können, und Gott für mein großes Glück zu danken. Meine Gedanken, auch wenn sie sich am höchsten verstiegen, sind nie dem Glücke nahe gekommen, das ich bei Dir gekannt habe und das unsrer wartet.“

Er umarmte sie, empfahl sie feierlichst dem Himmel und dankte diesem demüthig, daß er sie ihm geschenkt habe. Bald darauf gingen sie in’s Haus.

Es war Niemand zur Trauung eingeladen als Mr. Lorry; es war nicht einmal eine andere Brautjungfer da, als die unschöne Miß Proß. Die Verheirathung sollte keine Veränderung in ihrem Wohnorte nach sich ziehen; durch Miethung der obern Räume, die früher dem apokryphischen unsichtba ren Miethsmann gehörten, hatten sie sich im Stande gesehen, die Wohnung zu vergrößern und mehr wünschten sie nicht.

Dr. Manette war während des bescheidenen Abendessens sehr heiter. Nur drei Personen waren bei Tisch und Miß Proß war die dritte. Er bedauerte, daß Charles nicht da war; war mehr als halb geneigt, Einwendungen gegen die wohlgemeinte kleine Verschwörung, welche ihn fernhielt, zu machen, und trank liebevoll auf seine Gesundheit.

So kam für ihn die Zeit, Lucien gute Nacht zu sagen, und sie trennten sich. Aber in der Stille der dritten Morgenstunde kam Lucie wieder herunter und schlich sich in sein Zimmer — nicht frei von unbestimmten Besorgnissen. Alles war ruhig; und er schlummerte, das weiße Haar malerisch über das Kissen ausgebreitet und die Hände ruhig auf der Decke liegend. Das Licht, welches sie nicht brauchte, stellte sie in eine ferne Ecke in den Schatten, trat dann an das Bett und drückte ihm einen Kuß auf die Lippen; dann blieb sie über ihn gebeugt stehen und betrachtete ihn.

In seinem schönen Gesicht hatten die bittern Thränen der Gefangenschaft Spuren zurückgelassen; aber er deckte sie mit so entschiedenem Willen zu, daß sie sich selbst in seinem Schlummer nicht verriethen. Ein merkwürdigeres Gesicht in seinem ruhigen, entschlossenen und vorsichtigen Kampf mit einem unsichtbaren Gegner war in den ganzen weiten Reichen des Schlummers in dieser Nacht nicht zu finden.

Sie legte schüchtern ihre Hand auf die geliebte Brust und sprach ein Gebet, daß sie immer so treu an ihm halten möchte, als ihre Liebe sich sehnte und seine Leiden verdien ten. Dann zog sie ihre Hand zurück, küßte ihn noch einmal auf den Mund und ging. So kam der Sonnenaufgang und die Schatten von dem Laube der Platane bewegten sich auf seinem Gesicht so leise, wie sich ihre Lippen für ihn betend bewegt hatten.

Achtzehntes Kapitel
Neun Tage

Der Hochzeitstag fing mit hellem Sonnenschein an und sie standen Alle fertig vor der geschlossenen Thür von dem Zimmer des Doctors, wo er mit Charles Darney sprach. Sie standen im Begriff, nach der Kirche zu gehen; die schöne Braut, Mr. Lorry und Miß Proß — für welche Letztere das Ereigniß durch ein allmähliches Aussöhnen mit dem Unvermeidlichen unbedingte Seligkeit gewesen wäre, ohne die im Hintergrund ihres Geistes lauernde Erwägung, daß ihr Bruder Salomo der Bräutigam hätte sein sollen.

„Also dazu," sagte Mr. Lorry, welcher die Braut nicht genug bewundern konnte und um sie herumgegangen war, um sie in ihrem einfachen hübschen Anzuge von jeder Seite recht ordentlich anzusehen — „also dazu, meine liebe Lucie, habe ich Sie als ganz kleines Kind über den Kanal gebracht! Du meine Güte! Wie wenig dachte ich mir damals, was ich that. Wie wenig ahnete ich das hohe Verdienst, welches ich mir um meinen Freund, Mr. Charles, erwarb."

„Sie beabsichtigten es nicht," bemerkte die prosaische Miß Proß, „und wie konnten Sie es wissen? Unsinn!"

„Wirklich? Gut denn; aber weinen Sie nicht," sagte der sanfte Mr. Lorry.

„Ich weine nicht," sagte Miß Proß; „Sie weinen."

„Ich, meine gute Proß?" (Mr. Lorry war jetzt so weit gekommen, gelegentlich mit ihr scherzen zu dürfen).

„Sie weinten eben noch; ich habe es gesehen und wundere mich nicht darüber; ein solches Geschenk von Silberzeug — wie Ihres — reicht hin, um in jedes Auge Thränen zu bringen. Es ist keine Gabel und kein Löffel im Kasten," meinte Miß Proß, „über den ich gestern Abend, wie das Silberzeug ankam, nicht geweint hätte, bis ich nicht mehr sehen konnte."

„Ich fühle mich sehr geschmeichelt," sagte Mr. Lorry, „obgleich ich — auf Ehre! — nicht die Absicht hatte, diese kleinen Erinnerungszeichen irgend Jemandem unsichtbar zu machen. Mein Gott! das ist eine Gelegenheit, welche Einen über Alles, was man verloren hat, nachdenken macht. Gott, Gott, Gott! zu denken, daß es jeden Tag seit fast funfzig Jahren eine Mrs. Lorry hätte geben können!"

„Durchaus nicht!" warf Miß Proß ein.

„Sie meinen, es hätte nie eine Mrs. Lorry geben können?" fragte der Herr dieses Namens.

„Bah!" entgegnete Miß Proß; „Sie waren schon in der Wiege ein Hagestolz."

„Na, auch das klingt wahrscheinlich,“ bemerkte Mr. Lorry, indem er die Perrücke über dem freundlichen Gesicht zurecht rückte.

„Und Sie waren zum Hagestolz bestimmt“ fuhr Miß Proß fort, „ehe Sie in die Wiege gelegt wurden.“

„Dann meine ich“ sagte Mr. Lorry, „bin ich höchst schäbig behandelt worden, und hätte man mir doch wenigstens eine Stimme bei der Wahl meiner zukünftigen Stellung gestatten sollen. Genug! Nun, meine liebe Lucie“ sagte er, indem er beruhigend den Arm um sie legte, „ich höre im nächsten Zimmer, daß sie kommen und Miß Proß und ich, als zwei förmliche Geschäftsleute, möchten gern die letzte Gelegenheit benutzen, um Ihnen etwas zu sagen, was Ihrem Herzen gut thun wird. Sie lassen Ihren guten Vater in Händen zurück, welche für sein Wohl so ernstlich und liebevoll, wie Sie selbst, sorgen werden; es soll alle mögliche Rücksicht auf ihn genommen werden; während der nächsten vierzehn Tagen, wo Sie in Warwickshire, oder dessen Nachbarschaft sind, müssen selbst Tellsons vergleichsweise vor Ihnen zurücktreten. Und wenn nach Ablauf dieser vierzehn Tage er zu Ihnen und zu Ihrem geliebten Gatten kommt, um Ihnen während der andern vierzehn Tage in Wales Gesellschaft zu leisten, sollen Sie sagen, daß wir Ihnen denselben in der besten Gesundheit und der glücklichsten Stimmung geschickt haben. Jetzt höre ich Jemandes Schritt sich der Thüre nähern. Gestatten Sie mir, ein geliebtes Kind mit einem altmodischen Hagestolzsegen zu küssen, bevor dieser Jemand Sie für sich in Anspruch nimmt.“

Einen Augenblick lang hielt er das liebliche Gesicht zwischen den beiden Händen, um sich noch einmal den wohlbekannten Ausdruck auf der Stirn zu betrachten, und legte dann das schöne goldne Haar an seine kleine braune Perrücke mit einer ächt innigen Liebe und einem Zartgefühl, welche, wenn solche Dinge altmodisch sind, so alt waren wie Adam.

Die Thür von des Doctors Zimmer ging auf und er trat mit Charles Darnay heraus. Er war so todtenbleich — was nicht der Fall gewesen war, als sie mit einander in das Zimmer gegangen waren — daß man auf seinem Gesichte auch keine Spur von Farbe sah. Aber in der Gefaßtheit seines Wesens war er unverändert, außer daß dem scharfen Blick Mr. Lorry’s eine schattenhafte Andeutung nicht unbemerkt blieb, daß der alte Ausdruck scheuen Zurückweichens und bangen Grauens vor Kurzem über ihn hinweggegangen war wie ein kalter Wind.

Er gab seiner Tochter den Arm und führte sie die Treppe hinab an den Wagen, den Mr. Lorry zu Ehren des Tages gemiethet hatte. Die Uebrigen folgten Alle in einem zweiten Wagen, und bald waren in einer nahen Kirche, wo keine fremden Augen neugierig zuschauten, Charles Darnay und Lucie Manette zu einem glücklichen Ehepaare vereint.

Außer den herben Thränen, welche durch das Lächeln der wenigen Versammelten glänzten, als die Ceremonie vorbei war, funkelten einige schöne Juwelen — kaum erlöst aus der finstern Nacht einer der Taschen Mr. Lorry’s — an der Hand der Braut. Sie kehrten zum Frühstück nach Hause zurück und Alles ging gut, und im gehörigen Verlauf der Zeit mischte sich das goldne Haar, das sich in der Dachstube in Paris unter die silbernen Locken des Schuhmachers gemengt hatte, wieder mit ihnen im Morgensonnenschein auf der Thürschwelle bei'm Scheidegruß.

Es war ein schwerer Abschied, obgleich nicht auf lange Zeit. Aber ihr Vater tröstete sie und sagte endlich, indem er sich sanft aus ihren Armen losmachte: „Nehmen Sie sie, Charles! Sie ist die Ihrige!" Und aufgeregt winkte ihm ihre Hand noch aus dem Kutschenfenster zu — und sie war fort!

Da die stille Ecke kein Sammelplatz der Unbeschäftigten und Neugierigen war und die Vorbereitungen sehr einfach gewesen waren, blieben der Doctor, Mr. Lorry und Miß Proß ganz allein zurück. Als sie in den willkommenen Schatten der kühlen alten Halle zurückkehrten, bemerkte Mr. Lorry, daß eine große Veränderung in dem Doctor vorgegangen, als ob der dort emporgehobene goldene Arm ihm einen vergifteten Streich versetzt hätte.

Er hatte sich natürlich großen Zwang angethan und darauf war ein Rückschlag nur zu erwarten. Aber es war der alte scheue verlorene Blick, der Mr. Lorry beunruhigte; und als sie oben angekommen waren und der Doctor in zerstreuter Weise sich an den Kopf griff und niedergedrückt und schlaff in sein Zimmer schlich, mußte Mr. Lorry an Defarge, den Weinschenken, und die Fahrt durch die sternenhelle Nacht denken.

„Ich glaube" flüsterte er Miß Proß nach reiflicher und sorgenerfüllter Ueberlegung zu, „ich glaube, es ist das Beste, wir reden ihn jetzt gar nicht an und stören ihn überhaupt nicht. Ich muß einmal nach Tellsons sehen; ich werde daher jetzt hingehen und gleich wieder da sein. Dann machen wir eine Spazierfahrt auf's Land, essen dort und Alles wird wieder gut sein."

Es war leichter für Mr. Lorry zu Tellsons hin zu gehen, als wieder von ihnen weg zu kommen. Er wurde zwei Stunden dort festgehalten. Als er zurückkehrte, ging er allein die alte Treppe hinauf ohne sich mit Nachfragen bei dem Diener aufzuhalten, trat in das Zimmer des Doctors und blieb erschrocken stehn, als er ein dumpfes Klopfen hörte.

„Guter Gott!" sagte er, „was ist das?"

Mit bleichem Gesicht stand Miß Proß neben ihm. „O Gott! o Gott! Alles ist verloren!" — rief sie händeringend. „Was soll ich meinem Herzblättchen sagen? Er kennt mich nicht und macht Schuhe!"

Mr. Lorry bemühte sich, sie zu beruhigen und ging selbst in das nächste Zimmer. Die Bank war dem Lichte zugekehrt wie damals, wo er zuerst den Schuhmacher hatte arbeiten gesehen. Er hatte den Kopf über die Arbeit gebeugt und war sehr fleißig.

„Dr. Manette! Lieber Freund! Dr. Manette!"

Der Doctor sah einen Augenblick zu ihm auf — halb fragend, halb als ob es ihn ärgerte, angeredet zu werden — und beugte sich wieder über seine Arbeit. Er hatte Rock und Weste abgelegt; das Hemd war vorn offen, wie immer, wenn er sich mit dieser Arbeit beschäftigte, und selbst das alte hohlwangige welke Gesicht war wieder da. Er arbeitete angestrengt — ungeduldig — als ob er einigermaßen fühlte, unterbrochen worden zu sein.

Mr. Lorry warf einen Blick auf die Arbeit, die er unter der Hand hatte, und bemerkte, daß es ein Schuh von der alten Größe und Form war. Er nahm den andern, der neben dem Arbeitenden lag und fragte diesen was es sei.

„Ein Promenadenschuh für eine junge Dame" brummte er vor sich hin ohne aufzublicken. „Er sollte längst fertig sein. Lassen Sie ihn liegen."

„Aber Dr. Manette! — Sehen Sie mich an."

Er gehorchte in der alten mechanischen unterwürfigen Weise, ohne sich in der Arbeit zu unterbrechen.

„Sie kennen mich, bester Freund? Besinnen Sie sich. Dies ist nicht Ihre wahre Beschäftigung. Besinnen Sie sich, werther Freund!"

Nichts konnte ihn bewegen, wieder zu sprechen. Er blickte auf, aber nur eine Sekunde lang, wenn man es verlangte; aber keine Ueberredungskunst vermochte ihm ein Wort abzupressen. Er arbeitete, arbeitete und arbeitete stumm fort; Worte machten auf ihn denselben Eindruck, wie auf einen Menschen ohne Gehör oder auf die Luft. Der einzige Hoffnungsstrahl, den Mr. Lorry entdecken konnte, war, daß er manchmal verstohlen aufblickte ohne aufgefordert zu werden. Darin schien sich eine schwache Regung von Neugier und Verlegenheit auszudrücken — als ob er versuchte, einige innerliche Zweifel mit einander zu versöhnen.

Zweierlei prägte sich Mr. Lorry sofort vor allem Andern ein; erstens, daß dies vor Lucien geheim gehalten werde, und zweitens, daß es Allen seinen Bekannten ein Geheimniß bleiben müsse. Im Verein mit Miß Proß that er sofort Schritte, um für letzteres zu sorgen, indem er den Nachfragenden sagen ließ, der Doctor sei nicht wohl, und bedürfe einige[S. 150] Tage vollständigste Ruhe. Um den gutgemeinten Betrug, der an der Tochter verübt werden sollte, zu unterstützen, sollte Miß Proß ihr melden, daß er zu einer Consultation auf einige Tage verreist sei, und sich dabei auf einen fingirten Brief von zwei oder drei Zeilen beziehen, den er selbst mit derselben Post an sie abgeschickt.

Diese Maßregeln, die in jedem Falle rathsam waren, ergriff Mr. Lorry in der Hoffnung, daß er sich wieder erholte. Geschah dies bald, so hatte er noch einen andern Ausweg im Rückhalte, nämlich eine gewisse Autorität die er für die beste hielt, über des Doctors Fall zu Rathe zu ziehen.

In der Hoffnung auf seine Genesung, und weil alsdann der dritte Weg möglich ward, beschloß Mr. Lorry ihn sorgfältig, mit so wenig Aufsehen als dabei möglich war, zu beobachten. Er traf daher Einrichtung, zum ersten Mal in seinem Leben von Tellsons wegbleiben zu können, und bezog seinen Posten bei dem Fenster in demselben Zimmer.

Die Entdeckung ließ nicht lange auf sich warten, daß es schlimmer und unnütz war, ihn anzureden, da er, wenn man ihn drängte, unruhig und ärgerlich wurde. Er gab schon den ersten Tag diesen Versuch auf und beschloß, für alle Fälle fortwährend vor seinen Augen zu bleiben, als stummer Verwahrung gegen die Täuschung, in die er verfallen, oder verfiel. Er blieb daher auf seinem Platz in der Nähe des Fensters, mit Lesen und Schreiben beschäftigt, und in so mannichfaltiger und natürlicher Weise als er ersinnen konnte, zu verstehen gebend, daß er sich an einem Jedermann zugänglichen Ort befinde.

Dr. Manette nahm an diesem ersten Tage Speise und Trank an, wie sie ihm gereicht wurden, und arbeitete fort bis es zu finster ward um zu sehen — arbeitete noch als schon seit einer halben Stunde Mr. Lorry um keinen Preis im Stande gewesen wäre, noch zu lesen oder zu schreiben. Als er sein Handwerkszeug als nutzlos bis zum Morgen hinlegte, stand Mr. Lorry auf und sagte zu ihm:

„Wollen Sie ausgehen?“

Er blickte rechts und links neben sich auf den Fußboden, blickte auf, und wiederholte mit gedämpfter Stimme, alles in der alten Weise:

„Ausgehen!“

„Ja; wir wollen zusammen spazieren gehen; warum nicht?“

Er machte keine Anstrengung zu sagen warum nicht, und sprach kein Wort weiter. Aber Mr. Lorry glaubte zu bemerken, wie er sich in der Dämmerung, mit dem Ellenbogen auf den Knien und mit dem Kopfe in den Händen auf seiner Bank vorbeugte, und in einer verwirrten Weise fragte: „Warum nicht?“ Der Scharfblick des Geschäftsmanns bemerkte hier einen Vortheil und beschloß weiter darauf zu bauen.

Miß Proß und er theilten die Nacht in zwei Wachen und beobachteten ihn von Zeit zu Zeit von dem anstoßenden Zimmer aus. Er ging lange Zeit, ehe er sich hinlegte, auf und ab, aber als er sich niederlegte, schlief er ein. Des Morgens stand er frühzeitig auf, ging geraden Wegs nach seiner Bank und arbeitete.

An diesem zweiten Tage grüßte ihn Mr. Lorry beim Namen, und redete zu ihm von Gegenständen, die ihm in der letzten Zeit geläufig gewesen. Er gab keine Antwort, aber es war klar, daß er hörte was man sagte, und daß er darüber nachdachte, wenn auch verwirrt. Dies ermuthigte Mr. Lorry, mehrere Mal des Tags auch Miß Proß mit ihrer Arbeit in der Stube anwesend sein zu lassen, wo sie dann von Lucien und ihrem anwesenden Vater ganz ruhig und als ob nichts geschehen wäre, sprachen. Dies geschah still, und frei von aller Auffälligkeit, welche ihn hätte etwa beunruhigen können; und es erleichterte Mr. Lorry's wohlwollendes Herz zu glauben, daß er öfters aufschaute, und daß ihm dabei einige Unverträglichkeiten der Umgebung mit den ihn beherrschenden Vorstellungen aufzufallen schienen.

Als es wieder dunkel ward, fragte ihn Mr. Lorry wie am Tage vorher:

„Wollen Sie ausgehen?“

Wie früher gab er zur Antwort: „Ausgehen?“

„Ja, wir wollen zusammen spazieren gehen. Warum nicht?“

Da auch diesmal Mr. Lorry keine Antwort bekommen konnte, stellte er sich als ob er ausginge, und kehrte erst nach einer Stunde zurück. Unterdessen hatte der Doctor Platz im Fenster genommen, und dort hinunter auf die Platane gesehen; aber als Mr. Lorry wieder kam, schlich er wieder nach der Bank.

Die Zeit verging sehr langsam, Mr. Lorry's Hoffnung verdüsterte sich, und sein Herz wurde wieder schwerer, und wurde schwerer jeden Tag. Der dritte Tag kam und ging, der vierte, der fünfte. Fünf Tage vergingen, sechs Tage, sieben Tage, acht Tage, neun Tage.

Mit immer mehr schwindender Hoffnung und immer schwerer werdenden Herzen verlebte Mr. Lorry diese sorgenvolle Zeit. Das Geheimniß ward gut bewahrt, Lucie wußte nichts und war glücklich; aber er konnte sich nicht verbergen, daß der Schuhmacher, dessen Hand anfangs etwas aus der Uebung gekommen zu sein schien, schrecklich geschickt wurde, und daß er nie auf seine Arbeit so aufmerksam, daß seine Hände nie so flink und sicher gewesen, als in der Dämmerung des neunten Abends.

Ende des zweiten Theils.

Nies'sche Buchdruckerei (Carl B. Lorck) in Leipzig.

Boz (Dickens)

Sämmtliche Werke

Hundertundfünfter Band.

Zwei Städte

Dritter Theil.

Leipzig
Verlagsbuchhandlung von J. J. Weber.
1859.

Zwei Städte

Eine Erzählung in drei Büchern

Von

Boz (Charles Dickens)

Mit

Sechszehn Illustrationen von Hablot K. Browne

Aus dem Englischen von Julius Seybt

Dritter Theil

Leipzig

Verlagsbuchhandlung von J. J. Weber

1859

Neunzehntes Kapitel
Eine Meinung

Von sorgenvollem Wachen erschöpft schlief Mr. Lorry auf seinem Posten ein. Am zehnten Morgen seines Harrens erweckte ihn der helle Schein der Sonne, welcher in die Stube fiel, wo ihn während dunkler Nacht ein schwerer Schlummer überfallen hatte.

Er rieb sich die Augen und sah um sich; aber als er dies that, konnte er nicht klar werden, ob er nicht noch schlafe. Denn wie er an die Thüre des Zimmers des Doctors trat und hineinblickte, bemerkte er, daß die Schuhmacherbank mit dem Handwerkszeug bei Seite gestellt war und daß der Doctor lesend am Fenster saß. Er hatte seinen gewöhnlichen Morgenrock an und sein Antlitz (das Mr. Lorry deutlich sehen konnte) — obgleich noch sehr blaß — trug den Ausdruck der Aufmerksamkeit und ruhigen Vertieftheit.

Als Mr. Lorry gewiß geworden war, er wache, belästigten ihn einige Augenblicke noch Zweifel, ob das Schuhmachen der letzten Tage nicht bei ihm ein unruhiger Traum gewesen; denn sahen nicht seine Augen den Freund vor sich inseiner gewöhnlichen Tracht und seinem gewöhnlichen Ansehen und beschäftigt wie gewöhnlich? Und sahen sie irgend ein Zeichen, daß die Veränderung, die seiner Erinnerung so bestimmt eingeprägt war, wirklich vor sich gegangen war?

Dies fragte er sich blos in seiner ersten Verwirrung und in seinem ersten Erstaunen; denn die Antwort lag auf der Hand. Wenn die Erinnerung nicht die Folge eines wirklich entsprechenden und genügenden Vorfalls war, wie kam er — Charles Lorry — denn hierher? Wie ging es zu, daß er in seinen Kleidern auf dem Sopha in Dr. Manette's Consultationszimmer eingeschlafen war und jetzt am frühen Morgen an der Thür des Schlafzimmers des Doctors mit sich über alle diese Zweifel zu Rathe ging?

Nach ein paar Minuten stand Miß Proß flüsternd an seiner Seite. Wenn ihn noch der Rest eines Zweifels gequält hätte, so hätte er vor ihrem Reden verschwinden müssen; aber er war sich jetzt klar geworden und hegte keinen Zweifel mehr. Er rieth an, die Zeit hingehen zu lassen, bis zur gewöhnlichen Frühstücksstunde und dann mit den Doctor zusammenzutreffen, als ob nichts Ungewöhnliches geschehen sei. Wenn er sich dann in seiner gewöhnlichen Gemüthsverfassung zeigte, wollte sich Mr. Lorry vorsichtig Raths bei der Autorität erholen, die zu befragen er sich in seiner Sorge so sehr gesehnt hatte.

Miß Proß fügte sich seinen Rathschlägen und der Plan ward mit aller Sorgfalt vorbereitet. Da Mr. Lorry Ueberfluß von Zeit für seine gewöhnliche methodische Toilette hatte, erschien er zur Frühstücksstunde schmuck und nett wie immer. Der Doctor war wie üblich gerufen worden und kam zum Frühstück.

So weit sich gewahr werden ließ, ohne über die vorsichtige und allmälige Annäherung hinauszugehen, auf welche Mr. Lorry sich beschränken mußte, glaubte er Anfangs seiner Tochter Hochzeit wäre gestern gewesen. Eine vorsätzlich hingeworfene Erwähnung des Wochen- und des Monatstages veranlaßte ihn nachzudenken und zu zählen und machte ihn offenbar unruhig. In jeder andern Hinsicht war er jedoch so sehr Herr seiner selbst, daß Mr. Lorry sich entschloß, sich bei der erwähnten Autorität Raths zu erholen. Und diese Autorität war er selbst.

Als sie daher mit dem Frühstück zu Ende und Alles weggeräumt worden und er und der Doctor wieder allein waren, sagte Mr. Lorry mit Gefühl: „Lieber Manette, ich möchte im Vertrauen Ihre Meinung über einen sehr merkwürdigen Fall hören, bei dem ich das tiefste Interesse fühle; das will sagen, er erscheint mir sehr merkwürdig; bei Ihrer größeren Erfahrung ist dies vielleicht nicht der Fall."

Der Doctor blickte seine Hände an, an denen noch Spuren der frühern Beschäftigung zu bemerken waren, machte ein beunruhigtes Gesicht und hörte aufmerksam zu. Er hatte schon mehr als einmal seine Hände angesehen.

„Dr. Manette," sagte Mr. Lorry, indem er liebreich die Hand auf seinen Arm legte, „der Fall ist einem mir besonders werthen Freunde passirt. Bitte, schenken Sie mir Ihre Aufmerksamkeit und rathen Sie mir um seinetwillen — und[S. 4] vor Allem wegen seiner Tochter — wegen seiner Tochter, lieber Manette."

„Wenn ich recht verstehe," sagte der Doctor mit gedämpfter Stimme, „so ist es eine Erschütterung des Geistes?" —

„Ja."

„Erzählen Sie ausführlich," sagte der Doctor, „geben Sie alle Einzelnheiten."

Mr. Lorry sah, daß sie einander verstanden und fuhr fort: „Lieber Manette, es handelt sich um eine alte und sehr lange Erschütterung, welche das Gemüth oder — wie Sie es nennen, der Geist erlitten hat, — man weiß nicht wie lange, weil ich glaube, er selbst kann die Zeit nicht berechnen, und es giebt kein anderes Mittel, sie zu erfahren. Es handelt sich um eine Erschütterung, von der sich der Betreffende durch einen Proceß erholt hat, von dem er sich keine Rechenschaft ablegen kann — wie ich ihn einmal öffentlich sehr eindringlich erzählen hörte. Es handelt sich um eine Erschütterung, von der er sich so vollständig erholt hat, daß er ein sehr geistvoller Mann ist, fähig, alle seine Seelen- und Körperkräfte anzustrengen und beständig seine Kenntnisse, die schon sehr bedeutend waren, zu vermehren. Aber leider! (er hielt inne und holte tief Athem) hat er einen kurzen Rückfall gehabt."

Der Doctor fragte mit gedämpfter Stimme. „Wie lange hat er gedauert?"

„Neun Tage und Nächte."

„Wodurch zeigte er sich? Ich vermuthe," sagte er mit einem Blick auf seine Hände, „in der Wiederaufnahme[S. 5] einer alten Beschäftigung aus jener Zeit der Gemüthserschütterung?"

„So ist es.“

„Sagen Sie mir,“ fragte der Doctor bestimmt und gefaßt, obgleich in demselben gedämpften Tone, „haben Sie ihn jemals früher bei dieser Beschäftigung gesehen?“

„Einmal.“

„Und als er den Rückfall hatte, war er da in vielfacher oder in jeder Hinsicht wie früher?“

„Ich glaube, in jeder Hinsicht.“

„Sie sprachen von seiner Tochter. Weiß seine Tochter etwas von diesem Rückfall?“

„Nein. Er ist ihr verhehlt worden und ich hoffe, er wird ihr immer verhehlt bleiben. Er ist nur mir bekannt und einer andern Person, der ganz zu vertrauen ist.“

Der Doctor ergriff seine Hand und sagte halblaut: „Das war sehr gütig. Das war sehr rücksichtsvoll!“

Mr. Lorry drückte ihm wieder die Hand und Beide schwiegen auf eine Weile.

„Nun wissen Sie, lieber Manette,“ fuhr endlich Mr. Lorry in seiner liebreichsten und schonendsten Weise fort, „ich bin ein bloßer Geschäftsmann und unfähig, solche verwickelte und schwierige Sachen zu beurtheilen. Ich besitze nicht die dazu nöthigen Kenntnisse und nicht die nöthige Einsicht; ich bedarf des Rathes. Es giebt keinen Mann in der Welt, bei dem ich auf guten Rath so sehr rechnen kann, wie bei Ihnen. Sagen Sie mir, wie kommt dieser Rückfall? Ist ein zweiter zu fürchten? Könnte eine Wiederholung[S. 6] verhindert werden? Wie ist ein neuer Rückfall zu behandeln? Was sind überhaupt die Ursachen eines solchen? Was kann ich für meinen Freund thun? Nie kann es Jemandem mehr am Herzen gelegen haben, einem Freunde einen Dienst zu leisten, als jetzt mir; wenn ich nur wüßte — wie? Aber bei einem solchen Falle tappe ich ganz im Dunkeln. Wenn Ihr Scharfblick, Ihre Kenntniß und Ihre Erfahrung mir den rechten Weg zeigen könnte, so könnte ich vielleicht viel thun; ohne Leitung und ohne Rath kann ich nur wenig thun. Bitte, sprechen Sie mit mir die Sache durch; bitte, setzen Sie mich in Stand, ein wenig klarer zu sehen und lehren Sie mich ein wenig nützlicher zu sein.“

Dr. Manette saß nachdenklich da, als diese eindringlichen Worte gesprochen worden und Mr. Lorry drängte ihn nicht.

„Ich halte es für wahrscheinlich,“ sagte der Doctor mit sichtlicher Anstrengung, „daß der von Ihnen, werther Freund, beschriebene Rückfall dem Betroffenen nicht ganz unvorhergesehen gekommen ist.“

„Hat er ihn gefürchtet?“ — wagte Mr. Lorry zu fragen.

„Gar sehr.“ Er sagte dies mit einem unwillkürlichen Schauder. „Sie haben keinen Begriff, wie schwer eine solche Befürchtung auf dem Gemüth des

Betreffenden lastet und wie schwer es ihm ist — ja fast unmöglich — sich zu zwingen — nur ein Wort über das, was ihn bedrückt, fallen zu lassen."

„Würde es ihn nicht sehr erleichtern," fragte Mr. Lorry, „wenn er es über sich gewinnen könnte, sich während dieses heimlichen Brütens Jemandem anzuvertrauen?"

„Ich glaube wohl. Aber wie ich Ihnen schon sagte, es ist fast unmöglich. Ich glaube sogar, es ist in einigen Fällen ganz unmöglich."

„Sagen Sie mir," sagte Mr. Lorry, indem er, nachdem Beide eine kleine Weile geschwiegen hatten, wieder liebreich die Hand auf den Arm des Doctors legte, „welcher Ursache würden Sie den Anfall zuschreiben?"

„Ich glaube," gab Dr. Manette zur Antwort, „die Ursache ist, daß der Gedankengang und die Erinnerung, durch welche die Krankheit zuerst entstanden ist, in ungewöhnlicher Weise wieder erweckt worden sind. Ich glaube, daß Rückerinnerungen von der schmerzlichsten Art mit großer Lebhaftigkeit wieder vor seine Seele getreten sind. Wahrscheinlich ist sein Gemüth schon seit langer Zeit von einer dunkeln Furcht behaftet gewesen, daß diese Erinnerungen wieder wach werden würden — ich meine, unter gewissen Umständen, bei einer gewissen Veranlassung. Er hat versucht, sich darauf vorzubereiten, aber vergeblich; vielleicht hat die Anstrengung, die er bei diesem Versuch gemacht hat, ihn weniger befähigt, dem Anfall zu widerstehen."

„Ob er wohl weiß, was während des Rückfalls geschehen ist?" — fragte Mr. Lorry mit natürlichem Zögern.

Der Doctor sah sich rathlos im Zimmer um, schüttelte den Kopf und antwortete mit gedämpfter Stimme: „Durchaus nicht!"

„Was nun die Zukunft betrifft," fing Mr. Lorry an.

„Was die Zukunft betrifft," sagte der Doctor, die Fassung wieder gewinnend, „so habe ich große Hoffnung. Da[S. 8] es dem Himmel in seiner Barmherzigkeit gefallen hat, ihn in so kurzer Frist wieder herzustellen, so möchte ich die beste Hoffnung haben. Ich sollte meinen, daß das Schlimmste vorbei sei."

„Schön! Schön! Das ist guter Trost. Ich danke dem Himmel!" — sagte Mr. Lorry.

„Ich danke dem Himmel!" — wiederholte der Doctor mit von Andacht durchdrungenem Tone.

„Noch über zwei andere Punkte möchte ich unterrichtet sein," sagte Mr. Lorry. „Darf ich fortfahren?"

„Sie können Ihrem Freunde keinen besseren Dienst leisten." Der Doctor reichte ihm die Hand.

„Also der erste Punkt. Er liebt die Wissenschaften und ist von ungewöhnlicher Energie; mit großem Eifer widmet er sich der Erwerbung von Kenntnissen, dem Experimentiren und vielen andern Sachen. Sollte er darin vielleicht zu viel thun?"

„Ich glaube nicht. Es ist vielleicht gerade bei ihm das Charakteristische, beständig einer Beschäftigung zu bedürfen. Zum Theil ist es ihm vielleicht angeboren, zum Theil eine Folge des Seelenschmerzes. Je weniger er sich mit gesunden Dingen beschäftigte, desto größer war die Gefahr, in eine ungesunde Richtung einzulenken. Er hat es vielleicht selbst beobachtet und die Entdeckung gemacht."

„Sie sind überzeugt, daß er sich nicht zu sehr anstrengt?"

„Ich glaube dessen ganz gewiß zu sein."

„Lieber Manette, wenn er sich jetzt zu sehr anstrengte?" —

„Lieber Lorry, ich bezweifle, daß dies leicht der Fall[S. 9] sein kann. Es ist ein heftiger Zug nach einer Richtung gewesen und dieser bedarf eines Gegengewichtes."

„Entschuldigen Sie mich als zudringlichen Geschäftsmann. Nehmen wir für einen Augenblick an, daß er sich zu sehr anstrengte; würde eine Wiederkehr des Anfalls die Folge sein?"

„Ich glaube nicht... ich glaube nicht," sagte Dr. Manette mit der Entschiedenheit des Ueberzeugtseins, „daß etwas Anderes als diese eine Reihe von Ideenverbindungen ihn erneuern könnte. Ich glaube, daß in Zukunft nur ein ganz ungewöhnliches Anschlagen dieser Saite ihn erneuern kann. Nach dem, was geschehen ist, und nach seiner Genesung kann ich mir nur sehr schwer eine so heftige Berührung dieser Saite denken. Ich vertraue und glaube fast, daß die Umstände, unter denen der Anfall wiederkehren könnte, erschöpft sind."

Er sprach mit der Zurückhaltung eines Mannes, welcher weiß, welche Kleinigkeit den künstlichen Organismus unseres Geistes in Unordnung bringen kann, und doch mit der Zuversicht eines Mannes, der seine Ueberzeugung langsam durch persönliche Leiden gewonnen hat. Es konnte seinem Freunde nicht einfallen, diese Ueberzeugung zu erschüttern. Er stellte sich getrösteter und ermuthigter, als er in Wirklichkeit war, und kam jetzt auf den zweiten und letzten Punkt. Er fühlte, daß es der schwierigste von allen war. Aber indem er sich an seine alte Sonntagsmorgen-Unterredung und an Alles, was er in den letzten neun Tagen ge[S. 10]sehen, erinnerte, fühlte er, daß er ihn in Anregung bringen mußte.

„Die Beschäftigung, der er sich unter der Herrschaft dieses so glücklich geheilten Seelenleidens widmete," sagte Mr. Lorry mit einem Räuspern, „war Schmiedearbeit, wollen wir sagen, Schmiedearbeit. Wir wollen annehmen, um die Sache deutlich zu machen, daß er sich in seiner schlimmen Zeit gewöhnt hatte, an einer kleinen Schmiede zu arbeiten. Wir wollen sagen, daß man ihn unerwartet wieder an seiner Schmiede gefunden. Ist es nicht zu beklagen, daß er sie bei sich behält?"

Der Doctor hielt die Hand vor die Augen und klopfte unruhig mit dem Fuße auf den Boden.

„Er hat sie immer bei sich behalten," sagte Mr. Lorry mit einem bangen Blick auf seinen Freund. „Wäre es aber nun nicht besser, wenn er sie fortschaffte?"

Immer noch hielt der Doctor die Hand vor die Augen und klopfte mit dem Fuß unruhig auf den Boden.

„Sie finden es nicht leicht, mir einen Rath zu ertheilen?" sagte Mr. Lorry. „Ich begreife wohl, daß es eine schwierige Frage ist. Und doch meine ich" — und hier schüttelte er den Kopf und hielt inne.

„Sie sehen," sagte Dr. Manette nach einer Pause, „es ist sehr schwierig, die Bewegungen zu erklären, welche im innersten Gemüthe dieses armen Mannes sich geregt haben. Er sehnte sich mit so heißer Leidenschaft nach dieser Beschäftigung und sie war ihm so willkommen als sie kam; sie erleichterte jedenfalls seinen Schmerz so sehr dadurch, daß[S. 11] sie ihn von der Qual des Nachdenkens über Vergangenheit und Zukunft ablenkte, daß er seitdem den Gedanken nicht hat ertragen können, sich ganz von ihr zu trennen. Selbst jetzt, wo — wie ich glaube — er seine Sache für hoffnungsvoller hält, als je zuvor und von sich sogar mit einer Art Zuversicht spricht, erfüllt ihn der Gedanke, daß er die alte Beschäftigung brauchen und nicht bei der Hand haben könnte mit einem plötzlichen Gefühl des Entsetzens gleich demjenigen, was — wie man sich vorstellen kann — ein im Walde verirrtes Kind empfindet."

Er sah aus wie das Gleichniß, das er brauchte, als er die Augen erhob, um Mr. Lorry anzusehen.

„Aber kann nicht — bedenken Sie wohl, ich frage, um mich zu unterrichten als ein einfacher Geschäftsmann, der nur mit so materiellen Gegenständen wie Guineen, Schillingen und Banknoten zu thun hat — kann nicht das Beisichbehalten der Sache das Festhalten an dem Gedanken nach sich ziehen? Wenn die Sache fortwäre, lieber Manette, könnte da nicht auch die alte Furcht mit weichen? Kurz — ist es nicht eine Nachgiebigkeit an die Furcht, die Schmiede zu behalten?"

Es folgte eine andere Pause.

„Sie müssen auch wissen," sagte der Doctor mit zitternder Stimme, „daß sie eine so alte Gefährtin ist."

„Ich würde sie nicht behalten," sagte Mr. Lorry mit Kopfschütteln; denn er wurde um so fester, jemehr er sah, daß der Doctor unruhig wurde. „Ich würde rathen, sie zu opfern. Mir fehlt nur Ihre Erlaubniß. Ich bin überzeugt, daß es nicht gut thut. Ich bitte Sie, geben Sie mir Ihre Erlaubniß! — Um seiner Tochter willen, lieber Manette."

Es war sehr seltsam anzusehn, welch' ein innerlicher Kampf ihn erschütterte.

„Gut, so mag es in Ihrem Namen geschehen; ich gebe meine Einwilligung. Aber ich würde sie nicht wegnehmen während seiner Anwesenheit. Ich rathe, sie zu entfernen, wenn er nicht da ist; das Beste ist, er vermißt seine alte Begleiterin, wenn er von einer Reise wiederkehrt.“

Mr. Lorry machte sich dazu verbindlich und die Conferenz hatte ein Ende. Sie verbrachten den Tag auf dem Lande und der Doctor war ganz wieder hergestellt. An den drei folgenden Tagen blieb er ganz derselbe und am vierzehnten Tage reiste er ab, um sich zu Lucien und ihrem Gatten zu begeben. Mr. Lorry hatte ihm vorher auseinandergesetzt, welche kleine Täuschung er sich erlaubt hatte, um sein Schweigen zu erklären und er schrieb in diesem Sinne an Lucie und sie schöpfte keinen Verdacht.

Am Abend des Tags seiner Abreise begab sich Mr. Lorry mit einem Hackmesser, einer Säge, einem Meißel und einem Hammer, begleitet von Miß Proß mit einer brennenden Kerze, in des Doctors Zimmers. Dort bei geschlossenen Thüren und in geheimnißvoller und schuldbewußter Weise zerhackte Mr. Lorry die Schusterbank, während Miß Proß die Kerze hielt, als ob sie Gehülfin bei einem Morde wäre — wozu in der That ihr grimmiges Gesicht nicht schlecht paßte. Darauf schritt man ohne Verzug zum Verbrennen der Stücke an's Küchenfeuer, und das Arbeitszeug, die Schuhe und das Leder wurden im Garten begraben. So böse erscheinen Zerstörungen und Geheimthun ehrlichen Gemüthern, daß Mr. Lorry und Miß Proß während der Ausführung ihrer That und des Wegschaffens ihrer Spuren fast wie Theilnehmer an einem schrecklichen Verbrechen sich fühlten und auch so aussahen.

Zwanzigstes Kapitel
Eine Bitte

Als das junge Ehepaar von seiner Reise zurückkehrte, war der Erste, der mit seinen Glückwünschen sich einstellte, Sydney Carton. Sie waren noch nicht viele Stunden zu Hause, als er erschien. Weder in seinen Lebensgewohnheiten, noch in seinem Aussehen, noch in seinen Manieren hatte er sich gebessert; aber er hatte ein gewisses Aussehen rauher Treue, welches Charles Darnay noch nicht an ihm beobachtet hatte. Er benutzte eine Gelegenheit, um Darnay bei Seite in ein Fenster zu nehmen und mit ihm zu reden, wo es Niemand hörte.

„Mr. Darnay," sagte Carton, „ich wünschte, wir wären Freunde."

„Wir sind schon Freunde, hoffe ich."

„Sie sind gütig genug, dies als bloße Redeformel zu sagen; aber ich meine keine Redeform. In der That aber, wenn ich sage, ich wünschte wir wären Freunde, so meine ich eigentlich auch das nicht so ganz."

Charles Darnay, wie das nur natürlich war, fragte ihn in aller Freundlichkeit, was er meine?

„Wahrhaftig," sagte Carton mit einem Lächeln, „ich finde viel leichter das selbst zu begreifen, als es Ihnen begreiflich zu machen. Aber ich will es versuchen. Sie erinnern sich an eine gewisse famose Gelegenheit, wo ich betrunkener war, als — als gewöhnlich."

„Ich erinnere mich an eine gewisse famose Gelegenheit, wo Sie mich zwangen zu gestehen, daß Sie getrunken hatten."

„Ich erinnere mich auch daran. Der Fluch dieser Gelegenheit liegt schwer auf mir, denn ich denke immer daran zurück. Ich hoffe, es wird mir eines Tages, wenn alle Tage für mich zu Ende sind, angerechnet werden! — Werden Sie nicht unruhig; ich will keine Predigt halten."

„Ich werde gar nicht unruhig. Es kann mich durchaus nicht beunruhigen, wenn Sie Etwas ernst auffassen."

„Ach!" sagte Carton mit einer gleichgültigen Bewegung der Hand, als ob er dies wegstreifte. „Bei der fraglichen Gelegenheit (eine von einer langen Reihe — wie Sie wissen) war ich unerträglich mit einem Geschwätz von: Sie gern haben und nicht gern haben. Ich wünschte, Sie könnten es vergessen."

„Ich habe es längst vergessen."

„Wieder eine bloße Redeform! Aber, Mr. Darnay, mir fällt das Vergessen nicht so leicht, wie Sie es bei sich darstellen wollen. Ich habe es keineswegs vergessen und eine meine Worte leicht hinnehmende Antwort trägt nichts dazu bei, es mich vergessen zu machen."

„Wenn Sie meine Antwort für leichthin gegeben halten, so bitte ich um Verzeihung," sagte Darnay. „Ich wollte nur von einer Kleinigkeit abkommen, die Ihnen zu meiner Verwunderung zu schwer auf der Seele liegt. Ich erkläre Ihnen auf das Wort eines Gentleman, daß ich die Sache längst vergessen habe. Guter Gott! was war dabei zu vergessen? Hatte ich in dem großen Dienste, den Sie mir an jenem Tage leisteten, nichts Wichtigeres zu behalten?"

„Was den großen Dienst betrifft," sagte Carton, „so fühle ich mich verpflichtet, Ihnen zu gestehen, wenn Sie in dieser Weise davon reden, daß es ein bloßer Advocaten-Effect war. Ich weiß nicht, daß ich mich bekümmerte was aus Ihnen würde, als ich Ihnen diesen Dienst leistete. — Merken Sie wohl! Ich sage: Als ich ihn leistete; ich spreche von der Vergangenheit."

„Sie stellen die Verpflichtung als sehr leicht dar; aber ich will nicht über Ihre Antwort böse sein."

„Die reine Wahrheit, Mr. Darnay, glauben Sie mir! Doch ich bin von meinem Zwecke abgekommen; ich sagte: ich wünschte, wir möchten Freunde sein; nun kennen Sie mich: Sie wissen, daß ich aller höheren und besseren Bestrebungen unfähig bin. Wenn Sie es bezweifeln, so fragen Sie Stryver und er wird es Ihnen sagen."

„Ich ziehe vor, mir meine eigene Meinung zu bilden, ohne ihn zu Hülfe zu nehmen."

„Gut! Jedenfalls wissen Sie, daß ich ein liederlicher Mensch bin, der nie zu etwas Gutem nütze gewesen ist und sein wird."

„Ich weiß nicht, was Sie sein werden."

„Aber ich weiß es und Sie müssen mein Wort dafür nehmen. Gut: Wenn es Ihnen Nichts ausmacht, einen so nutzlosen Kerl und einen Kerl von so zweideutigem Rufe gelegentlich hier ab- und zugehen zu sehen, so bitte ich, mir zu erlauben, daß ich als privilegirte Person hier kommen und gehen darf; daß man mich als ein nutzloses (und ich würde hinzusetzen, wenn ich nicht eine Aehnlichkeit zwischen mir und Ihnen entdeckt hätte: als ein nicht zur Zierde gereichendes) Stück Möbel betrachtete, das alter Dienste wegen geduldet und nicht weiter beachtet wird. Ich glaube nicht, daß ich die Erlaubniß mißbrauchen werde. Ich wette hundert gegen Eins, daß ich sie schwerlich viermal des Jahres benutze. Aber ich gestehe, es würde mir eine Befriedigung sein zu wissen, daß ich sie hätte."

„Wollen Sie's versuchen?"

„Das heißt mit andern Worten: daß Sie mich ganz so betrachten wollen, wie ich's wünsche. Ich danke Ihnen, Darnay. Ich darf mir diese Freiheit mit Ihrem Namen erlauben?" „Ich sollte meinen, Carton."

Sie schüttelten sich darauf die Hand und Sydney wendete sich weg. Eine Minute später war er allem äußeren Anschein nach so sehr ein bloßes Nebenstück wie je. Als er fort war und im Verlauf eines mit Miß Proß, dem Doctor und Mr. Lorry zugebrachten Abends erwähnte Charles Darnay diese Unterredung in allgemeinen Andeutungen und sprach von Sydney Carton als ein Räthsel der Sorglosigkeit und[S. 17] Unbekümmertheit um die Zukunft. Er sprach nicht von ihm in bitteren oder tadelnden Ausdrücken, sondern wie Jemand, der ihn sah, wie er sich zeigte.

Er hatte keine Ahnung, daß seine hübsche junge Gattin sich darüber Gedanken machen würde; aber als er später in ihr Zimmer zu ihr kam, wartete sie auf ihn mit dem alten hübschen sinnenden Ausdruck auf der Stirn.

„Wir machen uns heute Abend Gedanken?" — sagte Darnay, indem er seinen Arm um sie legte.

„Ja, liebster Charles," gab sie ihm zur Antwort, indem sie ihn fragend und aufmerksam ansah; „wir sind ziemlich nachdenklich heute Abend, denn wir haben Etwas auf dem Herzen."

„Was ist es, liebe Lucie!"

„Willst Du mir versprechen, mich nicht mit einer Frage zu bedrängen, wenn ich Dich bitte, sie nicht zu stellen?"

„Ob ich es versprechen will? Was würde ich nicht meiner Lucie versprechen?"

Ja, wahrhaftig! was hätte er ihr versagen können, wie er ihr mit der einen Hand das goldne Haar von der Wange zurückstrich und die andere auf das Herz legte, das für ihn schlug!

„Ich glaube, Charles, der arme Mr. Carton verdient mehr Rücksicht und Achtung, als sich in den Worten, die Du heute von ihm brauchtest, aussprach."

„Wahrhaftig, mein Herz? Wie so?"

„Das ist eben das, was Du mich nicht fragen sollst. Aber ich glaube — ich weiß, er verdient es."

„Wenn Du es weißt, so genügt es. Was verlangst Du von mir, mein Leben?"

„Ich wollte Dich bitten, Liebster, immer sehr entgegenkommend gegen ihn zu sein und sehr nachsichtig mit seinen Fehlern, wenn er nicht dabei ist. Ich wollte Dich bitten zu glauben, daß er ein Herz hat, das er selten, sehr selten zeigt und daß tiefe Wunden darin sind. Geliebter, ich habe es bluten sehen."

„Es schmerzt mich tief," sagte Charles ganz erstaunt, „daß ich ihm irgendwie Unrecht gethan habe. Ich habe dies nie von ihm gedacht."

„Lieber Mann, es ist so. Ich fürchte, er ist nicht anders zu machen; es ist kaum zu hoffen, daß in seinem Charakter oder in seinen Vermögensverhältnissen noch etwas zu bessern ist. Aber ich bin überzeugt, daß er des Guten und selbst des Edeln und Großherzigen fähig ist.“

Sie sah in der Reinheit ihres Glaubens an diesen verlornen Menschen so schön aus, daß ihr Gatte sie jetzt stundenlang hätte anblicken können.

„Und ach! mein Herz,“ bat sie, indem sie ihn fester umschlang, das Köpfchen an seine Brust legte und zu ihm emporblickte, „vergiß nicht, wie stark wir sind in unserem Glück und wie schwach er ist in seinem Elend.“

Die Bitte drang ihm in’s Herz.

„Ich werde es nie vergessen, liebes Herz! Ich werde es nie vergessen, so lange ich lebe.“

Er beugte sich zu ihr hernieder, küßte den rosigen Mund und schloß sie fest in seine Arme. Wenn ein einsamer Wan[S. 19]derer durch die dunkeln Straßen jetzt ihr unschuldiges Bekenntniß hätte hören und die Mitleidsthränen hätte sehen können, welche ihr Gemahl von dem sanften blauen Auge wegküßte, die ihn so liebevoll ansahen, so hätte nicht zum erstenmale sein Mund die Worte gesprochen:

„Gott segne sie ihres holdseligen Mitleids willen!“

Einundzwanzigstes Kapitel
Wiederhallende Schritte

Wie schon gesagt, war es eine wunderbare Ecke für Echo's — die Ecke, wo der Doctor wohnte. Immer geschäftig den goldnen Faden aufrollend, der ihren Gatten und ihren Vater und sie und ihre alte Haushälterin und Gefährtin zu einem Leben ruhigen Glücks verband, saß Lucie in dem stillen Hause in der gedämpft wiederhallenden Ecke und lauschte dem Wiederhalle der Schritte von Jahren.

Zuerst gab es Zeiten, wo ihr — obgleich sie sich vollkommen glücklich als junge Gattin fühlte — langsam die Arbeit aus den Händen sank und ihre Augen sich trübten; denn es kam etwas in Echo's, ein leichtes Trippeln aus weiter Ferne — fast noch nicht hörbar, was ihr Herz zu sehr erzittern machte. Aufgeregte Hoffnungen und Zweifel — Hoffnungen auf eine Liebe, wie sie ihr noch unbekannt war, — Zweifel, ob sie auf der Erde bleiben würde, um dieses neue Glück zu genießen, stritten sich in ihrer Brust. Unter den Echo's klang es dann manchmal wie der Schall von Schritten an ihrem eignen frühen Grabe, und der Gedanke an den Gatten, der alsdann so allein zurückbleiben und sie so sehr bedauern würde, füllte ihre Augen mit heißen Thränen.

Diese Zeit ging vorüber und eine kleine Lucie lag an ihrer Brust. Dann vernahm man unter den nahenden Echo's den Schall ihrer kleinen Füßchen und ihrer kindlich plaudernden Stimme. Mögen stärkere Echo's noch so voll erschallen, — diese hörte die junge Mutter an der Wiege immer kommen. Sie kamen, und das schattige Haus wurde sonnig von dem fröhlichen Lachen des Kindes und der göttliche Kinderfreund, dem sie in ihren Sorgen das ihrige anvertraut hatte, schien das Kind in seine Arme zu nehmen, wie er die Kinder vor Zeiten nahm, und machte es ihr zu einer heiligen Freude.

Immer geschäftig den goldenen Faden aufrollend, der sie Alle zusammenband, und freundliches Glück überall verbreitend, wohin sie blickte, hörte Lucie in den Echo's von Jahren nur wohlthuende und tröstende Klänge. Der Schritt ihres Mannes klang kräftig und glücklich unter ihnen; der ihres Vaters fest und gleichmäßig; ja selbst Miß Proß, im Geschirr von Bindfaden, weckt den Wiederhall als feuriges Roß mit der Peitsche gezüchtigt, schnaubend und die Erde stampfend, unter der Platane im Garten! Selbst wenn man unter den übrigen Klänge des Schmerzes vernahm, waren sie nicht bitter und verzweifelnd. Selbst wenn goldenes Haar, wie ihr eigenes, wie ein Glorienschein auf einem Kissen um das abgezehrte Gesicht eines Knaben lag und er mit strahlendem Lächeln sagte: „Lieber Papa und liebe Mama! es schmerzt mich sehr, Euch Beide zu verlassen und meine hübsche Schwester; aber man ruft mich und ich muß fort!" — so waren es nicht lauter Thränen des Schmerzes, welche die Wangen der jungen Mutter benetzten, als die kindliche Seele von ihr schied. Man dulde sie und verbiete sie nicht. „Sie sehen meines Vaters Antlitz." O Vater! gesegnete Worte!

So mischte sich das Rauschen der Flügel eines Engels unter die andern Echo's und sie waren nicht ganz von dieser Erde, sondern unter ihnen war dieser Hauch vom Himmel. Auch Seufzer des Windes, die über ein kleines Gartengrab wehten, mischten sich darunter und Lucie vernahm sie durch die stille Luft, wie die kleine Lucie mit komischem Ernst sich ihrer Morgenaufgabe widmend oder zu Füßen ihrer Mutter eine Puppe anputzend in den Zungen der beiden Städte plauderte, in deren Leben das ihrige verwebt war.

Selten gaben die Echo's die Schritte Sydney Cartons zurück. Höchstens ein halb Dutzendmal des Jahres machte er von seinem Vorrechte Gebrauch, uneingeladen zu kommen, und saß unter ihnen den ganzen Abend lang. Er kommt nie von Wein erhitzt. Und etwas Anderes flüstern von ihm die Echo's, was ächte Echo's zu allen Zeiten geflüstert haben.

Hat ein Mann wirklich ein Weib geliebt, sie verloren und sie dann tadellos — obgleich unverändert — als Gattin und Mutter gekannt, so werden ihre Kinder stets eine seltsame Sympathie mit ihm haben — ein instinctartiges zartes Mitleiden mit ihm. Welch verborgene Fiber in der Seele dabei angerührt werde, kann kein Echo verkünden; aber es ist an dem und es war auch hier der Fall. Carton war der erste Fremde, welchen die kleine Lucie ihre runden Aermchen entgegenstreckte, und wie sie heranwuchs, behauptete er seinen Platz bei ihr. Der Kleine hatte fast noch zuletzt von ihm gesprochen. „Der arme Carton! Küßt ihn von mir!"

Mr. Stryver machte sich Platz unter den Juristen wie eine große Maschine, die sich durch trübes Wasser vorwärts arbeitet, und zog seinen nützlichen Freund hinter sich her wie ein in's Schlepptau genommenes Boot. Da ein in solcher Lage befindliches Boot gewöhnlich sehr hin- und hergeworfen wird und meistens unter Wasser ist, so hatte auch Sydney ein feuchtes Leben zu führen, aber leichte und starke Gewohnheit, die leider in ihm viel leichter und stärker war als das anstachelnde Gefühl von Ehre oder Schande, machte es für ihn zum rechten Leben; und er dachte nicht mehr daran aufzuhören, des Löwen Schakal zu sein, als ein wirklicher Schakal daran denken würde ein Löwe zu werden. Stryver war reich, hatte eine blühende Wittwe mit Vermögen und drei Knaben geheirathet, die nichts besonderes Glänzendes an sich hatten, als das glatte Haar ihrer runden Köpfe.

Diese drei jungen Herren hatte Mr. Stryver, aus jeder Hautpore Gönnerschaft der beleidigendsten Art ausschwitzend, vor sich her wie drei Schafe nach der stillen Ecke in Soho getrieben und sie Luciens Gatten als Schüler angeboten mit den zartfühlenden Worten: „Heda, hier sind drei Portionen Butterbrod und Käse für Ihr eheliches Pickenick, Darnay!" Die höfliche Zurückweisung dieser drei Portionen Butterbrod und Käse hatte Mr. Stryver mit großer Entrüstung erfüllt, von der er später bei der Erziehung der jungen Herren Nutzen zog, indem er ihnen einprägte, sich vor dem Stolze von Bettlern, gleich jenem Schulmeister, zu hüten. Auch pflegte er bei seinem schweren Wein Mrs. Stryver von den Künsten zu erzählen, mit welcher Mrs. Darnay ihn voreinst zu fangen versucht und wie er durch seine Schlauheit und Festigkeit dieses Gefangenwerden verhindert habe. Einige seiner Bekannten vom Kings-Benchgericht, die gelegentlich seinen schweren Wein und die Lüge zu kosten bekommen, entschuldigten die letztere damit, daß er sie so oft erzählt habe, daß er sie selbst glaube — jedenfalls eine so unverbesserliche Erschwerung eines ohnedies schon schweren Verbrechens, daß sie rechtfertigen würde, einen solchen Verbrecher an einen angemessenen abgelegenen Ort zu schaffen und ihn dort abseits zu hängen.

Diese waren unter den Echo's, welche Lucie manchmal nachdenklich, manchmal lachend und ergötzt, aber immer im Genuß stillen Glückes in der wiederhallenden Ecke hörte, bis der sechste Geburtstag ihres Töchterchens kam. Aber auch andere Echo's hatten während dieser ganzen Zeit aus der Ferne drohend herübergerollt, und gerade jetzt um die Zeit dieses Geburtstags nahmen sie einen grauenhaften Ton an, als bräche in Frankreich ein schweres Unwetter mit fürchterlich stürmischer See los.

Eines Abends, Mitte Juli 1789, kam Mr. Lorry noch spät von Tellsons und setzte sich neben Lucie und ihren Gatten in das dunkle Fenster. Es war eine schwüle wetterdrohende Nacht und sie dachten alle Drei an die längstvergan gene Sonntagsnacht, wo sie an demselben Fenster den Blitzen zugesehen hatten.

„Ich fing schon an zu denken, daß ich die Nacht bei Tellsons würde zubringen müssen," sagte Mr. Lorry, indem er die braune Perrücke von der Stirn zurückschob. „Wir haben heute so viel zu thun gehabt, daß wir gar nicht wußten, was wir zuerst anfangen oder wohin wir uns wenden sollten. Es herrschen solche Besorgnisse in Paris, daß man uns mit Vertrauen geradezu überläuft! Unsere Kunden drüben scheinen nicht im Stande zu sein, uns ihr Vermögen schnell genug anzuvertrauen. Es ist offenbar unter ihnen eine Manie ausgebrochen, es herüber nach England zu senden."

„Das hat ein schlimmes Aussehn," sagte Darnay.

„Ein schlimmes Aussehn, sagen Sie, lieber Darnay? Ja! aber wir wissen nicht, welcher Grund dafür vorhanden ist. Die Menschen sind so unverständig! Einige von uns bei Tellsons werden alt und wir können uns wirklich nicht ohne gehörige Veranlassung aus dem gewöhnlichen Schritt bringen lassen."

„Aber Sie wissen, wie düster und drohend der Horizont aussieht," sagte Darnay.

„Das weiß ich recht wohl," stimmte Mr. Lorry bei, bemüht sich zu überreden, daß seine gewöhnliche Gutmüthigkeit für diesen Abend zur Säure geworden sei. „Aber ich bin entschlossen, nach dieses langen Tages Last übler Laune zu sein. Wo ist Manette?"

„Hier ist er!" sagte der Doctor, der gerade jetzt in das dunkle Zimmer trat.

„Es freut mich, daß Sie zu Hause sind; denn diese übereilten Geschäfte und die schlimmen Gerüchte, mit welchen ich den ganzen Tag zu thun gehabt habe, haben mich ohne Grund ängstlich gemacht. Sie gehen doch nicht aus — hoff’ ich?“

„Nein; ich will eine Partie Triktrak mit Ihnen spielen, wenn Sie Lust haben,“ sagte der Doctor.

„Ich glaube nicht, daß ich Lust habe, wenn ich aufrichtig sein darf. Ich bin heute Abend nicht in Verfassung, es mit Ihnen aufzunehmen. Ist die Theestunde noch nicht vorüber, Lucie?“

„Natürlich haben wir auf Sie gewartet.“

„Ich danke Ihnen, meine Gute. Ist das liebe Kind schon zu Bett?“

„Es ist zu Bett und schläft ruhig.“

„Das ist recht; Alles gesund und wohl! Ich weiß nicht, weshalb hier etwas Anderes als Gesundheit und Wohlsein sein sollte — Gott sei Dank! Aber ich habe mich den ganzen Tag über so geärgert und ich bin nicht mehr so jung, wie ich war! Thee, meine Gute? Danke Ihnen. Jetzt nehmen Sie Ihren Platz in dem Kreise ein und dann wollen wir stillsitzen und den Echo’s zuhören, über die Sie Ihre Theorie haben.“

„Keine Theorie; es war eine Phantasie.“

„Eine Phantasie denn, mein kluges Weibchen,“ sagte Mr. Lorry und klopfte ihr liebkosend auf die Hand. „Aber es sind ihrer sehr viele und sie sind sehr laut — nicht wahr? Hören Sie nur!“

Ungestüm, toll und gefährlich sind die Schritte, wenn sie sich in Jemandes Leben drängen — Schritte, die, einmal roth gefärbt, nicht leicht wieder rein zu machen sind, — die Schritte, wie sie weit weg in St. Antoine toben, während der kleine Kreis an dem dunkeln Fenster in London sitzt.

St. Antoine war an diesem Morgen ein ungeheures schwarzes Hin- und Herwogen von Vogelscheuchen gewesen und über den Wogen dieses Meeres funkelte es häufig hell, wie Klingen und Bayonnette von Stahl in der Sonne glänzen. Ein fürchterliches Gebrüll erscholl aus der Kehle St. Antoine’s und ein Wald nackter Arme regte sich in der Luft, wie verdorrte Baumäste in einem Wintersturm und jede Hand hielt krampfhaft eine Waffe oder den Schein einer Waffe gepackt, welche die Tiefe ausspie, Niemand konnte sagen wie weit her.

Wer die Waffen vertheilte, woher sie kamen, durch wessen Vermittelung sie zu Dutzenden auf einmal wie eine Art Blitze über die Köpfe des Gewühles hinfuhren, hätte Niemand in dem Gedränge sagen können; aber Flinten wurden vertheilt und auch Patronen, Pulver und Kugeln, Stangen von Eisen und Holz, Messer, Aexte, Piken, jede Waffe, welche zornwüthender Scharfsinn entdecken oder ersinnen konnte. Leute, die nichts anderes finden konnten, mühten sich mit blutenden Händen ab, Steine und Ziegel aus der Mauer zu reißen. Jeder Puls und jedes Herz in St. Antoine war in hoher Fieberhitze. Jedes lebendige Geschöpf daselbst hielt das Leben für nichts und war mit einer wahnwitzigen Leidenschaft erfüllt, es hinzuopfern.

Wie ein Wirbel kochenden Wassers einen Mittelpunkt hat, so bewegt sich alles dieses Gewühl im Kreise um Defarge's Weinladen herum und jeder Menschentropfen in dem Kessel zeigt eine Neigung, nach dem Mittelpunkte hingezogen zu werden, wo Defarge, schon ganz schwarz von Pulver und Schweiß, Befehle gab, Waffen vertheilte, diesen Mann zurückstieß, einen Andern hervorzog, Einen entwaffnete, um den Andern zu bewaffnen und in dem dichtesten Gewühl thätig war.

„Bleib in meiner Nähe, Jacques Drei!" rief Defarge; „und Ihr Beide, Jacques Eins und Zwei, stellt euch Jeder an die Spitze von so viel Patrioten als Ihr zusammenbringen könnt. Wo ist meine Frau?"

„Hier bin ich!" — sagte Madame ruhig wie immer, aber für heute nicht mit dem Strickstrumpf beschäftigt. Die entschlossene rechte Hand Madames hielt eine Axt anstatt der friedlichen Stricknadeln und in ihrem Gürtel stak ein Pistol und ein langes scharfes Messer.

„Wo gehst Du hin, Frau?"

„Vor der Hand mit Dir," sagte Madame. „Bald wirst Du mich an der Spitze von Frauen sehen."

„Vorwärts also!" — rief Defarge mit weithin hallender Stimme. „Patrioten und Freunde, wir sind bereit! Nach der Bastille!"

Mit einem Gebrüll, welches klang, als ob der Athem von ganz Frankreich das verabscheute Wort gesprochen, erhob sich das lebendige Meer Welle für Welle bis in die tiefsten Tiefen und fluthete hin nach jenem Punkte. Die Sturmglocke läutete, Trommeln schallten, das Meer wüthete und donnerte an seinen neuen Strand und der Angriff begann.

Tiefe Gräben, eine doppelte Zugbrücke, feste steinerne Mauern, acht große Thürme, Kanonen, Flinten, Feuer und Rauch. Durch das Feuer und durch den Rauch — in dem Feuer und in dem Rauch (denn das Meer warf ihn gegen eine Kanone und in dem Augenblick war er ein Kanonier geworden) arbeitete Defarge aus dem Weinschank wie ein mannhafter Soldat zwei heiße Stunden lang.

Tiefer Graben, eine Zugbrücke, feste steinerne Mauern, acht große Thürme, Kanonen, Flinten, Feuer und Rauch. Eine Zugbrücke gewonnen! „An's Werk, Kameraden, an's Werk! An's Werk, Jacques Eins, Jacques Zwei, Jacques Tausend, Jacques Zweitausend, Jacques Zweihundertfünfzigtausend! Im Namen aller Engel und Teufel — was Ihr lieber habt —; an's Werk!" — So rief Defarge aus dem Weinschank immer noch an seiner Kanone, die längst heiß geworden war.

„Mir nach, Weiber!" — rief Madame, seine Frau. „Was? wir können so gut todtschlagen, wie die Männer, wenn der Platz einmal genommen ist." Und um sie schaarten sich mit schrillem blutdürstigen Geschrei Haufen von Frauen, verschiedenartig bewaffnet, aber alle gleichbewaffnet mit Hunger und Rachedurst.

Kanonen, Flinten, Feuer und Rauch; aber immer noch der tiefe Graben, die letzte Zugbrücke, die festen steinernen Mauern und die acht großen Thürme. Leichte Störungen in dem wüthenden Meer entstanden durch die hinstürzenden Verwundeten. Blinkende Waffen, lodernde Fackeln, qualmende Wagenladungen, feuchtes Stroh, harte Arbeit an Barrikaden in allen Richtungen, Geheul, Gewehrsalven, Verwünschungen, Tapferkeit ohne Ende, Kanonendonner und Flintengeknatter und das wüthende Toben des lebendigen Meeres; aber immer noch der tiefe Graben und die letzte Zugbrücke, die festen steinernen Mauern und die acht großen Thürme und immer noch Defarge aus dem Weinschank an seiner Kanone, die durch den Dienst von vier heißen Stunden doppelt heiß geworden ist.

Eine weiße Fahne auf der Festung und eine Verhandlung — das läßt sich undeutlich erkennen durch den wüthenden Sturm, der nichts hörbar werden läßt, — und plötzlich steigt das Meer höher und höher und spült Defarge aus dem Weinschank über die heruntergelassene Zugbrücke an den festen steinernen Außenmauern vorbei und mitten unter die acht großen Thürme, die sich ergeben haben.

So unwiderstehlich war die Gewalt des ihn vorwärtstragenden Oceans, daß er eben so wenig Athem schöpfen oder den Kopf umdrehen konnte, als ob er in der Brandung des Südmeeres gekämpft hätte, bis er in dem vorderen Hofe der Bastille wieder festen Fuß faßt. Hier erkämpft er seinen Platz an einer Mauerecke und schaut um sich. Jacques Drei stand fast unmittelbar neben ihm; Madame Defarge, immer noch an der Spitze einiger ihrer Frauen, war weiter voraus sichtbar, das Messer in der Hand. Ueberall Tumult, Jauchzen, betäubende und wahnwitzige Verwirrung, rasendes Toben und doch eine wüthende stumme Pantomime.

„Die Gefangenen!"

„Die Acten!"

„Die geheimen Kerker!"

„Die Marterwerkzeuge!"

„Die Gefangenen!"

Von allen diesen Rufen und tausend unzusammenhängenden anderen hörte man; „Die Gefangenen!" — am öftersten und deutlichsten heraus aus dem Meere, das hereintoste als gäbe es eine Ewigkeit von Menschen eben so gut wie von Zeit und Raum. Als die vordersten Wogen vorüberschossen und die Gefangenwärter mit fortrissen und sie alle mit augenblicklichem Tode bedrohten, wenn nur ein einziger geheimster Winkel unaufgeschlossen bliebe, legte Defarge seine starke Hand auf die Brust eines dieser Männer — eines Mannes mit einem grauen Kopf, der eine brennende Fackel in der Hand hatte — sonderte ihn von den übrigen und brachte ihn zwischen sich und die Mauer.

„Zeigt mir den Nordthurm!“ — sagte Defarge. „Rasch!“

„Ich will Euch getreulich hinführen,“ entgegnete der Mann. „Aber es ist Niemand dort.“

„Was heißt Einhundert und Fünf, Nordthurm?“ — fragte Defarge. „Rasch!“

„Was es heißt, Monsieur?“

„Ist damit ein Gefangener bezeichnet oder ein Kerker? Oder wollt Ihr, daß ich Euch todtschlage?“

„Schlagt ihn todt!“ — krächzte Jacques Drei, der dicht herangetreten war.

„Monsieur! es ist ein Gefängniß.“

„Führt mich hin!“

„So kommen Sie diesen Weg.“

Jacques Drei, mit dem gewöhnlichen gierigen Ausdruck um Mund und Augen und offenbar darüber getäuscht, daß das Zwiegespräch eine Wendung nahm, die kein Blut versprach, hielt Defarge's Arm gepackt, wie dieser den Arm des Gefangenwärters gepackt hielt. Sie hatten während des Gesprächs ihre drei Köpfe dicht zusammengesteckt und selbst so konnten sie kaum einander verstehen — so fürchterlich war das Toben des lebendigen Meeres, wie es in die Festung eingebrochen war und die Höfe, Gänge und Treppen überschwemmt hatte. Auch draußen rings herum schlug es an die Mauern mit dumpfem Donner, aus welchem gelegentlich ein paar vereinzelte Jubelrufe hervorbrachen und wie Wellenstaub in die Luft flogen.

Durch düstere Gewölbe, wohin das Tageslicht nie gedrungen war, vorbei an unheimlichen Thüren finsterer Löcher und Käfige, gruftartige Treppen hinab und steile beschwerliche Stiegen von Stein und Ziegeln wieder hinauf, die ausgetrockneten Wasserfällen ähnlicher waren als Treppen, gingen Defarge, der Gefangenwärter und Jacques Drei festgeschlossen Arm in Arm mit aller möglichen Eile. Hie und da, vorzüglich zu Anfang, jagten einzelne Wogen der Ueberschwemmung an ihnen vorbei, aber als das Abwärtssteigen vorbei war und sie auf steinerner Wendeltreppe einen Thurm hinaufklimmten, waren sie allein. Hier eingeschlossen von den dicken Mauern und Gewölben hörten sie von dem Sturm in der Festung draußen nur ein fernes gedämpftes Rauschen, als ob das Getöse, in dem sie sich eben noch befunden, fast ihren Gehörsinn vernichtet hätte.

Der Gefangenwärter machte an einer niedrigen Thüre Halt, steckte einen Schlüssel in ein klirrendes Schloß, öffnete die Thüre langsam und sagte, als sie sich Alle bückten und hineintraten:

„Einhundert und Fünf, Nordthurm!“

Hoch oben in der Mauer befand sich eine kleine mit einem schweren Eisengitter verschlossene Oeffnung mit einem gemauerten Schirm davor, sodaß man nur den Himmel erblicken konnte, wenn man sich tief bückte und dann hinaufsah. Ein kleines nur wenige Fuß tiefes Kamin mit schweren eisernen Stäben davor; ein Haufen alter weißgrauer Holzasche auf dem Herde; ein Stuhl, ein Tisch und ein Strohlager: vier geschwärzte Wände und ein verrosteter Eisenring in einer derselben.

„Leuchtet langsam an den Wänden hin, daß ich sie sehen kann," sagte Defarge zu dem Gefangenwärter.

Der Mann gehorchte und Defarge folgte dem hellen Scheine sorgsam mit den Augen.

„Halt! — Sieh her, Jacques!"

„A — M," krächzte Jacques Drei, wie er gierig las.

„Alexander Manette," sagte ihm Defarge in's Ohr, indem er den Buchstaben mit seinem von Pulver geschwärzten Zeigefinger folgte. „Und hier hat er geschrieben: Ein armer Arzt. Und jedenfalls hat er auch diesen Kalender in den Stein gekritzelt. Was habt Ihr in der Hand? Ein Brecheisen? Gebt her!"

Er hatte immer noch den Ladestock seiner Kanone in der Hand. Jetzt vertauschte er ihn rasch gegen das Brecheisen und schmetterte mit wenigen Schlägen den wurmzerfressenen Stuhl und Tisch in Stücke.

„Haltet die Fackel höher!" — sagte er zornig zu dem Gefangenwärter. „Jacques, suche sorgfältig unter diesen Stücken nach. Und wart! Hier ist mein Messer! (Er warf es ihm hin.) Schneide das Bett auf und suche im Stroh. Ihr da! Haltet die Fackel höher!"

Mit einem drohenden Blick auf den Gefangenwärter kroch er auf den Herd, sah den Schornstein hinauf, klopfte an seine Wände mit dem Brecheisen und schüttelte an den eisernen Stäben davor. Nach einigen Minuten fiel etwas Kalk und Staub herab, dem er mit dem Kopfe auswich; und darin und in der alten Holzasche und in vier Spalten im Schornstein, welche seine Waffe gefunden oder gemacht hatte, suchte seine Hand sorgfältig.

„Nichts im Holze und nichts im Stroh, Jacques?"

„Nichts!"

„So wollen wir sie in der Mitte der Zelle auf einen Haufen sammeln. So! Ihr da — zündet ihn an!"

Der Gefangenwärter zündete den kleinen Haufen an, der hoch und heiß emporloderte. Sie ließen es fortbrennen, bückten sich wieder, um durch die niedrig gewölbte Thür zu kommen und kehrten nach dem Hofe zurück. Erst allmälig auf dem Rückweg schienen sie das Gehör wieder zu bekommen, bis sie wieder mitten in dem tosenden Meere waren.

Das Meer brandete und wogte hoch auf und wollte Defarge wieder haben. St. Antoine rief laut nach seinem Weinschenken, damit er der Hauptmann der Wache über den Commandanten sei, der die Bastille vertheidigt und das Volk todtgeschossen hatte. Anders konnte der Commandant nicht nach dem Stadthaus vor Gericht gebracht werden. Anders würde der Commandant entweichen und das Blut des Volkes (das nach vieljähriger Werthlosigkeit plötzlich einigen Werth bekommen hatte) ungerächt bleiben.

In dem heulenden Meer von Leidenschaft und Wuth, das der finstere alte Officier in seinem grauen Rock mit rothen Aufschlägen ganz einzuschließen schien, gab es blos eine ganz ruhige Gestalt und dieß war die Gestalt eines Weibes. „Seht — dort ist mein Mann!" rief die Frau aus und wies auf ihn mit der Hand. „Seht Defarge!" Sie stand unbeweglich dicht neben dem finstern alten Officier und blieb unbeweglich neben ihm stehen; blieb unbeweglich dicht neben ihm durch die Straßen, wie Defarge und die Uebrigen ihn fortschleppten; blieb unbeweglich dicht neben ihm, wie er seinem Ziele nahe war und Einer ihm von hinten einen Schlag versetzte; blieb unbeweglich dicht neben ihm, als der seit Langem gesammelte Regen von Stößen und Schlägen schwer niederfiel; war so dicht neben ihm, als er todt zusammensank, daß sie plötzlich lebendig geworden ihren Fuß auf sein Genick setzte und ihn mit dem scharfen lange bereit gehaltenen Messer den Kopf abschnitt.

Die Stunde war gekommen, wo St. Antoine seine schreckliche Idee zur Ausführung brachte, Menschen als Laternen in die Höhe zu ziehen, um zu zeigen, was er sein und thun konnte. St. Antoines Blut war in Wallung gekommen und das Blut der Tyrannei und der Herrschaft mit eiserner Hand war geflossen — geflossen die Stufen des Stadthauses hinab, wo der Leichnam des Commandanten lag — geflossen unter dem Schuh der Madame Defarge, wo sie ihn auf die Leiche gesetzt hatte, um diese besser köpfen zu können. „Laßt die Laterne herunter!" rief St. Antoine, nach dem er sich mit wildem Blick nach einer neuen Todesart umgesehen; „hier müssen wir einen seiner Soldaten als Wache zurücklassen!" Die hängende Schildwache war an ihrem Posten und das wüthende Meer wogte weiter....

Das Meer von schwarzen und drohenden Wassern und zerstörendem Gegeneinanderwogen, dessen Tiefe noch unergründet und dessen Kräfte noch unbekannt sind. Das erbarmungslose Meer von leidenschaftlich bewegten Gestalten, Stimmen der Rache und Gesichtern, die in Leiden so hart geworden sind, daß der Finger des Mitleids keinen Eindruck mehr auf sie machen kann.

Aber in dem Ocean von Gesichtern, auf welchen sich jede wilde und grimmige Leidenschaft im lebendigsten Ausdruck zeigte, befanden sich zwei Gruppen von Gesichtern — von sieben Gesichtern jede — die so grell von den übrigen abstachen, daß noch kein Meer merkwürdigere Wraks auf seinen Wogen getragen hat. Sieben Gesichter von Gefangenen, plötzlich befreit von dem Sturme, der ihre Gruft gesprengt, wurden hoch über den übrigen getragen; Alle erschrocken, verwirrt, verwundert und erstaunt, als ob der jüngste Tag gekommen wäre und die rings um sie Jauchzenden verlorne Seelen wären. Andere sieben Gesichter wurden noch höher getragen — sieben Leichengesichter, deren niedergesunkene Augenlider und halb sichtbare Augen den jüngsten Tag erwarteten. Gefühl- und regungslose Gesichter, aber mit einem etwas versteckten Ausdruck — nicht ganz ohne Ausdruck; Gesichter, die aussahen, als ob sie jetzt nur in grauenhaften Schweigen verharrten, um seiner Zeit wieder die heruntersinkenden Augenlider aufzuschlagen und mit blutlosen Lippen Zeugniß abzulegen: Du hast es gethan!

Sieben befreite Gefangene, sieben blutige Köpfe auf Piken, die Schlüssel der von einem ganzen Volke verfluchten Festung mit den acht starken Thüren, einige entdeckte Briefe und andere Andenken an Gefangene aus alter Zeit, die längst an gebrochenem Herz gestorben sind — Solches und Aehnliches tragen die lauthallenden Schritte St. Antoines durch die Straßen von Paris Mitte Juli Eintausend siebenhundert und neunundachtzig. Möge der Himmel die Phantasie Lucie Darnay's täuschen und diese Schritte fern — fern von ihrem Leben halten! Denn sie sind ungestüm, wahnwitzig und gefährlich; und in den Jahren, so lange nach dem Auseinandergehen des Fasses vor Defarge's Weinschank, sind sie nicht so leicht wieder rein zu waschen, wenn sie einmal roth gefärbt sind.

Zweiundzwanzigstes Kapitel
Die Fluth steigt immer noch

Der hohläugige St. Antoine hatte nur eine Jubelwoche gehabt, in welcher er seine karge Portion von kargem und bittern Brode — so weit möglich — mit brüderlichen Umarmungen und Beglückwünschungen gewürzt hatte, als Madame Defarge wie gewöhnlich wieder hinter dem Ladentisch saß und über die Gäste die Aufsicht führte. Madame Defarge trug keine Rose im Kopftuch; denn die große Brüderschaft der Spione war in dieser einen kurzen Woche ausnehmend scheu geworden, sich der Barmherzigkeit des Heiligen anzuvertrauen. Die über die Straße hängenden Laternen hatten sich einen unheimlich elastischen Schwung angewöhnt.

Madame Defarge saß mit über einander geschlagenen Armen im Morgensonnenschein und schaute in den Weinladen und in die Straße hinein. In beiden standen verschiedene Gruppen von ärmlichem und schmutzigem Aussehen herum, aus deren Gesichtern aber zugleich das Bewußtsein, etwas zu gelten, herausblickte. Die zerlumpteste Nachtmütze, die schief über dem von Kummer und Noth todtbleichen Gesichte hing, sprach deutlich genug: Ich weiß, wie schwer es mir, dem Träger dieser Mütze, geworden ist, das Leben zu erhalten; aber weißt du auch, wie leicht es mir, dem Träger dieser Mütze, geworden ist, dir das Leben zu nehmen? Jeder nackte magere Arm, der bisher ohne Arbeit gewesen ist, kann jetzt jeden Augenblick zu dieser Arbeit greifen, wenn er nur will. Die Finger der strickenden Weiber zucken krampfhaft mit dem Bewußtsein, daß sie zerreißen können. St. Antoine hat ein anderes Aussehen gewonnen; hunderte von Jahren war es ihm eingehämmert worden und die letzten vollendeten Schläge hatten den richtigen Ausdruck mit gewaltiger Deutlichkeit herausgebracht.

Madame Defarge war sich dessen bewußt mit der unterdrückten Billigung, wie sie bei der Führung der Frauen von St. Antoine zu wünschen war. Eine von der Schwesterschaft strickte neben ihr. Die kleine, eher runde Frau eines heruntergekommenen Gewürzhändlers und Mutter von zwei Kindern hatte sich als zweite Führerin bereits den Ehrennamen des Racheengels erworben.

„Horch!" — sagte der Racheengel. „Horch! Wer kommt?"

Als ob ein Pulverfaden von der äußersten Grenze des St. Antoine-Viertels bis an den Weinschank gelegt und jetzt plötzlich angezündet worden wäre, fliegt ein sich rasch verbreitendes Gemurmel heran.

„Es ist Defarge," sagt Madame. „Still Patrioten!"

Defarge tritt athemlos herein, nimmt die rothe Mütze vom Kopfe und sieht sich um.

„Hört — Ihr Alle!" — sagt Madame. „Hört auf ihn!"

Defarge stand keuchend vor einem Hintergrund neugieriger Augen und offener Mäuler, der sich draußen vor der Thür gebildet hatte; alle Gäste im Weinschank waren aufgesprungen.

„Sprich, Mann! Was giebt es?"

„Neues aus der andern Welt!"

„Wie so?" — rief Madame verachtungsvoll. „Aus der andern Welt?"

„Erinnert Ihr Euch Alle an den alten Foulon, der den Hungernden sagte, sie könnten Gras essen — und der gestorben und zur Hölle gefahren ist?"

„Wir Alle," tönte es aus allen Kehlen.

„Die Nachrichten sind von ihm. Er ist unter uns!"

„Unter uns?" — tönte es wieder aus der allgemeinen Kehle. „Und todt?"

„Nicht todt! Er fürchtete sich so sehr vor uns — und mit Grund — daß er sich für todt ausgeben und für sich ein großes Leichenbegängniß ausrichten ließ. Aber sie haben ihn lebendig in einem Versteck in der Provinz aufgefunden und ihn hergebracht. Ich habe ihn eben jetzt als Gefangenen auf dem Wege nach dem Stadthause gesehen. Ich habe gesagt, daß er Grund hatte uns zu fürchten. Sprecht Alle: hat er Grund?"

Armer alter Sünder von mehr als siebzig Jahren, wenn du es nie gewußt hättest, so hättest du es jetzt gefühlt in deinem innersten Herzen, wenn du das antwortende Geheul vernommen hättest!

Eine Pause tiefen Schweigens folgte. Defarge und seine Frau sahen einander fest an. Der Racheengel bückte sich und man hörte eine Trommel klappern, wie sie dieselbe unter dem Ladentische hervorholte.

„Patrioten!" rief Defarge mit entschlossener Stimme, „sind wir fertig?"

Augenblicklich stak das Messer der Madame Defarge in ihrem Gürtel; die Trommel rasselte auf der Straße, als ob sie und ein Trommler durch Zauberei zu einander geflogen wären; und der Racheengel eilte mit entsetzlichem Geschrei und ihre Arme um den Kopf bewegend wie vierzig Furien auf einmal von Haus zu Haus, um die Kameradinnen zu rufen.

Die Männer waren schrecklich anzusehn in dem blutdürstigen Zorn, mit welchem sie aus den Fenstern heraussahen, zu den Waffen griffen, die Jeder bei der Hand hatte, und auf die Straße stürzten; aber der Anblick der Frauen machte das Blut der Kühnsten gerinnen. Sie verließen die häuslichen Beschäftigungen, zu denen sie in ihrer Entblößung und bittern Armuth noch Veranlassung hatten, ließen ihre Kinder, ihre Alten und ihre Kranken auf dem bloßen Fußboden halb verhungert und nackt kauern und eilten hinaus mit fliegendem Haar und reizten mit wildestem Geschrei und wildesten Geberden sich und Andere zum Wahnsinn. „Der Schurke Foulon gefangen, Schwester! Der alte Foulon gefangen, Mutter! Der Schuft Foulon gefangen, Tochter!" Dann brach ein anderer Haufe in die Mitte von diesen, schlug sich die Brüste, raufte sich das Haar aus und kreischte: „Foulon am Leben, Foulon, der den Hungernden rieth, Gras zu essen? Foulon, der meinem alten Vater sagte: Er könnte Gras essen, als ich ihm kein Brod geben konnte! Foulon, der meinem Säugling sagte: Er könnte Gras trinken, als diese Brüste vom Darben vertrocknet waren! O Mutter Gottes — dieser Foulon! O Himmel, unsre Noth![S. 41] Höre mich, mein verhungertes Kind! Höre mich, mein todter Vater: Ich schwöre auf meinen Knieen hier auf diesem Steine, Euch an Foulon zu rächen! Gatten, Brüder und Söhne, gebt uns das Blut Foulons! Gebt uns den Kopf Foulons! Gebt uns das Herz Foulons! Gebt uns Leib und Seele Foulons! Zerreißt Foulon in Stücke und scharrt ihn ein, damit Gras aus ihm wachsen möge!"

Mit diesem Geschrei wirbelten Schaaren von Frauen zu blinder Wuth gereizt herum, schlugen — ohne Unterschied zwischen Freund und Feind zu machen — um sich, bis sie vor Leidenschaft in Ohnmacht sanken und vor dem Zertretenwerden nur von den Männern gerettet wurden, die zu ihnen gehörten.

Dessenungeachtet ward kein Augenblick verloren; — kein Augenblick! Dieser Foulon befand sich auf dem Stadthaus und konnte freigelassen werden. Niemals, wenn St. Antoine wußte, was für Noth, Unrecht und Schmach er selbst hatte erdulden müssen! Bewaffnete Männer und Frauen strömten so rasch aus dem Quartier und nahmen selbst die letzte Hefe mit solcher Anziehungskraft mit sich fort, daß nach einer Viertelstunde kein menschliches Geschöpf mehr in St. Antoine's Schooß zu sehen war, als ein paar alte Mütterchen und die schreienden Kinder.

Nein. Sie machten jetzt Alle den Gerichtssaal gepreßt voll, wo dieser böse und häßliche alte Mann jetzt war, und flossen über in den freien Platz und in die Straße in der Nachbarschaft. Die beiden Defarge's, Mann und Frau, der der Racheengel und Jacques Drei waren unter den Vordersten und nicht weit von ihm im Gerichtssaal.

„Seht!" rief Madame und wies mit dem Messer auf ihn. „Seht den alten Schurken mit Stricken gebunden. Das war ein schöner Einfall, ihm einen Büschel Gras auf den Rücken zu binden. Haha! Das war ein schöner Einfall. Er mag es jetzt fressen!" Madame nahm ihr Messer unter den Arm und klatschte in die Hände, wie im Theater.

Da die Leute unmittelbar hinter Madame Defarge die Ursache ihrer Befriedigung den hinter ihnen Stehenden mittheilten und diese sie wieder Andern verkündeten und diese Anderen noch Anderen, so durchhallte alsbald alle benachbarte Straßen ein rauschendes Händeklatschen. In ähnlicher Weise wurden während zwei bis drei Stunden langweiliger Gerichtsverhandlungen, in welchen mancher Scheffel voll Wörterspreu geworfelt wurde, Madame Defarge's häufige Aeußerungen der Ungeduld mit wunderbarer Schnelligkeit in die Ferne getragen. Dies war um so leichter, als verschiedene Leute, die mit erstaunlicher Gewandtheit an der Außenseite des Gebäudes heraufgeklimmt waren und zu den Fenstern hereinsahen, Madame Defarge recht gut kannten und als Telegraph zwischen ihr und den Menschenmassen draußen dienten.

Endlich stieg die Sonne so hoch, daß sie einen freundlichen Strahl, wie ein Zeichen der Hoffnung oder des Schutzes, unmittelbar auf das Haupt des greisen Gefangenen warf. Das war zu viel; in einem Augenblick war die Schranke von Staub und Spreu, die so lange gehalten hatte, in alle vier Winde zerstreut und Saint Antoine hatte ihn!

Man wußte es sogleich bis an die äußersten Grenzen des Gewühles. Defarge war blos über eine Schranke und einen Tisch gesprungen und hatte den Unglücklichen in eine tödtliche Umarmung geschlossen — Madame Defarge war gefolgt und hatte einen der Stricke, mit denen er gebunden war, um ihre Hand geschlungen — der Racheengel und Jacques Drei waren noch nicht heran und die Männer an den Fenstern noch nicht in den Gerichtssaal heruntergeschossen wie Raubvögel von ihrem hohen Horste — als schon durch die ganze Stadt das Geschrei zu erschallen schien: „Bringt ihn heraus! An die Laterne!" Niedergeworfen und emporgerissen, den Kopf zuvorderst auf die Stufen des Gebäudes, jetzt auf den Knieen, jetzt auf den Beinen, jetzt auf dem Rücken, geschleift und geschlagen und halb erstickt von den Bündeln Gras und Stroh, die hunderte von Händen ihm in's Gesicht stießen, — zerrissen, zerschlagen, keuchend, blutbedeckt, aber immer um Gnade bittend und flehend; — jetzt sich leidenschaftlich gegen sein Schicksal wehrend mit einem kleinen freien Raume ringsum, wie die Leute sich einander rückwärts zogen, um ihn besser sehen zu können; — dann als ein todter Klotz durch einen Wald von Beinen gezogen, schleppte man ihn nach der nächsten Straßenecke, wo eine der verhängnißvollen Laternen hing und hier ließ ihn Madame Defarge los — wie eine Katze eine Maus losläßt — und sah ihn still und gefaßt an, während die Andern Alles fertig machten und er sie um Erbarmen anflehte. Die ganze Zeit[S. 44] über kreischten ihn die Weiber voller Leidenschaft an und die Männer forderten voller Grimm, ihn mit Gras im Munde zu hängen. Einmal zogen sie ihn hinauf und der Strick riß und sie fingen ihn mit Geheul in den Armen auf; zum zweiten Male zogen sie ihn hinauf und der Strick riß und sie fingen ihn mit Geheul in den Armen auf; dann war der Strick gnädig und hielt ihn und sein Kopf stak bald auf einer Pike mit Gras genug im Munde für St. Antoine, — um bei dem Anblick desselben zu tanzen.

Das war noch nicht das Ende von der Arbeit dieses Tages, denn St. Antoine brüllte und tanzte sein zorniges Blut so in die Hitze, daß es wieder aufkochte, als er gegen Abend vernahm, daß der Schwiegersohn des Ermordeten, auch ein Bedrücker und Feind des Volkes, mit einer Wache von fünfhundert Mann blos an Reiterei nach Paris gekommen. Saint Antoine schrieb seine Verbrechen auf große Papierbogen, bemächtigte sich seiner — hätte ihn aus dem Herzen einer Armee gerissen, um Foulon Gesellschaft zu leisten! — setzte seinen Kopf und sein Herz auf Piken und trug die drei Eroberungen des Tages mit entmenschtem Geheul durch die Straßen.

Nicht vor dunkler Nacht kehrten die Männer und Frauen zu den schreienden und ohne Brod gelassenen Kindern zurück. Dann wurden die ärmlichen Bäckerladen von langen Reihen belagert, die Alle geduldig warteten, um schlechtes Brod zu kaufen; und während sie mit leeren Magen warteten, vertrieben sie sich die Zeit mit beglückwünschenden Umarmungen wegen der Siege des Tages und mit wiederholtem Genusse durch Erzählen derselben. Allmälig verloren sich diese[S. 45] Gruppen zerlumpter Leute, und dann begannen dürftige Lichter in hohen Fenstern zu scheinen und dürftige Feuer wurden auf der Straße angemacht, an welchen Nachbarn in Gemeinschaft kochten und dann vor der Thüre zu Abend aßen.

Es war ein kärgliches und ungenügendes Abendessen ohne Ahnung von Fleisch oder der meisten andern Zuthat, als schlechtes Brod. Aber menschliche Gemeinschaft flößte den steinharten Lebensmitteln einigen Nahrungsstoff ein und wußte einige Funken von Heiterkeit herauszulocken. Väter und Mütter, die ihren vollen Antheil an den schlimmsten Blutthaten gehabt hatten, spielten gemüthlich mit ihren abgemagerten Kindern, und Liebende mit einer solchen Welt um sich und vor sich liebten und hofften.

Es war fast Morgen, als die letzte Gruppe Gäste Defarge's Weinschank verließ und Mr. Defarge zu Madame, seiner Frau, mit heiserer Stimme sagte, als er die Thür verriegelte: „Endlich ist es gekommen, Frau!"

„Nun ja!" — entgegnete Madame. „Beinahe."

St. Antoine schlief; die Defarge's schliefen; selbst der Racheengel schlief mit seinem heruntergekommenen Gewürzkrämer und die Trommel ruhte. Die Stimme der Trommel war die einzige Stimme in St. Antoine, welche Sturm und Blutvergießen nicht ermüdet hatte. Der Racheengel, als Hüter der Trommel, hätte sie wecken und ihr dieselben Töne entlocken können, wie vor der Einnahme der Bastille und vor dem Tode des alten Foulon; aber anders war es mit den heiseren Stimmen der Männer und Frauen von St. Antoine.

Dreiundzwanzigstes Kapitel
Feuer!

Es war eine Veränderung über das Dorf gekommen, wo der Brunnen plätscherte und wo der Straßenarbeiter täglich hinausging, um aus den Steinen auf der Landstraße die paar Bissen Brod herauszuklopfen, welche seine arme unwissende Seele und seinen armen abgezehrten Körper nothdürftig zusammenhielten. Das Gefängniß auf der Klippe sah nicht mehr so herrisch wie früher darein. Es waren Soldaten als Wache darin, aber nicht viele; es waren Officiere da, um die Soldaten zu bewachen, aber keiner wußte, was seine Leute thun würden — außer etwa, daß sie wahrscheinlich nicht thun würden, was er ihnen beföhle.

Weit und breit sah man zu Grunde gerichtetes Land, das nichts als Wüstenei war. Jedes grüne Blatt, jeder Gras- und Getreidehalm war so zusammengeschrumpft und dürftig, wie die elende Bevölkerung. Alles war entnervt, entmuthigt, gedrückt und gebrochen. Wohnungen, Einzäunungen, Hausthiere, Männer, Weiber und Kinder und der Boden, der sie trug — Alles ausgesogen und unfruchtbar geworden.

Monseigneur (oft als Individuum ein sehr würdiger Herr) war ein Segen für die Nation, gab Allem einen ritterlichen Ton, war ein elegantes Beispiel eines üppigen und glänzenden Lebens und noch viel mehr ähnlicher Art; dessenungeachtet hatte Monseigneur als Stand auf die eine oder[S. 47] andere Weise die Sachen auf diesen Punkt gebracht. Merkwürdig daß die Schöpfung, ausdrücklich für Monseigneur gemacht, sich so bald so ganz und gar ausquetschen läßt! Es muß doch etwas Kurzsichtiges in den Anordnungen des Ewigen sein! So war es aber doch; und da der letzte Tropfen Blut aus den Steinen herausgepreßt und die letzte Schraube der Folter so oft gedreht worden war, daß sie zu Schanden ging und sich drehte und drehte, ohne Etwas zu drücken, so fing Monseigneur an, vor einer so gemeinen und unerklärlichen Erscheinung davon zu laufen.

Aber das war nicht die Veränderung, die über dieses Dorf und viele andere ähnliche Dörfer gekommen war. Seit zwanzig Jahren und länger hatte Monseigneur es gedrückt und aufgesogen und es selten mit seiner Gegenwart beehrt, als um die Freuden der Jagd zu genießen, die bald im Hetzen der Leute, bald im Hetzen des Wildes bestanden, zu dessen Erhaltung Monseigneur — sehr erbaulich — weite Strecken zur unbebauten Wüstenei werden ließ. Nein. Die Veränderung bestand mehr in dem Erscheinen fremder Gesichter gemeiner Art, als in dem Verschwinden der vornehmen classischen und auch anderweitig seligen und beseligenden Gesichtszüge Monseigneurs.

Denn in diesen Zeiten sah wohl der Straßenarbeiter, wie er einsam im Staube arbeitete und sich selten mit dem Gedanken quälte, daß er Staub sei und wieder Staub werden müsse, sondern viel häufiger mit dem Gedanken beschäftigt war, wie

wenig er zum Abendessen habe und wie viel mehr er essen würde, wenn er es hätte
— in diesen Zeiten[S. 48] sah wohl der Straßenarbeiter, wie er die Augen von seiner
einsamen Arbeit erhob und in die Landschaft hinausblickte, eine rauhe Gestalt zu
Fuße sich nähern, wie sie früher selten in diesen Gegenden gesehen wurde, jetzt
aber häufig war. Wie sie noch näher kam, bemerkte der Straßenarbeiter ohne
Verwunderung, daß es ein zottelhaariger Mann von fast barbarischem Aussehen
war, lang, in hölzernen Schuhen, die sogar dem Straßenarbeiter zu plump vorkamen,
mit finstern schwarzgebranntem Gesicht, beschmutzt von dem Schlamm und Staub
vieler Landstraßen, feucht von den sumpfigen Ausdünstungen vieler tiefen Gründe,
bestreut mit den Dornen und Blättern und dem Moos vieler Schleichpfade durch
die Wälder.

Ein solcher Mann kam über ihn wie ein Gespenst in der Mittagsstunde des
Julitages, wie er auf einem Steinhaufen unter einem Erdrücken saß, der ihm einigen
Schutz vor einem Hagelschauer gewährte.

Der Mann sah ihn an, sah das Dorf in der Tiefe an, die Mühle und das
Gefängniß auf der Klippe. Als er diese Gegenstände in sich aufgenommen, sagte er
in einem Dialekt, der eben noch verständlich war:

„Wie gehts, Jacques?“

„Alles wohl, Jacques!“

„Die Hand her!“

Sie gaben sich die Hände und der Mann setzte sich auf den Steinhaufen.

„Kein Mittagsessen?“

„Nichts als Abendessen jetzt!“ sagte der Straßenarbeiter mit hungrigem Gesicht.

„Es ist die Mode,“ grollte der Andere. „Ich finde nirgends ein Mittagsessen.“

Er holte eine schwarzgerauchte Pfeife hervor, stopfte sie, machte Feuer mit
Stahl, Stein und Schwamm und zog an der Pfeife, bis sie in heller Gluth war. Dann
hielt er sie plötzlich vor sich hin und ließ etwas hineinfallen, was er zwischen
Zeigefinger und Daumen hatte und was aufflammte und mit einem Rauchwölkchen
verpuffte.

„Die Hand her!“ Der Straßenarbeiter mußte es diesmal sagen, nachdem er die
ganze Manipulation beobachtet hatte. Sie reichten sich wieder die Hände.

„Heute Nacht?“ sagte der Straßenarbeiter.

„Heute Nacht!“ sagte der Mann, indem er die Pfeife in den Mund steckte.

„Wo?“

„Hier!“

Er und der Straßenarbeiter saßen auf dem Steinhaufen und sahen sich schweigend einander an, während der Hagel zwischen ihnen durchfuhr, bis der Himmel über dem Dorfe wieder hell wurde.

„Zeigt mir's!" — sagte nun der Reisende, indem er nach dem Kamm des Hügels ging.

„Seht hin!" — entgegnete der Straßenarbeiter mit ausgestreckter Hand. „Ihr geht hier hinab und gerade durch die Straße und am Brunnen vorbei" —

„Zum Teufel mit alle dem!" unterbrach ihn der Andere[S. 50] und ließ sein Auge über die Landschaft schweifen. „Ich gehe durch keine Straße und an keinem Brunnen vorbei. Also weiter!"

„Weiter also! Ungefähr zwei Stunden jenseits des Kammes jenes Hügels hinter dem Dorfe."

„Gut. Wann hört Ihr auf zu arbeiten?"

„Mit Sonnenuntergang."

„Wollt Ihr mich wecken ehe Ihr nach Hause geht? Ich bin zwei Nächte gewandert, ohne zu schlafen. Ich rauche meine Pfeife aus und werde dann schlafen wie ein Kind. Wollt Ihr mich wecken?"

„Gewiß!"

Der Wanderer rauchte seine Pfeife aus, steckte sie in die Brust, zog die schweren Holzschuhe aus und legte sich rücklings auf den Steinhaufen. Einen Augenblick darauf lag er in tiefem Schlafe.

Während der Straßenarbeiter seine staubige Arbeit fortsetzte und die weiter ziehenden Hagelwolken Streifen von hellem Himmel durchblicken ließen, denen silberne Streifen auf der Landschaft entsprachen, schien der kleine Mann (der jetzt eine rothe Mütze trug anstatt der frühern blauen) von der Gestalt auf dem Steinhaufen ganz verzaubert zu sein. Seine Augen wendeten sich so oft dorthin, daß er seinen Hammer nur mechanisch gebrauchte und sehr wenig von Statten brachte. Das sonnenverbrannte Gesicht, Haar und Bart so zottig und schwarz, die grobwollene Mütze, der fremdartige Anzug von selbst gesponnenen wollenen Stoff und rauhen Fellen, die ursprünglich mächtige aber von schmaler Kost abgezehrte Ge[S. 51]stalt und das mürrische und verzweifelte Zusammenpressen der Lippen im Schlafe flößte den Straßenarbeiter ein Grauen ein. Der Wanderer war weit gereist und seine Füße waren wund und seine Knöchel blutig gerieben; seine großen Schuhe, mit Blättern und Gras gestopft, hatten ihm den langen Weg schwer gemacht und in seine Kleider waren Löcher gerathen. Der Straßenarbeiter bückte sich über ihn und versuchte zu sehen, ob er Waffen versteckt in der Brust oder sonst wo trage; aber vergebens, denn er schlief mit Armen, die eben so entschlossen über seine Brust gekreuzt waren, als er den Mund geschlossen hielt. Befestigte Städte mit ihren Palisaden, Wachthäusern, Thoren, Gräben und Zugbrücken erschienen dem

Straßenarbeiter als so viel Luft gegenüber dieser Gestalt. Und wie er seine Augen von ihr zu dem Horizonte emporhob und sich umschaute, sah seine Phantasie ähnliche Gestalten, von keinem Hindernisse aufgehalten, über ganz Frankreich nach gemeinsamem Mittelpunkte wandern.

Der Mann schlief fort, gleichgültig gegen Hagelschauer und schönes Wetter dazwischen, gegen Sonnenschein auf sein Gesicht und Schatten, gegen die ihn schlagenden Klümpchen von trübem Eis und gegen die Diamanten, in welcher die Sonne sich verwandelte, bis die Sonne tief in Westen stand und der Himmel glühte. Nun nahm der Straßenarbeiter sein Arbeitszeug zusammen, um in das Dorf hinunter zu gehen und weckte den Andern.

„Gut!“ sagte der Wanderer und lehnte sich auf seinen Ellenbogen in die Höhe. „Zwei Stunden jenseits des Kammes jenes Hügels?“

„Ungefähr.“

„Ungefähr. Gut!“

Der Straßenarbeiter ging nach Hause, begleitet von dem Staube vor oder hinter ihm, je nachdem der Wind sich wendete und war bald am Brunnen, wo er sich unter die magern Kühe mischte, die dorthin zum Tränken gebracht wurden und denen er sogar mit zuzuflüstern schien, während er dem ganzen Dorfe halblaut erzählte. Als das Dorf sein kärgliches Abendmahl genossen, schlich es sich nicht zu Bett wie gewöhnlich, sondern trat wieder vor die Thür und blieb dort. Das Flüstern steckte auf eine merkwürdige Weise an, und als das Dorf nach Dunkelwerden sich um den Brunnen versammelte, zeigte es sich auch seltsam angesteckt von der Leidenschaft, nur nach einer Richtung erwartungsvoll an den Himmel zu blicken. Mr. Gabelle, Hauptbeamter des Ortes, wurde unruhig, trat allein hinaus auf sein Hausdach und blickte nur nach dieser einen Richtung, betrachtete hinter den Schornsteinen hervor die finster werdenden Gesichter unten am Brunnen und ließ den Küster, der die Kirchenschlüssel in Verwahrung hatte, sagen: es dürfte bald vielleicht Veranlassung kommen, die Sturmglocke zu läuten.

Die Nacht wurde dunkler. Die Bäume und das alte Château, die es von der gemeinen Welt abschlossen, rauschten in einem sich erhebenden Winde, als ob sie den schweren dunkeln Steinmassen drohten. Der Regen lief ungestüm die steinernen Stufen der beiden Treppenfluchten hinauf und schlug an die große Pforte wie ein schneller Bote, der die darinnen wecken will; einzelne Windstöße fuhren durch die Halle unter den alten Jagdspießen und Messern herum und eilten klagend die Treppen hinauf und schüttelte die Vorhänge des Bettes, in welchem der verstorbene Marquis geschlafen hatte. Von Osten, Westen, Norden und Süden, durch die Wälder kamen vier schwer einherschreitende ungekämmte Gestalten, das hohe Gras niedertretend und durch die Zweige brechend und traten vorsichtig in den Hof, wo sie sich begegneten. Vier Lichter zeigten sich dort plötzlich und bewegten sich in verschiedenen Richtungen fort und Alles war wieder finster.

Aber nicht lange. Gleich darauf fing das Château in seltsamer Weise an bei seinem eigenen Schimmer sichtbar zu werden, als ob es leuchtend würde. Dann spielte ein züngelndes Flämmchen hinter der Vordermauer, suchte sich durchsichtige Stellen aus und zeigte sich, wo Balustraden, Bogen und Fenster waren. Dann loderte es empor und wurde breiter und heller. Bald brachen die Flammen aus einem Dutzend der großen Fenster hervor und die aus starrem Schlaf erweckten steinernen Gesichter stierten aus Feuersgluth heraus.

Stimmen wurden um das Haus laut von den wenigen Leuten, die dort geblieben waren, und ein Pferd wurde gesattelt, auf dem ein Reiter in die Nacht hinaussprengte. Er ritt in wilder Hast durch die Finsterniß und machte erst Halt am Brunnen im Dorfe und das schaumbedeckte Roß stand vor Mr. Gabelle's Thür. „Hülfe, Gabelle! Hülfe, Hülfe!“ Ungeduldig läutete die Sturmglocke; aber andere Hülfe (wenn das eine war) gab es nicht. Der Straßenarbeiter und zweihundertundfunfzig vertraute Freunde von ihm standen mit übereinander geschlagenen Armen am Brunnen und sahen[S. 54] sich die Feuersäule am Himmel an. „Das muß vierzig Fuß hoch sein,“ sagten sie mit ingrimmigem Frohlocken, und Keiner bewegte nur einen Finger.

Der Reiter vom Château und das schaumbespritzte Roß sprengten weiter durch das Dorf und den felsigen Abhang hinan zu dem Gefängniß auf der Klippe. An dem Thore stand eine Gruppe von Offizieren und sah dem Feuer zu, abseits von ihnen eine Gruppe Soldaten. „Hülfe, Ihr Herren Offiziere! das Château brennt; werthvolle Gegenstände können noch durch rechtzeitige Hülfe gerettet werden. Hülfe! Hülfe!“

Die Offiziere blickten hin nach den Soldaten, welche dem Feuer zusahen, ertheilten keine Befehle und gaben achselzuckend und sich ärgerlich in die Lippen beißend zur Antwort: „Es muß brennen!“

Wie der Reiter hinaus durch das Dorf und durch die Straße sprengte, illuminirte man im Dorfe. Der Straßenarbeiter und die zweihundertundfunfzig vertrauten Freunde faßten den Gedanken zu illuminiren wie ein Mann, liefen in alle Häuser hinein und stellten Lichter hinter jede trübe Fensterscheibe. Der allgemeine Mangel an Allem verursachte, daß man in einer etwas gebieterischen Weise Lichter von Mr. Gabelle borgte; und als dieser Beamte einen kurzen Augenblick sich widerwillig und säumig zeigte, bemerkte der Straßenarbeiter, sonst so ehrerbietig gegen jede Autorität, daß Kutschen gut wären, um Freudenfeuer anzuzünden und Postpferde gebraten werden könnten.

Das Château blieb sich selbst überlassen und brannte fort. Ein glühender Wind, geradewegs aus den höllischen Regionen kommend, fuhr in die wilde Lohe hinein und schien das Gebäude wegzublasen. In dem Auflodern und Niedergehen der Gluth sahen die steinernen Gesichter aus, als verzögen sie sich vor Schmerz. Wie große Massen von Stein und Balken niederstürzten, verdunkelte Qualm das Gesicht mit den beiden Grübchen; dann trat es wieder aus dem Rauch hervor als wäre es das Gesicht des hartherzigen Marquis, der auf dem Scheiterhaufen brannte und mit den Flammen kämpfte.

Das Schloß brannte; die nächsten Bäume, von den Flammen ergriffen, wurden versengt und schrumpften zusammen; ferner stehende Bäume, von den vier wilden Gestalten angezündet, umgaben den brennenden Bau mit einem neuen Wald von Rauch. Geschmolzenes Blei und Eisen kochte in dem Marmorbecken des Brunnens; das Wasser vertrocknete, die Löschhorndächer der Thürme verschwanden wie Eis in der Gluth und rannen in vier gezackten Flammenbächen an der Wand herunter. Große Risse und Spalten schossen in den festen Mauern ihre Zweige nach allen Richtungen, wie eben entstandene Krystallisationen; betäubte Vögel flatterten herum und stürzten in die Gluth; vier wilde Gestalten wanderten weiter nach Osten, nach Westen, nach Norden und nach Süden die rauchumhüllten Straßen entlang, geleitet von der Flamme, die sie angezündet, ihrem nächsten Ziele zu. Das erleuchtete Dorf hatte sich der Sturmglocke bemächtigt und läutete nach Beseitigung des rechtmäßigen Thürmers vor Freuden.

Nicht nur das, sondern das Dorf, durch Hunger, durch das Feuer und Glockengeläute einigermaßen verwirrt geworden, besann sich auf einmal, daß Mr. Gabelle mit der Einsammlung von Pachtgeldern und Steuern zu thun hatte — obgleich Gabelle in der neuesten Zeit selbst sehr kleine Abzahlungen von Steuern und Pachtgeldern gar nicht bekommen hatte — und verlangte ungeduldig mit ihm zu sprechen. Als Mr. Gabelle den wilden brüllenden Haufen sah, der sich vor seinem Hause versammelt hatte, verriegelte er seine Thüre fest und zog sich zurück, um bei sich Rath zu halten. Das Ergebniß dieser Conferenz war, daß Gabelle sich abermals auf das Dach hinter den Schornstein zurückzog, diesmal entschlossen, wenn man seine Thüre aufbräche (er war ein kleiner Mann aus dem Süden von rachsüchtigem Temperament) sich kopfüber hinunter zu stürzen und so ein oder zwei Mann todt zu schlagen.

Wahrscheinlich verbrachte Mr. Gabelle eine lange Nacht daselbst mit der Aussicht auf das Schloß als Feuer und Licht, und dem Anschlagen an seine Thür — verbunden mit dem frohlockenden Geläute, als Musik, nicht zu gedenken, daß ihm gegenüber vor dem Postgebäude eine Laterne hing, die zu seinen Gunsten von ihrem Platze zu entfernen, das Dorf ungemein viel Neigung zeigte. Ein prüfungsvoller Zustand, eine ganze Sommernacht hindurch an dem Rande eines finstern Meeres zu stehen, bereit, den Sprung hineinzuthun, auf den sich Mr. Gabelle gefaßt gemacht hatte. Aber der Morgen, des Menschen Freund, graute endlich und die Lichter im Dorfe waren ausgegangen und nun zerstreute sich glücklicher[S. 57] Weise das Volk. Jetzt stieg auch Mr. Gabelle herunter, diesmal noch mit dem Leben glücklich davon gekommen.

Im Umkreise von hundert Meilen und bei dem Schein anderer Feuer waren in dieser Nacht und in andern Nächten andere Beamte weniger glücklich, denn die aufgehende Sonne fand sie in voreinst friedlichen Straßen, wo sie geboren und erzogen worden, erhenkt; und andere Dorf- und Stadtbewohner waren weniger glücklich, als der Straßenarbeiter und seine Genossen, denn die Beamten und Truppen wendeten sich mit Erfolg gegen sie und henkten nun diese Partei. Aber die wilden Gestalten gingen nach Osten, nach Westen, nach Norden und nach Süden festen Schrittes, mochte geschehen was da wolle; und Wer immer aufgehängt ward — Feuer loderte. Die Höhe der Galgen, die es in Wasser verwandelt und gelöscht hätten, konnte kein Beamter mit aller Kunst der Mathematik mit Erfolg berechnen.

Vierundzwanzigstes Kapitel
Vom Magnetfelsen angezogen

In solchem wilden Treiben voll Mord und Brand waren drei stürmische Jahre vergangen. Drei neue Geburtstage der kleinen Lucie hatte der goldne Faden in das friedliche Gewebe ihres Lebens zu Hause gewoben.

Manche Nacht und manchen Tag hatten die Bewohner dieses stillen Hauses den Echo's in der Ecke mit Herzen gelauscht, welche ihnen sanken, als sie die stürmischen Schritte[S. 58] vernahmen; denn die Schritte klangen ihnen wie die Schritte eines Volkes unter einem rothen Banner und mit dem Rufe: „Das Vaterland ist in Gefahr!" zu wildem Wahnsinn bewegt und von schrecklichem, zu lange anhaltendem Zauberbann in reißende Thiere verwandelt. Monseigneur als Stand hatte sich losgesagt von der merkwürdigen Erscheinung, nicht gehörig gewürdigt und in Frankreich so wenig gebraucht zu werden, daß er beträchtliche Gefahr lief, dort fort und zugleich aus dem Leben geschickt zu werden. Wie der Bauer in den Mährchen, der mit unendlicher Mühe den Teufel citirt hat und bei seinem Anblick so erschrickt, daß er dem ewigen Feinde keine Frage vorlegen kann, sondern sofort ausreißt, so hatte auch Monseigneur, nachdem er viele, viele Jahre lang kühnlich das Vaterunser rückwärts gelesen und manchen andern mächtigen Zaubersegen gesprochen, um den Gottseibeiuns heraufzubeschwören, ihn kaum in seinen Schrecken gesehen, als er in seinem hochadeligen Selbst sich aus dem Staube machte.

Das glänzende Oeil de boeuf war verschwunden oder es wäre der Zielpunkt eines Orkans von nationalen Kugeln geworden. Es war nie ein gutes Auge zum Sehen gewesen — hatte lange in sich den Splitter von Lucifers Stolz, Sardanapals Ueppigkeit und eines Maulwurfs Blindheit gelitten — aber es war ausgefallen und verschwunden. Der Hof von dem exclusivsten innersten Kreis bis zu dem äußersten verrotteten Kreise, von Intrigue, Feilheit und Heuchelei — war ebenfalls verschwunden. Das Königthum war weg, war in seinem Palast belagert und „suspendirt" worden, als die letzten Nachrichten herüberkamen.

Der August des Jahres Eintausend siebenhundert und zweiundneunzig war gekommen und Monseigneur war um diese Zeit nach allen vier Weltgegenden zerstreut.

In London war natürlich das Hauptquartier und der große Sammelplatz für Monseigneur Tellsons Bank. Geister sollen die Orte heimsuchen, wo ihre Körper am meisten verkehrten, und Monseigneur, ohne eine Guinee, suchte das Haus heim, wo ehedem seine Guineen zu sein pflegten. Außerdem war es der Ort, wohin die zuverlässigsten Nachrichten aus Frankreich am schnellsten kamen. Außerdem waren Tellsons ein nobles Haus und zeigten sich sehr großmüthig gegen alte Kunden, die von ihrer hohen Stellung herabgekommen waren. Ferner waren die

Edelleute, welche noch bei Zeiten das kommende Unwetter gewahr geworden und in Voraussicht von Plünderung oder Confiscation vorsorglich Tellsons Rimessen gemacht hatten, dort für ihre dürftigen Standesgenossen immer zu erfragen. Dazu kommt noch, daß jeder neue Ankömmling aus Frankreich sich und seine Nachrichten — fast als verstände es sich von selbst — bei Tellsons meldete. Aus diesen vielen Gründen waren Tellsons damals — was französische Nachrichten betrifft — eine Art von Hauptbörse; und dies war im Publikum sowohl bekannt und es kamen dem zu Folge so häufig Nachfragen, daß Tellsons manchmal die neuesten Nachrichten auf einen Zettel schrieben und ihn in das Comptoirfenster steckten, damit Alle, welche durch das Tempelthor kamen, sie lesen konnten.

An einem nebelfeuchten Nachmittag saß Mr. Lorry an[S. 60] seinem Pulte und Charles Darnay stand neben ihm und unterhielt sich mit ihm halblaut. Die Strafzelle, in welcher früher die Conferenzen mit dem „Hause" stattfanden, war jetzt die Nachrichtenbörse und zum Ueberfließen voll. Es war eine halbe Stunde ungefähr vor Schlußzeit.

„Aber wenn Sie auch der jüngste Mann unter den Lebenden wären," sagte Charles Darnay mit einigen Zögern, „so müßte ich doch einwenden —"

„Ich verstehe. Daß ich zu alt bin?" sagte Mr. Lorry.

„Schlechtes Wetter, eine lange Reise, Unsicherheit der Transportmittel, Anarchie im Lande, eine Hauptstadt, die vielleicht selbst für Sie nicht sicher ist —"

„Lieber Charles," sagte Mr. Lorry mit heiterer Zuversicht, „Sie erwähnen einige Gründe gegen mein Hinreisen, nicht gegen mein Hierbleiben. Es ist sicher genug für mich; Niemand wird sich um einen alten Kerl von nahe an die Achtzig kümmern, wo es so viele Leute giebt, um die sich zu kümmern es mehr der Mühe verlohnt. Was die Anarchie in der Hauptstadt betrifft, so wäre ohne diese Anarchie eben keine Veranlassung, Jemanden von unserm Hause hier an unser Haus dort zu schicken, der die Stadt und das Geschäft von Alters her kennt und Tellsons Vertrauen besitzt. Was die Unsicherheit und die Länge der Reise und das Winterwetter betrifft, so möchte ich wissen, wer sich ein paar Unbequemlichkeiten für Tellsons aussetzen soll, wenn ich es nach so vieljährigem Dienste nicht thue?"

„Ich wollte, ich könnte selbst gehen," sagte Charles Darnay voller Unruhe wie Einer, welcher laut denkt.

„Wahrhaftig! Sie sind mir ein seltsamer Rathgeber!" rief Mr. Lorry aus. „Sie möchten selbst hinübergehen? und Sie — ein geborner Franzose? Das nenne ich einen gescheidten Einfall!"

„Mein lieber Mr. Lorry! — eben weil ich ein geborner Franzose bin, ist mir der Gedanke (den ich jedoch hier nicht aussprechen wollte) oft durch den Kopf gegangen. Man kann nicht umhin zu glauben, wenn man einiges Mitgefühl mit diesem armen Volke gehabt und ihm einige Opfer gebracht hat" — er sprach jetzt in seiner vorigen in Gedanken versunkener Weise — „daß man Gehör finden und so viel Einfluß gewinnen könnte, um manches Schlimme zu verhindern. Erst gestern Abend, nachdem Sie uns verlassen hatten und ich mit Lucien sprach.“ —

„Als Sie mit Lucien sprachen,“ wiederholte Mr. Lorry. „Ja. Ich wundere mich, daß Sie sich nicht schämen, Lucien beim Namen zu nennen! Sie möchten in einer solchen Zeit in Frankreich sein?!“

„Nun ich reise ja doch nicht hin,“ sagte Charles Darnay mit einem Lächeln. „Es ist mehr am Platze, wenn Sie sagen: Sie wollen reisen.“

„Ich werde auch reisen; im vollen Ernste. Die Wahrheit ist, mein lieber Charles,“ (Mr. Lorry warf einen Blick auf das „Haus“ im Hintergrunde und sprach mit gedämpfter Stimme) — „Sie können sich keinen Begriff machen von der Schwierigkeit, mit welcher unser Geschäft arbeitet, und von der Gefahr, in welcher unsere Papiere und Bücher drüben sind. Der Himmel weiß, wie viele Leute schwer compromittirt werden könnten, wenn einige unserer Documente in fremde Hände kämen oder vernichtet würden; und das kann in jedem Augenblick geschehen, wie Sie wissen; denn wer kann sagen, daß Paris heute nicht in Brand gesteckt oder morgen nicht geplündert wird? Nun kann kaum Jemand anders als ich (ohne Verlust kostbarer Zeit) eine einsichtige Auswahl unter ihnen vornehmen und sie vergraben oder sie auf andere Weise in Sicherheit bringen. Und ich soll still sitzen, wo Tellsons dies wissen und sagen — Tellsons, deren Brod ich diese sechszig Jahre gegessen habe — weil meine Gelenke ein bischen steif geworden sind? Was, Herr? Ich bin noch ein junger Bursch im Vergleich mit einem halben Dutzend alter Knackse hier!“

„Wie ich Ihren Muth und Ihre jugendliche Frische bewundere, Mr. Lorry!“

„Ach — Unsinn! Und lieber Charles,“ sagte Mr. Lorry wieder mit einem Blick auf das Haus, „Sie müssen bedenken, daß es fast unmöglich ist, gegenwärtig Etwas aus Paris herauszuschaffen — gleichgültig was es ist. Papiere und Kostbarkeiten wurden uns heute noch (ich spreche im strengsten Vertrauen, ich darf es kaum Ihnen sagen) von den seltsamsten Boten überbracht, die Sie sich denken können, und das Haupt eines jeden derselben hing an einem einzigen Haar, wie er durch die Barrière ging. Zu andern Zeiten gehen und kommen unsere Sachen so unbehindert, wie im geschäftsmäßigen Alt-England. Aber jetzt wird Alles angehalten.“

„Und reisen Sie wirklich heute Nacht?“

„Ich reise wirklich heute Nacht; denn die Sache ist zu dringlich geworden, um längern Verzug zu gestatten.“

„Und nehmen Sie keinen Begleiter mit?“

„Allerlei Leute sind mir vorgeschlagen worden; aber ich mag mit keinem von ihnen etwas zu thun haben. Ich denke Jerry mitzunehmen. Jerry ist seit langer Zeit regelmäßig Sonntag Abends meine Leibwache gewesen und ich bin an ihn gewöhnt. Niemand wird Jerry in Verdacht haben, etwas Anderes zu sein, als ein englischer Bulldogg oder eine andere Absicht zu hegen, als auf Jeden loszufahren, der Hand an seinen Herrn legt.“

„Ich muß nochmals sagen, daß ich Ihren Muth und Ihre jugendliche Frische von Herzen bewundere.“

„Ich muß nochmals sagen: Unsinn! Unsinn! Wenn ich diesen kleinen Auftrag ausgeführt habe, so werde ich vielleicht Tellsons Vorschlag annehmen, abzugehen und nach meiner Bequemlichkeit zu leben. Dann ist Zeit genug, an's Altwerden zu denken.“

Das Zwiegespräch hatten Beide an Mr. Lorry's gewöhnlichem Pulte geführt, wenige Schritte vor welchem Monseigneur voller Prahlerei über die Art, wie er sich binnen Kurzem an dem Lumpenvolk rächen werde, in dichtem Haufen stand. Es war zu sehr die Art Monseigneurs, in der Noth als politischer Flüchtling — und es war zu sehr die Art eingeborner britischer Rechtgläubigkeit, von dieser schrecklichen Revolution zu sprechen, als wäre sie die einzige Ernte unter dem Himmel, die nicht gesäet worden wäre — als ob nie etwas geschehen oder unterlassen worden wäre, was[S. 64] dazu geführt hätte — als ob Beobachter des Elends von Millionen in Frankreich und der mißbrauchten und in unrechte Canäle geleitete Hülfsquellen, die das Land hätte glücklich machen sollen, es vor Jahren nicht schon unausweichlich hätte kommen gesehen und nicht mit deutlichen Worten gesagt hätten, was sie sahen. Dieses Prahlen, verbunden mit den ausschweifenden Plänen Monseigneurs, einen Zustand der Dinge wieder herzustellen, der sich selbst zu Grunde gerichtet und die Geduld von Himmel und Erde erschöpft hatte, war von einem jeden Mann von gesundem Sinne, der die Wahrheit kannte, schwer zu ertragen, ohne sich dagegen zu verwahren. Und solches Prahlen, das in seine Ohren drang, wie eine störende Congestion des Bluts nach dem Kopfe, und eine auf seine Seele drückende Sorge hatte Charles Darnay bereits unruhig gemacht und erhielten ihn in diesem Zustande.

Unter den Sprechenden war Stryver von Kings-Bench-Bar nahe daran, vom Staate mit hohem Amte betraut zu werden, und daher besonders laut. Er erläuterte Monseigneur seine Pläne, das Volk in die Luft zu sprengen und es vom Angesicht der Erde zu vertilgen und überhaupt ohne es auszukommen, und noch viele andere Pläne zu ähnlichem Zweck, die in ihrer Natur alle verwandt mit dem Plane waren, das Geschlecht der Adler dadurch auszurotten, daß man ihnen Salz auf den Schwanz streute. Ihm hörte Darnay mit besonderem Widerwillen zu; und Darnay war noch in Zweifel, ob er gehen sollte, um nichts mehr zu hören, oder dableiben, um seinen Protest einzulegen, als das, was geschehen sollte, allmälig seine Gestalt annahm. Das „Haus[S. 65]“ trat zu Mr. Lorry und legte einen beschmutzten und unerbrochenen Brief vor ihn auf das Pult mit der Frage, ob er noch keine Spuren von der Person, an die er gerichtet, entdeckt habe? Das „Haus“ legte den Brief so dicht vor Darnay hin, daß er die Adresse sehen, um so rascher, als es sein eigner wahrer Name war. Die Adresse lautete übersetzt: „Sehr dringlich. An Mr. den ehemaligen Marquis St. Evrémonde aus Frankreich, zur Besorgung an die Herren Tellson u. Comp., Bankiers in London. England.“

Am Hochzeitsmorgen hatte Dr. Manette an Charles Darnay die einzige dringendste und ausdrücklichste Bitte gestellt, das Geheimniß dieses Namens — außer wenn er, der Doctor, ihn dieser Verpflichtung entbinde, ein unverbrüchliches zwischen ihnen sein zu lassen. Niemand sonst wußte, daß dies sein Name war, selbst seine Frau ahnte nichts; Mr. Lorry konnte keine Ahnung haben.

„Nein," gab Mr. Lorry dem „Hause" zur Antwort, „ich habe, glaube ich, ihn Jedem der hier anwesenden Herren gezeigt, und Niemand kann mir sagen, wo der Herr zu finden ist."

Da die Zeiger der Uhr sich der Schlußstunde des Comptoirs näherten, nahm der Strom der Gehenden die Richtung an Mr. Lorry's Pult vorbei. Er hielt den Brief fragend empor, und Monseigneur sah ihn an in der Person dieses und jenes complottirenden und entrüsteten Refugiès; und Dieser und Jener, und die Anderen alle hatten von dem nicht aufzufindenden Marquis, englisch wie französisch etwas Geringschätziges zu sagen.

„Neffe, glaube ich, — aber jedenfalls entarteter Nachfolger — des hochgeehrten Marquis, der ermordet wurde," sagte Einer. „Ich schätze mich glücklich sagen zu können, daß ich ihn nie gekannt habe."

„Eine Memme, die schon vor mehreren Jahren ihren Posten verlassen hat," sagte ein Anderer — ein Monseigneur, der sich die Beine zu oberst und halb erstickt in einem Heuwagen aus Paris hatte herausschaffen lassen.

„Von den neuen Lehren inficirt," sagte ein Dritter; — „stand dann in Opposition mit dem erlauchten Marquis, gab die Besitzungen auf als er sie erbte, und überließ sie dem Lumpengesindel. Und das wird ihn jetzt belohnen, wie er's verdient, hoffe ich."

„Was?" tönte Stryvers kreischende Stimme. „Wirklich? Wäre es so ein Kerl? Seht seinen niederträchtigen Namen an. Verdammt soll er sein!"

Darnay, außer Stand sich länger zu halten, legte Mr. Stryver die Hand auf die Schulter und sagte:

„Ich kenne den Kerl."

„Wirkich, beim Zeus?" sagte Stryver. „Dann thun Sie mir leid."

„Warum?"

„Warum, Mr. Darnay? Hören Sie nicht was er gethan hat? Fragen Sie nicht warum in solchen Zeiten."

„Aber ich frage, warum?"

„Dann sage ich Ihnen noch einmal, Mr. Darnay, Sie thun mir leid. Es thut mir leid, Sie so außerordentliche Fragen stellen zu hören. Hier ist ein Kerl der, von der[S. 67] pestilenzialistischen und gotteslästerlichsten Teufelslehre inficirt, seine Besitzungen dem elendesten Abschaum der jemals en gros gemordet hat, überläßt, und Sie fragen, warum es mir leid thut, daß ein Mann, der die Jugend unterrichtet, ihn kennt? Nun, so will ich es Ihnen sagen. Ich beklage es, weil ich glaube, ein solcher Lump kann ansteckend sein. Das ist das, was ich meine.“

Seines Versprechens eingedenk, konnte Darnay sich nur mit größter Mühe halten, und sagte. „Sie verstehen den Gentleman vielleicht nicht.“

„Ich verstehe Sie in die Ecke zu treiben, Mr. Darnay,“ sagte Mr. Stryver, „und es soll geschehen. Wenn dieser Kerl ein Gentleman ist, so verstehe ich ihn nicht. Das können Sie ihm von mir sagen mit meinem Compliment. Sie können ihm auch von mir sagen, daß es mich wundert, warum er, nachdem er sein irdisches Hab und Gut und seine Stellung diesem Mordgesindel überlassen bat, nicht an dessen Spitze steht. Aber nein, Ihr Herren,“ sagte Mr. Stryver, indem er sich im Kreise umsah und mit den Fingern schnalzte, „ich kenne die Menschen einigermaßen, und sage Ihnen, daß Sie nie finden werden, daß ein Kerl wie dieser Kerl sich der Barmherzigkeit so kostbarer Protegés anvertrauen wird. Nein, meine Herren, nein, er wird sich so früh als möglich aus dem Staube machen.“

Mit diesen Worten, und mehrmals mit den Fingern schnalzend, bramarbasirte Mr. Stryver mit dem allgemeinen Beifall seiner Zuhörer auf die Straße hinaus. Mr. Lorry[S. 68] und Charles Darnay blieben bei dem allgemeinen Aufbruch in dem Comptoir allein an dem Pulte.

„Wollen Sie den Brief übernehmen?“ fragte Mr. Lorry. „Sie wissen wo er abzugeben ist?“

„Ja wohl.“

„Wollen Sie dem Herrn auseinandersetzen, daß wir vermuthen, er sei auf den bloßen Zufall, daß wir ihn befördern könnten, an uns geschickt worden, und daß er einige Zeit hier gelegen hat?“

„Das will ich thun. Reisen Sie von hier aus nach Paris ab?“

„Von hier aus, um acht Uhr.“

„Ich komme noch einmal her, um von Ihnen Abschied zu nehmen.“

Sehr unzufrieden mit sich, und mit Stryver und den meisten andern Menschen suchte Darnay so schnell als möglich die stillen Gegenden des Tempels auf, wo er den Brief aufbrach und las. Er lautete wie folgt:

„Gefängniß der Abbaye, Paris, 21. Juni 1792.

Monsieur, ehemaliger Herr Marquis!

Nachdem ich lange unter den Bewohnern des Dorfes in Lebensgefahr geschwebt habe, hat man mich mit groben Mißhandlungen und Schmähungen festgenommen, und den ganzen langen Weg zu Fuß nach Paris gebracht. Unterwegs habe ich viel gelitten. Das ist noch nicht Alles; mein Haus ist zerstört — dem Erdboden gleich gemacht worden.

Das Verbrechen, wegen dessen ich eingekerkert bin, Monsieur, früher Herr Marquis und wegen dessen ich vor Gericht erscheine und (ohne Ihre großmüthige Hülfe) das Leben verlieren soll, ist, wie sie mir sagen, Verrath an der Majestät des Volkes, insofern ich für einen Emigranten thätig gewesen bin. Vergebens stellte ich ihnen vor, daß ich, Ihren Befehlen gemäß, für das Volk und nicht gegen das Volk thätig gewesen sei. Vergebens stellte ich ihnen vor, daß ich vor der Beschlagnahme der Besitzungen der Emigranten die Steuern, welche die Leute aufgehört hatten zu zahlen, erlassen habe, daß ich keine Pachtgelder eingezogen, daß ich keine Klage angestrengt. Die einzige Antwort ist, daß ich für einen Emigranten thätig gewesen bin, und wer ist dieser Emigrant?

Ach, mein gnädigster Herr, früher Marquis, wo ist dieser Emigrant! Ich rufe im Schlafe, wo ist er? Ich frage den Himmel, ob er nicht kommen wird, um mich zu befreien! Keine Antwort. Ach mein Herr, früher Marquis, ich lasse meinen Ruf über das Meer erschallen in der Hoffnung, daß er vielleicht durch das große Bankierhaus Tellson Ihr Ohr erreiche!

Um der Liebe des Himmels willen, um der Gerechtigkeit, der Großmuth, der Ehre Ihres edlen Namens willen beschwöre ich Sie, Monsieur, früher Herr Marquis, mir zu Hülfe zu kommen und mich zu befreien. Mein Verbrechen ist, daß ich Ihnen treu gewesen bin. Ach, gnädigster Herr, verlassen Sie mich nicht!

Aus diesem gräulichen Kerker, wo jede Stunde mich dem Tode näher und näher bringt, übersende ich Ihnen, Monsieur, früher Herr Marquis, die Versicherung meiner schmerzerfülltesten und unglücklichen Dienstwilligkeit.

Ihr tiefbetrübter

Gabelle.“

Die in Darnay's Gemüth schlummernde Unruhe wurde von diesem Brief zum kräftigsten Leben geweckt. Die Gefahr eines alten und bewährten Dieners, dessen einziges Verbrechen seine Treue gegen ihn und seine Familie war, starrte ihn so vorwurfsvoll in's Gesicht, daß er, wie er überlegend im Tempelgarten auf und ab ging, fast sein Antlitz vor den Vorübergehenden hätte verbergen mögen.

Er wußte recht gut, daß er in seinem Entsetzen über die That, mit welcher die schlimmere That und der schlimme Ruf seines alten Geschlechts geprunkt hatte, in seinem Argwohn gegen seinen Onkel und in dem Abscheu mit welchem sein Gewissen den zusammenfallenden Bau betrachtet hatte, den man ihm zumuthete zu stützen, halb gehandelt hatte. Er wußte recht gut, daß in seiner Liebe zu Lucien sein Zurücktreten von seiner gesellschaftlichen Stellung — obgleich seinem Geiste keineswegs etwas Neues — übereilt und unverständig gewesen war. Er wußte, daß er systematischer und umsichtiger hätte verfahren sollen und daß er dies beabsichtigt hatte, daß es aber nie dazu gekommen war.

Das Glück des englischen Heimwesens, das er sich begründet; die Nothwendigkeit, immer beschäftigt zu sein;[S. 71] die raschen Veränderungen und Unruhen der Zeit, die sich so hastig drängten, daß die Ereignisse dieser Woche die unreifen Pläne der vorigen vernichteten und die Ereignisse der folgenden Woche Alles neu gestalteten, waren — wie er recht gut wußte — die Verhältnisse, denen er eben nachgegeben hatte — nicht ohne Sorge, aber doch ohne beständigen und nachhaltigen Widerstand. Daß er auf einen Augenblick zum thätigen Eingreifen gewartet und daß im Wirbel der Ereignisse die Zeit vorübergegangen war und der Adel Frankreich in Schaaren verließ, sein Eigenthum mit Beschlag belegt und zerstört und sein Namen abgeschafft wurde, war ihm so gut bekannt, wie es nur der neuen Gewalt in Frankreich bekannt sein konnte, die ihn vielleicht deshalb anklagte.

Aber er hatte Niemanden gedrückt, er hatte Niemanden eingekerkert; so wenig er mit Härte auf die Zahlung dessen, was ihm zugestanden, gedrungen, daß er alles dies freiwillig aufgegeben und sich durch eigne Kraft eine neue Stellung in der Welt erobert hatte, die ihm Brod gab. Mr. Gabelle hatte die heruntergekommene und überschuldete Besitzung nach schriftlichen Verhaltungsbefehlen verwaltet, die ihn anwiesen, die armen Leute zu schonen, ihnen das Wenige zu geben, was zu geben war — im Winter so viel Brennholz und im Sommer so viel Getreide, als die drängenden Gläubiger übrig ließen — und jedenfalls hatte er seiner Sicherheit wegen diesen Umstand documentarisch festgestellt, so daß er jetzt zu Tage kommen mußte.

Diese Rücksichten begünstigten den verzweifelten Entschluß, den Charles Darnay zu fassen begonnen hatte, nämlich nach Paris zu reisen.

Ja. Wie den Schiffer in der alten Sage hatten die Winde und Strömungen ihn in den Bereich des Magnetfelsens getrieben und dieser zog ihn an und er mußte folgen. Alles, was vor seine Seele trat, trieb ihn rascher und rascher und mit immer steigender Kraft der erschrecklichen Anziehungskraft in die Arme. Die in seiner Seele schlummernde Unruhe war gewesen, daß in seinem unglücklichen Vaterlande schlechte Werkzeuge für schlechte Ziele arbeiteten und daß Derjenige, welcher nicht umhin konnte zu wissen: er sei besser als Jene, nicht dort war um zu versuchen, ob er etwas thun könnte, dem Blutvergießen Einhalt zu thun und die Forderungen der Barmherzigkeit und Menschlichkeit zur Geltung zu bringen. Diese halb unterdrückte und halb ihm Vorwürfe machende Sorge hatte ihn dazu gebracht, einen Vergleich zwischen sich und dem wackern alten Herrn anzustellen, in dem das Pflichtgefühl so stark war; und unmittelbar auf diesen ihm so nachtheiligen Vergleich waren die geringschätzigen Aeußerungen Monseigneurs, die ihn tief verletzten, und die Stryvers, die aus alten Gründen doppelt verletzend für ihn waren, gefolgt. Darauf war Gabelle's Brief gekommen, der Anruf an seine Gerechtigkeit, seine Ehre und seinen guten Namen von Seiten eines unschuldigen in Todesgefahr schwebenden Gefangenen.

233

Sein Entschluß war gefaßt. Er mußte nach Paris.

Ja. Der Magnetfelsen zog ihn an und er mußte vorwärts segeln bis er auf die Klippe lief. Er wußte von keinem Felsen; er sah kaum eine Gefahr. Die Beweggründe, aus denen er gehandelt hatte, wie er gethan, selbst wenn er es nur halb gethan, zeigten ihm sein Thun in einem Lichte, das ihn über die möglichen Folgen beruhigte. Dann erschien vor seinen Augen der herrliche Traum, Gutes thun zu können, der so oft die sanguinische Täuschung guter Menschen ist, und er sah sich sogar im Besitz von genügendem Einfluß, um diese wild gewordene Revolution, die so stürmische Pfade wandelte, zu leiten.

Wie er mit bereits gefaßtem Entschluß auf- und abging, überlegte er, daß weder Lucie noch ihr Vater vor seiner Abreise etwas erfahren durften. Lucien mußte der Trennungsschmerz erspart bleiben; und ihr Vater — immer abgeneigt, sich mit den gefährlichen Erinnerungen aus alter Zeit zu beschäftigen — durfte den Schritt erst als einen bereits geschehenen, über den jeder Zweifel beseitigt ist, erfahren. Wie viel von der Halbheit seiner Lage ihrem Vater in Folge der Abgeneigtheit desselben, alte Erinnerungen an Frankreich in seiner Seele zu wecken, zuzuschreiben war, besprach er jetzt nicht bei sich. Aber auch dieser Umstand hatte Einfluß auf seinen Entschluß.

Er ging, ganz mit seinen Gedanken beschäftigt, auf und ab bis es Zeit war, wieder zu Tellsons zu gehen und von Mr. Lorry Abschied zu nehmen. Gleich nach seiner Ankunft in Paris wollte er seinen alten Freund aufsuchen; aber jetzt durfte er von seiner Absicht nichts wissen.

Ein Wagen mit Postpferden stand vor der Thür des Geschäfts und Jerry reisefertig daneben.

„Ich habe den Brief abgegeben," sagte Charles Darney zu Mr. Lorry. „Ich konnte nicht einwilligen, Sie mit einer schriftlichen Antwort zu belästigen, aber vielleicht nehmen Sie eine mündliche mit."

„Das will ich — und gern, wenn es nicht gefährlich ist."

„Durchaus nicht, obgleich Sie an einen Gefangenen in der Abbaye gerichtet ist."

„Wie heißt er?" fragte Mr. Lorry mit dem geöffneten Taschenbuche in der Hand.

„Gabelle."

„Gabelle. Und was habe ich an den armen Gabelle im Gefängniß auszurichten?"

„Einfach: „„daß er den Brief empfangen hat und kommen wird."""

„Eine Zeit genannt?"

„Er wird morgen Abend seine Reise antreten."

„Jemandes Namen zu nennen?"

„Nein."

Er half Mr. Lorry, sich in eine Anzahl Ueberröcke und Mäntel einhüllen und begleitete ihn aus der warmen Atmosphäre des alten Comptoirs hinaus in die neblige Luft von Fleetstreet.

„Lucien und der kleinen Lucie meinen zärtlichsten Gruß!" sagte Mr. Lorry beim Abschied; „und nehmen Sie sich ja recht in Acht bis ich wieder komme." Charles Darnay schüttelte den Kopf und lächelte zweifelnd wie der Wagen von dannen fuhr.

Diese Nacht (es war der 14. August) blieb er spät auf und schrieb zwei Briefe voller Innigkeit; — den einen an Lucien, in welchem er ihr auseinandersetzte, welch eine unumgängliche Pflicht ihn nach Paris treibe und warum er fest vertraue, dort für seine Person keine Gefahr zu laufen; — den andern an den Doctor, welcher Lucien und ihr geliebtes Kind seiner Obhut anempfahl und mit den stärksten Versicherungen von denselben Gegenständen sprach. Beiden schrieb er, daß er unmittelbar nach seiner Ankunft zum Beweis seiner Sicherheit Briefe abschicken werde.

Es war ein schwerer Tag — dieser Tag, zum erstenmal mit einem Geheimniß vor seinen Lieben unter ihnen zu verweilen. Es hielt schwer, den unschuldigen Betrug aufrecht zu erhalten, von dem sie auch nicht das Mindeste ahneten. Aber ein zärtlicher Blick auf seine glückliche und geschäftige Gattin befestigte ihn in dem Entschluß, ihr von dem Bevorstehenden nichts zu sagen (er war halb dazu geneigt gewesen, so seltsam erschien es ihm, etwas ohne ihre stille Beihülfe zu thun) und der Tag ging rasch vorüber. Zu zeitiger Abendstunde umarmte er sie und ihre kaum weniger geliebte Namensschwester, nahm unter dem Vorwand baldiger Rückkehr flüchtigen Abschied und trat dann mit schwerem Herzen in den dicken Nebel der Straße hinaus. Die unsichtbare Kraft zog ihn jetzt rasch an sich heran und alle Strömungen und Winde gingen entschieden in dieser Richtung. Er übergab seine beiden Briefe einem zuverlässigen Boten mit dem Befehl, sie eine halbe Stunde vor Mitter[S. 76]nacht — und nicht eher — abzugeben, nahm Postpferde nach Dover und trat seine Reise an.

„Um der Liebe des Himmels willen, um der Gerechtigkeit, der Großmuth, der Ehre Ihres adeligen Namens willen!" Mit diesem Ausruf des armen Gefangenen stärkte er manchmal seinen sinkenden Muth, als er Alles, was ihm auf Erden theuer war, verließ und widerstandslos auf den Magnetfelsen zutrieb.

Drittes Buch

Des Sturmes Wüthen

Erstes Kapitel
Zu geheimer Haft

Der Reisende der im Jahre 1792 von England nach Paris sich begab, kam langsam vorwärts. Mehr als zur Genüge schlechte Wege, schlechte Wagen und schlechte Pferde hätten ihn aufgehalten, wenn auch der gestürzte und unglückliche König von Frankreich noch in allem seinem Prunk auf dem Throne gesessen hätte; aber der Wechsel der Zeiten hatte noch andere Verhältnisse als diese geschaffen. In jedem Thor der Städte und in jedem Einnahmehause der Dörfer stand eine Schaar von Bürgern und Patrioten mit ihren Nationalgewehren in höchst schußbereitem Zustand, die alle Kommenden und Gehenden anhielt, sie der Kreuz und der Quer fragte, ihre Papiere besichtigte, nach ihren Namen in selbst angelegten Verzeichnissen suchte, sie zurückschickte oder gehen ließ, oder sie anhielt und in's Gefängniß steckte, wie es ihr launenhaftes Urtheil oder ihre Einbildung zum Besten der einen und untheilbaren Republik und für Freiheit, Gleichheit, Brüderlichkeit oder Tod! für gut fand.

Charles Darnay hatte nur wenige Meilen auf seiner Reise in Frankreich zurückgelegt, als er zu bemerken anfing,[S. 80] daß auch ihm in diesem Lande keine Hoffnung auf Rückkehr mehr leuchtete, bevor er nicht in Paris als guter Bürger anerkannt worden. Was jetzt immer geschehen mochte, er mußte seine Reise zum Ziele führen. Kein ärmliches Dorf schloß sich hinter ihm, kein gewöhnlicher Schlagbaum senkte sich hinter ihm über den Weg, von denen er nicht wußte, daß sie neue eiserne Thore in der Reihe derer waren, welche sich zwischen ihm und England schlossen. Die allgemeine Wachsamkeit umgab ihn so vollkommen, daß wenn er in einem Netz gefangen gewesen oder nach dem Orte seiner Bestimmung in einen Käfig geschafft worden wäre, er sich des Verlustes seiner Freiheit nicht vollständiger hätte bewußt sein können.

Diese allgemeine Wachsamkeit hielt ihn nicht nur auf der Landstraße zwanzigmal auf einer Station an, sondern hemmte auch sein Vorwärtskommen zwanzigmal dadurch, daß man ihm nachritt und zurückholte, ihm vorausritt und für sein Angehaltenwerden sorgte, oder mit ihm ritt und über ihn Wache hielt. Er hatte bereits mehrere Tage unterwegs in Frankreich zugebracht, als er in einer kleinen Stadt an der Landstraße, immer noch weit von Paris, todtmüde zu Bett ging.

Nichts als die Vorzeigung von Gabelles betrübten Brief aus seinem Gefängniß in der Abbaye hätte ihn so weit bringen können. An der Thorwache dieses kleinen Ortes hatten sie so viel Schwierigkeiten gemacht, daß er fühlte, in seiner Reise mußte jetzt ein kritischer Wendepunkt eintreten. Und es überraschte ihn daher verhältnißmäßig sehr wenig, als er in dem kleinen Gasthaus, wohin man ihn bis zum Morgen[S. 81] gewiesen hatte, in der Mitte der Nacht geweckt wurde; geweckt von einem schüchternen Mitglied der Ortsbehörde und drei bewaffneten Patrioten in grobwollenen rothen Mützen und mit Pfeifen im Munde, die sich auf das Bett setzten.

„Emigrant,“ sagte der Beamte, „ich werde Sie unter Escorte nach Paris schicken.“

„Bürger, ich verlange nichts mehr als nach Paris zu gelangen, obgleich ich die Escorte entbehren könnte.“

„Still geschwiegen!“ murrte eine Rothmütze und schlug mit dem Flintenkolben auf die Bettdecke. „Still geschwiegen, Aristokrat!“

„Es ist so wie der gute Patriot sagt,“ bemerkte der schüchterne Beamte. „Sie sind ein Aristokrat und müssen eine Escorte haben — und müssen dafür bezahlen.“

„Ich habe keine Wahl,“ sagte Charles Darnay.

„Wahl! Hört ihn nur!“ rief dieselbe grollende Stimme der Rothmütze wieder. „Als ob es keine Begünstigung wäre, Schutz vor der Laterne zu finden!“

„Es ist immer so, wie der gute Patriot sagt,“ bemerkte der Beamte. „Stehen Sie auf und ziehen Sie sich an, Emigrant.“

Darnay gehorchte und wurde nach der Thorwache zurückgebracht, wo andere Patrioten in rothen Mützen bei einem Wachtfeuer rauchten, tranken und schliefen. Hier bezahlte er schweres Geld für seine Escorte und mußte dann mit derselben um drei Uhr früh auf der regendurchweichten Landstraße weiter. Die Escorte bestand aus zwei berittenen Patrioten in rothen Mützen mit dreifarbigen Cocarden, und bewaffnet mit Gewehren und Säbeln aus dem Nationaleigenthum. Die Patrioten hatten Darnay in der Mitte, welcher sein eigenes Pferd lenkte; aber am Zaume desselben war ein Strick befestigt, den einer der Patrioten um die Hand geschlungen hatte. In diesem Aufzuge traten sie die Reise an, während der kalte Regen ihnen in’s Gesicht schlug und ritten mit schleppendem Trott über das schlechte Straßenpflaster der Stadt und hinaus auf die Landstraße, die nur einen Morast bildete. Ohne einen anderen Wechsel als in der Gangart der Pferde legten sie so im knietiefen Schlamm die Meilen zurück, die sie noch von der Hauptstadt trennten.

Sie reisten in der Nacht, machten ein oder zwei Stunden nach Tagesanbruch Halt und lagen still bis zur Abenddämmerung. Die beiden Patrioten waren so dürftig gekleidet, daß sie Stroh um ihre nackten Beine wickelten und auf die zerlumpten Schultern Stroh legten, um sie vor der Nässe zu schützen. Abgesehen von der persönlichen Unannehmlichkeit so begleitet zu werden, und von Besorgnissen für die Gegenwart, welche der Umstand erweckte, daß einer der Patrioten chronisch betrunken war und mit seinem Gewehr sehr leichtsinnig umging, ließ Charles Darnay trotz des ihm aufgelegten Zwanges keine ernstliche Furcht in seiner Brust emporkommen; denn er redete sich ein, daß dies nichts zu thun haben könnte mit der Gerechtigkeit einer individuellen Sache, die noch nicht vorgebracht war und mit Vorstellungen die, bestätigt von dem Gefangenen in der Abtei, noch zu machen waren.

Aber als sie die Stadt Beauvais erreichten — es war gegen Abend und die Straßen waren voller Leute — konnte er sich nicht verhehlen, daß die Dinge einen sehr beunruhigenden Anstrich annahmen. Unheil verkündende Gesichter umdrängten ihn, als er vor dem Posthaus abstieg, und viele Stimmen riefen laut aus dem Gewühl: „Nieder mit dem Emigranten!"

Eben im Absteigen begriffen, setzte er sich wieder in den Sattel als den sichersten Platz und sagte:

„Emigrant, meine Freunde! seht Ihr mich nicht hier in Frankreich aus eignem freien Willen?"

„Ihr seid ein verfluchter Emigrant," schrie ein Hufschmidt und drängte sich mit dem Hammer in der Hand wüthend in den Vordergrund; „und Ihr seid ein verfluchter Aristokrat!"

Der Postmeister stellte sich zwischen diesen Mann und den Zaum des Reiters (den jener offenbar im Auge hatte) und sagte besänftigend: „Laßt ihn; laßt ihn! er wird in Paris gerichtet."

„Gerichtet!" wiederholte der Hufschmidt und schwang den Hammer. „Ja! und verurtheilt als Verräther." Ein diesen Worten beistimmendes Geheul ertönte aus der Menge.

Dem Postmeister wehrend, welcher das Pferd in den Hof lenken wollte (der betrunkene Patriot saß ruhig im Sattel und sah zu, den Strick um die Hand gewickelt) sagte Darnay, sowie er seine Stimme vernehmbar machen konnte:

„Ihr täuscht euch oder ihr seid getäuscht worden, gute Freunde. Ich bin kein Verräther."

„Er lügt!" rief der Schmidt. „Er ist ein Verräther seit dem Decret. Sein Leben ist dem Volke verfallen. Sein ver[S. 84]fluchtes Leben ist nicht mehr sein!" In dem Augenblick, wo Darnay in den Augen der Menge sah, daß sie im Begriff stand auf ihn loszustürzen, lenkte der Postmeister sein Pferd in den Hof, die Escorte schloß sich ihm dicht an, und der Postmeister verschloß und verriegelte die wackeligen Thorflügel. Der Hufschmidt schlug mit dem Hammer dagegen und der Volkshaufen heulte, aber weiter geschah nichts.

„Was ist das für ein Decret, von dem der Schmidt sprach?" fragte Darnay den Postmeister als er ihm gedankt hatte und im Hofe neben ihm stand.

„Ein Decret welches den Verkauf des Emigranteneigenthums anordnet."

„Wann erlassen?"

„Am Vierzehnten."

„Den Tag meiner Abreise von England!"

„Jedermann sagt, es wäre blos eins von mehreren und andere würden nachfolgen — wenn sie nicht schon da sind — welche alle Emigranten verbannen und die zurückkehrenden zum Tode verurtheilen. Das war es was er meinte, als er sagte, Ihr Leben gehörte nicht mehr Ihnen."

„Aber diese Decrete sind noch nicht da?"

„Was weiß ich!" sagte der Postmeister mit einem Achselzucken; „sie können da sein oder auch nicht. Es ist alles einerlei. Was wollen Sie mehr?"

Sie schliefen auf einer Streu unter dem Dach bis Mitternacht und brachen dann wieder auf als die ganze Stadt im Schlafe lag.

Unter den vielen an gewöhnlichen Dingen zu bemerkenden[S. 85] seltsamen Veränderungen, welche diesem seltsamen Ritt einen traumartigen Charakter gaben war nicht die mindeste, daß fast Niemand zu schlafen schien. Nachdem sie lange und einsam öde Landschaften entlang geritten waren, erreichten sie eine Gruppe armseliger Hütten, nicht in Dunkel gehüllt, sondern von Lichtern erglänzend, deren Bewohner mitten in der stillen Nacht in gespensterhafter Weise um einen verdorrten Freiheitsbaum tanzten, oder sich aufgestellt hatten und ein Freiheitslied sangen. Zum Glück jedoch schlief man diese Nacht in Beauvais so fest, daß sie sicher aus dem Thor gelangen konnten und sie befanden sich bald von Neuem auf der einsamen Landstraße. Sie ritten durch die frühzeitig eingetretene Nässe und Kälte dahin, an ausgesogenen Feldern vorbei, welche dieses Jahr keine Frucht getragen, und an rauchgeschwärzten Trümmern ausgebrannter Häuser vorüber und der einsame Ritt erhielt eine gelegentliche Abwechselung durch das plötzliche Hervorbrechen von Patriotenpatrouillen, welche auf allen Straßen Wache hielten und mit allen Vorüberreisenden ein Verhör anstellten. Mit Tagesanbruch standen sie endlich vor den Mauern von Paris. Das Thor war geschlossen und stark bewacht, als sie an dasselbe heranritten.

„Wo sind die Papiere des Gefangenen?" fragte ein entschlossen aussehender Mann, dem Ansehen nach ein Vorgesetzter, den die Wache herausgerufen hatte.

Charles Darnay, dem das unangenehme Wort natürlich auffiel, machte dem Sprechenden bemerklich, daß er ein freier Reisender und französischer Bürger sei, geleitet von[S. 86] einer Escorte, welche ihm der anarchische Zustand des Landes aufgezwungen und die er bezahlt habe.

„Wo sind die Papiere des Gefangenen?" fragte dieselbe Person ohne im mindesten auf ihn zu achten.

Der betrunkene Patriot hatte sie in der Mütze und gab sie hin. Als der Andere Gabelle's Brief überlas, zeigte er einige Verwirrung und Ueberraschung und sah Darnay mit großer Aufmerksamkeit an.

Er verließ jedoch Escorte und Escortirten ohne ein Wort zu verlieren, und ging in die Wachtstube; unterdessen hielten sie immer noch im Sattel draußen vor dem Thore.

Charles Darnay sah sich während dieser Pause um und bemerkte, daß das Thor von einer gemischten Wache von Soldaten und Patrioten besetzt war, von denen jedoch die letzteren an Zahl bedeutend überwogen; auch fiel ihm auf, daß, während Wagen vom Lande mit Lebensmitteln und für ähnlichen Verkehr leicht genug Einlaß fanden, das Hinauskommen selbst für die harmlosesten Leute sehr schwer war. Ein bunter Haufen von Männern und Weibern, zu geschweigen von Thieren und Fuhrwerken mancherlei Art, wartete auf das Oeffnen des Thores; aber so genau wurde nach Namen und Herkunft der Personen gefragt, daß sie nur einzeln und sehr langsam hinaus gelangten. Einige dieser Leute wußten, daß sie noch so lange würden warten müssen, ehe man sie in's Verhör nahm, daß sie sich auf die Erde ausstreckten, um zu schlafen oder zu rauchen, während andere mit einander sprachen oder herumstanden. Die rothe Mütze und die[S. 87] dreifarbige Cocarde waren allgemein sowohl bei Männern wie bei Frauen.

Als Darnay auf diese Weise wohl eine halbe Stunde gewartet hatte, trat wieder die vorige Autoritätsperson heraus und befahl der Wache das Thor zu öffnen. Dann übergab er der Escorte einen Empfangsschein für den Escortirten und forderte ihn auf abzusteigen. Das that Darnay, und die beiden Patrioten, sein müdes Pferd am Zügel führend, machten kehrt und ritten von dannen, ohne einen Fuß in die Stadt zu setzen.

Darnay folgte seinem Führer in eine nach schlechtem Wein und Tabak riechende Wachtstube, wo verschiedene Soldaten und Patrioten, schlafend oder wachend, betrunken oder nüchtern, oder in verschiedenen neutralen Zuständen zwischen Schlafen und Wachen, Trunkenheit und Nüchternheit, herumstanden und lagen. Die Erleuchtung der Wache, halb von den verlöschenden Oellampen der Nacht und halb von dem trüben Tage herrührend, war von entsprechend ungewissem Character. Einige Register lagen auf einem Pulte und ein Offizier von gemeinem finstern Aussehen saß vor denselben.

„Bürger Defarge," sagte er zu Darnay's Begleiter, als er einen Zettel nahm, um darauf zu schreiben, „ist dies der Emigrant Evrémonde?"

„Das ist er."

„Ihr Alter, Evrémonde?"

„Siebenunddreißig."

„Verheirathet, Evrémonde?"

„Ja.“

„Wo verheirathet?“

„In England.“

„Richtig. Wo ist Ihre Frau, Evrémonde?“

„In England.“

„Richtig.“

„Sie sind in das Gefängniß La Force consignirt, Evrémonde.“

„Gerechter Himmel!“ rief Darnay. „Nach welchem Gesetz und wegen welchen Vergehens?“

Der Offizier sah einen Augenblick von seinem Zettel auf.

„Wir haben neue Gesetze, Evrémonde, und neue Vergehen seitdem Sie hier waren.“ Er sagte das mit einem harten Lächeln und schrieb weiter.

„Ich bitte Sie zu bemerken, daß ich freiwillig hierher gekommen bin, veranlaßt durch diese schriftliche Bitte eines Landsmannes, die vor Ihnen liegt. Ich verlange weiter nichts als Gelegenheit ihm ohne Aufschub zu Hülfe zu kommen. Ist das nicht mein Recht?“

„Emigranten haben keine Rechte, Evrémonde,“ lautete die gleichgültige Antwort. Der Offizier schrieb bis er fertig war, überlas noch einmal was er geschrieben, streute Sand darauf, und übergab den Zettel Defarge mit den Worten „zu geheimer Haft.“

Defarge winkte dem Gefangenen mit dem Papier, ihn zu begleiten. Der Gefangene gehorchte und eine Wache von zwei Patrioten begleitete ihn.

„Sind Sie es,“ fragte Defarge mit gedämpfter Stimme als sie die Stufen vor der Wache herab und nach der Stadt[S. 89] hineingingen, „der die Tochter Doctor Manette's, ehemaligen Gefangenen in der Bastille, die nicht mehr ist, geheirathet hat?“

„Ja,“ gab Darnay mit überraschtem Blick zur Antwort.

„Ich heiße Defarge und besitze einen Weinschank im Quartier Saint Antoine. Vielleicht haben Sie von mir gehört.“

„Meine Frau kam in Ihr Haus, um ihren Vater abzuholen. Ja!“

Das Wort Frau schien in Defarge eine düstere Erinnerung zu wecken, und er fuhr mit plötzlicher Ungeduld auf: „Im Namen des scharfen Frauenzimmers das eben geboren und La Guillotine getauft worden ist, warum kommen Sie nach Frankreich?“

„Sie haben eben erst gehört warum. Glauben Sie nicht daß es wahr ist?“

„Schlimm genug für Sie, wenn es wahr ist," sagte Defarge, der während er sprach die Stirn runzelte und gerade vor sich hinsah.

„Ich sehe wohl, ich bin hier verloren. Alles ist hier so völlig anders geworden und geschieht so plötzlich und in so unbilliger Weise, daß ich unbedingt verloren bin. Wollen Sie mir eine kleine Hülfe leisten?"

„Nein." Defarge sprach immer noch, während er gerade vor sich hinsah.

„Wollen Sie mir eine einzige Frage beantworten?"

„Vielleicht. Je nachdem sie ist. Fragen Sie nur."

„Werde ich in dem Gefängniß, in welches man mich so[S. 90] ungerechter Weise wirft, noch einigen freien Verkehr mit der Außenwelt haben?"

„Das werden Sie sehen."

„Soll ich darin, im Voraus verurtheilt, und jedes Rechts zu meiner Vertheidigung beraubt, begraben liegen?"

„Das werden Sie sehen. Aber was liegt daran? Andere Leute haben in ähnlicher Weise in früheren Zeiten in schlimmeren Gefängnissen gelegen."

„Aber nicht durch meine Schuld, Bürger Defarge."

Defarge sah ihn blos finster an, und ging in hartnäckigem Schweigen neben ihm her. Je tiefer er in dieses Schweigen versank, desto schwächer wurde die Hoffnung — so dachte Darnay wenigstens — daß er sich erweichen lassen würde. Er beeilte sich daher fortzufahren.

„Es ist für mich von der größten Wichtigkeit (Sie wissen, Bürger, sogar besser als ich, von welcher Wichtigkeit) daß ich Gelegenheit bekomme, Mr. Lorry von Tellsons Bank, einem Herrn aus England, der gegenwärtig in Paris ist, die einfache Thatsache ohne weitere Bemerkung mitzutheilen, daß ich im Gefängniß La Force sitze. Wollen Sie das für mich thun?"

„Ich will nichts für Sie thun," gab Defarge mit mürrischem Trotz zur Antwort. „Meine Pflicht gehört dem Vaterlande und dem Volke. Ich bin der geschworne Diener Beider, gegen Sie. Ich mag nichts für Sie thun."

Charles Darnay fühlte wie nutzlos es war weiter in ihn zu dringen, und außerdem war sein Stolz verletzt. Wie sie schweigend neben einander herschritten, konnte er nicht[S. 91] umhin zu bemerken, wie sehr das Volk daran gewöhnt war Gefangene durch die Straßen führen zu sehen. Selbst die Kinder beachteten ihn kaum. Ein paar Vorübergehende sahen sich um und einige drohten ihm mit der Faust als einem Aristokraten; im Uebrigen war es nicht merkwürdiger, einen gut gekleideten Mann in's Gefängniß führen, als einen Arbeiter in seiner Arbeitsjacke auf Arbeit gehen zu sehen. In einer engen, dunkeln und schmutzigen Straße, durch welche sie kamen, sprach ein aufgeregter Redner von einem Stuhl zu einer aufgeregten Zuhörerschaft von den Verbrechen des Königs und der königlichen

Familie gegen das Volk. Aus ein paar Worten, die er von den Lippen dieses Mannes im Vorbeigehen erhaschte, erfuhr Charles Darnay zuerst, daß der König eingekerkert sei, und die fremden Gesandten sämmtlich Paris verlassen hätten. Auf der Reise (außer in Beauvais) hatte er buchstäblich gar nichts erfahren. Die Escorte und die allgemeine Wachsamkeit hatten ihn vollkommen isolirt.

Daß er jetzt von viel größeren Gefahren umringt war als sich entwickelt hatten, wie er von England abreiste, wußte er natürlich jetzt. Daß diese Gefahren sich rasch um ihn vermehrt hatten, und sich noch rascher und rascher vermehren konnten, wußte er nun ebenso. Er konnte nicht umhin, sich zu sagen, daß er diese Reise nicht angetreten haben würde, wenn er die Ereignisse einiger wenigen Tage hätte voraussehen können. Und dennoch waren seine bösen Ahnungen nicht so düster, wie sie bei dem Lichte unserer spätern Zeit betrachtet, aussehen würden. So trübe die Zukunft war, war sie doch eine unbekannte Zukunft und ihre Dunkelheit erlaubte noch die Hoffnung der Ungewißheit. Von der entsetzlichen Metzelei mehrerer Tage und Nächte, welche, bevor noch der Zeiger viele Male das Zifferblatt umkreist hatte, ein großes blutiges Zeichen auf die gesegnete Erntezeit setzen sollte, wußte er ebenso wenig, als hätte sie erst in hunderttausend Jahren sein sollen. Das „scharfe Frauenzimmer, vor Kurzem geboren und La Guillotine getauft," war ihm oder der Masse des Volks kaum den Namen nach bekannt. Die Greuelthaten, die bald verübt werden sollten, waren vielleicht nicht einmal in den Köpfen derer, die sie verübten, geboren. Wie konnten sie einen Platz finden in den Vorahnungen eines sanften Gemüthes?

Daß er in langer Haft und harter Behandlung und in grausamer Trennung von Frau und Kind Unrecht werde erdulden müssen, sah er als wahrscheinlich oder gewiß voraus, aber darüber hinaus fürchtete er nichts Bestimmtes. Mit diesen Sorgen auf seiner Seele, schwer genug, sie in einen unheimlichen Gefängnißhof mitzunehmen, kam er im Gefängniß La Force an.

Ein Mann mit einem aufgedunsenen Gesicht öffnete das schwere Pförtchen, welchem Defarge „den Emigranten Evrémonde" vorstellte.

„Was der Teufel! wie viele sollen noch kommen!" rief der Mann mit dem aufgedunsenen Gesicht aus.

Defarge nahm den Empfangschein ohne den Ausruf zu beachten und entfernte sich mit seinen beiden Patrioten.

„Was der Teufel, sag ich noch einmal!" rief der Kerker meister aus, der jetzt mit seiner Frau allein war. „Wie viele sollen noch kommen!"

Die Frau des Kerkermeisters, die keine Antwort auf diese Frage hatte, erwiederte blos: „Man muß Geduld haben, mein Guter!" Drei Schließer, welche auf ein Klingeln hereintraten, wiederholten den Rath und Einer setzte hinzu „um der Liebe zur Freiheit willen"; was an diesem Ort wie ein unpassender Schluß klang.

Das Gefängniß La Force war ein schauerliches Gefängniß, finster und schmutzig, und mit einem schrecklichen Geruch von ungesundem Schlaf darin. Es ist merkwürdig, wie bald sich der ekelhafte Dunst eingekerkerten Schlafs in allen solchen Orten, die nicht gut gehalten werden, bemerklich macht.

„Obenein zu geheimer Haft," murrte der Kerkermeister, wie er einen Blick auf den Zettel warf. „Als ob es nicht schon zum Ueberlaufen voll wäre."

Uebellaunig reihete er das Papier zu vielen andern auf eine Nadel auf, und Charles Darnay erwartete sein weiteres Belieben wohl eine halbe Stunde lang, während welcher Zeit er abwechselnd in dem hochgewölbten Raume auf und ab ging oder auf einer steinernen Bank ausruhte, denn er wurde mit Absicht aufgehalten, damit der Oberschließer und dessen Untergebene sich sein Aussehen gehörig einprägten.

„Folgen Sie mir, Emigrant," sagte der Kerkermeister endlich, indem er nach einem Bund Schlüssel langte.

Durch das unheimliche Kerkerzwielicht folgte ihm der Gefangene durch Corridore und mehrere Treppen hinauf, und mehrere Thüren schlugen rasselnd hinter ihm zu, und[S. 94] wurden verschlossen, bis sie in ein großes niedriges gewölbtes Zimmer kamen, gedrängt voll von Gefangenen beiderlei Geschlechts. Die Frauen saßen an einem langen Tisch, lasen und schrieben, strickten, näheten und stickten; die Männer standen meistens hinter ihren Stühlen oder bewegten sich im Zimmer umher.

In dem unwillkürlichen Zusammendenken von Gefangenen mit entehrenden Verbrechen und Schande fühlte sich der neue Ankömmling von dieser Gesellschaft abgestoßen. Aber die alles übertreffende Unwirklichkeit seines langen fast dem Traumleben angehörenden Rittes war, daß sie alle auf einmal aufstanden und ihn mit aller Feinheit der damaligen Zeit und mit der ganzen gewinnenden Anmuth und Höflichkeit der vornehmen Welt begrüßten.

So seltsam getrübt war dieses Wesen durch das Kerkerleben und das Kerkerdüster, so gespenstig wurde es in dem dagegen schreienden Schmutz und Jammer, von dem es begleitet war, daß Charles Darnay sich vorkam, als ob er in einer Gesellschaft von Todten stände. Lauter Gespenster! das Gespenst der Schönheit, das Gespenst der Vornehmheit, das Gespenst der Anmuth, das Gespenst des Stolzes, das Gespenst der Frivolität, das Gespenst des Witzes, das Gespenst der Jugend, das Gespenst des Alters, sie warteten Alle auf ihre Entfernung von dem unwirthlichen Strande und sahen ihn an mit Augen, welche der Tod verändert hatte, den sie beim Eintritt in diesem Raum gestorben waren.

Er blieb erstarrt stehen. Der neben ihm wartende Kerkermeister und die andern sich im Zimmer herum bewegenden[S. 95] Schließer, die in der gewöhnlichen Ausübung ihres Amtes gut genug ausgesehen haben würden, sah so entsetzlich gemein aus neben den hier anwesenden bekümmerten Müttern und blühenden Töchtern — neben der Coquette, der jungen Schönheit und der gereiftern vornehm erzogenen Frau — daß die Verkehrung aller Erfahrung und Wahrscheinlichkeit, welche dieses Bild aus dem Schattenreich darstellte, den höchsten Grad erreichte. Gewiß lauter Gespenster! Gewiß war der lange traumhafte Ritt eine Krankheit gewesen, die ihn unter diese düstern Schatten gebracht!

„Im Namen der versammelten Leidensgefährten," sagte ein Herr von höfischem Aussehen und Benehmen, indem er vortrat, „habe ich die Ehre Sie in La Force willkommen zu heißen und mit Ihnen das Unglück zu beklagen, das Sie zu uns gebracht hat. Möge es von kurzer Dauer sein! Es wäre anderwärts eine Unhöflichkeit, ist es aber hier nicht, nach Ihrem Namen und Stand zu fragen?"

Charles Darnay raffte sich auf und beantwortete die gestellte Frage in so angemessenen Worten als er finden konnte.

„Aber ich hoffe," sagte der Herr, indem er den Oberschließer, welcher nach dem anderen Ende des Zimmers ging, mit den Augen folgte, „Sie sind nicht in geheimer Haft?"

„Ich weiß nicht was dieses Wort zu bedeuten hat, aber ich habe so sagen hören."

„O, wie schade! wir beklagen das so sehr! aber fassen Sie Muth; verschiedene Mitglieder unserer Gesellschaft sind Anfangs in geheimer Haft gewesen, aber es hat nur kurze Zeit gedauert." Dann, setzte er mit lauterer Stimme hinzu:[S. 96] „es thut mir leid die Gesellschaft benachrichtigen zu müssen — in geheimer Haft."

Ein Gemurmel der Theilnahme ließ sich vernehmen, als Charles Darnay durch das Zimmer nach einer Gitterthür ging, wo der Schließer seiner harrte und viele Stimmen — aus denen die sanften und mitleidigen Frauenstimmen vor allen hervorklangen — gaben ihm gute Wünsche und Trost mit. Er kehrte sich an der Gitterthür um, den innigsten Dank seines Herzens auszusprechen; sie schloß sich hinter dem Kerkermeister und die Erscheinungen verschwanden vor seinen Augen für immer.

Die Thür öffnete sich auf eine steinerne aufwärts führende Treppe. Als sie vierzig Stufen gestiegen waren (der Gefangene von einer halben Stunde zählte sie bereits), schloß der Kerkermeister eine niedrige schwarze Thür auf und sie traten in eine leere Zelle. Die Luft war kalt und feucht, aber der Raum war nicht finster.

„Ihre Zelle," sagte der Schließer.

„Warum werde ich allein eingesperrt?"

„Was weiß ich!"

„Kann ich Feder, Tinte und Papier kaufen?"

„Das steht nicht in meiner Instruction. Der Inspector wird Sie besuchen, und den können Sie fragen. Vor der Hand können Sie sich Ihr Essen kaufen und weiter nichts."

Ein Stuhl, ein Tisch und eine Strohmatratze befanden sich in der Zelle. Als der Schließer vor dem Fortgehen einen musternden Blick auf diese Gegenstände und die vier Wände warf, kam eine wirre Phantasie über den an die kalte Mauer[S. 97] sich lehnenden Gefangenen, daß dieser Schließer in Gesicht und Leib so unnatürlich geschwollen wäre, daß er aussähe wie ein Mann der ertrunken und mit Wasser angefüllt sei. Als der Schließer fort war, dachte er in derselben wirren Weise, „nun bin ich allein als wäre ich todt.“ Wie er dann stehen blieb, um die Matratze zu besehen, wendete er sich mit Ekel davon ab und dachte: „Und hier in diesem kriechenden Gewürm spukt der Zustand des Körpers nach dem Tode vor.“

„Fünf Schritte lang und viereinhalb Schritt breit, fünf Schritt lang und viereinhalb Schritt breit, fünf Schritt lang und viereinhalb Schritt breit.“ Der Gefangene ging auf und ab in seiner Zelle, maß sie aus und das Brausen der Stadt tönte wie gedämpfte Trommeln, untermischt mit einem wilden Geheul von Stimmen. „Er machte Schuhe, er machte Schuhe, er machte Schuhe.“ Der Gefangene zählte wieder die Schritte und schritt schneller, um seine Gedanken von dieser letzten Wiederholung abzulenken. Die Gespenster, welche verschwanden, als das Pförtchen sich schloß. Eine Gestalt war darunter, eine schwarz gekleidete Dame, welche in einer Fenstervertiefung lehnte, und ein Sonnenstrahl fiel auf ihr goldenes Haar und sie sah aus wie **. Um Gottes willen, laßt uns weiter reisen durch die erleuchteten Dörfer, wo die Leute alle wach sind! ** Er machte Schuhe, er machte Schuhe, er machte Schuhe. ** Fünf Schritt lang und viereinhalb Schritt breit. Während solche abgerissene Vorstellungen aus den Tiefen seines Geistes emporstiegen und in seinem Kopfe wirbelten, schritt der Gefangene schneller und schneller auf und ab, und zählte und[S. 98] zählte hartnäckig; und das Brausen der Stadt veränderte sich so, daß es immer noch klang wie gedämpfte Trommeln, aber das Rauschen und Brausen durchzogen klagende Stimmen die er kannte.

Zweites Kapitel
Der Schleifstein

Tellsons Bank im Quartier Saint Germain von Paris befand sich in dem Flügel eines großen Hauses, zu dem man über einen von der Straße durch eine hohe Mauer und ein starkes Thor abgeschlossenen Vorhof gelangte. Das Haus gehörte einem großen Herrn, der darin gewohnt hatte bis er vor den bösen Zeiten in den Kleidern seines eigenen Koches flüchtete und glücklich über die Grenze kam. Ein vor Jägern fliehendes gehetztes Wild war er immer noch in seiner Metempsychosis derselbe Monseigneur, der, bevor er seine Chocolade an die hohen Lippen brachte, dazu die Kräfte von drei starken Männern in Anspruch nahm, ohne den Koch zu rechnen.

Als Monseigneur fort war, und die drei starken Männer für die Sünde, von ihm hohen Lohn bezogen zu haben, sich damit Absolution gaben, daß sie mehr als bereit und willig waren, ihm auf dem Altar der kommenden einen und untheilbaren Republik von Freiheit, Gleichheit, Brüderlichkeit oder Tod, den Hals abzuschneiden, war Monseigneurs Haus erst sequestrirt und dann confiscirt worden. Denn alles ging[S. 99] so schnell und Decret folgte auf Decret mit so wilder Hast, daß jetzt am dritten Abend des Herbstmonates September patriotische Gerichtspersonen Monseigneurs Haus in Besitz genommen und es mit der dreifarbigen Fahne bezeichnet hatten und in seinen Staatszimmern Branntwein tranken.

Ein Geschäftslocal in London wie Tellsons Geschäft in Paris hätte das Haus bald von Sinnen und auf das Verzeichniß der Fallirten gebracht. Denn was würde gesetzte englische Verantwortlichkeit und Respectabilität gesagt haben zu Orangenbäumen in Kübeln in dem Vorhof einer Bank, oder gar zu einem Cupido über dem Zähltisch? Und doch gab es solche Dinge. Tellsons hatten den Cupido übertüncht, aber er war immer noch erkennbar in der Decke, wo er, auf das sparsamste mit Leinenzeug bedacht, von Früh bis Abends mit seinem Pfeil auf Gold zielte — wie er es ja sehr oft macht. In Lombardstreet in London hätte dieser junge Heide unvermeidlich Bankerot zur Folge gehabt, und dieselbe traurige Wirkung hätte ein verhangener Alkoven hinter dem unsterblichen Knaben und ein in die Wand eingelassener Spiegel, und endlich die durchaus nicht alten Commis hervorgebracht, welche auf die leiseste Aufforderung öffentlich tanzten. Jedoch französische Tellson's konnten bei allen diesen Dingen vortrefflich bestehen, und so lange die Zeit überhaupt zu ertragen war, hatte sich Niemand darüber entsetzt und sein Geld aus der Bank gezogen.

Wie viel Geld in Zukunft aus Tellsons Bank gezogen und wie viel dort verloren und vergessen liegen bleiben würde; was für Silberzeug und Juwelen in Tellsons ver[S. 100]steckten Koffern blind werden würden, während die, welche sie dort niedergelegt hatten, im Gefängnisse schmachteten, oder bald eines gewaltsamen

Todes sterben sollten; wie viele Conti bei Tellsons in dieser Welt nie abgeschlossen werden konnten und in die andere Welt übertragen werden mußten, das konnte an diesem Abend Niemand sagen, ebenso wenig wie Mr. Jarvis Lorry, obgleich er über diese Fragen besorgt nachdachte. Er saß vor einem frisch angebrannten Holzfeuer (das schlimme und unfruchtbare Jahr war vor der Zeit kalt) und auf seinem ehrlichen und muthvollen Gesicht lag ein trüberer Schatten, als die Hängelampe werfen oder ein Gegenstand im Zimmer verzerrt wiedergeben konnte — ein Schatten des Grausens.

Er bewohnte in seiner Treue für das Haus, von dem er ein Theil geworden war, wie tief gewurzelter Epheu, Zimmer in der Bank. Sie erfreuten sich in Folge der patriotischen Besitznahme des Hauptgebäudes einer gewissen Art von Sicherheit, aber der wackere alte Herr dachte nie daran. Alle solche Nebensachen waren ihm gleichgültig, wenn er nur seine Pflicht that. Am anderen Ende des Vorhofes unter einer Colonade befand sich ein Wagenschuppen, und es standen sogar noch einige Kutschen Monseigneurs dort. An zwei von den Pfeilern waren zwei große helllodernde Fackeln befestigt, und im Schimmer derselben stand unter freiem Himmel ein großer Schleifstein: eine roh zugerichtete Maschine, welche man aus einer nahen Schmiede oder anderen Werkstatt in Hast hieher geschafft zu haben schien. Mr. Lorry war aufgestanden und hatte aus dem Fenster einen Blick auf diese[S. 101] harmlosen Gegenstände geworfen; aber ein Schauder überlief ihn und er kehrte wieder auf seinen Sitz vor seinem Feuer zurück. Er hatte nicht nur das Glasfenster, sondern auch die Jalousien davor geöffnet, und sie beide wieder zugemacht, und ein Schauer überlief seinen ganzen Körper.

Von den Straßen jenseits der hohen Mauer und des festen Thores tönte das gewöhnliche nächtliche Brausen der großen Stadt herüber, in welches sich dann und wann ein unbeschreiblich unirdischer Ton mischte, als ob ungewohnte Klänge haarsträubender Art hinauf zum Himmel tönten.

„Gott sei Dank," sagte Mr. Lorry und faltete die Hände, „daß Niemand von denen, die meinem Herzen nahe stehen, heute Nacht in dieser schrecklichen Stadt ist. Möge er sich aller derer erbarmen, die in Gefahr sind!"

Bald darauf läutete die Glocke an dem großen Thor und er dachte „sie sind wieder da!" und lauschte. Aber es brach kein lärmender Haufe in den Vorhof, wie er erwartet hatte, und er hörte das Thor wieder zufallen und alles war still.

Die Unruhe und Bangigkeit, welche ihn befingen, erzeugten jene unbestimmte Sorge um die Bank, die bei so hochgespannten Gefühlen eine große Verantwortlichkeit von selbst zur Folge hat. Sie war wohl bewacht und er stand auf, um die zuverlässigen Leute zu besuchen, welche Wache hielten, als seine Thür plötzlich aufging und zwei Gestalten hereinstürzten, deren Anblick ihm vor Erstaunen zurücktreten machte.

Lucie und ihr Vater! Lucie, die Arme ihm entgegen streckend und mit jenem alten Aussehen tiefen Ernstes so verstärkt, daß es schien als ob es ihrem Gesicht ausdrücklich aufgeprägt wäre, um ihm in dieser einen schweren Stunde ihres Lebens Kraft und Ausdruck zu verleihen.

„Was ist das!“ rief Mr. Lorry verwirrt und athemlos aus. „Was giebt es? Lucie! Manette! was ist vorgefallen? was bringt Euch hierher? Was giebt es?“

Mit starr auf ihn gehefetem Auge und bleichem und verstörtem Gesicht stöhnte sie flehend in seinen Armen „ach, mein Freund! mein Gatte!“

„Ihr Gatte, Lucie?“

„Charles.“

„Was ist mit Charles?“

„Er ist hier.“

„Hier in Paris?“

„Er ist hier seit einigen Tagen — seit dreien oder vieren — ich weiß nicht wie viel es sind — ich kann meine Gedanken nicht sammeln. Ein edelmüthiges Unternehmen hat ihn zu der Reise bewogen, ohne daß ich davon wußte; man hat ihn am Thore angehalten und in’s Gefängniß geschickt.“

Unwillkürlich schrie der Alte laut auf. Fast in demselben Augenblick läutete die Glocke an dem großen Thore von Neuem und schreiend und tobend hörte man einen Menschenhaufen sich in den Vorhof wälzen.

„Was ist das für ein Lärm?“ fragte der Doctor und stand auf, um an das Fenster zu treten.

„Sehen Sie nicht hinaus!“ rief Mr. Lorry. „Sehen Sie nicht hinaus! Manette, wenn Ihnen Ihr Leben lieb ist, öffnen Sie das Fenster nicht!“

Der Doctor wendete sich um, mit der Hand auf dem Fensterwirbel und sagte mit einem kühlen muthigen Lächeln:

„Lieber Freund, in dieser Stadt habe ich ein gefeites Leben. Ich bin Gefangener in der Bastille gewesen. Es giebt keinen Patrioten in ganz Paris — in ganz Paris sage ich? in Frankreich, der, wenn er erfährt, daß ich Gefangener in der Bastille gewesen bin, mich nur anrühren würde, außer um mich mit Umarmungen halb zu ersticken, oder mich im Triumphe auf den Schultern zu tragen. Mein altes Leiden hat mir eine Macht verliehen, die uns zum Thore hereingebracht und uns dort Nachrichten von Charles verschafft, und uns hierher geführt hat. Ich wußte, daß es so sein würde; ich wußte, daß ich Charles aus aller Gefahr retten könnte; ich sagte dies Lucie. Was ist das für ein Lärm?“ Er legte wieder die Hand an den Fensterwirbel.

„Sehen Sie nicht hinaus,“ rief Mr. Lorry in vollster Verzweiflung. „Nein, gute Lucie, auch Sie nicht!“ Er umschlang sie mit seinen Armen und hielt sie zurück. „Erschrecken Sie nicht so, Gute. Ich schwöre Ihnen auf das Heiligste, daß ich von nichts Schlimmen weiß, was Charles zugestoßen ist; daß ich nicht einmal eine

Ahnung von seiner Anwesenheit in dieser unseligen Stadt hatte. In welchem Gefängnisse ist er?"

„In La Force!"

„In La Force! liebe, liebe Lucie, wenn Sie jemals in Ihrem Leben ein Mädchen von Herz und Brauchbarkeit ge[S. 104]wesen sind — und Sie waren immer beides — so müssen Sie sich jetzt fassen und genau so thun wie ich Ihnen heiße; denn vielmehr hängt davon ab, als Sie sich denken können oder ich Ihnen zu sagen vermag. Mit eigner Thätigkeit können Sie heute Nacht für Charles nichts ausrichten; Sie dürfen um keinen Preis ausgehen. Ich sage Ihnen dies, weil das, was ich von Ihnen um Charles Willen verlangen muß, das Schwerste von Allem ist. Sie müssen von diesem Augenblick an gehorsam und stumm sein, und sich still verhalten. Sie müssen mir erlauben, Ihnen ein Hinterzimmer in diesem Hause anzuweisen. Sie müssen Ihren Vater und mich auf zwei Minuten allein lassen und dürfen, da es Leben und Tod giebt in der Welt, nicht zögern."

„Ich will Ihnen unbedingt gehorchen. Ich sehe in Ihren Gesicht, daß Sie wissen, es bleibt mir nichts anderes zu thun übrig. Ich weiß, daß Sie es gut meinen."

Der Alte küßte sie und schob sie in sein Zimmer und drehte den Schlüssel hinter ihr um; dann eilte er zu dem Doctor zurück, öffnete das Fenster und zum Theil die Jalousie, legte die Hand auf den Arm des Doctors und sah mit ihm auf den Hof hinaus.

Sah hinaus auf einen Haufen Männer und Frauen; nicht zahlreich genug, noch lange nicht, um den Hof zu füllen, nicht mehr als vierzig oder fünfzig in Allem. Die, welche das Haus in Besitz genommen, hatten sie zum Thorweg hereingelassen und sie waren hereingeströmt, um an dem Schleifstein zu arbeiten, der offenbar für ihren Gebrauch hier als[S. 105] an einem passenden und vom Gewühl entlegenen Ort aufgestellt war.

Aber solche entsetzliche Arbeiter und solche entsetzliche Arbeit!

Der Schleifstein hatte eine doppelte Kurbel, und diese drehten in wahnwitziger Hast zwei Männer, deren Gesichter, wie ihr langes Haar zurückflog, so oft das Drehen des Schleifsteins die Gesichter empor brachte, einen gräßlicheren und wilderen Ausdruck trugen, als die Gesichter der wildesten Wilden in ihrer gräulichsten Verkleidung. Falsche Augenbrauen und falsche Schnurrbärte hatten sie sich aufgeklebt und ihre scheußlichen Gesichter waren ganz von Blut und Schweiß bedeckt und krampfhaft verzerrt von wüstem Heulen, und die von viehischer Aufregung und Mangel an Schlaf aus dem Kopfe tretenden Augen leuchteten in unheimlicher Gluth. Wie diese Wüthriche den Stein drehten und drehten und ihre verfilzten Locken bald nach vorn über die Augen, bald rückwärts auf die Schultern fielen, hielten einige Frauen ihnen Wein an die Lippen, daß sie trinken möchten, und von dem niedertropfenden Blut und dem niedertropfenden Wein, und dem Funkenregen, der aus dem drehenden Stein herausstob, schien die ganze Atmosphäre Blut und Feuer zu sein. Kein menschliches Wesen konnte das Auge in dem Haufen entdecken, das unbefleckt von Blut war. Einer den Andern drängend, um an den Schleifstein zu gelangen, standen bis an die Hüften nackte Männer, denen Arm und Brust mit Blut beschmiert waren; Männer in allerlei Lumpen, mit Blut auf diesen Lumpen; Männer, in teuflischer Lust geputzt[S. 106] mit Spitzen und Seidenzeug und Band von Frauenkleidern, alles befleckt und getränkt mit Blut. Aexte, Messer, Bayonnette, Säbel, die alle zum Schärfen an den Schleifstein gebracht wurden, waren roth von Blut. Einige hatten sich die schartigen Säbelklingen mit Streifen Leinwand oder Fetzen von Kleidungsstücken an die Hand fest gebunden, und auch diese Bänder, so verschieden sie waren, waren alle in dieselbe Farbe getaucht. Und wie die von Tollwuth erfüllten Besitzer dieser Waffen sie aus dem Funkenregen herausrissen und fort auf die Straße stürzten, glänzte dieselbe rothe Farbe in ihren tollwüthigen Augen; — Augen, welche mit einer gut gezielten Kugel zu versteinern jeder noch nicht entmenschte Zuschauer zwanzig Jahre seines Lebens gegeben hätte.

Alles dieses sahen sie in einem Augenblick, wie ein Ertrinkender oder jedes Menschenkind in jacher Todesgefahr eine Welt sehen könnte, wenn sie da wäre. Sie traten von dem Fenster zurück und der Doctor blickte fragend in seines Freundes todtenbleiches Gesicht.

„Sie ermorden die Gefangenen," flüsterte Mr. Lorry ihm zu, während er einen scheuen Blick auf die verschlossene Thür warf. „Wenn Sie Ihrer Sache sicher sind; wenn Sie wirklich die Macht haben, welche Sie zu besitzen glauben — und ich glaube Sie haben sie — so nennen Sie sich diesen Teufeln und lassen sie sich von ihnen nach La Force bringen. Es ist vielleicht zu spät, ich weiß das nicht, aber warten Sie keine Minute länger!"

Doctor Manette drückte ihm die Hand, eilte baarhäuptig aus dem Zimmer und war schon im Hofe, als Mr. Lorry wieder an das Fenster trat.

Sein langes weißes Haar, sein eigenthümliches Gesicht und die ungestüme Zuversicht, mit der er die Waffen bei Seite schob, brachten ihn in einem Augenblick bis mitten in den Haufen, wo der Schleifstein stand. Ein paar Secunden lang war eine Pause, dann entstand ein Drängen, und man vernahm ein Gemurmel und den unverständlichen Klang seiner Stimme; und dann sah Mr. Lorry, wie er inmitten des dichten Haufens mit dem Rufe „Hoch der Bastillengefangene! Hülfe für den Verwandten des Bastillengefangenen in La Force! Platz dort vorn für den Bastillengefangenen! Rettet den Gefangenen Evrémonde in La Force." und tausend antwortenden Rufen hinausgetragen ward.

Er schloß die Jalousien wieder mit bangem Herzen, machte das Fenster und den Vorhang zu, eilte zu Lucien und theilte ihr mit, daß ihr Vater Beistand bei dem Volke gefunden habe und fort sei, um ihren Gatten zu suchen. Er fand ihr Kind und Miß Proß bei ihr; aber es fiel ihm gar nicht ein über ihren Anblick zu erstaunen, bis lange Zeit nachher, wie er in solcher Stille, als dieser Nacht gestattet war, sie beobachtend dasaß.

Unterdessen war Lucie in dumpfer Betäubung vor ihm auf den Fußboden gefallen und hielt krampfhaft seine Hand fest. Miß Proß hatte das Kind auf Mr. Lorry's Bett gelegt und ihr Kopf war allmälig auf das Kissen neben ihren kleinen Schützling gesunken. Ach die lange, lange Nacht, mit[S. 108] dem Gestöhn der armen Lucie! Und ach, die lange, lange Nacht, ohne daß ihr Vater mit Nachrichten zurück kam!

Noch zweimal in der Finsterniß läutete die Glocke und wieder strömten Volkshaufen herein und der Schleifstein drehte sich und sprühte Funken. „Was ist das?“ rief Lucie erschreckt. „Still! die Soldaten schleifen ihre Säbel,“ sagte Mr. Lorry. „Das Haus ist jetzt Nationaleigenthum und wird gewissermaßen als Waffenschmiede benutzt.“

Noch zweimal und nicht mehr, und das letzte Mal ging die Arbeit matt und unterbrochen vor sich. Bald darauf begann der Tag zu grauen, und er machte sich sanft von der ihn immer noch krampfhaft festhaltenden Hand los und schaute wieder vorsichtig hinaus. Ein Mann, so mit Blut befleckt, daß er ein schwer verwundeter Soldat hätte sein können, der unter den Leichen auf einer Wahlstatt wieder zum Bewußtsein kommt, stand von dem Pflaster neben dem Schleifstein auf und sah sich mit verstörtem Blick um. Gleich darauf wurde der thatenmüde Mörder im ungewissen Dämmerschein des Morgens eine der Kutschen Monseigneurs gewahr, wankte auf die Prachtcarosse zu, stieg hinein und machte die Thür hinter sich zu, um auf ihren üppigen Polstern auszuschlafen.

Der große Schleifstein, die Erde, hatte sich gedreht als Mr. Lorry wieder hinaus sah, und die Sonne schien roth in den Hof. Aber der kleinere Schleifstein stand dort einsam in der stillen Morgenluft mit einem Roth darauf, welches die Sonne ihm nicht gegeben hatte und nicht wegnehmen konnte.

Drittes Kapitel
Der Schatten

Eine der ersten Erwägungen, welche mit den Geschäftsstunden in dem Geschäftsmanne Mr. Lorry sich geltend machte, war, daß er kein Recht habe, Tellsons Geschäft durch Aufnahme der Gattin eines eingekerkerten Emigranten unter dem Dache der Bank in Gefahr zu bringen. Sein eignes Vermögen, seine Sicherheit und sein Leben hätte er ohne einen Augenblick zu zögern für Lucien und ihr Kind auf's Spiel gesetzt; aber hier handelte es sich nicht um sein Eigenthum, und in dieser Geschäftsangelegenheit war er im strengsten Sinne ein Geschäftsmann.

Zuerst dachte er an Defarge, den er in dem Weinschank aufsuchen und über den sichersten Aufenthalt bei dem ungeordneten Zustand der Stadt zu Rathe ziehen wollte. Aber dieselbe Erwägung, welche ihn auf diesen Mann brachte, rieth auch wieder von ihm ab; denn er wohnte in dem am meisten fanatisirten Viertel und war jedenfalls dort von großem Einfluß und tief verstrickt in seine gefährlichen Umtriebe.

Da der Mittag kam und der Doctor noch nicht zurückkehrte und jede Minute Verzug Tellsons mehr gefährden konnte, ging Mr. Lorry mit Lucie zu Rathe. Sie sagte, daß ihr Vater davon gesprochen habe, in diesem Viertel in der Nähe des Bankhauses eine Wohnung auf kurze Zeit zu mie[S. 110]then. Da vom Geschäftsstandpunkte nichts dagegen einzuwenden war und Mr. Lorry voraus sah, daß, selbst wenn alles mit Charles gut ging und er wieder frei wurde, er doch keinesfalls die Stadt verlassen könnte, so ging er aus, um eine solche Wohnung zu suchen und fand eine passende weit hinten in einer abgelegenen Nebenstraße, wo die geschlossenen Jalousien aller andern Fenster eines hohen melancholischen Häuserblocks verkündeten, daß alles verlassen sei.

Nach dieser Wohnung brachte er sofort Lucien und ihr Kind und Miß Proß, und richtete sie dort so comfortabel ein, als ihm selbst mit Aufopferung seines eigenen Comforts möglich war. Er ließ ihnen Jerry, als einen Mann zum Ausfüllen des Thorwegs, der einen tüchtigen Schlag auf den Kopf aushalten konnte, und kehrte dann zu seinen eigenen Geschäften zurück. Vielfach zogen Unruhe und schwere Sorgen seine Aufmerksamkeit davon ab und langsam verstrich ihm der Tag.

Der Tag war zu Ende und mit ihm Mr. Lorry's Arbeitsfähigkeit, als die Bank geschlossen ward. Er war abermals in demselben Zimmer wie gestern Abend allein, und überlegte was zunächst zu thun sei, als er Jemanden die Treppe herauf kommen hörte. Wenige Augenblicke darauf stand ein Mann vor ihm, der ihn mit einem scharf beobachtenden Blick beim Namen nannte.

„Ihr Diener," sagte Mr. Lorry. „Kennen Sie mich?"

Es war ein kräftig gebauter Mann mit dunklem Lockenhaar, fünfundvierzig bis fünfzig Jahre alt. Als Antwort wiederholte er ohne den Ton zu verändern:

„Kennen Sie mich?“

„Ich habe Sie irgend wo gesehen.“

„Vielleicht in meinem Weinschank?“

Voller Spannung und Aufregung sagte Mr. Lorry „Sie kommen von Doctor Manette?“

„Ja. Ich komme von Doctor Manette.“

„Und was sagt er? was schickt er mir?“

Defarge legte einen offenen Zettel in die ihm entgegengestreckte Hand. Es stand darauf von des Doctors Hand geschrieben:

„Charles ist sicher, aber ich kann diesen Ort noch nicht mit Sicherheit verlassen. Es ist mir die Vergünstigung zugestanden worden, dem Ueberbringer ein paar Zeilen von Charles an seine Frau mitgeben zu dürfen. Lassen Sie den Ueberbringer seine Frau sehen.“

Der Zettel war von La Force datirt vor einer Stunde.

„Wollen Sie mich nach der Wohnung seiner Frau begleiten,“ sagte Mr. Lorry mit erleichtertem Herzen als er den Zettel laut gelesen hatte.

„Ja,“ entgegnete Defarge.

Mr. Lorry beachtete kaum bis dahin, in welch seltsam zurückhaltendem und mechanischem Tone Defarge sprach, sondern setzte seinen Hut auf und ging mit ihm hinunter auf den Hof. Dort fanden sie zwei Frauen; eine mit Stricken beschäftigt.

„Wahrhaftig, Madame Defarge!“ sagte Mr. Lorry, der sie genau in derselben Stellung vor ungefähr siebzehn Jahren verlassen hatte.

„Sie ist’s,“ bemerkte ihr Gatte.

„Geht Madame mit uns?“ fragte Mr. Lorry, als er sah, daß sie sich ebenfalls in Bewegung setzte.

„Ja. Damit sie die Gesichter sehen und die Personen anerkennen kann. Es geschieht ihrer Sicherheit wegen.“

Dem Buchhalter fing Defarge’s Art und Weise an aufzufallen, und er heftete einen zweifelnden Blick auf ihn und ging voraus. Die beiden Frauen folgten; die andere war der Racheengel.

Sie gingen durch die dazwischen liegenden Straßen so rasch als möglich, stiegen die Treppe der neuen Wohnung hinauf, wurden von Jerry eingelassen und fanden

Lucien allein und in Thränen. Sie gerieth fast außer sich über die Nachricht, welche Mr. Lorry ihr von ihrem Gatten gab, und drückte mit Wärme die Hand, die ihr den Zettel brachte, nicht ahnend was sie in der Nacht in der Nähe ihres Gatten gethan, und ohne einen bloßen Zufall ihm hätte anthun können.

„Geliebteste — fasse Muth. Ich befinde mich wohl und Dein Vater hat Einfluß in meiner Umgebung. Du kannst hierauf nicht antworten. Küsse unser Kind für mich.“

Weiter stand nichts auf dem Zettel. Es war jedoch so viel für die Empfängerin, daß sie sich von Defarge an seine Frau wendete und eine der strickenden Hände küßte. Es war eine leidenschaftliche, dankbare, aus dem Herzen kommende Handlung, aber die Hand gab keine Antwort, sondern fiel kalt und schwer wieder herunter und fing von Neuem an zu stricken.

Es war etwas in der Berührung der Hand, was Lucien auffiel. Sie wollte eben den Zettel in ihren Busen stecken und hielt inne, um mit aufgescheuchtem Blick Madame Defarge anzusehen. Madame Defarge erwiederte ihren Blick mit kaltem gleichgültigen Gesicht.

„Liebe Lucie,“ mischte sich Mr. Lorry erklärend ein, „es sind häufig Volksaufläufe auf den Straßen; und obgleich es nicht wahrscheinlich ist, daß sie jemals Sie beunruhigen werden, so wünscht doch Madame Defarge diejenigen zu sehen, welche sie durch ihren Einfluß in solchen Zeiten beschützen kann, um sie zu kennen. Ich glaube,“ sagte Mr. Lorry, der in seinen beruhigenden Worten unsicher stecken blieb, als das gleichgültig harte Wesen der drei Andern ihm mehr und mehr auffiel, „ich glaube so verhält es sich, Bürger Defarge?“

Defarge warf einen finstern Blick auf seine Frau und gab keine andere Antwort als ein mürrisch zustimmendes Brummen.

„Es wäre besser, liebe Lucie,“ sagte Mr. Lorry, um nichts zu versäumen was gewinnen oder versöhnen konnte, „wenn Sie auch die Kleine hereinkommen ließen, und unsere gute Proß. Unsere gute Proß, Defarge, ist eine englische Dame und versteht nicht französisch.“

Die fragliche Dame, deren tief eingewurzelte Ueberzeugung es mit jedem Ausländer mehr als aufnehmen zu können, nicht durch Noth oder Gefahr zu erschüttern war, trat mit über einander geschlagenen Armen ein und sagte auf englisch zu dem Racheengel, auf den ihre Blicke zuerst fielen:[S. 114] „Du mit dem frechen Gesicht könntest mir wohl gefallen! ich hoffe Du befindest Dich recht wohl!“ Sie bedachte auch Madame Defarge mit einem britischen Husten, aber keine von Beiden beachtete sie besonders.

„Ist das sein Kind?“ fragte Madame Defarge, indem sie zum ersten Male in ihrer Arbeit inne hielt und mit der Stricknadel auf die kleine Lucie deutete, als wäre sie der Finger des Schicksals.

„Ja, Madame," gab Mr. Lorry zur Antwort; „dies ist unseres armen Gefangenen geliebte Tochter und einziges Kind."

Der Madame Defarge und ihren Begleitern folgende Schatten schien so düster und drohend auf das Kind zu fallen, daß die Mutter unwillkürlich neben dasselbe auf den Fußboden niederkniete, und es an die Brust drückte. Der Madame Defarge und ihren Begleitern folgende Schatten schien dann düster und drohend auf Mutter und Kind zu fallen.

„Es genügt, Defarge," sagte Madame Defarge. „Ich habe sie gesehen. Wir können gehen."

Aber das zurückhaltende Wesen hatte drohendes genug — nicht sichtbar und zur Schau getragen, sondern undeutlich und mehr zu ahnen — um Lucien zu veranlassen zu sagen, während sie mit ihrer bittenden Hand Madame Defarge's Kleid anfaßte:

„Sie werden gut sein gegen meinen armen Gatten? Sie werden ihm nichts Böses zufügen? Sie werden mich zu ihm bringen, wenn Sie können?"

„Mit Ihrem Gatten habe ich hier Nichts zu thun," entgegnete Madame Defarge und sah mit einer nicht aus dem Gleichgewicht zu bringenden Ruhe auf sie herab. „Blos die Tochter Ihres Vaters ist es, die mich hieher führte."

„So haben Sie um meinetwillen Erbarmen mit meinem Gatten. Um meines Kindes willen! Es soll seine Händchen falten und Sie bitten, Erbarmen zu haben. Wir fürchten Sie mehr als jene Andern."

Madame Defarge nahm dies als eine Schmeichelei auf und sah ihren Mann an. Defarge, der sich verlegen den Daumennagel zerbissen und sie angesehen hatte, zog sein Gesicht in strengere Falten zusammen.

„Was schreibt Ihr Mann auf dem Zettel?" fragte Madame Defarge mit einem lauernden Lächeln. „Einfluß? Er sagt etwas von Einfluß?"

„Daß mein Vater in seiner Umgebung viel Einfluß hat," sagte Lucie, indem sie den Zettel hastig aus den Busen hervorholte, aber ihre besorgten Blicke nicht auf das Papier, sondern auf die Fragende heftete.

„Das wird ihn schon frei machen!" sagte Madame Defarge. „Ganz gewiß."

„Als Weib und Mutter," flehte Lucie sie aus tiefsten Herzen an, „bitte ich Sie, Erbarmen mit mir zu haben, und die Macht, die Sie besitzen, nicht gegen meinen schuldlosen Gatten, sondern für ihn zu verwenden! O, denken Sie als ein Kind desselben großen Vaters an mich, denken Sie meiner als Weib und als Mutter!"

Madame Defarge sah die Flehende so kalt wie vorhin an, und sagte dann zu ihrer Freundin, dem Racheengel:

„Die Frauen und Mütter, die wir gesehen haben, seit wir so klein waren wie dieses Kind, und kleiner noch, sind nicht sehr berücksichtigt worden, wie ihre

Männer und Väter in den Kerker geworfen wurden und dort lange bleiben mußten? Haben wir nicht unser ganzes Leben lang unsere Schwestern in sich und ihren Kindern Armuth, Nacktheit, Hunger, Durst, Krankheit, Elend, Bedrückung und Vernachlässigung jeder Art erleiden sehen?"

„Wir haben nichts anderes gesehen," entgegnete der Racheengel.

„Wir haben dies lange getragen," sagte Madame Defarge, zu Lucien gewendet. „Urtheilen Sie selbst! Ist es wahrscheinlich, daß der Kummer einer Frau und Mutter jetzt bei uns von vielem Gewicht sein würde?"

Sie begann wieder zu stricken, und ging hinaus; der Racheengel folgte. Defarge bildete den Schluß und machte die Thüre zu.

„Muth, meine liebe Lucie," sagte Mr. Lorry, wie er sie aufhob. „Muth! Muth! so weit geht alles gut — viel, viel besser als es in letzter Zeit vielen Armen gegangen ist. Fassen Sie Muth und danken Sie Gott."

„Ich vergesse nicht Gott zu danken, hoffe ich, aber dieses schreckliche Weib scheint einen Schatten auf mich und auf alle meine Hoffnungen zu werfen."

„Beruhigen Sie sich," sagte Mr. Lorry. „Woher die Muth[S. 117]losigkeit in diesem tapfern Herzchen? Es ist in der That ein Schatten! kein Wesen darin, Lucie."

Aber der Schatten, den das Benehmen dieser Defarges verbreitete, fiel trotz alledem auch auf ihn, und in seinem innersten Herzen war er sehr besorgt darüber.

Viertes Kapitel
Eine Pause im Sturm

Dr. Manette kehrte erst am Morgen des vierten Tages seiner Abwesenheit zurück. So viel von dem was in jener schrecklichen Zeit geschehen, als Lucien nur verschwiegen werden konnte, blieb ihr so vollkommen fremd, daß sie erst viel später, als Frankreich und sie weit von einander getrennt waren, erfuhr, daß elf hundert wehrlose Gefangene beider Geschlechter und jedes Alters von dem Volke ermordet, vier Tage und Nächte mit dieser Schreckensthat geschändet worden waren, und daß die Luft, die sie einathmete, die letzten Seufzer der Erschlagenen aufgenommen hatte. Sie wußte nur, daß ein Angriff auf die Gefängnisse stattgefunden, daß alle politischen Gefangene in Gefahr gewesen waren, und daß der Pöbel einige herausgeschleppt und ermordet hatte.

Mr. Lorry erzählte dem Doctor unter der Bedingung strengsten Schweigens, auf der er nicht mit Nachdruck zu verweilen brauchte, daß ihn der Menschenhaufe mitten durch das mordende Gewühl nach dem Gefängniß La Force gebracht hatte. Dort im Gefängniß fand er ein selbsternanntes[S. 118] Gericht sitzen, welchem man die Gefangenen einzeln vorführte, und welches in rascher Folge Befehle ertheilte, sie fortzuschaffen, um sie niederzumetzeln oder sie frei zu lassen, oder (in seltenen Fällen) sie in ihre Zellen zurückzubringen. Von seinen Führern vor dieses Gericht gebracht, hatte er sich demselben als denjenigen genannt, der achtzehn Jahre lang im Geheimen und unverhört Gefangener in der Bastille gewesen; und einer von den zu Gericht Sitzenden war aufgestanden und hatte ihn recognoscirt, und dieser eine war Defarge gewesen.

Darauf hatte er sich in den auf dem Tische liegenden Verzeichnissen versichert, daß sein Schwiegersohn noch unter den lebenden Gefangenen war, und hatte dem Gericht — von welchem einige Mitglieder schliefen, einige wachten, einige befleckt von Mord und einige rein, einige nüchtern waren, und andere nicht — die dringendsten Vorstellungen gemacht, ihm Leben und Freiheit zu schenken. In den ersten tollen Demonstrationen, mit denen er als ein ausgezeichnetes Opfer des gestürzten Systems begrüßt worden war, hatte man ihm die Vorführung und das Verhör Charles Darnay's vor dem selbst eingesetzten Gericht zugestanden. Er hatte auf dem Punkte gestanden, freigelassen zu werden, als in der zu seinen Gunsten herrschenden Stimmung plötzlich eine dem Doctor nicht verständliche Wendung eingetreten war, welche zu einer kurzen geheimen Berathung geführt hatte. Der Vorsitzende hatte dann Doctor Manette mitgetheilt, daß der Gefangene verhaftet bleiben müßte, aber um seinetwillen für unverletzlich erklärt werden solle. Gleich[S. 119] darauf war auf ein Zeichen der Gefangene wieder in das Innere des Gefängnisses geschafft worden; aber der Doctor hatte so nachdrücklich um Erlaubniß gebeten, da bleiben und sich versichern zu dürfen, daß sein Schwiegersohn weder durch bösen Willen noch durch bösen Zufall den

Mordgesellen überliefert würde, deren Geheul vor dem Thore oft die Verhandlungen übertönte, daß er die Erlaubniß erlangte und in der Nähe des Blutgerichts verweilt hatte, bis alle Gefahr vorüber war.

Was er dort neben den kurzen Unterbrechungen von Essen und Schlafen gesehen, soll unerzählt bleiben. Die wahnwitzige Freude über die geretteten Gefangenen hatte ihn kaum weniger in Erstaunen gesetzt, als die wahnwitzige Grausamkeit, mit der die anderen in Stücke zerhackt wurden. Von einem Gefangenen erzählte er, der als frei von dem Gericht entlassen wurde, den aber aus Irrthum ein Wüthrich beim Hinausgehen mit der Pike verwundet hatte. Gebeten ihm beizuspringen und die Wunde zu verbinden, war der Doctor zu demselben Thor hinausgegangen und hatte ihn in den Armen einer Gesellschaft Samariter gefunden, die auf den Leichen ihrer Opfer saßen. Mit einer Inconsequenz, die so ungeheuerlich wie alles andere in dieser wie ein böser Traum verschwimmenden Nacht war, hatten sie dem Arzt geholfen und den Verwundeten mit sanfter Hand gepflegt — hatten eine Tragbahre für ihn gemacht und ihn sorglich von dannen getragen — und dann wieder zu ihren Waffen gegriffen, und von Neuem eine so gräßliche Metzelei begonnen, daß der Doctor sich die Augen mit den Händen zugedeckt hatte und in Ohnmacht gesunken war.

Wie Mr. Lorry sich dieses erzählen ließ, und das Gesicht seines jetzt zweiundsechzig Jahre alten Freundes beobachtete, entstand in ihm eine bange Besorgniß, daß so schaudererregende Erlebnisse die alte Gefahr zurückbringen könnten. Aber er hatte seinen Freund noch nie in seiner gegenwärtigen Erscheinung gesehen; er hatte ihn nie in seinem gegenwärtigen Charakter gekannt. Zum erstenmale fühlte jetzt der Doctor, daß sein Leiden Stärke und Macht war. Zum erstenmale fühlte er, daß er in diesem scharfen Feuer langsam das Eisen geschmiedet hatte, womit er die Kerkerthür des Gatten seiner Tochter aufbrechen und ihn befreien konnte. „Es hat alles zu einem guten Ziele geführt, mein Freund; es war nicht alles rein verloren. Wie mein geliebtes Kind mir geholfen hat, mich selbst wieder zu finden, will ich ihr jetzt helfen, ihr das liebste was sie hat zurückzugeben; mit Gottes Hülfe will ich es ausführen!“ so sprach Dr. Manette. Und als Jarvis Lorry die funkelnden Augen, das entschlossene Gesicht, die ruhige selbstbewußte Haltung des Mannes sah, dessen Leben, wie es ihm immer schien, wie eine Uhr so viele Jahre still gestanden, und dann wieder mit einer Energie zu gehen angefangen, die, während sein nützliches Wirken unterbrochen war, geschlummert hatte, da glaubte er es.

Größeres als dem Doctor damals zu bekämpfen oblag, hätte vor seiner Ausdauer nachgegeben. Während er an seinem Posten blieb als ein Arzt, der mit Menschen jeder Art, mit Gefangenen und Freien, mit Reichen und Armen, Guten und Schlimmen zu thun hat, benutzte er seinen persönlichen Einfluß so klug, daß er sehr bald der inspicirende Arzt von drei Gefängnissen und unter diesen von La Force war. Er konnte jetzt Lucien versichern, daß ihr Gatte nicht länger allein saß, sondern sich unter der allgemeinen Gesellschaft der Gefangenen befand; er sah ihren Gatten allwöchentlich und überbrachte ihr unmittelbar von seinem Munde zärtliche Botschaften; manchmal schickte er ihr einen Brief (obgleich nie durch Vermittelung des Doctors), aber sie durfte ihm nicht wieder schreiben; denn unter den vielen abenteuerlichen Besorgnissen vor Verschwörungen in den Gefängnissen, wiesen die allerabenteuerlichsten auf Emigranten hin, die Freunde und dauernde Verbindungen im Auslande hatten.

Dies neue Leben des Doctors war allerdings ein sorgenvolles Leben; aber der scharfblickende Mr. Lorry erkannte, daß ein neuer ihn aufrecht erhaltender Stolz damit verbunden war. Nichts unzukömmliches hatte dieser Stolz; es war ein natürliches und würdiges Gefühl; aber er beobachtete ihn als eine Merkwürdigkeit. Der Doctor wußte, daß bisher in den Gedanken seiner Tochter und seines Freundes seine Einkerkerung sich nicht von seinen persönlichen Leiden und Schwächen hatte trennen lassen. Jetzt war dies anders geworden und er wußte sich durch diese alte Prüfung mit Kräften ausgestattet, von welchen sie Beide für Charles Sicherheit und Freiheit erwarteten, und diese Veränderung hob seinen Geist so, daß er die Anführung und Leitung über nahm und von ihnen, als den Schwachen, verlangte ihm, als den Starken, zu vertrauen. Die Stellung, welche er und Lucie früher gegen einander einnahmen, war umgekehrt, aber nur wie die lebhafteste Dankbarkeit und Liebe sie umkehren konnten, denn er hätte sich nur erhoben fühlen können, ihr einen Dienst zu leisten, die ihm so viel geleistet hatte. „Ein merkwürdiges Schauspiel," dachte Mr. Lorry in seiner liebenswürdig schlauen Weise, „aber ganz natürlich und richtig; also übernehmen Sie die Führung, bester Freund, und behalten Sie dieselbe; sie könnte nicht in bessern Händen sein."

Aber obgleich der Doctor keine Anstrengungen sparte, und nie zu versuchen aufhörte Charles Darnay die Freiheit zu verschaffen, oder ihn wenigstens vor Gericht zu bringen, so ging doch die allgemeine Strömung der Zeit zu schnell und stark gegen ihn. Die neue Aera begann; der König war gerichtet, verurtheilt und enthauptet; die Republik Freiheit, Gleichheit, Brüderlichkeit oder Tod, stand für Sieg oder Tod gegen die Welt in Waffen; die schwarze Fahne wehete Tag und Nacht von den großen Thürmen von Notre-Dame; dreihunderttausend Mann, aufgerufen sich gegen die Tyrannen zu erheben, erhoben sich aus allen den verschiedenen Landstrichen Frankreichs, als ob die Drachenzähne mit voller Hand ausgesäet worden und überall, im Thal und auf den Bergen, auf dem Fels, im Sand und im Schlamm, unter dem lächelnden Himmel des Südens, und unter den Wolken des Nordens, in Wald und Haide, in Weinbergen und Olivengärten, unter dem verkümmerten Gras und den Stoppeln, auf den fruchtbaren Ufern der breiten Ströme, und dem Geröll des Seestrandes Frucht getragen hätten. Welche Privatsorge konnte gegen die Sündfluth des Jahres Eins der Freiheit Stand halten — gegen die Sündfluth, die von unten in die Höhe stieg, und nicht von oben kam, vor der die Fenster des Himmels geschlossen waren, nicht offen standen!

Es war kein Stillstand, kein Erbarmen, kein Friede, kein Zwischenraum abspannender Rast, kein Abmessen der Zeit. Obgleich Tage und Nächte so regelmäßig ihren Kreislauf verfolgten, als damals, wo die Zeit noch jung war und aus Abend und Morgen der erste Tag ward, gab es doch keine andere Zeitrechnung. Der Sinn dafür ging in dem rasenden Fieber eines ganzen Volkes verloren, ganz so wie es in dem Fieber eines einzelnen Kranken geschieht. Jetzt ward das unnatürliche Schweigen einer ganzen Stadt unterbrochen, und der Scharfrichter zeigte dem Volke den Kopf des Königs — und jetzt, es schien fast in demselben Athemzuge, den Kopf seiner schönen Gemahlin, deren Haar in acht langen Monaten eingekerkerter Wittwenschaft voller Jammer und Noth grau geworden war.

Und dennoch, gehorsam dem seltsamen Gesetz des Widerspruchs, welches in allen solchen Fällen herrscht, war die Zeit lang, während sie so rasch vorbei sauste. Ein Revolutionsgericht in der Hauptstadt und vierzig oder fünfzigtausend Revolutionsausschüsse über das ganze Land verbreitet; ein Verdächtigengesetz, welches alle Sicherheit für Freiheit oder Leben wegnahm, und jeden Guten und Unschuldigen in die Hand jedes Schlechten und Schuldigen gab; Gefängnisse, vollgestopft von Leuten, die kein Verbrechen begangen hatten und kein Gehör erlangen konnten; alles dieses wurde festbegründete Ordnung und sich von selbst verstehendes Herkommen, und schien alter Brauch zu sein, bevor es viele Wochen alt war. Vor allem wurde das Auge mit einem scheußlichen Anblick so vertraut, als hätte es ihn vom Anfang der Welt an alle Tage gesehen — mit dem Anblick des scharfen Frauenzimmers, genannt La Guillotine!

Es war der allgemein beliebte Gegenstand für Scherze; sie war das beste Mittel für Zahnweh, sie war ein unfehlbarer Schutz vor dem Grauwerden der Haare, sie gab der Gesichtsfarbe eine eigenthümliche Zartheit, sie war das Nationalrasirmesser, welches sehr glatt rasirte; wer La Guillotine küßte, gukte durch das Fensterchen, und nießte in den Sack. Sie war das Zeichen der Wiedergeburt des Menschengeschlechts. Sie trat an die Stelle des Kreuzes. Kleine Guillotinen trugen Leute auf der Brust, von welchen das Kreuz verschwunden war, und man beugte sich vor der Guillotine und glaubte an sie, wo man das Kreuz verleugnete.

Sie hatte so viele Köpfe abgeschlagen, daß ihr Gestell und die Stelle, wo sie am meisten wüthete, von Blut durchtränkt war. Sie wurde auseinander genommen, wie ein künstliches Spielzeug für einen jungen Teufel, und wieder zusammengesetzt, wo man sie brauchte. Sie brachte den Beredtsamen zum Schweigen, schlug den Mächtigen nieder, vernichtete die Schönen und Guten. Zweiundzwanzig Freunden von hohem Ansehen im öffentlichen Leben, einundzwanzig Lebendigen und einem Todten, hatte sie an einem Morgen in ebenso viel Minuten die Köpfe abgeschlagen. Der oberste Beamte, der sie in Bewegung setzte, hatte den Namen des starken Mannes im alten Testament geerbt; aber so bewaffnet war er stärker als sein Namensvetter und blinder, und trug alltäglich die Thore von Gottes eignem Tempel fort.

Unter diesem Schrecken und dem Gezücht, das davon lebte, wandelte der Doctor in ruhiger Fassung einher — voller Vertrauen in seine Macht, vorsichtig ausdauernd in seinem Ziel, nie bezweifelnd, daß er Luciens Gatten schließlich retten werde. Aber der Strom der Zeit schoß so stark und tief vorbei, und riß die Zeit so ungestüm mit sich fort, daß Charles bereits ein Jahr und drei Monate im Gefängniß schmachtete, als der Doctor immer noch so voll ruhiger Zuversicht war. So viel bösartiger und wüthender war die Revolution in diesem Decembermonat geworden, daß die Flüsse im Süden sich von den Leichen der während der Nacht gewaltsam Ertränkten verstopften, und unter der südlichen Wintersonne Gefangene in Reihen und Vierecken niedergeschossen wurden. Immer noch wandelte der Doctor unter den Greueln mit ruhiger Fassung dahin. In dem Paris jener Zeit war Niemand besser als er bekannt; Niemand war in einer seltsameren Stellung. Schweigsam, menschenfreundlich, unentbehrlich im Hospital und Gefängniß, seine Kunst gleichmäßig unter Mördern und Opfern ausübend, war er ein Mann für sich. In der Ausübung seiner Kunst schied ihn das Aussehen und die Geschichte des Bastillegefangenen weit von allen andern Menschen. Er wurde nicht verdächtig oder in Frage gestellt, ebenso wenig als ob er vor etwa achtzehn Jahren auferstanden wäre, oder als Geist sich unter den Sterblichen bewegte.

Fünftes Kapitel
Der Holzmacher

Ein Jahr und drei Monate. Während dieser ganzen Zeit war Lucie jede Stunde jedes Tages nicht sicher, ob nicht am nächsten Morgen das Haupt ihres Gatten unter der Guillotine fallen würde. Jeden Tag rollten durch die gepflasterten Straßen schwerfällig die Karren mit Verurtheilten angefüllt. Schöne Mädchen, glänzende Frauen mit braunen, schwarzen und grauen Locken; Jünglinge; kräftige Männer und Greise; Edelleute und Bauern; lauter rother Wein für La Guillotine, alltäglich an's Tageslicht gebracht aus den dunkeln Kellern der scheußlichsten Gefängnisse und ihr durch die Straßen zugeführt, damit sie ihren verzehrenden Durst lösche. Freiheit, Gleichheit, Brüderlichkeit oder Tod; — letzterer am allerleichtesten von dir zu schaffen, o Guillotine!

Wenn das plötzliche Eintreten des Unglücks und die brausenden Räder der Zeit die Tochter des Doctors so betäubt hätten, daß sie den Ausgang in thatloser Verzweiflung abgewartet hätte, so wäre es ihr wie vielen andern gegangen. Aber von der Stunde an, wo sie in der Dachkammer Saint Antoine das weiße Haupt an ihren frischen Busen gedrückt, war sie ihren Pflichten treu geblieben. Sie war ihnen am treuesten in der Prüfungszeit, wie es bei allen im Stillen guten und loyalen Herzen immer sein wird.

Sobald sie in ihrer neuen Wohnung sich eingerichtet hatten, und ihr Vater von Neuem alltäglich seinem Berufe lebte, ordnete sie den kleinen Haushalt genau so als ob ihr Gatte bei ihnen sei. Alles hatte seinen bestimmten Ort und seine bestimmte Zeit. Der kleinen Lucie gab sie so regelmäßig Unterricht, als wären sie alle in ihrem englischen Heimwesen vereinigt. Die kleinen Kunstgriffe, mit welchen sie sich selbst in einen Schein des Glaubens hineinheuchelte, daß sie bald wieder bei einander sein würden — die kleinen Vorbereitungen für seine baldige Wiederkehr, das Hinsetzen seines Stuhles, und das Hinlegen seiner Bücher — diese und Abends das inbrünstige Gebet für einen geliebten Gefangenen insbesondere unter den vielen Unglücklichen im Kerker und im Schatten des Todes — waren fast die einzigen ausgesprochenen Erleichterungen, die sie ihrem schweren Herzen gönnte.

In ihrem Aussehen veränderte sie sich wenig. Die einfachen dunkeln Kleider, fast wie Trauertracht, in welchen sie und ihr Kind einhergingen, waren so schmuck und gut gehalten, wie die prächtigern Kleider glücklicherer Tage. Sie verlor an Farbe, und der alte Ausdruck der Spannung war fortwährend und nicht gelegentlich auf ihrem Gesicht zu sehen, im Uebrigen blieb sie sehr hübsch und anmuthig. Manchmal, wenn sie des Nachts den Vater küßte, brach der Schmerz hervor, den sie den ganzen Tag unterdrückt hatte, und sie sagte ihm, daß er unter dem Himmel ihr einziger Verlaß sei. Er antwortete immer entschlossen: „Nichts kann ihm geschehen, ohne daß ich es weiß, und ich weiß daß ich ihn retten kann, Lucie."

Sie hatten noch nicht viele Wochen ihr neues Leben geführt, als ihr Vater eines Abends beim Nachhausekommen zu ihr sagte:

„Meine Gute, es ist im Gefängniß ein hohes Fenster, zu welchem Charles um drei Uhr Nachmittags manchmal Zutritt finden kann. Wenn er hin gelangen kann — was von vielen Ungewißheiten und Zufälligkeiten abhängt, — könnte er, glaubt er, Dich auf der Straße sehen, wenn Du Dich an einen gewissen Ort stellst, den ich Dir zeigen kann. Aber, meine arme Lucie, Du wirst ihn nicht sehen können, und selbst wenn es der Fall wäre, wäre es gefährlich für Dich ein Erkennungszeichen zu geben."

„O, zeige mir die Stelle, Vater, und ich will jeden Tag hingehen."

Von dieser Zeit an wartete sie dort in jeder Witterung zwei Stunden. Mit dem Glockenschlag Zwei war sie dort, und um Vier ging sie resignirten Gemüthes nach Hause. Wenn es nicht zu naß oder zu kalt für ihr Kind war, nahm sie es mit, zu andern Zeiten war sie allein; aber sie blieb keinen einzigen Tag aus.

Die Stelle war die dunkle und schmutzige Ecke eines krummen Gäßchens. Die Hütte eines Mannes, der Brennholz zersägte, war das einzige Haus an diesem Ende; alles übrige war Mauer. Am dritten Tage ihres Hinkommens nahm er Notiz von ihr.

„Guten Tag, Bürgerin."

„Guten Tag, Bürger."

Diese Form der Anrede war jetzt durch Decret vorgeschrieben. Sie war schon vor einiger Zeit unter den gesinnungstüchtigen Patrioten freiwillig eingeführt worden, war aber jetzt für Jedermann Gesetz.

„Gehen wieder hier spatzieren, Bürgerin?"

„Wie Sie sehen, Bürger!"

Der Holzmacher, der ein kleiner Mann von lebhaftem Geberdenspiel war (er war früher einmal Straßenarbeiter gewesen), sah hinauf nach dem Gefängniß, deutete mit dem Finger hin, hielt dann seine zehn Finger vor das Gesicht, um Eisenstäbe darzustellen, und blickte lachend hindurch.

„Aber es ist nicht meine Sache," sagte er und sägte weiter.

Am nächsten Tag erwartete er sie, und redete sie an sowie sie kam.

„Was! wieder hier spatzieren gehen, Bürgerin?"

„Ja, Bürger!"

„Ah! und mit einem Kinde. Deine Mutter, nicht wahr, kleine Bürgerin?"

„Soll ich ja sagen, Mama?" flüsterte die kleine Lucie, und drängte sich dichter an die Mutter.

„Ja, liebes Kind."

„Ja, Bürger." „Ach! aber es ist nicht meine Sache. Meine Arbeit ist meine Sache. Sehen Sie meine Säge! Ich nenne sie meine kleine Guillotine. La la la! la la la! und runter ist sein Kopf!"

Das abgesägte Stück Holz fiel zu Boden, wie er sprach, und er warf es in einen Korb.

„Ich nenne mich den Samson der Brennholz-Guillotine. Sehen Sie wieder her! Lu lu lu; lu lu lu! und runter ist ihr Kopf! Jetzt ein Kind. La la la; la la la! und runter ist sein Kopf. Die ganze Familie!"

Lucien überlief ein Schauder, wie er noch zwei Holzstücke in den Korb warf, aber wenn sie überhaupt herkommen wollte, während der Holzmacher arbeitete, mußte sie in seinem Gesichtsbereich sein. Daher redete sie ihn von nun an stets zuerst an, und gab ihm oft ein Trinkgeld, das er gern annahm, um ihn bei guter Stimmung zu erhalten.

Er war ein neugieriger Bursch, und manchmal, wenn sie ihn über dem Hinsehen auf die Gefängnißdächer und Gitter und im Erheben ihres Herzens zu ihrem Gatten ganz und gar vergessen hatte, entdeckte sie plötzlich, daß er, die Knie auf die Bank gestützt und die Säge ruhen lassend, sie betrachtete. „Aber es ist nicht meine Sache!" sagte er meistens bei diesen Gelegenheiten, und fing rasch wieder zu sägen an.

In jedem Wetter, im Schnee und in der Kälte des Winters, in den schneidenden Winden des Frühlings, im heißen Sonnenschein des Sommers, im Regen des Herbstes, und wieder im Schnee und in der Kälte des Winters, verbrachte Lucie alltäglich zwei Stunden auf dieser Stelle; und jeden Tag beim Fortgehen küßte sie die Gefängnißmauer. Ihr Gatte sah sie (wie sie von ihrem Vater erfuhr) vielleicht alle fünf- bis sechsmale; zuweilen zwei- oder dreimal hintereinander; zuweilen aber auch eine Woche oder vierzehn Tage gar nicht. Es war genug, daß er sie, wenn alles gut ging, sehen konnte und sah, und auf diese Möglichkeit hin hätte sie die ganze Woche lang jeden Tag bis zum Abend ausgeharrt.

So verging die Zeit bis zum December, unter dessen Schrecken ihr Vater ruhigen Muthes einher ging. Eines Nachmittags als es ein wenig schneiete, traf sie an ihrer gewöhnlichen Ecke ein. Es war ein Tag wilden Jubels und ein Festtag. Auf dem Hinweg hatte sie die Häuser mit kleinen Piken, auf welche kleine rothe Mützen gesteckt waren, geschmückt gesehen; auch mit dreifarbigen Bändern und mit der überall sichtbaren Inschrift (dreifarbige Buchstaben waren die beliebtesten) „Eine und untheilbare Republik, Freiheit, Gleichheit, Brüderlichkeit oder Tod!"

Die elende Bude des Holzmachers war so klein, daß ihre ganze Fläche für diese Inschrift sehr kärglichen Raum darbot. Er hatte sie jedoch sich von Jemanden schreiben lassen, der „Tod" mit höchst unangemessener Schwierigkeit hineingequetscht hatte. Auf dem Dache prangte Pike und Mütze, wie es sich für einen guten Bürger geziemte, und in einem Fenster stand seine Säge, von der Aufschrift seine „kleine heilige Guillotine" genannt — denn das Volk hatte jetzt das große scharfe Frauenzimmer kanonisirt. Sein Laden war geschlossen, und er war nicht da, was eine Erleichterung für Lucien war, und ihr gestattete allein zu bleiben.

Aber er war nicht weit weg, denn gleich darauf hörte sie das Lärmen und Brüllen eines sich nähernden Menschenhaufens, das sie mit Bangen erfüllte. Einen Augenblick später strömte ein wildes Gewühl um die Ecke der Gefängnißmauer, und in der Mitte desselben sah man den Holzmacher mit dem Racheengel Hand in Hand. Es konnten nicht weniger als fünfhundert Menschen sein, und sie tanzten wie fünftausend Dämonen. Sie hatten keine andere Musik, als ihren eigenen Gesang. Sie tanzten nach dem beliebten Revolutionslied in einem wilden Takt, der einem Zähneknirschen im Einklange glich. Männer und Frauen tanzten mit einander, Frauen tanzten mit einander, Männer tanzten mit einander, wie der Zufall sie zusammengeführt hatte. Anfangs war es blos ein Gewühl von rothen Mützen und schlechten wollenen Lumpen, aber wie die Straße voll wurde und der Tanz sich Lucien näherte, wurde das schauerliche Gespenst einer toll gewordenen Tanztour unter dem Haufen sichtbar. Die Einzelnen avancirten, retirirten, schlugen sich einander an die Hände, packten einander bei dem Kopfe, drehten sich allein im Kreise, faßten einander und drehten sich paarweise, bis viele von ihnen erschöpft hinsanken. Während diese liegen blieben, gaben sich die Uebrigen die Hand, und alle tanzten im Kreise herum; dann löste sich der Reigen, und in besonderen Kreisen von Zweien und Vieren drehten sie sich weiter, bis alle auf einmal still standen, wieder anfingen, in die Hände klatschten, sich packten und fortrissen, und dann in umgekehrter Richtung fortwirbelten. Plötzlich blieben sie wieder stehen, fingen mit einem neuen Takt an, bildeten Reihen die Straße entlang, und schossen mit tiefgesenkten Köpfen, und hoch in die Luft gehobenen Händen, wild heulend von dannen. Es war so in vollstem Sinne ein gefallener Tanz — ein ehedem unschuldiges Ding, das jetzt jeder Teufelei anheim gegeben war — eine ehedem gesunde Zerstreuung, jetzt zu einem Mittel geworden, das Blut zu entzünden, die Sinne zu verwirren, und das Herz zu verhärten. Die Grazie, die sich dabei noch zeigte, machte es nur um so häßlicher, denn sie verrieth, wie verkehrt und verderbt alle von Natur guten Dinge werden können. Der in diesen Tanz entblößte Jungfrauenbusen, der fast noch dem Kindesalter angehörige hübsche Kopf, der sich in dem Wahnwitz erhitzte, der zarte Fuß, der in diesem Sumpf von Blut und Schmutz tänzelte, waren Typen der aus den Gliedern gerenkten Zeit.

Das war die Carmagnole. Wie sie vorübersauste und Lucie mit Schrecken erfüllt und verwirrt in der Thür des Holzmachers stehen blieb, schwebten die Schneeflocken so ruhig herunter, und lagen so weich und weiß da, als ob das Ding nie gewesen wäre.

„Ach, mein Vater!“ denn er stand vor ihr, als sie die Augen wieder aufschlug, die sie eine Secunde mit der Hand zugedeckt hatte, „ein so entsetzliches, schlimmes Schauspiel.“

„Ich weiß, meine Liebe, ich weiß. Ich habe es viele Male gesehen. Beruhige Dich! keiner von ihnen würde Dir ein Leid zufügen.“

„Ich bin meinetwegen nicht unruhig, Vater. Aber wenn ich an meinen Gatten denke, und an die Barmherzigkeit dieser Leute —“

„Er wird sehr bald von ihrer Barmherzigkeit absehen können. Ich verließ ihn, als er zum Fenster hinaufkletterte, und ich komme es Dir zu sagen. Es kann uns hier Niemand sehen. Du kannst dort nach jenem höchsten schrägen Dach eine Kußhand schicken.“

„Ich thue es, Vater, und schicke ihm meine Seele mit hinauf!“

„Du kannst ihn nicht sehen, meine arme Lucie?“

„Nein. Vater,“ sagte Lucie mit heißen Thränen ihre Hand küßend, „nein.“

Schritte im Schnee. Madame Defarge. „Ich grüße Sie, Bürgerin,“ vom Doctor. „Ich grüße Sie, Bürger.“ Dies im Vorbeigehen. Nichts weiter. Madame Defarge ist verschwunden wie ein Schatten über den weißen Weg.

„Gieb mir den Arm, liebe Lucie. Geh seinetwegen mit heiterem und muthigem Gesicht von hier fort. Das war gut gemacht!“ Sie hatten den Ort verlassen; „es ist nicht umsonst. Charles ist für Morgen vorgeladen.“

„Für Morgen!“

„Es ist keine Zeit zu verlieren. Ich bin gut vorbereitet, aber es sind Vorsichtsmaßregeln zu ergreifen, die nicht ergriffen werden konnten, bevor er nicht wirklich vor Gericht gefordert war. Er hat die Ladung nicht bekommen, aber ich weiß, daß er sie noch in dieser Stunde erhalten, und nach der Conciergerie gebracht werden wird; ich habe frühzeitige Nachrichten. Du fürchtest Dich nicht?“

Sie konnte kaum antworten, „ich vertraue auf Dich.“

„Du kannst das unbedingt thun. Die Ungewißheit ist nun bald vorüber, mein Herz; Du wirst ihn binnen wenigen Stunden wiedersehen; ich habe ihn mit jedem möglichen Schutz umgeben. Ich muß Lorry sprechen.“

Er hielt inne. Man hörte ein dumpfes Rollen von Wagen in der Nähe. Beide wußten nur zu gut, was es bedeutete. Eins. Zwei. Drei. Drei Karren fuhren dahin über den weichen Schnee, mit ihrer dem Tode geweiheten Ladung.

„Ich muß Lorry sprechen;“ wiederholte der Doctor, indem er mit ihr in einer andern Richtung fortging.

Der wackere alte Herr war immer noch auf seinem Vertrauensposten, hatte ihn überhaupt nie verlassen. Er und seine Bücher wurden häufig über confiscirtes und zum Nationalgut geschlagenes Eigenthum zu Rathe gezogen. Was er den Eigenthümern retten konnte, rettete er. Es gab keinen unter den Lebenden, der besser bei dem aushielt, was Tellsons in Verwahrung hatten, und zu schweigen verstand.

Ein trüber roth und gelber Himmel, und ein von der Seine aufsteigender Nebel verkündete die nahende Dunkelheit. Es war fast Nacht, als sie die Bank erreichten. Der stattliche Palast Monseigneurs war ganz und gar verödet und verlassen. Ueber einem Haufen Staub und Asche im Hofe las man die Inschrift: „National-Eigenthum. Eine und untheilbare Republik. Freiheit, Gleichheit, Brüderlichkeit oder Tod.“

Wer mochte das sein bei Mr. Lorry — der Besitzer des Reitüberrockes auf dem Stuhle — der nicht gesehen werden durfte? Von welchem neuen Ankömmling kam er heraus, aufgeregt und überrascht, um seinen Liebling in die Arme zu schließen? Wem wiederholte er ihre gestammelten Worte, als er mit gehobener Stimme, und den Kopf nach der Thür des Zimmers wendend, aus dem er gekommen war, sagte: „Nach der Conciergerie gebracht und für Morgen vorgeladen!“

Sechstes Kapitel
Triumph

Das gefürchtete Tribunal von fünf Richtern, dem öffentlichen Ankläger und den kurz weg sich entschließenden Geschworenen, saß jeden Tag. Jeden Abend erließen sie ihr Requisitionsverzeichniß, das von den Schließern der verschiedenen Gefängnisse ihren Gefangenen vorgelesen ward. Der stehende Schließerwitz war: „Ihr da drinnen, kommt heraus, und hört die Abendzeitung vorlesen!"

„Charles Evrémonde, genannt Darnay!"

So begann endlich die Abendzeitung in La Force.

So wie ein Name gerufen war, stellte sich sein Besitzer auf eine Denjenigen vorbehaltene Stelle, welche auf der verhängnißvollen Liste verzeichnet standen. Charles Evrémonde, genannt Darnay, hatte Grund die Sitte zu kennen; er hatte Hunderte so verschwinden sehen.

Der Schließer von aufgedunsenem Aussehen, der zum Lesen eine Brille trug, sah über dieselbe hinweg, um sich zu vergewissern, daß er auf seinen Platz getreten war, und las das Verzeichniß zu Ende, wobei er bei jedem Namen eine ähnliche kurze Pause machte. Es waren dreiundzwanzig Namen, aber nur zwanzig meldeten sich dazu; denn einer von den vorgeladenen Gefangenen war in dem Gefängniß gestorben und vergessen worden, und zwei waren bereits guillotinirt und ebenfalls vergessen. Das Verzeichniß wurde in dem gewölbten Raume verlesen, wo Darnay in der Nacht seiner Ankunft die versammelten Gefangenen gesehen hatte. Diese waren sämmtlich in der Metzelei umgekommen; jedes Menschenkind, um das er sich seither gekümmert, und das er seither hatte scheiden sehen, war auf dem Schaffot gestorben.

Es wurden einige Worte des Lebewohls und der Freundschaft gewechselt, aber der Abschied war bald vorüber. Es war ein alltägliches Ereigniß, und die Gesellschaft von La Force war mit Vorbereitungen zu Pfänderspielen und einem kleinen Concert für diesen Abend beschäftigt. Sie drängten sich an die Gitter und vergossen dort Thränen, aber es waren zwanzig Rollen in der beabsichtigten Abendunterhaltung neu zu besetzen, und die Zeit war nur kurz bis zur Schlußstunde, wo die gemeinsamen Zimmer und Corridore den großen Hunden überlassen wurden, welche dort während der Nacht Wache hielten. Die Gefangenen waren durchaus nicht gefühllos oder hartherzig; ihr Benehmen entstand nur in Folge der Bedingungen des Lebens jener Zeit. Ebenso, obgleich mit einem feinen Unterschied, war eine Art Begeisterung oder Rausch, der einige, wie wohl bekannt ist, verlockt hat, unnöthiger Weise die Guillotine herauszufordern, und durch sie zu sterben, nicht bloße Prahlerei, sondern manchmal Ansteckung der merkwürdig erschütterten öffentlichen Stimmung. In Pestzeiten fühlen sich manche Menschen im geheimen von der Krankheit angezogen, und fühlen einen entsetzlichen Drang, daran zu sterben. Und wir alle haben in unserer Brust ähnliche Wunder verborgen, die nur auf die geeigneten Umstände warten, um geweckt zu werden.

Der Weg nach der Conciergerie war kurz und dunkel; die Nacht in ihren von Ungeziefer behafteten Zellen war lang und kalt. Am andern Morgen erschienen funfzehn Gefangene vor den Schranken, ehe Charles Darnay aufgerufen ward. Alle Funfzehn wurden verurtheilt, und ihr Proceß hatte keine anderthalb Stunde gedauert.

Charles Evrémonde, genannt Darnay, erschien endlich vor Gericht.

Seine Richter saßen in Federhüten auf der Bank; aber die grobwollene rothe Mütze und die dreifarbige Cocarde waren der im Uebrigen vorherrschende Kopfputz. Wenn er die Geschwornen und die lärmende Zuhörerschaft betrachtete, hätte er meinen können, daß die gewöhnliche Ordnung der Dinge verkehrt sei, und die Verbrecher über die ehrlichen Leute zu Gericht säßen. Der niedrigste und grausamste Pöbel einer Stadt, die nie ohne eine Masse von niedrigen, grausamen und bösartigen Elementen ist, spielte die Hauptrolle, mischte sich lärmend in die Verhandlung, theilte Beifall und Tadel aus, und beschleunigte das Resultat ohne daß ihm Jemand hemmend in den Weg trat. Von den Männern war der größte Theil auf verschiedene Weise bewaffnet: von den Frauen trugen einige Messer, andere Dolche, einige aßen und tranken, während sie zusahen, viele strickten. Unter diesen letztern befand sich eine, die, während sie arbeitete, ein Stück gestricktes Zeug in Vorrath unter dem Arme hatte. Sie saß in der vordersten Reihe neben einem Manne, den er seit seiner Ankunft im Thore nicht wieder gesehen, den er aber sogleich als Defarge erkannte. Er bemerkte, daß sie ihm ein- oder zweimal in's Ohr flüsterte, und daß sie seine Frau zu sein schien; aber was ihm an den beiden Gestalten am meisten auffiel, war, daß sie, obgleich sie in seiner nächsten Nähe saßen, ihn niemals anblickten. Sie schienen mit trotziger Entschlossenheit auf Etwas zu warten, und sahen die Geschwornen an, aber sonst Niemanden. Unter dem Präsidenten saß Doctor Manette in seiner gewöhnlichen einfachen Tracht. So weit der Gefangene sehen konnte, waren er und Mr. Lorry außer dem zum Gericht gehörigen Personen die Einzigen, welche ihre gewöhnlichen Kleider trugen, und nicht in der Carmagnolentracht einhergingen.

Charles Evrémonde, genannt Darnay, ward von den öffentlichen Anklägern vor Gericht gestellt als Emigrant, dessen Leben kraft des Decretes, welches alle Emigranten bei Todesstrafe verbannte, der Republik verfallen war. Es war gleichgültig, daß das Decret nach seiner Rückkehr nach Frankreich erlassen war. Hier war er, und dort war das Decret; er war in Frankreich festgenommen worden, und man verlangte seinen Kopf.

„Schlagt ihm den Kopf ab!" brüllte die Zuhörerschaft. „Er ist ein Feind der Republik!"

Der Präsident klingelte, um das Geschrei zu beschwichtigen, und fragte den Gefangenen, „ob es nicht wahr sei, daß er viele Jahre in England gelebt habe?“

„Allerdings war dies der Fall.“

„Ob er nicht damals ein Emigrant gewesen? Wie er sich genannt habe?“

„Nicht Emigrant im Sinne und Geiste des Gesetzes, hoffe er.“

„Warum nicht?“ wünschte der Präsident zu wissen.

„Weil er freiwillig einen Titel und eine Stellung aufgegeben, die ihm Abneigung eingeflößt, und sein Vaterland verlassen habe — er erlaube sich zu bemerken, bevor das Wort Emigrant in seinem gegenwärtig von dem Gericht angenommenen Sinne in Gebrauch gewesen sei — um lieber von seiner eignen Arbeit in England, als von der Arbeit eines überbürdeten Volkes in Frankreich zu leben.“

„Welche Beweise er dafür habe?“

Er nannte die Namen von zwei Zeugen. Theophil Gabelle und Alexander Manette.

„Aber er habe sich in England verheirathet?“ erinnerte ihn der Präsident.

„Allerdings, aber nicht mit einer Engländerin.“

„Mit einer Bürgerin von Frankreich?“

„Ja, von Geburt.“

„Ihr Name und ihre Familie!“

„Lucie Manette, einzige Tochter des Doctor Manette, des guten Arztes, der dort sitzt.“

Diese Antwort machte einen glücklichen Eindruck auf die Versammlung. Ausrufe zum Wohle des wohlbekannten guten Arztes erschütterten den Gerichtssaal. So launenhaft war das Volk bewegt, daß sofort Thränen aus mehreren grausamen Augen rollten, die eben noch den Gefangenen wüthend angestiert hatten, als brennten sie vor Ungeduld, ihn auf die Straße hinauszuschleppen und todt zu schlagen.

Auf diesen wenigen Schritten seines gefährlichen Weges hatte Charles Darnay seinen Fuß genau nach Doctor Manette’s wiederholten Verhaltungsbefehlen gesetzt. Derselbe vorsichtige Rathgeber lenkte jeden Schritt, der noch vor ihm lag, und hatte jeden Zoll seines Weges vorbereitet.

Der Präsident fragte „warum er nach Frankreich, gerade zu diesem Zeitpunkte, und nicht früher zurückgekehrt sei?“

„Er sei nicht eher zurückgekehrt,“ gab er zur Antwort, „einfach weil er keine andern Subsistenzmittel, außer den aufgegebenen in Frankreich, besessen habe; während er in England sich durch Unterricht ertheilen in der französischen Sprache und Literatur ernährt habe. Er sei zurückgekehrt auf die dringende und schriftliche Bitte eines französischen Bürgers, der ihm gemeldet habe, sein Leben sei durch seine Abwesenheit gefährdet. Er sei zurückgekehrt, um das Leben eines Bürgers zu retten, und auf jede persönliche Gefahrhin Zeugniß für die Wahrheit abzulegen. Sei dies ein Verbrechen in den Augen der Republik?"

Der Pöbel rief voller Begeisterung „nein" und der Vorsitzende schellte, um Schweigen zu erlangen, was ihm nicht gelang, denn er fuhr fort zu schreien „nein" bis er nach eigenem Belieben aufhörte.

Der Präsident verlangte den Namen dieses Bürgers zu wissen? Der Angeklagte erklärte dieser Bürger sei sein erster Zeuge. Er berief sich auch zuversichtlich auf den Brief des Bürgers, den man ihn am Thore abgenommen und den man jedenfalls unter den vor dem Vorsitzenden liegenden Papieren finden werde.

Der Doctor hatte Sorge getragen und sich versichert, daß er dort war — und in diesem Stadium der Verhandlung wurde er vorgelegt und verlesen. Der Vorsitzende rief den Bürger Gabelle auf, damit er sich zu dem Briefe bekenne, und er that es. Bürger Gabelle deutete mit außerordentlicher Zartheit und Höflichkeit an, daß er in Folge des Geschäftsdranges, unter welchem das Gericht in Folge der großen Zahl der von ihm zu verurtheilenden Feinde der Republik lebe, einigermaßen in seinem Gefängnisse in der Abtei vergessen worden — thatsächlich fast ganz aus den patriotischen Erinnerungen des Gerichts verschwunden sei — bis vor drei Tagen, wo man ihn vorgeladen und ihn auf die Erklärung der Geschwornen, daß nach ihrer Ansicht die Anklage, soweit sie ihm gelte, durch die freiwillige Stellung des Bürgers Evrémonde, genannt Darnay, beantwortet sei, in Freiheit gesetzt habe.

Die Reihe im Verhör kam zunächst an Dr. Manette. Seine große persönliche Beliebtheit und die Bestimmtheit seiner Antworten machten einen bedeutenden Eindruck; aber als er fortfuhr, als er erzählte, daß der Angeklagte nach seiner Befreiung aus so langer Kerkerhaft sein erster Freund gewesen, daß der Angeklagte in England geblieben sei, und seine Tochter und ihn während ihrer Verbannung mit aufopfernder Liebe unterstützt habe; daß er, weit entfernt von der aristokratischen Regierung dieses Landes mit wohlwollenden Augen betrachtet zu werden, von derselben als ein Feind Englands und ein Freund der vereinigten Staaten vor Gericht gestellt worden — wie er diese Umstände mit dem größten Takt und der unmittelbaren Kraft der Aufrichtigkeit und Wahrheit darstellte, wurden die Geschwornen und das versammelte Volk eines Sinnes. Endlich, als er sich mit Namen auf Monsieur Lorry, einen mitanwesenden Herrn aus England, bezog, der gleich ihm Zeuge bei dieser englischen Gerichtsverhandlung gewesen und seine Aussage darüber bestätigen könne, erklärten die Geschwornen, sie hätten genug gehört und seien bereit abzustimmen, wenn der Vorsitzende ihre Stimmen entgegen nehmen wolle.

Jede Abstimmung (die Geschwornen stimmten laut und einzeln ab) begrüßte der Pöbel mit jauchzendem Beifall. Alle Stimmen waren zu Gunsten des Angeklagten und der Vorsitzende erklärte ihn für frei.

Jetzt begann einer jener außerordentlichen Auftritte, in welchen der Pöbel zuweilen seiner Launenhaftigkeit oder seinen bessern Regungen der Großmuth und Barmherzigkeit Genüge[S. 144] that, oder die es als eine Art Gegenrechnung gegen sein hoch aufgelaufenes Conto von blutiger Grausamkeit betrachtete. Niemand kann jetzt entscheiden, welchen Beweggründen solche außerordentliche Auftritte zuzuschreiben waren; wahrscheinlich ein Gemisch von allen dreien, wobei der zweite vorherrschte. Kaum war das freisprechende Urtheil ausgesprochen, als Thränen so reichlich flossen, wie zu andern Zeiten Blut und der Gefangene so viel brüderliche Umarmungen von so vielen Personen beiderlei Geschlechts als ihn erreichen konnten, auszuhalten hatte, daß er nach so langer und angreifender Einkerkerung in Gefahr kam vor Erschöpfung in Ohnmacht zu sinken; deshalb nicht weniger, weil er recht gut wußte, daß dieselben Leute unter dem Einfluß einer andern Strömung mit derselben Wuth auf ihn losgestürzt wären, um ihn in Stücke zu zerreißen und diese in den Straßen zu verstreuen.

Erst als man ihn entfernte, um den andern Angeklagten Platz zu machen, sah er sich von diesen Liebkosungen für den Augenblick befreit. Zunächst erschienen fünf zusammen vor Gericht, angeklagt als Feinde der Republik, weil sie derselben nicht durch Wort oder That beigestanden hatten. So eilig war das Gericht, sich und die Nation für die verlorne Gelegenheit zu entschädigen, daß diese fünf, verurtheilt binnen vierundzwanzig Stunden zu sterben, herunterkamen, ehe er den Ort verlassen hatte. Der erste derselben sagte es ihm mit den in den Gefängnissen üblichen Zeichen für den Tod — einem erhobenen Finger — und sie setzten alle laut hinzu „lange lebe die Republik!"

Bei diesen fünf hatte allerdings keine Zuhörerschaft die Verhandlungen verlängert; denn als er und Doctor Manette aus dem Thorwege heraustraten, war dort ein großer Volkshaufe versammelt, unter dem sich jedes Gesicht, das er im Gerichtssaal gesehen, zu befinden schien — mit Ausnahme von zweien, nach denen er sich vergeblich umschaute. Als er heraustrat, stürzte der Haufen wieder auf ihn zu, weinte, umarmte und jauchzte vor Wahnwitz, bis sogar der Strom, an dessen Ufer das tolle Schauspiel vor sich ging, toll zu werden schien, wie das Volk an seinem Gestade.

Sie setzten ihn auf einen Lehnsessel, den sie entweder aus dem Gerichtssaal selbst oder aus einem der Zimmer oder Gänge des Gebäudes geholt hatten. Ueber den Sessel hatten sie eine rothe Fahne geworfen und an die Rückenlehne eine Pike mit einer rothen Mütze darangebunden. Selbst des Doctors Bitte konnte nicht verhindern, daß er in diesem Triumphsessel auf den Schultern der Menge nach Hause getragen ward, während ein wildes Meer rother Mützen ihn umwogte und aus den stürmischen Wogen zuweilen solche Gesichter emporwarf, daß er sich mehr als einmal fragte, ob er etwa nicht recht bei Sinnen sei und in dem Karren nach der Guillotine fahre.

Wie im Traume fühlte er sich von dannen getragen, während sie jeden, dem sie begegneten umarmten und triumphirend auf den vom Tode Geretteten wiesen. So trugen sie ihn in den Hof des Gebäudes, wo er wohnte. Ihr Vater war vorausgeeilt, um Lucie vorzubereiten und als ihr Gatte vor sie trat, sank sie ihm bewußtlos in die Arme.

Als er sie an sein Herz drückte und ihr schönes Antlitz abwendete von den lärmenden Volkshaufen, daß seine Thränen und ihre Lippen sich ungesehen mit einander verschmelzen könnten, fingen einige von den Untenstehenden zu tanzen an. Augenblicks fielen auch alle Uebrigen in den Tanz ein und in dem ganzen Hofe wirbelte die Carmagnole. Dann setzten sie in den leeren Stuhl ein junges Mädchen aus dem Gewühl, um sie als Freiheitsgöttin von dannen zu tragen und dann, wie der Haufe sich in die benachbarten Straßen ergoß und das Gestade des Flusses entlang und über die Brücke, zog die Carmagnole sie alle in ihren Wirbel und riß sie mit fort.

Nachdem Charles Darnay des Doctors Hand gedrückt, wie er siegesbewußt und stolz vor ihm stand, nachdem er Mr. Lorry die Hand gedrückt, der von dem Kampf gegen die wüthende Fluth der Carmagnole athemlos hereintrat; nachdem er die kleine Lucie geküßt, die man zu ihm hinaufgehoben, damit sie die Aermchen um seinen Hals lege; und nachdem er die immer eifrige und getreue Proß umarmt, die das Kind emporgehoben, nahm er seine Gattin in seine Arme und trug sie hinauf in ihre Zimmer.

„Lucie! geliebtes Herz! ich bin in Sicherheit."

„O, geliebter Charles, laß uns Gott dafür danken auf meinen Knieen, wie ich ihn darum gebeten habe."

Voller Ehrfurcht beugten sie sich vor dem Herrn. Als sie wieder in seinen Armen lag sagte er zu ihr:

„Und jetzt rede mit deinem Vater, Geliebteste. Kein an[S. 147]derer Mann in ganz Frankreich hätte thun können, was er für mich gethan hat."

Sie legte ihr Köpfchen an die Brust ihres Vaters, wie vor langer, langer Zeit sein greises Haupt an ihrem Busen geruht hatte. Er fühlte sich glücklich, daß er ihr so hatte vergelten können, er war belohnt für sein Leiden, er war stolz auf seine Kraft. „Du darfst nicht so schwach sein, liebes Herz," nickte er ihr zu; „Du darfst nicht so zittern. Ich habe ihn gerettet."

Siebentes Kapitel
Ein Klopfen an der Thür

„Ich habe ihn gerettet." Das war keiner von den Träumen in die er sich oft wieder verirrt hatte; es war Wirklichkeit. Und doch zitterte seine Gattin und eine unbestimmte aber schwere Angst bedrückte sie.

Die ganze Luft ringsum war so schwül und finster, die Massen waren so leidenschaftlich rachgierig und launisch, Unschuldige mußten so fortwährend auf unbestimmten Verdacht oder durch tückische Bosheit den Tod erleiden, es war so unmöglich zu vergessen, daß viele, die eben so schuldlos waren, wie ihr Gatte, und anderen eben so theuer als er ihr war, Tag für Tag dem Schicksal verfielen, von dem er gerettet worden, daß ihr Herz sich nicht so erleichtert fühlen konnte, als es eigentlich hätte der Fall sein sollen. Die Dämmerung des Winternachmittags trat schon ein und selbst jetzt[S. 148] noch rollten die schauerlichen Todtenkarren dumpf durch die Straßen. Sie folgte ihnen mit dem Auge des Geistes und suchte ihn unter den Verurtheilten; und dann drängte sie sich dichter an ihn, den sie mit ihren Armen umschlungen hielt, und zitterte nur um so mehr.

Ihr Vater, wenn er ihr Trost zusprach, zeigte eine mitleidige Ueberlegenheit über dieses schwache Frauenherz, die wunderbar zu sehen war. Kein Dachstübchen mehr, kein Schuhmacher, kein Einhundertfünf, Nordthurm! Er hatte die Aufgabe gelöst, die er sich gestellt hatte, sein Versprechen war erfüllt, er hatte Charles gerettet. Nun konnten sich alle auf ihn stützen.

Ihr Haushalt war in der bescheidensten Art: nicht nur weil dies in diesen Zeiten das Sicherste war, sondern auch weil sie nicht reich waren und Charles während seiner Haft für sein schlechtes Essen und für seine Bewachung und zum Unterhalt der ärmeren Gefangenen viel Geld hatte bezahlen müssen. Theils deshalb und theils um keinen Spion im Hause zu haben, hielten sie keine Bedienung; der Bürger und die Bürgerin, die an dem großen Thorweg Pförtnerstelle vertraten, halfen gelegentlich aus; und Jerry — ihnen von Mr. Lorry fast ganz überlassen — gehörte so gut wie zum Haushalt und schlief jede Nacht dort.

Es war eine Verordnung der einen und untheilbaren Republik mit dem Motto: „Freiheit, Gleichheit, Brüderlichkeit oder Tod," daß an der Thür oder Thürpfoste jedes Hauses der Name jedes Inwohners lesbar in Buchstaben von einer gewissen Größe in einer gewissen, angemessenen Höhe[S. 149] vom Fußboden angeschrieben stehen müsse. So verzierte denn auch Mr. Jerry Crunchers Name die Thürpfoste unten, und wie der Nachmittag sich dem Abend zuneigte, erschien der Besitzer dieses Namens selbst, nachdem er einem Maler zugesehen, von dem Dr. Manette den Namen Charles Evrémonde, genannt Darnay, zu den übrigen hatte hinzufügen lassen.

Bei dem Mißtrauen und der Furcht, die damals Jedermann beherrschte, war man in den unschuldigsten Dingen vorsichtig. In dem kleinen Haushalt des Doctors wurden wie in vielen andern die Lebensbedürfnisse für den nächsten Tag jeden Abend in kleinen Quantitäten und in verschiedenen kleinen Läden gekauft. Keine Aufmerksamkeit auf sich zu ziehen und so wenig als möglich Gelegenheit zu geben, von sich reden zu machen und beneidet zu werden, war Jedermanns Wunsch.

Seit einigen Monaten hatten Miß Proß und Mr. Cruncher gemeinschaftlich die Einkäufe besorgt, wobei erstere das Geld unter ihrer Obhut hatte, Letzterer den Korb trug. Jeden Nachmittag um die Zeit, wo man die Straßenlaternen anbrannte, traten sie diesen Dienstgang an und brachten die nöthigen Einkäufe mit nach Hause. Obgleich Miß Proß durch ihr langes Verweilen in einer französischen Familie die französische Sprache hätte so gut verstehen können, wie ihre eigene, wenn sie Lust dazu gehabt hätte, so hatte sie doch eben nicht Lust dazu; demnach verstand sie nicht mehr von „dem Unsinn" (wie sie es zu nennen beliebte) als Mr. Cruncher. Daher pflegte sie, wenn sie etwas einkaufen wollte, dem[S. 150] Verkäufer ein Substantiv ohne die mindeste Rücksicht auf die Natur des gewünschten Artikels an den Kopf zu werfen und wenn es zufälligerweise nicht der Name der verlangten Waare war, sich darnach umzusehen, sich des Gegenstandes zu bemächtigen und daran festzuhalten, bis der Handel geschlossen war. Um das Geschäft zu Ende zu führen, hielt sie stets als Gegengebot für den verlangten Preis einen Finger weniger in die Höhe als der Kaufmann, ohne die mindeste Rücksicht darauf zu nehmen, ob er viel oder wenig forderte.

„Nun, Mr. Cruncher," sagte Miß Proß, deren Augen vor Glückseligkeit roth waren: „wenn Sie fertig sind, bin ich auch fertig."

Mit heiserer Stimme stellte sich Jerry Miß Proß zu Diensten. Sein Rost war schon längst ganz und gar abgeschliffen, aber die starrenden Spitzen seines Haares hatte nichts abfeilen können.

„Wir brauchen heute Alles mögliche," sagte Miß Proß, „und werden viel zu thun haben. Unter andern brauchen wir Wein. Schöne Toaste mögen diese Rothköpfe trinken, was für Wein wir ihnen immer einschenken mögen."

„Sie werden ziemlich ebenso viel wissen, Miß, sollte ich meinen, ob sie Ihre Gesundheit trinken oder die des Schwarzen."

„Wer ist das?" fragte Miß Proß.

Mit einiger Schüchternheit erklärte Mr. Cruncher ihr, daß er den Gott sei bei uns meine.

„Ach," sagte Miß Proß, „man braucht gar keinen Dolmetscher, um zu wissen was diese Kerle meinen. Sie meinen nur Eines, und das ist Mauserei und mitternächtiger Mord."

„Still, gute Proß! ich bitte Sie, seien Sie vorsichtig!" sprach Lucie.

„Ja, ja, ja, ich will vorsichtig sein," sagte Miß Proß; „aber unter uns kann ich doch wohl sagen, daß ich hoffe, sie werden uns nicht mit ihren nach Zwiebeln und Tabak riechenden Umarmungen auf der Straße ersticken. Herzblättchen, rühren Sie sich ja nicht von dem Feuer, bis ich zurück bin! Nehmen Sie den lieben Mann in Acht, den Sie wieder gewonnen haben und entfernen Sie Ihr hübsches Köpfchen nicht von seiner Schulter, bis Sie mich wieder sehen! Darf ich mir eine Frage erlauben, Dr. Manette, ehe ich gehe?"

„Ich glaube Sie können sich diese Freiheit nehmen," gab der Doctor lächelnd zur Antwort.

„Um Gottes Willen sprechen Sie mir nicht von Freiheit; wir haben gerade genug davon," sagte Miß Proß.

„Still, gute Proß! Schon wieder?" bat Lucie.

„Nun mein Herz," sagte Miß Proß mit emphatischem Kopfnicken, „das Kurze und das Lange davon ist, daß ich eine Unterthanin seiner allergnädigsten Majestät König Georg III. bin;" Miß Proß machte bei dem Namen einen Knix; „und als solche habe ich den Grundsatz: Verwirr ihr tückisch Sinnen, ihr mörderisch Beginnen, Damit wir ihn gewinnen, Heil, unserm König, Heil."

Mr. Cruncher wiederholte in einem Anfall von Loyalität in heiserem Baß Miß Proß Worte, wie in der Kirche.

„Es freut mich, daß Sie so viel vom Engländer in sich haben, obgleich ich wünschte, Sie hätten sich nicht durch Erkältung die Stimme verdorben," sagte Miß Proß beifällig. „Aber die Frage, Dr. Manette: Ist Aussicht vorhanden" — das gute Geschöpf pflegte stets zu thun, als ob es das, was ihnen Allen große Sorge machte, sehr leicht nehme und brachte es so gelegentlich zur Sprache — „ist Aussicht vorhanden?"

„Ich fürchte, noch nicht. Es wäre noch gefährlich für Charles."

„Hm, hm, hm!" sagte Miß Proß und unterdrückte mit heiterem Gesicht einen Seufzer, wie sie einen Blick auf ihres Lieblings goldenes Haar warf, das im Feuerschein glänzte, „dann müssen wir Geduld haben und warten; das ist Alles. Wir müssen den Kopf hoch halten und vorsichtig kämpfen, wie mein Bruder Salomo zu sagen pflegte. Nun Mr. Cruncher! — Nicht von der Stelle, Herzblättchen!"

Sie gingen und ließen Lucien und ihren Gatten, ihren Vater und das Kind bei einem hellen Feuer zurück. Mr. Lorry wurde binnen Kurzem vom Comptoir erwartet. Miß Proß hatte die Lampe angezündet, aber sie abseits in eine Ecke gestellt, damit sie ungestört den Feuerschein genießen könnten. Die kleine Lucie saß neben ihrem Großvater und hatte die Händchen um seinen Arm geschlungen und er fing eben an ihr in einem Tone, der sich nicht viel über ein Flüstern erhob, eine Geschichte von einer großen mächtigen Fee zu erzählen, die eine Kerkermauer aufgethan und einen Gefangenen befreit hatte, der einmal der Fee einen Dienst geleistet. Alles war still und heimlich und Lucie fühlte sich ruhiger, als sie seit langer Zeit gewesen.

„Was ist das!“ rief sie auf einmal aus.

„Liebes Kind!“ sagte ihr Vater, indem er seine Erzählung unterbrach und seine Hand beruhigend auf die ihrige legte, „beherrsche dich. In welch aufgeregtem Zustande Du bist! Die geringste Sache — ein Nichts — erschreckt Dich. Dich, Deines Vaters Tochter?“

„Vater, ich glaubte fremde Schritte auf der Treppe zu vernehmen,“ entschuldigte sich Lucie mit blassem Gesicht und unsicherer Stimme.

„Liebes Kind, es ist todtenstill auf der Treppe.“

Wie er dies sagte schlug man heftig an die Thür.

„Ach, Vater, Vater. Was kann das sein! Verstecke Charles. Rette ihn!“

„Aber Kind,“ sagte der Doctor, indem er aufstand und seine Hand auf ihre Schulter legte, „ich habe ihn gerettet. Wie schwach Du bist Lucie! Laß mich hinausgehen.“

Er nahm die Lampe, ging durch die zwei dazwischenliegenden Zimmer und machte die Thüre auf. Man vernahm Waffengerassel und laute Schritte und vier rauhe Männer in rothen Mützen mit Säbel und Pistolen bewaffnet, traten ein.

„Bürger Evrémonde, genannt Darnay,“ sagte der Erste.

„Was sucht ihr?“ gab Darnay zur Antwort.

„Ich suche ihn. Wir suchen ihn. Ich kenne Euch, Evrémonde; ich habe Euch heute vor Gericht gesehen. Ihr seid von Neuem der Gefangene der Republik.“

Die Vier umringten ihn wie er dastand und Frau und Tochter ihn umschlungen hielten.

„Sagt mir wie und warum ich wieder verhaftet sein soll?“

„Ihr habt nur nach der Conciergerie zurückzukehren und werdet es morgen erfahren. Ihr seid auf morgen vorgeladen.“

Doctor Manette, den dieser Besuch so versteinert hatte, daß er mit der Lampe in der Hand da stand, wie eine Statue, bestimmt sie zu halten, wurde nach diesen Worten wieder lebendig, stellte die Lampe hin, trat vor den Sprechenden, faßte ihn nicht unsanft vorn an seinem rothwollenen Hemd an und sagte:

„Ihr kennt ihn, sagt Ihr. Kennt Ihr mich?“

„Ja, ich kenne Euch, Bürger Doctor.“

„Wir kennen Euch alle, Bürger Doctor,“ sagten die andern Drei.

Er sah sie zerstreut nach der Reihe an und sprach nach einer Pause mit halbgedämpfter Stimme:

„Wollt Ihr dann mir eine Frage beantworten? Wie geht es zu?“

„Bürger Doctor,“ sagte der Erste zögernd; „er ist von der Section St. Antoine angeklagt. Dieser Bürger,“ setzte er hinzu, auf den Zweiten der Eingetretenen deutend, „ist aus St. Antoine.“

Der Bezeichnete nickte mit dem Kopfe und wiederholte:

„Er ist von St. Antoine angeklagt.“

„Welches Vergehens wegen?“ fragte der Doctor.

„Bürger Doctor,“ sagte der Erste so zögernd wie vorher, „fragt nicht weiter. Wenn die Republik Opfer von Euch verlangt, so werdet Ihr als guter Patriot Euch gewiß glücklich schätzen, sie zu bringen. Die Republik geht Allem vor, der Wille des Volks ist Gesetz. Evrémonde, wir haben Eile.“

„Noch ein Wort,“ bat der Doctor. „Wollt Ihr mir sagen, wer ihn angeklagt hat?“

„Es ist gegen die Vorschrift,“ entgegnete der Erste; „aber Ihr könnt den von St. Antoine dort fragen.“

Der Doctor sah diesen an, der unruhig die Füße bewegte, sich den Bart rieb und endlich sagte:

„Eigentlich ist es gegen die Vorschrift, aber er ist angeklagt — und schwer — von dem Bürger und der Bürgerin Defarge. Und noch von Jemandem.“

„Wer ist das?“

„Fragt Ihr, Bürger Doctor?“

„Ja.“

„Dann,“ sagte der von St. Antoine mit einem seltsamen Blick, „werdet Ihr morgen Antwort erhalten. Jetzt bin ich stumm.“

Ende des dritten Theils.

Nies'sche Buchdruckerei (Carl B. Lorck) in Leipzig.

BOZ (DICKENS)

SÄMMTLICHE WERKE

Hundertundsechster Band

ZWEI STÄDTE

Vierter Theil

Leipzig

Verlagsbuchhandlung von J. J. Weber

1860

Zwei Städte

Eine Erzählung in drei Büchern

Von

Boz (Charles Dickens)

Mit

Sechszehn Illustrationen von Hablot K. Browne

Aus dem Englischen von Julius Seybt

Vierter Theil

Leipzig
Verlagsbuchhandlung von J. J. Weber
1860

Achtes Kapitel
Gute Karte

In glücklicher Unbekanntschaft mit dem neuen Schicksalsschlag zu Hause, ging Miß Proß durch sehr enge Straßen auf der neuen Brücke über den Fluß, während sie beständig innerlich die verschiedenen Einkäufe herzählte, die sie zu machen hatte. Mr. Cruncher mit dem Korb ging neben ihr. Sie blickten beide rechts und links in die meisten der Läden, an denen sie vorbeigingen, beobachteten mit vorsichtigem Auge alle Volkshaufen, und wichen jeder allzu aufgeregten Gruppe von Sprechenden aus. Die Abendluft war rauh und kaum verstattete der Nebel über dem Flusse, auf welchem flackernde Lichter schimmerten und lautes Getöse erdröhnte, die Boote zu erkennen, die den Gewehre für die Armee der Republik anfertigenden Schmieden zur Werkstätte dienten. Wehe dem Manne, der dieser Armee Streiche spielte oder unverdiente Beförderung darin erlangte! Besser für ihn, wenn sein Bart niemals gewachsen wäre, denn das Nationalrasirmesser rasirte ihn glatt weg.

Fertig mit dem Ankauf einer kleinen Anzahl Küchenbedürfnisse und eines Maßes Oel für die Lampe, dachte Miß Proß an den Wein den sie brauchte. Nachdem sie einen forschenden Blick in verschiedene Weinläden geworfen, blieb sie vor dem Schild „des guten Republikaners Brutus" stehen, nicht weit vom Nationalpalast, ehedem und später wieder die Tuilerien, das ihr seinem Aussehen nach so ziemlich gefiel. Der Laden sah stiller aus als die anderen, an denen sie bisher vorbeigekommen und war, obgleich roth genug von Patriotenmützen, doch nicht so roth wie die Uebrigen. Nachdem Miß Proß Mr. Cruncher zu Rathe gezogen und ihn von gleicher Meinung gefunden, trat sie in seiner Begleitung in den „guten Republikaner Brutus" ein.

Nicht ohne einen forschenden Blick auf die qualmenden Kerzen, auf die mit der Pfeife im Munde mit schmierigen Karten und gelben Dominosteinen Spielenden, auf den rußgeschwärzten Arbeiter mit nackter Brust und nackten Armen, der eine Zeitung vorlas, während die anderen zuhörten; auf die Waffen die viele im Gürtel trugen, andere einstweilen abgelegt hatten; auf die zwei oder drei mit dem Kopfe auf den Tische Schlafenden, die in dem damals üblichen hochschultrigen kurzen, zottigen, schwarzen Spenzer, in dieser Stellung wie schlafende Bären oder Hunde aussahen, näherten sich die beiden Fremden dem Ladentisch um zu kaufen was sie brauchten.

Als ihr Wein ausgemessen ward, verabschiedete sich ein Mann von einem andern in einer Ecke und stand auf um zu gehen. Er mußte an Miß Proß vorbei. Kaum hatte diese sein Gesicht erblickt, so stieß sie einen Schrei aus und schlug die Hände zusammen.

In einem Augenblicke war die ganze Gesellschaft aufgesprungen. Daß Jemand ermordet worden, weil er einem Andern nicht hatte recht geben wollen, war das Wahrscheinlichste. Jedermann erwartete Jemanden auf den Boden sinken zu sehen, sah aber nur einen Mann und eine Frau, die sich mit weitaufgerissenen Augen anstarrten; der Mann dem ganzen äußeren Ansehen nach ein Franzose und ein gesinnungstüchtiger Republikaner; die Frau eine Vollblutengländerin.

Was die Zöglinge des „guten Republikaners Brutus“, als sie sich so enttäuscht sahen, sagten, hätte für Miß Proß und ihren Beschützer ebenso gut hebräisch oder chaldäisch sein können und wenn sie ganz Ohr gewesen wären. Aber sie hatten in ihrem Erstaunen für Nichts Gehör. Denn es muß hervorgehoben werden, daß nicht blos Miß Proß vor Erstaunen und Aufregung außer sich war; sondern daß auch Mr. Cruncher — obgleich wie es schien auf seine eigene und besondere Rechnung — sich vor Verwunderung nicht fassen konnte.

„Was giebt's?“ sagte der junge Mann, der Miß Proß gegenüber stand, in ärgerlichem schroffem Tone (obgleich leise) und auf englisch.

„Ach Salomo, lieber Salomo!“ rief Miß Proß und schlug ihre Hände wieder zusammen; „nachdem ich so viele Jahre nichts von Dir gesehen oder gehört habe, Dich endlich hier zu finden!“

„Nenne mich nicht Salomo. Willst Du mir den Tod[S. 4] auf den Hals schicken?“ fragte der Mann in verstohlener und verschüchterter Weise.

„Bruder, Bruder!“ rief Miß Proß mit hellen Thränen aus; „bin ich jemals so hartherzig gegen Dich gewesen, daß Du mir so Etwas zutrauen kannst?“

„Dann halte Dein geschwätziges Maul,“ gebot Salomo, „und komm auf die Straße hinaus, wenn Du mit mir sprechen willst? Bezahle Deinen Wein und komm. Wer ist der da?“

Miß Proß schüttelte ihr liebendes und bekümmertes Haupt über ihren keineswegs liebreichen Bruder und gab durch Thränen zur Antwort: „Mr. Cruncher.“

„Er mag auch mit herauskommen,“ sagte Salomo. „Hält er mich für ein Gespenst?“

Allem Anschein nach war Mr. Cruncher dieser Meinung, wenigstens nach seinem Aussehen zu urtheilen. Er sagte jedoch kein Wort und Miß Proß, die Tiefen ihres Strickbeutels mit großer Beschwerde durch ihre Thränen durchforschend, bezahlte den Wein. Während sie dies that, wendete sich Salomo an die Zöglinge des guten Republikaners Brutus und sprach auf französisch einige erklärende Worte zu ihnen, die sie Alle veranlaßten ihre früheren Plätze wieder einzunehmen und sich ihren eben unterbrochenen Beschäftigungen von Neuem zu widmen.

„Nun, was willst Du von mir?“ fragte Salomo, als er an der dunkeln Straßenecke stehen blieb.

„Wie hart von einem Bruder, von dem ich nie meine[S. 5] Liebe abgewendet habe," rief Miß Proß aus, „mich so zu bewillkommnen und so kalt zu bleiben."

„Da. Hols der Kukuk! Da," sagte Salomo, und stieß mit seinem Mund auf die Lippen der Schwester. „Bist Du nun zufrieden?"

Miß Proß schüttelte nur den Kopf und weinte stille Thränen.

„Wenn Du erwartest, daß ich überrascht sein soll," sagte ihr Bruder Salomo, „so täuschest Du Dich; ich wußte daß Du hier warst; ich erfahre nur von wenigen nicht, wenn sie nach Paris kommen. Wenn Du wirklich nicht wünschest, mein Leben zu gefährden — was ich halb für möglich halten könnte — so geh' so bald als möglich Deinen Weg und laß mich meinen gehen. Ich habe viel zu thun. Ich bin Beamter."

„Mein englischer Bruder Salomo," sagte Miß Proß mit einem trauervollen Aufblick ihrer thränenschweren Augen gen Himmel, „der in sich das Zeug hatte einer der besten und größten Männer seines Vaterlandes zu werden, ein Beamter unter Ausländern, und solchen Ausländern! Fast lieber hätte ich den lieben Jungen in seinem —"

„Sagte ich's nicht!" unterbrach sie ihr Bruder heftig. „Ich wußte es ja! Du willst mein Tod sein. Meine eigene Schwester wird mich verdächtig machen. Gerade wie es mir anfängt besser zu gehen!"

„Der gnädige und barmherzige Himmel verhüte das!" rief Miß Proß aus. „Viel lieber möchte ich Dich nicht wiedersehen, lieber Salomo, obgleich ich Dir immer von Herzen[S. 6] gut gewesen bin und es immer bleiben werde. Sage mir nur ein liebreiches Wort und gieb mir nur die Versicherung, daß keine Entfremdung zwischen uns herrscht und ich will Dich nicht länger aufhalten."

Gute Miß Proß! als ob die Entfremdung zwischen ihnen ihre Schuld gewesen wäre. Als ob Mr. Lorry es nicht schon vor Jahren in der stillen Ecke in Soho gewußt hätte, daß dieser kostbare Bruder ihr Geld durchgebracht und sie dann sitzen gelassen hatte!

Er sagte jedoch das liebreiche Wort mit einer viel trotzigeren Herablassung und Gönnermiene, als er hätte zeigen können, wenn das thatsächliche Verhältniß zwischen den beiden gerade umgekehrt gewesen wäre, so wie es stets überall geschieht, so groß die Welt ist, als Mr. Cruncher die Hand auf seine Schulter legte und mit heiserer Stimme die unerwartete und eigenthümliche Frage stellte:

„Hört 'mal! mit Verlaub! Heißt ihr eigentlich John Salomo, oder Salomo John?"

Der Beamte wandte sich mit plötzlichem Mißtrauen gegen ihn. Er hatte vorher kein Wort gesprochen.

„Na, sprecht nur!" sagte Mr. Cruncher. „John Salomo oder Salomo John? Sie nennt Euch Salomo und sie muß es wissen, da sie Eure Schwester ist. Und ich weiß, daß Ihr John heißt, wißt Ihr. Welcher von den beiden Namen kommt zuerst? und wie steht es mit dem Namen Proß? So hießt Ihr nicht über dem Wasser."

„Was meint Ihr?“

„Na ich weiß nicht alles, was ich meine; denn ich kann mich nicht besinnen, wie Ihr über dem Wasser drüben geheißen habt.“

„Nicht?“

„Nein. Aber ich will schwören es war ein Name von zwei Sylben.“

„Wirklich?“

„Ja. Der andere Name war einsylbig. Ich kenne Euch. Ihr waret als Spion Zeuge in Old Bailey. Wie hießt Ihr nur damals im Namen des Lügenvaters, der Euer eigener Vater ist?“

„Barsad,“ fiel eine andere Stimme ein.

„Das ist der Name für eintausend Pfund!“ rief Jerry.

Der eben gesprochen hatte, war Sydney Carton. Er hatte die Hände unter den Schößen seines Reitrocks auf den Rücken gelegt und stand so nachlässig neben Mr. Cruncher, wie er sich in Old Bailey zu zeigen pflegte.

„Erschrecken Sie nicht, meine gute Miß Proß. Ich überraschte gestern Abend Mr. Lorry mit meiner Ankunft; wir kamen überein, daß ich mich nirgendwo zeigen sollte bis Alles in Ordnung war oder bis ich mich nützlich machen könnte; ich komme hierher, um ein paar Worte mit Ihrem Bruder zu sprechen. Ich wollte Ihr Bruder betriebe ein besseres Geschäft als dieser Mr. Barsad. Ihretwegen wünschte ich, Mr. Barsad wäre kein Schaf der Gefängnisse.“

„Schaf der Gefängnisse“ war damals unter den Kerkermeistern ein Spitzname für einen Spion. Der Spion, der blaß war, wurde noch blässer und fragte ihn wie er wagen könnte —

„Das will ich Ihnen erklären,“ sagte Sydney. „Ich sah Sie zufällig, Mr. Barsad, aus dem Conciergerie-Gefängnisse kommen, während ich mir vor ein oder zwei Stunden die Mauern betrachtete. Sie haben ein Gesicht, das auffällt, und ich habe ein gutes Gedächtniß für Gesichter. Daß ich Sie dort sah, erweckte meine Neugier und da ich einen Grund habe (der Ihnen nicht unbekannt ist), Sie mit dem Unglück eines jetzt sehr unglücklichen Freundes in Verbindung zu bringen, so ging ich Ihnen nach. Ich trat gleich hinter Ihnen in den Weinschank hier und setzte mich in Ihre Nähe. Aus Ihrer ganz rückhaltlosen Unterhaltung und dem, was unter Ihren Bewunderern von Mund zu Mund ging, ward es mir nicht schwer zu errathen, womit Sie sich beschäftigen. Und allmälich bekam das, was ich auf's Geradewohl gethan hatte, einen gewissen Zweck, Mr. Barsad.“

„Was für einen Zweck?“ fragte der Spion.

„Es wäre beschwerlich und vielleicht gefährlich ihn hier auf der Straße auseinander zu setzen. Können Sie mir nicht ein paar Minuten zu einer vertraulichen Unterredung schenken — in Tellsons Bank vielleicht?“

„Drohen Sie?“

„O, sollte ich das gethan haben?“

„Warum soll ich also mit Ihnen gehen?“

„Wahrhaftig, Mr. Barsad, das kann ich Ihnen nicht sagen, wenn Sie es nicht thun können.“

„Sie wollen es mir nicht sagen, Sir?“ fragte der Spion unentschlossen.

„Sie haben ganz das Richtige getroffen, Mr. Barsad. Ich will es Ihnen nicht sagen.“

Cartons nachlässiges und doch bestimmtes Wesen kam seiner Raschheit und Gewandtheit bei dem, was er im Geheimen vorhatte und bei einem solchen Manne wie dieser war, mächtig zu Hülfe. Sein geübtes Auge sah es und beutete es auf das Beste aus.

„Na, ich sagte Dir’s gleich,“ sagte der Spion mit einem vorwurfsvollen Blick auf seine Schwester; „wenn mir daraus ein Unglück erwächst, so bist Du daran schuld.“

„Ach kommen Sie nur, Mr. Barsad!“ rief Sydney aus. „Seien Sie nicht undankbar. Ohne meine Achtung für Ihre Schwester, hätte ich vielleicht nicht auf so angenehme Weise einen kleinen Vorschlag eingeleitet, den ich Ihnen zu unserer gegenseitigen Zufriedenheit zu machen gedenke. Gehen Sie mit mir nach der Bank?“

„Ich will hören was Sie zu sagen haben. Ja, ich will Sie begleiten.“

„Ich schlage vor erst Ihre Schwester bis an die Ecke Ihrer Straße zu bringen. Erlauben Sie mir Ihren Arm, Miß Proß. Es ist für Sie nicht gerathen um diese Zeit in dieser Stadt ohne Schutz auszugehen, und da Ihr Begleiter Mr. Barsad kennt, will ich ihn mit zu Mr. Lorry nehmen. Sind wir fertig? So wollen wir gehen!“

Nicht viel später, und noch bis an das Ende ihres Lebens erinnerte sich Miß Proß, daß, wie sie ihre Hand auf Sydney’s Arm legte, und ihn mit einem bittenden Blick ansah Salomo nichts zu Leide zu thun, ein energischer Wille in[S. 10] seinem Arm und eine Art Begeisterung in den Augen lag, die nicht nur im Widerspruch mit seinem sorglosen Wesen stand, sondern auch den Mann veränderten und erhoben. Sie war damals mit Besorgnissen um ihren Bruder, der ihre Liebe so wenig verdiente und mit Sydney’s beruhigenden Versicherungen zu sehr beschäftigt, um das, was sie sah, gehörig zu beachten.

Sie verließen sie an der Ecke der Straße und Carton schlug dann den Weg nach Mr. Lorry’s Comptoir ein, das nur noch wenige Minuten entfernt war. John Barsad oder Salomo Proß ging neben ihm.

Mr. Lorry hatte eben gegessen und saß vor einem gemüthlichen kleinen Holzfeuer. Vielleicht sah er in den Flackern der Flamme das Bild des jüngeren ältlichen Herrn von Tellsons, der nun vor vielen Jahren in die glühenden Kohlen im

König Georg in Dover geschaut hatte. Er sah sich um als sie eintraten und zeigte sich überrascht, als er einen Fremden erblickte.

„Miß Proß' Bruder, Sir," sagte Sydney. „Mr. Barsad."

„Barsad?" wiederholte der alte Herr, „Barsad? ich muß den Namen kennen — und das Gesicht."

„Ich sagte Ihnen Sie hätten ein Gesicht, das man nicht leicht vergißt, Mr. Barsad," bemerkte Carton kühl. „Bitte nehmen Sie Platz."

Als er selbst einen Stuhl nahm, half er Mr. Lorry's Gedächtniß dadurch nach, daß er zu Mr. Lorry mit gerunzelter Stirn sagte: „Zeuge bei jener Gerichtsverhandlung." Mr. Lorry erinnerte sich nun sofort und betrachtete seinen neuen Gast mit unverholenem Abscheu.

„Miß Proß hat Mr. Barsad als den zärtlichen Bruder erkannt, von dem Sie gehört haben," sagte Carton, „und er hat die Verwandtschaft anerkannt. Ich habe noch eine schlimmere Nachricht. Darnay ist von Neuem verhaftet."

Voll Bestürzung rief der alte Herr aus: „Was sagen Sie da! Ich verließ ihn vor zwei Stunden in Sicherheit und frei, und will jetzt wieder zu ihm gehen!"

„Trotzdem verhaftet. Wann ist es geschehen, Mr. Barsad?"

„Jetzt eben, wenn überhaupt."

„Mr. Barsad ist die beste Autorität die man haben kann, Sir," sagte Sydney, „und ich erfuhr es aus Mr. Barsad's Aeußerungen gegen einen Freund und Mitspion, bei einer Flasche Wein, daß die Verhaftung stattgefunden. Er verließ die Gerichtsboten an der Thür und sah wie der Portier sie einließ. Es ist gar nicht zu bezweifeln, daß er wieder verhaftet ist."

Mr. Lorry's geschäftsmännisches Auge las in dem Gesichte des Sprechenden, daß es reiner Zeitverlust sei bei diesem Punkte zu verweilen. Verwirrt, aber sofort fühlend, daß Etwas auf seine Geistesgegenwart ankommen könnte, beherrschte er sich und hörte in schweigender Aufmerksamkeit zu.

„Nun will ich hoffen," sagte Sydney zu ihm, „daß der Name und Einfluß Dr. Manette's ihm ebenso hülfreich sei morgen — Sie sagten er würde morgen vor Gericht erscheinen, Mr. Barsad?" —

„Ja; ich glaube."

„— Ihm ebenso hülfreich sein wird, wie heute. Aber vielleicht ist es nicht der Fall. Ich gestehe Ihnen, Mr. Lorry, ich bin in meiner Zuversicht dadurch wankend geworden, daß Dr. Manette nicht die Macht gehabt hat, seine Verhaftung zu verhindern."

„Er hat vielleicht vorher Nichts davon gewußt," sagte Mr. Lorry.

„Gerade das ist sehr beunruhigend, wenn wir die eigenthümlichen Verhältnisse bedenken, in denen er zu seinem Schwiegersohne steht.“

„Das ist wahr,“ mußte Mr. Lorry anerkennen, während er die Hand unruhig an das Kinn legte und die Augen voller Unruhe und Sorge auf Carton heftete.

„Mit einem Worte,“ sagte Sydney, „es ist eine verzweifelte Zeit, wo verzweifelte Partien um verzweifelte Einsätze gespielt werden. Der Doctor mag auf die Gewinnchance spielen; ich spiele auf die Verlustchance. Keines Mannes Leben ist des Kaufens werth. Wer heute im Triumph vom Volke nach Hause getragen wird, kann morgen verurtheilt sein. Der Einsatz um den ich im schlimmsten Falle zu spielen entschlossen bin ist ein Freund in der Conciergerie. Und der Freund, den ich mir selbst zu gewinnen hoffe, ist Mr. Barsad.“

„Da müssen Sie gute Karten haben, Sir,“ sagte der Spion.

„Ich will sie einmal ansehen. — Mr. Lorry, Sie kennen meine Schwäche; geben Sie mir einen Schluck Branntwein.“

Er wurde gebracht und er trank ein Glas — noch ein Glas — und schob dann die Flasche gedankenvoll bei Seite.

„Mr. Barsad,“ fuhr er in dem Tone eines Mannes fort, der wirklich das Spiel, das er in der Hand hat, durchmustert; „Schaf der Gefängnisse, Emissär republikanischer Ausschüsse, bald Schließer, bald Gefangener, immer Spion und geheimer Angeber, hier um so werthvoller als Engländer, da ein Engländer weniger den Verdacht der Bestechung in einem solchen Charakter ausgesetzt ist, als ein Franzose, stellt sich seinen Brodherren unter einem falschen Namen vor. Das ist ein sehr guter Trumpf. Mr. Barsad, jetzt von der republikanischen französischen Regierung angestellt, stand früher im Dienste der aristokratischen englischen Regierung, des Feindes Frankreichs und der Freiheit. Das ist ein sehr hoher Trumpf. Die Sache ist klar wie der Tag in diesem Lande des Mißtrauens, daß Mr. Barsad, immer noch bezahlt von der aristokratischen englischen Regierung, der Spion Pitts ist, der verrätherische, an ihrem Busen sich wärmende Feind der Republik, der englische Verräther und Anstifter alles Unheils, von dem soviel gesprochen wird und der so schwer zu finden ist. Das ist ein Trumpf, der gar nicht zu überstechen ist. Kennen Sie nun meine Karte, Mr. Barsad?“

„Ich weiß nicht wie Sie sie spielen werden,“ entgegnete der Spion etwas unruhig.

„Ich spiele mein As, Denunciation Mr. Barsads bei dem nächsten Sectionscomité. Sehen Sie sich Ihre Karten an, Mr. Barsad, was Sie dagegen haben. Nehmen Sie sich Zeit.“

Er griff nach der Flasche, schenkte sich abermals ein Glas Branntwein ein und trank es. Er sah, daß der Spion zu fürchten anfing, er könnte sich in eine Aufregung trinken, die ihn bewöge seine Anzeige sofort zu machen. Wie er dies bemerkte, schenkte er sich noch ein anderes Glas ein und trank es.

„Sehen Sie sich Ihre Karten genau an, Mr. Barsad. Nehmen Sie sich Zeit."

Die Karten waren schlechter, als selbst Carton glaubte. Mr. Barsad sah Verlustkarten, von denen Sydney Carton Nichts wußte. Gezwungen sein ehrenhaftes Gewerbe in England aufzugeben, weil er gar zu zuversichtlich und zu oft falsch geschworen, — nicht weil man ihn nicht mehr brauchte; unsere englischen Gründe uns der Oeffentlichkeit und der Abwesenheit von Spionen zu rühmen, sind neuern Ursprungs — war er über den Canal gegangen und hatte eine Anstellung in Frankreich angenommen; zuerst als Versucher und Aushorcher unter seinen dortigen Landsleuten; allmälich auch als Versucher und Aushorcher unter den Eingeborenen. Er wußte, daß er unter der gestürzten Regierung als geheimer Agent zum Spioniren in St. Antoine und dem Weinschank Defarge's gedient hatte; daß er von der wachsamen Polizei soviel Einzelnheiten über Dr. Manette's Einkerkerung, Befreiung und Geschichte mitgetheilt erhalten, als er zur Anknüpfung einer vertraulichen Unterhaltung mit den Defarges brauchte; daß er bei Madame Defarge den Versuch gemacht und in glänzendster Weise abgefallen war. Er erinnerte sich immer mit Furcht und Zittern, daß dieses schreckliche Weib[S. 15] gestrickt hatte, während sie mit ihm sprach und ihn Unheil verkündend angesehen hatte, wie sich ihre Finger bewegten. Er hatte sie seitdem in der Section St. Antoine gesehen, wie sie immer und immer wieder ihre gestrickten Register vorbrachte und Leute anklagte, die dann unwiderruflich der Guillotine verfielen. Er wußte, daß jeder der gleich ihm beschäftigt war, nie sicher war; daß Flucht unmöglich sei; daß er unter den Schatten des Beiles festgebunden, und trotz der niederträchtigsten Gefügigkeit und des schwärzesten Verrathes im Dienste des herrschenden Schreckensregiments ein einziges Wort das Beil zum Fallen bringen könnte. Einmal angeklagt und auf so schwere Gründe hin, wie sie ihm jetzt einfielen, sah er voraus, daß das schreckliche Weib, von deren erbarmungslosem Charakter er so viele Beweise gesehen, gegen ihn das verhängnißvolle Register vorlegen und die letzte Möglichkeit seiner Rettung vernichten würde. Abgesehen davon, daß alle, die ihr Wesen im Heimlichen treiben, leicht einzuschüchtern sind, hatte er schlechte Karten genug in seinem Spiele, um Grund zu haben einigermaßen blaß zu werden, als er sie durchging.

„Ihre Karten scheinen Ihnen nicht besonders zu gefallen," sagte Sydney mit der größten Ruhe. „Halten Sie die Partie?"

„Ich glaube, Sir," sagte der Spion kriechend, indem er sich an Mr. Lorry wendete, „ich darf einen Herrn von Ihren Jahren und Ihrem Wohlwollen bitten, diesem andern viel jüngeren Herrn vorzustellen, ob er es unter irgend welchen Verhältnissen für seine Stellung passend finden kann[S. 16] das erwähnte As zu spielen. Ich gebe zu, daß ich ein Spion bin und daß spioniren als ein unehrenhafter Beruf betrachtet wird — obgleich sich ihm Jemand widmen muß; aber dieser Herr ist kein Spion und warum sollte er sich so weit erniedrigen, freiwillig die Rolle zu übernehmen?"

„Ich spiele mein As, Mr. Barsad," sagte Carton, indem er die Antwort auf sich nahm und nach der Uhr sah, „ohne mich im Mindesten zu bedenken und in wenigen Minuten."

„Ich hätte gehofft," sagte der Spion immer noch mit einem Blick auf Mr. Lorry, um ihn womöglich in das Gespräch zu ziehen, „daß die Achtung, welche sie beide Herren für meine Schwester fühlen" —

„Ich könnte Ihrer Schwester keinen besseren Beweis von meiner Achtung für sie geben, als wenn ich sie von ihrem Bruder endlich erlöste," sagte Sydney Carton.

„Meinen Sie wirklich, Sir?"

„Ich bin in diesem Punkte fest entschlossen."

Das geschmeidige Wesen des Spions, das so seltsam von der zur Schau getragenen Grobheit seiner Kleider und wahrscheinlich auch von seinem gewöhnlichen Benehmen abstach, sah sich so vollständig geschlagen von der Undurchdringlichkeit Cartons — der ein Geheimniß für ehrlichere und weisere Männer war — daß er ganz und gar unsicher ward. Während er noch unentschlossen dasaß fing Carton wieder an, immer noch als ob er sein Spiel durchmusterte:

„Und wahrhaftig, wenn ich mir es näher überlege, sollte ich fast meinen, ich hätte noch eine andere gute Karte hier, die ich noch nicht aufgezählt habe. Dieser Freund und[S. 17] Mitspion, der wie wir sagten in der Provinz angestellt ist; wer war das?"

„Ein Franzose. Sie kennen ihn nicht," sagte der Spion rasch.

„Ein Franzose?" wiederholte Carton nachdenklich und als ob er gar nicht auf ihn hörte, obgleich er das Wort wiederholte. „Hm; wohl möglich."

„Er ist ein Franzose, auf mein Wort," sagte der Spion; „obgleich es nicht von Wichtigkeit ist."

„Obgleich es nicht von Wichtigkeit ist," wiederholte Carton in derselben mechanischen Weise — „obgleich es nicht von Wichtigkeit ist — nein, es ist nicht von Wichtigkeit. Nein. Und doch kenne ich das Gesicht."

„Ich glaube nicht. Ganz gewiß nicht. Es ist unmöglich," sagte der Spion.

„Unmöglich," sagte Sydney Carton, halblaut und nachdenklich vor sich hin, während er sich noch ein Glas (es war zum Glück ein kleines) einschenkte. „Unmöglich! Sprach gut Französisch. Aber doch mit einem fremden Accent, wie mir vorkam."

„Mit einem Accent aus der Provinz," sagte der Spion.

„Nein. Mit einem fremden Accent!" rief Carton aus und schlug mit der offenen Hand auf den Tisch, wie es auf einmal hell in ihm wurde. „Cly! verkleidet, aber derselbe Mann. Wir hatten den Menschen in Old-Bailey vor."

„Diesmal übereilen Sie sich, Sir," sagte Barsad mit einem Lächeln, das seiner Adlernase eine Extrawendung nach[S. 18] einer Seite gab; „hier räumen Sie mir wirklich einen Vortheil über Sie ein. Cly (von dem ich jetzt, da es so lange her ist, unverholen sagen kann, daß er mein Compagnon war) ist seit mehreren Jahren todt. Ich habe ihn in seiner letzten Krankheit gepflegt. Er ist in London begraben, auf dem Kirchhofe von St. Pancratz im Felde. Seine damalige Unpopularität bei dem ungezogenen Pöbel hielt mich ab seiner Leiche zu folgen, aber ich habe ihn mit in den Sarg gelegt."

Hier bemerkte Mr. Lorry von seinem Sitz aus einen höchst merkwürdigen, spukhaften Schatten an der Wand. Seiner Entstehung nachgebend, entdeckte er daß sein Ursprung ein plötzliches, außerordentliches Emporsträuben und Steiferwerden aller ohne dies schon emporgesträubten und steifen Haare auf Mr. Crunchers Haupt war.

„Lassen Sie uns verständig und billig sein," sagte der Spion. „Um Ihnen zu zeigen wie sehr Sie sich irren und wie unbegründet Ihre Annahme ist, will ich Ihnen ein Certificat über Cly's Beerdigung vorlegen, das ich zufällig in meinem Taschenbuche habe" — er holte es mit unruhiger Eile aus der Tasche und machte es auf. „Da ist es, o sehen Sie es an, sehen Sie es an! Sie können es in die Hand nehmen; es ist keine Fälschung."

Hier sah Mr. Lorry, wie der Schatten an der Wand länger wurde und Mr. Cruncher aufstand und vortrat.

Ungesehen von dem Spion stand er neben demselben und legte wie ein Polizeidienergespenst die Hand auf seine Schulter.

„Diesen Roger Cly, Master," sagte Mr. Cruncher mit einem undurchdringlichen Gesichte. „Den haben Sie in den Sarg gelegt?"

„Jawohl."

„Wer hat ihn denn herausgenommen?"

Barsad sank in seinen Stuhl zurück und stotterte: „was wollt Ihr damit sagen?"

„Ich will sagen," versetzte Mr. Cruncher, „daß er gar nicht d'rin gewesen ist. Nein, ganz gewiß nicht! Ich will mir den Kopf abhacken lassen, wenn er jemals d'rin gewesen ist."

Der Spion sah die beiden Herren der Reihe nach an; beide betrachteten mit sprachlosem Erstaunen Jerry.

„Ich will's Euch sagen," versetzte Jerry, „Pflastersteine und Erde habt Ihr in dem Sarge begraben. Kommt mir nicht mit Eurer Geschichte, Ihr hättet Cly begraben. Das war reiner Leim. Ich und zwei andere wissen es."

„Woher wißt Ihr es?"

„Was geht das Euch an? Teufel," prahlte Mr. Cruncher, „mit Euch habe ich es also von alter Zeit her zu thun wegen Eurer schändlichen Betrügereien an ehrlichen Gewerbsleuten! Ich will Euch bei der Kehle packen und erdrosseln für eine halbe Guinee."

Sydney Carton, der mit Mr. Lorry bei dieser neuen Wendung vor Staunen verstummt war, forderte jetzt Mr. Cruncher auf, sich zu mäßigen und sich zu erklären.

„Ein andermal, Sir," entgegnete dieser ausweichend „es ist jetzt keine gute Zeit zum Erklären. Wobei ich bleibe, ist, daß er recht gut weiß, daß Cly niemals im Sarge gelegen hat. Wenn er nur mit einem Wort von einer einzigenSilbe behaupten will, er hätte d'rin gelegen, so packe ich ihn entweder an der Kehle und erdrossele ihn für eine halbe Guinee" — Mr. Cruncher wiederholte das, als ob es ein ganz großmüthiges Anerbieten sei — „oder ich gehe fort und zeige ihn an."

„Hm! eins ist gewiß," sagte Carton. „Ich habe noch eine Trumpfkarte, Mr. Barsad. Unmöglich können Sie hier, in diesem wüthenden Paris, wo Argwohn die Luft erfüllt, eine Anklage überleben, wenn Sie im Verkehr mit einem andern aristokratischen Spion stehen, der dieselben Antecedenzien hat wie Sie, und bei dem außerdem der verdächtige Umstand zu bedenken ist, daß er sich todt gestellt hat, und wieder lebendig geworden ist! Ein Complot in den Gefängnissen, angezettelt von dem Ausländer gegen die Republik. Eine hohe Karte — eine sichere Guillotinenkarte! Halten Sie die Partie?"

„Nein!" entgegnete der Spion. „Ich gebe sie auf. Ich gebe zu, daß wir so unpopulär bei dem zuchtlosen Pöbel waren, daß ich nur auf die Gefahr hin, in einer Pferdeschwemme ertränkt zu werden, England verlassen konnte, und daß Cly so hin und her gehetzt ward, daß er ohne diesen Betrug gar nicht lebendig fortgekommen wäre. Aber wie dieser Mann weiß, daß es ein Gaukelspiel war, ist mir ein Wunder über alle Wunder."

„Zerbrecht Euch nicht den Kopf über diesen Mann," entgegnete der streitfertige Mr. Cruncher; „es wird Euch Mühe genug machen diesem Herrn Eure Aufmerksamkeit zu schenken. Und merkt's Euch noch einmal!" — Mr. Cruncher ließ sich nicht abhalten seine Großmuth etwas auffällig zur Schau zu tragen — „ich packe Euch an der Kehle und erdrossele Euch für eine halbe Guinee."

Der Spion wendete sich von ihm an Sydney Carton und sagte mit mehr Entschiedenheit: „wir müssen zum Abschluß kommen. Ich muß bald auf meinen Posten und meine Zeit pünktlich einhalten. Sie sagten, Sie hätten mir einen Vorschlag zu machen; wie lautet er? Ich erkläre Ihnen von vorn herein, es nützt Ihnen Nichts, zuviel von mir zu verlangen. Verlangen Sie Etwas von mir in meiner amtlichen Stellung, was meinen Kopf in außerordentliche Gefahr bringt, so will ich mein Leben lieber auf die Chancen einer abschläglichen, als einer zustimmenden Antwort wagen. So würde ich meine Wahl treffen. Sie sprachen von Verzweiflung. Wir alle hier sind verzweifelt. Vergessen Sie nicht! ich kann Sie anklagen, wenn ich es für gut finde und ich kann mich durch steinerne Mauern hindurchschwören und Andere können das auch. Nun sagen Sie, was wollen Sie von mir?"

„Nicht sehr viel. Sie sind Schließer in der Conciergerie?"

„Ich sage Ihnen ein für allemal, es ist durchaus kein Entweichen möglich," sagte der Spion fest.

„Warum sagen Sie mir Etwas wonach ich nicht gefragt habe? Sie sind Schließer in der Conciergerie?"

„Zuweilen."

„Sie können es sein wann Sie wollen?"

„Ich habe zu allen Zeiten freien Zutritt dort."

Sydney Carton schenkte noch ein Glas Branntwein ein, goß es langsam auf die Asche aus und sah zu wie sich die Flüssigkeit verlief. Als der letzte Tropfen den Boden erreicht hatte, stand er auf und sagte:

„Soweit haben wir von diesen beiden Herren gesprochen, weil ich wünschte, daß die Stärke meines Spiels nicht blos uns zweien bekannt sei. Kommen Sie hier in das dunkele Zimmer, wo ich noch ein letztes Wort mit Ihnen zu sprechen habe."

Neuntes Kapitel
Das Spiel ist gemacht

Während Sydney Carton und der Spion in dem dunklen Nebenzimmer waren und so leise miteinander verhandelten, daß man auch keinen Ton hörte, sah Mr. Lorry Jerry mit nicht geringem Zweifel und Mißtrauen an. Die Art, wie dieser ehrliche Gewerbsmann sich dabei benahm, war nicht geeignet, Vertrauen einzuflößen; er wechselte das Bein auf welchem er stand so oft, als ob er fünfzig dieser Gliedmaßen hätte und sie alle nacheinander versuchte; er besah sich die Fingernägel mit sehr verdächtiger Aufmerksamkeit; und so oft er Mr. Lorry's Blick begegnete, befiel ihn der eigenthümliche, trockene Husten, der die hohle Hand vor den Mund zu führen pflegt und selten, wenn jemals, eine mit vollkommener Offenheit des Charakters verbundene Schwäche ist.

„Jerry," sagte Mr. Lorry, „tretet näher."

Mr. Cruncher näherte sich ihm seitlings, die eine Schulter vor.

„Was seid Ihr noch gewesen außer Ausläufer?"

Nach einigem Nachdenken, begleitet von einem gespannten Blick auf seinen Gönner, kam Mr. Cruncher auf den glänzenden Einfall zu antworten: „agriculturischer Charakter."

„Ich habe eine schlimme Ahnung," sagte Mr. Lorry und drohte ihm zürnend mit dem Zeigefinger, „daß Ihr das respectable und große Haus Tellson als falsches Schild benutzt habt und einer ungesetzlichen Beschäftigung der verworfensten Art nachgegangen seid. Wenn das der Fall gewesen ist, so erwartet nicht, daß ich ein gutes Wort für Euch einlege, wenn wir nach England zurückkehren. Wenn es der Fall gewesen ist, so erwartet nicht, daß ich Euer Geheimniß achte. Ich kann nicht dulden, daß Tellson's hintergangen werden."

„Ich hoffe, Sir," bat der beschämte Mr. Cruncher, „daß ein alter Herr wie Sie, dem ich die Ehre gehabt habe Ausläuferdienste zu leisten bis ich grau davon geworden bin, sich es zweimal überlegen wird, selbst wenn es an dem wäre — ich sage nicht daß es ist, eben selbst wenn es wäre. Und was dabei zu bedenken ist, daß, wenn es wäre, selbst dann nicht alle Schuld auf eine Seite fiele. Es sind zwei Seiten bei der Sache. Es könnte Aerzte geben zur gegenwärtigen Stunde, die ihre Guineen verdienen, wo ein ehrlicher Gewerbsmann nicht seinen Dreier verdient. — Dreier! Nein, noch nicht seinen halben Dreier — halben Dreier! Nein, noch nicht seinen Vierteldreier — die ihr Bankcontohaben wie Dampf bei Tellsons, und verstohlen mit ihren medicinischen Augen den Gewerbsmann anzwinkern, während sie aus der Bank kommen und in ihren Wagen steigen — Ah! auch mit Dampf, wenn nicht noch mit mehr. Na, das hieße auch Tellsons hinter's Licht führen. Denn man kann nicht zur Gans Sauce geben und zum Gänserich keine. Und dann kommt Mrs.

Cruncher oder kam wenigstens in der Altenglandzeit und würde morgen bei der ersten Veranlassung gegen das Geschäft in einer Weise rutschen, die ruinirlich wäre — rein ruinirlich. Während die Weiber dieser Aerzte nicht rutschen — die lassen's bleiben! oder wenn sie rutschen, rutschen sie wegen mehr Patienten und wie kann man die Einen haben ohne die Anderen? Und dann sorgen die Leichenbesorger und die Kirchspielschreiber, und die Todtengräber, und die Privatwächter (alle geizig und alle dabei) dafür, daß ein Mann nicht viel dabei verdient, selbst wenn es so wäre. Und das Wenige, was ein Mann verdient würde ihm nie gedeihen, Mr. Lorry. Ja, es würde ihm nie gedeihen; er möchte immer gern das Geschäft aufgeben, wenn er nur wüßte wie er herauskommen sollte, wenn er einmal d'rin ist — selbst wenn es so wäre."

„Pfui!" sagte Mr. Lorry, der trotzdem den Verbrecher mit milderem Auge ansah. „Schon der Gedanke empört mich, wenn ich Euch ansehe."

„Um was ich Sie eben demüthig bitten wollte, Sir," fuhr Mr. Cruncher fort, „selbst wenn es so wäre, und ich sage nicht, daß es so ist" —

„Keine Hinterzüge," sagte Mr. Lorry.

„Nein, ganz gewißlich nicht," entgegnete Mr. Cruncher, als ob seinen Gedanken oder seinem Thun nichts ferner läge — „ich sage nicht, daß es so ist — um was ich Sie demüthig bitten wollte ist Folgendes. Auf dem Stuhle wissen Sie, dort bei dem Temple-Thor drüben, sitzt mein Junge, auferzogen und aufgewachsen um bald ein Mann zu sein, der Ihnen Botenlaufen und Alles für Sie thun kann, bis Ihre Hacken sind, wo jetzt Ihr Kopf ist, wenn Sie es sonst wünschen. Wenn es so wäre, was ich noch gar nicht sage, (denn ich will keine Hinterzüge machen, Sir,) so lassen Sie diesen Jungen seines Vaters Stelle einnehmen und für seine Mutter sorgen; verrathen Sie den Vater dieses Jungen nicht — thuen Sie es nicht, Sir, und lassen Sie den Vater einen ordentlichen Gräber werden, und wieder gut machen, was er schlecht gemacht hat durch Ausgraben — wenn es so wäre — indem er sie ordentlich und richtig einscharrt und ein verfluchter Kerl sein will, wenn er sie wieder ausgraben läßt. Das, Mr. Lorry," sagte Mr. Cruncher, und wischte sich die Stirn mit dem Rockärmel ab, zum Zeichen, daß er sich dem Schlusse seiner Rede näherte, „das ist's, um was ich Sie bitten wollte, Sir. Der Mensch kann hier nicht ersehen wie schrecklich es zugeht, was Subjecte ohne Köpfe betrifft — Gott! reichlich genug vorhanden, um den Preis herunter zu drücken bis auf's Trägerlohn und kaum das, — ohne seine ernsten Gedanken zu bekommen. Und das wären meine Gedanken, wenn es so wäre und ich bitte Sie nicht zu vergessen, daß ich das, was ich gesagt habe, in der guten Sache gesagt habe, wo ich hätte schweigen können."

„Das wenigstens ist wahr," sagte Mr. Lorry. „Schweigen wir jetzt davon. Vielleicht werdet Ihr noch meine Fürsprache haben, wenn Ihr sie verdient und in Werken bereut — nicht in Worten. Ich brauche keine Worte mehr."

Mr. Cruncher fuhr mit den Knöcheln an die Stirn, als Sydney Carton und der Spion aus dem dunkeln Nebenzimmer erschienen. „Leben Sie wohl, Mr. Barsad!“ sagte der erstere; „unsere Verabredung ist getroffen und Sie haben Nichts weiter von mir zu fürchten.“

Er setzte sich auf einen Stuhl vor dem Kamin, Mr. Lorry gegenüber. Als sie allein waren, fragte Mr. Lorry, was er ausgerichtet habe?

„Nicht viel. Wenn es mit den Gefangenen schlimm gehen sollte, habe ich mir für einmal Zutritt zu ihm gesichert.“

Auf Mr. Lorry's Gesicht sprach sich traurige Enttäuschung aus.

„Es ist Alles, was ich thun konnte,“ sagte Carton. „Zuviel verlangen hieße dieses Mannes Kopf unter das Beil bringen und wie er selbst sagt, es könnte ihm nichts Schlimmeres geschehen, wenn wir ihn denuncirten. Das war offenbar die schwache Seite unseres Spiels. Dem läßt sich nicht abhelfen.“

„Aber Zutritt zu ihm,“ sagte Mr. Lorry, „wenn es schlimm vor Gericht gehen sollte, kann ihn nicht retten.“

„Das habe ich nie gesagt.“

Mr. Lorry's Augen suchten allmälig das Feuer; seine Theilnahme für Lucien und der schwere Schlag dieser zweiten Verhaftung, schwächten sie allmälig; er war jetzt ein alter Mann, in der letzten Zeit von vielem Kummer bedrückt, und Thränen rollten seine Wangen herab.

„Sie sind ein guter Mensch und ein treuer Freund,“ sagte Carton in einem andern Tone als bisher. „Verzeihen Sie, wenn ich Ihre Bewegung bemerke. Ich könnte nicht meinen Vater weinen sehen und achtlos dabei sitzen. Und ich könnte Ihren Schmerz nicht mehr achten, wenn Sie mein Vater wären. Doch dieses Unglück ist Ihnen erspart.“

Obgleich er diese letzten Worte mit einem Anklang seiner gewöhnlichen blasirten Weise sprach, war doch sowol im Tone seiner Stimme, wie in seiner Rührung so viel ächtes Gefühl und Achtung, daß Mr. Lorry, der ihn nie von seiner bessern Seite gesehen, ganz davon überrascht war. Er reichte ihm die Hand und Carton drückte sie sanft.

„Um wieder auf den armen Darnay zu kommen,“ sagte Carton. „Sagen Sie ihr nichts von dieser Zusammenkunft oder dieser Verabredung. Es würde sie nicht in den Stand setzen ihn zu sehen. Sie könnte glauben, es sollte im schlimmsten Falle dazu dienen ihm die Mittel zukommen zu lassen, dem Urtheil vorzugreifen.“

Mr. Lorry hatte daran nicht gedacht und er warf auf Carton einen raschen Blick, um zu sehen ob er so etwas im Sinne habe. Es schien so; er gab den Blick zurück und verstand ihn offenbar.

„Sie könnte sich tausenderlei denken," sagte Carton, „und jeder dieser Gedanken würde nur ihre Seelenangst vermehren. Sprechen Sie nicht zu mir von ihr; wie ich Ihnensagte, als ich zuerst zu Ihnen kam: es ist besser, daß ich sie nicht sehe. Auch ohne das kann ich ihr die kleinen Hülfen leisten, zu denen sich vielleicht Gelegenheit findet. Sie gehen jedenfalls zu ihr? Ich bedaure sie aufrichtigst."

„Ich gehe jetzt hin."

„Das freut mich. Sie hängt so fest an Ihnen und verläßt sich so fest auf Sie. Wie sieht sie aus?"

„Bekümmert und unglücklich, aber sehr schön."

„Ach!"

Es war ein langer, schmerzdurchdrungener Ton, wie ein Seufzer — fast wie ein Schluchzen. Es veranlaßte Mr. Lorry's Augen Carton anzusehen, dessen Gesicht dem Feuer zugewendet war. Ein Licht oder ein Schatten (der alte Herr hätte nicht sagen können, welches von beiden) verschwand von demselben so rasch, wie an einem stürmischen und doch schönen Tage ein Lichtwechsel über einen Wiesenhang fliegt, und er hob den Fuß um eins der kleinen brennenden Holzscheite, das von dem Heerde fallen wollte, zurückzuschieben. Er trug den weißen Reitrock und die Stolpenstiefeln, die damals Mode waren und der Gegensatz dieser hellen Tracht zu seinem langen braunen, zwanglos und fast ungeordnet um das Gesicht hängendem Haar, machte ihn sehr blaß aussehend. Seine Unbekümmertheit um Feuerschaden war merkwürdig genug, um Mr. Lorry zu einem warnenden Wort zu veranlassen; er hatte den Stiefel immer noch auf die sprühenden Kohlen des brennenden Scheites gesetzt, als es unter dem Gewicht seines Fußes zerquetscht wurde.

„Ich hatte es vergessen," sagte er.

Mr. Lorry mußte ihn wieder ansehen. Wie er die Angegriffenheit der von Natur schönen Züge bemerkte, konnte er nicht umhin, an den den Gefangenengesichtern eigenen Ausdruck zu denken, der ihm ja jetzt so oft vor Augen kam.

„Und Ihre Geschäftsobliegenheiten hier sind jetzt zu Ende, Sir?" sagte Carton jetzt zu ihm.

„Ja. Wie ich Ihnen gestern Abend sagte, als Lucie so unerwartet kam, habe ich endlich Alles hier gethan, was gethan werden konnte. Ich hoffte sie in vollkommener Sicherheit zurückzulassen und dann von Paris abzureisen. Ich habe meinen Passirschein. Ich war reisefertig."

Beide schwiegen.

„Sie können auf ein langes Leben zurücksehen, Sir," sprach Carton endlich sinnend.

„Ich stehe in meinem 78. Jahre."

„Sie sind Ihr ganzes Leben lang von Nutzen gewesen; ausdauernd und beständig beschäftigt; mit Vertrauen, mit Achtung und Verehrung angesehen?"

„Ich bin Geschäftsmann gewesen seitdem ich Mann bin. Ja, ich kann wohl sagen schon als Jüngling."

„Und sehen Sie, welche Stelle Sie mit 78 Jahren einnehmen. Wie viele Leute werden Sie vermissen, wenn sie leer ist!"

„Ein einsamer alter Junggeselle," gab Mr. Lorry kopfschüttelnd zur Antwort. „Niemand wird mir eine Thräne nachweinen."

„Wie können Sie das sagen? Würde sie nicht um Sie weinen? und ihr Kind nicht?"

„Ja, ja, Gott sei Dank. Ich nahm' es nicht so genau mit meinen Worten."

„Es ist ein Grund, Gott dafür zu danken; nicht?"

„Gewiß, gewiß."

„Wenn Sie heut Nacht zu Ihrem einsamen Herzen sagen müßten „„„ich habe die Liebe und Zuneigung, die Dankbarkeit oder Achtung keines menschlichen Wesens gewonnen; kein Herz denkt zärtlich an mich; Niemand erinnert sich meiner wegen eines Dienstes oder einer Hülfe die ich ihm geleistet habe!"" so wären Ihre 78 Jahre achtundsiebenzig schwere Flüche; würde das nicht der Fall sein?"

„Sie haben Recht, Mr. Carton; es würde so sein."

Sydney sah wieder in das Feuer und fuhr nach einer Pause von einigen Augenblicken weiter fort:

„Ich möchte Ihnen wol eine Frage vorlegen: — scheint Ihnen Ihre Kindheit weit zurück zu liegen? Erscheinen Ihnen die Tage, wo Sie auf Ihrer Mutter Schoos saßen, als Tage einer längst entschwundenen Vergangenheit?"

Auf seinen herzlicheren Ton eingehend gab Mr. Lorry zur Antwort.

„Vor zwanzig Jahren, ja; gegenwärtig Nein. Denn wie ich dem Ende immer näher komme, wandere ich im Kreise und der Anfang tritt mir immer näher. Es scheint dies eine der freundlichen Erleichterungen und Vorbereitungen des Abgangs zu sein. Mein Herz kennt jetzt viele, lange Zeit schlummernde Erinnerungen an meine hübsche junge Mutter (und ich so alt jetzt!) und an die Tage, wo das, was wirdie Welt nennen, mir noch nicht so wirklich erschien und meine Fehler noch nicht zur Gewohnheit geworden waren."

„Ich verstehe das Gefühl!" rief Carton aus, und eine helle Röthe flog über sein Gesicht. „Und Sie fühlen sich besser davon?"

„Ich hoffe es."

Carton brach hier das Gespräch ab, indem er aufstand und dem andern seinen Ueberrock anziehen half; „aber Sie,“ sagte jetzt Mr. Lorry, „Sie sind noch jung.“

„Ja,“ sagte Carton. „Ich bin nicht alt, aber die Art wie ich jung gelebt habe, war nicht der Weg zum Altwerden. Genug von mir.“

„Und gewiß auch von mir,“ sagte Mr. Lorry. „Gehen Sie aus?“

„Ich will Sie bis an ihre Hausthür begleiten. Sie kennen ja meine Lust am Herumstreifen und meine Ruhelosigkeit. Wenn ich mich lange Zeit in den Straßen herumtreiben sollte, so machen Sie sich keine Sorge; ich werde früh schon wieder da sein. Sie gehen morgen in die Gerichtssitzung?“

„Ja, leider.“

„Auch ich werde da sein, aber unter den Zuschauern. Mein Spion verschafft mir einen Platz. Nehmen Sie meinen Arm, Sir.“

Mr. Lorry that dies und sie gingen die Treppe hinab und traten auf die Straße. Wenige Minuten brachten sie an Mr. Lorry’s Bestimmungsort. Dort verließ ihn Carton, blieb aber in einiger Entfernung stehen und kehrte nach dem Thorweg zurück, als er geschlossen war, und legte die Handdaran. Er hatte gehört, daß sie jeden Tag nach dem Gefängniß ging. „Hier ist sie herausgekommen“ sagte er, „diesen Weg ist sie gegangen, diese Steine muß sie oft betreten haben. Ich folge ihrem Wege.“

Es war 10 Uhr Nachts als er vor dem Gefängniß La Force, wo sie hundertmal gestanden hatte, ankam. Ein kleiner Holzhacker, der seinen Laden zugemacht hatte, rauchte vor demselben seine Pfeife.

„Guten Abend, Bürger,“ sagte Sydney Carton im Vorbeigehen stehen bleibend; denn der Mann sah ihn forschend an.

„Guten Abend, Bürger.“

„Was macht die Republik?“

„Ihr meint die Guillotine? Es geht nicht schlecht. Dreiundsechszig heute. Wir müssen bald auf ein volles Hundert kommen. Samson und seine Leute klagen manchmal, sie würden müde. Ha, ha, ha! er ist ein so drolliger Kerl, dieser Samson. Solch’ ein Barbier!“

„Geht Ihr oft hin?“ —

„Ihn rasiren zu seh’n? Immer. Jeden Tag. Solch’ ein Barbier! Ihr habt ihn arbeiten sehen?“

„Nie.“

„So geht ja hin und seht zu, wenn er einmal volle Arbeit hat. Denkt es Euch nur, Bürger, er rasirte heute Dreiundsechszig in weniger als zwei Pfeifen! In weniger als zwei Pfeifen. Auf Ehrenwort!“

Wie das grinsende kleine Ungeheuer die Pfeife in die Höhe hielt, die er rauchte um zu zeigen, wie er die Zeit des Scharfrichters controllirte, fühlte Carton einen so lebhaften Wunsch in sich rege werden, ihn todt zu seinen Füßen niederzustrecken, daß er sich weg wendete.

„Aber Ihr seid kein Engländer," sagte der Holzhacker, „obgleich Ihr wie ein Engländer angezogen seid."

„Doch", sagte Carton, indem er wieder still stand und sich über die Achsel umsah.

„Ihr sprecht wie ein Franzose."

„Ich habe früher hier studirt."

„Ah ha, ein vollkommener Franzose! Gute Nacht, Engländer."

„Gute Nacht, Bürger."

„Aber vergeßt ja nicht hinzugehen und Euch den drolligen Kerl anzusehen," rief ihm der kleine Mann noch nach. „Und nehmt eine Pfeife mit!"

Sydney war kaum um eine Ecke, so blieb er mitten auf der Straße unter einer düster brennenden Laterne stehen und schrieb mit dem Bleistift Etwas auf einen Zettel. Dann ging er mit dem entschlossenen Schritt eines Mannes, der seinen Weg recht gut kennt, durch mehrere dunkele und schmutzige Gassen — viel schmutziger als gewöhnlich; denn selbst die vornehmsten Straßen blieben in dieser Schreckenszeit ungereinigt — und blieb vor einem Apothekerladen stehen, den der Besitzer eben mit eigenen Händen schließen wollte. Es war ein kleiner trüber, eckiger Laden in einer krummen, bergaufgehenden Straße, gehalten von einem kleinen, trüben, eckigen Manne.

Mit einem „Guten Abend, Bürger" trat Carton an den Ladentisch und gab dem Apotheker den Zettel. „Hui!" pfiff dieser leise, als er ihn las. „Hi, hi, hi!"

Sydney Carton beachtete dies nicht und der Chemiker sagte:

„Für Euch, Bürger?"

„Für mich!"

„Ihr werdet Sorge tragen sie nicht unter einander zu mischen, Bürger? Ihr wißt was die Folgen sind, wenn sie untereinander kommen?"

„Vollkommen."

Der Apotheker bereitete verschiedene Pulver und übergab sie ihm in kleinen Packetchen. Er steckte sie einzeln in die Brusttasche seines Leibrocks, zählte das Geld dafür auf den Tisch und verließ gelassenen Schrittes den Laden. „Es ist vor Morgen nichts mehr zu thun," sagte er zum Monde aufblickend. „Ich kann nicht schlafen."

Es war nicht der alte, verletzend blasirte, oder an sich selbst verzweifelnde Ton, mit dem er diese Worte sprach. Er sprach vielmehr in der mit sich abgeschlossenen Weise eines müden Wanderers, der nach langer anstrengender Irrfahrt endlich den richtigen Weg gefunden hat und sein Reiseziel vor sich sieht.

Vor langer Zeit, als er unter seinen Mitschülern als ein Jüngling von großen Hoffnungen berühmt gewesen, war er seines Vaters Leiche gefolgt. Seine Mutter war schon vor Jahren gestorben. Die feierlichen Worte, die der Geistliche an seines Vaters Grab gelesen, traten jetzt, wie er durch die dunkeln Straßen in dem schweren Schatten der Nacht ging, während hoch über ihm die Wolken hastig über den Mond flogen, vor seine Seele. „Ich bin die Auferstehung und das Leben, sagt der Herr, wer an mich glaubet der soll ewig leben, ob er auch stürbe: und wer da lebet und glaubet an mich, der wird nimmermehr sterben."

In einer, von der Guillotine beherrschten Stadt, in nächtlicher Einsamkeit, mit natürlicher Theilnahme an dem Schicksale der Dreiundsechszig, welche an diesem Tage hingerichtet worden und an das der Opfer des morgenden Tages, die ihr Schicksal in den Gefängnissen erwarteten, und der Opfer noch so vieler zu erwartenden Morgen, war die Ideenverbindung, welche ihm diesen Spruch in's Gedächtniß brachte leicht zu finden. Er suchte sie nicht, sondern wiederholte den Spruch und ging weiter.

Mit einem feierlichen Interesse an den erleuchteten Fenstern, wo Leute schlafen gingen, ein paar stille Stunden hindurch die sie umgebenden Schrecken vergessend; an den Thürmen der Kirchen, wo keine Gebete zum Himmel drangen, denn so weit auf dem Wege zur Selbstvernichtung war im Volke die Reaction durch lange Jahre priesterlichen Truges, priesterlichen Plünderung und Ausschweifung zurückgeprallt; an den entlegenen Friedhöfen, jetzt, wie über dem Eingang stand „dem ewigen Schlummer gewidmet"; an den übervollen Kerkern; und an den Straßen, durch welche die Verurtheilten schockweise zu einem Tode fuhren, der so alltäglich und handgreiflich geworden war, daß das Volk an all dieses blutige Arbeiten der Guillotine nicht einmal eine Gespenstersage zu knüpfen wußte; mit einem feierlichen Interesse an dem ganzen Leben und Sterben der Stadt, die allmälich in die kurze nächtliche Unterbrechung ihres täglichen Wüthens versank, ging Sydney Carton wieder über die Seine, um die helleren Straßen aufzusuchen.

Man sah nur wenige Kutschen; denn wer in Kutschen fuhr ward leicht verdächtig, und Vornehmheit setzte auf den Kopf eine rothe Nachtmütze und zog schwere Schuhe an und ging zu Fuß. Aber die Theater waren alle gefüllt und die Leute strömten in heiterer Stimmung heraus, wie er vorbeiging, und begaben sich plaudernd nach Hause. An der Thür eines der Theater stand ein kleines Mädchen mit einer Mutter, die einen Uebergang über die Straße durch den Schmutz suchten. Er trug die Kleine hinüber und bat sie, ehe der schüchterne Arm sich von seinem Hals los machte, um einen Kuß.

„Ich bin die Auferstehung und das Leben, spricht der Herr, wer an mich glaubet der wird ewig leben, ob er auch stürbe: und wer lebet und glaubet an mich, der wird nimmermehr sterben.“

Jetzt wo die Straßen still waren und die Nacht sich eingestellt hatte, klangen die Worte aus dem Widerhall seiner Schritte und aus der Luft. Vollkommen ruhig und gefaßt sprach er sie manchmal vor sich hin wie er seines Weges ging; aber er hörte sie immer.

Die Nacht verging und wie er auf der Brücke stand und dem Wasser lauschte, das an den Uferrändern der Insel von Paris plätscherte, wo die malerische Verwirrung von Häusern und Dom hell im Mondlichte schien, kam kalt der Tag und sah wie ein Leichengesicht aus dem Himmel herunter. Da wurde die Nacht mit dem Mond und den Sternen blaß und starb, und für eine kurze Zeit schien die Schöpfung der Herrschaft des Todes übergeben zu sein.

Aber die herrliche Sonne ging auf und schien diese Worte, welche die ganze Nacht ihn umklungen hatten mit ihren langen und hellen Strahlen gerade und warm ihm in’s Herz zu senden. Und wie er voll Ehrfurcht das Auge zum Himmel erhob, schien sich eine Lichtbrücke zwischen ihm und der Sonne durch die Luft zu wölben, während der Strom unter ihm funkelte.

Die starke Strömung, so schnell, so tief und so sicher, war in der Morgenstille wie ein gleich gestimmter Freund. Er ging den Fluß entlang weit von den Häusern, und schlummerte in dem warmen Sonnenscheine am Ufer ein. Als er wieder erwachte und aufstand, blieb er noch eine kleine Weile stehen und sah einem Wirbel zu, der sich zwecklos bis der Strom ihn verschlang drehte, um ihn hinaus in’s Meer zu tragen. — „Gleich mir!“

Ein Boot mit einem Segel von der Farbe eines halbgebleichten, todten Blattes kam jetzt langsam den Fluß herunter, trieb vor ihm vorbei und verschwand in der Ferne. Wie auch die Furche, die es im Wasser gezogen, verschwunden war, schloß er das Gebet um barmherzige Erwägung seiner Fehler und Irrthümer, das sich aus seinem Herzen losgerungen, mit den Worten: „Ich bin die Auferstehung und das Leben.“

Mr. Lorry war bereits ausgegangen als er zu ihm kam und es war leicht zu vermuthen, wo der gute Alte war Sydney Carton trank nur eine Tasse Kaffee, aß ein wenig Brot und begab sich, nachdem er sich gewaschen und die Wäsche gewechselt, nach dem Gerichtssaal.

Dort war schon Alles lebendig und laut, als das schwarze Schaf — vor dem viele scheu zurückwichen — ihn in eine dunkle Ecke unter den Zuschauern drängte. Mr. Lorry war da und Dr. Manette war da. Sie war da, und saß neben ihrem Vater.

Als man ihren Gatten hereinführte, sah sie ihn mit einem Blick an, so tröstend, so ermuthigend, so voll bewundernder Liebe und zärtlichem Mitleid und doch so muthvoll um seinetwillen, daß er ihm das gesunde Blut in das Antlitz rief, seine

Blicke strahlen machte und sein Herz mit neuem Leben erfüllte. Wäre Jemand dagewesen um die Wirkung ihres Blickes auf Sydney Carton zu beobachten, so hätte er genau dieselben Folgen gesehen.

Vor diesem ungerechten Gericht gab es keine, oder so gut wie keine Ordnung im Verfahren, welche dem Angeklagten angemessenes Gehör sicherte. Es hätte gar keine solche Revolution stattfinden können, wenn alle Gesetze, Formen und Ceremonien nicht erst so ungeheuerlich mißbraucht worden wären, daß die selbstmörderische Rache der Revolution von selbst auf den Gedanken kam, sie alle in den Wind zu schlagen.

Die Augen Aller wendeten sich auf die Geschworenen. Dieselben gesinnungstüchtigen Patrioten und guten Republikaner, wie Gestern und Vorgestern und Morgen und Uebermorgen. Hervorstechend war einer unter ihnen, ein Mann mit einem gierigen Gesicht, dessen Finger sich beständig um seine Lippen bewegten und dessen Aussehen die Zuschauer sehr befriedigte. Ein mordlustiger, cannibalenhaft aussehender, blutdürstiger Geschworener war dieser Jacques Drei von St. Antoine. Die ganze Jury sah aus wie eine Jury von Hunden, eingeschworen um Wild zu verurtheilen.

Aller Augen wendeten sich nun auf die fünf Richter und den öffentlichen Ankläger. Dort war heute keine Milde zu erwarten. Grausame, unnachgiebige, mörderische Geschäftsgesichter. Dann suchte jedes Auge ein anderes Auge im Gedränge und wechselte mit ihm einen beifälligen Blick; und Köpfe nickten sich einander zu, bevor sie mit gespannter Aufmerksamkeit sich vorwärtsdrängten.

Charles Evrémonde, genannt Darnay. Gestern freigelassen, von Neuem angeklagt und wieder verhaftet. Anklage ihm gestern Nacht übergeben. Verdächtig und angeklagt als Feind der Republik, Aristokrat, Mitglied einer Tyrannenfamilie, eines Geschlechts das geächtet, weil es seine abgeschafften Privilegien zur schändlichen Bedrückung des Volkes gebraucht. Charles Evrémonde, genannt Darnay, in Folge dieser Aechtung unbedingt todt vor dem Gesetz.

So ungefähr in ebenso wenig oder weniger Worten sprach der öffentliche Ankläger. Der Präsident fragte, ob der Angeklagte offen oder geheim denuncirt sei?

„Offen, Präsident.“

„Von wem?“

„Von drei Stimmen. Ernest Defarge, Weinschenk in St. Antoine.“

„Gut.“

„Therese Defarge, seine Frau.“

„Gut.“

„Alexander Manette, Arzt.“

Ein großer Lärm entstand im Saale und in demselben sah man Dr. Manette blaß und zitternd von seinem Platz aufspringen.

„Präsident, ich protestire mit Entrüstung gegen diese Angabe als eine Fälschung und einen Betrug. Ihr wißt, daß der Angeklagte der Gatte meiner Tochter ist. Meine Tochter und die zu ihr gehören sind mir lieber als das Leben. Wo und wer ist der falsche Verschwörer, welcher sagt, daß ich den Gatten meines Kindes anklage?“

„Seid ruhig, Bürger Manette. Der Autorität des Gerichts den Gehorsam verweigern, würde Euch selbst außerhalb des Gesetzes stellen. Was Ihr da sagt vom theurer sein als Euer Leben, so kann einem guten Bürger Nichts so theuer sein wie die Republik!“

Lauter Beifall begrüßte diese Zurechtweisung. Der Präsident klingelte und begann mit Wärme von Neuem.

„Wenn die Republik von Euch das Opfer Eures eigenen Kindes verlangte, so hättet Ihr keine andere Pflicht, als es zu opfern. Hört auf das, was der Ankläger zu sagen hat. Bis dahin schweigt.“

Wüthender Beifall ertönte ringsum. Dr. Manette nahm seinen Platz ein während er sich mit zitternden Lippen umschauete; seine Tochter drängte sich dichter an ihn heran.[S. 41] Der gierige Mann unter den Geschworenen rieb sich die Hände und brachte dann von Neuem die Finger an den Mund.

So wie die Ruhe soweit hergestellt worden war um eine Fortsetzung des Verfahrens möglich zu machen, ward Defarge aufgerufen, der in kurzen Worten auseinander setzte, daß er als bloßer Knabe noch im Dienste des Doctors gestanden, als dieser verhaftet worden, und dann über seine Befreiung und über den Zustand in welchem ihm der Doctor nach seiner Freilassung übergeben worden, berichtete. Darauf folgte noch ein kurzes Verhör, denn das Gericht verrichtete seine Arbeit schnell.

„Ihr habt gute Dienste bei der Einnahme der Bastille geleistet, Bürger?“

„Ich glaube.“ Hier kreischte ein aufgeregtes Weib aus dem Gedränge heraus: „Ihr waret dort einer der besten Patrioten. Warum soll man es nicht sagen? Ihr bedientet an jenem Tage ein Geschütz und waret unter den ersten die in das verwünschte Nest eindrangen. Patrioten, ich spreche die Wahrheit!“

Es war der Racheengel, der, stürmisch gelobt von dem lauten Beifall der Zuhörer, sich so in die Verhandlung mischte.

Der Präsident klingelte; aber der Racheengel, durch die ihm zu Theil gewordene Aufmunterung warm geworden, kreischte: „was geht mich die Klingel an!“ wofür er wiederum rauschendes Lob erntete.

„Erzählt dem Gericht, was Ihr an jenem Tage in der Bastille gethan habt, Bürger.“

„Ich wußte," sagte Defarge, während er hinab auf seine Frau sah, die unten an den Stufen stand, auf die er getreten war und ihn fest im Auge behielt; „ich wußte daß dieser Gefangene, von dem ich spreche, in einer Zelle, genannt 105 Nordthurm, gesessen hatte. Ich wußte das von ihm selbst. Er kannte sich selbst bei keinem andern Namen als 105 Nordthurm, als er unter meiner Obhut Schuhe machte. Als ich meine Kanone an jenem Tage bediente, nahm ich mir vor, wenn wir den Platz einnehmen sollten, die Zelle zu untersuchen. Wir nahmen ihn ein. Mit einem Mitbürger, der sich unter den Geschworenen befindet, begebe ich mich, von einem Kerkermeister geleitet, nach der Zelle. Ich durchsuche sie ganz genau. In einem Loch im Schornstein, wo ein Stein herausgearbeitet und wieder hineingesetzt worden, finde ich ein beschriebenes Papier. Dies ist das beschriebene Papier. Ich habe es mir zur Obliegenheit gemacht, mehrere Proben der Handschrift Dr. Manette's zu besichtigen. Dies ist die Handschrift Dr. Manette's. Ich lege dies Papier, geschrieben von der Hand des Dr. Manette in die Hände des Präsidenten."

„Man lese es vor."

Unter tiefstem Schweigen, wobei der vor Gericht gestellte Gefangene zärtlich seine Gattin ansah, seine Gattin nur ihre Augen von ihm abwendete, um mit bekümmerter Theilnahme ihren Vater zu betrachten, Dr. Manette seinen Blick auf den Vorleser geheftet hielt, Madame Defarge die ihrigen nie von dem Gefangenen abwendete, Defarge mit seinem Auge nie das schon im Vorgenusse schwelgende Auge seiner Frau verließ, und alle anderen Blicke sich gespannt auf den Doctor wendeten, der Niemanden ringsum sah, ward das Papier verlesen.

Zehntes Kapitel
Das Wesen des Schattens

„Ich, Alexander Manette, unglücklicher Arzt, geboren in Beauvais und später wohnhaft in Paris, schreibe diese traurige Geschichte in meiner Jammerzelle in der Bastille im letzten Monat des Jahres 1767. Ich schreibe es auf den Raub, in seltenen Zwischenräumen, unter jeder Schwierigkeit. Ich gedenke es in der Schornsteinwand zu verstecken, wo ich langsam und mühsam einen sicheren Platz für dasselbe hergestellt habe. Dort findet es vielleicht eine mitleidige Hand, wenn ich und mein Schmerz unter der Erde sind. Ich schreibe diese Worte nur mit einem verrosteten Nagel und mit abgeschabtem Ruß aus dem Schornstein, untermischt mit Blut, im letzten Monat des zehnten Jahres meiner Gefangenschaft. Hoffnung ist ganz aus meiner Brust verschwunden. Ich weiß aus schrecklichen Symptomen die ich an mir bemerkt habe, daß mein Geist nicht lange mehr ungeschwächt bleiben wird, aber ich erkläre feierlich, daß ich gegenwärtig noch im vollen Besitz meiner geistigen Kräfte bin — daß mein Gedächtniß gut und zu[S. 44]verlässig ist — und daß ich die Wahrheit schreibe, so wahr ich für diese, meine letzten niedergeschriebenen Worte, mögen sie von menschlichen Augen gelesen werden oder nicht, vor dem ewigen Gott Rechenschaft ablegen muß.

„In einer bewölkten Mondscheinnacht in der dritten Woche des Decembers (ich glaube es war der zweiundzwanzigste dieses Monats) im Jahre 1757, ging ich um frische Luft zu schöpfen auf einem abgelegenen Theile des Seine-Quais ungefähr eine Stunde Wegs von meiner Wohnung in der Straße der medicinischen Schule spazieren, als ein Wagen sich mir in sehr raschem Laufe näherte. Wie ich zur Seite trat um den Wagen vorbeizulassen, da er mich sonst hätte umfahren können, sah ein Kopf zum Fenster heraus und eine Stimme rief dem Kutscher zu zu halten.

„Der Wagen hielt, sowie der Kutscher die Pferde zügeln konnte, und dieselbe Stimme rief mich beim Namen. Ich antwortete. Der Wagen war jetzt mir soweit voraus, daß zwei Herren Zeit hatten die Kutschenthür zu öffnen und auszusteigen ehe ich sie erreichte. Ich bemerkte, daß beide in Mäntel gehüllt waren, wie es schien um nicht erkannt zu werden. Wie sie nebeneinander, nicht weit von dem Wagentritt, standen, bemerkte ich auch, daß sie beide von meinem Alter sein mochten, oder eher jünger und daß sie sich sehr ähnlich waren im Wuchs, in der Haltung, in der Stimme und soweit ich sehen konnte, auch im Gesicht.

„„Sie sind Dr. Manette?" sagte der Eine.

„„Ja."

„„Dr. Manette, früher in Beauvais," sprach der Andere;[S. 45] „„der junge Arzt, ursprünglich ein geschickter Chirurg, der seit den letzten paar Jahren in Paris zu solchem Ruf gelangt ist?"

„„Meine Herren," gab ich zurück, „„ich bin der Dr. Manette von dem sie in so schmeichelhaften Ausdrücken sprechen."

„„Wir waren in Ihrer Wohnung," sagte der Erste, „„und da wir nicht so glücklich waren Sie dort zu finden und hörten, daß Sie wahrscheinlich in dieser Gegend spazieren gingen, fuhren wir hierher in der Hoffnung Ihnen zu begegnen. Wollen Sie gefälligst in den Wagen steigen?"

„Die Manier beider war gebieterisch und während des eben erwähnten Gesprächs hatten sich beide so gestellt, daß sie zwischen mir und der Wagenthür standen. Sie waren bewaffnet. Ich nicht."

„„Meine Herren," sagte ich, „„verzeihen Sie mir; aber ich erkundige mich gewöhnlich, wer mir die Ehre erweist, meine Hülfe in Anspruch zu nehmen und von welcher Beschaffenheit der Fall ist, wo ich Hülfe leisten soll."

„Die Antwort die ich darauf von dem erhielt, der als Zweiter gesprochen hatte, war: „„Doctor, Ihre Clienten sind Leute vom Stande. Was die Beschaffenheit des Falls betrifft, so sagt uns unser Vertrauen auf Ihre Kunst, daß Sie denselben viel besser durch eigene Anschauung kennen lernen werden, als wir ihn Ihnen beschreiben können. Genug. Wollen Sie gefälligst in den Wagen steigen?"

„Ich konnte Nichts thun als mich fügen und stieg schweigend ein. Beide folgten mir und der Letzte sprang[S. 46] herein, nachdem der Tritt aufgeklappt war. Der Wagen ward gewendet und fuhr mit der früheren Schnelligkeit davon.

„Ich wiederhole diese Unterredung genau so, wie sie vor sich ging. Ich bezweifle nicht, daß sie Wort für Wort dieselbe war. Ich beschreibe Alles genau so, wie es sich zutrug und zwinge meinen Geist, nicht von seinem Gegenstande abzuschweifen. Wo ich die Zeichen mache, die hier folgen, breche ich vor der Hand ab und verberge meine Papiere im Versteck. ****

„Der Wagen hatte die Straße bald hinter sich, fuhr zur Nord-Barriere hinaus und auf der Landstraße weiter. Ohngefähr drei Viertelstunden vor der Barriere — ich schätzte damals die Entfernung nicht ab, aber bei einer spätern Gelegenheit — lenkte der Wagen von der Hauptstraße ab und hielt gleich darauf vor einem einsam gelegenen Hause. Wir stiegen alle Drei aus und gingen auf einem weichen, feuchten Fußwege durch einen Garten, wo ein vernachlässigter Springbrunnen übergelaufen war, nach der Hausthür. Auf das Schellen mit der Glocke ward sie nicht sofort geöffnet und einer meiner Führer schlug den Mann, der an die Thür kam, mit einem schweren Reithandschuh ins Gesicht.

„Es war nichts in dieser Handlung, was meine besondere Aufmerksamkeit erregte; denn ich hatte gemeine Leute öfter wie Hunde schlagen sehen. Aber der Andere von den Brüdern, der ebenfalls ärgerlich war, schlug den Mann auch und dabei waren die Brüder in Haltung und Aussehen so vollkommen gleich, daß ich jetzt gewahr wurde, es waren Zwillingsbrüder.

„Schon wie wir am äußern Thor (das verschlossen war und das einer der Brüder, um uns einzulassen, geöffnet und dann von Neuem zugeschlossen hatte) abgestiegen waren, hatte ich ein lautes Schreien von einem obern Zimmer her gehört. Man führte mich geradewegs nach diesem Zimmer; das Schreien wurde immer lauter, wie wir die Treppe hinauf stiegen, und ich fand eine Kranke im hitzigen Fieber auf einem Bett liegen.

„Die Kranke war ein Weib von großer Schönheit und jung; jedenfalls nicht viel über Zwanzig. Ihr Haar war wirr und zerzaust und ihre Arme mit Schärpen und Taschentüchern niedergebunden. Ich bemerkte, daß diese Binden alle von Herrenkleidern herrührten. Auf einer derselben, einer mit Fransen besetzten Schärpe für einen Festanzug, sah ich ein adliches Wappen und den Buchstaben E eingestickt.

„Ich sah dies in der ersten Minute, wo ich vor der Kranken stand; denn in ihren ruhelosen Bewegungen hatte sie sich auf dem Rande des Bettes auf das Gesicht gelegt, das Ende der Schärpe in den Mund bekommen und lief Gefahr zu ersticken. Mein Erstes war, meine Hand auszustrecken, um ihr freies Athmen zu verschaffen, und wie ich die Schärpe auf die Seite schob, fiel mein Blick auf die Stickerei in dem Zipfel.

„Ich wendete sie sanft um, legte meine Hände auf ihre Brust, um sie zu beruhigen und sah ihr in's Gesicht. Ihre Augen standen weit offen und waren ganz verstört, und sie stieß fortwährend durchdringendes Geschrei aus und wiederholte die Worte: „Mein Mann, mein Vater und mein Bruder!" und zählte dann bis zwölf und sagte: „„still!" Einen[S. 48] Augenblick und nicht länger hielt sie inne, um zu horchen, und dann fing sie wieder an zu schreien und wiederholte die Worte: „„Mein Mann, mein Vater und mein Bruder!" und zählte bis zwölf und sagte „„still!" Immer in derselben Ordnung und in derselben Weise. Es fand auch keine Unterbrechung statt außer der einzigen, regelmäßigen kurzen Pause und immer wieder fing die Reihe der Schmerzensrufe von vorn an."

„„„Wie lange hat dies gedauert?" fragte ich.

„Zur Unterscheidung will ich die Brüder den älteren und den jüngeren nennen; mit dem Aelteren meine ich denjenigen, der die meiste Autorität ausübte. Der Aeltere antwortete jetzt: „„seit ungefähr dieser Stunde in letzter Nacht."

„„„Sie hat einen Mann, einen Vater und einen Bruder?"

„„„Einen Bruder."

„„„Ich spreche nicht mit ihrem Bruder?"

„Er antwortete mit großer Verachtung: „„„Nein."

„„„Ihre Gedanken müssen neuerlich mit der Zahl 12 zu thun gehabt haben?"

„Der jüngere Bruder warf ungeduldig ein: „„„mit 12 Uhr."

„„Sehen Sie, meine Herren," sagte ich, während ich immer noch die Hände auf ihrer Brust ruhen ließ, „„wie unnütz ich so, wie sie mich hergebracht haben, hier bin. Wenn ich gewußt hätte, was ich hier finden würde, hätte ich mich versorgen können. So geht unwiederbringliche Zeit verloren. In diesem abgelegenen Hause sind jedenfalls keine Arzneien zu haben."

„Der ältere Bruder sah den jüngern an, welcher gleichgültig zur Antwort gab: „„es ist ein Medizinkasten hier" und ihn aus einem Alkoven brachte und auf den Tisch stellte. ****

„Ich machte einige von den Fläschchen auf, roch daran und brachte den Stöpsel an die Lippen. Wenn ich etwas Anderes als narkotische Arzneien, die für sich schon Gift waren, hätte anwenden können, so durfte ich diese nicht gebrauchen."

„„Trauen Sie den Arzneien nicht?" sagte der jüngere Bruder.

„„Sie sehen, Monsieur, daß ich von ihnen Gebrauch machen will," gab ich zur Antwort und sagte weiter Nichts. Mit großer Schwierigkeit und nach vielen Bemühungen gelang es mir der Kranken die gewünschte Dosis einzuflößen. Da ich sie nach einiger Zeit wiederholen wollte und ihre Wirkung beobachten mußte, setzte ich mich neben das Bett nieder. Als Aufwärterin diente ein verschüchtertes und gedrücktes Weib (die Frau des Mannes, der uns geöffnet hatte), das in einer Ecke stand. Das Haus war feucht und verfallen, mittelmäßig ausgestattet — offenbar vor kurzem erst und nur vorübergehend bewohnt. Die Fenster waren mit dicken, alten Tapeten zugenagelt um den Schall des Schreiens abzudämpfen. Dieses dauerte immer noch in seiner regelmäßigen Reihenfolge fort, das Geschrei: „„mein Mann, mein Vater und mein Bruder!" das Zählen bis 12 und „„still!" Die Kranke raste so heftig, daß ich mir nicht getraute die Binden von den Armen zu entfernen; aber ich hatte nach[S. 50]gesehen, daß sie nicht schmerzten. Das Einzige, was mich bei dem Fall ermuthigte, war, daß meine Hand auf der Brust der Leidenden so viel besänftigenden Einfluß hatte, daß minutenlange Unterbrechungen in den krampfhaften Bewegungen des Körpers eintraten. Auf das Geschrei machte dies keinen Eindruck; kein Pendel konnte regelmäßiger sein."

„Weil meine Hand diese Wirkung hervorrief, hatte ich wol eine halbe Stunde neben dem Bett gesessen und die beiden Brüder waren im Zimmer geblieben, bevor der Aeltere sagte:

„Es ist noch ein anderer Kranker da."

„Ich erschrak und sagte: „„ist es ein dringender Fall?"

„„Es ist besser Sie sehen selbst nach," gab er gleichgültig zur Antwort und nahm einen Leuchter. ****

„Der andere Kranke lag in einem Hinterzimmer, zu dem eine zweite Treppe führte, eigentlich in einer Art Bodenraum über einem Stalle. Ein Theil desselben war mit einer niedrigen Gypsdecke versehen; das Uebrige war oben offen bis zu dem Hahnebalken des Daches und nur einzelne Balken vertraten die Stelle der

Decke. In diesem Theile lagen Heu und Stroh, Reißbündel als Feuerholz und ein Haufen Aepfel im Sande. Ich hatte durch diesen Theil zu gehen um in den andern zu gelangen. Mein Gedächtniß ist genau und treu. Ich stelle es in diesen Einzelnheiten auf die Probe und sehe sie alle in dieser meiner Zelle in der Bastille fast am Ende des zehnten Jahres meiner Haft, wie ich sie in jener Nacht sah.

„Auf einem Heubündel auf dem Boden, mit einem Kissen unter dem Kopf geschoben lag ein hübscher Bauernbursch —[S. 51] ein halber Knabe noch von kaum 17 Jahren. Er lag auf dem Rücken, die Zähne fest zusammengebissen, die rechte Hand auf die Brust gepreßt und mit den funkelnden Augen gerade in die Höhe sehend. Ich konnte nicht entdecken wo die Wunde war, wie ich neben ihm niederkniete und mich über ihn beugte; aber ich konnte sehen, daß er an einer Wunde von einem scharfen spitzen Instrument starb.

„„Ich bin Arzt, armer Junge," sagte ich. „„Laß mich Deine Wunde untersuchen."

„„Ich mag sie nicht untersuchen lassen," gab er zur Antwort; „„laßt sie sein."

„Sie war unter seiner Hand und ich besänftigte ihn so, daß er mir die Hand wegzunehmen gestattete. Die Wunde war ein Degenstich, zwanzig oder vierundzwanzig Stunden alt, aber kein Arzt hätte ihn retten können, wenn auch sofort darnach gesehen worden wäre. Er näherte sich jetzt rasch seinem Ende. Wie ich meine Augen auf den älteren Bruder heftete, sah ich wie er auf diesen hübschen, sterbenden Burschen herabblickte, als wäre er ein verwundeter Vogel oder ein Hase, oder ein Kaninchen; durchaus nicht als ob er ein Mitmensch wäre.

„„Wie ist dies zugegangen, Monsieur?" sagte ich.

„„Ein wahnwitziger Hund von einem Bauer, ein Leibeigener, zwang meinen Bruder den Degen zu ziehen und ist von meines Bruders Degen gefallen — wie ein Cavalier.""

„Keine Spur von Mitleid, Schmerz oder menschlichem Mitgefühl war in dieser Antwort zu hören. Der Sprecher schien zuzugeben, daß es unangenehm sei, daß diese andere Art von Creatur hier im Sterben lag und daß es besser gewesen, wenn er in dem gewöhnlichen dunkeln Lauf seines Ungezieferlebens gestorben wäre. Er war ganz unfähig Mitleid mit dem Knaben oder seinem Schicksale zu fühlen.

„Die Augen des Burschen hatten sich langsam ihm zugewendet, als er gesprochen hatte und richteten sich jetzt langsam auf mich.

„„Doctor, sie sind sehr stolz, diese Edelleute; aber wir gemeines Volk sind manchmal auch stolz. Sie berauben uns, beleidigen uns, prügeln uns, schlagen uns todt, aber dennoch bleibt uns manchmal ein klein wenig Stolz übrig. Sie — haben Sie sie gesehen, Doctor?"

„Man hörte das Schreien hier, obgleich durch die Entfernung gedämpft. Er bezog sich darauf, als ob sie in diesem Raume läge.

„Ich sagte: „„ich habe sie gesehen.“

„„Es ist meine Schwester, Doctor. Diese Edelleute haben ihre schändlichen Rechte auf die Schamhaftigkeit und Tugend unserer Schwestern viele Jahre lang ausgeübt, aber wir haben noch gute Mädchen unter uns. Ich weiß es und von meinem Vater habe ich es auch sagen hören. Sie war ein gutes Mädchen. Sie war Braut eines guten jungen Mannes; eines seiner Pächter. Wir waren alle seine Pächter — dieses Mannes der dort steht. Der Andere ist sein Bruder, der Schlimmste eines schlimmen Geschlechts.“

„Nur mit der größten Schwierigkeit sammelte der Knabe körperliche Kraft genug um zu sprechen; aber seine Seele sprach mit schrecklichem Nachdruck.

„„Wir wurden von diesem Mann, der dort steht, so ausgeplündert, wie es alle diese höheren Wesen mit uns gemeinen Hunden thun — ohne Erbarmen von ihm besteuert, gezwungen ohne Lohn für ihn zu arbeiten, gezwungen unser Korn auf seiner Mühle zu mahlen, gezwungen Heerden von seinen zahmen Vögeln mit der kümmerlichen Frucht unserer Felder zu füttern, während wir bei Lebensstrafe nicht ein einziges Huhn für uns selbst halten durften, ausgeplündert und ausgesaugt bis zu dem Grade, daß, wenn wir einmal ein Stückchen Fleisch hatten, wir es bei verschlossener Thür und zugemachten Laden voller Angst aßen, damit seine Leute es nicht sähen und es uns wegnähmen — ich sagte, wir wurden so ausgesaugt, und niedergehetzt und gepeinigt, daß unser Vater sagte, es sei eine schreckliche Sache ein Kind in die Welt zu setzen und wir sollten lieber beten, daß unsere Weiber unfruchtbar blieben und unser elendes Geschlecht ausstürbe!“

„Ich hatte vorher nie das Gefühl des Unterdrücktseins wie eine Flamme hervorbrechen sehen. Ich hatte vermuthet, daß es irgendwo bei dem Volke verborgen schlummern müsse; aber ich hatte es nie hervorbrechen sehen, bis ich es bei diesem sterbenden Knaben sah.

„„Aber doch verheirathete sich meine Schwester, Doctor. Der Arme kränkelte damals und sie heirathete ihren Geliebten, damit sie ihn in ihrer Hütte pflegen könnte — in unserer Hundehütte, wie sie dieser Mann nennen würde. Sie war noch nicht viele Wochen verheirathet, als dieses Mannes Bruder sie sah und Gefallen an ihr fand und dieser Mann[S. 54] bat, sie ihm zu leihen — denn wozu sind Ehemänner unter uns da! Er war bereitwillig genug, aber meine Schwester war gut und tugendhaft und haßte seinen Bruder mit einem nicht minder starken Hasse als ich. Was thaten diese beiden nun um ihren Mann zu bewegen, sie zu bereden, ihm den Willen zu thun?“

„Die Augen des Knaben die bis jetzt mich angesehen hatten, wendeten sich jetzt langsam dem andern zu und ich sah in den beiden Gesichtern, daß Alles wahr war. Selbst jetzt noch in dieser Bastille kann ich die beiden entgegengesetzten Arten von Stolz sehen; bei dem Cavalier lauter nachlässige Gleichgültigkeit; bei dem Bauer lauter niedergetretenes Gefühl und leidenschaftliche Rache.

„„„Sie wissen, Doctor, daß es zu den Rechten dieser Edelleute gehört uns gemeine Hunde in Karren einzuspannen, und mit uns zu fahren. So spannten sie ihn ein und fuhren mit ihm. Sie wissen es ist eins von ihren Rechten, uns die ganze Nacht in ihren Gärten wachen zu lassen um die Frösche zum Schweigen zu bringen, damit ihr edler Schlaf nicht gestört werde. Sie ließen ihn die ganze Nacht hindurch im ungesunden Nebel wachen und schickten ihn des Morgens wieder in das Geschirr. Aber er ließ sich nicht bewegen. Nein! Als sie ihn eines Mittags ausspannten, damit er esse — wenn er Etwas zu essen finden konnte — schluchzte er zwölfmal, einmal für jeden Schlag der Glocke, und starb an ihrem Busen."

„Nichts als der Entschluß alles erlittene Unrecht zu erzählen, hätte den Knaben noch am Leben erhalten können.[S. 55] Er zwang die sich sammelnden Schatten des Todes zurück, wie er seine geballte rechte Faust zwang geballt zu bleiben und die Wunde zuzuhalten.

„„„Dann entführte sie der Bruder mit der Erlaubniß und selbst mit der Hülfe dieses Mannes; trotz dem, was sie seinem Bruder gesagt haben muß — und was das war wird Ihnen nicht lange unbekannt bleiben, Doctor — sein Bruder nahm sie zu sich zu seinem Kurzweil auf einige Tage. Ich sah sie auf der Straße vorbeifahren. Als ich die Nachricht nach Hause brachte, brach meines Vaters Herz; er sprach nie eines der Worte, welche es erfüllten. Ich brachte meine junge Schwester (denn ich habe noch eine), an einen Ort außer dem Bereich dieses Mannes und wo sie wenigstens ihm nie lehnspflichtig sein wird. Dann spürte ich den Bruder hier auf und stieg vorige Nacht ein — ein gemeiner Hund, aber mit den Degen in der Hand. — Wo ist das Dachfenster? Es muß hier herum sein?"

„Das Zimmer verdunkelte sich vor seinem Blick; die Welt schloß sich enger um ihn zusammen. Ich sah mich um und bemerkte, daß das Heu und Stroh auf dem Fußboden zertreten war, als ob ein Kampf stattgefunden hätte.

„„„Sie hörte mich und kam hereingestürzt. Ich gebot ihr uns nicht zu nahe zu kommen, bis er todt sei. Er kam und warf mir erst einige Stücken Geld hin; dann schlug er mit der Peitsche nach mir. Aber ich, obgleich ein gemeiner Hund, schlug ihn so, daß er den Degen ziehen mußte. Er mag ihn in noch so viele Stücke brechen, den Degen, den er mit meinem gemeinen Blute gefärbt hat; er zog ihn um sich zu ver[S. 56]theidigen — wehrte sich mit seiner ganzen Kunst um sein Leben."

„Mein Blick war erst vor wenigen Secunden auf einen zerbrochenen Degen unter dem Heu gefallen. Es war ein Cavalierdegen. An einer andern Stelle lag ein alter Degen, wie ihn die Soldaten tragen.

„„„Jetzt richten Sie mich auf, Doctor; richten Sie mich auf. Wo ist er?"

„Er ist nicht hier," sagte ich, in der Meinung, daß er von dem Bruder spreche.

„Er! so stolz diese Edelleute sind, fürchtet er sich doch vor meinem Anblicke. Wo ist der Mann der hier war? Wenden Sie ihm mein Gesicht zu."

„Ich that es, indem ich den Kopf des Knaben auf mein Knie legte. Aber für den Augenblick mit außerordentlicher Kraft ausgestattet, stand er ganz auf und zwang mich dasselbe zu thun, sonst hätte ich ihn nicht stützen können.

„„Marquis,“ sagte der Knabe mit hocherhobener rechter Hand und mit den weitgeöffneten Augen ihn ansehend, „„für den Tag, wo für alle diese Sachen Rechenschaft abgelegt werden muß, lade ich Euch und die Eurigen bis zu dem Letzten Eures schlimmen Geschlechts vor, Euch wegen dieser Thaten zu verantworten. Ich zeichne Euch mit diesem blutigen Kreuze zum Gedächtniß meiner Ladung. Auf den Tag, wo für alle diese Thaten Rechenschaft abgelegt werden muß, lade ich Euren Bruder, den Schlimmsten Eures schlimmen Geschlechts, vor, sich noch besonders wegen dieser Thaten[S. 57] zu verantworten. Ich zeichne ihn mit diesem blutigen Kreuze zum Gedächtniß meiner Ladung.“

„Zweimal griff er mit der Hand nach der Wunde in die Brust und machte mit dem Zeigefinger ein Kreuz in die Luft. Mit noch erhobenen Finger blieb er eine Weile stehen, und wie die Hand niedersank, sank er mit ihr und ich legte seine Leiche auf den Fußboden hin. ****

„Als ich wieder an das Bett des jungen Weibes trat, fand ich es ganz in derselben Reihenfolge wie vorhin und ohne die mindeste Linderung im Fieber phantasirend. Ich wußte, daß dies viele Stunden dauern könnte und wahrscheinlich mit dem Schweigen des Todes enden würde.

„Ich gab ihr die frühere Dosis noch einmal ein und blieb neben dem Bett sitzen, bis die Nacht weit vorgerückt war. Das Durchdringende ihres Geschreies nahm nie ab, nie wurden ihre Worte weniger deutlich und nie ordneten sie sich in einer anderen Folge. Immer lauteten sie: „„mein Mann, mein Vater und mein Bruder! Eins, zwei, drei, vier, fünf, sechs, sieben, acht, neun, zehn, eilf, zwölf. „Still!“

„Dies dauerte 26 Stunden von der Zeit an, wo ich sie zuerst gesehen. Ich war zweimal gekommen und gegangen und saß wieder neben ihr, als sie schwächer zu werden anfing. Ich that was ich unter diesen Verhältnissen thun konnte und allmälig sank sie in eine Lethargie und lag wie todt da.

„Es war, als ob nach einem langen und schrecklichen Unwetter Wind und Regen sich endlich gelegt hätten. Ich band ihre Arme los und rief die Frau mir beizustehen um sie in die gehörige Lage zu bringen und die Kleider, die sie zerrissen hatte, zu ordnen. Jetzt erst bemerkte ich, daß sie in einem Zustande war, wo vor kurzem erst Mutterhoffnungen in ihr entstanden waren; und nun verlor ich die wenige Hoffnung, die ich bis dahin noch gehabt hatte.

„„Ist sie todt?“ fragte der Marquis, den ich immer noch den älteren Bruder nennen werde, wie er gestiefelt und gespornt vom Pferde in das Zimmer trat.

„„Nicht todt,“ sagte ich; „„aber sie liegt im Sterben.“

„„Welche Lebenskraft diese gemeinen Menschen besitzen!“ sagte er und blickte mit einiger Neugier auf die Sterbende herab.

„„„Es liegt eine wunderbare Kraft im Schmerz und in der Verzweiflung," gab ich zur Antwort.

„Er lachte erst und runzelte dann die Stirn. Er schob mit dem Fuß einen Stuhl neben den meinigen, befahl der Frau hinauszugehen und sagte mit gedämpfter Stimme:

„„„Doctor, ich fand meinen Bruder in diese Verlegenheit verwickelt und empfahl ihm, Ihre Hülfe in Anspruch zu nehmen. Ihr Ruf ist groß und als junger Mann, der noch eine Zukunft vor sich hat, werden Sie wahrscheinlich Ihr eigenes Interesse nicht aus den Augen setzen. Was Sie hier gesehen haben sind Sachen, die man sehen, aber nicht besprechen darf."

„Ich lauschte dem Athem der Kranken und vermied es, eine Antwort zu geben.

„„„Beehren Sie mich mit Ihrer Aufmerksamkeit, Doctor?"

„„„Monsieur," sagte ich; „„„in meinem Berufe werden Mittheilungen von Patienten immer als Vertrauenssache betrachtet." Ich war vorsichtig in meiner Antwort; denn was ich gesehen und gehört hatte, machte mich sehr unruhig.

„Ihr Athem wurde so leise, daß ich nach dem Puls und nach dem Herzen fühlte. Es war gerade noch Leben in ihr, und nicht mehr. Als ich mich umsah, fand ich, daß beide Brüder mich mit gespannten Blicken beobachteten. ****

„Das Schreiben wird mir so schwer, die Kälte ist so streng, ich bin so voller Angst entdeckt und in eine unterirdische, finstere Zelle gebracht zu werden, daß ich diese Erzählung abkürzen muß. Mein Gedächtniß ist wie immer noch so treu wie zu Anfang; es kann sich jedes Wortes, das zwischen mir und diesen Brüdern gewechselt ward erinnern und könnte es niederschreiben.

„Sie schleppte sich noch eine Woche hin. Gegen das Ende konnte ich, wenn ich das Ohr dichter an ihre Lippen legte, ein paar Silben verstehen, die sie an mich richtete. Sie fragte mich, wo sie sei, und ich sagte es ihr; wer ich sei, und ich sagte es ihr. Vergeblich fragte ich sie nach ihrem Familiennamen. Sie schüttelte den Kopf auf dem Kissen und behielt ihr Geheimniß, wie der Knabe.

„Ich hatte keine Gelegenheit ihr eine Frage vorzulegen bis ich den Brüdern gesagt hatte, sie sei ihrem Ende nahe und könnte nicht noch einen Tag erleben. Bis dahin hatte, obgleich die Kranke nur wußte, daß die Frau und ich da waren, stets einer oder der andere der Brüder argwöhnisch hinter dem Vorhange zu Häupten des Bettes gesessen, so[S. 60] lange ich da war. Aber als es soweit gekommen war, schien es ihnen gleichgültig zu sein, was ich noch mit ihr sprechen könnte; als ob — der Gedanke kam mir in den Sinn — ich auch im Sterben läge.

„Ich bemerkte stets, daß sich ihr Stolz empfindlich davon verletzt fühlte, daß der jüngere Bruder (wie ich ihn nenne) den Degen mit einem Bauersmann, und noch dazu mit einem bloßen Knaben, gekreuzt hatte. Die einzige Erwägung, welche wirklich die Seele der Brüder zu belästigen schien, war, daß dies höchst entwürdigend für die Familie und lächerlich sei. So oft ich den Blicken des jüngeren Bruders begegnete, sagte mir sein Ausdruck, daß er einen tiefen Groll gegen mich hege, weil ich diesen Umstand von dem Knaben erfahren hatte. Er war geschmeidiger und höflicher gegen mich als der ältere; aber dies sah ich. Ich sah auch, daß ich in den Augen des älteren ein Stein des Anstoßes war.

„Meine Kranke starb zwei Stunden vor Mitternacht — der Zeit nach nach meiner Uhr fast in derselben Minute, wo ich sie zuerst gesehen. Ich war allein bei ihr als ihr armes junges Haupt sanft auf eine Seite sank und alle ihre irdischen Leiden und Schmerzen vorbei waren.

„Die Brüder warteten in einem Zimmer im Erdgeschoß, voller Ungeduld fortzureiten. Während ich allein neben dem Bett saß, hatte ich gehört, wie sie mit der Reitpeitsche an die Stiefeln schlugen und auf- und abgingen.

„„Endlich ist sie todt?“ sagte der ältere als ich eintrat.

„„Sie ist todt,“ sagte ich.

„„Ich wünsche Dir Glück, Bruder,“ waren seine Worte als er sich umdrehte.

„Er hatte mir vorher schon Geld angeboten, das ich nicht angenommen hatte. Er legte mir jetzt eine Rolle Geld in die Hand. Ich nahm sie, legte sie aber auf den Tisch. Ich hatte mir die Sache überlegt und war entschlossen Nichts zu nehmen.

„„Bitte, entschuldigen Sie,“ sagte ich; „„unter diesen Verhältnissen, nein.“

„Sie sahen einander an, aber erwiderten meine Verbeugung, als ich mich vor ihnen verneigte und wir schieden, ohne daß einer von uns nur ein Wort weiter sprach. ****

„Ich bin müde, müde, müde — niedergedrückt von so vielem Jammer. Ich kann nicht lesen, was ich mit dieser abgezehrten Hand geschrieben habe.

„Am nächsten Morgen in der Frühe wurde die Rolle Geld in einem Kästchen mit meiner Adresse darauf an meiner Thür abgegeben. Ich hatte vom ersten Augenblicke mir ernstlich überlegt, was ich thun sollte. An diesem Tage entschloß ich mich in einem Privatschreiben an den Minister zu berichten, bei was für Patienten und an welchem Orte man meine Hülfe in Anspruch genommen; mit einem Worte, alle Umstände anzugeben. Ich wußte was Hofeinfluß war und welche Vorrechte der Adel hatte und erwartete, daß man von der Sache nie wieder hören werde; aber ich wollte mein Gewissen einer Last entledigen. Ich hatte die Sache streng geheim gehalten, selbst vor meiner Frau; und auch dies beschloß ich in meinem Briefe zu melden. Eine wirkliche Gefahr für mich fürchtete ich nicht; aber ich wußte, daß es Andern gefährlich werden könnte, wenn sie wußten, was ich wußte.

„Ich war diesen Tag sehr in Anspruch genommen, und konnte meinen Brief diesen Abend nicht beenden. Um ihn zum Schlusse zu bringen, stand ich nächsten Morgen lange vor meiner gewöhnlichen Zeit auf. Es war der letzte Tag des Jahres.

Der Brief lag eben vollendet vor mir, als man mir meldete, daß eine Dame mich zu sehen wünsche. ****

„Die Aufgabe, die ich mir gestellt habe, geht jeden Tag mehr über meine Kräfte. Es ist so kalt, so finster, meine Sinne sind so stumpf und die düstere Stimmung die mich bedrückt ist so schrecklich.

„Die Dame war jung, einnehmend und schön, aber nach ihrem Aeußeren nicht bestimmt, lange zu leben. Sie stellte sich mir als die Gattin des Marquis A. Evrémonde vor. Ich brachte den Titel, mit welchem der Bauerbursche den älteren Bruder angeredet hatte mit dem Anfangsbuchstaben, den ich auf der Schärpe gestickt gesehen, in Verbindung und kam unschwer zu dem Schlusse, daß ich diesen Edelmann vor sehr kurzer Zeit gesehen hatte.

„Mein Gedächtniß ist immer noch zuverlässig, aber ich kann die Worte unserer Unterredung nicht niederschreiben. Ich argwöhne, daß ich strenger beobachtet werde als bisher, und weiß nicht, zu welcher Zeit man mich beobachtet. Sie hatte die Hauptthatsachen der traurigen Geschichte ihresGatten und daß man mich zu Rathe gezogen theils errathen, theils entdeckt. Sie wußte nicht, daß das Mädchen todt war. Sie hatte gehofft, wie sie mir mit großer Betrübniß sagte, ihr heimlich die mitfühlende Theilnahme eines Frauenherzens zu zeigen. Sie hatte gehofft, den Zorn des Himmels von einem Hause abzulenken, das seit langen Jahren dem schwerduldenden Volke verhaßt war.

„Sie hatte Gründe, zu glauben, daß noch eine jüngere Schwester lebte, und ihr heißester Wunsch war, dieser Schwester zu helfen. Ich konnte ihr weiter Nichts sagen, als daß wirklich eine solche Schwester vorhanden sei; weiter wußte ich Nichts. Gerade in der Hoffnung, daß ich ihr den Namen und den Aufenthalt der Schwester angeben könnte, hatte sie sich unter dem Siegel des Vertrauens an mich gewendet. Während ich bis zu dieser traurigen Stunde beide nicht kenne. ****

„Die Zettel gehen mir aus. Einer wurde mir gestern mit einer Drohung weggenommen. Ich muß meine Aufzeichnung heute zu Ende bringen.

„Sie war eine gute Dame, von einem mitleidigem Herzen und nicht glücklich in ihrer Ehe. Wie konnte Dies auch sein! Der Bruder mißtrauete ihr und haßte sie, und wendete allen seinen Einfluß gegen sie; sie fürchtete ihn und fürchtete auch ihren Gatten. Als ich sie hinunter bis an die Thür begleitete, saß ein Kind, ein hübscher Knabe von zwei bis drei Jahren in ihrem Wagen.

„„Seinetwegen, Doctor,“ sagte sie, und wies mit thränenden Augen auf ihn, „„möchte ich soviel gut machen, als[S. 64] ich mit meinen schwachen Kräften kann. Es kann ihm sein Erbe sonst nie zum Segen gereichen. Ich habe eine Ahnung, daß wenn keine andere Sühne der Schuld dargebracht wird, man es ihm eines Tages anrechnet. Was ich mein nennen kann — es ist wenig mehr als ein paar Juwelen — soll er — es soll das erste Gebot seines Lebens sein, — mit dem Mitleid und dem tiefen Bekümmerniß seiner todten Mutter dieser schwer verletzten Familie geben, wenn die Schwester entdeckt werden kann.“

„Sie küßte den Knaben und sagte, ihn liebkosend: „„es ist um Deiner selbst willen, lieber Sohn. Du wirst es thun, Charles?" Der Knabe erwiderte mit frischem Muthe: „„Ja!" Ich küßte ihr die Hand und sie schloß ihn in ihre Arme und fuhr, ihn liebkosend, fort. Ich habe sie nie wieder gesehen.

„Da sie den Namen ihres Gatten in der Meinung gesagt hatte, daß ich ihn kenne, erwähnte ich ihn in meinem Briefe weiter nicht. Ich siegelte meinen Brief und gab ihn noch an demselben Tage selbst ab, da ich ihn keinen andern Händen anvertrauen wollte.

„An diesem Abend, den letzten Abend des Jahres, klingelte ein Mann in schwarzem Anzuge an meiner Thür, verlangte mich zu sprechen und folgte leise meinem Bedienten, Ernest Defarge, einem jungen Burschen, die Treppe hinauf. Als mein Bediener in das Zimmer trat, wo ich mit meiner Gattin saß — o meine Gattin, Geliebte meines Herzens! meine schöne, junge englische Gattin! — sahen wir den Mann, den er an der Hausthür zurückgelassen zu haben glaubte, stumm hinter ihm stehen.

„„Ein dringender Fall in der Straße St Honoré," sagte er. Er würde mich nicht lange aufhalten, ein Wagen wartete auf mich."

„Er brachte mich hierher, er brachte mich in mein Grab. Als ich aus dem Hause heraus getreten war, warf man mir von Hinten ein schwarzes Tuch über das Gesicht und zog es fest über den Mund zusammen und band mir die Arme. Die beiden Brüder kamen aus einer dunkeln Ecke über die Straße herüber und identifizirten mich mit einer einzigen Handbewegung. Der Marquis zog aus seiner Tasche meinen Brief hervor, zeigte ihn mir, verbrannte ihn an dem Lichte einer Laterne, die ihm ein Bedienter hinhielt und trat die glimmende Asche mit dem Fuße aus. Kein Wort ward gesprochen. Man brachte mich hierher, man brachte mich in mein lebendiges Grab.

„Wenn es Gott gefallen hätte, es während all' dieser schrecklichen Jahre dem harten Herzen eines dieser Brüder einzugeben, mir Nachricht von meinem geliebten Weibe zukommen zu lassen — mir nur ein einziges Wort zu sagen, ob sie lebendig oder todt sei, so hätte ich glauben können, daß er sie noch nicht ganz verlassen hätte. Aber jetzt glaube ich, daß das Blutzeichen des Kreuzes verhängnißvoll für sie ist und daß sie an seiner Gnade keinen Theil haben. Und sie und ihre Nachkommen bis zum Letzten ihres Geschlechts klage ich, Alexander Manette, unglücklicher Gefangener in dieser letzten Nacht des Jahres 1767 in meiner unerträglichen Seelenqual den Zeiten an, wo für alle diese Dinge Rechen[S. 66]schaft gegeben werden muß. Ich klage sie an vor dem Himmel und vor der Erde."

Wuthgeheul ertönte, als dieses Document zum Schluß gelesen war. Es war ein wildes, leidenschaftliches Geheul, aus dem nichts herauszuhören war, als die Gier nach Blut. Die Erzählung weckte die rachgierigsten Leidenschaften der Zeit und es gab kein Haupt in der Nation, das dieser Rache nicht gefallen wäre.

Wozu noch vor diesem Gericht und diesem Publicum hervorheben, wie die Defarges das Papier nicht mit den andern in der Bastille gefundenen Denkschriften veröffentlicht, sondern es behalten hatten, um die rechte Zeit abzuwarten? Wozu noch hervorheben, daß der Name dieser verabscheuten Familie längst von St. Antoine in den Bann gethan und in das verhängnißvolle Register gestrickt war? Der Mann lebte nicht, dessen Tugenden und Verdienste ihn an diesem Tage und an dieser Stelle gegen eine solche Anklage aufrecht erhalten hätten.

Und um so schlimmer war es für den Angeklagten, daß der Ankläger ein wohlbekannter Bürger, sein eigener vertrauter Freund, der Vater seiner Gattin war. Eine der wahnwitzigen Begierden der Volksmasse galt Nachahmungen der zweifelhaften öffentlichen Tugenden des Alterthums und Opfern des eignen Ich's auf dem Altar des Volks. Als daher der Vorsitzende sagte (sonst hätte sein eigener Kopf auf seiner Schulter gewackelt), daß der gute Arzt der Republik sich durch Ausrottung einer verhaßten Aristokratenfamilie noch verdienter um die Republik mache, und daß er jeden[S. 67]falls ein wonniges Gefühl heiliger Freude empfinden würde, indem er seine Tochter zur Wittwe und ihr Kind zu einer Waise machte, da herrschte wilde Aufregung, patriotische Inbrunst im Saale, keine Spur menschlichen Mitgefühls.

„Viel Einfluß hat der Doctor hier, nicht wahr?“ sagte Madame Defarge halblaut vor sich hin und lächelte den Racheengel an. „Rettet ihn nur, Doctor, rettet ihn!“

Bei jeder Abstimmung eines Geschworenen brauste es wie wildes Meerestosen durch den Saal. Noch eine Stimme und noch eine Stimme. Immer lauteres Tosen.

Einstimmig verurtheilt. Von Herzen und der Abstammung nach ein Aristokrat, ein Feind der Republik, ein notorischer Volksbedrücker. Zurück in die Conciergerie und den Tod binnen vierundzwanzig Stunden!

Elftes Kapitel
Dämmerung

Die unglückliche Gattin des Unschuldigen, der zum Tode verurtheilt worden, sank unter dem Spruch zusammen, als wäre sie tödtlich getroffen. Aber kein Laut kam über ihre Lippen; und so stark war die Stimme in ihr, welche ihr vorstellte, daß sie vor Allen in der Welt ihn in seinem Jammer aufrecht halten müsse und ihn nicht vermehren dürfe, daß diese Stimme sie selbst von diesem Schlage rasch wieder emporhob.

Da die Richter an einer öffentlichen Straßenfestlichkeit Theil zu nehmen hatten, vertagte sich das Gericht. Der Lärm und die rasche Bewegung des sich durch viele Ausgänge leerenden Saales hatte noch nicht aufgehört, als Lucie, Nichts als Liebe und Tröstung im Gesicht, aufrecht dastand und die Arme nach ihrem Gatten ausstreckte.

„O, wenn ich ihn anrühren könnte! Wenn ich ihn nur einmal umarmen könnte! Ach gute Bürger, wenn ihr soviel Mitleid mit uns haben wolltet!“

Es war außer den zweien von den vieren, die den Angeklagten gestern verhaftet hatten, nur noch ein Schließer da, und Barsad. Die Zuhörer waren alle hinausgeströmt um das Schauspiel auf den Straßen anzusehen. Barsad schlug den Uebrigen vor, „laßt sie ihn umarmen; es ist ja nur ein Augenblick.“ Stillschweigend gaben die Andern ihre Einwilligung und sie geleiteten sie über die Bänke im Saale nach einer erhöheten Stelle, wo er, wenn er sich über die Schranken der Anklagebank vorbog, sie in seine Arme schließen konnte.

„Leb' wohl, Liebling meiner Seele. Meinen letzten Segen auf Dein Haupt. Wir werden uns wiedersehen, wo die Müden Ruhe finden.“

Das waren die Worte ihres Gatten als er sie an seine Brust schloß.

„Ich kann es tragen, lieber Charles. Der Herr hält mich aufrecht; gräme Dich nicht um meinetwillen. Einen letzten Segen für unser Kind.“

„Ich schicke ihn durch Dich. Ich küsse es durch Dich. Ich sage ihm Lebewohl durch Dich.“

„Mein Gatte. Nein! Noch einen Augenblick!“ Er riß sich von ihr los. „Wir werden nicht lange getrennt bleiben. Ich fühle, daß dies bald mein Herz brechen wird; aber ich werde meine Pflicht thun, so lange es geht, und wenn ich sie verlasse, so wird Gott unserer Tochter Freunde erwecken, wie er sie mir erweckt hat.“

Ihr Vater war ihr gefolgt und wäre vor Beiden auf die Knie gefallen, wenn ihn nicht Darnay bei der Hand gefaßt und ausgerufen hätte:

„Nein, nein! was haben Sie gethan, daß Sie vor uns knieen sollten! Wir wissen jetzt, welchen Kampf Sie vor Zeiten zu bestehen hatten. Wir wissen jetzt, was Sie zu dulden hatten, als Sie meine Herkunft argwöhnten und als Sie Gewißheit darüber erhielten. Wir wissen jetzt, welche natürliche Antipathie Sie ihretwegen bekämpften und besiegten. Wir danken Ihnen aus vollem Herzen und mit all unserer Liebe und Pflicht. Der Himmel sei mit Ihnen!“

Des Vaters einzige Antwort war, mit den Händen in die weißen Haare zu fahren und sie mit lautem Jammern zu ringen.

„Es konnte nicht anders sein,“ sagte der Gefangene, „Alles hat so zusammengewirkt wie es gekommen ist. Es war das stets vergebliche Bestreben meiner armen Mutter Gebot nachzukommen, was mich zuerst in verhängnißvolle Berührung mit Ihnen brachte. Aus so Bösem konnte nie Gutes kommen, und ein glücklicheres Ende lag nicht in dem[S. 70] Wesen eines so unglücklichen Anfangs. Trösten Sie sich und verzeihen Sie mir. Der Himmel segne Sie!“

Als man ihn fortführte, lies ihn seine Frau los und sah ihm nach mit zum Gebet gefalteten Händen und mit einem strahlenden Ausdruck auf ihrem Antlitz, in welchem selbst ein tröstendes Lächeln war. Als er durch die Gefangnenthür verschwand, wendete sie sich um, legte ihren Kopf zärtlich an ihres Vaters Brust, versuchte zu sprechen und sank bewußtlos zu seinen Füßen nieder.

Da trat aus der dunkeln Ecke, die er nie verlassen hatte, Sydney Carton hervor und hob sie auf. Nur ihr Vater und Mr. Lorry waren bei ihr. Sein Arm zitterte als er sie in die Höhe hob und ihren Kopf unterstützte. Aber in seinem Gesicht sprach sich nicht blos Mitleid aus, — es lag auch ein Anflug von Stolz darin.

„Soll ich sie nach einem Wagen tragen? Ich fühle ihre Last nicht.“

Er trug sie leichten Schrittes nach der Thür und legte sie mit zärtlicher Sorgfalt in eine Kutsche. Ihr Vater und ihr alter Freund stiegen hinein und er nahm neben dem Kutscher Platz.

Als sie den Thorweg erreichten, wo er vor wenigen Stunden noch gestanden um sich im Dunkeln auszumalen, auf welche Steine des rauhen Pflasters sie den Fuß gesetzt, hob er sie wieder aus dem Wagen und trug sie die Treppe hinauf in ihre Wohnung. Dort legte er sie auf ein Lager, wo ihre Tochter und Miß Proß über sie weinten.

„Bringen Sie sie nicht zum Bewußtsein,“ sagte er leise zu der Letzteren, „sie befindet sich besser so; bringen Sie sie nicht zu sich, so lange sie nur an Ohnmachten leidet.“

„Ach Carton, Carton, lieber Carton!“ rief die kleine Lucie, indem sie ihn in einem leidenschaftlichen Ausbruche des Schmerzes mit ihren Aermchen umschlang. „Jetzt, wo Du gekommen bist, wirst Du gewiß Etwas thun um Mama zu helfen und Papa zu retten! Ach siehe sie nur an, lieber Carton! Kannst Du, von allen Leuten, die sie lieb haben, ertragen, sie so zu sehen?“

Er beugte sich über die Kleine herab und legte ihre blühende Wange an sein Gesicht. Dann schob er sie sanft bei Seite und betrachtete ihre bewußtlos daliegende Mutter.

„Ehe ich gehe," sagte er und stockte. — „Darf ich sie küssen?"

Man erinnerte sich später, daß, als er sich über sie beugte und ihre Stirne mit seinen Lippen berührte, er halblaut einige Worte gesprochen. Die kleine Lucie, die ihm zunächst stand erzählte später, und erzählte noch ihren Enkeln, als sie eine schöne alte Dame war, daß sie ihn sagen hörte: „ein Leben das Sie lieben."

Als er hinaus in das nächste Zimmer gegangen war, wendete er sich plötzlich zu Mr. Lorry und ihren Vater um, die ihm folgten und sagte zu letzterem:

„Dr. Manette, Sie hatten noch gestern großen Einfluß; machen Sie noch einen Versuch. Diese Richter und alle diese Machthaber sind Ihnen sehr befreundet und für Ihre Dienste sehr dankbar; nicht wahr?"

„Nichts, was sich auf Charles bezog blieb mir verborgen. Ich hatte die stärksten Zusicherungen, daß ich ihn retten würde; und es gelang mir." Er gab die Antwort in großer Unruhe und sehr langsam.

„Versuchen Sie noch einmal. Es sind nur wenige kurze Stunden bis morgen Nachmittag, aber machen Sie den Versuch."

„Ich gedenke den Versuch zu machen. Ich will keinen Augenblick zögern."

„Das ist gut. Ich habe erlebt, daß Energie wie die Ihrige große Dinge ausgerichtet hat — obgleich," setzte er zugleich mit einem Lächeln und einem Seufzer hinzu, „noch nie so große Dinge. Aber machen Sie den Versuch! So wenig werth das Leben ist, wenn wir es schlecht anwenden, so ist es doch diese Bemühung werth. Wenn das nicht der Fall wäre, kostete es kein Opfer es hinzugeben."

„Ich gehe auf der Stelle zu dem Ankläger und dem Vorsitzenden," sagte Dr. Manette, „und noch zu anderen, die ich lieber nicht nennen will. Ich will auch schreiben und — aber halt! es ist eine öffentliche Festlichkeit und Niemand wird vor Dunkelwerden zu Hause zu finden sein."

„Das ist wahr. Nun, es ist im besten Falle eine verzweifelte Hoffnung und nicht viel verzweifelter, wenn sie bis Dunkelwerden aufgeschoben wird. Ich möchte gern wissen, was Sie ausrichten; obgleich ich sagen muß, ich hoffe nichts! Wann denken Sie diese Leute gesehen zu haben, Dr. Manette?"

„Unmittelbar nach Dunkelwerden, hoffe ich. In den nächsten ein oder zwei Stunden."

„Es wird bald nach Vier finster. Nehmen wir die längste Frist an. Wenn ich um 9 Uhr zu Mr. Lorry komme, werde ich dann von unserm Freunde oder von Ihnen selbst hören können, was Sie ausgerichtet haben?"

„Ja."

„Ich wünsche Ihnen viel Glück!“

Mr. Lorry folgte Sydney nach der Saalthür, legte die Hand auf seine Schulter als er gehen wollte, und veranlaßte ihn dadurch sich umzudrehen.

„Ich habe keine Hoffnung,“ sagte Mr. Lorry mit gedämpfter und bekümmerter Stimme.

„Ich auch nicht.“

„Wenn einer von diesen Männern, oder alle geneigt wären ihm das Leben zu lassen — was eine starke Voraussetzung ist; denn was ist ihnen sein oder jedes anderen Menschen Leben! — so bezweifle ich, daß sie es, nach der Demonstration im Gerichtssaale, wagen dürften.“

„Das thue ich auch. In diesem Geheul hörte ich den Fall des Beiles.“

Mr. Lorry lehnte sich mit dem Arm gegen das Thürgewände und legte sein Gesicht darauf.

„Lassen Sie den Muth nicht sinken,“ sagte Carton sehr sanft, „weinen Sie nicht. Ich bestärkte Dr. Manette in diesem Vorsatze, weil ich fühlte, daß der Gedanke daran ihr eines Tages tröstlich sein würde. Sonst könnte sie denken:[S. 74] „„sein Leben wurde leichtsinnig hingegeben“ und das könnte ihr Kummer machen.“

„Ja, ja, ja“ entgegnete Mr. Lorry, und trocknete sich die Augen, „Sie haben Recht. Aber er wird sterben; es ist keine Hoffnung mehr.“

„Ja. Er wird sterben; es ist keine Hoffnung mehr,“ gab Carton zurück. Und ging mit festem Schritte die Treppe hinab.

Zwölftes Kapitel
Nacht

Sydney Carton stand auf der Straße, ohne recht zu wissen, wohin er gehen sollte. „In Tellsons Comptoir um 9 Uhr," sagte er nachdenklich. „Ist es gut, wenn ich mich unterdessen zeige? Ich glaube. Es ist das Beste, daß diese Leute wissen es ist ein Mann wie ich bin, hier. Es ist eine gute Vorsichtsmaßregel und kann eine nothwendige Vorbereitung sein. Aber ruhig, ruhig! Ich muß es erst ausdenken."

Er hemmte seine Schritte, die sich bereits seinem Ziele zugewendet hatten, ging noch einigemal in der bereits dunkel werdenden Straße auf und ab und verfolgte den Gedanken bis in seine letzten Consequenzen. Sein erster Eindruck ward nur bestätigt. „Es ist das Beste," sagte er zu[S. 75]letzt, „wenn diese Leute wissen, daß ein Mann wie ich bin, hier ist." Und er wendete seine Schritte St. Antoine zu.

Defarge hatte sich bei Gelegenheit der Gerichtsverhandlung „Inhaber eines Weinschanks in der Vorstadt St. Antoine" genannt. Für einen der die Stadt kannte war es nicht schwer, sein Haus zu finden, ohne weiter zu fragen. Nachdem sich Carton seiner Lage vergewissert, verließ er wieder diese engeren Straßen, speiste bei einem Restaurant und sank nach dem Essen in einen gesunden Schlaf. Zum ersten Male seit vielen Jahren hatte er kein starkes Getränk genossen. Seit gestern Nacht hatte er nichts getrunken als ein paar Glas leichten, dünnen Wein, und vorige Nacht hatte er den Branntwein langsam auf Mr. Lorry's Heerd ausgegossen, wie Jemand, der damit nichts mehr zu thun hat.

Es war 7 Uhr als er erfrischt aufwachte, und auf die Straße hinaustrat. Auf dem Wege von St. Antoine blieb er vor einem Ladenfenster stehen, wo sich ein Spiegel befand und band sein loses Halstuch etwas anders, zog sich den Rockkragen zurecht und ordnete sein Haar. Als er damit fertig war, suchte er Defarge's Weinschank auf und trat ein.

Es war zufällig kein Gast im Laden als Jaques Drei mit den ruhelosen Fingern und der krächzenden Stimme. Dieser Mann, den er unter den Geschwornen gesehen hatte, stand vor dem kleinen Ladentische in Gespräch mit den beiden Defarge's. Der Racheengel nahm an der Unterhaltung Theil, wie ein ordentliches Mitglied der Wirthschaft.

Als Carton eintrat, Platz nahm und (in ziemlich schlechtem Französisch) ein Glas Wein verlangte, warf Madame[S. 76] Defarge erst einen achtlosen Blick auf ihn, dann einen aufmerksameren, und dann einen noch aufmerksameren, und trat dann selbst an seinen Tisch und fragte ihn, was er bestellt habe.

Er wiederholte was er schon gesagt hatte.

„Engländer?“ fragte Madame Defarge, indem sie fragend ihre dunkeln Augenbrauen in die Höhe zog.

Nachdem er sie angesehen, als ob er selbst ein einzelnes französisches Wort nur langsam verstände, gab er mit seinem früheren, stark ausgeprägten, fremden Accent zur Antwort: „Ja Madame, ja. Ich bin Engländer.“

Madame Defarge kehrte an den Ladentisch zurück um den Wein einzuschenken, und als er eine Jakobinerzeitung nahm und sich stellte, als ob er mit schwerem Bemühen sie zu verstehen versuchte, hörte er sie sagen: „ich schwöre es euch, ganz wie Evrémonde.“

Defarge brachte ihm den Wein und sagte ihm „guten Abend.“

„Wie?“

„Guten Abend.“

„Ah! guten Abend, Bürger,“ sagte er und schenkte dabei sein Glas ein. „Ah! und guter Wein. Es lebe die Republik!“

Defarge trat an den Ladentisch zurück und sagte: „er sieht ihm allerdings ein Wenig ähnlich.“ Madame erwiderte mit Entschiedenheit: „ich sage Dir, er sieht ihm sehr ähnlich.“ Jaques Drei bemerkte friedenstiftend: „Das kommt daher, daß Ihr soviel an ihn denkt, Bürgerin.“ Der[S. 77] liebenswürdige Racheengel setzte lachend hinzu: „ja meiner Treu! und Du freuest Dich so sehr darauf ihn morgen noch einmal zu sehen!“

Carton folgte den Zeilen und Worten seiner Zeitung mit langsamem Zeigefinger und aufmerksamem und in sich versunkenem Gesicht. Sie lehnten alle mit den Armen auf dem Ladentische und steckten, leise sprechend, die Köpfe zusammen. Nach einem Schweigen von einigen Augenblicken, während welchem sie ihn Alle angesehen hatten, ohne daß er sich dadurch in seiner Lectüre stören ließ, setzten sie ihr Gespräch fort.

„Es ist richtig, was Madame sagt,“ bemerkte Jaques Drei. „Warum aufhören? Darin liegt viel Wahres. Warum aufhören?“

„Nun ja,“ warf Defarge ein, „aber einmal aufhören muß man doch. Im Grunde ist die Frage immer noch wo?“

„Mit der Ausrottung,“ sagte Madame.

„Prächtig,“ krächzte Jaques Drei. Auch der Racheengel gab höchst befriedigt seine Zustimmung.

„Ausrottung ist ein guter Grundsatz, Frau,“ sagte Defarge etwas beunruhigt; „im Allgemeinen sage ich Nichts dagegen. Aber dieser Doctor hat viel gelitten; Ihr habt ihn heute gesehen; Ihr habt sein Gesicht beobachtet, wie das Papier gelesen ward.“

„Ich habe sein Gesicht beobachtet!“ wiederholte Madame verächtlich und zornig. „Ja, ich habe sein Gesicht beobachtet. Ich habe gesehen, daß es nicht das Gesicht eines wahren Freundes der Republik ist. Er mag sein Gesicht in Acht nehmen.“

„Und Du hast den Schmerz seiner Tochter gesehen,“ sagte Defarge in begütigendem Tone, „der schrecklicher Schmerz für ihn sein muß!“

„Ich habe seine Tochter gesehen!“ wiederholte Madame; „ja, ich habe seine Tochter gesehen, mehr als einmal. Ich habe sie heute beobachtet und habe sie zu andern Zeiten beobachtet. Ich habe sie beobachtet im Gerichtssaal und ich habe sie auf der Straße beim Gefängniß beobachtet. Ich brauche nur den Finger aufzuheben —!“ Sie schien ihn aufzuheben (Cartons Augen verließen die Zeitung nicht) und ihn mit einem Klirren auf dem Tisch vor sich fallen zu lassen, als ob das Beil gefallen wäre.

„Die Bürgerin ist herrlich!“ krächzte der Geschworene.

„Sie ist ein Engel,“ sagte der Racheengel und umarmte sie.

„Was Dich betrifft,“ fuhr Madame in unversöhnlichen Tone zu ihrem Gatten gewendet, fort, „so würdest Du, wenn es von Dir abhinge — was glücklicher Weise nicht der Fall ist — noch heute diesen Mann retten.“

„Nein!“ protestirte Defarge. „Nicht wenn es durch Indiehöhenehmen dieses Glases geschehen könnte! Aber ich würde dabei stehen bleiben. Ich sage, hört hier auf.“

„Seht Ihr also, Jaques,“ sagte Madame Defarge zornig „und siehe auch Du mein Racheengel! Jetzt hört! Wegen anderer Verbrechen als Tyrannen und Volksbedrücker habe ich dieses Geschlecht seit langer Zeit auf meinem Register verurtheilt zur Vernichtung und Ausrottung. Fragt meinen Mann, ob es nicht an dem ist.“

„Es ist an dem.“ sagte Defarge ohne gefragt zu werden.

„Im Anfang der großen Tage, als die Bastille fiel, findet er das heutige Papier und bringt es mit nach Hause. Und mitten in der Nacht, wo hier alles fort und alles draußen zugeschlossen ist, lesen wir es hier auf dieser Stelle bei dem Scheine dieser Lampe. Fragt ihn, ob es nicht an dem ist.“

„Es ist an dem,“ stimmte Defarge bei.

„Diese Nacht sage ich ihm, als wir das Papier gelesen haben und die Lampe ausgebrannt ist, und der Tag über diese Laden und durch diese eisernen Gitter hereinscheint, daß ich nun ein Geheimniß mitzutheilen habe. Fragt ihn, ob es nicht an dem ist.“

„Es ist an dem,“ stimmte Defarge wieder bei.

„Ich theile ihm dieses Geheimniß mit. Ich schlage mit diesen beiden Händen diese Brust, wie ich es jetzt thue und sage zu ihm. „„Defarge, ich ward unter den Fischern am Meeresstrand erzogen und diese von den beiden Evrémondes so schwer verletzte Bauernfamilie, von der dieses Papier erzählt, ist meine Familie. Defarge, diese Schwester des tödtlich verwundeten Knaben war meine Schwester, dieser Gatte war meiner Schwester Gatte, dieses neugeborne Kind war ihr Kind, dieser Bruder war mein Bruder, dieser Vater war mein Vater, diese Todten sind meine Todten und diese Ladung, sich wegen dieser Sachen zu verantworten, habe ich geerbt. Fragt ihn, ob es an dem ist.“

„Es ist an dem,“ stimmte Defarge noch einmal bei.

„Dann gebietet dem Sturme und dem Feuer Stillstand,“ entgegnete Madame, „aber nicht mir.“

Ihre beiden Zuhörer schienen einen köstlichen Genuß in dem todtbringenden Charakter ihres Hasses zu finden — Carton konnte fühlen wie bleich ihr Gesicht war, ohne sie zu sehen — und beide zollten ihr hohe Lobsprüche. Defarge, eine schwache Minorität, sagte einige Worte zur Erinnerung an die mitleidige Gemahlin des Marquis, aber brachte von seiner Frau weiter nichts heraus, als eine Wiederholung ihrer letzten Antwort: „gebiete dem Sturme und dem Feuer Stillstand; nicht mir!“

Gäste traten ein und die Gruppe löste sich auf. Der englische Gast bezahlte, was er genossen hatte, zählte das Geld, was er herausbekam, nach, ohne sich damit zurecht finden zu können, und fragte als Fremder nach dem Wege nach dem Nationalpalast. Madame Defarge brachte ihn bis an die Thür, nahm seinen Arm und wies ihm die Richtung. Der englische Gast dachte dabei, daß es eine gute That sein könnte, diesen Arm zu packen, ihn empor zu heben, und scharf und tief darunter zu stoßen.

Aber er ging seines Weges und war bald in dem Schatten der Gefängnißmauer verschwunden. Zur bestimmten Stunde kam er aus demselben hervor um wieder in Mr. Lorry's Zimmer zu erscheinen, wo er den alten Herrn in ruheloser Angst auf- und abgehend fand. Er sagte, er wäre bis vor kurzem bei Lucien gewesen und hätte sie nur auf wenige Minuten verlassen, um der Verabredung gemäß hier zu sein. Ihr Vater war, seitdem er das Bankhaus gegen 4 Uhr verlassen, nicht wiedergesehen worden. Sie hatte einige schwache Hoffnung, daß seine Vermittlung[S. 81] Charles retten könnte; aber sie war sehr schwach. Er war jetzt mehr als fünf Stunden vom Hause weg: wo konnte er sein?

Mr. Lorry wartete bis Zehn; da aber Dr. Manette nicht zurückkehrte und er Lucien nicht allein lassen wollte, so kamen sie überein, daß er wieder zu ihr gehen und um Mitternacht noch einmal nach dem Bankhause kommen sollte. Unterdessen wollte Carton allein bei dem Feuer auf den Doctor warten.

Er wartete und wartete und die Uhr schlug Zwölf; aber Dr. Manette kehrte nicht zurück. Mr. Lorry kam wieder und brachte keine Kunde von ihm. Wo konnte er sein?

Sie besprachen noch diese Frage und waren fast geneigt den Schatten einer Hoffnung auf seine verlängerte Abwesenheit zu bauen, als sie ihn auf der Treppe hörten. So wie er in das Zimmer trat war es offenbar, daß Alles verloren war.

Ob er wirklich bei Jemandem gewesen war, oder ob er während dieser ganzen Zeit die Straßen durchwandert hatte, ist nie bekannt geworden. Wie er dastand und sie anstierte, wendeten sie sich mit keiner Frage an ihn; denn sein Gesicht sagte ihnen Alles.

„Ich kann sie nicht finden," sagte er, „und ich muß sie haben. Wo ist sie?"

Kopf und Hals waren bloß und wie er einen hülflosen Blick ringsum schweifen ließ, zog er seinen Rock aus und ließ ihn auf den Fußboden fallen.

„Wo ist meine Bank? Ich habe sie überall gesucht und kann sie nicht finden. Wo habt Ihr meine Arbeit hingethan? Die Zeit drängt: ich muß die Schuhe fertig machen."

Sie sahen sich einander an und die letzte Hoffnung entschwand aus ihrem Herzen.

„Bitte, bitte!" sagte er mit weinerlicher Stimme; „gebt mir meine Arbeit."

Da er keine Antwort erhielt, raufte er sich das Haar und stampfte mit dem Fuße auf den Boden, wie ein Kind das seinen Willen nicht hat.

„Quälen Sie nicht einen armen, unglücklichen Mann," bat er dann mit einem herzzerreißenden Aufschrei; „geben Sie mir meine Arbeit! Was soll aus uns werden, wenn diese Schuhe heute Nacht nicht fertig werden?"

Von Sinnen, rein von Sinnen!

Es war so offenbar nutzlos ihm verständig zuzusprechen, oder zu versuchen ihn zu sich zu bringen, daß jeder von den Beiden, wie auf Verabredung, eine Hand auf seine Schulter legte und ihn durch das Versprechen, sie wollten ihm seine Arbeit schaffen, bewogen, vor dem Feuer Platz zu nehmen. Er sank in den Stuhl, stierte in die Kohlen und fing an zu weinen. Als ob Alles, was seit der Dachstubenzeit geschehen war ein flüchtiger Traum gewesen, sah Mr. Lorry ihn zu derselben Gestalt zusammenschrumpfen, die Defarge unter seiner Obhut gehabt hatte.

Gerührt und zugleich erschrocken über diesen plötzlichen Zusammensturz, wie sie alle beide waren, hatten sie doch nicht Zeit sich solchen Empfindungen hinzugeben. Seine alleinstehende Tochter, ihrer letzten Hoffnung und Stütze beraubt, sprach zu mächtig zu ihnen. Wieder sahen sie sich wie verabredet mit einem und demselben Worte auf den Lippen an. Carton sprach zuerst:

„Die letzte Hoffnung ist hin; sie war nicht groß. Ja; es ist das Beste Sie bringen ihn hin zu ihr. Aber wollen Sie, bevor Sie gehen, mir noch für einen Augenblick aufmerksames Gehör schenken? Fragen Sie nicht nach dem Warum der Bedingungen die ich stellen werde, und des Versprechens das ich zu fordern gedenke; ich habe einen Grund — einen triftigen Grund."

„Ich bezweifele es nicht," gab Mr. Lorry zur Antwort. „Fahren Sie fort."

Die Gestalt auf dem Stuhle zwischen ihnen wiegte sich unterdessen stöhnend vorwärts und rückwärts. Sie sprachen in demselben Tone, wie wenn sie des Nachts bei einem Krankenbette wachten.

Carton bückte sich um den Rock aufzuheben, der fast unter seinen Füßen lag. Während er dies that, fiel ein Brieftäschchen heraus, in welchem der Doctor gewöhnlich seine Tagesbesuche verzeichnete. Carton hob es auf und fand ein zusammengebrochenes Papier darin. „Wir sollten Das wohl ansehen?" sagte er. Mr. Lorry nickte zustimmend. Er schlug es auseinander und rief aus. „Gott sei Dank!"

„Was ist es!" fragte Mr. Lorry begierig.

„Einen Augenblick! ich komme gleich darauf. Erstlich," er steckte die Hand in die Tasche und brachte ein anderes Papier heraus, „hier ist das Certificat, welches mir erlaubt,[S. 84] diese Stadt zu verlassen. Sehen Sie es an. Sie sehen — Sydney Carton, ein Engländer?"

Mr. Lorry hielt es aufgeschlagen in seiner Hand und sah in sein ernstes Gesicht.

„Heben Sie es bis Morgen für mich auf. Ich sehe ihn morgen, wie Sie wissen und es ist besser ich nehme es nicht mit in's Gefängniß."

„Warum nicht?"

„Ich weiß nicht; es ist mir lieber so. Jetzt nehmen Sie dies Papier, das Dr. Manette in seiner Tasche trug. Es ist ein ähnliches Certificat, welches ihn und seine Tochter und ihr Kind in den Stand setzt zu jeder Zeit zum Thor hinaus und über die Grenze zu kommen. Nicht wahr?"

„Ja!"

„Vielleicht hat er es sich gestern als letzte und äußerste Vorsichtsmaßregel verschafft. Von welchem Tage ist es datirt? aber das thut nichts zur Sache; sehen Sie nicht erst nach; legen Sie es sorgfältig zu meinem und zu Ihrem Paß. Jetzt merken Sie wohl auf! Erst in den letzten paar Stunden wurde ich ungewiß, ob er einen solchen Erlaubnißschein hätte oder haben könnte. Er ist gut bis er zurückgenommen wird. Aber er kann zurückgenommen werden und ich habe Grund zu glauben, daß Dies sehr bald geschehen wird."

„Sie sind nicht in Gefahr?"

„Sie sind in großer Gefahr. Sie sind in Gefahr einer Anklage von Madame Defarge. Ich weiß es von ihren eigenen Lippen. Ich habe heute Abend von dieser

Frau Aeußerungen belauscht, welche mir ihre Gefahr als sehr[S. 85] nahe und bedrohlich darstellten. Ich habe keine Zeit verloren und seitdem mit dem Spion gesprochen. Er bestätigt meine Befürchtung. Er weiß, daß ein Holzhacker, der nicht weit von dem Gefängniß wohnt, mit den Defarges in Verbindung steht und von Madame Defarge verhört worden ist und ihr gesagt hat, daß er gesehen hätte, wie sie" — er nannte nie Luciens Namen — „mit Gefangenen Zeichen und Signale gewechselt hat. Es ist leicht vorauszusehen, daß der Vorwand der gewöhnliche sein wird, eine Gefängnißverschwörung, und daß ihr Leben auf dem Spiele steht — und vielleicht das ihres Kindes — und vielleicht das ihres Vaters — denn man hat beide mit ihr an jenem Orte gesehen. Machen Sie kein so entsetztes Gesicht. Sie können sie noch Alle retten."

„Der Himmel gebe es, Carton! aber wie?"

„Das will ich Ihnen gleich sagen. Es kommt ganz auf Sie an und es kann auf keinen bessern Mann ankommen. Diese neue Anklage wird jedenfalls erst nach dem morgenden Tage eingereicht werden; wahrscheinlich erst zwei oder drei Tage später; noch wahrscheinlicher eine Woche später. Sie wissen, es ist ein todteswürdiges Verbrechen ein Opfer der Guillotine zu betrauern. Sie und ihr Vater würden unzweifelhaft sich dieses Verbrechens schuldig machen, und diese Frau (deren Unversöhnlichkeit und Ausdauer im Haß ich gar nicht beschreiben kann) würde warten, um damit noch ihre Sache zu verstärken und den Erfolg doppelt sicher zu machen. Sie folgen mir?"

„So aufmerksam und mit so viel Vertrauen auf Das, was Sie sagen, daß ich für den Augenblick selbst dieses Unglück vergesse," erwiederte er, auf den Doctor deutend.

„Sie haben Geld, und können für die schnellsten Mittel, die Küste zu erreichen, sorgen. Ihre Vorbereitungen, nach England zurückzukehren, sind schon seit einigen Tagen vollendet. Morgen beizeiten halten Sie Ihre Pferde bereit, daß sie um 2 Uhr Nachmittags reisefertig dastehen."

„Es soll geschehen!"

Es lag Etwas so inbrünstiges und Muth einflößendes in seinem Tone, daß die Stimmung auf Mr. Lorry überging und er so rasch war wie ein Jüngling.

„Sie sind ein Mann von edlem Herzen. Sagte ich nicht, daß wir uns auf keinen bessern verlassen könnten? Theilen Sie ihr noch heute Abend mit, was Sie von der Gefahr wissen, die sie und ihr Kind und ihren Vater bedroht. Heben Sie letzteres besonders hervor; denn sie würde ihr schönes Haupt gern und willig neben dem ihres Gatten unter das Beil legen." Seine Stimme zitterte einen Augenblick; dann fuhr er ruhiger fort. „Um ihres Kindes und ihres Vaters willen prägen Sie ihr die Nothwendigkeit ein, mit diesen Beiden und mit Ihnen zu dieser Stunde Paris zu verlassen. Sagen Sie ihr, es sei ihres Gatten letzte Anordnung gewesen. Sagen Sie ihr, daß mehr darauf ankommt, als sie zu glauben oder zu hoffen wagen darf. Sie glauben, daß ihr Vater, selbst in diesem traurigen Zustande, sich ihr fügen wird; meinen Sie nicht?"

„Ich bin dessen überzeugt."

„Ich dachte mir es. Treffen Sie in aller Stille und Vollständigkeit alle diese Vorbereitungen hier im Hofe so, daß Sie sogar alle schon im Wagen sitzen. Sowie ich komme, nehmen Sie mich auf und fahren fort."

„Ich warte also unter allen Umständen auf Sie?"

„Sie haben mein Certificat mit den übrigen, wie Sie wissen und heben mir meinen Platz auf. Warten Sie blos darauf, daß mein Platz besetzt ist und dann nach England!"

„Nun, dann hängt doch nicht alles von einem alten Manne ab, sondern ich werde einen jungen und eifrigen Mann neben mir haben," sprach Mr. Lorry und drückte seine eifrige, aber doch so ruhige und feste Hand.

„Mit Gottes Hülfe, ja! Versprechen Sie mir auf das Feierlichste, daß Sie sich durch nichts bestimmen lassen einen andern Weg einzuschlagen, als wir uns jetzt versprochen haben zu wählen."

„Durch nichts, Carton."

„Erinnern Sie sich morgen an die Worte: die geringste Abweichung von dem verabredeten Plane, oder der geringste Verzug — aus welchem Grunde es immer sei — kann verursachen, daß nicht ein Leben gerettet werden kann und viele Leben unvermeidlich geopfert werden müssen."

„Ich werde ihrer gedenken. Ich hoffe meinen Theil getreulich auszuführen."

„Und ich hoffe dasselbe zu thun. Nun leben Sie wohl!"

Obgleich er Dies mit einem ernsten Lächeln sagte und sogar die Hand des Alten an seine Lippen drückte, schied er doch noch nicht von ihm. Er half ihm die sich immer noch[S. 88] vor dem verlöschenden Feuer wiegende Gestalt soweit zu wecken, daß man ihr einen Mantel umthun und einen Hut aufsetzen und sie zum Fortgehen bewegen konnte, um die Bank und die Arbeit zu suchen, nach der sie so kläglich verlangte. Er ging auf die andere Seite der Gestalt und geleitete sie bis in den Hof des Hauses, wo das betrübte Herz — so glücklich in jener denkwürdigen Zeit, wo er ihm sein eigenes verödetes Herz enthüllt hatte — die schreckliche Nacht durchwachte. Er blieb noch allein ein paar Augenblicke in dem Hofe stehen und blickte hinauf zu dem lichterhellten Fenster ihres Zimmers. Ehe er fortging, sendete er noch ein segnendes Wort hinauf und ein Lebewohl.

Dreizehntes Kapitel
Zweiundfünfzig

In dem schwarzen Gefängniß der Conciergerie erwarteten die Verurtheilten des Tages ihr Schicksal. Es waren so viele, wie es Wochen im Jahre giebt. Zweiundfünfzig sollten an diesem Nachmittag den Lebensstrom der Stadt hinunter in die grenzenlose, ewige See schwimmen. Ehe sie ihre Zellen verlassen hatten, waren schon neue Bewohner derselben bezeichnet; ehe ihr Blut sich mit dem gestern vergossenen Blute vermischt hatte, war das Blut, das morgen sich mit den ihrigen vermischen sollte, bereits ausgesucht.

Zweiundfünfzig waren abgezählt. Von dem Generalpächter von siebenzig Jahren, dessen Reichthümer sein Leben nicht erkaufen konnten, bis zur Nätherin von zwanzig, deren Armuth und Unbedeutendheit sie nicht zu retten im Stande war. Physische Krankheiten, durch menschliche Laster und Versäumnisse erzeugt, suchen sich Opfer jeden Standes aus; und die schreckliche moralische Seuche, geboren von unsagbaren Leiden, unerträglichem Druck und herzloser Gleichgültigkeit, traf ebenfalls ohne Unterschied.

Charles Darnay, allein in seiner Zelle, hatte sich mit keiner schmeichelnden Selbsttäuschung getröstet, seitdem er aus der Gerichtssitzung zurück war. In jeder Zeile der vorgelesenen Erzählung hatte er sein Todesurtheil gehört. Er hatte vollständig begriffen, daß ihn kein persönlicher Einfluß retten, daß er in Wirklichkeit von Millionen verurtheilt war und daß Einzelne nichts für ihn thun könnten.

Dennoch war es nicht leicht, mit dem Gesicht seiner geliebten Gattin noch frisch vor ihm, sich gefaßten Sinnes auf Das vorzubereiten, was seiner wartete. Das Band, das ihn mit dem Leben verknüpfte, war stark und es war sehr, sehr schwer zu lösen; allmälich und nach langen Bemühungen hier ein wenig gelockert, schloß es sich dort um so fester; und wenn er seine ganze Kraft gegen die eine Hand wendete und diese nachgab, schloß sich die andere wieder. Es herrschte auch ein wildes Treiben in allen seinen Gedanken, ein stürmisches und erhitztes Bewegen in seinem Herzen, das Resignation nicht dulden wollte. Wenn er sich für einen Augenblick resignirt fühlte, schienen seine Gattin[S. 90] und sein Kind, die ihn überleben sollten, dagegen Protest zu erheben und die Entsagung zu einem selbstischen Gefühl zu machen.

Aber dies Alles war blos ein Anfang. Es dauerte nicht lange, so stellte sich die Erwägung ein, daß keine Schande in dem Schicksal sei, dem er entgegen ging, daß jeden Tag Viele denselben Weg, ungerecht verurtheilt, wandelten und ihn mit festem Schritte gingen. Zunächst kam der Gedanke, daß es von höchster Wichtigkeit für den zukünftigen Seelenfrieden der Theueren, die er auf der Erde zurückließ, sei, ruhige Fassung zu zeigen. So wurde allmälich sein Gemüth ruhiger und gerieth in eine Stimmung, wo seine Gedanken sich viel höher erhoben und er Trost von Oben holen konnte.

Bevor es am Abend seiner Verurtheilung dunkel geworden, war er so weit auf seinem letzten Wege gekommen. Man hatte ihm gestattet, Schreibmaterialien und ein Licht zu kaufen, und er setzte sich hin um zu schreiben bis zu dem Zeitpunkt, wo das Licht in den Gefängnissen ausgelöscht werden mußte.

Er schrieb einen langen Brief an Lucien, in welchem er ihr erzählte, daß er von ihres Vaters Haft nichts gewußt, bis er davon durch sie gehört, und daß es ihm ebenso wenig wie ihr selbst bekannt gewesen, daß sein Vater und sein Oheim Schuld an diesem Unglück gewesen, bis das Papier verlesen worden. Er hatte ihr bereits auseinandergesetzt, daß es ihr Vater — warum, sei jetzt wohl einzusehen — zur einzigen Bedingung bei ihrer Verlobung gemacht und es sich an ihrem Hochzeitsmorgen noch besonders habe versprechen[S. 91] lassen, ihr den Namen zu verheimlichen, den er aufgegeben hatte. Um ihres Vaters willen bat er sie, niemals nachzuforschen, ob ihr Vater das Vorhandensein des Papieres vergessen, oder ob er daran erinnert worden durch die Geschichte aus dem Tower, an jenem längst vergessenen Sonntage unter dem lieben Platanenbaume im Garten. Wenn er eine bestimmte Erinnerung an dasselbe gehabt, so sei er jedenfalls überzeugt gewesen, daß es mit der Bastille verbrannt sei, als er es unter den Reliquien von Gefangenen, welche die Stürmenden dort gefunden und welche in allen Zeitungen beschrieben worden, nicht erwähnt gefunden hatte. Er bat sie — obgleich er hinzusetzte, daß er recht wohl wisse wie überflüssig das sei — ihren Vater damit zu trösten, daß sie ihm bei jeder Gelegenheit in der schonendsten Weise die Wahrheit einpräge, daß er nichts gethan habe, weßwegen er sich begründete Vorwürfe zu machen habe, sondern stets um ihrer beider willen in Selbstvergessenheit voran gegangen sei. Nachdem er sie noch einmal gebeten, sich seiner letzten dankbaren Liebe und seines Segens ewig zu erinnern und ihren Schmerz zu überwinden, um für ihr geliebtes Kind zu sorgen, beschwor er sie nächst diesem, ihren Vater zu trösten.

An diesen schrieb er in derselben Weise; aber er sagte ihm noch, daß er ausdrücklich seine Gattin und sein Kind seiner Obhut übergebe. Und er sagte ihm Dies sehr eindringlich in der Hoffnung, ihn dadurch vor Niedergeschlagenheit oder einem gefährlichen Rückfall in den alten Zustand, der nur zu sehr zu befürchten war, zu bewahren.

Mr. Lorry legte er alle seine Lieben an's Herz und setzte seine irdischen Angelegenheiten auseinander. Nachdem dies mit vielen Aeußerungen dankbarer Freundschaft und warmer Zuneigung geschehen, war Alles fertig. An Carton dachte er nicht ein einziges Mal. So voll war seine Seele von den Anderen.

Er hatte Zeit diese Briefe zu beenden, bis die Lichter ausgelöscht wurden. Als er sich auf sein Strohbett streckte, glaube er mit dieser Welt abgeschlossen zu haben.

Aber sie winkte ihn zurück in seinem Schlummer und zeigte sich ihm in leuchtenden Gestalten. Frei und glücklich, wieder in dem alten Hause in Soho (obgleich es ganz anders aussah als das wirkliche Haus), in unerklärlicher Weise befreit und der Sorgen entledigt, war er wieder mit Lucien vereint und sie sagte ihm, daß alles ein Traum und er nie fortgewesen sei. Eine Pause des Vergessens und dann hatte er geduldet und dann war er wieder bei ihr, todt und in Frieden und doch war kein Unterschied in ihnen. Noch eine Pause der Vergessenheit und er wachte in düsterer Morgenstunde auf, ohne zu wissen wo er war und was geschehen, bis es ihm wie ein Blitz durch den Kopf fuhr, dies ist mein Sterbetag!

So war er durch die Stunden zu dem Tage gekommen, wo die zweiundfünfzig Köpfe fallen sollten. Und jetzt, wo er gefaßt war und hoffte, seinem Ende mit ruhigem Heldenmuthe entgegen gehen zu können, nahmen seine wachenden Gedanken eine neue Richtung an, die sehr schwer zu bewältigen war.

Er hatte nie das Instrument gesehen, das ihm das Leben nehmen sollte. Wie hoch es über dem Boden war, wie viele Stufen es hatte, wo man ihn hinstellen und wie man ihn anfassen würde, ob die Hände, die ihn anfaßten, roth gefärbt sein würden, nach welcher Seite man ihm das Gesicht wenden, ob er vielleicht der Erste oder Letzte sein würde: diese und viele ähnliche Fragen, von seinem Willen ganz und gar unabhängig, drängten sich ihm unzählige Male auf. Mit Furcht hatten sie nichts zu thun: er war sich keiner Furcht bewußt. Sie rührten eher von einem merkwürdigen, sich immer wieder aufdringenden Wunsche her, zu wissen was zu thun sei, wenn die Zeit kam; ein Wunsch, der in riesenmäßigem Mißverhältniß zu den wenigen kurzen Augenblicken stand, auf die es sich bezog; ein verwundertes Fragen, welches mehr dem Regen eines anderen Geistes in dem seinigen, als ihm selbst angehörte.

Die Stunden vergingen, wie er auf- und abging, und die Thurmglocken schlugen die Stunden, die ihm nie wieder schlagen sollten. Neun Uhr war vorbei für immer, Zehn vorbei für immer, Elf vorbei für immer, Zwölf sollte zum letzten Male schlagen. Nach einem harten Kampfe mit der excentrischen Stimmung, die ihm zuletzt zu schaffen gemacht, hatte er sie überwunden.

Er ging auf und ab und wiederholte sich halblaut ihre Namen. Der schwerste Kampf war vorüber. Er konnte auf- und abgehen, frei von störenden Gedanken und für sich und für sie beten.

Zwölf für immer vorüber.

Man hatte ihm gesagt, die letzte Stunde werde Drei sein und er wußte, daß man ihn etwas früher abholen würde, da die Wagen schwer und langsam durch die Straßen rumpelten. Deßhalb beschloß er an Zwei als an die Stunde zu denken, und sich in der Zwischenzeit so zu stärken, daß er hernach im Stande sei andere zu stärken.

Regelmäßig, mit über der Brust gekreuzten Armen auf- und abgehend, ein ganz anderer Mann wie der Gefangene der in La Force auf- und abgegangen war, hörte er ohne Ueberraschung, wie es Eins von ihm weg schlug. Die Stunde war so lang gewesen, wie die meisten anderen Stunden. Dem Himmel fromm dankbar für seine wiedergewonnene Fassung, dachte er: nur noch eine Stunde, und wendete sich, um wieder auf- und abzugehen.

Draußen vor der Thür, in dem gemauerten Gange, hörte man Schritte. Er blieb stehen.

Der Schlüssel klirrte im Schloß und wurde umgedreht. Ehe die Thür aufging, oder wie sie aufging, sagte ein Mann mit gedämpfter Stimme auf Englisch: „er hat mich hier nie gesehen; ich bin ihm aus dem Wege gegangen. Gehen Sie allein hinein; ich warte hier. Verlieren Sie keine Zeit!“

Die Thür wurde rasch geöffnet und wieder zugemacht und vor ihm stand, ruhig, gefaßt, mit einem Lächeln auf dem Gesicht und den Finger warnend auf den Lippen, Sydney Carton.

Es lag etwas so helles, so strahlendes und merkwürdiges in dem Ausdrucke seines Gesichts, daß der Gefangene für den ersten Augenblick ungewiß war, ob die Erscheinung nicht[S. 95] ein Geschöpf seiner Phantasie sei. Aber er sprach und es war seine Stimme; er ergriff die Hand des Gefangenen und es war der Druck einer wirklichen Hand.

„Von allen Menschen auf der Welt hätten Sie mich am wenigsten zu sehen erwartet?“ sagte er.

„Ich konnte nicht glauben, daß Sie es wären. Ich kann es jetzt kaum glauben. Sie sind nicht verhaftet?“ Diese Befürchtung kam ihm plötzlich in den Sinn.

„Nein. Ich besitze zufällig eine Macht über einen der Schließer hier und durch Anwendung derselben stehe ich vor Ihnen. Ich komme von ihr — von Ihrer Gattin, lieber Darnay.“

Der Gefangene drückte ihm feurig die Hand.

„Ich überbringe eine Bitte von ihr.“

„Welche?“

„Eine höchst ernste, dringende und nachdrückliche Bitte, an Sie gerichtet in dem rührendsten Tone der Ihnen so theueren Stimme, deren Sie sich so gut erinnern.“

Der Gefangene wendete sein Gesicht halb weg.

„Sie haben keine Zeit zu fragen, warum ich sie bringe und was sie zu bedeuten hat; ich habe keine Zeit es Ihnen zu sagen. Sie müssen sie erfüllen — ziehen Sie Ihre Stiefeln aus und ziehen Sie dafür meine an.“

Es stand ein Stuhl an der Wand der Zelle hinter dem Gefangenen. Mit Blitzesschnelle hatte Carton ihn hineingedrückt und stand vor ihm in Strümpfen.

„Ziehen Sie meine Stiefeln an, rasch, rasch!“

„Carton, es ist kein Entfliehen hier möglich; es ist nicht durchzuführen. Sie werden nur mit mir sterben. Es ist Wahnwitz.“

„Es wäre Wahnwitz, wenn ich Sie aufforderte zu entfliehen; aber thue ich Das? Wenn ich Sie auffordere zu dieser Thür hinauszugehen, so sagen Sie mir es ist Wahnwitz und bleiben Sie. Tauschen Sie mit mir die Halsbinde und den Rock. Unterdessen gestatten Sie mir dies Band von Ihren Haaren loszubinden und Ihre Haare auseinander zu schütteln wie diese!“

Mit wunderbarer Raschheit und mit einer Kraft des Willens und der That, die wunderbar erschien, zwang er ihm alle diese Veränderungen auf. Der Gefangene war in seinen Händen wie ein kleines Kind.

„Carton! lieber Carton! es ist Wahnwitz. Es ist nicht durchzuführen, es kann nicht geschehen; es ist versucht worden und immer fehl geschlagen. Ich bitte Sie durch Ihren Tod nicht die Bitterkeit des meinigen zu vermehren.“

„Fordere ich Sie auf, lieber Darnay, zur Thür hinaus zu gehen? so wie ich Das thue, sagen Sie Nein. Hier ist Feder und Tinte und Papier auf dem Tische. Ist Ihre Hand ruhig genug zum Schreiben?“

„Sie war es als Sie eintraten.“

„So schreiben Sie, was ich Ihnen vorsage. Rasch, Freund, rasch!“

Darnay drückte die Hand vor seine brennende Stirn und setzte sich an den Tisch. Carton, die rechte Hand in der Brust, stand dicht neben ihm.

„Schreiben Sie genau, was ich Ihnen vorsage.“

„An wen adressire ich es?“

„An Niemanden.“

Carton hatte immer noch die Hand in der Brust.

„Datire ich es?“

„Nein.“

Der Gefangene blickte bei jeder Frage auf. Carton, mit der Hand in der Brust neben ihm stehend, sah auf ihn herab.

„„Wenn Sie sich““ diktirte Carton, „„„der Worte erinnern, welche wir vor langer Zeit mit einander gesprochen haben, so werden Sie dies leicht begreifen, wenn Sie es sehen. Ich weiß Sie erinnern sich derselben. Es liegt nicht in Ihrer Art zu vergessen.““

Er zog die Hand aus der Brust, aber gerade jetzt blickte der Gefangene in seiner wirren Verwunderung auf und die Hand blieb, Etwas gefaßt haltend, stecken.

„Sie haben geschrieben „„zu vergessen?““ sagte Carton.

„Ja. Ist das eine Waffe in Ihrer Hand?"

„Nein, ich bin nicht bewaffnet."

„Was haben Sie in der Hand?"

„Sie sollen es gleich wissen. Schreiben Sie weiter; es sind nur noch wenige Worte. Er diktirte wieder. „„Ich danke Gott, daß die Zeit gekommen ist, wo ich sie beweisen kann. Daß ich es thue verursacht mir weder Schmerz, noch Reue."" Wie er diese Worte, die Augen auf den Schreibenden geheftet, sprach, brachte er die Hand langsam und vorsichtig bis dicht an das Gesicht des Schreibenden.

Die Feder fiel Darnay aus der Hand und er blickte verstört um sich.

„Was ist das für ein Dunst?" fragte er.

„Dunst?"

„Etwas, das an mir vorbeigeschwebt ist?"

„Ich habe Nichts bemerkt; es kann hier nicht sein. Nehmen Sie die Feder wieder und schreiben Sie. Rasch, rasch!"

Als ob sein Gedächtniß geschwächt, oder sein Geist gestört wäre, machte der Gefangene eine Anstrengung seine Aufmerksamkeit zu sammeln. Wie er Carton mit bewölkten Augen und kürzeren Athemzügen ansah, blickte ihn dieser — die Hand wieder in der Brust — fest in's Gesicht.

„Rasch, rasch!"

Der Gefangene beugte sich noch einmal über das Papier.

„„Wenn es anders gewesen wäre""; Cartons Hand bewegte sich von neuem vorsichtig und langsam niederwärts; „„so hätte ich nie die längere Gelegenheit benutzt. Wenn es anders gewesen wäre""; die Hand war vor dem Gesichte des Gefangenen, „„so hätte ich nur um so mehr zu verantworten. Wenn es anders gewesen wäre"" — Carton sah nach der Feder und bemerkte, daß sie nur noch unlesbare Zeichen auf das Papier machte.

Er bewegte die Hand nicht wieder nach der Brust. Der Gefangene sprang mit vorwurfsvollen Blick auf, aber Cartons Hand lag dicht und fest auf seinen Nasenlöchern und sein linker Arm hatte ihn um die Hüfte gefaßt. Einige kurze Augenblicke versuchte er schwach sich des Mannes zu erwehren, der gekommen war um sein Leben für ihn hin[S. 99]zugeben; aber nach vielleicht einer Minute lag er bewußtlos auf dem Boden.

Rasch, und ohne zu zögern zog Carton die Kleider des Gefangenen an, kämmte sein Haar zurück und band es mit dem Bande, das der Gefangene getragen hatte. Dann rief er leise: „Dort draußen, herein! herein!" und der Spion erschien.

„Seht Ihr ihn?“ sagte Carton aufblickend, wie er auf einem Knie neben dem Bewußtlosen kniete und ihm das Papier in die Brust schob; „ist Eure Gefahr sehr groß?“

„Mr. Carton,“ gab der Spion, furchtsam mit dem Finger schnippend, zur Antwort, „das ist in dem Geschäftsdrange hier die Gefahr für mich nicht, wenn Sie Ihren ganzen Plan getreulich ausführen.“

„Macht Euch keine Sorge um mich. Ich halte treu aus, bis zum Tode.“

„Das müssen Sie auch, Mr. Carton, wenn die Zahl 52 richtig sein soll. Wenn Sie sie in diesem Anzuge vollzählig machen, habe ich keine Furcht.“

„Fürchtet Nichts! ich werde bald außer Stande sein Euch zu schaden und die übrigen werden, will’s Gott, bald weit weg von hier sein. Jetzt ruft Leute und bringt mich nach dem Wagen.“

„Sie?“ sagte der Spion voller Unruhe.

„Ihn, mit dem ich getauscht habe. Ihr geht zu demselben Thore hinaus, zu dem wir hereingekommen sind?“

„Natürlich.“

„Ich war schwach und angegriffen, als ich kam und bin jetzt, wo ihr mich fortbringt, noch angegriffener. Der Abschied hat mich überwältigt. So Etwas ist hier oft, nur zu oft geschehen. Rasch, ruft Leute!“

„Ihr schwört, mich nicht zu verrathen?“ sagte der zitternde Spion, als er noch einmal stehen blieb.

„Mensch, Mensch!“ entgegnete Carton und stampfte mit dem Fuße; „habe ich noch nicht feierliche Eide genug geschworen dies durchzuführen, daß Ihr jetzt die kostbaren Augenblicke verschwendet? Bringt ihn selbst nach dem Hofe, den Ihr kennt, schafft ihn selbst in den Wagen, zeigt ihn selbst Mr. Lorry; sagt ihm selbst, ihm kein anderes Wiederbelebungsmittel, als frische Luft zukommen zu lassen und meiner Worte und seines Versprechens von gestern Abend zu gedenken und von dannen zu fahren!“

Der Spion entfernte sich und Carton setzte sich an den Tisch und stützte den Kopf in die Hände. Der Spion kehrte gleich darauf mit zwei Männern zurück.

„Ah, ah, ah!“ sagte einer derselben, als er den auf den Boden Gesunkenen sah. „So betrübt zu erfahren, daß sein Freund einen Gewinn in der Lotterie der heiligen Guillotine gezogen hat?“

„Ein guter Patriot,“ sagte der andere, „könnte kaum betrübter sein, wenn der Aristokrat eine Niete gezogen hätte.“

Sie hoben den Bewußtlosen auf, legten ihn auf eine Tragbahre, die sie vor der Thür stehen hatten und bückten sich um ihn fortzutragen.

„Die Zeit ist kurz, Evrémonde“, sagte der Spion in warnendem Tone.

„Ich weiß es,“ gab Carton zur Antwort. „Tragt Sorge für meinen Freund, bitte ich Euch nochmals, und verlaßt mich.“

„So kommt,“ sagte Barsad zu dem anderen. „Tragt ihn hinunter!“

Die Thür schloß sich und Carton war allein. Mit gespanntester Aufmerksamkeit horchend, lauschte er auf jeden Ton, der Verdacht oder Allarm anzeigen könnte. Man vernahm keinen. Man hörte Schlüssel sich drehen, Thüren rasseln, Tritte durch entlegene Gänge schallen, aber kein ungewöhnliches Geschrei oder Lärmen machte sich vernehmlich. In einer kleinen Weile athmete er freier auf, setzte sich an den Tisch und horchte wieder, bis es zwei Uhr schlug.

Töne vor denen er sich nicht fürchtete, denn er errieth was sie bedeuteten, machten sich jetzt hörbar. Mehrere Thüren wurden hintereinander geöffnet und zuletzt seine eigene. Ein Schließer, mit einem Verzeichniß in der Hand, blickte herein, sagte blos „folgt mir, Evrémonde!“ und er folgte ihm in eine große dunkele Halle. Es war ein trüber Wintertag und die Dunkelheit drinnen und draußen machte, daß er die anderen die hereingebracht wurden, um hier gebunden zu werden, nicht gut erkennen konnte. Einige standen, Einige saßen, Einige jammerten und gingen ruhelos auf und ab; aber das waren wenige. Die große Mehrzahl war ruhig und stumm, und sah starr auf den Boden.

Wie er an der Wand in einer dunkeln Ecke stand, während noch einige von den Zweiundfünfzig nach ihm hereingebracht wurden, blieb einer im Vorbeigehen bei ihm stehen, um ihn als Bekannten zu umarmen. Ein angstvoller Gedanke, entdeckt zu werden, fuhr ihm durch die Seele; aber der andere ging weiter. Ein paar Augenblicke später stand ein schwächlich gebautes Mädchen, mit lieblichem, aber abgezehrtem Gesicht, auf welchem keine Spur Farbe sichtbar war, und großen, weit offenen, geduldigen Augen von der Bank auf, wo er sie sitzen gesehen hatte, und trat an ihn heran.

„Bürger Evrémonde,“ sagte sie, und berührte ihn mit ihrer kalten Hand. „Ich bin eine arme kleine Nähterin und war mit Euch in La Force.“

Er murmelte vor sich hin: „richtig. Ich vergesse weshalb Ihr angeklagt waret?“

„Wegen Verschwörung. Obgleich der gerechte Himmel weiß, daß ich unschuldig bin. Ist es wahrscheinlich? Wer soll auf den Einfall kommen mit einem armen, schwachen Geschöpf, wie ich bin, zu complotiren?“

Das trübe Lächeln, mit dem sie dies sagte, rührte ihn so, daß Thränen seine Augen füllten.

„Ich fürchte mich nicht, zu sterben, Bürger Evrémonde, aber ich habe Nichts gethan. Ich sterbe nicht ungern, wenn die Republik, welche uns Armen soviel Gutes bringen soll, durch meinen Tod gewinnt; aber ich begreife nicht, wie das zugehen soll, Bürger Evrémonde. Ein so armes, kleines schwaches Ding!“

Als das letzte auf Erden, wofür sein Herz warm und sanft fühlen sollte, trat ihm dieses arme Mädchen entgegen.

„Ich hörte Ihr wäret freigelassen, Bürger Evrémonde, ich hoffte es sei wahr?"

„Ich war frei. Aber man hat mich wieder verhaftet und verurtheilt."

„Wenn ich mit Euch fahre, Bürger Evrémonde, wollt Ihr mir dann erlauben Eure Hand zu nehmen? Ich fürchte mich nicht, aber ich bin klein und schwach und dies wird mir mehr Muth geben."

Wie die geduldigen Augen ihm ins Gesicht blickten, sah er darin sich erst Zweifel und dann Staunen ausdrücken. Er drückte die abgezehrte, jugendliche Hand und legte die Finger an die Lippen.

„Ihr sterbt für ihn?" flüsterte sie.

„Und für seine Frau und sein Kind. Still! Ja."

„Oh, wollt Ihr mir erlauben, Eure wackere Hand zu nehmen, Fremder?"

„Still! Ja, arme Schwester; bis zuletzt." —

Dieselben Schatten die auf das Gefängniß fallen, fallen zu derselben Stunde des frühen Nachmittags auf die Barriere, mit dem Menschengedränge um dieselbe herum, als eine Paris verlassende Kutsche vorfährt, um examinirt zu werden.

„Wer ist d'rin? Papiere!"Die Papiere werden herausgegeben und gelesen.

„Alexander Manette, Arzt. Franzose. Welcher ist es? Das ist er; dieser hülflose, halbe Worte murmelnde, in halben Irrsinn versunkene alte Mann."

„Allem Anscheine nach ist der Bürger Doctor nicht recht bei Sinnen? Das Revolutionsfieber ist viel zu hitzig für ihn gewesen?"

„Viel zu hitzig."

„Ha! viele leiden daran. Lucie. Seine Tochter. Französin. Welche ist sie?"

„Das ist sie."

„Muß wohl sein. Lucie, Gattin Evrémondes; nicht wahr?"

„He! Evrémonde hat eine Bestellung anders wohin. Lucie, ihr Kind. Die Kleine da?"

„Sie und keine andere."

„Gieb mir einen Kuß, Evrémondes Kind. Jetzt hast Du einen guten Republikaner geküßt; Etwas Neues in Deiner Familie; vergiß es nicht! Sydney Carton, Advocat. Engländer. Welcher ist es?"

„Er liegt dort in der Ecke des Wagens." Auf ihn zeigt man den Fragenden.

„Allem Anscheine nach ist der englische Advocat ohnmächtig geworden?"

„Man hofft er werde sich in frischer Luft wieder erholen. Er ist schwach von Gesundheit und der Abschied von einem Freunde, der sich das Mißfallen der Republik zugezogen hat, hat ihn sehr erschüttert."

„Weiter Nichts? Das ist nicht viel! Viele haben sich das Mißfallen der Republik zugezogen und müssen zu dem kleinen Fenster hinaussehen. Jarvis Lorry, Bankier. Engländer. Welcher ist es?"

„Ich bin es. Natürlich, da ich der letzte bin." Jarvis Lorry ist ausgestiegen und steht am Kutschenschlage, von einer Gruppe Beamten verhört. Sie gehen langsam um den Wagen herum und steigen gemächlich auf denselben hinauf, um zu sehen was für Gepäck auf dem Dache liegt. Das Landvolk steht umher, drängt sich an die Kutschenthüren und stiert neugierig hinein; ein kleines Kind, auf dem Arme seiner Mutter, streckt, von dieser angeleitet, seine Aermchen aus, damit es das Weib eines Aristokraten berühre, der unter der Guillotine gestorben ist.

„Hier sind Eure Papiere, Jarvis Lorry."

„Kann man abreisen, Bürger?"

„Man kann abreisen. Vorwärts Postillon! Glückliche Reise!"

„Lebt wohl, Bürger. — Und die erste Gefahr wäre hinter uns!"

Das sind wieder die Worte Jarvis Lorry's, wie er die Hände faltet und zum Himmel blickt. Es ist Angst im Wagen und Weinen und das schwere Athmen der bewußtlosen Reisenden.

„Fahren wir nicht zu langsam? Können wir sie nicht bewegen schneller zu fahren?" fragte Lucie angstvoll den Alten.

„Das würde zu sehr wie Flucht aussehen. Wir dürfen sie nicht zu sehr treiben; es würde Verdacht erwecken."

„Sehen sie sich um, ob wir verfolgt werden."

„Die Straße ist frei, liebe Lucie. Bis jetzt werden wir nicht verfolgt."

Häuser zu zweien oder dreien, einsame Pachthöfe, verfallene Gebäude, Färbereien, Gerbereien und ähnliches offenes Land, Alleen von laublosen Bäumen, ziehen an uns vorbei. Das harte holprige Pflaster ist unter uns, der weiche tiefe Schlamm zu beiden Seiten. Manchmal lenken wir in den Schlamm hinüber, um von den Steinen weg zu kommen, die uns bis auf die Knochen schütteln, und manchmal bleiben wir dort in tiefen Gleisen und Löchern stecken. Die Qual unserer Ungeduld ist dann so groß, daß wir in unserer verstörten Angst und Eile lieber aussteigen und laufen oder uns verstecken möchten — Alles, nur nicht Halt machen.

Hinter uns wieder offenes Land, ringsum wieder verfallene Gebäude, einsame Pachthöfe, Färbereien, Gerbereien und ähnliches, Häuser in Gruppen von zwei oder drei, Alleen von laublosen Bäumen. Haben diese Leute uns hintergangen und fahren sie uns auf einem andern Wege zurück? Ist das nicht derselbe Ort, den wir schon einmal sahen? Gott sei Dank, nein. Ein Dorf. „Sehen Sie sich um, sehen Sie sich um ob wir verfolgt werden! Still! das Posthaus.“

In Muße werden die vier Pferde ausgespannt; in Muße bleibt die Kutsche auf der kleinen Straße stehen ohne Pferde und ohne alle Wahrscheinlichkeit, daß sie jemals wieder in Bewegung kommen werde; in Muße werden die neuen Pferde einzeln sichtbar; in Muße kommen auch die neuen Postillone und binden langsam neue Knoten in ihre Peitschen; in Muße zählen die alten Postillone ihr Geld, verrechnen sich und sind[S. 107] unzufrieden mit dem Resultat. Während der ganzen Zeit schlagen unsere übervollen Herzen mit einer Schnelligkeit, welche den schnellsten Lauf des schnellsten Pferdes, das jemals geboren worden, übertreffen würde.

Endlich sitzen die neuen Postillone im Sattel und die alten sind hinter uns. Wir sind durch das Dorf, den Berg hinauf, wieder hinab und fahren durch die feuchte Niederung. Plötzlich fangen die Postillone an mit lebhaften Geberden miteinander zu reden und die Pferde werden heftig angehalten. Wir werden verfolgt!

„He da! im Wagen drinnen, he da!“

„Was giebts?“ fragte Mr. Lorry zum Fenster heraus.

„Wie viele, sagten sie?“

„Ich verstehe Euch nicht — auf der letzten Post.“

„Wie viele heute unter der Guillotine?“

„Zweiundfünfzig.“

„Ich sagte es ja! eine schöne Zahl! mein Mitbürger hier, wollte blos von Zweiundvierzig wissen; zehn Köpfe mehr sind schon des Habens werth. Die Guillotine arbeitet schön. Ich liebe sie. Vorwärts. Vorwärts!“

Die Nacht breitete ihre dunkeln Schleier aus. Er bewegt sich wieder; er fängt an lebendig zu werden und verständlich zu sprechen; er findet sich wieder unter den Seinen; er fragt ihn bei seinem Namen, was er in der Hand hat. O, hab’ Erbarmen, gnädiger Himmel und hilf uns! Seht hinaus, seht hinaus, ob wir nicht verfolgt werden.

Der Wind fährt hinter uns her, und die Wolken fliegen uns nach, und der Mond schwimmt hinter uns her, und die ganze stürmische Nacht scheint uns zu verfolgen; aber soweit werden wir von nichts Anderem verfolgt.

Vierzehntes Kapitel
Ausgestrickt

Zu derselben Zeit, wo die Zweiundfünfzig ihr Schicksal erwarteten, hielt Madame Defarge eine heimliche, nichts Gutes bedeutende Berathung mit dem Racheengel und Jaques Drei von der revolutionären Jury. Nicht im Weinschank berieth sich Madame Defarge mit diesen Ministern, sondern unter dem Schuppen des Holzhackers, der früher Straßenarbeiter gewesen war. Der Holzhacker selbst nahm nicht an der Conferenz Theil, sondern hielt sich in einiger Entfernung, wie ein fern stehender Trabant, der nicht sprechen oder seine Meinung sagen darf, ehe man ihn auffordert.

„Aber unser Defarge ist jedenfalls ein guter Republikaner?" sagte Jaques Drei, „nicht wahr?"

„Es giebt keinen besseren in Frankreich," betheuerte der zungenfertige Racheengel mit schriller Stimme.

„Still, Racheengel," sagte Madame Defarge, indem sie mit leichtem Stirnrunzeln ihre Hand der Sprechenden auf den Mund legte. „Laß mich sprechen. Mein Mann, Mitbürger, ist ein guter Republikaner und ein Mann voll Muth;[S. 109] er hat sich um die Republik wohl verdient gemacht und besitzt ihr Vertrauen. Aber mein Mann hat seine Schwächen, und er ist schwach genug, mit diesem Doctor Mitleid zu fühlen."

„Es ist sehr schade," krächzte Jaques Drei, indem er zweifelnd den Kopf schüttelte und mit seinen grausamen Fingern an seinem hungrigen Munde spielte; „es ist nicht ganz wie ein guter Bürger; es ist zu beklagen."

„Seht," sagte Madame, „mir ist dieser Doctor gleichgültig. Er mag seinen Kopf behalten oder verlieren, ich kümmere mich nicht darum; mir ist es einerlei. Aber die Evrémondes müssen alle ausgerottet werden und das Weib und das Kind müssen dem Gatten und Vater folgen."

„Sie hat einen schönen Kopf dazu," krächzte Jaques Drei. „Ich habe blaue Augen und goldenes Haar dort gesehen und sie sahen reizend aus als Sanson sie in die Höhe hielt." Der blutgierige Wüthrich sprach wie ein Epikuräer.

Madame Defarge schlug die Augen nieder und dachte ein Wenig nach.

„Auch das Kind," bemerkte Jaques Drei mit nachdenklichem Genießen seiner Worte, „hat goldenes Haar und blaue Augen. Und wir haben selten ein Kind dort. Es ist ein hübscher Anblick!"

„Mit einem Worte," sagte Madame Defarge wieder aufblickend, „ich kann meinem Manne in dieser Sache nicht trauen. Ich fühle nicht nur seit letzter Nacht, daß ich ihm die Einzelheiten meiner Pläne nicht mittheilen darf, sondern [S. 110] ich fühle auch, daß bei längerem Warten Gefahr vorhanden ist, daß er sie warnt und daß sie entfliehen.“

„Das darf nicht sein,“ sagte Jaques Drei; „Niemand darf davon kommen. Wir haben noch nicht halb genug wie es jetzt geht. Wir sollten jeden Tag Hundertzwanzig haben.“

„Mit einem Wort“ fuhr Madame Defarge fort, „mein Mann hat nicht meinen Grund diese Familie bis zur Ausrottung zu verfolgen, und ich habe nicht seinen Grund mit diesem Doctor Mitleid zu fühlen. Ich muß daher für mich handeln. Kommt her, kleiner Bürger.“

Der Holzhacker, der sie mit dem Respect und der Unterwürfigkeit tödtlicher Furcht betrachtete, trat, mit der Hand an seiner rothen Mütze, heran.

„Was diese Signale betrifft, kleiner Bürger,“ sagte Madame Defarge mit Strenge, „die sie mit dem Gefangenen gewechselt hat; seid Ihr bereit heute noch als Zeuge dafür aufzutreten?“

„Ja, ja, warum nicht!“ erklärte der Holzhacker. „Alle Tage, in jedem Wetter von Zwei bis Vier, immer signalisirend, manchmal mit der Kleinen, manchmal ohne dieselbe. Ich weiß, was ich weiß, mit meinen Augen habe ich es gesehen.“

Während er sprach, machte er allerlei Geberden, wie in zufälliger Nachahmung einiger wenigen von den vielen Signalen, die er nie gesehen hatte.

„Offenbar Complot,“ sagte Jaques Drei. „Nicht zu bezweifeln!“

„Sind die Geschwornen sicher?“ fragte Madame Defarge, und sah ihn mit einem düstern Lächeln an.

„Verlaßt Euch auf die patriotischen Geschworenen, Bürgerin. Ich stehe für meine Mitgeschworenen.“

„Jetzt laßt uns noch einmal sehen,“ sagte Madame Defarge überlegend. „Kann ich diesen Doctor für meinen Mann entbehren? Ich habe Nichts für und Nichts gegen ihn. Kann ich ihn entbehren?“

„Er würde als ein Kopf zählen,“ bemerkte Jaques Drei mit gedämpfter Stimme. „Wir haben wirklich nicht Köpfe genug; es wäre schade, sollte ich meinen.“

„Er wechselte mit ihr Signale, als ich sie sah,“ erwiederte Madame Defarge; „ich kann von den Einen nicht sprechen, ohne den Anderen zu erwähnen; und ich darf nicht stumm sein und die ganze Sache diesem kleinen Bürger hier überlassen. Denn ich bin kein schlechter Zeuge.“

Der Racheengel und Jaques Drei wetteiferten mit einander in leidenschaftlichen Betheuerungen, daß sie die vortrefflichste und bewunderungswürdigste aller Zeuginnen sei. Um nicht zurückzubleiben, nannte sie der kleine Bürger „eine himmlische Zeugin.“

„Er muß sehen wie er fährt," sagte Madame Defarge. „Nein; ich kann ihn nicht entbehren! Ihr seid beschäftigt um drei Uhr; Ihr geht zu der Hinrichtung. — Ihr?"

Diese letzte Frage galt dem Holzhacker, der hastig mit Ja antwortete und die Gelegenheit ergriff um hinzuzusetzen, daß er der eifrigste aller Republikaner sei und der unglücklichste aller Republikaner sein würde, wenn ihm Jemand den Genuß raubte, seine Nachmittagspfeife zu rauchen, und dabei dem drolligen Nationalbarbier zuzusehen. Er betheuerte Dies mit soviel Nachdruck, daß man ihn in Verdacht hätte haben können, (und vielleicht hatten ihn auch die schwarzen Augen der Madame Defarge, die verächtlich auf ihn herabsah, in diesem Verdachte) er hege jede Stunde des Tages seine kleinen besonderen Befürchtungen für seine persönliche Sicherheit.

„Ich muß auch hin," sagte Madame. „Nachdem es vorbei ist — sagen wir um 8 Uhr Abends — kommt ihr zu mir nach St. Antoine, und wir reichen dann die Anzeige gegen diese Leute bei meiner Section ein."

Der Holzhacker sagte, er werde sich stolz und geschmeichelt fühlen, der Bürgerin Befehl auszuführen. Die Bürgerin blickte ihn an, er wurde verlegen, wich ihrem Blicke aus, wie es ein Hündchen gethan haben würde, zog sich unter sein Holz zurück und versteckte seine Verwirrung hinter dem Griffe seiner Säge.

Madame Defarge winkte dem Geschwornen und dem Racheengel etwas näher an die Thür zu kommen, und setzte ihnen dort ihre weiteren Pläne mit folgenden Worten auseinander:

„Sie wird jetzt zu Hause sein und den Augenblick seines Todes erwarten. Sie wird trauern und weinen. Sie wird in einem Gemüthszustande sein, die Gerechtigkeit der Republik in Zweifel zu ziehen. Sie wird voller Sympathien für ihre Familie sein. Ich werde zu ihr gehen."

„Welch bewundernswerthes Weib, welch anbetungswürdiges Weib!" rief Jaques Drei entzückt aus. „Ach Herz meines Herzens!" rief der Racheengel und umarmte sie.

„Nimm Du mein Strickzeug," sagte Madame Defarge und legte es in die Hände ihrer Adjutantin, „und halte es für mich bereit auf meinem gewöhnlichen Platze. Sorge für meinen gewöhnlichen Stuhl. Geh geraden Weges hin, denn es wird wahrscheinlich heute größerer Zulauf sein, als gewöhnlich."

„Ich führe mit Freuden die Befehle meiner Vorgesetzten aus," erwiederte der Racheengel und küßte sie auf die Wange. „Du wirst nicht zu spät kommen?"

„Ich werde vor dem Anfange dort sein."

„Und ehe die Wagen ankommen. Sorge ja dafür, mein Herz, daß Du da bist ehe die Wagen ankommen!" rief ihr der Racheengel nach; denn sie war schon auf der Straße draußen.

Madame Defarge winkte mit der Hand zum Zeichen, daß sie verstanden hatte und sicher zur rechten Zeit da sein werde, und ging dann die schmutzige Straße entlang und um die Ecke der Gefängnißmauer. Der Racheengel und der Geschworene sahen ihr nach, voll von stillem Lobe ihrer schönen Gestalt und ihrer ausgezeichneten sittlichen Eigenschaften.

Es gab damals viele Frauen, auf welche die Zeit ihre entsetzlich entstellende Hand legte; aber es war vor allen keine mehr zu fürchten, als diese erbarmungslose Frau, welche jetzt durch die Straßen ging. Von starkem und furchtlosem Charakter, scharfem und raschem Verstande, großer Ent[S. 114]schlossenheit, ausgestattet mit jener Schönheit, die nicht nur ihrer Besitzerin Festigkeit und Unversöhnlichkeit einzuflößen schien, sondern auch andere zu einer instinktmäßigen Anerkennung dieser Eigenschaften brachte, war sie ein Charakter, wie er in dieser wilden Zeit unter allen Verhältnissen zur Geltung kommen mußte. Aber von Kindheit an über dem bitteren Gefühl erlittenen Unrechts brütend und erfüllt von unversöhnlichem Haß gegen Eine Klasse, war sie durch die Gelegenheit der Zeit zu einer Tigerin geworden. Sie war ohne alles Mitleid. Wenn sie jemals diese Tugend besessen hatte, so war sie ganz aus ihr verschwunden.

Es war ihr Nichts, daß ein Unschuldiger für die Sünden seiner Väter sterben sollte; sie sah nicht ihn, sondern sie. Es war ihr Nichts, daß seine Gattin eine Wittwe und seine Tochter eine Waise wurde; das war unzureichende Strafe, weil sie ihre natürlichen Feinde und ihre Beute waren und als solche kein Recht hatten zu leben. Ganz hoffnungslos war es, sie zu erweichen, weil sie kein Mitleid kannte, nicht einmal mit sich selbst. Wenn sie in einem der vielen Tumulte, an denen sie betheiligt gewesen, auf der Straße erschlagen worden wäre, so hätte sie sich gewiß nicht bemitleidet; ja, wenn man sie morgen zur Guillotine verurtheilt hätte, so wäre sie mit keinem sanfteren Gefühle zum Tode gegangen, als einem grausamen Wunsche mit dem, der sie in den Tod schickte, den Platz zu tauschen.

Ein solches Herz trug Madame Defarge unter ihrem groben Kleide. So sorglos es angelegt war, stand ihr das Kleid doch in einer gewissen unheimlichen Weise und ihr[S. 115] dunkles Haar sah schön aus unter der groben, rothen Mütze. In ihrem Busen versteckt war ein geladenes Pistol. In ihrem Gürtel versteckt befand sich ein scharfes Messer. So angethan und mit der Zuversicht eines solchen Charakters und der geschmeidigen Sicherheit einer Frau einherschreitend, die in ihrer Kindheit gewohnt gewesen, barfuß und barbeinig über den feuchten Meeresstrand zu gehen, suchte Madame Defarge ihren Weg durch die Straßen.

Als man vorige Nacht den Plan der Abreise der Kutsche ausgesonnen, die in diesem Augenblicke gerade die Vervollständigung ihrer Ladung erwartete, hatte die Schwierigkeit, Miß Proß mit darin aufzunehmen, Mr. Lorry viel Kopfzerbrechen verursacht. Es war nicht blos wünschenswerth, die Kutsche nicht so schwer zu belasten, sondern auch von der höchsten Wichtigkeit, die von dem Durchsuchen und dem Verhör der Reisenden beanspruchte Zeit bis auf das Aeußerste zu beschränken, da ihre Rettung von der Ersparniß weniger Sekunden an diesem und jenem Orte abhängen konnte. Zuletzt schlug er, nach sorgfältiger Erwägung, vor, daß Miß Proß und Jerry, welche die Stadt zu allen Zeiten verlassen konnten, um drei Uhr in dem leichtesten der damals üblichen Fuhrwerke abreisen sollten. Nicht belästigt mit Gepäck, konnten sie die Kutsche bald einholen, dann vorausfahren und auf den Stationen im Voraus Pferde bestellen. So waren sie im Stande die Reise während der kostbaren Nachtstunden, wo Verzug am Gefährlichsten war, erheblich zu beschleunigen.

Da Miß Proß in dieser Anordnung die Hoffnung sah, in dieser drängenden Noth wirkliche Dienste zu leisten, be[S. 116]grüßte sie dieselbe mit Freuden. Sie und Jerry hatten die Kutsche abfahren sehen, hatten gewußt wer es war, den Salomo brachte, hatten zehn Minuten in allen Qualen der Spannung verlebt, und beendigten nun ihre Vorbereitungen um der Kutsche zu folgen, während Madame Defarge, immer noch durch die Straßen wandelnd, der im übrigen verlassenen Wohnung, wo sie jetzt zu Rathe gingen, immer näher kam.

„Nun, was meinen Sie, Mr. Cruncher," fragte Miß Proß, deren Aufregung so arg war, daß sie kaum sprechen oder stehen konnte, „was meinen Sie dazu, wenn wir nicht von hier abfahren? Daß heute hier schon ein anderer Wagen weggefahren ist, könnte Verdacht erwecken."

„Meine Meinung, Miß, ist, daß Sie Recht haben," antwortete Mr. Cruncher. „Und auch, daß ich zu ihnen halten will, im Recht oder im Unrecht."

„Furcht und Hoffnung für unsere liebe Herrschaft lassen mich so wenig zum Bewußtsein kommen," fuhr Miß Proß mit hellen Thränen fort, „daß ich außer Stande bin einen Plan zu fassen. Können Sie einen Plan fassen, mein guter Mr. Cruncher?"

„Was meine zukünftige Lebensweise betrifft, Miß," entgegnete Mr. Cruncher, „so hoffe ich es. Was den gegenwärtigen Gebrauch dieses meines alten Kopfes betrifft, so glaube ich nicht. Wollen Sie mir den Gefallen thun, Miß, sich zwei Versprechen und Gelübde zu merken, die ich in dieser jetzigen Krisis machen möchte?"

„Ach, um des Himmels Willen," rief Miß Proß immer noch laut weinend, „nur gleich heraus mit der Sprache, damit wir mit ihnen fertig werden."

„Erstlich," sagte Mr. Cruncher, der am ganzen Leibe zitterte und mit leichenblassem und feierlichem Gesicht sprach, „wenn unsere arme, gute Herrschaft glücklich heraus ist, will ich es nie wieder thun, nie, nie wieder thun!"

„Ich bin fest überzeugt, Mr. Cruncher," entgegnete Miß Proß, „daß Sie es nie wieder thun werden, was es auch sein mag, und ich bitte Sie, es nicht für nothwendig zu halten näher darauf einzugehen, was es ist."

„Nein, Miß," gab Jerry zurück, „Sie sollen weiter Nichts davon hören. Zweitens, wenn meine gute arme Herrschaft glücklich herausgekommen ist, so will ich gar nie mehr Etwas gegen Mrs. Crunchers Rutschen sagen, nie, nie wieder!"

„Was das immer für eine Wirthschaftseinrichtung sein mag," sagte Miß Proß, indem sie versuchte sich zu fassen, „so bezweifle ich nicht, daß es das Beste ist, Sie überlassen es ganz und gar Mrs. Crunchers eignem Belieben — ach meine gute Herrschaft!"

„Ich gehe soweit zu sagen," fuhr Mr. Cruncher mit einer beunruhigenden Neigung, wie von einer Kanzel herunter zu predigen, fort — „und merken Sie sich meine Worte und überbringen Sie dieselben der Mrs. Cruncher — ich gehe sogar soweit, zu sagen, daß meine Meinung von dem Rutschen sich verändert hat, und daß ich nur von ganzem Herzen hoffe, Mrs. Cruncher rutschte zur gegenwärtigen Zeit."

„Gewiß, gewiß! ich hoffe sie thut es, mein Guter," rief Miß Proß ganz außer sich, „und ich hoffe, es entspricht allen ihren Erwartungen."

„Verhüte der Himmel" fuhr Mr. Cruncher mit vermehrter Feierlichkeit und Langsamkeit und verstärkter Neigung zu[S. 118] predigen fort, „verhüte der Himmel, daß Etwas, was ich jemals gesagt oder gethan habe, den angelegentlichen Wünschen entgolten wird, die ich jetzt für meine gute Herrschaft habe! Verhüte es der Himmel, wenn wir auch nicht alle rutschen, um sie aus dieser schrecklichen Gefahr zu retten! Verhüte es der Himmel, Miß! Verhüte es der Himmel!" Das war Mr. Crunchers Schluß, nachdem er sich vergeblich einige Zeit besonnen hatte, einen bessern zu finden.

Und immer noch kam Madame Defarge, ihr Ziel durch die Straßen verfolgend, näher und näher.

„Wenn wir jemals in unsere Heimath zurückkehren," sagte Miß Proß, „so können Sie sich darauf verlassen, daß ich Mrs. Cruncher alles mittheile, was ich von dem, was Sie so eindringlich gesagt haben, mir erinnern kann und verstanden habe; und jedenfalls können Sie überzeugt sein, daß ich bezeuge, wie ernstlich Sie es in dieser schrecklichen Zeit gemeint haben. Aber jetzt lassen Sie uns überlegen! Mein geschätzter Mr. Cruncher, lassen Sie uns überlegen!"

Und immer noch kam Madame Defarge, ihr Ziel durch die Straßen verfolgend, näher und näher.

„Wenn Sie vorausgingen," sagte Miß Proß, „und ließen die Pferde und den Wagen nicht hierher kommen, sondern wo anders auf mich warten, wäre Das nicht das Beste?"

Mr. Cruncher meinte, es könne das Beste sein.

„Wo könnten Sie auf mich warten?" fragte Miß Proß.

Mr. Cruncher war so verwirrt, daß er auf keine andere Oertlichkeit kommen konnte, als auf das Temple-Thor. Ach, Temple-Thor war 100 Meilen weit und Madame Defarge war schon sehr nahe.

„An der Thür der großen Kirche," sagte Miß Proß. „Wäre es viel aus dem Wege, wenn ich an der Thür der großen Kirche, zwischen den beiden Thürmen, einstiege?"

„Nein, Miß", gab Mr. Cruncher zur Antwort.

„Dann seien Sie ein guter Mensch" erwiederte Miß Proß, „und gehen geraden Weges nach dem Posthaus und bestellen es so."

„Ich möchte Sie nicht gerne verlassen, sehen Sie," sagte Mr. Cruncher zögernd und den Kopf schüttelnd. „Man weiß nicht, was geschehen kann."

„Der Himmel weiß, daß wir es nicht wissen," entgegnete Miß Proß, „aber haben Sie meinetwegen keine Furcht. Warten Sie auf mich an der großen Kirche um 3 Uhr und es ist jedenfalls besser, als wenn wir hier einsteigen. Ich bin fest überzeugt davon. Der Himmel segne Sie, Mr. Cruncher! Denken Sie nicht an mich, sondern an die Menschenleben, die von uns beiden abhängen können!"

Dieser Schluß und daß Miß Proß ihm beide Hände in schmerzlichsten Flehen entgegenstreckte, entschied Mr. Cruncher. Mit einem ermuthigendem Kopfnicken ging er auf der Stelle fort um den Wagen an den bezeichneten Ort zu bestellen, und überließ es ihr auf die verabredete Weise zu folgen.

Eine Vorsichtsmaßregel vorgeschlagen zu haben, die bereits in der Ausführung begriffen, war ein großer Trost für Miß Proß. Die Nothwendigkeit ihr Aeußeres so einzurichten, daß ihre Aufregung keine besondere Aufmerksamkeit auf der Straße auf sich zog, war eine andere Erleichterung. Sie sah nach der Uhr und es war zwanzig Minuten über 2 Uhr.Sie hatte keine Zeit zu verlieren, und mußte sich gleich fertig machen.

In ihrer großen Aufregung, von Furcht erfüllt durch die Einsamkeit der verlassenen Zimmer und der halbeingebildeten Gesichter, die hinter jeder offenen Thür hervor hereinblickten, holte Miß Proß ein Waschbecken voll kaltes Wasser und fing an sich die Augen zu waschen, die ganz dick und roth waren. Von ihren fieberhaften Befürchtungen gequält, konnte sie es kaum ertragen, wegen des herunterfließenden Wassers ein oder zwei Minuten lang nicht sehen zu können, sondern hielt fortwährend inne und sah sich um, ob sie Niemand beobachte. In einer dieser Pausen fuhr sie erschrocken zurück und schrie laut auf; denn sie sah eine Gestalt im Zimmer stehen.

Das Waschbecken fiel zerbrochen zur Erde und das Wasser floß auf Madame Defarge zu. Auf merkwürdigen, rauhen Wegen und durch viel vergossenes Blut waren diese Füße diesem Wasser entgegen gekommen.

Madame Defarge sah sie kalt an und sagte: „wo ist die Gattin Evrémondes?"

Es fiel Miß Proß ein, daß die Thüren sämmtlich offen standen und durch ihr Offenstehen die Flucht verrathen könnten. Ihr Erstes war, sie zuzumachen. Es waren ihrer vier im Zimmer und sie machte sie alle zu. Dann stellte sie sich vor die Thür des Gemachs, welches Lucie bewohnt hatte.

Madame Defarges dunkle Augen folgten ihr während dieser raschen Bewegung, und hefteten sich auf sie, als sie fertig war. Miß Proß war nichts weniger als schön; dieJahre hatten ihr schroffes, eckiges Wesen nicht gemildert; aber sie war in ihrer Weise auch eine entschlossene Frau, und sie maß Madame Defarge mit ihren Augen vom Kopf bis zu den Füßen.

„Dem Aussehen nach könntest Du Lucifers Frau sein," sagte Miß Proß, während sie verschnaufte. „Dennoch sollst Du mich nicht bewältigen. Ich bin eine Engländerin."

Madame Defarge sah sie geringschätzig an, aber doch mit einer Ahnung von demselben Gefühle, daß Miß Proß erfüllte: daß sie kampfbereit gegenüber stand. Sie sah eine energische, unnachgiebige, kräftige Frau vor sich, wie Mr. Lorry vor vielen Jahren in derselben Gestalt ein Weib mit starker Hand gesehen hatte. Sie wußte recht gut, daß Miß Proß die treuergebene Dienerin der Familie war; Miß Proß wußte recht gut, daß Madame Defarge der tückische Feind der Familie war.

„Auf meinem Wege dorthin," sagte Madame Defarge, mit einer leichten Handbewegung nach dem Hinrichtungsplatze, „wo sie mir meinen Stuhl und mein Strickzeug aufheben, komme ich herauf, um ihr meine Aufwartung zu machen. Ich wünsche sie zu sprechen."

„Ich weiß, daß Du böse Absichten hast," sagte Miß Proß, „und Du kannst Dich darauf verlassen, ich behaupte meinen Platz gegen Dich."

Jede sprach in ihrer Sprache; keine verstand die andere; Beide waren voll gespannter Aufmerksamkeit, um aus Blicken und Geberden zu errathen, was die unverständlichen Worte sagten.

„Es ist nicht gut für sie, wenn sie sich in diesem Augenblicke vor mir versteckt," sagte Madame Defarge. „Gute Patrioten wissen, was Das zu bedeuten hat. Ich muß sie sprechen. Sagt ihr, daß ich sie sprechen will. Hört ihr?"

„Und wenn Deine Augen Schraubenschlüssel wären," erwiderte Miß Proß, „und ich eine englische Bettstelle, so solltest Du nicht einen Splitter von mir locker kriegen. Nein, Du bösartige, fremde Katze; ich kann es mit Dir aufnehmen."

Madame Defarge verstand natürlich nicht die Worte der anderen; aber sie sah doch so viel, daß man ihr Trotz bot.

„Einfältiges Weib!" sagte Madame Defarge mit Stirnrunzeln. „Ich beruhige mich nicht bei einer Antwort von Dir. Ich muß sie sprechen. Entweder sage ihr, daß ich sie sprechen will, oder tritt weg von der Thür und laß mich hinein!" Dies sagte sie mit einem zürnenden Wink ihrer Hand, Platz zu machen.

„Ich hätte mir nicht gedacht," sagte Miß Proß, „daß ich jemals wünschen sollte, Deine unsinnige Sprache zu verstehen; aber ich gäbe Alles, was ich besitze, außer den Kleidern, die ich auf dem Leibe habe, wenn ich wüßte, ob Du die Wahrheit ahntest oder einen Theil davon."

Keine ließ nur für einen einzigen Augenblick die andere aus den Augen. Madame Defarge hatte sich noch nicht von der Stelle bewegt, wo sie gestanden als Miß Proß sie zuerst gewahr geworden war; aber jetzt trat sie einen Schritt näher.

„Ich bin eine Engländerin," sagte Miß Proß weiter, „ich bin desperat. Ich kümmere mich kein englisches Zweipfennigstück um mich. Ich weiß, je länger ich Dich hier fest halte, desto besser ist es für mein Herzblättchen. Ich lasse Dir nicht eine Hand voll von Deinen schwarzen Haaren auf dem Kopfe, wenn Du mich mit einem Finger anrührst."

So sprach Miß Proß mit einem Kopfschütteln und einem Blitzen in ihren Augen zwischen jedem raschen Satz, und jedem raschen Satz in einem Athem. So sprach Miß Proß, die nie in ihrem Leben einen Schlag geführt hatte.

Aber ihr Muth war von der leicht gerührten Art, daß er ihr nicht zurückzuhaltende Thränen in die Augen brachte. Das war ein Muth, den Madame Defarge so wenig begriff, daß sie ihn für Schwäche hielt. „Ha, ha!" lachte sie, „armseliges Weib! was bist Du werth! Ich wende mich jetzt an den Doctor." Dann erhob sie ihre Stimme und rief laut: „Bürger Doctor! Frau Evrémondes! Kind Evrémondes! irgend jemand, nur nicht diese lächerliche Thörin, antworte der Bürgerin Defarge!"

Vielleicht das Schweigen, das jetzt eintrat, vielleicht ein Etwas in dem Ausdruck von Miß Proß' Gesicht, vielleicht eine plötzliche Ahnung, unabhängig von Allem, was sie sonst sah, flüsterte Madame Defarge zu, daß sie fort seien. Drei von den Thüren machte sie rasch auf und blickte hinein.

„Diese Zimmer sind alle in Unordnung, man hat in Eile gepackt, es liegt allerlei auf dem Boden zerstreut. Es ist Niemand in dem Zimmer hinter Euch. Laßt mich hinein sehen!"

„Nie!" sagte Miß Proß, welche die Aufforderung so vollkommen verstand, wie Madame Defarge die Antwort.

„Wenn sie nicht in jenem Zimmer sind, so sind sie fort und können verfolgt und zurückgebracht werden," sagte Madame Defarge sich selbst.

„Solange Du nicht weißt, ob sie in diesem Zimmer sind, oder nicht, weißt Du nicht was Du thun sollst," sprach Miß Proß zu sich, „und Du sollst es nicht erfahren, wenn ich es Dir verwehren kann; und ob Du es weißt oder nicht weißt, sollst Du doch hier nicht wegkommen, solange ich Dich halten kann."

„Ich habe mich noch von Nichts aufhalten lassen, ich zerreiße Dich in Stücken, aber weg von dieser Thür mußt Du," sagte Madame Defarge.

„Wir sind allein, im obersten Stock eines hohen Hauses, in einem einsamen Hofe, es ist sehr unwahrscheinlich, daß uns Jemand hört und ich bitte Gott um Kraft Dich hier fest zu halten, wo jede Minute, die Du hier bist, hunderttausend Guineen für mein Herzblatt werth ist," sprach Miß Proß.

Madame Defarge ging auf die Thür zu. Miß Proß, von der Eingebung des Augenblickes getrieben, packte sie mit beiden Armen um den Leib und hielt sie fest. Vergeblich sträubte sich und schlug Madame Defarge; mit der kraftvollen Zähigkeit der Liebe, die immer so viel stärker ist als der Haß, hielt Miß Proß sie fest und hob sie sogar während des Ringens in die Höhe. Die beiden Hände der Madame Defarge schlugen und zerkratzten ihr Gesicht; aber Miß Proß, den Kopf niedrig haltend, hielt sie fest um den Leib und klammerte sich an sie mit der Verzweiflung einer Ertrinkenden.

Bald hörten Madame Defarges Hände auf zu schlagen und fühlten nach ihrem Gürtel. „Es ist unter meinem Arm," sagte Miß Proß mit halberstickter Stimme, „Du sollst es nicht heraus kriegen. Ich bin stärker als Du, Gott sei Dank. Ich halte Dich fest, bis einer von uns Beiden in Ohnmacht fällt oder stirbt!"

Madame Defarges Hand war in ihrem Busen. Miß Proß blickte auf, sah was es war, schlug darnach, schlug einen Blitz und einen Knall heraus und stand allein — blind vom Rauche.

Alles Dies dauerte nur eine Sekunde. Wie sich der Rauch verzog, eine unheimliche Stille zurücklassend, schwand er hinaus in die Luft, wie die Seele des wüthenden Weibes, dessen Körper leblos auf den Fußboden lag.

In der ersten Angst und im ersten Schrecken ihrer Lage, ging Miß Proß der Leiche im Vorbeigehen so weit als möglich aus dem Wege und lief die Treppe hinab um unnütze Hülfe zu rufen. Zum Glück dachte sie an die möglichen Folgen ihres Thuns Zeit genug, um sich anders zu besinnen und wieder umzukehren. Es war schrecklich wieder in die Stube zu gehen; aber sie ging hinein und wagte sich selbst in die Nähe der Leiche, um ihren Hut und ihre anderen Sachen zu holen. Nachdem sie sich draußen auf der Treppe angekleidet, schloß sie die Thür zu und nahm den Schlüssel mit. Alsdann setzte sie sich ein paar Augenblicke auf die obersten Stufen um Athem zu schöpfen und zu weinen, und dann stand sie auf und eilte fort. Zum Glücke hatte sie einen Schleier an ihrem Hute, oder sie hätte kaum über die Straße gehen können, ohne angehalten zu werden. Ebenfalls zum Glücke war sie von Natur so eigenthümlich in ihrer Erscheinung, daß Ungewöhnliches bei ihr weniger auffiel, als bei anderen. Es war gut so; denn die Finger der Wüthenden hatten ihr Gesicht zerkratzt, ihr Haar war zerzaust und ihre hastig und mit aufgeregten Händen angelegten Kleider waren nach allerlei Richtungen gezogen und gezerrt.

Als sie über die Brücke ging, warf sie den Schlüssel in den Fluß. Sie kam einige Minuten vor ihrem Begleiter an der Kirchthüre an und mußte dort warten. Ach, dachte sie, wenn man den Schlüssel in einem Netze gefunden, wenn man ihn erkannt, wenn man die Thür geöffnet und die Leiche entdeckt hätte, wenn ich am Thore angehalten, ins Gefängniß geschickt und des Mordes angeklagt würde! Inmitten dieser aufregenden Gedanken, erschien der Begleiter, nahm sie in den Wagen auf und fuhr mit ihr fort.

„Ist Lärm auf der Straße?" fragte sie.

„Der gewöhnliche Lärm," gab Mr. Cruncher zur Antwort und sah sie an, erstaunt über die Frage und ihr Aussehen.

„Ich höre Sie nicht," sagte Miß Proß. „Was sagten Sie?"

Vergeblich wiederholte Mr. Cruncher seine Antwort noch einmal. Miß Proß konnte ihn nicht hören.

— So will ich mit dem Kopf nicken, dachte Mr. Cruncher, jedenfalls wird sie Das sehen. Und sie sah es.

„Ist jetzt Lärm auf der Straße?" fragte Miß Proß noch einmal nach kurzer Weile.

Wieder nickte Mr. Cruncher mit dem Kopfe.

„In einer Stunde taub geworden," sagte Mr. Cruncher nachdenklich und mit sehr beunruhigtem Gemüth; „was ist ihr zugestoßen?"

„Mir ist" sprach Miß Proß, „als wäre ein Blitz und ein Knall gewesen und dieser Knall wäre das Letzte, was ich in meinem Leben hören würde."

„Wenn Das nicht ein curioser Zustand ist," sagte Mr. Cruncher, mehr und mehr verwundert. „Was mag sie nur zu sich genommen haben um ihren Muth aufrecht zu erhalten? Hört! da kommen diese schrecklichen Karren gerumpelt! Das können Sie doch hören, Miß?"

„Ich kann Nichts hören," sagte Miß Proß, die an der Bewegung seines Mundes sah, daß er sprach, „ach guter Jerry, erst war ein großer Krach und dann eine große Stille und diese Stille scheint fest und unveränderlich zu sein, eine Stille, die nie wieder aufhören soll, so lange mein Leben dauert."

„Wenn sie nicht das Rumpeln dieser schrecklichen Karren hört, die jetzt dem Ziele ihrer Reise sehr nahe sind," sagte Mr. Cruncher mit einem Blicke über die Schulter, „so ist meine Meinung, daß sie wahrhaftig nie wieder Etwas auf dieser Welt hören wird."

Und wirklich war sie von dieser Zeit an taub.

Fünfzehntes Kapitel
Die Schritte verhallen für immer

Die Straßen von Paris entlang rumpeln die Todtenkarren hohl und schwer. Sechs Karren führen den Wein des Tages der Guillotine zu. Alle gierige und unersättliche Ungeheuer, welche die menschliche Phantasie jemals ersonnen hat, sind in dieser einen Gestalt, Guillotine, verschmolzen. Und doch giebt es in Frankreich, mit seiner reichen Verschiedenartigkeit an Boden und Klima keinen Halm, kein Blatt, keine Wurzel, keinen Zweig, kein Pfefferkorn, das unter natürlicheren Bedingungen gereift wäre, als dieser Schrecken gereift ist. Zerdrücke die Menschheit noch einmal unter ähnlichen Hämmern und sie wird von selbst dieselben gequälten Gestalten und Formen anzunehmen suchen. Säet dieselbe Saat habgieriger Ausschweifung und Tyrannei und sicherlich wird sie wieder dieselbe Frucht nach ihrem Ursprung tragen.

Sechs Karren rumpeln durch die Straßen. Verwandle sie wieder zu Dem, was sie waren, mächtige Zauberin Zeit, und sie werden sich darstellen als die Karossen unumschränkter Monarchen, die Equipagen von Feudalherren, die prächtigen Toiletten geschminkter Jesabels, die Kirchen die nicht „meines Vaters Haus" sind, sondern Diebeshöhlen, die Hütten von Millionen halbverhungerten Bauern! Nein; die große Zauberin, welche in erhabener Ruhe die vorbestimmte Ordnung des Schöpfers ausarbeitet, verändert nie seine Gestaltungen. Wenn du durch den Willen Gottes in diese Gestalt gewandelt worden, sagen die Seher zu den Verzauberten in dem weisen, arabischen Mährchen, so bleibe so! Aber wenn du diese Gestalt nur durch eine vorübergehende Beschwörung empfangen hast, so nimm deine frühere wieder an! Unveränderlich und hoffnungslos rumpeln die Karren vorüber.

Wie die Räder der sechs Karren sich umdrehen, scheinen sie eine lange krumme Furche unter dem Volke in den Straßen zu ziehen. Raine von Gesichtern werden zu beiden Seiten aufgeworfen und die Pflüge gehen ruhig weiter. So gewöhnt sind die regelmäßigen Bewohner der Häuser an das Schauspiel, daß in manchen Fenstern keine Leute stehen und in anderen die Beschäftigung der Hände gar nicht unterbrochen wird, während die Augen die Gesichter in den Karren betrachten. Hie und da ist Besuch um das Schauspiel zu sehen; alsdann zeigt der Inwohner des Zimmers fast mit der Selbstgefälligkeit des Directors einer öffentlichen Anstalt, oder eines autorisirten Erklärers diesen Karren und jenen Karren und scheint zu erzählen, wer gestern d'rin saß und wer vorgestern.

Von denen in den Karren sehen einige diesen und allen anderen Erscheinungen auf ihrer letzten Fahrt mit gleichgültig stierem Auge zu; andere mit einem Rest von Theilnahme am menschlichen Treiben. Einige lassen den Kopf in stummer Verzweiflung sinken; andere wieder sind so auf ihr Aussehen bedacht, daß sie auf die Menge Blicke werfen, wie sie in Theatern und auf Bildern gesehen haben.

Mehrere machen die Augen zu und denken, oder suchen ihre herumschweifenden Gedanken zusammen. Nur Einer, ein elendes Geschöpf von halbverrücktem Aussehen, ist von Furcht und Todesangst so gebrochen und berauscht, daß er singt und zu tanzen versucht. Kein einziger von Allen wendet sich mit Blick oder Geberde an das Mitleid des Volkes.

Eine Wache von einigen Reitern umgiebt die Karren und öfters sehen Gesichter zu ihnen empor und erkundigen sich bei ihnen. Es scheint immer dieselbe Frage zu sein; denn nach der Antwort drängt sich immer das Volk um den dritten Karren. Die Reiter neben diesem Karren zeigen mit ihrem Säbel häufig auf einen Mann. Alles will wissen wo er ist; er steht hinten im Karren und sieht herab auf ein Mädchen, das neben ihm sitzt und seine Hand hält und mit dem er spricht. Die übrige Umgebung kümmert ihn nicht und er unterhält sich fortwährend mit dem Mädchen. In der langen St. Honoré-Straße wird hie und da Geschrei gegen ihn laut. Wenn er sich überhaupt davon bewegen läßt, so ist es blos zu einem stillen Lächeln, wie er sein Haar ein wenig lockerer um sein Gesicht schüttelt. Er kann sein Gesicht nicht berühren, denn die Hände sind ihm gebunden.

Auf der Vortreppe einer Kirche steht, in Erwartung der Karren, der Spion. Er blickt in den ersten: er ist nicht drin. Er blickt in den zweiten: er ist nicht drin. Er fragt sich schon, hat er mich geopfert? als sein Gesicht bei dem Erblicken des dritten Karrens sich aufhellt.

„Welches ist Evrémonde?" fragt ein Mann hinter ihm.

„Der dort. Hinten im Karren."

„Der seine Hand dem Mädchen gegeben hat?"

„Ja."

Der Mann schreit: „Nieder mit Evrémonde! Unter die Guillotine alle Aristokraten."

„Nieder mit Evrémonde."

„Still, still!" bittet ihn der Spion schüchtern.

„Warum soll ich nicht, Bürger?"

„Er bezahlt seinen Einsatz; in fünf Minuten ist es vorbei. Laßt ihn in Frieden fahren."

Da aber der Mann fortfuhr zu schreien: „Nieder mit Evrémonde!" wendet sich ihm für einen Augenblick Evrémondes Gesicht zu. Jetzt sieht auch Evrémonde den Spion, sieht ihn aufmerksam an und fährt vorüber.

Es ist gleich drei Uhr und die durch das Volk gepflügte Furche wendet sich, um auf den Hinrichtungsplatz auszumünden. Die Raine, die zu beiden Seiten aufgeworfen worden, fallen jetzt wieder zusammen und schließen sich hinter dem letzten Pfluge, wie er vorbei ist, denn alle folgen nach der Guillotine. Ihr gegenüber sitzen auf Stühlen, wie in einem öffentlichen Garten, wo Concert ist, eine Anzahl Frauen, eifrig mit Stricken beschäftigt. Auf einen der vordersten Stühle steht der Racheengel und sieht sich nach der Freundin um.

„Therese!" ruft sie in ihrer gellenden Stimme. „Wer hat sie gesehen? Therese Defarge!"

„Sie hat noch nie gefehlt," sagt eine Strickschwester neben ihr.

„Nein; und sie wird auch heute nicht fehlen," sagt der Racheengel ärgerlich. „Therese!"

„Lauter," empfiehlt die andere.

Ja! Lauter, Racheengel, viel lauter und dennoch wird sie dich schwerlich hören. Noch lauter, Racheengel, vielleicht mit einem Fluche verstärkt und doch wirst du sie kaum herbei schaffen. Schicke andere Frauen aus um sie zu suchen, wo sie verweilt; und obgleich deine Boten Schreckliches gethan haben, ist es doch fraglich, ob sie freiwillig weit genug gehen werden, um sie zu finden.

„Wie ärgerlich!" rief der Racheengel aus und stampfte mit dem Fuße; „und da kommen die Karren! und Evrémonde wird in einem Nu hingerichtet sein und sie ist nicht da! Hier habe ich ihr Strickzeug in der Hand und ihr leerer Stuhl steht neben mir. Ich möchte vor Verdruß und Aerger weinen!"

Wie der Racheengel von seiner Höhe herabsteigt, um Dies zu thun, fangen die Karren an, sich ihrer Ladung zu entledigen. Die Priester der heiligen Guillotine haben ihr Gewand angethan und stehen bereit. Krach! — ein Haupt wird in die Höhe gehalten und die Strickerinnen, die kaum aufgeblickt haben um es vor einer Sekunde anzusehen, wo es noch denken und sprechen konnte, zählen Eins.

Der zweite Karren entleert sich und fährt weiter; der dritte kommt heran. Krach! — und die Strickerinnen, die sich ihrer Arbeit nicht stören lassen, zählen Zwei.

Der vermeintliche Evrémonde steigt aus und die Nätherin wird gleich hinter ihm herabgehoben. Er hat beim Heraussteigen ihre geduldige Hand nicht losgelassen, sondern hält sie immer noch, wie er versprochen hat. Sanft wendet er sie so, daß sie der Maschine, die sich fortwährend rasselnd auf und nieder bewegt, den Rücken zukehrt, und sie sieht ihm dankend ins Gesicht.

„Ohne Euch, lieber Fremder, wäre ich nicht so gefaßt; denn ich bin von Natur ein armes kleines Geschöpf von zaghaftem Herzen; noch wäre ich im Stande gewesen meine Gedanken zu ihm zu erheben, der den Tod erlitten hat, damit wir heute Hoffnung und Trost haben. Ich glaube der Himmel hat Euch mir gesendet."

„Oder auch mir," sagte Sydney Carton. „Wendet Eure Augen nicht von mir, liebes Kind, und achtet auf weiter Nichts."

„Ich achte auf Nichts, so lange ich Eure Hand halte. Ich werde auf Nichts achten, wenn ich sie los lasse, wenn es schnell geht."

„Es wird schnell gehen. Fürchtet Euch nicht.“

Die Beiden stehen in dem immer dünner werdenden Gedränge der Opfer, aber sie sprechen als ob sie allein wären. Auge in Auge, Hand in Hand, Herz an Herz, sind sich diese beiden Kinder der allgemeinen Mutter, sonst so weit getrennt und so verschieden von einander, auf der dunkeln Straße zum Tode begegnet, um mit einander nach der Heimath zu gehen und an ihrem Busen zu ruhen.

„Edler und großmüthiger Freund, wollt Ihr mir eine letzte Frage erlauben? Ich bin sehr unwissend und es beunruhigt mich — ein klein wenig.“

„Sagt mir was es ist.“

„Ich habe eine Base, meine einzige Verwandte und eine Waise, wie ich, der ich sehr gut bin. Sie ist fünf Jahre jünger als ich und sie wohnt auf einem Pachtgute, unten im Süden. Armuth hat uns auseinander gerissen und sie weiß nicht, was aus mir geworden ist — denn ich kann nicht schreiben — und wenn ich’s könnte, wie sollte ich es ihr mittheilen! es ist besser so, wie es ist.“

„Ja, ja; es ist besser so, wie es ist.“

„Was ich gedacht habe, wie wir hierher fuhren und was ich immer noch denke, wie ich in Euer freundliches und doch muthiges Gesicht sehe, das mich so aufrecht erhält, ist Folgendes: — wenn die Republik wirklich den Armen gut thut und sie weniger zu hungern brauchen, und sie in jeder Weise weniger leiden, so kann sie lange leben; sie kann sogar zu hohen Jahren kommen.“

„Was weiter, liebe Schwester?“

„Meint Ihr“ — die Augen die so voll stiller Duldung gewesen, füllten sich mit Thränen und die Lippen öffnen sich etwas weiter und zittern ein wenig — „meint Ihr, daß es mir lange vorkommen wird, während ich auf sie in dem bessern Lande warte, wo, vertraue ich, Ihr und ich barmherzige Aufnahme finden werden.“

„Es kann nicht sein, Kind; dort giebt es keine Zeit und keinen Kummer.“

„Ihr tröstet mich so sehr! ich bin so unwissend. Soll ich Euch jetzt küssen? Ist der Augenblick da?“

„Ja.“

Sie küßt seinen Mund; er küßt sie; sie geben sich feierlich den Segen. Die abgezehrte Hand zittert nicht, wie er sie los läßt; das stille Gesicht trägt keinen andern Ausdruck als den lieblicher, hoffender Standhaftigkeit. Sie geht ihm zunächst voraus — ist hinüber; die Strickerinnen zählen: Zweiundzwanzig.

„Ich bin die Auferstehung und das Leben, wer an mich glaubet, der wird ewiglich leben, ob er auch stürbe; wer aber lebet und glaubet an mich, der wird nimmermehr sterben.“

Das Murmeln vieler Stimmen, das Emporrecken vieler Gesichter, das Drängen von den äußersten Rändern des Gewühls, so daß es in einer Masse vorwärts wogt, wie eine große Meereswelle, sind alle wie ein Blitz vorüber. Dreiundzwanzig.

Sie sagten von ihm in der Stadt an jenem Abend, daß es das friedlichste Menschengesicht gewesen, das jemals dort erblickt worden. Manche setzten hinzu, daß er erhaben und prophetisch ausgesehen.

Eines der bemerkenswerthesten Opfer desselben Beiles — eine Frau — hatte nicht lange vorher am Fuße desselben Schaffots um Erlaubniß gebeten, die Gedanken, die sie erfüllten, niederschreiben zu dürfen. Hätte er seine Gedanken aussprechen können, und sie waren prophetisch — so hätten sie so gelautet:

„Ich sehe Barsad und Cly, Defarge, den Racheengel, die Geschworenen, die Richter, lange Reihen von neuen Tyrannen die nach der Vernichtung der alten entstanden sind, durch dieses selbige vergeltende Instrument untergehen, ehe diese Blutzeit vorüber ist. Ich sehe eine schöne Stadt und ein glänzendes Volk aus diesem Abgrunde sich erheben, und in seinen Kämpfen wahrhaft frei zu sein, in seinen Siegen und Niederlagen durch eine lange, lange Reihe von Jahren, das Böse dieser Zeit und der Vergangenheit, deren natürlicher Sprößling die Gegenwart ist, allmälich Sühne für sich thun und verschwinden.

„Ich sehe die Menschenleben, für die ich mein Leben hingebe, in friedlichem und segenspendendem Glücke in dem England, das ich nie wieder sehen werde. Ich sehe sie, mit einem Kinde an der Brust, das meinen Namen trägt. Ich sehe ihren Vater, alt und gebeugt, aber sonst wieder hergestellt und allen Menschen ein hülfreicher Arzt und mit sich im Frieden. Ich sehe den guten Alten, ihren langjährigen Freund, nach Ablauf von zehn Jahren ihnen sein ganzes Vermögen vermachen und ruhig hinüber gehen zu seinem Lohne.

„Ich sehe, daß ich ein Heiligthum in ihren Herzen und in den Herzen ihrer Nachkommen noch nach Menschenaltern inne habe. Ich sehe sie, eine alte Matrone, mich bei der Wiederkehr dieses Tages beweinen. Ich sehe sie und ihren Gatten nach vollendeter Laufbahn nebeneinander in ihrer letzten irdischen Ruhestätte liegen, und ich weiß, daß keines der beiden Herzen das andere mehr geehrt und heilig gehalten, als diese beiden mich.

„Ich sehe das Kind, das an ihrer Brust lag und meinen Namen trug, zum Manne werden, und sich glücklich auf der Lebenslaufbahn vorwärts arbeiten, die einst die meinige war. Ich sehe ihn so siegreich am Ziele stehen, daß mein Name durch den Glanz des seinigen berühmt wird. Ich sehe die Flecken, die ich darauf brachte, verschwinden. Ich sehe ihn, als den ersten unter gerechten Richtern und geehrten Männern, einen Knaben meines Namens mit einer Stirn die ich kenne und goldenem Haar an diese Stelle führen — die dann freundlich aussehen wird und frei von jedem entstellenden Flecken dieses Tages — und ich höre ihn, wie er dem Kinde mit weicher und zitternder Stimme meine Geschichte erzählt.

„Was ich thue ist etwas viel, viel Besseres, als ich jemals gethan; die Ruhe zu der ich eingehe ist viel seliger, als ich sie jemals gekannt habe.“

ENDE